KB044063

다크타워 5 [상]

STEPHEN KING
다크타워

스티븐 킹 장편소설 | 장성주 옮김

칼라의 늑대들 [상]

황금가지

THE DARK TOWER V:
Wolves of the Calla
by Stephen King

차례

❖ **일러두기** ❖

1. 본문 중 작가가 의도한 줄 바뀜 또는 어긋난 맞춤법에 어긋난 표기법이 있습니다.

2. 원서에서 강조된 문구는 이텔릭, 고딕 등으로 표기되었습니다.

3. 이 책에 쓰인 본문 종이 E-light는 국내 기술로 개발된 최신 종이로서, 종래 쓰이던 모조지나 서적지보다
   더욱 가볍고 안전하며 눈의 피로를 덜게끔 한 단계 품질을 높인 고급지입니다.

*

프랭크 멀러에게 바친다
내 머릿속의 목소리를 들어준 그에게

최종 변론

『칼라의 늑대들』은 로버트 브라우닝의 서사시 「롤랜드 공자 암흑의 탑에 이르다」에서 영감을 받은 긴 이야기의 5부에 해당한다. 6부인 『수재나의 노래』는 2004년에 출간되었다. 7부이자 마지막 권인 『암흑의 탑』은 같은 해 느지막이 출간되었다.

1부 『총잡이』는 길르앗의 롤랜드 디셰인이 '검은 옷의 남자' 월터를 뒤쫓다가 마침내 붙잡는 이야기이다. 월터는 롤랜드의 아버지와 친한 사이인 척하지만 실은 머나먼 최종계의 지배자 크림슨 킹의 부하였다. 인간이자 악마인 월터를 잡음으로써 롤랜드는 암흑의 탑에 이르는 여정을 시작한다. 그곳에서 그는 중간 세계가 빠르게 무너져가는 것과 그 세계의 축인 빔이 천천히 소멸하는 것을 막으려고, 또는 아예 되돌리려고 한다. 그러한 내용을 담은 1부의 부제는 재생이었다.

암흑의 탑은 롤랜드에게 망집이자 성배이며, 우리가 그를 만났을 때에는 삶의 유일한 이유였다. 우리는 롤랜드가 아직 어린애였을 때

마법사 마튼이 그를 욕보이고 서쪽으로 추방하려 했던, 그리하여 거대한 게임 판에서 그를 치워버리려 했던 사연을 이미 알고 있다. 그러나 롤랜드는 성인식에서 뜻밖의 무기를 고른 덕분에 마튼의 음모를 무너뜨렸다.

롤랜드의 아버지 스티븐 디셰인은 아들에게 친구 둘(커스버트 올굿과 알레인 존스)을 붙여주고 바닷가 자치령인 메지스로 보낸다. 원래는 아들이 월터의 손아귀로부터 벗어나도록 할 생각에서였다. 그곳에서 롤랜드는 마녀의 심기를 거스른 수전 델가도라는 소녀와 사랑에 빠진다. 쿠스 언덕의 마녀 레아는 수전의 미모를 질투했는데, 레아가 극히 위험한 인물인 까닭은 거대한 힘을 지닌 수정 구슬을 손에 넣었기 때문이다. 그 구슬의 이름은 '무지개의 띠'…… 또는 '마법사의 수정 구슬'이다. 이 구슬은 모두 합쳐 열세 개가 존재하며 그중 가장 강력하고 위험한 구슬은 '검은 13'이다. 롤랜드와 친구들은 메지스에서 갖가지 모험을 겪고 (무지개의 분홍색 띠와 함께) 무사히 탈출하지만, 창가에 서서 롤랜드를 기다리던 아름다운 소녀 수전 델가도는 말뚝에 묶여 화형을 당한다. 그 이야기는 4부 『마법사와 수정 구슬』에 담겨 있다. 그 책의 부제는 배려이다.

암흑의 탑 이야기를 읽어 나가는 동안 우리는 총잡이의 세계와 우리가 사는 세계가 근본적이고 끔찍한 방식으로 이어져 있는 것을 발견했다. 그 첫 번째 연결 고리는 수전 델가도가 죽고 나서 오랜 세월이 흐른 후, 1977년의 뉴욕에 사는 소년 제이크가 사막의 간이역에서 롤랜드와 만났을 때 드러난다. 롤랜드의 세계와 우리가 사는 세계를 연결하는 문은 여러 개가 있는데 그중 하나는 바로 죽음이다. 제이크는 뉴욕 43번가에서 어떤 이에게 떠밀려 차에 치인 후에 사막의 간이역에서 깨어난다. 그 차를 운전한 사람은 엔리코 발라자르라는 남자였다. 제이크를 떠민 사람은 잭 모트라는 반사회적 성격 장애자로서, 암흑의 탑의 뉴욕 층에서 월터를 대신하는 인물이다.

롤랜드가 월터를 붙잡기 전, 제이크는 또 한 번 죽음을 경험하는데…… 이번에는 자신의 상징적 아들과 암흑의 탑 가운데 하나를 선택해야 할 상황에서 탑을 택한 총잡이 롤랜드 때문이었다. 제이크는 심연으로 추락하기 전에 마지막으로 이런 말을 남긴다. "됐어요, 가세요. 여기 말고 다른 세계도 있으니까요."

롤랜드와 월터의 마지막 대결은 서쪽 바닷가에서 벌어진다. 밤새도록 긴 대화를 나누는 동안 검은 옷의 남자는 기묘한 타로 카드를 통해 롤랜드의 미래를 점쳐준다. 그 가운데 특히 롤랜드의 관심을 끈 카드는 세 장, 바로 '사로잡힌 남자'와 '그늘 속의 여인'과 '죽음'이다("하지만 자네 몫은 아니라네, 총잡이.").

부활이라는 부제가 붙은 2부 『세 개의 문』은 롤랜드가 월터와 대결을 벌이고 잠들었다가 깨어난 지 얼마 후, 서쪽 바닷가에서 시작된다. 녹초가 된 총잡이는 이곳에서 사나운 '가재 괴물' 떼에게 습격당한다. 롤랜드는 놈들과 싸우다가 그만 오른손 손가락 두 개를 잃고 독에 감염되어 위중한 상태에 빠진다. 고통 속에서, 어쩌면 죽어가는지도 모르는 상태로, 그는 자신의 발자국을 되짚으며 서쪽 바닷가를 따라 걸어간다.

그렇게 걷는 동안 롤랜드는 모래톱에 아무렇게나 서 있는 문 세 개와 마주친다. 그 문들은 저마다 다른 *시간대*의 뉴욕으로 통한다. 1987년의 뉴욕에서 롤랜드는 헤로인에 사로잡힌 남자 에디 딘을 데려온다. 1964년에는 오데타 수재나 홈스를 데려오는데, 이 여성은 지하철역에서 잭 모트라는 반사회적 성격 장애자에게 떠밀리는 바람에 두 다리를 잃었다. 오데타가 바로 '그늘 속의 여인', 즉 머릿속에 난폭한 '또 하나의 자신'을 숨기고 있는 장본인이다. 그녀의 머릿속에 숨겨진 사납고 교활한 데타 워커는 총잡이에게 붙들려 중간세계로 왔을 때 그와 에디를 다 죽이기로 작정한다.

롤랜드는 에디와 오데타를 데려오고 나서 세 사람을 다 뽑았다고 생각한다. 오데타가 실제로는 두 인격을 갖고 있기 때문이었다. 그러나 오데타와 데타가 (에디 딘의 사랑에 크게 힘입어) 하나로 합쳐졌을 때, 총잡이는 자신이 잘못 생각했다는 것을 깨닫는다. 깨달음은 그것이 다가 아니었다. 그는 제이크 생각에 고통스러워한다. 죽음을 맞으면서 다른 세계에 관해 언급했던 그 소년을 생각하면서.

구원이라는 부제가 붙은 3부 『황무지』는 한 가지 모순에서 시작한다. 롤랜드에게 제이크는 살아 있으면서 동시에 죽은 것처럼 보인다. 제이크 체임버스 역시 1970년대 후반의 뉴욕에서 같은 고민에 시달린다. '난 살아 있는 걸까, 아니면 죽은 걸까?' 과연 어느 쪽일까? 미르(겁을 먹고 사라진 옛사람들이 붙여준 이름) 또는 샤딕(제작자인 '위대한 선인들'이 붙여준 이름)으로 불리는 거대한 곰을 해치우고 나서 롤랜드와 에디, 수재나는 그 짐승의 흔적을 되짚어 가다가 '빔의 길'을 발견한다. 그 길은 샤딕에게서 머투린으로, 즉 곰에게서 거북이에게로 향하는 길이다. 한때는 그러한 빔 여섯 가닥이 중간 세계 가장자리의 열두 관문을 각각 두 곳씩 연결했다. 그 빔들이 교차하는 지점, 롤랜드가 사는 세계(또한 모든 세계)의 한복판에 해당하는 그곳에, 모든 *공간*와 *시간*의 연결점인 암흑의 탑이 서 있다.

이제 에디와 수재나는 더 이상 롤랜드의 세계에 갇힌 포로가 아니다. 사랑에 빠진 두 사람은 스스로 총잡이로 변해가고, 이로써 마지막 '세페 사이(죽음의 상인)'인 롤랜드를 따라 탑을 찾는 여정에 충실히 참여한다. 샤딕의 흔적을 쫓아서, 머투린의 길을 따라서.

곰의 관문 근처에 있는 '예언의 원'에서 시간이 하나로 엮이고 모순도 끝을 맺으면서, 마침내 *진정한* 세 번째 카드가 등장한다. 제이크가 소름 끼치는 의식을 마치고 중간 세계로 다시 돌아온 것이다. 이는 제이크와 에디, 수재나, 롤랜드 네 사람이 다 함께 자기 아버지의 얼굴을 기억하고 명예롭게 싸운 덕분이었다. 그로부터 얼마 후, 제이크가 개너구리 한 마리를 길들이면서 사인조는 오인조가 된다. 오소리와 너구리와 개를 합친 것처럼 생긴 그 개너구리는 짧게나마 말을 할 줄 안다. 제이크는 이 새 친구에게 '오이'라는 이름을 지어준다.

순례의 길은 롤랜드 일행을 러드라는 도시로 인도한다. 러드는 돌연변이가 된 두 집단의 생존자들이 끝없는 전쟁을 계속하는 곳이었다. 러드에 도착하기 전, 일행은 강넘이 마을이라는 조그만 촌락에 들렀다가 아직 살아 있는 옛사람 몇 명을 만난다. 그들은 롤랜드 역시 세계가 변질되기 전의 시대에 살던 사람인 것을 알아보고 그와 동료들을 극진하게 대접한다. 또한 옛사람들은 러드에서 출발하여 황무지를 통과하는 모노레인 열차가 아직 다닐지도 모른다는 얘기도 들려준다. 빔의 길을 따라 달리는 그 열차의 종착역은 암흑의 탑이다.

제이크는 그 얘기를 듣고 겁에 질렸지만 놀라지는 않았다. 뉴욕에서 이쪽 세계로 꺼내지기 전, 제이크는 캘빈 타워라는 께름칙한 이름을 가진 남자가 운영하는 서점에서 책 두 권을 손에 넣었다. 한 권은 해답 부분이 찢겨나간 수수께끼 책이었다. 나머지 한 권은 중간 세계의 불길한 분위기가 풍기는 동화책으로, 제목은 『칙칙폭폭 찰리』였다. 예컨대 찰리(Char)의 차(Char)는 롤랜드의 고향 길르앗에서 귀족어로 죽음을 뜻하는 단어였다.

강넘이 마을의 우두머리인 탈리사 아주머니는 롤랜드에게 은 십자가 목걸이를 건네고, 일행은 다시 길을 떠난다. 파괴된 다리를 통해 센드 강을 건너던 도중, 이름이 '개셔'인 다 죽어가는(그러나 몹시 위험한) 무법자가 제이크를 납치해간다. 개셔는 어린 포로를 지하의 똑딱맨에게 데려간다. 똑딱맨은 '백발이들'로 알려진 패거리의 마지막 두목이다.

롤랜드가 오이와 함께 제이크를 찾아다니는 동안 에디와 수재나는 러드의 '요람'을 발견하고, 뒤이어 외줄 블레인이 잠에서 깨어난다. 블레인은 러드 지하에 감춰진 거대한 컴퓨터 시스템의 지상 교통수단이다. 그런 블레인에게 남은 관심사는 오직 한 가지, 수수께끼뿐이다. 블레인은 롤랜드 일행에게 모노레일의 종착역까지 데려다주겠노라고 약속하는데…… 그 대가로 그들은 블레인이 풀 수 없는 수수께끼를 내야 한다. 만약 실패하면, 그들의 여행은 죽음으로 끝난다. 번제 나무에 매달려서.

롤랜드는 제이크를 구출하고 똑딱맨이 죽도록 내버려둔다. 그러나 똑딱맨 앤드루 퀵은 죽지 않는다. 한쪽 눈이 멀고 얼굴이 끔찍하게 망가진 몰골로, 그는 스스로 '리처드 패닌'이라고 밝힌 남자에게 구조된다. 그러나 패닌은 또한 자신의 별명이 '늙지 않는 이방인'이라고 밝힌다. 그것은 롤랜드가 조심해야 할 악마의 이름이다.

순례자들은 무너져내리는 러드를 벗어나 이번에는 모노레일을 타고 여행을 계속한다. 분홍색 총알 블레인이 빔의 길을 따라 허물어져가는 철로를 시속 1300킬로미터로 질주할 때, 모노레일 열차의 실제 조종 장치인 컴퓨터가 등 뒤로 점점 멀어진다는 사실은 더 이상 중요하지 않다. 그들이 살아남는 길은 블레인의 컴퓨터조차 맞히지 못할 수수께끼를 내는 것뿐이다.

4권 『마법사와 수정 구슬』의 도입부에서 에디는 결국 그러한 수수께끼를 내는 데 성공한다. 인간 고유의 무기, 즉 비논리를 이용하여 블레인을 파괴한 것이다. 모노레일 열차가 도착한 곳은 캔자스 주 토피카와 비슷하지만, '슈퍼 독감'이라는 전염병 때문에 살아 있는 사람이 한 명도 없다. (이제 황폐해진 70번 고속도로와 겹치는) 빔의 길을 따라 여행을 재개하면서, 일행은 불길한 낙서와 마주친다. 첫 번째 낙서는 크림슨 킹 만세였다. 두 번째는 걸어다니는 멋쟁이를 조심하라였다. 조심성 있는 독자라면 이미 눈치챘겠지만, '걸어다니는 멋쟁이'의 이름은 리처드 패닌과 아주 비슷하다.

롤랜드에게서 수전 델가도 이야기를 다 듣고 나서, 일행은 70번 고속도로 위에 세워진 초록색 유리 궁전 앞에 도착한다. 이곳은 『오즈의 마법사』에서 도로시 게일이 찾은 궁전과 매우 비슷하다. 이 거대한 성의 알현실에서, 그들은 위대하고 무서운 마법사 오즈가 아니라 러드의 마지막 피난민인 똑딱맨과 마주한다. 이윽고 똑딱맨이 죽음을 맞자 진짜 마법사가 모습을 드러낸다. 그의 정체는 마튼 브로드클록, 어떤 세계에서는 랜들 플랙으로, 다른 세계에서는 리처드 패닌으로, 또 다른 세계에서는 ("의인") 존 파슨으로 알려진 롤랜드의 숙적이었다. 마튼은 탑을 찾는 모험을 포기하라고 마지막으로 경고한다. 롤랜드와 친구들은 이 유령 같은 존재를 죽이지 못하지만

("롤랜드, 내 오랜 친구여, 그걸로는 나를 겨눠봤자 빗나갈 뿐이야."), 적어도 그를 쫓아내는 데에는 성공한다.

마법사의 수정 구슬 속으로 마지막 여행을 떠난 순례자들은 그곳에서 최후의 비밀, 즉 길르앗의 롤랜드가 자기 어머니를 레아라는 마녀로 착각하고 죽였다는 것을 알아낸다. 이윽고 정신을 차린 그들은 다시금 중간 세계에, 그리고 빔의 길 위에 서 있다. 우리가 새로운 모험에 나선 그들과 만나는 곳이 바로 이곳, 『칼라의 늑대들』의 첫 장이다.

이제까지의 논의는 탑을 둘러싼 이야기의 첫 네 권을 요약하기에 턱없이 부족하다. 그 네 권을 아직 안 읽은 채로 이 책을 펼칠 생각이라면, 부디 이 책을 덮고 먼저 앞의 책들을 읽어주시기 바란다. 그 책들 한 권 한 권은 저마다 긴 이야기 한 편의 일부일 뿐이다. 중간에 시작하느니 처음부터 끝까지 순서대로 읽어나가는 편이 나을 것이다.

*

"우리는 총알로 먹고사는 놈들이야, 이 친구야."

— 스티브 매퀸, 영화 「황야의 7인」에서

*

"맨 처음은 웃음, 그다음은 거짓말이지. 맨 마지막은 총질이고."

— 길르앗의 롤랜드 디셰인

*

네 몸 안에 흐르는 피는
내 안에도 흐르고 있어
거울을 볼 때마다
내가 보는 건 네 얼굴이야
내 손을 잡아
나한테 기대렴
자유가 이제 눈앞에 있단다
떠돌이 소년아

— 로드니 크로웰, 노래 「떠돌이 소년(Wandering Boy)」에서

저항

19

서장

룬트

1

티안은 땅을 세 군데나 가진 복 받은 사람이었다(농사짓는 처지를 복으로 여기는 농부는 드물지만). 먼저 리버 필드, 까마득히 오래전부터 그의 조상들이 쌀농사를 지은 땅이었다. 다음은 로드사이드 필드, 역시 오래전부터 재퍼즈 집안이 대대로 뿌리채소와 호박, 옥수수 따위를 기른 땅이었다. 마지막은 '선오브어비치', 자라는 거라곤 돌멩이와 물집과 체념밖에 없는 척박한 땅이었다. 재퍼즈 집안 사람들 가운데 거주지 뒤편의 땅 8만 제곱미터에서 뭔가 해보기로 작정한 사람은 티안 이전에도 있었다. 다른 면에서는 완벽하게 제정신이었던 티안의 할아버지는 그 땅에 금맥이 묻혔다고 철석같이 믿었다. 티안의 어머니 역시 그 땅에서 값비싼 향신료인 포린을 기를 수 있으리라 믿었다. 티안이 정신을 잃고 빠져든 것은 하필이면 마드리갈이었다. 물론 마드리갈은 선오브어비치에서 자랄 만한 작물이었다.

반드시 자라야만 했다. 티안이 이미 (적잖은 돈을 주고) 씨앗 수천 개를 사서 지금 침실 바닥의 널빤지 밑에 숨겨 놓았기 때문이었다. 이 듬해 파종 전에 할 일이라고는 선오브어비치의 땅을 가는 것뿐이었다. 물론 실제로는 말처럼 쉬운 일이 아니었다.

재스퍼 집안은 가축을 키우는 쪽으로도 복을 받아서 노새가 세 마리나 있었지만, 미친 사람이 아닌 이상 '개나 줄 땅'이라는 뜻의 선오브어비치에서 노새를 부리는 짓은 아무도 하지 않았다. 운이 지지리도 없어서 그 땅을 일구는 노역에 처해진 노새는 첫날 점심때 즈음에 이미 다리가 부러져 나자빠지거나, 말벌에 쏘여 죽기 일쑤였다. 디안의 숙부 한 명도 몇 해 전에 같은 꼴을 당할 뻔했다. 목이 터져라 악을 쓰며 집으로 달려오는 그의 뒤에는 침이 대못처럼 커다란 돌연변이 말벌 떼가 쫓아오고 있었다.

벌집은 식구들이 찾아서(실은 앤디가 찾았다, 앤디는 아무리 큰 말벌도 겁내지 않았으므로) 등유로 태워버렸지만, 어쩌면 그게 다가 아닐지도 몰랐다. 게다가 그 땅에는 구멍도 있었다. 그것도 아주 수도 없이 많았다. 그런데 구멍을 불태울 수는 없는 노릇 아닌가? 아무렴. 선오브어비치의 지반은 노인들 말로 하면 '무른 땅'이었다. 그러다 보니 구멍이 돌멩이만큼이나 많았고, 개중에는 썩는 냄새가 풀풀 풍기는 구멍도 한 군데 있었다. 그 컴컴한 목구멍 속에 어떤 괴물이 살지 누가 알겠는가?

게다가 가장 끔찍한 구멍은 사람(또는 노새)의 눈에 안 띄는 자리에 있었다. 철저하게, 꿈에도 모를 곳에. 밟으면 다리가 부러지는 구멍들은 죄다 아무렇지도 않아 보이는 잡초 포기나 웃자란 풀 밑에 숨어 있었다. 노새가 그런 구멍을 밟으면 먼저 나뭇가지를 꺾을 때

처럼 섬뜩한 빠직 소리가 나고, 뒤이어 땅에 널브러진 불운한 짐승
이 주둥이를 벌리고 눈을 까뒤집은 채 하늘을 향해 울부짖는 고통
스러운 소리가 울려퍼진다. 그 소리는 주인이 노새의 숨을 끊어줄
때까지 계속되지만 칼라 브린 스터지스에서 가축은, 설령 멀쩡한 핏
줄을 타고나지 못한 가축일지라도, 귀중한 재산이었다.

그래서 티안은 자기 누이한테 끈을 묶고 쟁기를 끌게 했다. 못할
이유는 없었다. 티아는 룬트였고, 그러다 보니 달리 써먹을 데가 없
었다. 티아는 덩치가 컸고(룬트인 아이들은 간혹 엄청난 거인으로 자라
곤 했다.), 인간 예수에게 축복을 받아 성질도 온순했다. 영감님은 티
아에게 이른바 *십자가*라는 예수 나무를 만들어 주었는데 티아는 그
것을 늘 몸에 지니고 다녔다. 티아가 쟁기를 끄는 지금, 그 나무 쪼
가리는 이쪽저쪽으로 대롱거리다가 땀에 젖은 살갗에 부딪혀 튕기
곤 했다.

쟁기의 멍에는 생가죽 끈으로 티아의 어깨에 묶여 있었다. 뒤쪽
저만치서 단단하고 오래된 나무 손잡이를 잡고 쟁기를 이쪽저쪽으
로 틀며 멍에에 묶인 끈으로 누이를 조종하던 티안은, 쟁기 날이 땅
속으로 파고들어 멈출 기미가 보이자 구시렁거리며 손잡이를 당겼
다가 다시 밀었다. 이제 곡식이 무르익는 절기인 만지(滿地)가 끝나
갈 무렵이었는데도, 이곳 선오브어비치는 한여름처럼 무더웠다. 티
아가 입은 멜빵바지는 땀 때문에 짙은 색으로 변해서 길고 굵다란
허벅지에 축축하게 들러붙어 있었다. 티안이 눈을 가린 머리카락을
털려고 머리를 흔들 때면 땀방울이 분무가 되어 흩날렸다.

"야, 이 계집애야!" 티안이 악을 썼다. "방금 그 돌 때문에 쟁기가
부러질 뻔했잖냐. 눈깔이 멀었냐?"

눈이 멀어서 그런 것도, 귀가 먹어서 그런 것도 아니었다. 그저 룬트라서 그럴 뿐이었다. 티아가 쟁기를 왼쪽으로 세게 끌어당겼다. 뒤따라가던 티안은 목이 부러질 듯이 홱 고꾸라지는 바람에 다른 돌에 정강이를 찧고 말았다. 그가 미처 못 본 돌, 어찌된 일인지 쟁기도 놓치고 지나간 돌이었다. 뜨뜻한 피가 발목으로 흘러내리는 느낌 속에서, 티안은 재퍼즈 집안 사람들을 계속 이 땅으로 끌어들이는 광기의 정체가 궁금해졌다(이날 처음 떠오른 궁금증은 아니었다.). 의식의 밑바닥에는 전에 뿌렸던 포린이 그랬듯이 마드리갈도 싹이 제대로 안 틀 거라는 생각이 도사리고 있었다. 그래도 마귀풀은 기를 수 있었다. 물론, 마음만 먹으면 8만 제곱미터를 모조리 마귀풀로 채울 수도 있었다. 관건은 그 마음을 억누르는 것이었고, 파종 때 맨 먼저 해야 할 일 또한 그것이었다. 왜냐면 마귀풀은……

잠깐 생각에 잠긴 사이 쟁기가 오른쪽으로 방향을 틀더니 뒤이어 앞으로 세게 당겨졌고, 그 바람에 티안은 하마터면 양팔이 빠질 뻔했다.

"*아이고! 좀 천천히 가, 이 계집애야!* 사람 팔은 한 번 뽑으면 다시 자라지도 않아, 알았냐?"

티아는 땀으로 범벅이 된 너부데데하고 멍한 얼굴을 돌리더니, 구름이 낮게 깔린 하늘을 올려다보며 힝힝 웃었다. 맙소사, 웃는 소리가 무슨 당나귀 우는 소리 같았다. 하지만 웃음소리였다. 사람이 웃는 소리였다. 티안은 그 웃음소리에 무슨 *의미*가 있는 게 아닌지 궁금해졌다. 이따금 저도 모르게 떠오르는 궁금증이었다. 방금 한 말을 티아가 알아듣기는 한 걸까? 아니면 그저 티안의 말투에 반응한 것뿐일까? 혹시 룬트로 태어난 아이들 중에도 말귀를 알아듣는……

"안녕하세요, 사이." 티안의 등 뒤에서 높낮이가 거의 없는 목소리가 우렁차게 들려왔다. 놀란 티안이 소리를 질렀지만 그 목소리의 주인은 아랑곳하지 않았다. "즐거운 나날이 땅 위에서 오래도록 이어지기를 바랍니다. 여기저기 돌아다니다가 도와드리러 왔습니다."

티안이 돌아서서 보니 키가 2미터가 넘는 앤디가 서 있었다. 그런데 그때 마침 티아가 앞으로 성큼 발을 내디딘 탓에 티안은 하마터면 뒤로 벌렁 자빠질 뻔했다. 그 바람에 쟁기와 멍에를 연결한 끈이 손에서 벗어나는가 싶더니, '쓱' 소리와 함께 티안의 목을 휘감았다. 눈앞에 닥친 이 참사를 모르는 티아는 묵묵히 또 한 걸음을 내디뎠다. 그러자 쟁기 끈이 티안의 목을 졸랐다. 숨이 막혀 어쩔 줄 몰라 컥컥대면서, 그는 목에 감긴 끈을 필사적으로 더듬거렸다. 그러는 동안 내내 앤디는 평소처럼 얼굴 한가득 뜻 모를 미소를 지은 채 지켜보고 있었다.

티아가 또 다시 앞으로 나아가자 티안의 두 발이 공중에 떴다. 티안은 땅에 나자빠지면서 돌에 엉덩이 골이 세게 부딪혔지만, 그래도 숨은 다시 쉴 수 있었다. 적어도 잠깐 동안은. 이 저주받은 망할 놈의 땅! 허구한 날 이 모양이었지! 앞으로도 쭉 이 꼴이겠지!

티안은 가죽 끈이 다시 목을 파고들지 않도록 냉큼 붙잡고서 악을 썼다. "멈춰, 이것아! 쓸 데도 없는 그 통통한 젖퉁이를 확 비틀어버리기 전에 당장!"

티아는 선뜻 걸음을 멈추고 어찌 일인지 보려고 뒤로 돌아섰다. 웃음을 머금은 입이 헤벌쭉 벌어졌다. 티아는 근육이 두툼하게 붙은 (그리고 땀으로 번들거리는) 한쪽 팔을 들어 무언가 가리켰다.

"앤디다! 앤디가 왔어요!"

"나 눈 안 멀었다." 티안은 일어서서 엉덩이를 문질렀다. 혹시 엉덩이에서도 피가 나는 게 아닐까? 젠장, 왠지 그럴 것만 같았다.

"안녕하세요, 아가씨." 앤디는 티아에게 인사를 건넨 다음, 쇠 손가락 세 개를 펴서 쇠로 된 목을 세 번 두드렸다. "기나긴 나날과 즐거운 밤들을 누리시길."

그 인사를 받았을 때 사람들이 보통 어떻게 답하는지("*부디 그 두 배의 복을 누리시길*") 분명 수천 번은 들어서 알 텐데도, 티아는 그저 멍해빠진 얼굴을 하늘로 쳐들고 당나귀처럼 힝힝 웃을 뿐이었다. 저릿한 아픔이 느닷없이 티안을 덮쳤다. 아픈 곳은 팔도, 목도, 방금 유린당한 엉덩이도 아니었다. 티안은 가슴이 아팠다. 티아의 어린 시절 모습이 희미하게 떠올랐다. 잠자리처럼 귀엽고 날쌔던, 더없이 똘똘하던 모습이. 그러던 티아가 지금은……

그 생각을 마무리 짓기도 전에, 어떤 예감이 티안을 엄습했다. 가슴이 철렁 내려앉았다. *내가 여기 나와 있는 사이에 소식이 전해진 거로군.* 티안은 속으로 중얼거렸다. *이 저주받은 땅에, 멀쩡한 건 하나도 없고 불운만 가득한 곳에. 이제 슬슬 때가 된 것이다, 아닌가? 어쩌면 이미 지났을지도.*

"앤디."

"예!" 앤디가 대답했다. 벙글벙글 웃으면서. "사이의 친구 앤디입니다! 여기저기 돌아다니다가 도와드리러 왔습니다. 별자리 운세를 봐드릴까요, 사이 티안? 지금은 만지입니다. 달이 붉게 물들었습니다. 중간 세계에서는 '사냥꾼 여신의 달'이라고 하지요. 친구 분한테서 연락이 올 겁니다! 사업은 번창하실 거고요! 두 가지 생각을 하고 계실 텐데 하나는 좋은 생각이고 하나는 나쁜……"

"나쁜 생각은 여기 이 땅을 갈려고 작정한 거겠지. 별자리 운세 같은 건 집어치워, 앤디. 용건이 뭐야?"

앤디의 웃는 얼굴이 곤혹스러운 표정으로 변했을 리는 없었다. 어쨌거나 앤디는 로봇, 그것도 칼라 브린 스터지스 마을과 근방 몇 킬로미터, 또는 몇 휠을 통틀어 마지막 남은 로봇이었으므로. 그럼 에도 티안의 눈에는 앤디의 표정이 곤혹스러워 보였다. 눈앞의 로봇 은 어린애가 어른을 떠올리며 그린 막대 그림처럼 터무니없이 커다 랬고 말도 안 되게 홀쭉했다. 팔다리는 은빛으로 번쩍였다. 머리는 전구 눈이 달린 스테인리스 통이었다. 기다란 실린더에 지나지 않는 몸통은 금빛이었다. 몸통 한복판, 사람으로 치면 가슴에 해당할 자 리에는 이런 설명이 붙어 있었다.

노스 센트럴 양자공학 주식회사
라머크 공업
공동 제작

앤디

용도: 메신저(외 다양한 기능)
일련번호 # DNF-44821-V63

다른 로봇들은 이미 오래전에 죄다 사라졌는데 이 멍청한 물건은 어째서, 어떻게 멀쩡한지 티안은 알 수가 없었고, 관심도 없었다. 칼 라 마을 안에서는 어딜 가든 앤디가 보였다(티안은 마을 바깥으로 나

갈 생각은 하지도 못했다.). 앤디는 말도 안 되게 가느다란 은색 다리로 성큼성큼 걸었고, 사방을 두리번거렸고, 가끔은 혼자서 찰칵찰칵 소리를 내며 정보를 저장했다(어쩌면 지우는 걸 수도 있었지만 누가 알겠는가?). 노래를 흥얼거리며 마을 끝에서 끝까지 남의 험담이나 소문을 전하는 메신저 로봇 앤디는 지칠 줄 모르는 걷기 선수였다. 무엇보다 별자리 운세를 봐줄 때 가장 즐거워 보였지만 마을 사람들은 로봇의 점괘에 별 의미가 없다는 데서 의견이 일치했다.

그런데 앤디가 할 줄 아는 일은 그게 다가 아니었다. 하나 더, 중요한 기능이 있었다.

"여긴 뭐 하러 왔냐고, 이 나사랑 철근 덩어리야. 대답해! 늑대 떼냐? 놈들이 선더클랩에서 이리로 오는 중이야?"

살갗에 맺힌 땀이 서늘하게 식는 동안 티안은 바보 같이 웃는 앤디의 금속 얼굴을 올려다보며 간절히 바랐다. 이 멍청한 로봇이 부디 아니라고 말해주기를, 그냥 다시 별자리 운세나 들려주기를, 아니면 가사가 20절까지 있는지 30절까지 있는지 모를 「땡볕의 풋옥수수」나 끝까지 불러주기를.

그러나 앤디는 시종 웃으며 이렇게만 대답했다. "예, 사이."

"아이고, 그리스도와 인간 예수님 맙소사." 티안이 중얼거렸다(영감님의 말에 따르면 그 둘은 이름만 다를 뿐 같은 대상 같았지만, 티안은 굳이 따져보고 싶지 않았다.). "며칠이나 남았는데?"

"달이 한 바퀴는 돌아야 도착할 겁니다." 앤디가 대답했다. 여전히 웃으면서.

"보름에서 보름까지?"

"대강 그렇습니다, 사이."

그렇다면 대략 30일이었다. 늑대들이 올 때까지 30일. 앤디가 착
각을 했을 가망은 없었다. 놈들이 선더클랩을 출발하는 것을 로봇이
무슨 수로 아는지는 도무지 짐작도 가지 않았지만, 어쨌거나 앤디는
분명히 알았다. 그리고 한 번도 틀린 적이 없었다.

"그딴 재수 없는 소리를 소식이라고 전하고 있어!" 버럭 소리를
지른 티안은 자기 목소리가 떨리는 기색 때문에 더욱 화가 치밀었
다. "너 도대체 뭐 하는 놈이야?"

"나쁜 소식을 전하게 돼서 유감입니다." 앤디의 몸통에서 철컥거
리는 소리가 또렷이 들렸다. 파란 전구 눈을 더 파랗게 번쩍이며, 앤
디는 뒤로 한 걸음 물러섰다. "별자리 운세를 봐드릴까요? 지금은
만지가 끝날 무렵입니다. 묵은 일을 마무리하고 새 인연을 만나기에
좋은 때……"

"엉터리 운세도 집어치워!"

티안은 허리를 굽혀 흙덩이를 주워서 로봇에게 냅다 던졌다. 흙
덩이 속에 들어 있던 조약돌이 앤디의 금속 거죽에 부딪히며 '챙'
소리가 났다. 그 소리에 티아가 흠칫 놀라서 울음을 터뜨렸다. 앤디
는 한 걸음 더 물러섰고, 이로써 선오브어비치의 지면에 로봇 그림
자가 기다랗게 드리워졌다. 하지만 징그럽게 멍청해 보이는 웃음은
그대로였다.

"노래라도 들으시겠습니까? 저는 마을 북쪽 먼 곳에 사는 마니
교도들한테서 재미있는 노래를 배웠습니다. 제목은 「상심한 사람은
하느님을 주인으로 삼을지니」입니다." 앤디의 몸통 속 깊숙한 곳에
서 음정을 잡는 피리 소리가 나더니 피아노 반주가 그 뒤를 이었다.
"그럼 시작하겠습니다……"

땀방울이 티안의 뺨을 따라 주르륵 흘러내렸고, 허벅지에 들러붙은 불알도 땀에 젖어 근질거렸다. 고약한 땀 냄새의 근원은 이 땅에 대한 티안 자신의 어리석은 집착이었다. 티아는 얼빠진 얼굴로 하늘을 보며 울고 있었다. 그리고 나쁜 소식을 전하러 온 이 멍청한 로봇은 마니교 찬송가를 부르려고 준비하는 중이었다.

"입 다물어, 앤디." 티안은 꽤 차분한 목소리로 말했지만 이를 악무는 것까지 참지는 못했다.

"예, 사이." 로봇은 상냥하게 대꾸하고 입을 다물었다.

티안은 엉엉 우는 티아에게 다가가 한 팔로 끌어안은 다음, 누이의 커다란 덩치에서 풍기는(그러나 너무 역하지는 않은) 체취를 한껏 들이마셨다. 티아의 체취에서 집착은 느껴지지 않았다. 그저 노동과 복종의 냄새뿐이었다. 티안은 한숨을 내쉰 다음, 후들거리는 티아의 팔을 다독였다.

"뚝 그쳐, 이 울보 쌍년아." 말은 거칠지만 말투는 더없이 다정했다. 그리고 듣는 이의 마음을 움직인 것은 바로 말투였다. 티아의 울음소리가 잦아들었다. 티안은 누이의 불룩한 엉덩이가 갈비뼈 바로 아래를 파고들 정도로(누이의 키가 남자인 티안보다 30센티미터나 더 컸다.) 딱 붙어 서 있었다. 그러다 보니 모르는 사람이 지나가다가 봤더라면 둘의 꼭 닮은 얼굴과 전혀 안 닮은 덩치에 깜짝 놀랄 법도 했다. 그래도 얼굴이 닮은 것은 당연한 일이었다. 둘은 쌍둥이였으므로.

티안은 애정 어린 말투에 쌍욕을 담아 누이를 달랬다. 누이가 동쪽에서 룬트가 되어 돌아온 이후로 티안 재퍼즈에게 애정과 쌍욕은 별 다를 바 없는 표현 방식이었다. 티아가 마침내 울음을 그쳤다. 잠시 후, 커다랗고 시커먼 러스티 한 마리가 하늘을 날아갔다. 원을 그리듯이 날면서 평소처럼 징그럽게 깍깍 우는 그 새를 가리키며, 티아는 웃음을 터뜨렸다.

티안의 마음속에 어떤 감정이 피어올랐다. 타고난 본성과 너무나 동떨어진 그 감정의 정체를 티안은 파악할 수가 없었다.

"옳지 않아." 티안이 말했다. "아무렴. 인간 예수뿐 아니라 존재하는 모든 신의 이름으로, 옳지 않아."

티안은 동쪽을 바라보았다. 동쪽에 길게 이어진 산들 위로 장막처럼 드리워진 어둠은 구름처럼 보였지만, 실은 아니었다. 그것은 선더클랩의 가장자리였다.

"놈들이 우리한테 하는 짓은 옳지 않아."

"사이, 별자리 운세를 정말로 안 들으시겠습니까? 반짝이는 동전과 살갗이 까만 미녀가 보입니다만."

"살갗이 까만 미녀는 나 없이도 잘 살 거다." 티안은 누이의 떡 벌어진 어깨에 묶인 멍에를 풀기 시작했다. "난 임자가 있는 몸이야. 너도 잘 알겠지만."

"유부남들 중에도 애인이 있는 사람은 많습니다." 앤디가 말했다. 티안의 귀에는 잘난 체하는 소리로 들렸다.

"아내를 사랑하는 남자는 그런 짓 안 해." 티안은 멍에끈을 어깨에 걸치고(끈은 그가 손수 만든 물건이었는데 이는 거의 모든 마구 가게에 사람한테 씌우는 마구가 턱없이 부족했기 때문이었다.) 집 쪽으로 돌아섰다. "어차피 농사꾼한테는 어림없는 얘기야. 애인을 둘 형편이 되는 농부가 있으면 어디 데려와봐, 네놈의 번쩍이는 볼기짝에 입이라도 맞춰줄 테니까. 가자, 티아. 멍에는 벗어서 내려놔."

"집에 가는 거예요?" 티아가 물었다.

"그래."

"집에 가서 점심 먹을 거예요?" 티아는 어리둥절하면서도 희망이 어린 표정으로 오빠를 바라보았다. "감자 먹어요?" 잠시 침묵. "그 레이비소스랑?"

"그래. 먹자, 까짓것."

티아는 우렁찬 함성을 지르며 집을 향해 뛰기 시작했다. 티아가 달리는 모습에는 어딘가 감탄을 자아내는 구석이 있었다. 그들 남매의 아버지 또한 어느 해 가을 숨을 거두기 얼마 전에 이렇게 말했다. "영리하든 멍청하든 간에, 푸짐한 고깃덩이치고는 참 빨리도 뛰는구나."

티안은 누이 뒤를 따라 느릿느릿 걸으며 고개를 숙인 채 땅바닥에 구멍이 있는지 유심히 살폈지만, 티아는 어찌된 영문인지 땅을 보지도 않으면서 구멍을 피해 달리는 듯했다. 마치 모든 구멍의 위치가 그려진 지도를 머릿속 깊숙이 담고 있기라도 한 것처럼. 앞서 피어오른 낯설고 기묘한 감정이 점점 더 커졌다. 분노가 무엇인지는 티안도 알았다. 독초 때문에 소를 잃은 적이 있거나 여름 우박에 작물이 초토화된 적이 있는 농부들은 분노라는 감정을 잘 이해했다. 그러나 이번 것은 더 깊었다. 그것은 격노였고, 이때껏 느껴 보지 못한 감정이었다. 티안은 느릿느릿 걸으며, 고개를 푹 숙인 채로, 주먹을 불끈 쥐었다. 그는 앤디의 목소리가 들리고 나서야 그 로봇이 뒤따라오는 것을 알아차렸다.

"소식이 한 가지 더 있습니다, 사이. 마을 서북쪽 빔의 길을 따라 바깥세상의 이방인들이 오는 중인데……"

"빔이고 이방인이고 엿이나 먹으라고 해, 너도 옆에서 같이 처먹든가. 이제 그만 꺼져, 앤디."

앤디는 잠시 제자리에 멍하니 서 있었다. 돌과 잡초와 쓸모없는 흙무더기로 둘러싸인 선오브어비치에, 재퍼즈 집안의 그 척박한 땅에. 앤디의 몸통 속에서 기계장치들이 철컥거렸다. 눈에서는 빛이 번쩍거렸다. 이윽고 앤디는 영감님한테 가서 소식을 들려주기로 했다. 영감님은 앤디에게 엿이나 먹으라는 말을 한 적이 없었다. 영감님은 언제나 별자리 운세를 관심 있게 들어주었다.

그리고 그는 *언제나* 이방인들에게 관심이 있었다.

앤디는 마을을 향해, 그리고 평온의 성모를 향해 출발했다.

2

잘리아 재퍼즈는 선오브어비치에서 돌아온 남편과 시누이를 보지 못했다. 티아가 외양간 바깥의 빗물 통에 말처럼 연거푸 머리를 담갔다가 입으로 물을 뿜으며 낸 소리도 듣지 못했다. 잘리아는 집 남쪽 마당에서 빨래를 널며 아이들을 보고 있었다. 그래서 부엌 창으로 자신을 내다보는 티안을 발견하고서야 남편이 집에 온 것을 알았다. 잘리아는 부엌에 있는 남편을 보고 놀랐고, 남편의 표정을 보고 나서는 더욱 놀랐다. 벌겋게 물든 양쪽 광대뼈와 이마 한복판의 불도장처럼 벌건 자국을 빼면 티안의 얼굴은 재처럼 창백했다.

손에 쥐고 있던 빨래집게 몇 개를 빨래통에 던져넣고서, 잘리아는 집 쪽으로 걸어갔다.

"어디 가요, 엄마?" 아들 헤든이 소리쳤고, 뒤이어 딸 헤다도 따라했다. "어디 가요, 엄마?"

"별일 아니야. 네 동생들이나 잘 보고 있어."

"왜애요오!" 헤다가 우는소리를 했다. 벌써부터 우는소리가 입에 배다시피 한 아이였다. 조만간 도가 지나쳐서 엄마한테 된통 혼나겠구나 싶을 정도였다.

"왜냐면 네가 첫째니까."

"그치만……"

"입 다물어, 헤다 재퍼즈."

"동생들은 우리가 볼게요, 엄마." 헤든이 말했다. 헤든은 엄마 말을 거스르는 법이 없었다. 아마도 머리는 누이만큼 영리하지 않을지 몰라도, 머리가 좋은 것이 다는 아니었다. 절대 아니었다. "남은 빨래도 마저 널까요?"

"헤에드은……." 큰딸의 목소리. 짜증스러운 우는소리가 다시 시작됐다. 그러나 아이들한테 붙잡혀 있을 때가 아니었다. 잘리아는 나머지 자식들을 힐끗 돌아보았다. 리먼과 리아는 다섯 살, 에런은 두 살이었다. 에런은 알몸으로 흙바닥에 앉아 돌멩이 두 개를 신나게 맞부딪히는 중이었다. 드물게 혼자 태어난 에런을 보며 마을 아낙들이 얼마나 부러워했던가! 왜냐면 에런은 지금까지도 그리고 앞으로도 무사할 것이기 때문이었다. 하지만 다른 아이들은…… 헤든과 헤다…… 리먼과 리아는…….

잘리아는 문득 깨달았다. 한낮 이맘때 남편이 집에 와 있는 것이 무슨 뜻인지를. 그래서 신들에게 부디 자신의 생각이 틀리게 해달라고 빌었지만, 부엌에 들어서서 아이들을 바라보는 남편의 표정을 보고 제대로 짚었다는 확신이 섰다.

"늑대 때문은 아니라고 해줘." 잘리아의 목소리는 겁에 질려 거칠었다. "아니라고 해, 제발."

"맞아. 30일 남았어. 앤디 말로는 달이 한 바퀴 돌 시간이랬어. 앤디는 그쪽으로는 한 번도 틀린 적이……."

티안이 미처 말을 맺기도 전에, 잘리아 재퍼즈는 두 손으로 머리를 감싸고 비명을 질렀다. 마당에 있던 헤다가 놀라서 펄쩍 일어섰다. 곧장 집으로 뛰어가려는 헤다를 헤든이 붙잡았다.

"리먼이랑 리아처럼 어린 애들까지 잡아가진 않겠지, 그렇지?" 잘리아가 물었다. "헤다랑 헤든은 몰라도 그렇게 어린 애들까지 잡아갈 리는 없어, 안 그래? 당연하지, 여섯 살 생일까지 아직 반년은 더 남은 애들인데!"

"늑대들은 세 살배기도 데려간 적이 있어. 당신도 알잖아." 티안은 주먹을 쥐었다가 폈고, 다시 쥐었다가 폈다. 마음속의 감정이 자꾸만 커졌다. 단순한 울화보다 더 깊은 그 감정이.

그런 남편을 지켜보던 잘리아의 뺨에 눈물이 흘러내렸다.

"이제 안 된다고 말할 때가 됐는지도 몰라." 중얼거리는 티안의 목소리는 그 자신의 귀에도 너무나 낯설게 들렸다.

"무슨 수로?" 잘리아가 소곤거리듯이 물었다. "그런 말을 우리가 어떻게 해?"

"나도 몰라. 하지만 이쪽으로 와봐, 이 여편네야. 얼른."

잘리아는 뒷마당에 있는 다섯 아이들을 어깨 너머로 힐끗 돌아보았다. 아이들이 그대로 있는지, 아직 늑대들한테 잡혀가지 않았는지 확인하려는 듯이. 그러고는 거실을 가로질러 걸어갔다. 불 꺼진 난로 앞의 커다란 의자에는 할아버지가 고개를 숙이고 앉아서, 이가 빠져 합죽해진 입에서 침을 흘리며 조는 중이었다.

거실에서는 외양간이 보였다. 티안은 아내를 창가로 데려가 바깥을 가리켰다. "봐. 저 애들 보여? 똑똑히 보이냐고."

물론 똑똑히 보였다. 키가 2미터 가까이 되는 티안의 누이가 멜빵바지의 어깨 끈을 아래로 늘어뜨린 채 서 있었다. 빗물 통의 물을 퍼서 뒤집어쓴 탓에 거대한 유방이 물에 젖어 반짝거렸다. 외양간 문 앞에는 잘리아의 쌍둥이 형제 잘만이 서 있었다. 그는 키가 2미터 하고도 10센티미터나 됐다. 키는 로봇 앤디와 맞먹었고, 덩치는 전설에 나오는 퍼스 경만큼이나 우람했다. 그리고 얼굴은 티아만큼이나 멍해 보였다. 가슴을 훤히 드러낸 건장한 아가씨를 본 건장한 청년이라면 바지 앞섶이 불룩해질 법도 했건만, 잘먼은 그럴 기미가 전혀 없었다. 앞으로도 그럴 일은 없을 터였다. 그는 룬트였다.

잘리아는 남편에게로 눈을 돌렸다. 부부는 서로를 마주 보았다. 이들은 남편도 아내도 룬트가 아니었지만, 이는 순전히 눈 먼 행운 덕분이었다. 두 사람이 아는 한, 지금 잘먼과 티아가 이 거실에 서 있고 잘리아와 티안은 몸만 거대하게 자랐을 뿐 머리는 텅 빈 채로 저 외양간 옆에 서 있다고 해도 전혀 이상하지 않았다.

"보이지, 당연히. 내가 장님인 줄 알아?"

"가끔은 차라리 장님 신세가 나을 것 같지 않아? 저 둘이 저러고 있는 꼴을 볼 때면."

잘리아는 아무 대꾸도 하지 않았다.

"옳지 않아, 이 여자야. 옳지 않다고. 처음부터 그랬어."

"하지만 까마득한 옛날부터……"

"까마득한 옛날 같은 소리 집어치워! 애들한테 닥칠 일이야! 우리 애들한테!"

"그럼 늑대들이 칼라를 몽땅 불태우도록 놔둘 거야? 사람들은 죄다 목이 잘리고 눈알이 부글부글 끓다가 터지도록? 전에도 그런 적이 있잖아. 당신도 알잖아."

물론 티안도 알고 있었다. 하지만 칼라 브린 스터지스의 남자들이 아니면 누가 이 일을 해결한단 말인가? 이 근방에 공권력 같은 것은 아예 없었다. 큰 곳이든 작은 곳이든 보안관 사무소조차 없었다. 이곳 사람들은 자기들끼리 알아서 살아갔다. 오래전 내륙 자치령이 빛과 질서를 자랑하던 시절에도 이 땅에는 빛나는 삶의 징조 같은 것이 거의 보이지 않았다. 이곳은 변방이었고, 변방의 삶은 언제나 기묘했다. 그러다가 늑대들이 찾아오기 시작하자 더욱 기묘해졌다. 도대체 언제 시작됐을까? 몇 대 전일까? 티안은 알지 못했지만, '까마득한 옛날'은 호들갑이라는 생각이 들었다. 분명히 늑대들은 할아버지가 젊었을 때에도 변방의 마을을 약탈했다. 할아버지의 쌍둥이도 할아버지와 둘이서 흙바닥에 앉아 공깃돌 놀이를 하다가 잡혀갔다고 했다. '그 애가 길에 더 가까이 있어서 잡혀갔던 거야.' 할아버지가 티안 부부에게 (여러 번) 들려준 이야기였다. '그날 내가 집에서 더 일찍 나왔더라면 내가 길 쪽에 더 가까이 있었을 게야, 그럼 놈들이 나를 잡아갔겠지. 천만다행이었어!' 할아버지는 그렇게 말하고는 영감님한테서 받은 나무 십자가에 입을 맞춘 다음, 십자가를 하늘로 쳐들고 킬킬 웃었다.

하지만 할아버지의 할아버지가 손자에게 들려준 말에 따르면, 그가 젊었을 적에는 선더클랩에서 회색 말을 타고 쳐들어오는 늑대

따위는 없었다고 했다. 티안의 계산이 옳다면 5대, 아니면 6대 전의 이야기였다. 한번은 티안이 할아버지에게 물은 적이 있었다. *그 시절에도 아기들이 거의 다 쌍둥이로 태어났나요? 노인들한테 그 얘기는 못 들으셨어요?* 할아버지는 한참 동안 생각하다가 고개를 저었다. 그는 노인들한테서 아기 이야기를 들었는지 어땠는지 기억하지 못했다. 조금도.

잘리아는 근심 어린 눈으로 남편을 보고 있었다. "당신, 지금은 그런 생각 할 때가 아니야. 오전 내내 돌밭을 갈다 와서 기분이 안 좋을 거 아냐."

"놈들이 언제 쳐들어올지, 누굴 잡아갈지는 내 기분하고는 아무 상관도 없어."

"바보 같은 짓 하려는 건 아니지, 티안. 그렇지? 혼자서 바보 같이 나서려는 건 아니지?"

"당연하지."

남편의 대답은 냉큼 돌아왔다. *벌써 뭔가 꾸미고 있구나.* 잘리아의 마음속에 한 줄기 희미한 희망이 피어났다. 티안이 늑대들에 맞서 아무것도 못하리라는 것은 뻔할 뻔 자였다. *아무도, 아무것도 할 수 없었다.* 그러나 티안은 결코 바보가 아니었다. 남자들 머리에 들어 있는 거라곤 밭이랑을 따라 씨 뿌릴 생각밖에 없는(아니면 토요일 저녁에 침대에서 씨 뿌릴 생각만 하는) 농사꾼 마을에서 티안은 돌연변이 같은 존재였다. 그는 자기 이름을 쓸 줄 알았다. 사랑해 잘리아라는 글도 적을 줄 알았다(잘리아의 마음을 얻은 비결 또한 그것이었다, 비록 잘리아 본인은 흙바닥에 적힌 그 글을 읽을 줄 몰랐지만). 덧셈도 할 줄 알았거니와 숫자를 큰 수부터 작은 수까지 거꾸로 셀 줄도 알았다. 티안 말로는 그렇게 세는 것이 더 어렵다고 했다. 그러니 어쩌면 티안에게 뭔가 방법이 있을지도……?

마음 한구석으로는 그 생각을 끝까지 밀고 나가고 싶지 않았다. 그럼에도, 어머니의 마음으로 헤다와 헤든을, 리아와 리먼을 떠올리며, 잘리아는 마음 깊숙한 곳에 희망을 품고 싶어졌다.

"어쩔 건데, 그럼?"

"마을 회의를 소집할 거야. 깃털을 보내서."

"사람들이 오려고 할까?"

"이 소식을 들으면 칼라의 남자들은 다 같이 들고일어날 거야. 찬 찬히 상의하면 돼. 어쩌면 이번에는 싸우려고 할지도 몰라. 싸우려 고 할 거야, 자기네 아이들을 위해서."

등 뒤에서 노인의 갈라진 목소리가 들려왔다. "멍청한 짓 하다가 뒈지는 수가 있어."

티안과 잘리아는 고개를 돌려 할아버지를 바라보았다. 손은 꼭 잡은 채였다. *뒈지다*라는 말 자체는 살벌했지만, 티안이 생각하기에 자신들을(특히 그를) 바라보는 노인의 눈빛은 다정하기만 했다.

"무슨 말씀을 그렇게 하세요, 할아버지?" 티안이 물었다.

"네가 열려는 회의에 모인 사내놈들은 봉기를 일으켜서 온 들판 의 절반을 불태워버릴 거다. 술에 취해서 말이지. 술에 안 취한 놈들 은……" 노인이 고개를 저었다. "그런 놈들을 싸우게 할 방법은 없어."

"이번엔 할아버지 말씀이 틀릴지도 몰라요." 티안이 말했다. 그 말을 들은 잘리아는 차가운 손에 심장을 붙들린 듯한 공포를 느꼈 다. 그러나 심장 안에는 아까 품었던 희망이 숨어 있었다. 아직 따뜻 한 채로.

3

다만 하루라도 여유를 줬다면 구시렁거리는 사람이 더 적었을 테지만, 티안은 그렇게 하지 않았다. 그들에게는 단 하루도 낭비할 여유가 없었다. 그리고 그가 헤든과 헤다에게 깃털을 들려 보냈을 때, 사람들은 정말로 모여들었다. 티안이 예상한 대로였다.

칼라의 공회당은 마을의 큰길 끄트머리에 있었다. 투크 잡화점에서 보면 건너편이었고, 여름 막바지에 이르러 먼지와 어둠에 뒤덮인 마을 광장에서 보면 대각선 맞은편이었다. 이제 머잖아 마을 아낙들이 수확제를 위해 광장을 꾸미기 시작할 터였지만, 칼라에서는 수확제를 결코 성대하게 치르지 않았다. 물론 아이들은 모닥불에 던져지는 허수아비를 보며 즐거워했고 배짱 좋은 청년들은 밤이 무르익는 동안 재주껏 처녀들의 입술을 훔치기도 했지만, 그게 다였다. 중간세계나 내륙계였다면 화려한 장식과 성대한 축제가 어울릴 때였지만, 이곳은 둘 다 아니었다. 이 외딴 곳에는 수확절 축제보다 더 진지하게 고민해야 할 문제들이 있었다.

늑대들 역시 그중 하나였다.

남자들 몇은 말을 타고 도착했다. 서쪽의 부유한 농장 몇 군데와 남쪽의 목장 세 곳에서 온 사람들이었다. 로킹비 목장의 아이젠하트는 탄띠를 양어깨에 엇갈리게 걸치고서 라이플까지 들고 왔다(티안 재퍼즈는 그 탄띠의 총알이 멀쩡할지, 설령 멀쩡한 총알이 있다 해도 그 고물 라이플이 작동은 할지 의심스러웠다.). 마니교도들의 대표단도 거세한 돌연변이 수말 두 마리가 끄는 마차에 가득 타고 도착했다. 말 한 마리는 눈이 세 개였고, 다른 쪽은 등에 분홍색 살덩이가 길게 뛰어나와 있었다. 칼라 마을의 남자들은 대부분 크고 작은 당나귀를 타고 나타났다. 다들 흰 바지에 색색의 셔츠를 입고 있었다. 그들은 공회당에 들어서면서 못이 박인 손가락으로 흙투성이 솜브레로를 뒤로 넘겨 턱 끈을 따라 등에 걸쳐지게 한 다음, 불안한 표정으로 인사를 나누었다. 공회당 벤치는 칠을 안 한 소나무 판으로 만든 소박한 것이었다. 여성과 룬트는 한 명도 안 온 가운데, 남자들만 벤치 아흔 개 중 서른 개를 채웠다. 두런거리는 사람은 있었지만 웃는 이는 아무도 없었다.

티안은 손에 깃털을 쥐고 공회당 앞에 서서, 이제 지평선으로 가라앉는 해를 바라보고 있었다. 금빛 석양이 점점 더 짙어져서 감염된 피의 색깔로 바뀌어 갔다. 해가 지평선에 닿았을 때, 티안은 다시 눈을 들어 큰길을 죽 훑어보았다. 투크 잡화점 입구의 계단에 앉아 있는 룬트 몇 명을 빼면 길은 텅 비어 있었다. 그들은 모두 덩치가 거대했고, 땅에 박힌 돌을 치울 때 말고는 쓸모가 없었다. 마을의 남자 주민도, 이쪽으로 다가오는 당나귀도 더는 보이지 않았다. 티안은 숨을 깊이 들이마셨다가 내쉰 다음, 다시 숨을 들이마시고 붉게 물들어가는 하늘을 올려다보았다.

"인간 예수님, 나는 당신을 믿지 않습니다." 티안이 중얼거렸다. "하지만 그 위에 계신다면, 저를 도와주십시오. 하느님께도 감사한다고 전해주시고요."

그런 다음 공회당 안으로 들어가 문을 살짝 세게 닫았다. 두런거리던 소리가 멈췄다. 대부분 농부인 남자 140명이 지켜보는 가운데, 티안이 앞쪽 연단을 향해 걸어갔다. 품이 넓은 흰색 바지가 펄럭였고, 반장화 굽이 단단한 널빤지 바닥에 부딪혀 또각거렸다. 티안은 이쪽에서 자신이 겁을 먹을 거라고, 어쩌면 말문이 막힐 거라고 생각했다. 그는 농사꾼일 뿐 배우도, 정치인도 아니었다. 그러나 이내 아이들 생각이 떠올랐고, 그 덕분에 고개를 들어 남자들의 얼굴을 보았을 때, 그는 그들의 눈을 거리낌 없이 마주할 수 있었다. 손에 쥔 깃털은 조금도 떨리지 않았다. 마침내 입을 열었을 때, 그의 말은 편안하고 자연스럽고 조리 있게 흘러나왔다. 어쩌면 사람들이 그의 말을 안 따라줄지도 몰랐다. 할아버지 말이 옳을 수도 있었다. 그러나 표정만 보면 다들 기꺼이 귀를 기울이는 듯했다.

"제가 누군지 다들 아실 겁니다." 티안은 불그스름한 깃털의 오래된 자루를 두 손으로 감싼 채 우뚝 서서 말했다. "저는 티안 재퍼즈, 루크의 아들이자 잘리아 후닉의 남편입니다. 잘리아와 저는 아이가 다섯입니다. 쌍둥이를 두 번, 홑둥이를 한 번 낳았습니다."

그 말은 들은 남자들이 나지막이 웅성거렸다. 대부분 홑둥이 에런을 낳은 티안과 잘리아가 얼마나 운이 좋은지 중얼거리는 소리였다. 티안은 웅성거림이 잦아들 때까지 기다렸다.

"저는 평생을 칼라에서 살았습니다. 다시 말해 저는 여러분의 *케프*를, 여러분은 저의 *케프*를 함께했습니다. 그러니 부디 제 말을 들어주시기 바랍니다."

"생키, 사이." 남자들이 중얼거렸다. 으레 하는 인사였지만 티안은 그 말에서 용기를 얻었다.

"늑대들이 오고 있습니다. 앤디가 소식을 전해주더군요. 30일, 달이 한 바퀴 돌고 나면 놈들이 도착할 겁니다."

다시금 나지막이 웅성거리는 소리가 퍼졌다. 티안의 귀에 탄식과 화난 목소리가 들려왔지만, 놀란 목소리는 들리지 않았다. 소문을 퍼뜨리는 데에는 앤디만 한 전문가가 없었다.

"여러분 가운데 읽고 쓸 줄 아는 사람이 있다고 한들, 글을 쓸 종이가 없을 겁니다. 그러니 마지막으로 늑대들이 온 때가 언제였는지 확실히 알 수는 없습니다. 기록을 남길 방법이 없다 보니 입에서 입으로 전하는 게 다니까요. 그래도 제가 반바지를 입고 뛰어놀던 시절이라는 건 확실합니다. 그러니 못해도 20년은 더 됐을······"

"24년이오." 뒤쪽 벤치에서 누군가 말했다.

"아니, 23년이오." 앞쪽 부근에서 누가 말했다. 자리에서 일어선 사람은 루벤 카베라였다. 동그랗고 생기 있는 얼굴에 몸이 통통한 남자였다. 다만 지금은 생기가 사라지고 고민이 가득한 표정을 하고 있었다. "놈들은 내 누이 루스를 잡아갔소. 정말이오, 믿어주시오."

벤치에 빼곡하게 앉은 남자들 사이에서 웅성거리는 소리가 퍼져 나갔다. 이는 동의하는 뜻의 한숨이 목소리로 바뀐 것에 지나지 않았다. 남자들은 넓게 퍼져 앉을 수 있는데도 어깨를 맞대고 끼어 앉기를 택했다. 티안은 때로는 불편함이 더 편할 때도 있다는 생각이 들었다.

루벤이 말을 이었다. "놈들이 쳐들어왔을 때 우린 앞마당의 커다란 소나무 아래서 놀고 있었소. 난 해마다 그 나무에 금을 그었소. 놈들이 그 애를 돌려준 후에도 계속 그었지. 그 금이 23줄이니 23년이오." 그 말을 끝으로 루벤은 자리에 앉았다.

"23년이든 24년이든 똑같습니다." 티안이 말했다. "늑대들이 마지막으로 쳐들어왔을 때 아이였던 이들이, 지금은 자라서 자기 아이를 기르고 있습니다. 그 망할 놈들한테 우리 마을은 비옥한 밭입니다. 수확할 어린애가 가득한 밭." 티안은 잠시 입을 다물었다. 다음으로 할 말을 입 밖에 내기 전에 사람들로 하여금 스스로 생각할 틈을 주기 위해서였다.

"만약 우리가 가만히 있으면, 그렇게 될 겁니다." 티안이 마침내 입을 열었다. "늑대들이 우리 아이들을 선더클랩으로 데려가서 룬트로 만들어 다시 이리로 돌려보내도록, 우리가 손을 놓고 가만히 있으면."

"달리 뭐 뾰족한 수라도 있소?" 한복판의 벤치에 앉은 남자가 외쳤다. "놈들은 인간이 아닌데!" 그 말에 남자들은 다 같이(딱한 표정으로) 웅성웅성 맞장구를 쳤다.

그때 마니교도 한 명이 자리에서 일어섰다. 앙상한 어깨를 진청색 망토로 야무지게 감싼 그는 험상궂은 눈초리로 주위를 둘러보았다. 미친 사람의 눈은 아니었다. 그러나 티안이 보기에는 이성으로부터 한참 멀리 떨어진 눈빛 같았다.

"부디 제 말을 들어주십시오." 남자가 말했다.

"생키, 사이." 사람들의 인사는 공손했지만 못마땅한 기색이 엿보였다. 마을에서 마니교도를 보기란 드문 일이었다. 그런데 지금 이곳에는 마니교도 여덟 명이 한꺼번에 앉아 있었다. 티안은 그들이 와줘서 기뻤다. 눈앞에 있는 마니교도들이야말로 지금 상황이 얼마나 위급한지 단번에 보여주는 증거였다.

이때 공회당 문이 열리더니, 한 남자가 소리 없이 안으로 들어섰다. 기다란 검은색 코트를 입은 사내였다. 남자의 이마에는 흉터가 있었다. 티안을 포함하여 아무도 이 남자의 기척을 알아채지 못했다. 사람들의 시선은 모조리 방금 그 마니교도에게 못 박혀 있었다.

"『마니교 성서』의 말씀을 들어주시오. '죽음의 천사가 아이굽을 지나갈 적에, 희생양의 피를 문설주에 칠하지 아니한 집의 첫째 아이는 한 명도 빠짐없이 천사에게 죽임을 당했도다.' 성서에는 그렇게 적혀 있소."

"성서를 찬양할지어다." 나머지 마니교도들이 말했다.

"어쩌면 우리도 똑같이 해야 할지도 모르오." 대표로 일어선 마니교도가 말을 이어 갔다. 목소리는 차분했지만 이마에는 굵은 핏줄이 불끈거렸다. "남은 30일 동안 가엾은 아이들을 위해 즐거운 잔치를 열어준 다음, 모두 잠재우고 땅에 아이들의 피가 흐르게 하는 거요. 늑대들한테는 아이들의 주검을 동쪽으로 가져가라고 합시다. 놈들이 그거라도 원한다면."

"당신 미쳤군." 이렇게 말한 사람은 베니토 캐시였다. 성난 목소리였고, 거의 웃는 소리 같기도 했다. "당신도 당신 동료들도 다 미쳤어. 우리 손으로 어떻게 애들을 죽이란 말이야!"

"돌아온 아이들은 차라리 죽느니만 못한 신세 아니었소?" 마니교도 대표가 말했다. "아무 짝에도 쓸모없는 거인이잖소! 알맹이는 빠지고 껍데기만 남은!"

"그럼 그 애들의 형제자매들은 어떡하라는 거요?" 본 아이젠하트가 물었다. "늑대들이 쌍둥이 중에 한 명만 데려가는 건 당신도 잘 알 것 아니오."

그러자 두 번째 마니교도가 일어섰다. 이번에는 명주실처럼 하얀 수염을 가슴까지 늘어뜨린 노인이었다. 첫 번째 사람은 자리에 앉았다. 이름이 헨칙인 두 번째 노인은 주위의 남자들을 둘러본 다음, 티안에게로 눈을 돌렸다.

"거기, 깃털을 쥔 젊은이. 내가 말해도 되겠소?"

47

티안은 말해도 좋다는 뜻으로 고개를 끄덕였다. 시작은 나쁘지 않았다. 그는 사람들로 하여금 지금 처한 상황을 철저히, 속속들이 곱씹게 할 작정이었다. 그렇게 하면 자신들에게는 결국 두 가지 길밖에 없다는 것을 틀림없이 깨달을 터였다. 늘 그랬듯이 늑대들이 아직 사춘기가 안 된 모든 쌍둥이 가운데 한 명을 잡아가도록 놔두든가, 아니면 맞서 싸우든가. 하지만 그 깨달음에 이르려면 먼저 다른 길은 모두 막다른 길이라는 것을 이해해야만 했다.

노인은 참을성 있게 말을 이었다. 심지어 비장감마저 느껴졌다. "물론 끔찍한 제안이오. 허나 잘 생각해보시오. 만약 늑대들이 쳐들어와서 살아 있는 아이가 한 명도 없는 걸 보면, 그때부터 놈들은 우리를 영영 내버려둘지도 모르오."

"그래, 그럴 수도 있지." 조그만 땅을 부쳐먹고 사는 자작농 한 명이 으르렁댔다. 그의 이름은 호르헤 에스트라다였다. "어쩌면 안 그럴 수도 있고. 어이, 마니교도 선생. 당신 정말로 *가능성* 하나만 믿고 온 마을의 아이들을 다 죽이라는 거요?"

거세게 호응하는 소리가 사람들 사이로 내달리듯 퍼져나갔다. 역시 소규모 자작농인 개릿 스트롱이 자리에서 일어섰다. 퍼그처럼 주름진 얼굴이 험상궂게 일그러져 있었다. 양 엄지손가락은 허리띠에 걸친 채였다. "차라리 다 같이 자살하는 게 낫겠소. 애 어른 할 것 없이 한꺼번에."

늙은 마니교도는 그 말을 듣고도 태연해 보였다. 파란 망토를 걸친 그의 동료들도 마찬가지였다.

"그것도 한 가지 방법이오. 다른 분들도 그럴 생각이 있다면 같이 얘기해봅시다." 노인은 그 말을 끝으로 자리에 앉았다.

"난 빼주시오." 개릿 스트롱이 대꾸했다. "그건 면도가 하기 싫다고 목을 자르는 격이니까 말이지. 난 진심이오, 제발 빼주시오."

왁자한 웃음소리와 함께 거 말 잘했소 하는 함성이 곳곳에서 터져나왔다. 개릿은 화가 조금 누그러진 표정으로 자리에 앉은 다음, 본 아이젠하트와 머리를 맞대고 소곤거렸다. 목장주인 디에고 애덤스가 곁에서 까만 눈을 반짝이며 귀를 기울였다.

또 다른 소농이 일어섰다. 버키 재비어였다. 조그맣고 파란 눈은 반짝반짝 빛이 났고, 자그마한 머리 아래 염소수염이 난 턱이 불룩 튀어나온 남자였다. "잠시 떠나는 건 어떻겠소? 아이들을 데리고 서쪽으로 멀리 가는 거요. 아예 큰 강의 서쪽 지류까지 가버린다면?"

다들 이 대담한 제안을 곱씹느라 잠시 침묵이 흘렀다. 와이 강의 서쪽 지류라면 중간 세계가 코앞일 만큼 먼 곳이었는데…… 로봇 앤디의 말에 따르면, 얼마 전 거대한 초록색 유리 궁전이 나타났다가 바로 얼마 전에 사라진 곳이기도 했다. 티안이 막 입을 열려고 할 때, 잡화점 주인 에번 투크가 선수를 쳤다. 티안은 안도감을 느꼈다. 되도록 조용히 있고 싶었기 때문이었다. 그는 사람들의 토론이 끝나면 그때 가서 남은 선택지를 얘기할 작정이었다.

"제정신으로 하는 소리요?" 에번이 말했다. "늑대들은 마을에 쳐들어왔다가 우리가 사라진 걸 알면 깡그리 불태워버릴 거요. 농장이고 목장이고, 작물이고 가게고, 뿌리부터 가지까지 전부 다. 나중에 돌아왔을 때 뭐가 남아 있을 것 같소?"

"게다가 놈들이 우릴 쫓아오기라도 하면?" 호르헤 에스트라다가 맞장구치며 끼어들었다. "우릴 찾아내는 게 뭐 그리 힘든 일이겠소, 그 늑대들한테? 투크 말마따나 놈들은 우리 뒤를 쫓아와서 다 태워 죽일 거요, 그런 다음 우리 애들을 잡아가겠지!"

호응하는 소리가 더욱 커졌다. 반장화 굽이 칠도 안 한 송판 바닥을 요란하게 두드렸다. 몇몇은 소리를 질렀다. *아무렴, 그렇고말고!*

"게다가 말이오." 이 말을 꺼낸 사람은 닐 패러데이였다. 자리에서 일어선 그는 지저분한 솜브레로를 가슴에 댄 채 조끼를 움켜쥐고 있었다. "놈들이 우리 애들을 *죄다* 잡아가는 건 아니오."

냉정하게 생각하자고 제안하는 듯한 패러데이의 말투에 티안은 신경이 곤두섰다. 그 충고야말로 티안이 가장 두려워하던 것이었다. 이성에 호소하는 치명적인 기만.

마니교도 한 명이, 이번에는 더 젊고 수염도 없는 사람이 짧게 코웃음을 쳤다. "하, 모든 쌍둥이 중에 한 명은 남는다고! 그래서 그거면 됐다, 이 말씀이오? 딱한 양반 같으니!"

젊은 마니교도는 할 말이 더 있는 눈치였지만, 헨칙이 그의 팔을 꽉 붙잡았다. 젊은이는 거기서 입을 다물었다. 그러나 고분고분하게 고개를 숙이지는 않았다. 눈은 분노로 이글거렸고 입술은 앙다물어서 하얀 선처럼 보였다.

"됐다는 뜻으로 한 말이 아니오." 패러데이가 솜브레로를 손에 들고 빙빙 돌리기 시작하자 모자를 보고 있던 티안은 머리가 살짝 어지러워졌다. "하지만 현실을 직시해야 할 것 아니오, 안 그렇소? 아무렴. 그리고 놈들은 아이들을 *모조리* 데리고 가지는 않소. 내 딸 조지나만 해도 남부럽잖게 똑똑하고 눈치도 빠르……"

"그렇지, 그리고 자네 아들 조지는 덩치도 크고 머리도 빈 얼간이지." 이렇게 말한 사람은 벤 슬라이트먼이었다. 아이젠하트의 목장에서 일꾼 감독으로 일하는 슬라이트먼은 멍청한 소리를 듣고도 그냥 넘기는 사람이 아니었다. 그는 안경을 벗어서 목에 감은 수건으로 닦은 다음 다시 끼었다. "말을 타고 오는 길에 조지를 봤는데 투크네 가게 앞 계단에 앉아 있더군. 아주 똑똑히 봤어. 조지도, 그리고 조지랑 똑같이 머리가 텅 빈 다른 애들도."

"그래도……."

"나도 알아, 힘든 결정이란 거. 몇 명만 바보가 되는 게 다 같이 죽는 것보다는 나을지도 모르지." 슬라이트먼이 잠시 입을 다물었다. "어쩌면 절반이 아니라 다 같이 잡혀가는 것보다 나을 수도 있고."

벤 슬라이트먼이 자리에 앉는 사이에 남자들은 *옳소, 생키 사이* 같은 함성을 외쳤다.

"놈들은 언제나 우리가 근근이 버틸 만큼은 남겨두지 않았소?" 소농 한 명이 물었다. 티안네 농지 바로 서쪽, 칼라 마을 경계선 근처에서 농사를 짓는 남자였다. 이름이 루이스 헤이콕스인 그 농부의 목소리는 신중하고 침통했다. 콧수염 아래의 입술은 웃고 있었지만 즐거운 기색은 조금도 없었다.

"우린 아이들을 죽이지 않을 거요." 헤이콕스가 마니교도들을 향해 말했다. "당신들에게 모든 신의 가호가 있기를 바라는 바이오만, 막상 어린애 학살을 시작하려고 보면 당신들도 엄두가 안 날 거요. 적어도 몇 명은, 도저히 못할 거요. 그렇다고 짐을 싸서 서쪽으로든 어느 쪽으로든 달아날 수도 없소. 그건 농장을 포기하는 짓이니까. 놈들은 우리 터전을 다 태우고 나서도 아이들을 잡으러 올 거요. 이유는 알 수 없지만, 놈들이 원하는 건 아이들이니까. 결론은 항상 똑같소. 우린 다들 농사꾼이다, 이거요. 땅을 상대할 때만 천하무적일 뿐, 평소에는 약해빠진 농사꾼. 우리 집에는 네 살배기 쌍둥이가 있

51

소. 내가 똑같이 사랑하는 아이들이오. 둘 중 어느 쪽도 잃고 싶지 않소. 하지만 한 아이라도 지킬 수 있다면, 난 다른 아이를 포기할 거요. 내 농장도 같이." 사람들은 그 말에 동의하는 뜻으로 웅성거렸다. "달리 무슨 수가 있단 말이오? 분명히 말하는데, 늑대들의 분노를 사는 건 세상에서 가장 멍청한 실수요. 물론 놈들한테 맞설 수 있다면 얘기가 다르겠지만. 할 수만 있다면 나는 맞서 싸우고 싶소. 다만 방법을 모를 뿐이오."

티안은 헤이콕스가 한마디 할 때마다 심장이 오그라드는 기분이었다. 헤이콕스는 그가 받아야 할 관심을 도대체 얼마나 가로챈 걸까? 히느님, 그리고 인간 예수님 맙소사!

웨인 오버홀저가 자리에서 일어섰다. 그는 칼라 브린 스터지스에서 가장 부유한 농부였고, 이를 증명이라도 하듯이 거대한 배가 불룩 튀어나와 있었다.

"내 말을 들어주시오, 여러분."

"생키, 사이." 남자들이 웅얼거렸다.

"우리가 할 일을 알려주겠소." 오버홀저는 주위를 둘러보며 말했다. "쭉 해왔던 대로 하는 것, 그게 다요. 혹시 늑대들한테 맞설 방법을 이야기하고 싶은 사람, 있소? 그 정도로 미친 사람이 누구요? 뭘 들고 싸울 거요? 창과 돌, 활과 석궁 몇 개? 아니면 저런 녹슨 고물 총 네 정?" 그가 아이젠하트의 라이플을 엄지로 가리켰다.

"내 총을 비웃지는 말게, 젊은이." 말은 그렇게 했지만 아이젠하트는 씁쓸하게 웃고 있었다.

"놈들은 쳐들어올 거요, 와서 아이들을 데려갈 거요." 오버홀저는 사람들의 표정을 살피며 말을 이었다. "아이들 가운데 몇 명을. 그러고 나서 몇 십 년은 우릴 건드리지 않을 거요. 전에도 그랬고, 지금도 그렇소. 그러니 그냥 놔둡시다."

그 말에 이의를 제기하는 소리가 웅성웅성 퍼져나갔지만, 오버홀저는 웅성거림이 잦아들 때까지 잠자코 기다렸다.

"23년이든 24년이든, 그건 중요하지 않소." 사람들이 조용해지자 오버홀저가 다시 입을 열었다. "어느 쪽이든 긴 세월이오. 길고 *평온한* 세월. 여러분이 깜박한 게 몇 가지 있는 것 같소. 하나는 아이들이 작물과 똑같다는 거요. 하느님께서 언제나 부족함 없이 내려주시기 때문이오. 잔인한 말이라는 건 나도 알고 있소. 하지만 우리는 여태 그렇고 살았고, 앞으로도 그렇게 사는 수밖에 없소."

티안은 뻔한 소리를 더 듣고 있을 여유가 없었다. 이대로 가다가는 사람들의 마음을 돌릴 기회가 날아가버릴 것만 같았다. 그래서 깃털을 높이 들고 말했다.

"내 말을 들어주시오! 부탁입니다, 제발!"

"생키, 사이." 사람들이 응답했다. 티안을 보는 오버홀저의 눈초리에는 의심이 어려 있었다.

그래, 그 눈빛. 당신이 제대로 봤어. 티안은 속으로 생각했다. *난 겁쟁이들의 상식 따위는 이제 신물이 나거든. 질렸다고.*

"웨인 오버홀저 씨는 영리한 사람이자 부유한 사람입니다. 그래서 저는 진심으로 그분 말에 토를 달고 싶지 않습니다. 이유는 그게 다가 아닙니다. 그분 나이가 제 아버지뻘이라는 점에서도 그렇습니다."

"혹시 또 모르지, 자네 *진짜* 아버지일지도." 개릿 스트롱네의 유일한 일꾼인 로시터가 외치자 왁자한 웃음이 터졌다. 오버홀저 본인조차도 그 농담에 웃고 말았다.

"젊은이, 내 말에 토를 달기 싫다는 게 진심이라면 그냥 가만히 있게." 오버홀저가 티안에게 말했다. 여전히 웃는 표정이기는 했지만, 그저 입꼬리가 올라갔을 뿐이었다.

"그래도 해야겠습니다." 티안은 느린 걸음으로 벤치 앞을 왔다 갔다 했다. 녹슨 쇠처럼 붉은 깃털이 그의 손에서 흔들거렸다. 티안은 단지 부유한 농부에게 하는 말이 아니라는 것을 사람들이 알도록 목소리를 살짝 높였다.

"오버홀저 씨가 제 아버지만큼이나 나이가 많기 *때문에* 말할 수밖에 없습니다. 다들 알다시피 그 댁 자녀들은 이미 다 컸습니다. 제가 알기로는 애초에 둘밖에 없고요. 딸 하나, 아들 하나." 티안은 잠시 입을 다물었다가 결정타를 날렸다. "두 살 터울이라고 하더군요." 바꿔 말하면 둘 다 홑둥이로 태어났다는 뜻이었다. 굳이 말할 것도 없이 둘 다 늑대들한테 잡혀갈 염려가 없다는 뜻이기도 했다. 그 말을 들은 사람들이 웅성거렸다.

오버홀저의 얼굴은 위험해 보일 정도로 순식간에 빨개졌다. "거 말 한번 지독하게 하는군! 홑둥이든 쌍둥이든 우리 애들하곤 상관없는 일이야! 재퍼즈, 그 깃털 이리 주게. 내 몇 마디 더 해야겠네."

그러나 이내 공회당의 널빤지 바닥을 발로 쿵쿵 구르는 소리가 들리기 시작했다. 처음에는 느릿했지만 점점 빨라지더니, 끝내는 우박이 퍼붓는 소리처럼 요란해졌다. 오버홀저는 성난 표정으로 두리번거렸다. 이제는 얼굴이 붉다 못해 거의 자줏빛이었다.

"말 좀 합시다! 부탁이오, 정말로 내 말을 안 들어줄 거요?"

그에 대한 응답은 *됐소, 지금은 싫소*였다. 깃털은 *재퍼즈가 쥐고*

있소라고 외치는 소리, *앉아서 듣기나 하시오*라고 외치는 소리도 들렸다. 티안 생각에 오버홀저는 턱없이 늦기는 했지만 그래도 이제 슬슬 깨닫는 중이었다. 마을에서 가장 부유하고 유능한 그에게 마음속 깊이 분개하는 사람이 많다는 사실을. 그보다 덜 부유하고 덜 영리한(대개는 둘 다 해당되는) 이들은 길에서 부자가 탄 수레나 마차를 보면 모자를 벗고 인사를 했고, 집이나 창고를 수리할 돈을 꿔준 부자에게는 감사의 뜻으로 돼지나 소를 잡아서 보냈으며, 세밑 축제 때는 광장 음악당에 놓을 피아노를 사도록 돈을 대준 부자를 칭송하기도 했다. 그러나 지금, 바닥을 발로 쿵쿵 구르는 칼라의 남자들은 오버홀저의 입을 틀어막으면서 잔인한 만족감을 음미하는 기색이 뚜렷했다.

그런 식의 방해에 익숙하지 않았던, 실은 어리둥절하기까지 했던 오버홀저는 헛된 시도를 되풀이했다. *"깃털을 주시오, 제발! 부탁이오!"*

"안 됩니다." 티안이 말했다. "혹시 나중에라면 모를까, 지금은 그럴 수 없습니다."

이 말에 사람들은 진심으로 환호했다. 대개는 가장 영세한 자작농들이었고, 개중에는 그들의 일꾼도 몇몇 있었다. 마니교도들은 동참하지 않았다. 이제 그들은 너무 다닥다닥 붙어앉아서 공회당 한복판에 번진 군청색 잉크 자국처럼 보였다. 그들의 표정에는 뜻밖의 전개에 당황한 기색이 역력했다. 한편 본 아이젠하트와 디에고 애덤스는 오버홀저 곁으로 다가가 그에게 나직이 수군거렸다.

지금이 기회야. 티안은 속으로 중얼거렸다. *끝까지 밀고 나가는 길밖에 없어.*

티안이 깃털을 높이 들자 사방이 조용해졌다.

"발언권은 모두에게 돌아갈 것입니다. 지금은 제 차례이고, 제가 할 말은 바로 이것입니다. 계속 이렇게 살 수는 없습니다. 늑대들이 우리 아이들을 잡아가는데도 고개를 숙이고 가만히 있을 수는 없다는 말입니다. 놈들은……"

"놈들은 언제나 아이들을 돌려보냈소." 이름이 패런 포셀라인 일꾼이 소심하게 말을 꺼냈다.

"*돌아온 건 껍데기뿐입니다!*" 티안이 외치자 몇몇이 옳소 하며 맞장구를 쳤다. 그러나 티안은 성이 차지 않았다. 이 정도로는 부족했다. 아직은.

티안은 다시 목소리를 낮췄다. 사람들 앞에서 미주알고주알 떠들 생각은 없었다. 오버홀저도 그러다가 궁지에 빠졌기 때문이었다. 대지주이든 아니든 간에.

"놈들이 돌려주는 건 껍데깁니다. 그런데 우리는 어떻습니까? 그게 우리한테 어떤 영향을 미칩니까? 누구는 아무것도 아니라고, 칼라 브린 스터지스에서 늑대들은 언제나 삶의 일부였다고 할지도 모릅니다. 이따금 닥치는 폭풍이나 지진처럼요. 그러나 그 말은 사실이 아닙니다. 놈들이 쳐들어온 세월은 기껏해야 여섯 세대에 지나지 않습니다. 하지만 칼라 마을은 천년도 넘게 이 자리를 지켰습니다."

어깨가 앙상하고 눈초리가 매서운 아까 그 늙은 마니교도가 자리에서 반쯤 일어섰다. "저 사람 말이 옳소. 늑대들이 나타나기는커녕 선더클랩이 아직 어둠에 덮이기 전에도 이곳에는 농부들이 살았소. 그리고 그들 중에는 마니교도도 있었소."

그 말에 남자들의 눈이 휘둥그레졌다. 우러러보는 듯한 그들의 표정에 만족했는지 노인은 고개를 끄덕이고 자리에 앉았다.

"그러니 기나긴 역사에서 보면 늑대들은 새로 나타난 존재인 셈입니다." 티안이 말했다. "놈들이 여섯 번 쳐들어오는 동안 120년, 어쩌면 140년이라는 세월이 흐른 겁니다. 정확히 몇 년인지 누가 알겠습니까? 여러분도 아시다시피 어찌된 영문인지 시간이라는 것 자체가 물렁하게 변해버렸으니까요."

작게 구시렁거리는 소리가 들렸다. 몇몇은 고개를 끄덕였다.

"아무튼, 한 세대에 한 번입니다." 티안은 굳세게 밀어붙였다. 오버홀저와 아이젠하트와 애덤스를 중심으로 반감을 품은 사람들이 모여드는 것은 그도 이미 눈치챈 바였다. 벤 슬라이트먼은 그쪽에 붙을 수도, 안 붙을 수도 있었다. 십중팔구는 붙을 듯싶었다. 티안이 달콤한 말로 구슬린다고 해도 돌아서지 않을 사람들이었다. 뭐, 어차피 없어도 그만일 패거리였다. 티안이 남은 사람들의 마음을 잡기만 하면.

"놈들은 한 세대에 한 번 쳐들어옵니다. 그때 잡아가는 아이들이 몇 명일까요? 서른 명? 마흔 명? 오버홀저 씨는 이번에 빼앗길 아이가 없는지 몰라도, 저는 다릅니다. 쌍둥이가 한 쌍도 아니고 두 쌍이나 있으니까요. 이름은 헤든과 헤다, 리먼과 리아입니다. 넷 모두 사랑하는 제 자식들이건만, 한 달 후에는 그중 둘을 빼앗길 판입니다. 그리고 나중에 다시 돌아왔을 때 그 아이들은 룬트가 되어 있겠지요. 인간을 인간답게 만드는 불꽃이 무엇인지는 모르지만, 그 아이들 안에서는 완전히 꺼져버린다는 말입니다."

한숨 같은 옳소, 옳소 소리가 공회당 안을 뒤덮었다.

"머리 말고 다른 곳에 아직 털이 안 난 쌍둥이를 두신 분이 이중에 몇 분이나 계십니까?" 티안이 물었다. "그런 분은 손을 들어주십시오!"

손을 든 사람은 여섯이었다. 잠시 후에는 여덟으로 늘었다. 다시 열둘. 티안이 이제 다 들었으려니 할 때마다 쭈뼛거리는 손이 하나씩 올라왔다. 한참을 기다렸다가 세어보니 다 합쳐서 스물두 명이었다. 그리고 물론, 아직 어린 쌍둥이를 둔 아버지들 중에는 이날 이곳에 없는 사람도 있었다. 오버홀저는 그토록 많은 숫자에 경악한 티가 역력했다. 손을 든 사람 중에는 디에고 애덤스도 있었다. 티안은 이제 오버홀저와 아이젠하트와 슬라이트먼에게서 살짝 떨어져 서 있는 애덤스를 보고 흐뭇해졌다. 마니교도 중에서도 세 명이 손을 들었다. 호르헤 에스트라다도. 루이스 헤이콕스도. 그 밖에도 아는 얼굴이 많았는데 실은 놀랄 일도 아니었다. 여기 모인 남자들 가운데 티안이 모르는 사람은 거의 없었으므로. 단기간의 품삯과 따뜻한 식사를 대가로 작은 농장에서 일하는 뜨내기 몇을 빼면 모두 아는 사람 같았다.

"놈들이 마을에 쳐들어와서 아이들을 잡아갈 때마다 우리는 마음과 영혼을 조금씩 빼앗기는 셈입니다." 티안이 말했다.

"어이, 적당히 하게, 젊은이." 아이젠하트가 끼어들었다. "과장을 해도 정도가 있지 그건 너무……"

"입 다물게, 목장주 양반." 누군가 말했다. 뒤늦게 도착한 그 남자, 이마에 흉터가 있는 그 사내의 목소리였다. 듣는 사람의 가슴이 철렁할 정도로 분노와 경멸이 담긴 목소리였다. "깃털은 저 친구가 쥐고 있어. 그러니 얘기가 끝날 때까지 잠자코 듣기나 해."

아이젠하트는 자신에게 그런 식으로 말한 사람이 누군지 확인하려고 몸을 틀었다. 누군지 알고 나서 그는 아무 대꾸도 하지 않았다.

티안 역시 놀라지 않았다.

"고맙습니다, 신부님." 티안의 목소리는 태연했다. "이제 거의 끝 났습니다. 제 머릿속에는 자꾸만 나무가 떠오릅니다. 튼튼한 나무 는 잎을 다 떼도 살아갑니다. 껍질을 여러 번 벗겨도 상처 위로 다 시 살이 자라납니다. 아예 나무의 속심을 파내도 시들지 않습니다. 하지만 속심을 몇 번이고 몇 번이고 파내면 결국에는 아무리 튼튼 한 나무라도 시들어 죽고 맙니다. 제 농장에도 그런 나무가 있었는 데, 정말 못 볼 광경이었습니다. 안쪽에서부터 썩어서 말라죽거든 요. 그 낌새는 잎을 보면 압니다. 줄기부터 시작해서 가지 끝으로 누 렇게 변해가기 때문입니다. 늑대 놈들이 이 조그만 우리 마을에 하 는 짓이 바로 그겁니다. 놈들이 우리 칼라에 하고 있는 짓이란 말입 니다."

"그 말이 옳소!" 한 집 건너 이웃인 프레디 로사리오가 외쳤다. "그의 말을 잘 들으시오!" 프레디 역시 쌍둥이를 둔 아버지였다. 아 직 젖도 안 뗀 아이들이라 필시 무사할 테지만, 그래도.

티안의 말이 이어졌다. "아까 우리가 들고일어나서 싸우면 놈들 이 우리를 몰살하고 칼라를 동쪽에서 서쪽까지 모조리 태워버릴 거 라고 하셨지요."

"그래." 오버홀저가 대답했다. "그랬지. 그게 나 혼자만의 생각은 아닐 걸세." 그를 둘러싸고 사방에서 동의를 표하는 아우성이 일어 났다.

"하지만 우리는 매번 가만히 서서 고개를 숙인 채 손을 놓고 있 을 뿐입니다. 우리에게 작물보다 집보다 창고보다 더 소중한 것을 늑대들이 빼앗아 가는데도, 이 마을이라는 나무의 속심을 조금씩 조금씩 파내는데도!" 티안은 힘주어 말했다. 이제 깃털을 쥔 손을 높이 쳐들고서, 미동도 않고 우뚝 서서. "지금이라도 맞서 싸우지 않으면 우리는 어차피 죽을 겁니다! 이것이 저 티안 재퍼즈가, 루크의 아들이 여러분께 드리는 말씀입니다! 지금이라도 맞서 싸우지 않으면 우리도 룬트가 되고 말 겁니다!"

사람들은 우렁차게 옳소!를 외쳤다. 바닥을 구르는 장화 소리가 천둥 같았다. 몇몇은 박수까지 쳤다.

목장주 조지 텔퍼드가 아이젠하트와 오버홀저에게 뭐라고 짧게 소곤거렸다. 두 사람은 가만히 듣다가 고개를 끄덕였다. 텔퍼드가 일어섰다. 은발에 그을린 얼굴을 한 그는 여자들에게 인기가 있을 법한 거친 외모의 미남이었다.

"얘기 다 끝났나, 젊은이?" 이렇게 묻는 텔퍼드의 목소리는 다정했다. 마치 어린애한테 한나절 잘 뛰어놀았으니 이제 낮잠 잘 준비가 됐는지 묻는 사람처럼.

"예, 뭐." 티안은 순식간에 기가 꺾였다. 텔퍼드는 본 아이젠하트만 한 부자 목장주는 아니었지만, 언변이 유창했다. 결국에는 질 거라는 예감이 티안을 엄습했다.

"그러면 내가 깃털을 받아도 될까?"

깃털을 쥐고 버틸까 하는 생각도 들었지만, 그래 봤자 무슨 소용이 있을까? 티안은 이미 최선의 연설을 했다. 여한은 없었다. 어쩌면 그 역시 잘리아와 함께 짐을 싸서 아이들을 데리고 서쪽으로, 중간 세계 근처로 피난을 가야 할지도 몰랐다. 앤디 말에 따르면 늑대들은 달이 한 바퀴 돌고 나서 쳐들어온다고 했다. 지금은 한 달 후에 닥칠 재난을 피할 절호의 기회였다.

티안은 깃털을 넘겼다.

"젊은 재퍼즈 씨의 열정에는 우리 모두 감복했소. 그의 용기를 의심하는 사람은 아무도 없을 거요." 조지 텔퍼드가 말했다. 깃털을 쥔 손은 왼쪽 가슴에, 심장 위에 놓여 있었다. 텔퍼드의 눈길이 청중을 훑었다. 한 명 한 명과 눈을 맞추려는, 그것도 *친근하게* 눈을 맞추려는 의도 같았다. "허나 우리는 붙들려가는 아이들뿐 아니라 여기 남는 아이들도 생각해야 하지 않소? 실은 모든 아이들을 지켜야 하오. 쌍둥이든 세쌍둥이든, 아니면 재퍼즈 씨의 아들 에런 같은 홑둥이든."

텔퍼드가 티안을 향해 돌아섰다.

"늑대들이 어머니를 총으로 쏘고 할아버지를 라이트 스틱으로 태워 죽일 때, 아이들한테 뭐라고 할 거요? 무슨 말로 그들의 비명을 안 들리게 할 거요? 살이 타는 냄새와 식량이 타는 냄새를 무슨 말로 감춘단 말이오? 우리는 지금 영혼을 지키는 중이라고 할 거요? 있지도 않은 *나무*의 속심을 지킨다고?"

텔퍼드는 잠시 말을 멈추고 티안에게 대꾸할 기회를 주었지만, 티안은 할 말이 없었다. 성공이 눈앞에 있었건만…… 텔퍼드를 계산에 넣지 않았던 것이다. 망할 놈의 달변가 텔퍼드. 그 역시 거대한 회색 말을 타고 마당에서 고함치는 늑대들을 걱정할 나이가 이미 한참 지난 노인이었다.

티안이 꿀 먹은 벙어리 신세일 줄 이미 알았다는 듯이, 텔퍼드는 고개를 끄덕이고는 다시 벤치에 앉은 사람들 쪽으로 돌아섰다.

"늑대들은 불이 이글거리는 무기를 들고 쳐들어올 거요, 여러분도 아는 라이트 스틱 말이오. 그리고 총도, 하늘을 나는 쇳덩이도.

그 쇳덩이의 이름이 뭐였지는 잘 기억이⋯⋯"

"버즈 볼이오." 누군가 외쳤다.

"스니치요." 다른 사람이 외쳤다.

"스텔시요!" 또 다른 사람이 외쳤다.

텔퍼드는 고개를 끄덕이며 빙긋이 웃었다. 영리한 학생들을 거느린 교사처럼.

"이름이 뭐든 간에 그 무기는 하늘을 날면서 표적을 찾을 수 있소. 그러다가 조준이 끝나면 면도날처럼 예리한 회전 칼날을 발사하지. 맞은 사람은 단 5초 만에 머리부터 발끝까지 벗겨지고 남는 건 피 웅덩이와 머리카락뿐이오. 의심은 거두시오, *난 그 광경을 직접 봤으니까.*"

"옳소, 그 말이 옳소!" 벤치에 앉은 남자들이 소리쳤다. 휘둥그레진 눈에 두려움을 가득 담고서.

"늑대들은 그 자체로 끔찍하게 무서운 존재요." 텔퍼드는 이야기를 이어갔다. 괴담 하나를 마무리하고 다음번 괴담으로, 부드럽게. "놈들은 인간처럼 보이지만 실은 더 거대하고 무시무시한 존재요. 게다가 놈들이 저 먼 선더클랩에서 섬기는 존재는 그보다 훨씬 더 끔찍한 것이오. 전에 듣기로는 흡혈귀라고 하더이다. 아마 인간의 몸에 날짐승이나 들짐승의 머리가 달렸다던가, 그럴 거요. 부서진 투구를 쓴 불사의 떠돌이 군인. 핏빛 눈의 전사들."

사람들이 웅성거렸다. '눈'이라는 말을 들은 순간, 티안마저도 차가운 쥐가 등을 타고 올라가는 느낌이 들었다.

"늑대들은 내 눈으로 직접 본 거고, 나머지는 남한테 들었소. 나 또한 다 믿지는 않지만 그래도 대개는 믿을 만한 얘기요. 허나 선더클럽에 뭐가 도사리고 있는지는 신경 쓸 것 없소. 지금은 늑대들한 테 집중합시다. 당면한 문제는 늑대들이고, 그것만으로도 충분히 버 거우니까. 특히 놈들이 완전 무장이라도 하고 오는 날에는……!" 텔퍼드는 고개를 저으며 쓸쓸하게 웃었다. "우리가 뭘 어쩌겠소? 잘하 면 괭이를 휘둘러서 놈들을 거대한 말에서 떨어뜨릴 수는 있겠지. 안 그렇소, 사이 재퍼즈? 어떻게 생각하시오?"

그 말에 남자들은 조롱 섞인 웃음으로 화답했다.

"우리는 놈들한테 맞설 무기가 없소." 이제 텔퍼드의 목소리는 일 이야기를 하듯 쌀쌀맞았다. 최저가를 제시하고 거래를 끝내려는 사람처럼. "무기가 있다고 해도 우리는 농사를 짓고 가축을 치는 사 람들이오, 전사가 아니라. 우리는……"

"겁쟁이 같은 소리 집어치워, 텔퍼드. 자네는 부끄러운 줄을 알아 야 해."

이 냉랭한 말에 놀라 헉 하는 소리가 여기저기서 들려왔다. 말한 사람이 누군지 보려고 너도 나도 몸을 트는 바람에 허리와 목에서 나는 우두둑 소리가 요란하게 울렸다. 뒤이어 천천히, 그들에게 답 을 알려주기라도 하듯이, 아까 뒤늦게 도착한, 길고 검은 코트 차림 에 성직자용 로만 칼라 셔츠를 입은 백발 남자가 맨 뒤의 벤치에서 천천히 일어섰다. 이마의 흉터가 등유 남포등의 불빛을 받아 또렷하 게 드러났다. 십자가 모양 흉터였다.

그가 바로 영감님이었다.

텔퍼드는 그래도 재빨리 마음을 다잡고 이야기를 계속했지만, 티 안이 보기에는 충격이 가시지 않은 표정이었다. "캘러핸 신부님, 죄 송하지만 지금 깃털은 제가 쥐고 있……"

"근본 없는 깃털 따위는 저리 치워, 자네의 그 비겁한 의견이랑 같이." 캘러핸 신부가 말했다. 중앙 통로를 따라 앞으로 나아가는 걸음걸이가 관절염 때문에 몹시도 느릿했다. 그는 마니교도 장로만큼 나이가 많지는 않았고, (이 마을뿐 아니라 남쪽의 칼라 룩우드까지 통틀어 가장 나이가 많다고 떠드는) 티안의 할아버지보다는 *훨씬* 어렸다. 그런데도 어째선지 그 둘보다 더 늙어 보였다. 수백 살은 될 만큼. 여기에는 물론 이마의 흉터 아래에서 세상을 쏘아보는 수심 가득한 두 눈도 한몫을 했다(잘리아는 그 흉터를 신부가 자기 손으로 냈을 거라고 주장했다.). 더 큰 원인은 바로 그의 말투였다. 이상하게 생긴 인간 예수 교회를 세우고 칼라 마을 주민 절반을 자신의 영적 사고방식으로 물들일 만큼 오랫동안 이곳에 머물렀으면서도, 캘러핸 신부는 지나가는 외지 사람의 눈에도 결코 이곳 토박이로 보이지 않았다. 그의 이질성은 높낮이가 없고 콧소리가 섞인 말투와 이따금 튀어나오는 뜻 모를 은어(자기 말로는 '길바닥 언어')에 그대로 드러났다. 의심할 것도 없이 그는 마니교도들이 입에 달고 사는 '다른 세계' 출신이었지만 스스로는 절대 자기 과거를 입에 올리지 않았고, 이제는 칼라 브린 스터지스가 그의 고향이었다. 그가 지닌 냉랭하고 확고한 권위에는 사람들로 하여금 발언권을 따지기조차 힘들게 하는 구석이 있었다. 그가 깃털을 쥐고 있든 안 쥐고 있든 간에.

어쩌면 티안의 할아버지보다 어릴지도 모르지만, 그래도 이 마을의 영감님은 바로 캘러핸 신부였다.

4

이제 캘러핸 신부는 칼라 브린 스터지스의 남자들을 찬찬히 돌아볼 뿐, 조지 텔퍼드는 거들떠보지도 않았다. 깃털을 쥔 텔퍼드의 손은 축 늘어져 있었다. 그는 맨 앞 벤치에 앉아 있었다. 깃털을 가만히 쥔 채로.

캘러핸은 특유의 길바닥 언어로 이야기를 시작했지만, 거기 모인 사람들은 농부였기에 굳이 무슨 뜻인지 물을 필요가 없었다.

"병아리 떼 같구먼."

신부의 시선이 아까보다 더 오래 남자들을 죽 훑었다. 눈을 마주치는 사람은 거의 없었다. 잠시 후, 아이젠하트와 애덤스도 눈을 내리깔았다. 오버홀저는 고개를 꼿꼿이 들고 있었지만 영감님의 서슬 퍼런 눈길 앞에서는 그 목장주마저도 당당하기보다는 뚱해 보였다.

"병아리 떼 같아." 검은 코트를 입고 목에는 하얀 일자 칼라를 두른 노인이 되뇌었다. 한 자 한 자, 또박또박. 앞이 막힌 칼라 아래쪽에서 조그만 금 십자가 목걸이가 반짝였다. 이마에는 다른 십자가가, 잘리아의 믿음대로라면 어떤 끔찍한 죄를 조금이나마 참회하려고 자기 손톱으로 자기 살에 새겼을 흉터가 남포등 불빛 아래서 문신처럼 번들거렸다.

"비록 우리 교회 성도는 아니지만, 이 젊은이의 말이 옳아. 그건 자네들도 다 알 거야. 마음속 깊은 곳에서는 알고 있어. 그건 오버홀저 선생 당신도 마찬가지야. 그리고 조지 텔퍼드, 당신도."

"그딴 거 알 게 뭐람." 말은 그렇게 했지만, 텔퍼드의 목소리는 기운이 없었고 아까와 달리 설득력도 없었다.

"거짓말을 하면 눈에 다 드러나는 법이야. 우리 어머니라면 아마 그렇게 말씀하셨을 거야." 텔퍼드를 향해 웃는 캘러핸의 표정을 보며, 티안은 부디 그 웃음이 자신에게 향할 일이 없기를 바랐다. 그런데 잠시 후, 캘러핸이 바로 그를 향해 돌아섰다. "나는 오늘 저녁에 자네가 한 것만큼 훌륭한 연설을 본 적이 없네, 젊은이. 생키, 사이."

티안은 희미한 손짓으로 답례를 한 다음, 기운을 쥐어짜서 그보다 더 희미한 미소를 지었다. 시시한 축제 연극의 등장인물이 된 기분이었다. 연극의 마지막 순간에 말도 안 되는 초자연적 존재가 끼어든 덕분에 살아남는 인물이.

"겁먹는 게 어떤 건지는 나도 좀 알아. 아마 자네들도 알겠지." 캘러핸은 벤치에 앉은 남자들 쪽으로 돌아섰다. 그러고는 오래된 화상 흉터로 일그러진 자신의 오른손을 쳐들고 홀린 듯이 가만히 보다가, 다시 내렸다. "개인적인 경험 덕분이라고나 할까. 나는 알아, 사람은 한 번 비겁한 결정을 내리면 다시 비겁한 결정을 내리고…… 다시…… 또다시…… 그러다가 결국에는 너무 늦어서 돌이키지도, 바꾸지도 못하게 되는 법이지. 텔퍼드 씨, 내가 장담하는데 젊은 재퍼즈 씨가 말한 나무는 상상 속에 있는 게 아니야. 칼라는 절체절명의 위기에 빠졌어. 지금 위험한 건 당신들의 영혼이야."

"은총이 가득하신 마리아님, 기뻐하소서." 왼편 벤치에서 누가 말했다. "주님께서 함께 계시니 여인 중에 복되시며 태중의 아들 예수……"

"그만." 캘러핸 신부가 쏘아붙였다. "성모송은 아껴뒀다 일요일에나 해." 신부는 퍼런 불꽃이 번득이는 움푹한 두 눈으로 남자들을 응시했다. "오늘 저녁에는 하느님도 마리아님도, 예수님도 접어둬.

늑대들의 라이트 스틱도, 윙윙대는 스니치도 잊어버려. 당신들은 싸워야 해. 칼라의 남자들이잖아, 아닌가? 그럼 남자답게 굴어. 엉금엉금 기면서 모진 주인의 장화를 핥는 개처럼 굴지 말고."

이 말에 오버홀저는 얼굴이 시뻘겋게 물들더니 자리에서 일어서려 했다. 디에고 애덤스가 그의 어깨를 잡고 귀엣말을 속삭였다. 잠시 엉거주춤하게 서 있던 오버홀저는 이내 자리에 앉았다. 뒤이어 애덤스가 일어섰다.

"옳은 말씀입니다, *신부님*." 애덤스는 사투리 억양이 심한 말투로 이야기를 시작했다. "용감한 말씀이고요. 허나 아직 몇 가지 문제가 있습니다. 그중 하나는 헤이콕스가 이미 얘기했습니다. 가축을 키우고 농사를 짓는 우리가 무슨 수로 무장한 살인자들한테 맞선단 말입니까?"

"우리도 무장한 살인자를 고용하면 돼." 캘러핸이 대답했다.

놀란 남자들은 한동안 입도 뻥긋하지 못했다. 흡사 영감님이 다른 나라 말이라도 한 것처럼. 한참 후에 디에고 애덤스가 입을 열었다. 조심스럽게. "무슨 말씀이신지 모르겠군요."

"당연히 모르겠지. 그러니 잘 듣고 깨우쳐야 해. 목장주 애덤스 씨뿐 아니라 자네들 모두, 잘 듣고 깨우치도록 해. 여기서 서북쪽으로 말을 달려서 엿새가 조금 안 걸리는 곳, 빔의 길을 따라 동남쪽으로 향하는 곳에서, 총잡이 세 명과 '수습' 한 명이 이쪽으로 오는 중이야." 캘러핸 신부는 남자들의 어안이 벙벙해진 표정을 보며 빙긋 웃었다. 그러고는 슬라이트먼 쪽으로 돌아섰다. "수습 총잡이는 자네 아들 벤 또래의 소년이지만, 이미 뱀처럼 날쌔고 전갈처럼 위험해. 다른 이들은 그보다 훨씬 더 빠르고 위험하지. 앤디한테 들었는데, 녀석은 그들을 봤다더군. 당신들이 원하는 건 진짜 총잡이였지? 그들이 바로 코앞에 있어. 내 말은 틀림없는 사실이야."

오버홀저가 이번에는 똑바로 섰다. 얼굴이 열병에 걸린 사람처럼 벌겠다. 산처럼 튀어나온 배는 푸들푸들 떨렸다.

"그게 웬 동화 같은 얘깁니까? 행여나 그런 사람들이 있었다고 해도 길르앗과 함께 이미 사라져버렸을 겁니다. 그리고 길르앗이 사라진 건 까마득히 오래전의 일이고요."

동의하거나 반대하는 뜻으로 웅얼거리는 소리는 전혀 들리지 않았다. 아무도 입을 뻥긋하지 않았다. 청중은 아직 얼어붙어 있었다. 총잡이들. 신화에나 나올 법한 그 한마디의 울림에 취한 채로.

"당신 말은 틀렸어. 하지만 그 문제로 입씨름할 필요는 없겠지. 우리가 직접 가서 확인하면 그만이니까. 몇 명만 가면 될 거야. 여기 있는 재퍼즈랑, 나…… 어떤가, 오버홀저? 같이 가겠나?"

"총잡이 같은 건 없단 말입니다!" 오버홀저가 으르렁댔다.

그 뒤편에 앉아 있던 호르헤 에스트라다가 일어섰다. "캘러핸 신부님, 하느님의 은총을 받으시기를……"

"자네도 받기를 바라네, 호르헤."

"……하지만 총잡이들이 진짜 있다고 해도, 어떻게 셋이서 40명, 60명을 상대하겠습니까? 그것도 보통 사람 40명, 60명도 아니고, 늑대들을요?"

"옳소, 그 말이 옳소!" 잡화점 주인 에번 투크가 외쳤다.

"게다가 그 사람들이 뭣 때문에 저희를 위해 싸워주겠습니까?" 에스트라다가 말을 이었다. "한 해 한 해 입에 풀칠은 하고 있지만, 저희가 가진 거라곤 한 줌도 안 되는데요. 그 사람들한테 따뜻한 식사 몇 끼 말고 뭘 준단 말입니까? 밥에 목숨을 걸고 싸우려는 사람이 누가 있을까요?"

"옳소, 그의 말이 옳소!" 텔퍼드와 오버홀저, 아이젠하트가 한목소리로 외쳤다. 다른 이들은 장단을 맞춰 발로 공회당의 널빤지 바닥을 굴렀다.

영감님은 쿵쿵대는 소리가 그칠 때까지 기다렸다가 마침내 말했다. "내 사제관에는 책이 있어. 대여섯 권 되지."

책이 뭔지 모르는 사람은 거의 없었지만, 그래도 종이가 그토록 많다는 생각에 남자들은 너 나 할 것 없이 감탄의 한숨을 내쉬었다.

"그중 한 권에는 총잡이들이 대가를 받을 수 없다고 나와 있어. 아마 그들이 아서 엘드의 후손이기 때문일 거야."

"엘드! 엘드 왕!" 마니교도들이 중얼거렸다. 뒤이어 몇몇이 검지와 약지만 편 채로 주먹을 쥔 손을 높이 쳐들었다. *뭐야, 미식축구 경기장인가.* 영감님은 속으로 생각했다. *손 모양을 보아하니 텍사스 주립대 응원단이군.* 그는 가까스로 웃음을 참았지만 올라가는 입꼬리까지 붙잡지는 못했다.

"황야를 떠돌며 선행을 베푸는 전사들을 말하는 거요?" 텔퍼드가 짐짓 부드러운 목소리로 물었다. "그런 이야기를 믿기에는 나이가 너무 많으신 것 같소만, 신부님."

"전사들이 아니야." 캘러핸은 화를 꾹 참고 말했다. "*총잡이들*이지."

"신부님, 세 명이서 어떻게 늑대들을 상대한단 말입니까?" 티안은 저도 모르게 불쑥 물었다.

앤디 말에 따르면 총잡이 셋 중 한 명은 사실 여성이었지만, 캘러핸은 굳이 더 크게 물의를 빚고 싶지 않았다(마음 한구석의 장난꾸러기는 그러고 싶어했지만). "그 질문에는 그들의 우두머리가 답할 거야, 티안. 우리는 그 사람한테 물어보기만 하면 돼. 그리고 그들은 단지 저녁밥 몇 끼 때문에 싸우지는 않을 거야. 절대로."

"그게 아니라면 뭣 때문입니까?" 버키 재비어가 물었다.

캘러핸이 생각하기에 총잡이들은 그의 교회 바닥 밑에 감춰진 것을 원할 터였다. 다행이었다. 왜냐하면, 그것이 눈을 떴으므로. 일찍이 다른 세계에 있는 살렘스 롯이라는 마을에서 도망쳐온 이 영감님은 그것을 없애고 싶었다. 조만간 없애지 않으면 그것에게 목숨을 잃을 판이었으므로.

칼라 브린 스터지스에 카가 도착했다. *바람 같은 카가.*

"기다리면 알게 될 거야, 하비에르 선생. 다 알게 될 거야."

한편 공회당 안에서는 속삭이는 소리가 퍼지는 중이었다. 벤치에 앉은 사내들의 입에서 입으로, 희망과 두려움을 품은 산들바람이 불기 시작했다.

총잡이들.

서쪽에 총잡이들이, 중간 세계에서 온.

그리고 하느님이 보우하사 그 말은 사실이었다. 아서 엘드 왕의 피를 이어받은 최후의 위험한 아이들이, 빔의 길을 따라 칼라 브린 스터지스로 다가오는 중이었다. 카는 정녕 바람 같았다.

"이제 남자답게 일어설 때야." 캘러핸 신부가 사내들에게 말했다. 이마의 흉터 아래에서 두 눈이 등불처럼 타올랐다. 그러나 목소리에는 일말의 연민이 느껴졌다.

"이제 일어서서 싸울 시간이야, 신사 여러분. 떨치고 일어서서 스스로에게 진실해질 시간."

제1부

토대시

제1장
수면에 비친 얼굴

1

시간은 수면에 비친 얼굴이다. 오래전 머나먼 메지스에는 이런
격언이 전해 내려왔다. 에디 딘은 그곳에 가본 적이 없었다.

다만 어떤 의미에서는, 가본 적이 있었다. 롤랜드가 동료 넷을, 즉
에디와 수재나, 제이크, 오이를 모두 데리고 하룻밤 메지스에 다녀
왔기 때문이었다. 결코 캔자스가 아닌 캔자스 어디쯤의 70번 고속
도로 진입로에서 야영을 하던 날 밤에. 그날 밤 롤랜드는 동료들에
게 수전 델가도의 이야기를 들려주었다. 그의 첫사랑, 어쩌면 유일
한 사랑이었을 수전의 이야기를. 그리고 그 사랑을 어떻게 잃었는지
에 관해서도.

그 격언은 롤랜드가 제이크 체임버스만큼 어렸을 적에도 옳은 말
이었겠지만, 에디 생각에는 이제 더욱 옳은 말이 된 듯했다. 세계가
오래된 시계의 태엽처럼 풀어지고 있기 때문이었다. 롤랜드 말에 따

르면 이제 중간 세계에서는 나침반 바늘처럼 기본적인 것조차 믿을 수 없었다. 얼토당토않은 소리였지만, 오늘 정서향이던 방향이 내일은 *서남향*이 될 수도 있었다. 시간 또한 점점 물러져갔다. 에디가 장담컨대 낮이 마흔 시간은 되는 날이 며칠 있었고, 개중에는 (롤랜드가 일행을 메지스로 데려갔을 때처럼) 낮보다 더 긴 밤이 이어지는 날도 있었다. 그러다 어느 날은 정오인데도 지평선 너머로부터 밤이 밀려왔고, 일행을 뒤덮으려고 피어오르는 어둠이 눈에 보이는 것만 같았다. 에디는 혹시 시간이 방향을 잃은 게 아닌가 궁금했다.

그들 일행은 모노레일 열차 블레인에 올라타 러드라는 도시에서 (그리고 그곳의 수수께끼로부터) 탈출했다. *블레인은 골칫거리예요.* 제이크는 몇 번인가 그렇게 말했지만, 알고 보니 녀석은 (또는 그것은) 단순한 골칫거리 정도가 아니었다. 외줄 블레인은 손 쓸 방법이 없는 미치광이였다. 그런 블레인을 에디는 허튼소리로 쓰러뜨렸고 (수재나는 이렇게 말했다. "당신, 헛소리 하는 재주는 정말 타고났네요."), 그 덕분에 일행은 에디와 수재나와 제이크가 살던 세계에는 존재하지 않는 캔자스 주 토피카에서 열차를 탈선시켰다. 실은 다행이었다. 왜냐면 캔자스시티의 프로 야구팀이 마너크스이고 코카 콜라는 노잘라 콜라, 일본의 거대 자동차 기업은 혼다가 아니라 타쿠로인 이 세계에서는, 어떤 전염병이 도는 바람에 사람들이 죄다 죽어버렸기 때문이었다. *타쿠로 스피릿이란 차를 몰 땐 그 점을 명심해야겠군.* 에디는 속으로 중얼거렸다.

그러는 동안 내내 에디의 시간 감각은 또렷했다. 겁에 질린 채 보낸 시간이 대부분이기는 했지만, 에디가 짐작하기에 롤랜드는 몰라도 나머지 일행은 모두 같은 심정일 듯싶었다. 시간은 정말로 생생하고 분명하게 느껴졌다. 심지어 귀에 총알을 끼운 채 70번 고속도로를 걷는 동안에도, 멈춰선 차들을 구경하며 롤랜드가 '희박지대'라고 부르는 것의 윙윙대는 소리에 시달리는 동안에도 시간이 손가락 사이로 흘러내리는 느낌은 들지 않았다.

그러나 유리 궁전에서 제이크의 옛 친구 똑딱맨과 롤랜드의 옛 친구(플랙…… 마튼…… 어쩌면 멀린)를 상대로 대결을 벌이고 나서, 시간은 변해버렸다.

그래도 곧바로 변하진 않았어. 우린 그 망할 분홍 구슬 속에서 돌아다녔으니까…… 거기서 롤랜드가 실수로 자기 어머니를 죽이는 걸 봤고…… 그러고 나서 돌아왔을 때……

그랬다. 바로 그때 일어난 일이었다. 그들은 유리 궁전으로부터 50킬로미터쯤 떨어진 공터에서 깨어났다. 궁전이 아직 눈에 보이는데도, 그들 모두 그 건물이 이미 다른 세계에 있다는 것을 알 수 있었다. 누군가, 또는 어떤 힘이, 그들을 데리고 희박지대를 우회하거나 통과하여 다시 빔의 길로 데려다놓았던 것이다. 누구였든 또는 무엇이었든, 그것은 그들 일행 각자에게 도시락을 챙겨줄 만큼 사려가 깊었다. 노잘라 콜라와 그보다는 더 익숙한 대형 포장 키블러 쿠키로 된 도시락이었다.

근처에 있던 나무의 가지에 쪽지가 붙어 있었다. 롤랜드가 유리 궁전에서 죽이려다 아깝게 실패한 표적이 남긴 그 쪽지에는 이렇게 적혀 있었다. '탑을 포기해. 이게 마지막 경고야.' 실로 가소로운 말이었다. 롤랜드는 탑을 포기하느니 차라리 제이크의 반려동물인 개 너구리를 잡아서 꼬치구이로 만들어 먹을 위인이었으므로. 일행 가운데 롤랜드의 '암흑의 탑'을 포기할 사람은 아무도 없었다. 하늘이 보우하사 그들은 끝까지 탑을 찾을 작정이었다.

해가 지려면 아직 멀었어. 플랙이 남긴 경고문을 발견한 날, 에디는 이렇게 말했다. *어때, 아직 환할 때 조금이라도 갈까?*

그래. 길르앗의 롤랜드는 그렇게 대답했다. *조금이라도 가자.*

그리하여 그들은 걷기 시작했다. 끝없이 펼쳐진 들판 사이로, 보기 싫게 우거진 덤불이 양쪽 가장자리를 표시하는 빔의 길을 따라서. 사람은 그림자도 보이지 않았다. 몇 날 몇 밤이 지나도록 하늘은 구름이 낀 채 나지막이 걸려 있었다. 빔의 길을 따라 걷는 도중이다 보니 이따금 머리 바로 위의 구름이 요동치다가 열릴 때면 손바닥만 한 푸른 하늘이 보이기도 했지만, 그래봐야 잠시뿐이었다. 어느 날 밤에는 열린 구름 사이로 한참 동안 보름달이 드러나 달 표면에 새겨진 얼굴이 또렷이 보이기도 했다. 교활한, 음모를 꾸미느라 뒤틀린 웃음을 짓는 밀수꾼의 얼굴이었다. 그 달을 보며 롤랜드는 이제 늦여름일 거라고 추측했지만, 에디에게는 도무지 알 수 없는 계절일 뿐이었다. 풀은 힘없이 처져 있거나 이미 말라죽은 후였고, (드물게 눈에 띄는) 나무는 헐벗은 상태였으며, 우거진 덤불은 갈색이었다. 사냥감도 거의 없었던 탓에 그들은 사이보그 곰 샤딕이 지배하는 숲을 벗어난 이후 처음으로 주린 배를 안고 잠자리에 들곤 했다.

그럼에도, 에디는 시간 자체를 파악할 수 없게 된 느낌이 가장 짜증스러웠다. 몇 시인지, 며칠인지, 몇 주가 지났는지, 심지어는 무슨 계절인지조차 알 수 없었다. 달은 롤랜드에게 여름이 끝날 무렵이라고 가르쳐 줬을지 몰라도, 주위의 세상은 겨울을 향해 가다가 꾸벅꾸벅 졸고 있는 것만 같았다.

그러는 사이에 에디는 시간을 빚어내는 것은 외부의 사건이라는 결론에 이르렀다. 흥미진진한 일이 잔뜩 일어나면 시간이 빨리 흐르는 기분이 들었다. 별일 없이 지루한 일상에 빠져 있다 보면 시간은 느려졌다. 그리고 *만물*이 행위를 멈췄을 때, 시간은 명백히 흐트러지기 시작했다. 시간이 냅다 가방을 싸서 코니아일랜드 유원지로 소풍을 간 느낌이었다. 미친 소리 같았지만 사실이었다.

정말로 만물이 행위를 멈췄을까? 에디는 곰곰이 생각해보았다(생각할 시간은 차고 넘쳤다, 할 일이라고는 수재나의 휠체어를 밀며 이 따분한 들판에서 저 따분한 들판으로 향하는 것뿐이었으므로.). 마법사의 수정 구슬에서 돌아온 후로 별일이라고 할 만한 것은 제이크가 말한 '수수께끼의 숫자'뿐이었다. 필시 아무 뜻도 없는 말 같았다. 앞서 그들은 러드의 요람에서 블레인에 올라타기 위해 숫자 수수께끼를 풀어야 했는데, 수재나는 수수께끼의 숫자가 그때의 잔재일 거라는 의견을 내놓았다. 에디는 수재나의 말이 옳은지 어떤지 전혀 확신이 서지 않았지만, 뭐, 그것도 하나의 가설이었다.

그리고 솔직히, 19라는 숫자에 특별한 구석이 뭐가 있겠는가? 정말이지 수수께끼의 숫자였다. 곰곰이 생각한 끝에 수재나는 그나마 19가 소수(素數)라는 점을 지적했다. 외줄 블레인의 탑승구 문을 열 때 열쇠가 되었던 숫자처럼. 여기에 에디는 19란 우리가 수를 셀 때 언제나 18과 20 사이에 오는 숫자라는 의견을 보탰다. 그 말에 제이크는 깔깔 웃으며 바보 같이 굴지 말라고 했다. 모닥불 옆에 앉아 나무로 토끼 조각상을 깎다가 (완성되면 짐 보따리 속의 고양이와 개 옆에 놓일 토끼였다.) 그 말을 들은 에디는 제이크에게 자신의 하나뿐인 재능을 비웃지 말라고 했다.

2

빔의 길로 돌아온 지 한 달 반쯤 지났을 무렵, 그들은 한때는 분명히 길이었을 오래된 바퀴 자국 두 줄을 발견했다. 바퀴 자국과 빔의 길이 정확히 일치하지는 않았지만, 롤랜드는 동료들에게 그 자국을 따라가자고 했다. 이정표인 빔에서 그리 크게 벗어나지는 않았다면서. 에디는 일단 다시 길을 나서면 정신을 집중할 수 있으리라고, 사방이 적도 근처의 무풍대처럼 고요한 지금의 느낌을 떨쳐버릴 수 있으리라고 믿었지만, 그렇지 않았다. 길은 계단처럼 층층이 이어진 오르막 평원으로 그들을 인도했다. 한참 후에 남북으로 기다란 언덕 마루가 나왔다. 그들이 따라가던 길은 멀리 보이는 앞쪽에서 컴컴한 숲으로 이어졌다. 그 숲의 그늘 속으로 들어서면서 에디는 동화에나 나올 법한 숲이라고 생각했다. 숲에서 보낸 둘째 날(어쩌면 셋째 날…… 아니면 넷째 날), 수재나가 작은 사슴을 총으로 잡았다. 한동안 총잡이표 채식 부리토만 먹다가 맛본 고기는 기가 막히게 맛있었지만, 숲속 깊숙한 곳의 공터에 오크나 트롤이나 엘프 같은 것은 그림자도 보이지 않았다. 쿠키를 챙겨주는 키블러 엘프이든 아니든 간에. 그리고 사슴 역시 다시는 만날 수 없었다.

"과자로 지은 집을 찾는데 영 안 보이네." 에디가 말했다. 그들은 커다랗고 나이 든 나무들 사이로 며칠째 구불구불 전진하는 중이었다. 어쩌면 일주일째일 수도 있었다. 확실한 것은 아직 빔의 길에 꽤 가까이 있다는 것뿐이었다. 하늘을 보면 그 증거가 보였고…… 느낄 수도 있었다.

"과자로 지은 집이란 게 뭐냐?" 롤랜드가 물었다. "역시 동화에 나오는 거냐? 그렇다면 듣고 싶구나."

당연한 반응이었다. 이 남자는 이야기를 몹시도 좋아했고, 특히 '옛날옛적 모두가 숲속에 살던 시절에'로 시작하는 이야기라면 사족을 못 썼다. 그런데 듣는 방식이 조금 특이했다. 정신이 살짝 딴데 가 있는 사람 같았던 것이다. 언젠가 에디가 그 이야기를 했을 때 수재나는 드문 일도 아니라는 듯이 한마디로 정리해주었다. 수재나에게는 거의 오싹할 정도의 시적 재능이 있어서, 느낌을 말로 표현하면 또렷한 형상이 만들어지는 듯했다.

"그건 롤랜드가 잠자리에 든 아이처럼 눈을 동그랗게 뜨고 듣질 않아서 그래요. 당신은 그 사람이 그러길 *바라겠지만요*, 우리 귀여운 에디 씨."

"그래서 저 양반이 어떻게 듣는다는 건데요?"

"인류학자처럼 듣죠." 수재나는 망설임 없이 제꺽 대답했다. "신화와 전설을 통해서 낯선 문화의 정체를 밝히려는 인류학자처럼."

수재나 말이 옳았다. 그리고 만약 롤랜드가 이야기를 듣는 방식이 에디에게 거슬렸다면, 이는 필시 에디의 속마음 때문이었다. 에디는 만약 이곳에 학자처럼 이야기를 듣는 사람이 있다면 바로 그 자신과 수재나, 제이크여야 한다고 느꼈던 것이다. 왜냐면, 그들은 지금 이곳보다 훨씬 발전한 시대와 세계에서 왔으므로. 그렇지 않은가?

그렇든 아니든 간에, 네 사람은 두 세계의 많은 이야기가 서로 비슷하다는 것을 알아차렸다. 롤랜드가 아는 「다이애나의 꿈」이라는 이야기는 뉴욕 출신인 세 사람이 학교에서 배운 단편 소설 「미녀일까, 호랑이일까」와 너무 비슷해서 오싹할 정도였다. 거인 퍼스 경이야기는 성서에 나오는 다윗과 골리앗 이야기와 비슷했다. 롤랜드는 세상을 죄로부터 구하려고 십자가에 매달려 죽은 인간 예수 이야기를 많이 알았고, 에디와 수재나와 제이크에게 중간 세계에도 그를 믿는 사람이 많다고 얘기해주었다. 두 세계 사이에는 노래 또한 겹치는 것이 많았다. 「경솔한 사랑」이 그중 하나였다. 「헤이 주드」 역시 마찬가지였는데 롤랜드의 세계에서는 첫 소절이 '안녕, 주드, 네 사정은 잘 알아'로 시작했다.

롤랜드에게 한 시간이 넘게 「핸젤과 그레텔」 이야기를 들려주는 동안, 에디는 아이를 잡아먹는 못된 마녀를 자신도 모르는 사이에 쿠스 언덕의 레아로 바꿔 이야기했다. 마녀가 두 아이를 살찌우려고 하는 대목에 이르렀을 때 에디는 문득 이야기를 멈추고 롤랜드에게 물었다. "혹시 이 이야기 알아? 아니면 비슷한 이야기라도?"

"아니. 허나 재미있는 이야기다. 끝까지 들려다오."

에디는 부탁받은 대로 했다. 필수 요소인 그 후로 오래오래 행복하게 살았답니다로 이야기가 끝나자 총잡이는 고개를 끄덕였다. "오래오래 행복하게 사는 사람은 아무도 없지만, 어른들은 아이가 스스로 그걸 깨닫게 놔두는 법이지. 안 그러냐?"

"그럼요." 대꾸한 사람은 제이크였다.

발치에서 쪼르르 따라가던 오이가 제이크를 올려다보았다. 금빛 테가 둘러진 두 눈에는 여느 때처럼 조용한 애정이 담겨 있었다. "그엄요." 개너구리는 아이의 우울한 억양을 똑같이 따라했다.

에디는 제이크의 어깨를 한 팔로 감쌌다. "뉴욕이 아니라 이런 동네라서 참 안됐다. 뉴욕이었으면 제이크 넌 지금쯤 전담 아동 정신과 의사가 붙어 있겠지, 네 부모님 문제를 상담하느라고. 마음속의 풀리지 않는 갈등 같은 걸 분석하면서. 아마 괜찮은 약도 좀 받을 수 있을 거야. 리탈린 같은 거라든가."

"이것저것 따져보면 전 여기 있는 게 더 좋아요."제이크는 이렇게 말하고서 오이를 내려다보았다.

"그래. 그럴 만도 하지."에디가 말했다.

"그런 이야기를 '동화(fairy tail)'라고 하는구나."롤랜드가 생각에 잠긴 목소리로 중얼거렸다.

"맞아."에디가 대답했다.

"허나 방금 그 이야기에는 요정(fairy)이 안 나오던데."

"그렇지. 동화라는 건 그냥 뭉뚱그려서 붙인 이름이야. 우리 세계에는 미스터리도 있고, 괴담도 있고…… 에스에프도 있고…… 서부극도 있고…… 동화도 있는 거지. 무슨 말인지 알아?"

"안다. 그런데 너희 세계 사람들은 이야기의 맛을 반드시 한 번에 한 가지씩만 음미하는 거냐? 음식을 한 입에 한 가지만 먹는 것처럼?"

"내 생각엔 그런 것 같아요."수재나가 말했다.

"스튜 같은 건 안 먹는다는 말이오?"

"뭐, 저녁에는 가끔 먹기도 해. 그치만 재미를 찾을 땐 대체로 한 번에 한 가지만 즐기지. 접시에 담긴 음식을 누가 섞으려고 하면 못하게 막기도 하고. 근데 당신이 그렇게 말하니까 왠지 따분한 방식 같기도 하네."

"너희 세계에는 그 동화라는 게 몇 가지나 있는 거냐?"

조금도 망설이지 않고, 또 서로 짠 기색도 전혀 없이, 에디와 수재나와 제이크는 동시에 똑같은 말을 외쳤다. "열아홉 개!"잠시 후에 오이가 쉰 목소리로 따라했다. "여랍개!"

세 사람은 서로를 보며 깔깔 웃었다. 이 무렵 숫자 '19'는 그들 사이에서 서로 써먹으려고 안달하는 유행어가 되어 있었기 때문이었다. 제이크와 에디가 입에 달고 살던 '빵쟁이'는 그 말에 밀려 인기가 시들해졌다. 그러나 그들의 웃음소리에는 살짝 불안한 기색이 묻어났는데, 이는 19와 엮인 일들이 꽤나 묘하게 흘러갔기 때문이었다. 에디는 이즈음에 깎은 동물 조각상의 옆면에다 자신도 모르는 사이에 19를 무슨 상표명처럼 새겨놓곤 했다. *여, 형씨! 반가워! 여기가 바로 19호 목장이야!* 저녁이면 수재니와 제이크 둘 다 모닥불 땔감으로 한 아름 모아 온 나뭇가지가 열아홉 개라고 털어놓았다. 왜 그랬는지는 두 사람 다 알지 못했다. 왠지 그렇게 해야 할 것 같아서였다.

그러던 어느 날 아침, 롤랜드는 그들이 지나던 숲의 가장자리에서 동료들을 멈춰 세웠다. 그가 손으로 가리킨 저 높은 곳에는 유독 오래된 나무 한 그루가 시든 가지를 쳐들고 있었다. 하늘을 배경으로 나뭇가지들이 만든 모양은 숫자 19였다. 한눈에 봐도 19였다. 일행 모두 그 모양을 알아보았지만, 가장 먼저 발견한 사람은 롤랜드였다.

그러나 롤랜드는 한때 에디가 전구와 에이에이(AA)형 건전지를 세상에 당연히 존재하는 것으로 여겼던 것만큼이나 징조와 낌새를 당연한 것으로 여겼고, 그래서 자신의 *카텟*이 19라는 숫자에 급격히 심취하는 것을 보고도 무시하곤 했다. 롤랜드 말에 따르면 그들은 이제 *카텟*으로서 더없이 가까운 사이였기에 생각과 습관마저 비슷해졌고, 따라서 사소한 집착 역시 감기처럼 쉽게 전염됐다. 그는 제이크가 여기에 어느 정도 기여했다고 믿었다.

"제이크, 너한테는 사람의 마음을 감응시키는 '터치'라는 능력이 있단다. 네 능력이 내 옛 친구 알레인만큼 강한지 어떤지는 확실치 않다만, 어쩌면 그럴 거라는 생각이 강하게 드는구나."

"무슨 말인지 모르겠어요." 제이크는 영문을 몰라 찌푸린 표정으로 대답했다. 에디는 그 말이 무슨 뜻인지 조금이나마 이해가 갔고, 시간이 흐르면 제이크도 이해할 거라고 생각했다. 시간이 다시 정상적으로 흐를 날이 오기만 한다면.

그러다가 제이크가 머핀볼을 들고 나타난 날, 에디의 가정은 현실이 되었다.

3

제이크가 사라진 것을 알아챈 에디가 총잡이에게 아이가 어디 갔는지 아냐고 물었을 때, 그들 일행은 잠시 멈춰서 점심을 먹으려던 참이었다(이날 메뉴도 채식 부리토였다, 사슴 고기는 다 떨어졌고 키블러 쿠키는 이미 달콤한 기억이었으므로.).

"대략 반 휠 전에 대열에서 이탈했다." 롤랜드는 오른손에 남은 손가락 가운데 두 개로 길 저편을 가리키며 말했다. "애는 무사하다. 혹시 무슨 일이 있으면 우리 모두 감지할 게다." 그러고는 자기 몫의 부리토를 힐끗 보더니 내키지 않는 표정으로 덥석 물었다.

에디가 무슨 말을 하려고 입을 열었지만 수재나가 먼저 끼어들었다. "저기 오네요. 안녕, 제이크. 그게 뭐야?"

제이크는 크기가 테니스공만 한 동그란 물체를 한 아름 안고 있었다. 다만 절대로 튀어오를 수 없는 공이었다. 조그마한 뿔 같은 돌기가 볼록볼록 튀어나와 있었던 것이다. 제이크가 가까이 다가오자 에디는 그것들이 풍기는 냄새를 맡을 수 있었다. 환상적이었다. 갓 구운 빵의 냄새처럼.

"이건 먹어도 괜찮을 것 같아요. 냄새가 꼭 방금 구운 사워도 브레드 같거든요. 우리 엄마랑 가정부 쇼 아줌마가 자바스에서 사 오시던 빵이에요." 제이크는 수재나와 에디를 보며 살짝 웃었다. "자바스 아세요?"

"*나*야 당연히 알지." 수재나였다. "최고로 맛있는 것만 파는 가게지, 으흠. 근데 그거 냄새는 *진짜* 끝내준다. 그래도 아직 먹어보진 않았겠지, 그치?"

"그럴 리가요." 제이크는 뭔지 알려달라는 듯한 표정으로 롤랜드를 돌아보았다.

총잡이는 그 동그란 것을 하나 집더니 뿔을 떼고 남은 부분을 우 거우거 먹어치웠고, 이로써 친구들의 긴장을 풀어주었다. "이건 머핀볼이라는 거다. 얼마나 오랜만에 보는지 모르겠구나. 맛이 아주 좋단다." 그의 파란 눈이 번들거렸다. "뿔은 먹지 마라. 독은 없지만 아주 시큼하다. 혹시 사슴 비계가 조금 남았거든 거기다 구워먹어도 괜찮다. 그렇게 하면 거의 고기 같은 맛이 난다."

"거 아주 좋은 생각이네." 에디가 말했다. "맘껏 먹어. 난 그냥 건너뛸게, 버섯이든 무슨 괴물 불알이든, 뭐든 간에."

"버섯하고는 아무 상관도 없다. 땅에서 자라는 산딸기에 더 가까운 거다."

수재나는 한 개를 쥐고 살짝 야금거리다가 크게 한 입 베어 물었다. "안 먹으면 후회할 거예요, 당신. 우리 아버지 친구였던 모즈 아저씨가 이걸 맛봤다면 '1등급 재료'라고 했을걸요." 수재나는 제이크의 품에 있던 머핀볼을 한 개 더 집어서 보드라운 표면을 엄지로 쓰다듬어 보았다.

"아마 그러겠죠. 근데 내가 고등학교 다닐 때 독후감 쓰느라 어떤 책을 읽었는데, 제목이 『우리는 언제나 성에 살았다』였나 그럴 거예요. 그 책에선 웬 미친 여자애가 이거랑 비슷하게 생긴 걸로 식구들을 죄다 식중독에 걸리게 해요." 에디는 제이크 쪽으로 몸을 숙이고 눈을 동그랗게 뜬 채 입을 헤벌쭉 벌리고 징그럽게 웃었다. "온 가족을 식중독에 빠뜨려서 죽인 거야, *고오토옹스럽게!*"

그러고는 앉아 있던 통나무에서 땅바닥으로 풀썩 쓰러지더니, 솔잎과 마른 낙엽 위를 데굴데굴 구르며 일그러진 표정으로 컥컥 소리를 냈다. 오이는 에디 주위를 폴짝폴짝 뛰어 다니면서 그의 이름을 날카롭게 외쳤다.

"작작 좀 해라, 에디. 제이크, 너 이걸 어디서 찾았느냐?"

"저쪽에서요. 빔의 길을 따라오다가 웬 공터를 봤거든요. 거기엔 이게 엄청 많아요. 그리고, 혹시 고기가 먹고 싶으시다면…… 저는 먹고 싶은데요…… 그 공터엔 증거가 잔뜩 있어요. 싼 지 얼마 안 된 똥 무더기가 잔뜩." 제이크는 롤랜드의 얼굴을 찬찬히 살폈다. "진짜…… 방금…… 싼 거예요." 느릿느릿 말하는 투가 꼭 말이 서툰 외국 사람 같았다.

롤랜드의 양 입가에 살짝 미소가 걸렸다. "천천히 말하되 진실만 말하려무나. 뭐 때문에 두려워하는 거냐, 제이크?"

그 질문에 대답할 때, 제이크의 목소리는 입술도 거의 움직이지 않을 만큼 조그마했다. "제가 머핀볼을 따는 동안 지켜보는 사람들이 있었어요." 아이는 잠시 입을 다물었다가 덧붙였다. "그 사람들이 지금도 우릴 보고 있어요."

수재나는 머핀볼을 하나 집어서 가만히 살피다가, 꽃향기라도 맡는 사람처럼 고개를 숙이고 말했다. "우리가 왔던 길 쪽이니? 길 오른쪽?"

"맞아요."

에디는 기침을 막으려는 사람처럼 주먹 쥔 손으로 입을 가렸다. "몇 명인데?"

"네 명 같아요."

"다섯이다." 롤랜드였다. "많으면 아마 여섯. 한 명은 여자다. 제이크 또래인 남자애도 한 명 있고."

제이크는 놀란 표정으로 롤랜드를 돌아보았다. 에디가 롤랜드에게 물었다. "언제부터 있었던 거야?"

"어제부터다. 거의 정확히 동쪽에서 우리 뒤로 따라붙었다."

"그런데도 우리한텐 말 한마디 안 한 거예요?" 수재나의 목소리는 꽤나 딱딱했다. 입 모양을 읽지 못하도록 입을 가리려는 몸짓조차 없었다.

수재나를 보는 롤랜드의 눈이 아주 희미하게 반짝였다. "누가 제일 먼저 알아챌지 궁금해서 그랬소. 사실 내가 속으로 점찍은 사람은 당신이었소, 수재나."

수재나는 냉랭한 눈길로 롤랜드를 쳐다볼 뿐, 말이 없었다. 에디는 그 눈길에 데타 워커의 그림자가 적잖이 드리워졌다고 생각했다.

그리고 그 눈길을 받는 사람이 자신이 아니어서 기뻤다.

"우린 어떡하면 좋죠?" 제이크가 물었다.

"아무것도 안 할 거다. 당장은."

제이크는 총잡이의 대답이 영 마음에 안 들었다. "혹시 똑딱맨의 카텟이면 어떡해요? 개셔나 후츠 같은 패거리면요?"

"아니다."

"어떻게 아세요?"

"그랬다면 이미 우릴 공격했을 테고, 또 그랬다면 놈들은 이미 파리가 알을 까는 몸뚱이가 됐을 테니."

여기에는 딱히 그럴듯하게 대꾸할 말이 없었기에, 일행은 다시 길을 따라 걷기 시작했다. 길은 짙은 그늘 속으로 굽이굽이 휘어져 수백 살은 될 법한 늙은 나무들 사이로 이어졌다. 걷기 시작한 지 20분도 안 지났을 무렵, 에디는 추격자들(또는 미행자들)의 소리를 들었다. 잔가지가 꺾이는 소리, 키 작은 덤불이 쓸리는 소리, 심지어 한 번은 나지막한 목소리도 들려왔다. 롤랜드 식으로 말하면 '서툰 미행꾼들'이었다. 에디는 그토록 뒤늦게 알아챈 자신에게 역겨움을 느꼈다. 한편으로는 그 미행꾼들이 뭘 해서 먹고사는지 궁금하기도 했다. 추적하고 포획하는 쪽으로는 실력이 영 별로였으므로.

에디 딘은 여러 면에서 중간 세계의 일원이 되었고 그중에는 너무 미세해서 본인조차 인식하지 못한 면도 있었지만, 거리를 생각할 때만큼은 여전히 마일 대신 킬로미터를 먼저 떠올렸다. 에디가 짐작하기에 제이크가 머핀볼과 미행이 있다는 소식을 갖고 돌아온 곳부터 롤랜드가 이제 야영을 하자고 한 곳까지, 그들이 걸어온 거리는 25킬로미터가 조금 안 되는 정도였다. 숲에 들어선 이후로 쭉 그랬듯이 일행은 길 한복판에 야영지를 만들었다. 그렇게 하면 혹시라도 모닥불의 불씨 때문에 숲에 불이 날 위험을 피할 수 있기 때문이었다.

롤랜드와 제이크가 조촐한 야영지를 마련하고 머핀볼을 다듬는 동안 에디와 수재나는 땅에 떨어진 나뭇가지를 잔뜩 모아왔다. 수재나는 오래된 나무 아래의 단단한 낙엽층 위로 휠체어를 가뿐하게 굴리며 무릎 위에 땔감을 쌓아올렸다. 에디는 조그맣게 콧노래를 흥얼거리며 근처를 거닐었다.

"왼쪽을 봐요, 자기." 수재나가 말했다.

그 말대로 한 에디는 멀리서 깜빡이는 주황색 빛을 발견했다. 불빛이었다.

"솜씨가 그렇게 좋진 않네요. 그렇죠, 수재나?"

"그러게요. 실은 좀 딱할 정도예요."

"무슨 꿍꿍이로 저러는지 짚이는 데 있어요?"

"전혀요. 하지만 롤랜드 말이 맞는 것 같아요. 때가 되면 저쪽에서 알려줄 거예요. 아니면 우리한테 볼일이 없다는 걸 알고 그냥 사라지든가. 자, 이제 그만 돌아가요."

"잠깐만요." 에디는 나뭇가지를 한 개 더 줍고 잠시 망설이다가, 한 개를 더 주웠다. 그제야 맞아떨어졌다. "이제 됐어요."

야영지로 돌아오는 길에 에디는 자기가 주운 가지가 몇 갠지 센 다음, 수재나의 무릎에 쌓인 가지의 개수를 셌다. 양쪽 모두 각각 열아홉 개였다.

"수재나." 에디는 자신을 올려다보는 수재나에게 말했다. "시간이 다시 흐르기 시작했어요."

수재나는 고개만 끄덕일 뿐, 무슨 말인지 묻지 않았다.

4

머핀볼을 안 먹겠다던 에디의 결심은 오래가지 않았다. 사슴 기름에 지진 머핀볼의 냄새가 기막히게 훌륭했기 때문이었다. 사슴 기름 덩어리는 (구두쇠, 그야말로 비정한 자린고비인) 롤랜드가 낡은 걸낭에 따로 챙겨둔 것이었다. 에디는 기계 곰 샤딕의 숲에서 손에 넣은 오래된 접시에 자기 몫의 머핀볼을 담아서 우걱우걱 먹어치웠다.

"이거 바닷가재만큼이나 맛있는데." 에디가 중얼거렸다. 해변에서 롤랜드의 손가락을 먹어 치운 가재 괴물 생각은 그다음에야 떠올랐다. "그러니까 네이선스 식당의 명물 핫도그만큼 맛있다는 얘기지, 내 말은. 그리고 아까는 놀려서 미안했다, 제이크."

"괜찮아요." 제이크가 씩 웃었다. "아저씬 심한 말은 안 하잖아요."

"명심할 게 한 가지 있다." 롤랜드가 빙긋 웃으며 말했다. 요즘 들어 그는 자주, 전보다 훨씬 많이 웃었다. 그러나 눈빛은 진지했다. "너희 모두 명심해야 한다. 머핀볼을 먹으면 경우에 따라선 몹시 생생한 꿈을 꾸기도 한다."

"뿅 간다는 말씀이세요?" 제이크의 표정에 불안한 기색이 두드러졌다. 아버지가 생각났기 때문이었다. 제이크의 아버지 엘머 체임버스는 수상쩍은 약물에 조예가 깊은 사람이었다.

"뿅 가다니? 그게 무슨……?"

"기운이 뻗치는 거 말이에요. 기분도 막 좋아지고. 헛것도 보이고요. 아저씨가 메스칼린을 먹고 스톤 서클에 들어갔을 때처럼요. 거기서 그 괴물이 저를…… 저를 죽일 뻔했을 때처럼."

롤랜드는 잠시 입을 다물고 기억을 더듬었다. 그 스톤 서클에는 암컷 몽마가 봉인되어 있었다. 그냥 놔뒀다면 틀림없이 제이크 체임버스를 성적으로 홀려서 죽을 때까지 농락했을 몽마가. 그러나 결국에는 롤랜드가 몽마를 제압하고 신탁을 내놓게 했다. 몽마는 그 앙갚음으로 롤랜드에게 수전 델가도의 환상을 보여주었다.

"저기, 롤랜드 아저씨?"

제이크가 걱정스러운 표정으로 그를 보고 있었다.

"걱정 마라, 제이크. 어떤 버섯은 네가 말한 그런 작용을 일으키기도 한다. 의식을 변화시키고, 고양시키기도 하지. 허나 머핀볼은 다르다. 그냥 산딸기 같은 거니까 먹어도 괜찮다. 만약 꿈이 지나치게 생생하면, 네가 지금 꿈을 꾸는 중이란 걸 되새기기만 하면 된다."

에디 생각에는 꽤나 기묘한 조언이었다. 우선 일행들의 정신 건강을 그토록 세심하게 챙기는 것부터가 롤랜드답지 않았다. 구구절절 설명하는 것 역시 그답지 않았다.

세상이 다시 돌아가기 시작한 걸 저 양반도 눈치챈 거야. 에디는 속으로 생각했다. *한동안 멈춰 있던 시간이 다시 흐르기 시작했어. 게임을 계속할 때가 됐다는 뜻이지, 말하자면.*

"롤랜드, 우리 오늘도 불침번 서야 돼?"

"내가 보기엔 안 서도 될 것 같다." 총잡이는 느긋하게 대답하고 나서 담배를 말기 시작했다.

"그 사람들이 하나도 안 위험하다고 생각하는 거죠, 그렇죠?" 수재나는 수풀 쪽으로 눈을 돌렸다. 이제 저녁의 어둠이 깔리면서 나무 한 그루 한 그루의 윤곽이 희미해졌다. 앞서 눈에 띄었던 모닥불의 작은 불빛은 더 이상 보이지 않았지만, 뒤를 밟는 사람들은 여전히 그곳에 있었다. 수재나는 그들을 느낄 수 있었다. 아래를 내려다보니 오이 역시 같은 방향을 바라보는 중이었다. 놀랄 일은 아니었다.

"내 생각엔 그게 저들의 문제인 것 같소."

"그게 도대체 무슨 소리야?" 에디가 물었지만, 롤랜드는 더 말하지 않았다. 그저 돌돌 만 사슴 가죽을 베고 길에 벌러덩 누워서, 캄캄한 하늘을 올려다보며 담배만 피웠다.

이윽고 롤랜드의 카텟은 잠이 들었다. 불침번은 서지 않고서, 방해도 받지 않고서.

5

그들을 찾아온 꿈은 결코 꿈이 아니었다. 일행 가운데 그 점을 못 알아챈 사람은 아마도 수재나뿐이었을 텐데, 엄밀히 말하면 수재나는 그날 밤 그곳에 없었다.

맙소사, 나 다시 뉴욕에 와 있잖아. 에디는 생각했다. 그리고 곧이어 또 생각했다. **진짜로** *뉴욕에 돌아왔어. 이건 진짜야.*

그랬다. 에디는 뉴욕에 있었다. 2번 대로에.

바로 그 순간, 54번가 모퉁이를 돌아 제이크와 오이가 나타났다. "안녕하세요, 에디 아저씨." 제이크가 빙긋 웃으며 인사를 건넸다.

"고향에 오신 걸 환영해요."

게임 시작이군. 에디는 속으로 중얼거렸다. *게임 시작이야.*

제2장

뉴욕 그루브

1

    제이크는 순수한 암흑을 보며 잠에 빠져들었다. 흐린 밤하늘에는 별 하나 보이지 않았고, 달도 없었다. 서서히 희미해지는 의식 속에서 제이크는 추락하는 기분을 느끼고 가슴이 철렁 내려앉았다. 추락하는 꿈은 이른바 평범한 아이였던 지난번 삶에서도 이따금, 특히 시험을 앞두었을 때 꾸곤 했지만, 중간 세계에서 강렬한 재생을 경험한 후로는 한 번도 꾼 적이 없었다.

    추락하는 느낌은 이내 사라졌다. 어째선지 *너무 아름다워서 기분 나쁜* 차임벨 멜로디가 짤막하게 들렸다. 음을 단 세 개만 들어도 정지시키고 싶은, 열 개가 넘게 들었는데도 그치지 않으면 죽을 것만 같은 멜로디였다. 차임벨 소리 하나하나에 뼈가 흔들리는 기분이었다. *하와이안 기타 소리 같아, 안 그래?* 문득 떠오른 생각이었다. 이 차임벨 멜로디는 불길하게 윙윙대는 희박지대의 소리와 전혀 비슷

93

하지 않았는데도 무슨 까닭에선지 비슷한 느낌이 들었다.

정말로 비슷했다.

이윽고 도저히 더 못 견디겠다는 생각이 든 순간, 그 끔찍하면서도 우아한 멜로디가 멈췄다. 감은 눈 저편의 암흑이 순식간에 환한 선홍색으로 타올랐다.

제이크는 강렬한 햇빛을 향해 조심스레 눈을 떴다.

그러고는 입을 헤 벌렸다.

뉴욕에서.

바삐 지나가는 택시들이 햇볕을 받아 샛노란 색으로 번들거렸다. 워크맨의 이어폰을 낀 흑인 청년이 곁을 스쳐갔다. 음악에 맞춰 샌들 신은 발로 땅을 탁탁 차면서, 나지막이 '차다바, 차다*바우!*'라고 중얼거리면서. 착암기 소리가 고막을 때렸다. 시멘트 덩어리가 덤프트럭에 쏟아지는 요란한 소리가 고층 건물의 절벽 같은 벽면에 부딪히고 또 부딪히며 메아리쳤다. 세상이 소음으로 가득했다. 제이크는 자신도 모르는 사이에 중간 세계의 깊은 고요에 익숙해졌던 것이다. 아니, 그 정도가 아니었다. 이미 고요를 사랑하는 몸이 되고 말았다. 그럼에도 이 소음과 부산한 분위기에는 나름의 매력이 있었고, 제이크는 그것을 부정할 수 없었다. 다시 뉴욕의 그루브 속으로, 그 정신없는 리듬 속으로 돌아왔으므로. 제이크는 입꼬리가 슬며시 올라가는 느낌이 들었다.

"에이크! 에이크!" 나직한, 조금 아픈 듯한 목소리가 들렸다.

아래를 보니 오이가 꼬리를 야무지게 말고 보도 위에 앉아 있었다. 그 개너구리는 조그만 빨간 장화를 신고 있지 않았고, 제이크 역시 (다행히도) 빨간 옥스퍼드 구두를 신고 있지 않았지만, 그럼에도 지금 이 상황은 롤랜드의 고향인 길르앗을 방문했을 때와 매우 비슷했다. 전에 길르앗에 갈 때에는 분홍빛으로 물든 마법사의 수정 구슬 속을 통과해야 했다. 수많은 사람들에게 역경과 고뇌를 안겨준 그 수정 구슬을.

이번에는 구슬을 지나는 대신…… 그냥 잠든 것뿐이었다. 하지만 결코 꿈이 아니었다. 이때껏 경험했던 어떤 꿈보다도 강렬했고, 정교했다. 게다가……

게다가, 제이크와 오이가 '캔자스 시티 블루스'라는 이름의 시내 술집 왼편에 서 있는 동안, 거리에 오가는 사람들은 그 둘을 피해서 빙 돌아갔다. 제이크가 지켜보는 동안에도 실제로 오이 *위쪽*으로 지나가는 여성이 있었다. 검은 에이치라인 치마를 무릎 위로 살짝 올리고서. 그러는 동안에도 딴 데 정신이 팔린 그 여성의 표정은 전혀 변하지 않았다(그 표정은 제이크에게 이렇게 말하고 있었다. *난 그냥 내일 때문에 바쁜 뉴요커야, 그러니까 귀찮게 하지 마.*).

사람들은 우릴 못 봐, 그치만 우리가 있다는 건 느낄 수 있어. 그리고 우릴 느낄 수 있다는 건, 우리가 진짜로 여기 있다는 뜻이야.

맨 먼저 떠오른 의문은 당연히 어떻게?였다. 제이크는 잠시 그 이유를 생각하다가 일단 미뤄놓기로 마음먹었다. 답이 곧 보일 거라는 생각이 들어서였다. 게다가, 이때가 아니면 또 언제 뉴욕을 즐기겠는가?

"가자, 오이." 제이크는 이렇게 말하며 길모퉁이를 돌았다. 개너구리는 척 봐도 도시 출신이 아닌 티가 났고, 하도 딱 붙어서 걸어간 탓에 제이크는 발목을 간지럽히는 녀석의 숨결까지 느낄 수 있었다.

2번 대로. 제이크는 생각했다. 그렇다면. 맙소사······.

그 생각이 끝나기도 전에, 바르셀로나 가방 전문점 앞에 서 있는 에디 딘이 눈에 들어왔다. 낡은 청바지와 사슴 가죽 셔츠, 사슴 가죽 모카신 차림인 에디는 표정이 멍했고, 적잖이 당황한 눈치였다. 머리카락은 깨끗하기는 했지만 어깨까지 길게 늘어진 모양새가 전문가의 손길이 닿은 지 한참 된 듯했다. 제이크는 자신의 몰골도 별다를 바 없으리라는 생각이 들었다. 제이크가 입은 셔츠 역시 사슴 가죽으로 만든 것이었고, 너덜너덜한 도커스 면바지는 집을 영영 떠나던 날 입고 있었던 것이었다. 브루클린의 더치힐을 향해, 아예 다른 세계를 향해 떠나던 그날.

남들 눈에 안 보여서 그나마 다행이네. 그 생각은 오래지 않아 바뀌었다. 만약 보였다면 둘은 점심때가 되기도 전에 사람들이 던져준 동전을 모아 부자가 될 수도 있었다. 그 생각에 제이크는 씩 웃음이 나왔다.

"안녕하세요, 에디 아저씨. 고향에 오신 걸 환영해요."

에디는 어안이 벙벙한 표정으로 고개를 끄덕였다. "네 친구도 같이 왔구나."

제이크는 몸을 숙여 오이를 다정하게 다독거렸다. "저한테는 얘가 아메리칸 익스프레스 카드예요. 없으면 아무 데도 못 가거든요."

제이크는 계속 말하려고 했다. 재치 있는 사람이 된 기분이 들었고, 마음이 들떴고, 하고 싶은 신나는 얘기가 잔뜩 있었으므로. 그런데 그때 마침 누가 모퉁이를 돌아서 나타나더니 (남들이 그러듯이) 두 사람을 거들떠도 안 보고 지나쳤고, 이로써 모든 것이 바뀌었다. 곁을 지나간 아이는 제이크의 바지와 비슷한 도커스 면바지를 입고 있었는데, 왜냐면 *실제로* 제이크의 바지였기 때문이었다. 지금 입고 있는 바지는 아니었지만 그래도 제이크의 바지였다. 운동화 역시 마찬가지였다. 제이크가 더치힐에서 잃어버린 운동화였다. 두 세계 사이의 문을 지키던 회반죽 괴물이 벗겨간 바로 그 운동화.

방금 두 사람 곁을 지나간 소년은 존 체임버스, 바로 제이크였다. 다만 눈앞의 아이는 여리고 천진하고 가슴이 아릴 만큼 어려 보였다. *어떻게 견딘 거야?* 제이크는 멀어져가는 자신의 등을 향해 물었다. *미쳐버릴 것 같은 그 스트레스를, 집을 나가고 싶은 마음을, 브루클린의 그 소름 끼치는 집을 어떻게 견디고 살아남은 거야? 뭣보다 너, 그 문지기를 어떻게 이겼어? 보기보다 꽤 센 녀석이구나, 너.*

똑같이 생긴 두 아이를 번갈아 보는 에디의 모습이 너무나 우스워서, 제이크는 놀란 와중에도 그만 웃음을 터뜨리고 말았다. 만화에 나오는 단짝 친구 아치와 저그헤드가 양쪽을 동시에 보려고 고개를 휙휙 돌리는 장면이 떠오를 정도였다. 아래를 내려다보니 오이 역시 비슷한 표정을 하고 있었다. 그 모습을 보니 왠지 모든 것이 더욱 우스워졌다.

"뭐가 어떻게 된 거야?" 에디가 물었다.

"순간 반복이에요." 제이크는 이렇게 말하고 더 자지러지게 웃었다. 말해 놓고 보니 바보 같기 짝이 없었지만, 제이크는 아무렇지도 않았다. 스스로도 바보가 된 기분이었다. "길르앗의 궁전에서 롤랜드 아저씨를 봤을 때랑 똑같아요. 다른 점이 있다면 여긴 뉴욕이고, 오늘은 1977년 5월 31일이라는 거죠! 제가 파이퍼 스쿨에서 자체 방학에 들어간 날이에요! 순간 반복, 와우!"

"자체 방학이라니 그게 무슨……?" 에디가 말을 시작했지만, 제이크는 그에게 끝맺을 시간을 주지 않았다. 또 한 가지 깨달음이 뇌리를 강타했기 때문이었다. 사실 *강타*는 너무 약한 표현이었다. 해일이 밀려올 때 마침 바닷가에 있던 사람처럼, 제이크는 그 깨달음에 *휩쓸렸다*. 아이의 얼굴이 어찌나 빨갛게 달아올랐던지 에디는 저도 모르게 한 발짝 뒤로 물러섰다.

"장미!" 제이크가 속삭이듯 중얼거렸다. 가슴이 졸아붙어서 그이상 크게 말할 수가 없었고, 목은 모래 폭풍이 부는 사막처럼 바짝 말랐다. "에디 아저씨, *그 장미!*"

"그게 뭐?"

"제가 그 장미를 본 날이 바로 오늘이에요!" 제이크는 떨리는 손을 뻗어 에디의 팔뚝을 잡았다. "전 어떤 서점에 들렀다가…… 공터에 갈 거예요. 원래는 식료품 가게가 있던 자린데요……"

이야기를 듣던 에디 역시 고개를 끄덕이며 흥미가 동한 표정을 지었다. "톰과 제리의 끝내주는 식료품점 말이구나. 2번 대로하고 46번가 모퉁이에 있는……"

"가게는 없어졌지만 장미는 그대로 있어요! 저기 걸어가는 제가 지금 그걸 보러 가는 길이에요, *그러니까 우리도 볼 수 있어요!*"

그 말에 에디 역시 눈을 반짝였다. "가야지, 그럼. 널 잃어버릴 순 없으니까. 아니, 쟤를. 어느 쪽이든 간에, 젠장."

"걱정 마세요. 전 쟤가 어디로 가는지 알아요."

2

두 사람의 앞쪽에서 걸어가던 제이크(뉴욕의 제이크, 1977년 봄의 제이크)는 천천히 걸으며 여기저기 두리번거리는 모습으로 보아 봄날을 만끽하는 기색이 뚜렷했다. 중간 세계의 제이크는 그 소년이 지금 어떤 기분에 젖어 있는지 정확히 기억했다. 느닷없이 찾아온 그 안도감은 머릿속에서 싸우던 목소리들이

(난 죽었어!)

(안 죽었어!)

마침내 다투기를 멈춘 결과였다. 그 일이 일어난 장소는 판자벽 앞, 회사원 두 명이 마크 크로스 만년필로 삼목 놓기를 하던 곳이었다. 물론 파이퍼 스쿨과 에이버리 선생님의 기말 영어 숙제에서 벗어났다는 해방감도 한몫했다. 에이버리 선생님이 학기 성적의 4분의 1을 차지할 거라고 신신당부한 그 기말 작문을, 제이크는 횡설수설로 가득 채웠다. 나중에 선생님은 에이(A) 플러스를 줬지만 그래봤자 제이크의 작문이 횡설수설이라는 사실은 변하지 않았다. 이는 오히려 제이크가 세상의 예외가 아니라는 증거일 뿐이었다. 온 세상이 미쳐가는 중이었다, 19를 향해.

그 모든 짐으로부터 잠시나마 벗어나 있는 기분은 정말로 멋졌다. 제이크가 이날을 만끽하는 것도 당연했다.

그치만 좀 이상한 날이야. 제이크는 생각했다. 예전의 자신을 뒤

따라 걷던 제이크가. *뭔가 있어……*.

주위를 둘러보았지만 감이 잡히지 않았다. 5월의 막바지, 쨍한 햇살, 2번 대로에 가득한 행인들과 진열창을 구경하는 쇼핑객들, 즐비한 택시, 이따금 지나가는 기다란 검정 리무진. 이런 것들은 하나도 이상하지 않았다.

하지만 있었다.

철저히 이상한 어떤 것이.

3

에디는 소매를 잡아당기는 제이크의 기척을 느꼈다. "지금 여기서 뭐가 이상한 것 같으세요?"

에디는 주위를 두리번거렸다. 스스로도 적응하느라 애를 먹는 중이기는 했지만(그의 경우에는 자기가 살던 시대보다 몇 년 전의 뉴욕으로 돌아온 것이 문제였다.), 그래도 제이크의 말이 무슨 뜻인지는 알 수 있었다. 뭔가 *정말로* 이상했다.

에디는 문득 자기 그림자가 안 보일 거라는 확신에 사로잡혀 아래를 내려다보았다. 둘은 그림자를 잃어버렸던 것이다. 동화에 나오는 아이처럼, 그러니까…… 이쪽 세계의 동화 19편 가운데 하나에 나오는…… 아니면 조금 나중에 만들어진 동화일지도. 『사자와 마녀와 옷장』이나 『피터 팬』처럼. 이를 테면, 현대판 동화 19편 가운데 하나?

아무래도 상관없었다. 둘의 그림자는 그대로 있었으므로.

하지만 그럴 리가. 에디는 생각했다. *이렇게 어두운데 우리 그림자가 보일 리가 없어.*

바보 같은 생각이었다. 어둡지 *않았다.* 맙소사, 이때는 아침이었다. 5월의 화창한 아침, 지나가는 차의 크롬 장식과 2번 대로 동쪽에 늘어선 상점의 진열창에 햇살이 부딪쳐 윙크하듯이 반짝였다. 그런데도 에디에게는 웬지 어두워 보였다. 이 모든 것이 그저 부서지기 쉬운 껍데기 같았다. 마치 연극 무대의 그림 배경처럼. 셰익스피어의 연극이라면 '해가 뜨자 아덴 숲이 보인다'라는 지문이 나올 대목이었다. 아니면 덴마크에 있는 성이라든가. 작가가 아서 밀러라면 세일즈맨 윌리 로먼의 집 부엌일지도. 그리고 지금 에디가 출연하는 연극의 경우에는, 뉴욕 도심의 2번 대로였다.

그랬다, 그런 식이었다. 다만 이 배경 뒤에는 연습실이나 소품 보관실이 아니라 거대하게 팽창한 암흑뿐이었다. 그 드넓은 침묵의 우주에서 롤랜드의 탑은 이미 무너진 상태였다.

제발, 내가 틀렸다고 해줘. 에디는 생각했다. *그냥 문화 충격이라고, 아니면 그냥 불안해서 그런 거라고 해줘.*

아무래도 그런 것 같지는 않았다.

"우리가 어떻게 여기로 온 거지?" 에디가 제이크에게 물었다. "문을 지나서 온 것도 아닌데……" 말끝을 흐리던 에디는 가느다란 희망을 품고 다시 물었다. "이거 혹시 꿈 아닐까?"

"아니요, 그보다는 마법사의 수정 구슬 속에 들어갔을 때랑 비슷해요. 이번엔 구슬이 없었지만요." 제이크는 문득 이런 생각이 떠올랐다. "근데 혹시 음악 소리 못 들으셨어요? 벨 소리요. 여기 도착하기 직전에."

에디가 고개를 끄덕였다. "엄청나더라. 눈물이 날 정도로."

"맞아요. 딱 그랬어요."

한편 오이는 길가의 소화전을 킁킁거리는 중이었다. 에디와 제이크는 이 작은 친구가 뒷다리를 들고 이미 빽빽한 게시판에 자기 몫의 게시물을 적는 동안 가만히 기다려주었다. 그들 앞쪽 저편에는 또 한 명의 제이크, 즉 1977년의 그 꼬마가 여전히 이쪽저쪽을 두리번거리며 천천히 걷고 있었다. 에디가 보기에는 꼭 미시건 주에서 온 관광객 같았다. 아예 고개를 젖히고 건물 꼭대기를 올려다보는 아이의 모습을 보며 에디는 뉴욕 시 냉소주의자 위원회에서 저런 꼴을 보면 아이의 블루밍데일 백화점 고객 카드를 압수할 거라는 생각이 들었다. 딱히 불만이 있는 것은 아니었다. 그 덕분에 아이의 뒤를 밟기가 쉬웠으므로.

에디가 바로 그 생각에 빠져 있을 때, 1977년의 꼬마가 사라졌다.

"어디로 갔지? 젠장, 너 어디로 간 거야?"

"걱정 마세요." 제이크가 말했다(발치에 있던 오이도 자기 의견을 보탰다. '마세요!'). 제이크는 빙긋 웃고 있었다. "전 그냥 서점에 들어갔어요. 어디냐면…… 그게…… '맨해튼 마음의 양식 레스토랑'이라는 헌책방이에요."

"네가 『칙칙폭폭 찰리』랑 수수께끼 책을 찾은 곳?"

"맞아요."

에디는 제이크의 입가에 떠오른 오묘한 미소가 마음에 들었다. 온 얼굴을 환히 밝히는 웃음이었다.

"제가 그 서점 주인의 이름을 말했을 때 롤랜드 아저씨가 얼마나 흥분했는지 기억하세요?"

에디는 기억했다. 맨해튼 마음의 양식 레스토랑 서점의 주인 이름은 캘빈 타워였다.

"빨리 가요. 어떻게 되는지 보고 싶어요."

제이크는 에디에게 두 번 재촉할 필요가 없었다. 그 역시 보고 싶었으므로.

4

제이크는 서점 문간에서 멈춰 섰다. 입가의 웃음은 사라지지는 않았지만 살짝 엷어졌다.

"왜 그래? 뭐 잘못됐어?"

"모르겠어요. 어딘가 다른 것 같아요. 그냥…… 전에 여기 왔을 때 이후로 이런저런 일들을 많이 겪어서 그런지……."

제이크는 서점 진열창 안쪽의 칠판을 보고 있었다. 에디는 책을 파는 곳치고는 꽤 영리한 상술이라고 생각했다. 식당이나 수산물 시장에서 볼 법한 칠판을 놔두었던 것이다.

오늘의 특선 메뉴

미시시피 주 직송! 팬에 지진 윌리엄 포크너

하드커버   시가

빈티지 라이브러리 페이퍼백   권당 75센트

메인 주 직송! 차게 식힌 스티븐 킹

하드커버	시가
북클럽 주문	염가 판매
페이퍼백	권당 75센트

캘리포니아 주 직송! 하드보일드 레이먼드 챈들러

하드커버	시가
페이퍼백	7권에 5달러

에디는 그 칠판 너머로 눈길을 들었다가 과거의 제이크를 발견했다. 얼굴이 햇볕에 타지 않은, 두 눈에 명철한 깨달음의 빛도 없는 제이크가 조그만 진열대 앞에 서 있었다. 아이들 책이 놓인 자리였다. 분명 원전 동화 19권과 현대판 동화 19권이 모두 놓여 있을 듯싶었다.

그만해. 에디는 스스로를 타일렀다. *너 그러는 거 강박 신경증인가 뭔가 하는 병이야, 알잖아.*

어쩌면 그럴지도. 하지만 1977년의 천진난만한 제이크는 바야흐로 그 진열대에서 그들의 삶을 바꾸어놓을, 한편으로는 그들의 삶을 구원할 책을 사려는 참이었다. 숫자 19는 나중에 걱정할 일이었다. 잘하면 영영 걱정할 일이 없을지도 몰랐다.

"가자. 안으로 들어가는 거야."

에디가 말했지만, 제이크는 망설였다.

"왜 그래? 혹시 타워 눈에 보일까봐 걱정하는 거라면 괜찮아, 그 사람은 우릴 못 볼 테니까."

"타워 씨한테는 안 보일 거예요. 그치만 *쟤*가 보면 어떡해요?" 제이크는 또 다른 자신을, 아직 개셔와 똑딱맨과 강넘이 마을의 노인들을 만나지 못한 제이크를 가리켰다. 외줄 블레인과 쿠스 언덕의 레아를 아직 만나지 못한 그 아이를.

에디를 보는 제이크의 표정에는 두려움과 호기심이 가득했다. "*제가 저*를 보면 어떡해요?"

에디는 정말로 그럴지도 모른다는 생각이 들었다. 웬걸, 당장은 뭐가 어떻게 돼도 이상할 게 없었다. 하지만 그렇다고 해서 마음속에 품은 결심까지 바뀌지는 않았다. "그래도 내 생각엔 들어가야 할 것 같아, 제이크."

"알았어요……." 제이크의 대답은 긴 한숨에 섞여 흘러나왔다. "실은 제 생각도 그래요."

5

서점 안으로 들어선 두 사람은 누구의 눈에도 보이지 않았고, 에디는 과거의 제이크가 관심을 가진 진열대 위의 책들이 모두 합해 21권인 것을 확인하고 마음이 놓였다. 물론 아이가 마음에 든 책 두 권을, 즉 『칙칙폭폭 찰리』와 수수께끼 풀이 책을 집어든 후에 남을 책은 19권이었다.

"뭐 좀 건졌니, 꼬마야?" 부드럽게 묻는 목소리가 들렸다. 목소리의 주인은 목깃을 끄른 하얀 셔츠 차림의 육덕 푸짐한 남자였다. 그 남자 뒤쪽, 20세기가 시작할 무렵의 소다수 가게에서 슬쩍한 물건처럼 오래된 카운터에는 늙수그레한 남자 셋이 커피와 함께 페이스트리를 야금야금 먹고 있었다. 대리석으로 된 그 카운터 위에는 마침 진행 중인 체스판이 보였다.

"맨 끝에 앉은 사람이 에런 디프노예요." 제이크가 소곤거렸다. "이따가 저한테 삼손이 나오는 수수께끼를 설명해줄 거예요."

"쉿!" 에디가 말했다. 캘빈 타워가 1977년의 제이크와 무슨 이야기를 하는지 듣고 싶어서였다. 갑자기 그 둘이 나누는 얘기가 매우 중요하다는 생각이 들었는데…… 그나저나 젠장, 서점 안이 왜 이렇게 *캄캄한 걸까?*

아니, 하나도 안 캄캄해. 이맘때면 거리 동쪽에 햇살이 잔뜩 쏟아지는 데다가, 문도 열려 있으니까 볕이 잘 들 거 아냐. 캄캄하다는 소리가 왜 나와?

왜냐면, 어째선지 정말로 캄캄하기 때문이었다. 쨍한 햇볕은 어둠을 더욱 짙게 할 뿐이었다. 그 어둠은 실제로는 안 보이기 때문에 더욱 불길했는데…… 문득, 섬뜩한 깨달음이 에디를 엄습했다. 이 사람들은 위험에 처해 있었다. 타워, 디프노, 1977년의 제이크까지. 필시 에디 본인과 중간 세계의 제이크와 오이마저도.

그들 모두가.

6

제이크는 더 어린 과거의 자신이 서점 주인한테서 한 발짝 물러서는 광경을 지켜보았다. 과거의 아이는 놀라서 눈이 동그랬다. *저*

사람 이름이 타워라서 그래. 그것 때문에 놀란 거야. 그 이름을 듣고 롤랜드 아저씨의 탑이 생각났던 건 아니야, 이때 난 그게 뭔지 아직 몰랐으니까. 난 내가 기말 작문의 마지막 쪽에 붙인 사진 때문에 놀란 거야.

제이크는 작문 숙제의 마지막 쪽에 피사의 사탑 사진을 붙여놓고 검은색 크레용을 휘갈겨 있는 힘껏 시커멓게 칠해놓았던 것이다.

이윽고 타워가 이름이 뭐냐고 물었다. 1977년의 제이크가 대답하자 타워는 잠시 너스레를 떨었다. 괜찮은 익살이었다. 아이들을 꺼리지 않는 어른이 할 법한 농담이었다.

"멋진 이름을 가졌군, 친구. 서부 소설에 나오는 떠돌이 주인공 같아. 애리조나 주 블랙포크에 홀연히 나타나서는, 마을 쓰레기들을 싹 쓸어버리고 다시 정처 없이 떠나는 주인공 말이야. 웨인 D. 오버홀저가 쓴 책에 나올 법한……."

제이크는 과거의 자신을 향해 한 걸음 다가서다가(머릿속 한구석으로는 지금 이 광경이 「새터데이 나이트 라이브」 쇼에 기막히게 어울릴 거라 생각하면서), 눈이 살짝 커졌다.

"에디 아저씨!" 제이크는 여전히 소곤거리듯 말했다. 서점 안에 있는 사람들한테 자기 목소리가 안 들린다는 것은 이미 알고 있었지만……

하지만 어쩌면, 어느 정도는 들릴지도 몰랐다. 제이크는 54번가에서 본 여성이 떠올랐다. 오이 위로 지나가려고 치마를 무릎 위로 살짝 당기던 모습이. 그리고 지금, 캘빈 타워의 시선이 제이크 쪽으로 살짝 움직였다가 다시 또 하나의 제이크에게로 향했다.

"쓸데없이 주의를 끄는 짓은 안 하는 게 좋겠는데." 에디가 제이크의 귀에 대고 중얼거렸다.

"알아요. 하지만 에디 아저씨, 저 『칙칙폭폭 찰리』 좀 보세요!"

에디는 제이크의 말대로 했지만, 금세 눈에 띄는 것은 없었다. 물론 찰리 자체는 보였다. 헤드라이트로 된 눈과 어쩐지 수상쩍게 웃는 제설기가 달린 기관차 찰리의 얼굴이. 그러다가 에디의 눈이 동그래졌다.

"『칙칙폭폭 찰리』를 쓴 사람은 베릴 에번스인가 하는 여자였던 것 같은데." 에디가 소곤거렸다.

제이크는 끄덕였다. "제 생각에도 그래요."

"그럼 저건……" 에디의 눈이 다시 책으로 향했다. "저 클로디아 이네스 바크먼이란 여자는 누구야?"

"모르겠어요. 처음 듣는 이름이에요."

7

카운터에 있던 노인 한 명이 어슬렁어슬렁 다가왔다. 에디와 제이크는 슬쩍 피했다. 뒤로 물러서는 동안 에디의 등에서는 살짝 뚜둑 소리가 났다. 제이크의 낯빛은 새파랬고, 오이는 불안한 듯 나지막이 낑낑거렸다. 역시, 이곳은 어딘가 이상했다. 어떤 의미에서 그들은 정말로 그림자를 잃어버린 신세였다. 다만 에디는 어쩌다가 잃어버렸는지 갈피가 잡히지 않았다.

1977년의 제이크는 지갑을 꺼내어 책 두 권의 값을 치렀다. 이야기와 따뜻한 웃음을 조금 더 나눈 다음, 아이는 문을 향해 걸어갔다.

에디가 그 뒤를 따라가려고 하자 중간 세계의 제이크가 팔을 잡았다. "아뇨, 아직 안 가요. 전 다시 들어올 거예요."

"난 네가 다시 들어와서 여기 있는 책을 죄다 알파벳순으로 정리한다고 해도 관심 없어. 일단 여기서 나가서 기다리자."

제이크는 잠시 고민하다가 입술을 깨물며 고개를 끄덕였다. 두 사람은 문 쪽으로 가다가 멈춰서, 다시 들어오는 제이크에게 길을 비켜주었다. 수수께끼 책이 펼쳐져 있었다. 캘빈 타워는 육중한 다리로 느릿느릿 걸어서 이미 카운터 위의 체스판 쪽으로 돌아간 후였다. 그가 다정하게 웃는 얼굴을 이쪽으로 돌렸다.

"커피 한 잔 하고 가기로 마음을 바꿨나, 하이퍼보리아의 방랑자여?"

"아뇨, 뭐 좀 여쭤 볼 게 있어서⋯⋯"

"여기가 삼손의 수수께끼가 나오는 대목이에요." 중간 세계의 제이크가 말했다. "그렇게 중요한 것 같진 않지만, 그래도 저 디프노라는 아저씨가 노래를 꽤 멋지게 불러요. 한번 들어보세요."

"난 됐어. 자, 나가자."

두 사람은 바깥으로 나갔다. 2번 대로는 아직도 어딘가 이상했다. 눈에 보이는 광경 너머에, 심지어 하늘 뒤편에까지 바닥없는 암흑이 도사린 느낌이 들었지만, 그래도 왠지 맨해튼 마음의 양식 레스토랑보다는 나았다. 적어도 공기는 맑아진 느낌이 들었다.

"있잖아요, 지금 당장 2번 대로랑 46번가 교차점으로 가는 게 좋겠어요." 제이크는 에런 디프노의 노래를 듣고 있던 또 하나의 자신을 고갯짓으로 슬쩍 가리켰다. "저도 이따가 거기로 갈 거예요."

에디는 곰곰이 생각하다가 고개를 저었다.

제이크의 표정에 실망한 빛이 스쳤다. "거기 있는 장미 안 보고 싶으세요?"

"당연히 보고 싶지. 보고 싶어서 못 견디겠는걸."

"그럼 지금······"

"내 느낌엔 아직 여기서 할 일이 남은 것 같아. 이유는 모르겠지만, 아무튼 그래."

1977년의 제이크는 서점으로 돌아올 때 출입문을 열어두었고, 이제 그 문으로 에디가 들어섰다. 에런 디프노는 롤랜드 일행이 나중에 외줄 블레인에게 낼 수수께끼를 제이크에게 설명하는 중이었다. '내달릴 수는 있어도 걷지는 못하고, 드나드는 입이 있어도 말은 못 하는 것은 무엇일까?' 한편 중간 세계의 제이크는 서점 진열창에 있는 칠판(팬에 지진 윌리엄 포크너, 하드보일드 레이먼드 챈들러)을 다시 살펴보고 있었다. 찌푸린 표정에서 조바심이 아니라 의심과 불안이 배어났다.

"저 칠판도 좀 이상해요."

"어디가?"

"기억이 잘 안 나요."

"중요한 거야?"

제이크는 에디 쪽으로 돌아섰다. 찌푸린 눈썹 아래의 두 눈이 꼭 귀신이라도 본 사람 같았다. "모르겠어요. 이것도 수수께끼예요. 전 수수께끼가 정말 싫어요!"

에디 역시 같은 심정이었다. *베릴이 베릴이 아닐 때는 언제일까?* "클로디아일 때지."

"예?"

"아무것도 아냐. 좀 물러서는 게 좋겠다, 제이크. 너 잘못하면 너랑 부딪히겠어."

제이크는 자기 쪽으로 다가오는 과거의 존 체임버스를 보고 흠칫하고는 에디의 말대로 했다. 뒤이어 1977년의 제이크가 새로 산 책을 왼손에 들고 2번 대로 저편으로 걷기 시작했을 때, 중간 세계의 제이크는 에디를 보며 지친 표정으로 웃었다. "한 가지는 똑똑히 기억나요. 이 서점을 나설 때 다시는 여기 올 일이 없을 거라고 생각했던 거요. 그런데 이렇게 왔네요."

"내가 보기엔 논란의 여지가 있는데. 우리가 사람보다 유령에 가깝다는 점을 감안하면 말이지." 에디는 제이크의 목덜미를 다정하게 쓸어내렸다. "그리고 말이지, 혹시 뭐 중요한 걸 까먹었다고 해도 롤랜드가 도와주면 생각이 날 거야. 그 양반이 그쪽으로는 아주 선수거든."

그 말에 제이크는 씩 웃었고, 마음이 놓였다. 총잡이가 남의 기억을 되살리는 데에 능숙하다는 것은 제이크 역시 경험을 통해 아는 바였다. 사람의 마음을 읽는 기술은 롤랜드의 친구 알레인이 가장 강했을 테고 그들 카텟에서 농담을 도맡은 사람은 커스버트라는 친구였을 테지만, 롤랜드는 오랜 세월 동안 연습한 끝에 굉장한 최면술사가 되어 있었다. 라스베이거스에 가면 큰돈을 벌 수 있을 정도로.

"이제 저를 따라가도 될까요? 장미를 보러?" 제이크는 조금 언짢고 당혹한 표정으로 2번 대로를, 어찌된 영문인지 환한 동시에 캄캄한 그 거리를 두리번거렸다. "거기 가면 좀 괜찮아질지도 몰라요. 장미 덕분에 모든 게 다 좋아 보이거든요."

에디가 그러자고 대답하려는 순간, 진회색 링컨 타운카 한 대가 캘빈 타워의 서점 앞으로 다가왔다. 차는 소화전 앞쪽의 주차 금지 구역에 아무렇지도 않게 멈춰 섰다. 양쪽 앞문이 열리고 운전석에 있던 남자가 차에서 내렸을 때, 에디는 제이크의 어깨를 꽉 움켜쥐 었다.

"아야! 아파요, 아저씨!"

제이크가 외쳤지만 에디는 아무것도 듣지 못했다. 실은 제이크의 어깨를 더욱 세게 쥐었다.

"맙소사." 에디가 조그맣게 중얼거렸다. "하느님 맙소사, 뭐야 이게? 도대체 뭐냐고, *이게?*"

8

제이크가 올려다보는 가운데 에디의 낯빛은 창백하다 못해 잿빛 으로 바뀌어갔다. 두 눈은 튀어나올 듯이 커다래졌다. 결코 수월하 지 않게, 제이크는 어깨를 조이는 에디의 손을 떼어냈다. 에디는 그 손으로 어딘가 가리키려는 듯했지만 힘이 다 빠진 눈치였다. 힘없이 떨어진 손이 허벅지에 부딪혀 툭 소리를 냈다.

링컨 타운카의 조수석에서 내린 남자가 보도 이쪽저쪽을 살피는 동안, 운전석에서 내린 남자는 차 오른쪽 뒷문을 열었다. 제이크가 보기에도 숙련된, 거의 댄스 스텝을 밟는 듯한 동작이었다. 차 뒷좌 석에서 내린 남자는 값비싼 양복 차림이었지만, 그래봤자 똥배가 불 룩하고 검은 머리는 희끗해진 땅딸보가 원판이라는 사실은 바뀌지 않았다. 재킷 어깨를 보아하니 *비듬투성이* 검은 머리였다.

문득, 낮이 전에 없이 캄캄해진 느낌이 제이크를 엄습했다. 그래서 혹시 해가 구름에 가려졌는지 보려고 고개를 들었다. 해는 그대로였지만, 제이크가 보기에는 환하고 동그란 태양을 둘러싸고 검은 빛무리가 이글거리는 것만 같았다. 놀라서 커다래진 눈을 동그랗게 둘러싼 마스카라처럼.

시내 쪽으로 반 블록 떨어진 곳에서는 1977년의 제이크가 어느 식당 창문을 들여다보는 중이었다. 그리고 제이크는 그 식당의 이름을 기억했다. '지지고볶고 아줌마네 식당'이었다. 식당을 지나 조금만 더 가면 타워 오브 파워 레코드, 제이크가 요즘은 *탑이 꽤 헐값에 팔리는구나*라고 생각하게 되는 곳이었다. 거기서 고개를 돌리면 1977년의 제이크도 진회색 링컨 타운카를 볼 수 있었는데…… 그런데 그 아이는, 고개를 돌리지 않았다. 1977년의 제이크는 오로지 미래에만 정신이 팔려 있었다.

"발라자르야." 에디가 말했다.

"뭐라고요?"

에디가 가리킨 땅딸막한 남자는 잠시 멈춰 서서 값비싼 실카 넥타이를 고쳐맸다. 나머지 둘은 이제 그 남자 양옆에 서 있었다. 그들은 느긋하면서도 동시에 조심스러워 보였다.

"엔리코 발라자르. 그런데 훨씬 젊어 보여. 젠장, 거의 중년으로 보이는데!"

"지금은 1977년이니까요." 제이크가 에디에게 다시 일깨워주었다. 그러다가 문득 깨달았다. "저 사람이 아저씨랑 롤랜드 아저씨가 *같이 죽인 그 남자*라고요?"

에디는 전에 제이크에게 1987년 발라자르의 클럽에서 벌어진 총격전 이야기를 들려준 적이 있었다. 유혈이 낭자한 대목은 알아서 삭제했다. 예를 들면, 케빈 블레이크가 에디와 롤랜드를 탁 트인 곳으로 유인하려고 발라자르의 사무실에 에디 형의 머리를 던져넣은 장면이라든가. 헨리 딘, 위대한 현자이자 못 말리는 약쟁이였던 그의 머리를.

"맞아, 내가 롤랜드랑 같이 죽인 놈. 운전하던 놈은 잭 안돌리니야. 별명이 '늙다리 못난이'였지, 면전에서는 아무도 그렇게 못 불렀지만. 저 자식은 총격전이 벌어지기 직전에 나랑 같이 바닷가의 그 문으로 들어갔어."

"저 사람도 롤랜드 아저씨한테 죽었잖아요. 안 그래요?"

에디는 고개를 끄덕였다. 바닷가에 떨어진 잭 안돌리니가 가재 괴물들의 날카로운 집게발과 주둥이에 눈이 멀고 얼굴이 다 뜯긴 몰골로 죽어간 사연을 시시콜콜 설명하느니 그렇게 하는 편이 간단했다.

"나머지 경호원 한 놈은 조지 비온디야. 별명은 '코주부 조지.' 저 자식은 내 손으로 죽였어. 죽일 *거야*. 지금으로부터 10년 후에." 에디는 금방이라도 기절할 것처럼 보였다.

"에디 아저씨, 괜찮으세요?"

"그런 것 같아. 아무래도 그래야 할 것 같아." 둘은 서점 입구에서 저만치 떨어져 있었다. 오이는 제이크의 발치에 웅크린 모습 그대로였다. 2번 대로 저편에 보이던 과거의 제이크는 이미 사라지고 없었다. *지금쯤 달리고 있겠지.* 제이크는 생각했다. *유피에스 배달 직원의 수레를 뛰어넘는 중인지도 몰라. 식료품 가게를 향해서 정신*

없이 달리고 있겠지, 중간 세계로 돌아가는 길은 그것밖에 없으니까. 그 사람한테 돌아가는 길은.

발라자르는 오늘의 특선 메뉴 칠판 옆의 진열창에 비친 자기 모습을 가만히 보다가 마지막으로 귀 위쪽의 옆머리를 손끝으로 정리한 다음, 열린 서점 문으로 들어섰다. 안돌리니와 비온디가 그 뒤를 따랐다.

"거친 사람들 같네요." 제이크가 말했다.

"제일 거친 놈들이지."

"브루클린에서요?"

"뭐, 그렇지."

"브루클린의 거친 패거리가 무슨 일로 맨해튼에 있는 헌책방을 찾아왔을까요?"

"내 생각엔 우리가 여기서 알아봐야 할 게 바로 그거야. 제이크, 어깨 많이 아팠니?"

"괜찮아요. 근데 저 안에 다시 들어가긴 싫은데요."

"동감이야. 자, 가자."

둘은 맨해튼 마음의 양식 레스토랑으로 다시 들어갔다.

9

오이는 여전히 제이크의 발치에서 낑낑거렸다. 제이크는 그 소리가 귀에 거슬리지 않았고, 오이가 낑낑대는 까닭도 이해가 갔다. 서점 안에 감도는 공포의 냄새가 코를 찌를 듯이 선명했기 때문이었다. 체스판 옆에 앉은 디프노가 불안한 표정으로 캘빈 타워와 방금 들어선 손님들을 바라보고 있었다. 아무래도 저자가 서명한 희귀 초판본을 구하러 온 책벌레로는 보이지 않는 손님들이었다. 카운터의 다른 노인 둘은 중요한 약속이 방금 생각난 사람처럼 남은 커피를 허겁지겁 들이켰다.

겁쟁이들. 제이크는 그렇게 생각하면서 저도 모르게 그들을 경멸했다. 아이가 몸에 익힌 지 얼마 안 된 감정이었다. *배알도 없는 것들. 노인이니까 조금은 봐주겠지만, 그렇다고 다 용서해줄 수 있는 건 아니야.*

"몇 가지 할 얘기가 있습니다, 토런 선생." 발라자르가 말했다. 특유의 억양이 전혀 안 섞인, 나지막하고 차분하고 이성적인 목소리였다. "아무쪼록 사무실로 들어가서 말씀을……"

"난 당신한테 볼일 없소." 타워가 말했다. 그의 눈길은 자꾸만 안돌리니에게로 향했다. 제이크는 그 이유가 짐작이 갔다. 공포영화에서 도끼를 휘두르는 미치광이처럼 생긴 잭 안돌리니의 외모 때문이었다. "7월 15일에 오시오, 그땐 볼일이 있을 거요. *아마도.* 그러니까 7월 4일 독립 기념일이 지나면 할 얘기가 있을 거란 말이지. 어쩌면. 혹시 얘기가 하고 싶다면." 타워는 자신이 조리 있게 말한다는 증거를 보여주려고 빙긋 웃었다. "하지만 지금은? 웬걸, 용건이 뭔지 짐작도 안 가는구먼. 아직 6월도 안 됐잖소. 그리고 잘 모르나 본데, 내 이름은 토런이 아니라……"

"용건이 뭔지 짐작도 안 가신다는구나." 발라자르는 이렇게 말하며 안돌리니를 돌아보았다. 다음으로 코주부 조지 비온디를 돌아보았다. 그러고는 양손을 어깨 높이로 들었다가 내렸다. 그 손짓은 이렇게 말하는 듯했다. *세상이 어쩌다 이 모양 이 꼴이 됐지?* "잭? 조지? 이분은 나한테 수표를 받으셨어. 맨 앞이 1로 시작하고 소수점 앞에 동그라미가 다섯 개나 붙은 수표를. 그런데 이제 와서 나한테 용건이 뭔지 짐작도 안 가신다지 뭐냐."

"세상에 이런 일이." 비온디가 맞장구를 쳤다. 안돌리니는 말이 없었다. 그저 캘빈 타워를 가만히 바라볼 뿐이었다. 흉하게 생긴 눈두덩에 튀어나온 흐릿한 갈색 눈 한 쌍이 마치 굴 바깥을 내다보는 조그만 짐승들 같았다. 제이크가 짐작하기에 그런 얼굴을 가진 사람은 상대에게 요점을 이해시키려고 길게 말할 필요가 없었다. 요점 자체가 위협이었으므로.

"저는 *선생님*께 드릴 말씀이 있습니다." 발라자르의 목소리는 차분하고 태연했지만, 캘빈 타워의 얼굴을 뚫어지게 보는 그의 두 눈은 소름 끼치도록 이글거렸다. "왜냐고요? 이번 일로 저를 고용한 사람들이 그렇게 하라고 *시켰거든요*. 저는 별 불만이 없습니다. 그런데 그거 아십니까? 제 생각에 10만 달러짜리 수표를 받았으면 고작 5분 정도 짬을 내서 이야기하는 건 일도 아니다, 이겁니다. 안 그런가요?"

"10만 달러는 다 써버렸소." 타워가 우울하게 중얼거렸다. "그건 당신도 알잖소. 그리고 누군지 모를 당신 고용주도."

"저는 그 문제에는 전혀 관심이 없습니다. 왜 아니겠습니까? 그 돈은 선생님 건데요. 제 관심사는 딱 하나, 저희랑 같이 사무실로 가실 건가 안 가실 건가 하는 겁니다. 안 가시겠다면 여기서 얘기하시는 수밖에요. 온 세상 사람들이 다 듣게."

발라자르가 말한 온 세상 사람이란 에런 디프노와 개너구리 한 마리, 그리고 서점 안에 있는 사람들은 아무도 못 보는 뉴욕 출신 외국 거주자 둘이었다. 카운터에 있던 디프노의 친구 둘은 이미 배알도 없는 사람들처럼 달아난 후였다.

타워가 마지막으로 한 번 더 버텼다. "지금은 가게를 볼 사람이 없소. 좀 있으면 점심시간인데, 그 시간에 가끔 손님이 몰리는 경우가……"

"하루치 매상 다 합쳐봐야 50달러도 안 되잖아." 안돌리니였다. "우리도 다 알아, 토런 사장님. 몰려드는 손님들을 놓치는 게 정 걱정되면 저 친구한테 잠깐만 계산대 좀 봐달라고 하든가."

한순간, 제이크는 에디가 '늙다리 못난이'라고 부른 남자가 존 '제이크' 체임버스를 가리키며 저 친구라고 한 줄 알고 간이 콩알만 해졌다. 그러나 알고 보니 안돌리니는 제이크의 뒤쪽을, 에런 디프노를 가리키고 있었다.

마침내 백기를 든 쪽은 타워였다. 어쩌면 토런일지도. "에런, 잠깐 부탁 좀 해도 될까?"

"그럼, 자네만 좋다면." 디프노의 표정은 불안해 보였다. "이 사람들이랑 같이 가도 진짜 괜찮겠어?"

코주부 비온디가 디프노를 흘깃 쳐다봤다. 제이크는 디프노가 그 시선을 훌륭하게 이겨냈다고 생각했다. 묘하게도, 그 늙은 남자가 자랑스럽게 느껴졌다.

"그래. 뭐, 난 괜찮을 거야."

"걱정 마쇼, 우린 남자 뒷구멍 개통하는 쪽으로는 관심 없으니까." 비온디는 디프노에게 이렇게 말하고 껄껄 웃었다.

"말조심해, 여긴 지성의 전당이야." 발라자르가 말했지만, 제이크가 보기에는 그도 슬며시 웃는 듯했다. "가시지요, 토런 선생. 잠깐이면 되니까."

"그건 내 이름이 아니오! 난 정식으로 개명을……"

"이름이 뭐 중요하겠습니까." 발라자르가 달래듯이 말했다. 실제로 타워의 팔을 다독이기까지 했다. 제이크는 여태 한 가지 생각에 익숙해지려고 기를 쓰는 중이었다. 그러니까 이 모든 게…… 지금 이 *멜로드라마* 전체가…… 제이크 자신이 새 책(헌책이기는 하지만 자신에게는 새것이었으니) 두 권을 들고 서점을 떠나 다시 길을 나선 후에 벌어졌으리라는 생각이었다. 즉, 등 뒤에서 자신이 모르는 사이에 벌어진 일이라는 생각.

"하여튼 벽창호는 끝까지 벽창호라니까. 안 그렇습니까, 보스?" 비온디가 신이 나서 물었다. "네덜란드계 놈들이 다 그렇죠. 이름을 뭘로 바꾸든 간에."

"조지, 넌 내가 말하라고 할 때 내가 듣고 싶은 말을 하면 돼. 무슨 얘긴지 알겠냐?"

"예." 비온디가 대답했다. 그러고는 별로 와닿는 대답이 아니라고 생각했는지 이렇게 덧붙였다. "예, 그럼요!"

"좋아." 발라자르는 방금 토닥인 팔을 붙들고 타워를 서점 안쪽으로 이끌었다. 책이 아무렇게나 쌓여 있는 그곳은 오래된 종이 산의 곰팡내 때문에 공기가 텁텁했다. 직원 전용이라고 적힌 문이 보였다. 타워가 열쇠 꾸러미를 꺼내어 더듬거리는 동안 고리에 달린 열쇠들이 나직하게 찰랑거렸다.

"손이 떨려서 그런가봐요." 제이크가 중얼거렸다.

에디는 고개를 끄덕였다. "나라도 그럴걸."

타워가 맞는 열쇠를 찾아 자물쇠에 꽂고 돌리자 문이 열렸다. 타워는 자신을 찾아온 남자들을, 브루클린의 그 거친 사내들을 한 번 더 돌아본 다음, 뒷방으로 인도했다. 문은 그들이 들어선 후에 닫혔고, 제이크의 귀에 빗장이 철컥 걸리는 소리가 들려왔다. 빗장을 건 사람이 타워였을지는 미심쩍었다.

제이크는 서점 안 모퉁이 위쪽에 붙어 있는 도난 방지용 볼록거울을 올려다보았다. 거울에 비친 디프노는 금전 등록기 옆의 전화기를 들고 잠시 고민하다가, 다시 내려놓았다.

"이제 어떡하죠?" 제이크가 에디에게 물었다.

"나한테 생각이 있어. 전에 영화에서 본 거야." 에디는 닫힌 문 앞에 가서 선 다음, 제이크를 보며 한쪽 눈을 찡긋했다. "자, 간다. 혹시 내가 그냥 문에 머리를 박고 자빠지면, 네 마음껏 바보 취급해도 돼."

무슨 소리냐고 묻기도 전에, 에디는 문을 향해 걸어갔다. 제이크가 지켜본 짧은 순간 동안 에디는 눈을 감고 입을 꾹 다물었다. 강타당할 준비를 하는 남자의 표정이었다.

그러나 강한 일격은 *없었다*. 에디는 아무렇지도 않게 문을 통과했다. 모카신을 신은 발 한 쪽이 아주 잠시 멈칫하기는 했지만, 이내 마저 통과했다. 조그맣게 쓱싹거리는, 손으로 거친 나무를 쓸어내리는 듯한 소리가 들려왔다.

제이크는 몸을 숙여 오이를 안아들었다. "자, 눈 감아."

"가마." 말은 그렇게 했지만, 개너구리는 차분한 애정이 담긴 눈으로 제이크를 계속 올려다보았다. 제이크는 표정이 일그러질 정도로 눈을 꾹 감았다. 다시 눈을 뜨고 보니 오이도 똑같은 시늉을 하고 있었다. 조금도 지체하지 않고서, 제이크는 직원 전용 팻말이 붙은 문을 향해 걸어갔다. 한순간 암흑과 나무 냄새가 세상을 뒤덮었다. 머리 속 깊숙한 곳에서, 또다시 그 거슬리는 차임벨 소리가 두어 번 들려왔다. 다음 순간 제이크는 문 건너편에 있었다.

10

그곳은 생각보다 널따란 저장 공간이었다. 거의 대형 창고만큼이나 넓었고, 온 사방에 책이 높다랗게 쌓여 있었다. 서가보다는 버팀목에 가까운 수직 기둥으로 고정된 그 책 더미들 중에는 제이크가 짐작하기에 4, 5미터는 너끈히 돼 보이는 것도 있었다. 책 더미 사이로 좁은 통로들이 구불구불 나 있었다. 통로 두어 군데에 작은 공항에서 쓰는 이동식 승강대처럼 생긴 바퀴 달린 작업대가 보였다. 앞쪽에서도 오래된 책의 냄새가 풍겼지만, 이곳에서는 그 냄새가 더욱 강렬해서 거의 기가 질릴 정도였다. 그들 머리 위에서는 갓이 달린 전등이 색조가 고르지 못한 노란 빛을 비추었다. 타워와 발라자르, 또 발라자르의 부하 둘에게서 뻗어 나온 그림자가 왼편 벽에 기괴할 정도로 껑충하게 드리워져 있었다. 그쪽으로 돌아선 타워가 손님들을 데리고 간 창고 모퉁이는 실제로 사무실로 쓰이는 공간이었다. 타자기와 회전식 명함철이 놓인 책상 옆에 낡은 파일 캐비닛이 세 개 있었고, 한쪽 벽에는 갖가지 서류가 한가득 붙어 있었다. 달력의 5월 면에는 19세기풍 옷을 입은 누군지 모를 남자의 사진이 있었는데…… 제이크는 이내 그 남자가 누군지 알아보았다. 로버트 브라우닝. 제이크가 기말 작문 숙제에 인용한 작가였다.

타워는 책상 뒤편의 의자에 앉았다가 미안한 표정으로 벌떡 일어섰다. 제이크는 그의 심정이 이해가 갔다. 나머지 세 사람이 자신을 둘러싸고 서 있는 상황이 편할 리 없었던 것이다. 책상 뒤편 벽에 높다랗게 드리워진 그들의 그림자는 꼭 성벽 위의 이무깃돌 같았다.

발라자르는 양복 재킷에 손을 넣더니 접힌 서류 한 장을 꺼냈다. 그런 다음 서류를 펴서 타워의 책상 위에 내려놓았다. "이게 뭔지 아시겠습니까?"

에디가 앞으로 나섰다. 제이크가 그를 붙잡았다.

"가까이 가면 안 돼요! 저 사람들한테 들킬 거예요!"

"상관없어. 난 저 서류가 뭔지 봐야겠어."

달리 어떻게 해야 좋을지 알 수 없었던 제이크는 그의 뒤를 따랐다. 팔에 안겨 있던 오이가 뒤척이며 낑낑거렸다. 제이크가 주둥이를 덥석 잡자 오이는 눈만 껌벅거렸다. "미안. 그치만 지금은 조용히 해야 돼."

1977년의 제이크는 지금쯤 장미가 피어 있는 공터에 도착했을까? 과거의 제이크는 공터에 들어선 후에 무슨 까닭에선지 혼자 쓰러져서 의식을 잃었다. 이미 그렇게 됐을까? 마음을 졸여봤자 소용없었다. 에디 말이 옳았다. 마음에 들지는 않았지만, 제이크는 그가 옳다는 것을 알았다. 그들이 있어야 할 곳은 그 공터가 아니라 여기였다. 그리고 이제, 발라자르가 캘빈 타워에게 내민 서류의 내용을 확인해야 했다.

11

 서류의 맨 위 두 줄이 에디의 눈에 들어온 순간, 잭 안돌리니가 말했다. "보스, 느낌이 영 안 좋은데요. 뭔가 냄새가 납니다."

 발라자르가 고개를 끄덕였다. "나도 그래. 토런 선생, 혹시 여기에 우리 말고 누가 또 있소?" 목소리는 여전히 차분하고 정중했지만, 발라자르의 두 눈은 사방을 힐끔거렸다. 적이 숨어 있을 법한 곳을 찾아 널따란 창고 안을 살피는 중이었던 것이다.

 "없소. 뭐, 세르지오가 있긴 한데, 가게에서 키우는 고양이요. 여기 어디 숨어 있나 본데……"

 "가게 같은 소리 하고 있네." 비온디가 끼어들었다. "여긴 그냥 돈 처박는 구멍이잖아. 이 정도로 큰 매장이면 잘 나가는 디자이너들도 유지비 때문에 쩔쩔맬 텐데, *서점을 해?* 어이, 지금 누구 앞에서 사기를 쳐?"

 본인이겠지, 사기를 친다면. 에디는 생각했다. *이 남자는 자기 자신을 속이고 있는 거야.*

 이 생각이 불씨가 되었는지, 그 끔찍한 차임벨 소리가 다시 들리기 시작했다. 타워의 창고 사무실에 모인 조폭들에게는 들리지 않았지만, 제이크와 오이의 귀에는 그 소리가 들렸다. 에디는 둘의 일그러진 표정을 보고 알 수 있었다. 그리고 갑자기 창고 안이, 이미 어두웠던 그곳이 더욱 컴컴해지기 시작했다.

 다시 돌아가는구나. 에디는 문득 생각했다. *젠장, 저쪽 세계로 다시 돌아가는 거야! 하지만 그 전에……*

 에디는 몸을 숙이고 안돌리니와 발라자르 사이로 들어갔다. 둘이 경계하는 표정으로 눈을 크게 뜨고 주위를 두리번거렸지만 에디는 아랑곳하지 않았다. 그의 정신은 온통 서류에 쏠려 있었다. 누군가 (십중팔구) 그 서류에 서명을 받으려고 발라자르를 고용했고, 이제 (틀림없이) 때가 무르익어서 타워/ 토런의 코앞에 서명하라고 들이미는 중이었다. 별명이 *일 로슈(바위)*인 발라자르는 이런 심부름에는 대개 자신이 '신사'라고 부르는 깡패 부하 두어 명을 보내는 것으로 만족했다. 그런데 이번 일은 본인이 직접 챙길 정도로 중요한 건이었다. 에디는 그 까닭을 알고 싶었다.

합의서

본 문서에 의거하여 뉴욕 주에 거주하는 캘빈 타워는 본인 소유 부동산인 뉴욕 시 맨해튼 46번가와 2번 대로 교차점의 유휴지, 공식 명칭은 19번 블록의 298번 부지에

또다시 차임벨 소리가 머리 속을 파고들었고, 에디는 어지러워졌다. 이번에는 소리가 더 컸다. 한층 짙어진 그림자들이 창고 벽을 타고 높다랗게 솟았다. 에디가 거리에서 느꼈던 어둠이 이곳으로 뚫고 들어오는 중이었다. 다 함께 그 어둠에 휩쓸려갈지도 몰랐다, 끔찍하게도. 어쩌면 그 어둠에 빠져 죽을지도 몰랐다, 더욱 끔찍하게도. 당연한 일이었다. 어둠에 빠져 죽는 것만큼 끔찍한 최후도 없을 테니.

그런데 혹시 그 어둠 속에 *뭔가* 있다면? 제이크를 불러올 때 만난 문지기처럼 굶주린 어떤 것이라면?

있어. 헨리 형의 목소리였다. 거의 두 달 만에 처음 듣는 목소리였다. 에디는 등 뒤에 서서 약쟁이 특유의 누리끼리한 얼굴로 히죽 웃는 헨리 형의 모습이 머릿속에 훤히 그려졌다. 헨리 형의 핏발 선 눈과 비뚤배뚤하고 누런 이가. *너도 알잖아, 그게 있다는 거. 그래도 차임벨 소리가 들리면 가야 해, 동생아. 너도 알겠지만.*

"에디 아저씨!" 제이크가 외쳤다. "그 소리가 다시 들려요! 아저씨도 들으셨어요?"

"내 허리띠를 잡아." 에디가 말했다. 그의 두 눈은 타워가 통통한 손으로 들고 있는 서류를 훑어내리느라 바빴다. 발라자르와 안돌리니, 코주부 비온디는 아직도 주위를 두리번거리는 중이었다. 비온디는 아예 총까지 꺼내서 들고 있었다.

"허리띠를요……?"

"뿔뿔이 흩어지면 안 될 것 같아서 그래."

차임벨 소리가 전에 없이 커지자 에디의 입에서 신음이 흘러나왔다. 합의서에 적힌 글자들이 눈앞에서 흐릿해져갔다. 에디는 눈을 가늘게 뜨고 초점을 맞추려고 기를 썼다.

2번 대로 교차점의 유휴지, 공식 명칭은 19번 블록의 298번 부지에 대하여 뉴욕 주 소재 기업인 솜브라 코퍼레이션과 다음과 같이 합의한다.

금일 1976년 7월 15일부로 솜브라 코퍼레이션은 캘빈 타워에게 무상환 조건으로 100,000달러를 지급하고 영수증은 위의 부동산 물건으로 갈음한다. 이를 감안하여 캘빈 타워는 위에 명시한 일자로부터

7월 15일, 1976년. 1년이 조금 안 되는 과거였다.

덮쳐오는 어둠을 감지한 에디는 서류의 나머지 내용을 눈과 머릿속에 욱여넣으려고 기를 썼다. 이만 하면 됐다는, 여기서 무슨 일이 벌어지는지 파악할 수 있다는 생각이 들 때까지. 그렇게만 하면 이 모든 일이 도대체 무슨 의미인지 파악할 실마리 정도는 잡을 수 있을 것 같았다.

저 차임벨 소리 때문에 미쳐버리지만 않으면. 우리가 돌아가는 길에 저 어둠 속에 도사린 놈들한테 잡아먹히지만 않으면.

"에디 아저씨!" 제이크였다. 목소리로 보아 겁에 질린 눈치였다. 에디는 그 외침을 무시했다.

캘빈 타워는 위에 명시한 일자로부터 1977년 7월 15일까지 1년에 해당하는 기간 동안 상기한 물건을 매각하거나 임대하거나 담보로 설정하지 않기로 합의한다. 쌍방의 동의에 따라 상기한 물건의 최우선 구매권은 솜브라 코퍼레이션에 있음을 아래와 같이 규정한다.

해당 기간 동안 캘빈 타워는 솜브라 코퍼레이션이 본 합의서에 의거하여 상기한 물건에 대해 보유하는 이익을 성실하게 유지하고 보호하며 일체의 선취 특권 및 담보권을

문장은 그 뒤로도 이어졌지만, 이제 차임벨 소리가 머리를 깨부술 듯이 강렬해졌다. 찰나의 순간에 에디는 깨달았다. 아니, 거의 눈으로 보다시피 했다. 이 세계가 얼마나 얇아졌는지를. 필시 모든 세계가, 에디의 청바지만큼이나 얇고 너덜너덜했다. 에디는 마지막으

로 합의서의 문장 한 줄을 더 읽었다. ……가 위의 조건을 충족할 경우
에는 상기한 물건을 솜브라 코퍼레이션 또는 임의의 제3자에게 매각하
거나 기타 방식으로 처분할 권리를 갖는다. 뒤이어 문장들은 사라졌고,
모든 것이 시커먼 소용돌이 속으로 빙빙 돌며 사라져갔다. 제이크는
한 손으로 에디의 허리띠를 붙잡고 다른 손으로는 오이를 끌어안았
다. 이제 오이는 사납게 짖고 있었고, 에디는 다시금 이상한 나라 오
즈로 날려가는 도로시의 흐릿한 모습을 상상하고 있었다.

어둠 속에는 *뭔가* 있었다. 기이한 인광이 번득이는 눈과 그 눈 뒤
에서 일렁거리는 형상들, 가장 깊숙한 바다 밑 골짜기를 그린 모험
영화에 나오는 것들이었다. 다만 그런 영화의 탐험가들은 언제나 강
철로 된 잠수종 속에 있었지만, 에디와 제이크는……

차임벨 소리가 귀를 찢을 듯이 커졌다. 에디는 자정의 종소리가
울리는 빅 벤의 톱니바퀴 속에 머리부터 뛰어드는 기분이었다. 비명
이 터져나왔지만 그 자신의 귀에조차 닿지 않았다. 뒤이어 소리는
사라졌고, 모든 것이 사라졌다. 제이크도 오이도 중간 세계도. 그리
고 에디는 별과 은하 너머 어디쯤을 떠돌고 있었다.

수재나! 에디가 외쳤다. *수즈, 어디 있어요?*

대답은 돌아오지 않았다. 오직 암흑뿐이었다.

제3장
미아

1

옛날하고도 한 옛날인 1960년대(세상이 아직 변질하기 전), 오데타 홈스라는 여성이 살았다. 성격이 상냥하고 사회 문제에도 아주 관심이 많았던 그 젊은 여성은 부유하고 아름다웠고, (남녀를 가리지 않고) 남을 돕는 일에도 더없이 적극적이었다. 스스로는 알지 못했지만 이 여성은 자신보다 훨씬 덜 상냥한 데타 워커라는 존재와 육체를 공유했다. 데타는 (남녀를 가리지 않고) 남의 사정에는 콧방귀도 뀌지 않았다. 쿠스 언덕의 마녀 레아라면 대번에 알아보고 의자매를 맺었을 것이다. 마지막 총잡이인 길르앗의 롤랜드는 둘로 나뉜 오데타 홈스를 저 먼 중간 세계로 끌어당겨 세 번째 여성을 창조했다. 앞의 두 사람보다 훨씬 더 훌륭하고 강인한 수재나를. 바로 에디 딘과 사랑에 빠진 여성이었다. 수재나는 에디를 남편이라고 불렀고, 이로써 그의 아버지의 성을 자기 것으로 삼았다. 수십 년 후의 페미

니즘 투쟁을 놓친 그녀에게는 퍽 흐뭇한 일이었다. 혹시라도 그녀가 스스로 수재나 딘이라고 칭하면서 기쁨과 긍지를 함께 느끼지 않았다면, 이는 순전히 '교만 앞에는 몰락이 기다리고 있다'라는 어머니의 가르침 때문이었다.

이제 여기에 네 번째 여성이 등장했다. 이 여성은 세 번째 여성이 겪은 또 한 번의 시련과 변화 속에서 태어났다. 그녀는 오데타도 데타도, 수재나도 안중에 없었다. 그녀의 관심사는 오로지 곧 태어날 어린것뿐이었다. 그 어린것에게는 영양분이 필요했다. 연회장은 가까이에 있었다. 그것이 중요했고, 오로지 그것만이 중요했다.

나름의 방식으로 데타 워커에 조금도 뒤지지 않을 만큼 위험한 이 새로운 여인은, 미아였다. 그녀는 어떤 남자의 성도 따르지 않았다. 그저 귀족어로 *어머니*를 뜻하는 미아라는 이름뿐이었다.

2

여인은 돌로 된 기다란 복도를 천천히 걸어 연회장으로 향했다. 폐허의 방을 지나서, 아무도 없는 신도석과 텅 빈 벽감이 있는 방을 지나서, 번호도 안 붙은 방들이 인적 없이 늘어서 있는 버려진 회랑을 지나서. 그 성 어딘가 태고의 피로 물든 오래된 왕좌가 있었다. 어딘가 있을 가파른 계단 통로는 뼈를 쌓아서 벽을 두른 지하 납골당으로 이어졌고 그 깊이는 신들만이 헤아릴 수 있었다. 그러나 이곳에는 생명이 존재했다. 생명과 풍요로운 양식이. 미아는 그 사실을 자기 다리에 부딪혀 사락거리는 겹치마 드레스의 톡톡한 감촉만큼이나 또렷이 알고 있었다. 기름진 음식. '그대와 그대의 작물에 생명을'이라는 중간 세계의 인사말처럼. 그리고 지금, 미아는 너무나 배가 고팠다. 그럴 수밖에! 지금 그녀는 두 사람 몫을 먹어야 하는 몸이 아니던가?

미아는 널따란 층계 앞에 도착했다. 소리가, 희미하면서도 묵직한 소리가 이쪽을 향해 올라왔다. 바닥 모를 납골당 아래에 묻힌 슬로트랜스 엔진의 '쿵 쿵 쿵' 소리였다. 미아는 그 엔진에 아무런 관심도 없었다. 까마득히 오랜 옛날에 그 엔진을 설치하고 작동시킨 노스 센트럴 양자공학 주식회사 역시 마찬가지였다. 이극 컴퓨터도, 문도, 빔도, 만물의 중심에 서 있는 암흑의 탑도 알 바 아니었다.

미아의 머릿속을 차지한 것은 냄새였다. 진하고 감미로운 냄새가 아래쪽에서 솔솔 풍겨왔다. 닭고기와 그레이비소스, 겉의 지방이 바삭거리는 통돼지 로스트. 벌건 육즙이 송골송골 맺힌 소갈비와 바퀴처럼 둥그렇고 촉촉한 치즈, 통통한 주황색 쉼표처럼 생긴 큼지막한 칼라산 새우. 까만 눈이 반들거리는 대가리를 그대로 두고 반으로 가른 생선, 소스로 반들거리는 그 생선의 뱃살. 솥마다 부글거리는 잠발라야와 파나타, 먼 남쪽 지방의 칼도 라르고 스튜. 여기에 수백 가지 과일과 수천 가지 과자가 있었지만, 이 정도는 시작에 지나지 않았다! 애피타이저! 첫 번째 코스의 첫 번째 한입!

미아는 널따란 중앙 층계를 서둘러 내려갔다. 손바닥 살갗은 난간을 타고 부드럽게 미끄러졌고, 슬리퍼를 신은 조그만 발은 계단을 콩콩 두드렸다. 언젠가 한번은 무서운 남자에게 떠밀려 지하를 달리는 열차 앞으로 떨어지는 바람에 양 무릎 아래가 잘리는 꿈을 꾼 적이 있었다. 하지만 말도 안 되는 꿈이었다. 미아의 발은 멀쩡했고,

그 위의 다리도 마찬가지였다, 그렇지 않은가? 그렇고말고! 또한 배속에 있는 생명도. 어린것, 영양 공급을 기다리는. 그 어린것은 배가 고팠다. 그리고 미아도.

3

층계 발치에서 시작된 널따란 복도는 바닥이 반들거리는 검정 대리석이었고, 약 30미터 저편의 높다란 양쪽 여닫이문까지 이어졌다. 미아는 그 복도를 따라 달렸다. 그러는 동안 바닥에 비쳐 둥둥 떠가는 자기 모습과 대리석 저 아래에서 물속의 횃불처럼 환히 빛나는 전기 촛불을 보았지만, 등 뒤에서 따라오는 남자는 보지 못했다. 가파른 곡선을 이룬 층계를 내려오던 그 남자는 정장에 어울리는 굽높은 구두 대신 들판을 걷느라 거칠어진 장화를 신고 있었다. 걸친 옷도 궁전에서 입는 예복이 아니라 색이 바랜 청바지에 파란 섐브레이 셔츠였다. 총이 한 정, 닳아서 반들거리는 백단향 손잡이가 달린 권총이 허리 왼쪽에, 생가죽끈으로 묶은 총집에 꽂혀 있었다. 볕에 타고 주름진 얼굴에는 세월의 풍파가 보였다. 군데군데 흰머리가 느는 중이기는 했으나 머리카락은 흑발이었다. 가장 눈에 띄는 것은 두 눈이었다. 파랗고 차갑고 진중한 눈. 데타 워커는 어떤 남자도 두려워하지 않았고 이 남자 역시 마찬가지였지만, 총잡이 특유의 그 눈만은 예외였다.

문 바로 앞에 전실(前室)이 있었다. 바닥은 네모꼴로 된 붉은색과 검은색 대리석이었다. 나무판을 두른 벽에는 과거의 군주와 귀부인을 그린 오래된 초상화들이 걸려 있었다. 전실 한복판에는 장밋빛 대리석과 크롬으로 도금한 강철을 얽어서 만든 조각상이 서 있었다. 모험을 떠난 기사로 보이는 조각상의 주인공이 머리 위로 높이 쳐든 것은 리볼버, 아니면 단검 같았다. 조각가가 두루뭉술한 윤곽밖에 새기지 않은 탓에 기사의 얼굴은 이목구비가 또렷하지 않았지만, 미아는 그가 누군지 대번에 알아보았다. 그가 누구여야 하는지를.

"경배를 드리나이다, 아서 엘드 왕이시여." 미아는 더없이 정중하게 절하며 말했다. "부디 제가 이제부터 먹으려 하는 음식에 복을 내려주소서. 그리고 제 아이의 몫에도 복을 내려주소서. 평안한 밤을 보내시기를 바라나이다." 대지 위의 기나긴 나날을 기원할 수는 없었다. 아서 엘드는, 그리고 그의 일족 대부분도, 이미 죽어서 낮을 누릴 수 없었기 때문이었다. 그래서 그 인사 대신 빙긋 웃는 입술에 손끝을 대서 그에게 키스를 날렸다. 예를 다 갖춘 미아는 연회장으로 들어섰다.

그 방은 너비가 약 35미터, 길이가 약 60미터였다. 양쪽 벽에 줄지어 달린 수정 덮개 속에 눈부시게 환한 전기 횃불이 밝혀져 있었다. 아이언우드로 만든 드넓은 테이블을 따라 의자 수백 개가 가지런히 놓여 있었고, 테이블 위에는 따뜻한 요리와 차가운 요리가 어우러진 진수성찬이 가득했다. 자리마다 파란 염료로 섬세한 그물 무늬를 그려 넣은 하얀 접시가 놓여 있었다. 오데타의 기억 속에 남은 *특별한 접시*였다. 의자는 모두 비어 있었고 특별한 만찬용 접시와 와인 잔도 비어 있었지만, 테이블 위에 일정한 간격으로 놓인 황금 통 안에는 차게 식혀서 잔을 채울 준비가 된 와인 병이 들어 있었다. 미아가 이미 아는 광경 그대로였다. 가장 사랑스럽고 또렷한 상상 속에서 보았던, 몇 번이고 연거푸 발견했던, 그리고 앞으로도 자신에게(그리고 아이에게) 필요해지면 발견하게 될 광경이었다. 미아가 어디에 있든 이 성은 가까이에 있었다. 그리고 혹시라도 곰팡내와 오래된 진흙 냄새가 난다고 해도, 그런 게 뭐가 중요할까? 테이블 아래의 그늘 속에서 타닥거리는 발소리가, 아마도 쥐나 족제비일법한 소리가 난다고 해도, 미아가 걱정할 이유가 뭐란 말인가? 테이블 위는 모든 것이 화려하고 환하고 향기롭고 잘 숙성됐고, 먹을 준비가 다 되어 있는데. 테이블 아래의 그림자들은 그냥 내버려두면 그만이었다. 미아가 신경 쓸 일이 아니었다. 전혀.

"내가 왔다, 누구의 딸도 아닌 미아가!" 고기와 소스와 크림과 과일의 갖가지 향기가 맴도는 고요한 연회장에 미아의 들뜬 목소리가 울려퍼졌다. "나는 지금 허기가 졌으니 음식을 먹을 것이다! 내 어린것 또한 먹일 것이다! 누구든 내게 맞서는 자가 있거든 썩 나와라! 그 얼굴을 똑똑히 보게 해다오, 그리고 나를 봐다오!"

물론 아무도 나서지 않았다. 일찍이 그곳에서 연회를 열었던 이들은 이미 오래전에 사라졌으므로. 이제 그곳에는 사슴과 나른하게 쿵쿵거리는 슬로트랜스 엔진(그리고 테이블 아래에서 불길하게 후다닥 달려가는 것들)뿐이었다. 미아의 등 뒤에서는 총잡이가 조용히 서서 지켜보는 중이었다. 처음 일어난 일은 아니었다. 총잡이의 눈에 이 성은 보이지 않았지만, 미아는 보였다. 똑똑히 보였다.

"침묵은 곧 승낙일 테지!" 미아가 외치더니 자기 배에 손을 얹었다. 이미 눈에 띄게 튀어나온 배에. 그 불룩한 곡면에. 그러고는 깔깔 웃으며 악을 썼다. "암, 그래야지! 이 미아가 연회를 즐기러 왔다! 미아와 그 안에서 자라는 어린것, 둘 모두에게 음식을 내와라!

아주 푸짐하게!"

그리하여 미아는 연회를 즐겼지만, 한자리를 지키지도 않았고 접시를 쓰지도 않았다. 미아는 흰색과 파란색이 어우러진 특별한 접시가 진저리가 났다. 이유는 알 수 없었고 굳이 알고 싶지도 않았다. 관심사는 오로지 음식이었다. 세상에서 가장 거대한 뷔페에 간 여성처럼 테이블을 따라 걸으며, 미아는 맨손으로 이것저것 집어서 입에 던져넣었다. 가끔은 뜨겁고 보들보들한 고기를 뼈째 들고 덥석 뜯은 다음, 남은 덩어리는 원래 놓여 있던 접시에 휙 던지기도 했다. 그중 몇 번은 접시를 빗맞히는 바람에 고깃덩이가 하얀 린넨 테이블보 위를 굴러가며 코피 자국 같은 육즙 얼룩을 남기기도 했다. 굴러가던 고깃덩이 한 개는 그레이비소스 그릇을 쓰러뜨렸다. 또 한 개는 크랜베리 젤리가 든 수정 그릇을 박살 냈다. 세 번째는 굴러가다가 테이블 반대편 모서리로 툭 떨어졌다. 거기 있던 어떤 것이 고깃덩이를 테이블 아래로 당기는 소리가 미아의 귀에 들려왔다. 끽끽대며 다투는 소리가 짤막하게 나더니 뒤이어 웬 짐승이 다른 짐승을 물어뜯는 듯, 고통에 찬 비명이 터졌다. 그러다가 잠잠해졌다. 하지만 그도 잠시뿐, 정적은 곧바로 미아의 웃음소리에 산산이 부서졌다. 미아는 기름이 번들거리는 손을 자기 가슴에 닦았다. 천천히. 값비싼 실크에 번져 나가는 고기 기름과 육즙 자국을 즐기면서. 거칠고 단단하고 열에 들뜬 손가락이 점점 커지는 가슴과 젖꼭지를 스치는 느낌을 즐기면서.

테이블을 따라 천천히 나아가면서, 서로 다른 여러 목소리로 혼잣말을 하면서, 미아는 광기 어린 수다를 떨었다.

다들 어떻게 지내?

아, 다들 잘 있어, 물어봐줘서 고마워, 미아.

"JFK 저격 사건이 정말 오즈월드의 단독 범행일까?"

어림도 없는 소리 그만해, 이 아가씨야…… 처음부터 끝까지 정보기관이 한 짓이었어. 그놈들 짓이야, 아니면 앨라배마 주의 거대 무기회사를 소유한 부자들 짓이거나.

앨라배마야 폭탄으로 유명하지, 특히 버밍엄이. 안 그래?

새로 나온 조앤 바에즈 앨범 들어 봤어?

그럼, 세상에, 그 여자 노래할 때면 꼭 천사 같지 않아? 밥 딜런이랑 결혼할 거라는 소문을 들었는데……

그렇게 이 얘기 저 얘기, 수다는 끊이지 않고 이어졌다. 롤랜드는 오데타의 품위 있는 목소리와 데타의 걸걸하지만 비속어만은 화려한 목소리를 들었다. 수재나의 목소리, 그리고 다른 여러 사람의 목소리도. 저 머리에 얼마나 많은 여성이 들어 있을까? 몇 개나 되는 인격이, 완성된 상태로 또는 불완전한 상태로 들어 있을까? 롤랜드는 지켜보았다. 그곳에 없는 빈 접시와 (역시 그곳에 없는) 빈 잔 위로 몸을 숙이는 미아를, 커다란 쟁반에서 아무거나 덥석 집어 흐뭇하고 게걸스럽게 우적거리는 미아를. 기름이 묻어서 점점 더 번들거리는 미아의 얼굴과 점점 더 짙은 색으로 물들어가는 (눈에 보이지는 않아도 입고 있다고 느껴지는) 드레스 몸통을. 드레스에 몇 번이고 손을 문질러 닦고 드레스의 천을 꽉 쥐어 자기 가슴에 비비는 몸짓은 너무나 분명해서, 못 보기가 오히려 더 힘들었다. 그리고 한 번씩 멈춰 섰다가 다시 움직일 때마다 미아는 자기 눈앞의 허공을 움켜쥐는가 하면, 롤랜드에게는 안 보이는 접시를 집어서 자기 발치의 바닥으로, 아니면 꿈속에 분명히 존재할 테이블 너머의 벽으로 던지기도 했다.

"그렇지!" 미아는 데타 워커의 반항적인 목소리로 악을 썼다. "봐라, 이 비열한 파란 여인아, 내가 또 박살 냈다! 네년의 망할 접시를 깨 버렸단 말이다, 어떠냐? 어떠냐고?"

뒤이어 다음 자리로 넘어가면서, 미아는 들뜬 마음을 억누르고 조그맣게 키득거리며 누군지 모를 아무개에게 그 댁 아들이 모어하우스 대학교에서 어떻게 지내는지 물었다. 흑인들한테 그렇게 훌륭한 학교가 있다니 정말 최고로 멋진……! 일이지 뭐예요! 그런데 어머니는 좀 어떠세요? 어머 어떡해, 쾌차하시길 기도할게요.

그렇게 말하는 동안에도 미아는 보이지 않는 접시 너머로 손을 뻗었다. 반들거리는 검은 생선알과 레몬 조각이 담긴 커다란 그릇을 붙잡았다. 구유에 주둥이를 처박는 돼지처럼 그릇에 얼굴을 들이밀었다. 정신없이 쩝쩝거렸다. 다시 고개를 들었을 때, 전기 횃불의 불빛 속에서 그 얼굴은 우아하고 얌전하게 미소 짓고 있었고, 갈색 피부에 붙은 생선알은 검은 땀방울처럼 도드라져 보였다. 뺨과 이마에 점점이, 콧구멍 언저리에는 오래된 피딱지처럼 올망졸망. 그래, 난 우리가 멋지게 진보하고 있다고 생각해. 불 코너 같은 인종차별주의자들은 이제 살날도 얼마 안 남았어. 그런 인간들한테 가장 멋진 복수는 자기들도 곧 죽을 걸 안다는 거야. 이윽고 미아는 흥분한 배구 선수처럼 그릇을 머리 너머 뒤쪽으로 힘껏 던져버렸고, 그 바람에 생선알 가운데 일부가 미아의 머리에 비처럼 쏟아졌고(롤랜드의 눈에는 그 광경이 선히 보이는 것만 같았다.), 날아간 그릇이 돌에 부딪혀 박살 난 순간, '정말 멋진 파티 아닌가요'라고 말하듯 정중한 표정을 짓고 있던 얼굴이 악귀처럼 으르렁대는 데타 워커의 얼굴로 바뀌면서, 미아가 악을 지르기 시작했다. *"봐라, 이 썩을 놈의 파란 여인아, 어떠냐? 저 캐비아를 주워다 네년의 말라비틀어진 밑구멍에 처넣고 싶겠지, 어디 해봐라! 어서 해! 맛이 아주 짭짤할 거다, 아무렴!"*

그러고 나서 미아는 다음 자리로 넘어갔다. 그리고 다음 자리로. 또 다음 자리로. 그렇게 드넓은 연회장에서 마음껏 배를 채웠다. 자기 배와 어린것의 배를 함께 채웠다. 등 뒤의 롤랜드는 한번 돌아보지도 않고서. 그 연회장이, 엄밀히 말하면, 아예 존재하지도 않는 것을 까맣게 모른 채로.

4

그들 일행 넷(오이까지 치면 다섯)이 기름에 지진 머핀볼을 배불리 먹고 잠자리에 든 이후, 에디와 제이크는 롤랜드의 의식과 관심으로부터 멀리 떨어져 있었다. 롤랜드의 관심사는 오로지 수재나였다. 총잡이는 수재나가 이날 밤에도 이리저리 배회하리라고 확신했고, 그래서 길을 나서는 수재나의 뒤를 다시 밟았다. 뭘 하러 가는지 확인하기 위해서가 아니었다. 그 정도는 이미 알고 있었다.

아니, 롤랜드의 최우선 목표는 수재나를 보호하는 것이었다.

그날 오후 일찍, 제이크가 머핀볼을 한 아름 안고 돌아왔을 즈음, 수재나는 롤랜드가 익히 아는 징후를 보이기 시작했다. 짤막하게 뚝뚝 끊기는 말, 조금 과하게 거칠어서 우아하지 못한 움직임, 두통이라도 느끼는지 자신도 모르게 걸핏하면 관자놀이나 왼쪽 눈썹 위를 문지르는 행동 같은 것들이었다. 에디는 그 징후를 못 봤을까? 롤랜

드는 궁금했다. 처음 만났을 때 에디는 분명 서툰 관찰자였지만 그
이후로는 크게 달라졌고, 게다가……

게다가 에디는 수재나를 사랑했다. *사랑했던 것이다.* 그런데 어
째서 롤랜드가 본 것을 그는 못 봤을까? 서쪽 바다 해변에서, 그러
니까 데타가 오데타에게서 주도권을 빼앗으려고 달려들 준비를 할
때 봤던 징후만큼 뚜렷하지는 않았지만 그래도 보이기는 마찬가지
였고, 그때와 그리 다르지도 않았다.

한편 롤랜드의 어머니는 일찍이 이렇게 말한 바 있었다. *사랑은
원래 헤매는 거란다.* 에디는 그저 너무 가까이 있어서 못 보는지도
몰랐다. 아니면 보려고 하지 않거나. 롤랜드는 생각했다. *그 모든 수
고를 다시 한 번 밟아야 할지도 모른다는 생각을 직시하고 싶지 않
은 거겠지. 수재나로 하여금 자기 자신과 자신의 분열된 본성을 직
면케 하는 수고를.*

다만 이번에는 수재나 때문이 아니었다. 롤랜드는 오래전부터,
실은 강넘이 마을 사람들과 긴 대화를 나누기도 전에 이미 이를 의
심하고 있었고, 이제는 확신이 섰다. 아니었다. 문제는 수재나가 아
니었다.

그렇게 롤랜드는 자리에 누운 채로, 동료들이 하나둘 잠에 빠져
드는 동안 새근거리는 그들의 숨소리에 귀를 기울였다. 먼저 오이,
다음은 제이크, 그리고 수재나. 마지막은 에디였다.

아니…… 맨 *마지막*은 아니었다. 희미하게, 아주 희미하게, 웅얼
거리며 말을 주고받는 소리가 롤랜드의 귀에 들려왔다. 저 멀리 남
쪽 언덕 너머에 있는 자들, 일행의 뒤를 따라오며 지켜보는 사람들
이었다. 필시 제풀에 겁을 먹고 앞으로 나서서 자신들이 누군지 밝

히지 못하는 듯했다. 롤랜드는 귀가 밝기는 했지만 그들이 나누는 말을 알아들을 정도는 아니었다. 말이 대여섯 마디 오간 후에 입을 다물라는 뜻으로 누군가 커다랗게 쉿 하는 소리를 냈다. 그다음은 쥐 죽은 듯이 고요했다. 들리는 거라곤 이따금 바람이 우듬지를 스치며 나지막이 사락거리는 소리뿐이었다. 롤랜드는 가만히 누워서 반짝이는 별 하나 없이 캄캄한 허공을 올려다보며, 수재나가 일어나기를 기다렸다. 마침내 수재나가 몸을 일으켰다.

하지만 그 전에, 제이크와 에디와 오이는 이미 토대시에 빠져 있었다.

5

롤랜드와 동급생들에게 토대시에 관해 (알려진 모든 것을) 가르쳐 준 사람은 바네이, 오래전 그들이 어린애였을 때 길르앗의 궁정 교사로 일하던 남자였다. 처음에 그들은 오인조였다. 롤랜드와 알레인, 커스버트, 제이미, 그리고 바네이의 아들 월리스까지. 머리가 비상하게 영리했지만 늘 병약했던 월리스는 뇌전증 때문에 목숨을 잃었다. 때로는 '왕의 악의'라고도 불리는 병이었다. 그리하여 그들은 사인조가 되어 진정한 *카텟*을 이루었다. 바네이 역시 이를 잘 알았고, 당연히 그만큼 더 슬퍼했다.

코트는 그들에게 해와 별을 보고 길을 찾는 법을 가르쳤다. 바네이는 그들에게 나침반과 사분의와 육분의를 보여주고 그것들을 쓰는 데에 필요한 수학 지식을 가르쳤다. 코트는 그들에게 싸우는 법을 가르쳤다. 바네이는 역사와 논리학 문제, 또 이른바 '보편적 진리'를 가르치는 개인교습을 통해 그들에게 경우에 따라 싸움을 피하는 법을 가르쳤다. 코트는 피치 못할 경우에는 죽이라고 가르쳤다. 다리를 절뚝거리고 입가에는 다정하지만 속을 알 수 없는 미소를 머금은 바네이는, 그들에게 폭력은 문제를 해결하기는커녕 악화시키는 경우가 훨씬 더 많다고 가르쳤다. 그는 폭력을 가리켜 '텅 빈 방', 모든 진실한 소리가 메아리 때문에 일그러지는 장소라고 했다.

바네이는 제자들에게 물리를 가르쳤다. 당대의 물리 지식이었다. 그는 제자들에게 화학도 가르쳤다. 당대에 남아 있던 모든 화학 지식을. 또한 '저 나무는 마치……'나 '달릴 때 내가 느끼는 행복한 기분은 꼭……', '우리는 웃음을 참을 수가 없었는데 왜냐면……' 같은 문장을 끝맺는 법도 가르쳤다. 롤랜드는 그런 연습을 끔찍이 싫어했지만, 바네이는 그가 슬그머니 수업을 빠지도록 놔두지 않았다.

"넌 상상력이 부족해, 롤랜드." 언젠가 스승은 그렇게 말했다. 아마도 롤랜드가 열한 살이던 해의 일이었을 것이다. "난 네가 그 부족한 상상력을 굶기다가 더 앙상하게 만드는 꼴을 가만히 보고 있진 않을 거다."

바네이는 제자들에게 '7대 마법의 문자판'을 가르쳤으나 스스로도 그것을 믿는지 어떤지는 밝히기를 거부했다. 그리고 롤랜드 생각에 바네이는 그 수업과 별 상관이 없는 대목에서 토대시를 언급했다. 어쩌면 토대시를 따로 강조해서 설명했는지도 몰랐다. 롤랜드는 확신이 서지 않았다. 바네이가 장거리 여행자인 마니교도 이야기를 한 것은 확실했다. 그리고 마법사의 무지개도 언급하지 않았던가?

롤랜드는 그렇다고 생각했다. 그러나 그는 무지개의 분홍 띠를 두 차례 손에 넣었다. 한 번은 소년이었을 때, 또 한 번은 어른이 된 후에. 그는 그 분홍 구슬 안을 두 번이나 돌아다녔을 뿐 아니라 두 번째에는 친구들과 함께였는데도, 토대시에 이른 적은 한 번도 없었다.

허나 그걸 어떻게 안단 말이냐? 롤랜드는 스스로에게 물었다. *어떻게 알겠느냐, 롤랜드? 그때 너는 그 구슬 안에 있었는데?*

왜냐하면 커스버트와 알레인이 얘기해주었기 때문이었다.

확실한 거냐?

아니라고, 확실하지 않다고 깨닫는 사이에, 너무도 낯설어서 분간할 수 없는 어떤 감정이 총잡이의 마음속에 피어났다. 분함일까? 두려움? 혹시 배신감? 아는 것이라고는 그저 자신이 수정 구슬에 이끌려 그 속으로 깊숙이 끌려들어갔고, 운 좋게도 거기서 다시 나올 수 있었다는 것뿐이었다.

여기 구슬 같은 건 없는데. 총잡이는 속으로 중얼거렸다. 그러자 또다시 다른 목소리가 이에 응답했다. 무덤덤하고 위엄 있는 그 목소리의 주인은 다리를 절룩거리던 그의 늙은 스승, 외아들을 잃은 슬픔에 평생 짓눌렸던 그 남자였다.

확실한 거냐?

총잡이여, 정말로 확실한 거냐?

6

시작은 조그맣게 빠직거리는 소리였다. 롤랜드의 머릿속에 맨 처음 떠오른 것은 모닥불이었다. 누가 초록색 전나무 가지를 모닥불에 넣었는데 숯이 이제야 거기에 닿았고, 뾰족한 잎이 타면서 그런 소리를 내는 듯싶었다. 하지만……

그 소리는 점점 커져서 전기가 치직거리는 소리와 비슷해졌다. 롤랜드는 일어나 앉은 다음, 꺼져가는 모닥불 너머를 건너다보았다. 두 눈은 동그래졌고, 심장은 빠르게 뛰기 시작했다.

수재나가 에디에게 등을 돌린 채 그로부터 살짝 떨어져 있었다. 에디는 팔을 쭉 뻗고 있었고, 제이크도 마찬가지였다. 둘의 손이 맞닿아 있었다. 그리고 롤랜드가 지켜보는 가운데, 그 둘은 일렁거리는 잔상이 되어 사라졌다 나타나기를 반복하기 시작했다. 오이도 같은 상태였다. 그들의 몸이 사라진 동안에는 크기와 모양이 거의 비슷한 회색 잔광이 빈자리를 대신 차지했다. 꼭 현실에서 그들의 자리를 지키는 것처럼. 셋의 모습이 다시 나타날 때마다 앞서 들었던 치직거리는 소리가 났다. 롤랜드는 그들의 감은 눈꺼풀이 부르르 떨리는 것을 알 수 있었다. 눈알이 이쪽저쪽으로 움직인다는 뜻이었다.

꿈을 꾸는 중이었다. 그러나 단순히 *꿈만* 꾸는 것은 아니었다. 이것이 바로 토대시, 두 세계 사이를 오가는 현상이었다. 마니교도들이 사용한다고 알려진 기술이었다. 또한 마법사의 무지개를 손에 넣으면 좋든 싫든 *해야 하는* 일이라고도 했다. 무지개 가운데 하나가 특히 그러했다.

중간에 걸려서 넘어질 텐데. 롤랜드는 생각했다. *바네이도 그렇게 말했지. 토대시에 들어가는 건 몹시 위험한 일이라고.*

바네이가 또 무슨 말을 했던가? 롤랜드는 기억을 더듬을 시간이 없었다. 하필이면 그때 누워 있던 수재나가 일어나 앉더니, 잘린 부분이 아프지 않도록 롤랜드가 만들어준 부드러운 가죽 덮개를 다리 밑동에 차고서 휠체어에 올라앉았기 때문이었다. 잠시 후 수재나는 휠체어 바퀴를 굴리며 길 북쪽의 큰 나무들 쪽으로 향했다. 미행자들이 야영을 하는 곳과 정반대 방향이었다. 그나마 그것 하나는 다행이었다.

롤랜드는 잠시 어찌할 바를 모르고 멍하니 앉아 있었다. 그러나 해야 할 일은 명확했다. 토대시에 빠진 두 사람을 깨울 수는 없었다. 그랬다가는 끔찍한 위험을 초래할 수도 있기 때문이었다. 할 일은 단 하나, 전에 그랬듯이 이날 밤에도 수재나를 따라가며 문제를 일으키지 않기를 바라는 것뿐이었다.

그다음은 어떻게 될지 생각해보는 것도 좋을 텐데. 수업 시간에 듣던 바네이의 무뚝뚝한 목소리였다. 이제 옛 스승이 돌아왔고, 틀림없이 당분간 머무를 작정이었다. *너는 추론에 능했던 적이 한 번도 없지만, 어쨌거나 지금은 해야만 한다. 물론 너로서는 미행자들이 스스로 나설 때까지 기다리고 싶겠지. 그들이 뭘 원하는지 확실히 알 때까지. 하지만 롤랜드, 결국에는 행동에 나서야 한다. 허나 그에 앞서 생각을 해라. 때를 놓치느니 차라리 서두르는 편이 더 낫다.*

그랬다. 때를 놓치느니 서두르는 편이 낫다는 것은 진리였다.

또 한 차례 치직거리는 소리가 커다랗게 들렸다. 에디와 제이크가 돌아와 있었다. 제이크는 누운 채 팔로 오이를 안고 있었다. 곧이어 그들의 모습은 다시 사라졌고, 그 자리에 남은 것은 엑토플라즘처럼 일렁이는 뿌연 잔상뿐이었다. 뭐, 별일 아니었다. 당장은 수재나의 뒤를 밟는 것이 롤랜드가 할 일이었다. 에디와 제이크는 하늘에 맡기는 수밖에 없었다.

돌아와 보니 저들이 사라지고 없다면? 바네이는 토대시에 빠지면 그럴 수도 있다고 했다. *수재나가 일어나서 둘 다 사라진 걸 보고 어떻게 된 거냐고 물으면, 뭐라고 할 거냐? 남편과 아들로 삼은 아이가 다 사라진 걸 보면?*

지금은 그 걱정을 할 때가 아니었다. 당장은 수재나 걱정을 해야 했다. 수재나의 안전을.

7

길 북쪽에는 몸통이 거대한 큰 나무들이 서로 멀찍이 떨어져서 서 있었다. 머리 위쪽으로는 그 나무의 가지들이 서로 얽혀 단단한 지붕을 만들었지만 땅에는 휠체어가 굴러갈 공간이 충분했고, 그래서 수재나는 커다란 아이언우드와 소나무를 이리저리 피하면서 향긋한 냄새를 풍기는 낙엽과 침엽수 잎으로 덮인 내리막길을 시원스레 나아갔다.

수재나가 아니다. 데타도, 오데타도 아니야. 저 여인은 스스로를 미아라고 불렀다.

롤랜드는 그녀가 '초록의 여왕'을 자청한다고 해도 상관없었다. 무사히 돌아오기만 하면, 돌아왔을 때 나머지 동료 둘이 제자리에 있기만 하면.

아까보다 더 선명하고 신선한 풀냄새가 풍기기 시작했다. 갈대,

그리고 수초의 냄새였다. 진흙 냄새도 느껴졌고, 개구리가 폴짝거리는 소리와 이를 비웃듯이 부엉이가 *후엉! 후엉!* 우는 소리, 조그만 짐승이 물에 뛰어드는 듯한 '첨벙' 소리도 함께 들려왔다. 뭔가 숨이 끊어졌는지 가냘픈 비명이 그 뒤를 이었다. 어쩌면 뛰어든 장본인일 수도, 그 장본인에게 습격당한 먹잇감일 수도 있었다. 썩은 낙엽 위로 덤불이 하나둘 보이다가 이내 무성해졌다. 나뭇가지는 점차 듬성듬성해졌다. 모기떼 같은 날벌레들이 웽웽거렸다. 조그만 벌레들이 허공에 점점이 날아다녔다. 습지 냄새가 더욱 짙어졌다.

휠체어 바퀴는 아무 흔적도 남기지 않고 낙엽 위를 지나갔다. 낙엽으로 덮인 땅이 끝나고 제멋대로 자란 덤불숲이 나오자 부러진 잔가지와 뜯긴 나뭇잎이 롤랜드의 눈에 띄기 시작했다. 이윽고 어느 정도 평탄한 저지대에 이르자 땅이 점점 더 물러져서 휠체어 바퀴 자국이 보이기 시작했다. 스무 걸음을 더 간 후에는 바퀴 자국에서 배어나는 물기가 슬슬 롤랜드의 눈에 띄었다. 그러나 그 여인은 여기서 발이 묶이기에는 너무나 영리했다. 너무나 교활했다. 물기가 처음 눈에 띈 곳으로부터 스무 걸음을 더 가고 가서, 롤랜드는 버려진 휠체어를 발견했다. 자리에 놓인 것은 바지와 셔츠였다. 여인은 다리의 절단면을 덮은 가죽 덮개 말고는 알몸인 채로 습지에 들어갔던 것이다.

물이 고인 웅덩이 위로 리본 같은 안개가 끼어 있었다. 풀이 자란 조그만 둔덕이 군데군데 보였다. 그중 한 곳에 한때는 똑바로 서 있었을 고목에 붙어 있는 물체를 보고서, 롤랜드는 처음에는 오래된 허수아비라고 생각했다. 가까이서 보니 사람의 해골이었다. 해골의 이마는 안쪽으로 부서져서 휑한 눈구멍 사이에 시커먼 세모꼴 구멍이 나 있었다. 틀림없이 원시적인 곤봉에 맞은 자국이었고, 시체는 (또는 거기에 남은 영혼은) 어느 부족이 자기네 영역의 경계를 표시할 목적으로 남겨두었을 터였다. 그들 부족은 이미 오래전에 죽거나 이주했겠지만, 그래도 조심해서 나쁠 것은 없었다. 롤랜드는 총을 뽑아들고 여인의 뒤를 따라 이 둔덕에서 저 둔덕으로 뛰었고, 그때마다 욱신거리는 허리 오른쪽의 통증 때문에 표정이 일그러졌다. 뒤처지지 않는 것만으로도 집중력과 민첩성이 바닥날 지경이었다. 여기에는 롤랜드가 마른 땅에 머물도록 편의를 봐주지 않은 여인도 한몫했다. 그녀는 인어처럼 벌거벗었을 뿐 아니라 움직임도 인어 같아서, 신창과 늪에서도 마른 땅과 다를 바 없이 유연했다. 더 커다란 둔덕을 기어서 넘은 후에는 둔덕 사이의 물을 타고 미끄러져 내려왔고, 이따금씩 멈춰서 거머리를 잡기도 했다. 어둠 속에서 걷는 동작과 미끄러지는 동작은 하나로 합쳐져 날렵하고 섬뜩한, 스르륵거리는 움직임으로 보였다.

총잡이가 끈기 있게 뒤를 쫓는 사이에 여인은 점점 더 질척해지는 습지를 500미터쯤 나아갔다. 총잡이는 소리를 내지 않으려고 안간힘을 썼지만, 그럴 필요가 있는지는 의심스러웠다. 그 여인의 보고 느끼고 생각하는 부분은 멀리 다른 곳에 있었기 때문이었다.

마침내 멈춰 선 여인은 잘린 두 다리로 서서, 균형을 잡으려고 몸 양편의 거친 잡목 덤불을 움켜쥐었다. 그렇게 가만히 서서 고개를 쳐든 채로, 연못의 시커먼 수면 너머를 건너다보았다. 그 연못이 큰지 작은지 총잡이로서는 짐작할 수가 없었다. 물가를 뒤덮은 안개 때문이었다. 그러나 그곳에는 빛이, 수면 바로 아래에 잠겨 있는 듯한 뿌옇고 흐릿한 광원이 있었다. 어쩌면 물에 잠겨 서서히 썩어가는 통나무에서 뿜어 나오는 빛인지도 몰랐다.

여인은 그 자리에 가만히 서서 진흙으로 뒤덮인 이 숲속의 연못을 찬찬히 둘러보았다. 그 모습이 마치 사열하는 여왕 같았는데…… 무엇을? 무엇을 보았을까? 연회장? 그것이 롤랜드가 내린 결론이었다. 눈에 선히 보이는 듯했다. 그 답은 여인의 머릿속에서 롤랜드의 머릿속으로 속삭임처럼 전해졌고, 여인의 말과 행동 역시 그 답에 꼭 들어맞았다. 연회장은 데타가 오데타에게 그랬듯이 이 여인이 수재나를 미아로부터 떼어놓으려고 고안한 기발한 수단이었다. 미아에게는 자신의 존재를 비밀에 부칠 이유가 얼마든지 있었지만, 그중 가장 큰 이유는 분명 그녀가 배 속에 품은 생명이었다.

어린것. 여인은 아기를 그렇게 불렀다.

뒤이어 총잡이에게는 여전히 놀라운 뜻밖의 방식으로, 여인은 사냥을 시작했다(전에 본 적이 있었건만 놀랍기는 마찬가지였다.). 처음에는 물 튀는 소리도 없이 으스스하게 연못 둘레를 따라 미끄러지다가, 이내 물속으로 슬쩍 들어갔다. 여인이 물가를 오르내리며 갈대밭을 들락거리는 동안 롤랜드는 두려움과 욕정이 뒤섞인 표정으로 가만히 지켜보았다. 이제 여인은 살갗에 들러붙은 거머리를 떼어내 멀리 던져버리는 대신, 무슨 사탕인 양 입에 냉큼 집어넣었다. 허벅지의 근육이 물결치듯 움찔거렸다. 갈색 피부는 젖은 실크처럼 반들거렸다. 여인이 몸을 틀자(이때 롤랜드는 나무 뒤에 숨어 그늘과 하나가 되어 있었다.) 아기를 가진 탓에 더욱 커다래진 가슴이 똑똑히 보였다.

당연한 얘기지만, 문제는 '어린것'만이 아니었다. 에디도 생각해야 했다. *머리가 어떻게 된 거 아냐, 롤랜드?* 롤랜드의 귀에 에디의 목소리가 들려왔다. *저건 우리 아기일 수도 있어. 그러니까 내 말은, 아니라는 확신이 없다는 뜻이야. 그래, 그래, 우리가 제이크를 이쪽 세계로 데려올 때 수재나가 뭔가에 씐 상태였다는 건 나도 알아, 하지만 그렇다고 해서 꼭……*

이러쿵저러쿵, 어쩌고저쩌고. 에디는 그렇게 떠들지도 몰랐다. 그런데 왜? 왜냐면 에디는 수재나를 사랑했고, 어쩌면 그들 사이에서 생긴 아기를 원할지도 모르기 때문이었다. 게다가 에디 딘에게 말싸움이란 숨쉬기처럼 자연스러운 것이기 때문이기도 했다. 커스비트 역시 에디와 똑같이 했을 것이다.

한편 갈대밭에서는 벌거벗은 여인의 손이 피스톤처럼 앞으로 튀어나가더니, 큼지막한 개구리 한 마리를 붙잡았다. 여인이 손을 움켜쥐자 개구리의 몸통이 터지면서 손가락 사이로 내장과 번들거리는 알이 흘러나왔다. 대가리도 터졌다. 여인은 개구리를 입으로 가져가더니, 초록색과 흰색이 섞인 뒷다리가 아직 부들거리는데도 게걸스럽게 먹어치웠다. 움켜쥔 손에서 흘러내리는 피와 번들거리는 끈 같은 내장까지 싹싹 핥았다. 그러고는 뭔가 내던지는 시늉을 하더니 소리쳤다. *'봐라, 이 썩을 놈의 파란 여인아, 어떠냐?'* 롤랜드는 그 나직하고 걸걸한 목소리를 듣고 소름이 끼쳤다. 데타 워커의 목소리였다. 어느 때보다도 더 비열하고 광기에 찬 데타의 목소리였다.

여인은 잠깐 쉬지도 않고서 다시 사냥에 나섰다. 다음은 조그만 물고기였고…… 그다음은 다시 개구리…… 그러다가 진짜배기가 걸렸다. 찍찍거리고 버둥거리면서 깨물려고 기를 쓰는 커다란 물쥐였다. 여인은 그 짐승의 숨통을 끊고 발까지 남김없이 집어삼켰다. 잠시 후, 여인이 고개를 숙이더니 잔해를 뱉어냈다. 털가죽과 끊어진 뼈가 얽히고설킨 덩어리였다.

그렇다면 에디한테 이 꼴을 보여 줘야겠구나. 물론 그것도 에디 와 제이크가 어딘지 모를 곳으로 떠난 모험에서 돌아왔을 때의 얘 기지만. 그리고 그때는 이렇게 얘기하는 거다. "여자가 아기를 가지 면 이상한 욕구가 생긴다는 것쯤은 나도 안다, 에디. 허나 이건 너무 이상하지 않으냐? 저 여인을 봐라, 무슨 인간 악어처럼 갈대밭을 누 비며 사냥을 한다. 저걸 보고 나한테 말해봐라, 그녀가 저렇게 해서 배불리 먹이려고 하는 게 네 아기인지. 인간의 아기이기는 한지."

그래도 에디는 우기려고 할 터였다. 롤랜드는 훤히 알고 있었다. 그가 알지 못했던 것은, 한밤중에 날고기를 먹고 싶어 안달하는 것 이 당신 배 속에서 자라는 중이라고 말했을 때 수재나가 보일 반응 이었다. 게다가 이 정도 걱정거리로는 모자라다는 듯이, 당장은 토 대시도 문제였다. 거기다 그들 일행을 감시하러 온 저 이방인들까 지. 하지만 이방인들은 롤랜드에게 가장 하찮은 걱정거리였다. 실은 그들이 있어서 편하다는 생각마저 들 정도였다. 그들이 무엇을 원하 는지는 아직 밝혀지지 않았지만, 그럼에도 롤랜드는 이미 알고 있었 다. 그런 사람들은 전에도 만난 적이 있었다. 그것도 여러 번. 사실 상 그들이 원하는 것은 늘 똑같았다.

8

미아라고 자칭하는 여인은 이제 사냥을 하면서 말도 하고 있었 다. 롤랜드는 그녀의 이런 면도 익히 알고 있었지만, 그럼에도 소름이 끼치기는 마찬가지였다. 그 여인을 똑바로 보고 있는 와중에도 그토록 다른 목소리들이 한 사람의 목청에서 나온다는 사실은 여전히 믿기가 힘들었다. 여인은 스스로에게 어떻게 지내냐고 물었다. 스스로에게 잘 지낸다고, 물어봐줘서 고맙다고 대답했다. 이름이 빌인가 하는 사람의 이름도 언급했는데 어쩌면 불일 수도 있었다. 누구 어머니의 안부를 묻기도 했다. 그런가 하면 모어하우스라는 곳에 관해 누구에게 묻고 나서 틀림없이 남자 목소리인 낮고 걸걸한 목소리로 자신은 모어하우스커녕 어떤 하우스에도 간 적이 없다고 스스로에게 답하기도 했다. 뒤이어 자지러지게 웃은 것으로 보아 그 말은 분명 일종의 농담인 듯했다. 그러는 동안 (지난 몇 번의 밤에 그랬듯이) 몇 번인가 자신을 미아라고 소개했는데, 이는 롤랜드가 길르앗에서 보낸 어린 시절에 익히 듣던 이름이었다. 그곳에서는 거의 성스럽기까지 한 이름이었다. 여인은 두 번 절을 했고, 보이지 않는 치마를 살짝 집는 그 모습을 보며 총잡이는 가슴이 저려왔다. 그는 그런 식의 인사를 메지스에서 처음으로 보았다. 친구인 알레인과 커스버트와 함께 아버지들의 명을 받고 찾아간 곳이었다.

여인은 젖어서 반짝이는

(연회장의)

연못의 가장자리로 다시 돌아왔다. 그곳에 우두커니 머무는 사이에 5분이, 다시 10분이 흘렀다. 부엉이가 다시금 비웃는 듯한 후엉! 소리를 내자 이에 화답하듯 구름에 가려졌던 달이 잠시 지상에 얼굴을 비추었다. 그러자 어둠 속에 몸을 숨기고 있던 뭔지 모를 작은 짐승이 은폐물을 잃고 말았다. 그 짐승은 후다닥 뛰어서 여인 곁을 지나가려 했다. 여인은 그 사냥감을 정확히 붙잡고는 꿈틀거리는 배

에 얼굴을 파묻었다. 물기 어린 우두둑 소리에 이어 몇 번인가 쩝쩝
거리는 소리가 났다. 여인이 뜯다 남은 것을 달빛 속으로 쳐들자 검
은 손과 손목이 피로 물들어 더욱 검게 보였다. 그러고는 잔해를 둘
로 찢어서 정신없이 먹어치웠다. 여인은 요란한 트림 소리를 내고
다시 물속으로 구르듯이 들어갔다. 이번에는 커다란 첨벙 소리가 났
고, 롤랜드는 이로써 이날 밤의 연회가 끝난 것을 알았다. 앞서 여인
은 허공에 날아다니는 날벌레도 거뜬하게 잡아서 몇 마리 먹어 치
웠다. 롤랜드로서는 그렇게 먹은 것 때문에 배탈이 나지 않기를 바
랄 뿐이었다. 아직까지는 아무 이상도 없었다.

여인이 진흙과 피를 대강 씻어내는 동안, 롤랜드는 왔던 길을 따
라 퇴각했다. 이제 허리가 더 쑤셨지만 통증을 무시하며 재빨리 움
직였다. 그는 여인의 이런 상태를 이미 세 번 본 적이 있었고, 이 상
태에서 그녀의 감각이 섬뜩할 만큼 날카롭다는 것은 한 번만 봐도
충분히 알 수 있었다.

여인의 휠체어 곁에 멈춰 서서, 롤랜드는 자신이 혹시 흔적을 남
기지 않았는지 확인했다. 발자국 하나가 눈에 띄자 발로 비벼 지워
버린 다음, 만약에 대비해 낙엽까지 덮어놓았다. 너무 많이 덮지는
않았다. 지나치면 오히려 모자람만 못할 수도 있기 때문이었다. 그
일을 마치고 나서는 길과 그들 일행의 야영지가 있는 쪽을 향해 다
시 걷기 시작했다. 더는 서두르지 않았다. 여인이 몸단장을 하고 출
발하려면 조금은 시간이 걸릴 터였다. 롤랜드는 궁금했다. 수재나의
휠체어를 닦으면서 미아는 그 물건을 무엇이라고 생각할까? 바퀴가
달린 일종의 소형 수레? 그건 중요하지 않았다. 중요한 것은 미아가
얼마나 영리한가였다. 미아가 지난번 원정을 떠나던 밤에 때마침 요

의를 느끼고 눈을 뜨지 않았더라면, 롤랜드는 그녀가 사냥을 하러 돌아다니는 줄도 몰랐을 것이다. 그리고 그런 문제에 관해서라면, 그는 당연히 약삭빨라야 했다.

저 여인이 더 약삭빠르지 않으냐, 이 굼벵이 놈아. 이제 바네이의 유령만으로는 부족했는지 코트까지 그를 가르치러 나타났다. 저 여인은 전에도 그걸 증명한 적이 있다, 잊었느냐?

그랬다. 여인은 이미 세 명 몫의 교활함을 보여주었다. 이제 거기에 네 번째가 등장했다.

9

앞쪽의 나무들 사이로 틈이 보이는 곳에 이르렀을 때, 롤랜드는 두 번 심호흡을 했다. 그들 일행이 따라가던 길과 그날 밤의 야영지가 코앞에 있는 곳이었다. 심호흡은 마음을 가라앉히기 위한 시도였지만, 잘되지 않았다.

신께서 물이 있으라 하시면 물이 있을 것이다. 롤랜드는 스스로에게 일깨워주었다. *감당치 못할 큰일에 관해서는 걱정해봐야 소용없다, 롤랜드.*

속 편히 받아들일 만한 진실은 아니었다. 롤랜드의 탐험과 비슷한 일을 하는 사람에게는 더욱 그러했지만, 그럼에도 받아들여야 하는 진실이었다.

긴 숨을 한 번 더 들이쉬고 나서, 롤랜드는 걸음을 옮겼다. 꺼진 모닥불 곁에 누워 깊이 잠든 에디와 제이크를 본 순간 안도의 한숨이 길게 흘러나왔다. 롤랜드가 수재나의 뒤를 쫓아 야영지를 떠날 때 에디의 왼손을 오른손으로 붙잡고 있던 제이크가 이제 그 손으로 오이의 몸통을 끌어안고 있었다.

개너구리는 한쪽 눈을 뜨고 롤랜드를 바라보았다. 그러다가 다시 눈을 감았다.

롤랜드는 여인이 다가오는 소리를 듣지 못했지만, 그래도 기척은 느낄 수 있었다. 그래서 재빨리 잠자리로 돌아가 모로 누운 다음, 팔꿈치로 얼굴을 가렸다. 그러고는 그 자세를 유지한 채 숲에서 굴러 나오는 휠체어를 지켜보았다. 휠체어는 재빨리 닦은 것치고는 깨끗했다. 롤랜드의 눈에는 진흙 자국 하나 보이지 않았다. 바퀴살이 달빛에 반짝였다.

여인은 휠체어를 원래 자리에 세운 다음, 평소처럼 우아하게 자리에서 내려와 에디가 누워 있는 곳을 향해 움직였다. 롤랜드는 잠든 자기 남편의 몸 쪽으로 다가가는 여인을 조금 불안한 심정으로 지켜보았다. 데타 워커를 만난 적이 있는 사람이라면 누구나 비슷한 불안을 느낄 듯싶었다. *어머니*를 자칭하는 그 여인이 예전의 데타 워커와 너무나 닮았기 때문이었다.

잠이라는 깊은 요람의 밑바닥에 누운 사람처럼 꼼짝도 않고 누운 채로, 롤랜드는 움직일 준비를 했다.

뒤이어 여인은 에디의 뺨을 가린 머리칼을 손으로 쓸어넘기고 그의 이마에 입을 맞추었다. 그 다정한 손짓이 총잡이에게 모든 것을 말해주었다. 안심하고 잠들어도 좋다는 뜻이었다. 두 눈을 감고서, 총잡이는 어둠에 자신을 맡겼다.

제4장
긴 대화

1

아침에 롤랜드가 눈을 떴을 때 수재나는 아직 잠들어 있었지만, 에디와 제이크는 일어나 있었다. 에디는 전날 밤에 남은 회색 재를 모아 새로 불을 피워놓았다. 그러고는 제이크와 함께 불 앞에 바짝 붙어 앉아 몸을 덥히며 자신이 총잡이 부리토라고 부르는 것을 먹는 중이었다. 둘 다 들떠 있으면서도 한편으로는 걱정스러운 표정이었다.

"롤랜드, 우리 얘기 좀 해야겠어. 어젯밤에 우리 둘한테 일이 좀 있었는데……"

"안다. 나도 봤다. 너희는 토대시 상태였다."

"토대시요? 그게 뭐예요?" 제이크가 물었다.

롤랜드는 두 사람에게 설명하려다가 이내 고개를 저었다. "얘기가 하고 싶거든 수재나도 깨우는 게 좋을 거다, 에디. 그렇게 하면 두 번 얘기할 필요가 없을 테니." 롤랜드는 남쪽을 흘깃 돌아보고 말을 이었다. "그리고 얘기가 다 끝날 때까지 우리 새 친구들이 방해하지 않았으면 좋겠구나. 그들하고는 아무 상관도 없는 얘기이니." 하지만 정말로 그럴지는 벌써부터 의심스러웠다.

에디가 수재나를 깨우는 광경을 롤랜드는 평소보다 주의 깊게 지켜보았고, 눈을 뜬 여인이 수재나일 거라고 믿기는 했지만 확신은 서지 않았다. 그런데 알고 보니 수재나였다. 수재나는 일어나 앉아서 기지개를 펴고는 짧은 곱슬머리를 가다듬었다.

"무슨 일이에요? 한 시간은 더 잘 수 있었는데."

"할 얘기가 있어서 그래요, 수즈."

"얼마든지 해요, 조금만 있다가. 어휴, 온몸이 다 쑤시네."

"딱딱한 바닥에서 자니까 어쩔 수 없죠."

알몸으로 습지에서 사냥을 하고 돌아다닌 것도 한몫했을 테지. 롤랜드는 속으로 중얼거렸다.

"나 물 좀 따라줘요, 자기." 수재나가 손바닥을 모아서 내밀자 에디가 가죽 물통을 들고 물을 따라주었다. 그 물로 뺨과 눈을 적신 수재나의 입에서 자그맣게 비명이 터져나왔다. "아, 차가워!"

"따가워!" 오이가 수재나의 말을 멋대로 따라했다.

"아직은 아니야, 오이. 그치만 몇 달만 더 이렇게 지내다간 물이 *진짜* 따가워질 날이 오겠지. 롤랜드, 당신네 중간 세계에도 커피는 있죠, 그렇죠?"

수재나의 말에 롤랜드가 고개를 끄덕였다. "외곽 자치령의 커다란 농장에서 재배하고 있소. 남쪽 멀리 있는."

"가다가 들르면 좀 챙기기로 해요, 알았죠? 약속해요. 당장."

"약속하리다."

그렇게 말을 주고받는 와중에도 수재나는 에디의 표정을 살폈다. "무슨 일이에요? 우리 남자 어린이들 표정이 영 안 좋은데?"

"또 꿈을 꿨어요." 에디가 말했다.

"저도요." 제이크였다.

"꿈이 아니다." 총잡이가 말했다. "수재나, 당신은 잘 잤소?"

수재나는 꾸밈없는 표정으로 그를 마주 보았다. 뒤이어 들려온 대답에서 롤랜드는 한 점의 거짓도 느끼지 못했다. "난 푹 잤어요, 항상 그랬던 것처럼. 이번 여행에서 좋은 점은 그거 하나잖아요. 수면제는 내다버려도 좋을 만큼 곯아떨어지는 거."

"롤랜드, 그 토디시라는 게 뭐야?" 에디가 물었다.

"토대시다." 롤랜드는 그렇게 말하고는 최선을 다해 설명해주었다. 바네이의 가르침 가운데 그의 기억에 가장 또렷이 남은 것은 마니교도들이 정신을 토대시에 적절한 상태로 조정하려고 오랫동안 금식을 한다는 사실, 또 그들이 토대시를 불러일으키는 가장 적당한 장소를 찾아 멀리까지 돌아다닌다는 사실이었다. 그들은 자석과 줄이 달린 커다란 추를 이용하여 그런 장소를 찾았다.

"무슨 마약 중독자 소굴을 찾아다니는 사람들 같네."

"그런 곳이라면 그리니치빌리지에 잔뜩 있는데." 에디의 말에 수재나도 한마디 거들었다.

"그 아저씨 생각나네요. '꼭 하와이 민속 음악 같죠, 안 그래요?'" 제이크가 걸걸한 목소리로 흉내를 내자 일행 모두 웃음을 터뜨렸다. 롤랜드마저도 쿡쿡 웃고 말았다.

"토대시는 또 다른 방식의 여행이다, 이거군." 웃음이 잦아들고 나서 에디가 말했다. "우리가 통과했던 문처럼, 그리고 그 수정 구슬처럼. 안 그래?"

롤랜드는 그렇다고 대답하려다가, 망설였다. "내 생각엔 그 모두가 같은 것의 변형인 것 같다. 그리고 바네이의 말에 따르면 그 수정 구슬, 그러니까 마법사의 무지개 가운데 한 조각이 있으면, 토대시에 더 쉽게 빠질 수 있다. 가끔은 *너무* 쉽게 빠져버린다."

"저희는 막 깜빡거리고 그랬어요, 꼭…… 꼭 형광등처럼요. 아저씨가 깜빡이 전등이라고 부르는 거 있잖아요."

"그래, 모습이 나타났다 사라졌다 하더구나. 사라질 때면 그 자리에 희뿌연 광채가 보였다. 마치 뭔가 너희 대신 자리를 지키는 것처럼."

"그런 거면 감사하지." 에디가 말했다. "그 상태가 끝났을 때, 차임벨 소리가 다시 들리고 그쪽 세계에서 풀려났을 때…… 난 솔직히 다시 못 돌아올 줄 알았어."

"저도요." 제이크가 조그맣게 맞장구쳤다. 하늘은 다시 구름에 가려졌고, 어둑한 아침 햇살 속에서 아이의 얼굴은 몹시도 창백해 보였다. "아저씨를 놓쳐버렸거든요."

"눈을 떴을 때 저 길이 조그맣게 보였는데, 살면서 뭘 보고 그렇게 반가웠던 적은 처음이었어. 그리고 내 옆에 있던 제이크 너도. 우리 발바리 친구까지 귀여워 보이더라니까." 에디는 오이를 흘긋 보고는 수재나에게로 눈을 돌렸다. "당신은 아무 일 없었죠, 그렇죠?"

"그랬으면 우리가 수재나 아줌마를 봤겠죠."

"어디 다른 데로 토대시했다면 또 모르지만." 에디가 말했다.

수재나는 고개를 저었다. 표정이 곤혹스러워 보였다. "난 한 번도 안 깨고 푹 잤어요, 아까 말했잖아요. 당신은 어때요, 롤랜드?"

"별일 없었소." 언제나처럼 롤랜드는 털어놓을 때가 됐다는 본능적인 느낌이 들 때까지 진실을 숨기기로 했다. 게다가 딱히 거짓말도 아니었다. 그는 에디와 제이크의 표정을 유심히 살폈다. "무슨 일이 있었구나, 안 그러냐?"

에디와 제이크는 서로 마주 보다가 롤랜드에게 눈을 돌렸다. 에디가 한숨을 쉬었다. "맞아, 그런 것 같아."

"얼마나 심각한 거냐? 짐작이 가느냐?"

"아니, 잘 모르겠어. 안 그래, 제이크?"

제이크가 고개를 끄덕였다.

"하지만 짚이는 데가 있기는 해. 그리고 내가 제대로 짚었다면 일이 터진 거야. 그것도 큰일이." 에디는 말을 맺고 침을 꿀꺽 삼켰다. 아주 세게. 제이크가 에디의 손을 위로하듯 잡아주었다. 총잡이는 그 손을 재빨리, 단단히 맞잡는 에디의 손을 보며 불안해졌다.

롤랜드는 손을 뻗어 수재나의 손을 잡았다. 그 손이 개구리를 붙잡아 내장을 터뜨리던 장면이 얼핏 떠올랐다. 롤랜드는 그 장면을 머릿속에서 지워버렸다. 그 짓을 저지른 여인은 지금 이 자리에 없었다.

"얘기해다오." 총잡이가 에디와 제이크에게 말했다. "빼놓지 말고 전부. 모조리 듣고 싶다."

"한 단어도 빼놓지 마요." 수재나도 동의했다. "당신 아버지의 명예를 위해."

2

둘은 1977년의 뉴욕에서 자신들에게 일어났던 일을 되짚어 이야기했다. 그들이 과거의 제이크를 따라 헌책방에 가서 발라자르와 그 부하들을 목격한 사연을 롤랜드와 수재나는 홀린 듯이 열심히 들었다.

"하!" 수재나였다. "그 깡패들이 또 나오다니! 디킨스 소설이 따로 없네요!"

"디킨스가 누구요? 소설은 또 뭐고?" 롤랜드가 물었다.

"소설은 긴 이야기를 책으로 만든 거예요. 디킨스는 그걸 열 몇 권이나 쓴 작가고요. 아마 역사상 최고의 작가일 거예요. 그 사람이 쓴 이야기에선 런던이란 큰 도시에 사는 사람들이 예전에 다른 곳에서 만났거나 오래전에 알던 사람들하고 자꾸 다시 맞닥뜨려요. 내가 대학에 다닐 때 디킨스 소설은 항상 그런 식이라며 질색한 교수가 있었어요. 뻔한 우연이 너무 많이 나온다면서."

"그 스승은 카가 뭔지 몰랐거나, 카를 믿지 않았나 보군."

롤랜드의 말에 에디가 고개를 끄덕였다.

"그래, 그것도 카야. 의심할 여지도 없어."

"나는 그 디킨스라는 이야기꾼보다 『칙칙폭폭 찰리』를 쓴 여성 쪽이 더 궁금하구나. 제이크, 너 혹시……"

"그러실 줄 알았어요." 제이크는 자기 배낭의 끈을 풀면서 말했다. 배낭에서 기관차 찰리와 그 친구인 기관사 밥의 이야기가 담긴 너덜너덜한 책을 꺼내는 제이크의 동작은 거의 경건하기까지 했다. 모두의 시선이 책의 표지로 향했다. 그림 아래에 적힌 지은이 이름은 베릴 에번스였다.

"와, 진짜 귀신이 곡할 노릇이네. 아니, 지금 원래 주제에서 탈선하려는 게 아니라, 난 그냥⋯⋯" 에디는 기관차와 철로를 이용한 말장난을 하려다가 생각을 접었다. 어차피 롤랜드는 말장난이나 농담에 별 흥미가 없었다. "⋯⋯그냥 이상하다고. 제이크가 산 책은, 그러니까 1977년의 제이크 말이야, 그 책은 지은이가 클로디아 어쩌고 바크먼이었어."

"이네스예요. 그리고 그 뒤에 이(y)도 들어가요, 소문자로요. 그게 무슨 뜻인지 아는 분 계세요?"

아무도 알지 못했지만, 롤랜드는 메지스 자치령에도 그 비슷한 이름이 있었다고 말했다. "그건 아마 추가로 붙인 경칭일 테지만, 확실하진 않다. 제이크, 넌 아까 서점 창문 안의 표지판이 전과 다르다고 했다. 어떻게 다르더냐?"

"잘 기억이 안 나요. 근데 있잖아요, 아저씨가 저한테 다시 최면을 걸면요, 그러니까 총알을 막 움직이는 그거 있잖아요. 그걸 하면 기억이 날 것도 같아요."

"나중에 기회가 있을 게다. 허나 오늘 아침에는 시간이 없다."

또 시간이 문제군. 에디는 속으로 중얼거렸다. *어제는 시간이란 게 거의 존재하지도 않았는데, 지금은 시간이 없단 말이지. 하지만 이유는 몰라도 문제는 항상 시간이야, 안 그래? 롤랜드의 과거, 우리 과거, 그리고 새로 맞는 하루하루. 이 위험하고 새로운 나날.*

"시간이 없다니, 왜요?" 수재나가 물었다.

"우리 친구들 때문이오." 롤랜드는 고갯짓으로 남쪽을 가리켰다. "저 친구들이 머잖아 우리 앞에 모습을 드러낼 거란 예감이 드는

구려."

"저 사람들이 친구라고요?" 제이크가 물었다.

"그건 지금 전혀 중요하지 않다." 롤랜드는 이렇게 말하고 나서 그 말이 사실인지 스스로도 궁금했다. "당장은 그 마음의 양식 서점 인가 뭔가 하는 곳으로 우리 케프의 관심을 되돌리자꾸나. 너는 아 까 기울어진 탑의 사냥개들이 그 서점 주인에게 생나무질을 했다고 했다, 그렇지? 그 타워인가 토런인가 하는 남자한테."

"생나무질이란 건 협박한다는 뜻이지? 뭘 억지로 시키려고?"

"그렇다."

"그런 뜻이라면 맞아요." 제이크가 말했다.

"자요." 오이가 끼어들었다. "마자요."

"내가 장담하는데, 타워하고 토런은 사실 같은 이름이에요. 토런 이 네덜란드어로 '탑'이란 뜻이거든요." 수재나는 뭔가 말하려는 롤 랜드를 보고 손을 들어 제지했다. "우리가 살던 세계에선 가끔 있는 일이에요, 롤랜드. 외국 이름을 같은 뜻의 다른 이름으로 바꾸는 거 죠. 좀 더…… 뭐랄까…… 미국식으로."

"맞아. 스템포비치가 스탬퍼가 되고…… 야코프는 제이컵…… 그 리고……"

"그리고 베릴 에번스는 클로디아 이 이네스 바크먼이 되는 거 죠." 제이크는 이렇게 말하고 깔깔 웃었지만 그리 즐거워 보이지는 않았다.

에디는 반쯤 탄 나뭇가지를 잡고 불에서 꺼낸 다음, 흙바닥에 뭔가 끼적거리기 시작했다. 한 글자 한 글자 대문자가 그려졌다. 클…… 로……(C L A U).

"코주부 조지는 실제로 타워가 네덜란드계라고 했어. '벽창호는 끝까지 벽창호라니까. 안 그렇습니까, 보스?'라고." 에디는 동의를 구하듯 제이크 쪽을 돌아보았다. 제이크는 고개를 끄덕이고는 에디의 나뭇가지를 받아 흙바닥에 적힌 이름을 완성했다. 디······ 아(D I A).

"그 사람이 네덜란드계라는 건 꽤 의미 있는 사실이에요." 수재나가 말했다. "옛날에는 맨해튼 땅이 거의 다 네덜란드 이주민들 소유였거든요."

"또 디킨스식 이야기가 나오는 건가요?" 제이크는 흙바닥에 적힌 클로디아 뒤에 이(y)를 적고 수재나를 올려다보았다. "제가 이쪽 세계로 건너왔던 그 귀신 들린 집은 어때요?"

"그 저택 말이지." 에디가 말했다.

"그 저택은 더치힐에 있었어요."

"더치힐. '네덜란드인들이 살던 언덕'이란 뜻이지. 그래, 그런 거였어. 젠장."

"핵심으로 들어가 보자꾸나. 에디, 내 생각에 네가 본 그 종이는 약정서인 것 같다. 그리고 너는 그 종이를 *봐야 한다*고 느꼈다. 그렇지 않으냐?"

롤랜드의 말에 에디가 고개를 끄덕였다.

"그 욕구가 빔을 따라가야 한다는 느낌과 비슷하더냐?"

"롤랜드, 내가 보기엔 그 서류 *자체*가 빔 같았어."

"달리 말하면 탑에 이르는 길이로구나."

"맞아." 에디는 머릿속에 떠올리고 있었다. 빔을 따라 흘러가는 구름을, 빔을 따라 휘어진 그림자를, 모든 나무의 모든 가지가 빔 쪽을 향한 듯한 광경을. *만물은 빔을 섬기는 법이다.* 롤랜드는 그들에게 그렇게 말한 적이 있었다. 그리고 발라자르가 캘빈 타워 앞에 내민 서류를 봐야 한다는 생각은 욕구에 가까웠다. 거부할 수 없는 강렬한 욕구.

"거기 뭐라고 적혀 있었는지 말해다오."

에디는 입술을 깨물었다. 제이크를 구출해서 끝내는 이쪽 세계로 데려온 수단이었던 그 나무 열쇠를 조각할 때만큼 두렵지는 않았지만, 그래도 그때와 비슷하게 두려웠다. 왜냐면 그 열쇠처럼 그 서류 역시 중요하기 때문이었다. 혹시 뭔가 빠뜨리기라도 하면 세계가 무너질지도 몰랐다.

"다 기억하진 못해, 이 양반아. 어떻게 그걸 한 자 한 자……"

롤랜드가 조바심이 난 듯 손을 저었다. "만약 필요하면 내가 최면을 걸어서 한 자 한 자 말하게 할 수도 있다."

"중요한 일 같아서 그래요?" 수재나가 물었다.

"내 생각엔 제일 중요한 일 같소."

"나한테 최면이 안 통하면 어떡하려고? 혹시 내가 그, 뭐냐, 적합한 피험자가 아니면?"

"그건 내가 알아서 하마."

"19예요." 제이크가 불쑥 말했다. 나머지 세 사람 모두 그쪽으로 고개를 돌렸다. 제이크는 자신이 에디와 함께 꺼진 모닥불 옆에 적은 이름을 내려다보고 있었다. "클로디아 이 이네스 바크먼(Claudia y Inez Bachman). 열아홉 글자예요."

3

롤랜드는 잠시 골똘히 생각하다가 그냥 넘어가기로 했다. 만약 19라는 숫자가 어떤 이유에서든 이 문제의 일부라면, 그 의미는 나중에 저절로 드러날 터였다. 당장은 다른 것들에 신경을 써야 했다. "에디 네가 말한 그 서류. 지금은 거기에 집중하도록 하자. 기억나는 것을 모조리 얘기해다오."

"음, 그건 법적 효력이 있는 합의였어. 맨 밑에 서명난도 다 갖추고 있었고." 에디는 아주 기초적인 의문이 떠올라 잠시 입을 다물었다. 롤랜드도 결국에는 일종의 법 집행관이었으니 십중팔구 이쪽 분야의 지식이 있을 테지만, 그래도 확실히 해둬서 나쁠 것은 없었다. "당신, 변호사가 뭔지는 알지, 그렇지?"

롤랜드는 더없이 무덤덤한 말투로 대답했다. "내가 길르앗 출신인 걸 잊었나 보구나, 에디. 그곳은 내륙에서도 가장 중심지에 있는 자치령이다. 율사가 상인이나 농부, 직공보다 더 많지는 않았겠지만, 그렇다고 적지도 않았다."

수재나가 웃음을 터뜨렸다. "그 말을 들으니까 셰익스피어 연극이 생각나네요. 등장인물 둘이 전쟁에 이겨서 나라를 차지하면 뭘할지 얘기하는 장면이 있는데, 아마 폴스타프하고 핼 왕자였을 거예요. 그 둘 중에 한 사람이 이런 말을 해요. '먼저 법률가들을 모조리 죽입시다.'"

"거 참 멋진 첫걸음이구려." 롤랜드의 진지한 말투에 에디는 문득 소름이 끼쳤다. 이내 총잡이가 다시 에디 쪽으로 고개를 돌렸다. "얘기를 계속해라. 제이크, 혹시 덧붙일 말이 있거든 부탁하마. 그리고 부디, 너희 둘 다 긴장을 풀어라. 지금 내가 원하는 건 대강의 윤곽이다."

에디도 짐작은 하고 있었지만 롤랜드의 입으로 그 말을 들으니 더욱 마음이 놓였다. "알았어. 그 서류는 합의서였어. 맨 위에 대문자로 그렇게 적혀 있더라고. 맨 밑에는 *위와 같이 합의한다*라고 적혀 있고 두 사람의 서명이 있었어. 한 명은 캘빈 타워였어. 나머지 한 명은 리처드 뭐였고. 제이크, 너 기억나?"

"세이어였어요. 리처드 패트릭 세이어(Richard Patrick Sayre)." 제이크는 잠시 말을 멈추고 입술을 달싹거리다가, 뭔가 납득이 간 듯 고개를 끄덕였다. "열아홉 글자네요."

"그래서 그 합의의 내용은 무엇이더냐?"

"솔직히 그렇게 대단한 건 아니었어. 아무튼, 내가 보기에는 그랬어. 기본적으로는 캘빈 타워가 46번가하고 2번 대로 교차점에 웬 공터를 갖고 있는데……"

"그 공터예요." 제이크가 끼어들었다. "장미가 피어 있는 그 공터요."

"그래, 거기. 아무튼, 타워가 그 합의서에 서명한 날짜는 1976년 7월 15일이었어. 솜브라 코퍼레이션은 타워한테 10만 달러를 줬고. 타워는 그 대가로 향후 1년 동안 그 땅을 솜브라 말고는 아무한테도 안 팔기로 약속했어. 그 기간 동안 세금이나 뭐 그런 것도 자기가 다 알아서 챙기고. 그러다가 1년 후에 솜브라 쪽에 최우선 구매권을 넘기기로 한 거야, 그 사이에 다른 누구한테 땅을 안 팔았다는 전제하에. 우리가 갔을 땐 아직 팔기 전이었는데 어차피 약속한 기간도 아직 한 달 반은 남아 있었어."

"타워 아저씨가 10만 달러는 다 써버렸다고 했어요."

"혹시 합의서에 그 솜브라 코퍼레이션이라는 회사가 최종 입찰권을 갖는다는 조항이 있었나요?" 수재나가 물었다.

에디와 제이크는 곰곰이 생각하다가 서로 마주본 다음, 나란히 고개를 저었다.

"확실해요?"

"장담은 못하겠지만 그래도 꽤 확실해요. 수재나, 당신 생각엔 그게 중요한 거 같아요?"

"글쎄요. 당신이 말한 그 합의라는 거…… 그러니까, 최종 입찰권이 없으면 말이 안 돼요. 고민할 것 없이 핵심만 짚으면 이런 말 아니겠어요? '나 캘빈 타워는 당신네 회사에 내 공터를 팔지 말지 생각해보기로 합의한다. 당신네가 나한테 10만 달러를 주면 앞으로 꼬박 1년 동안 생각해볼 거다. 그러니까 커피 마시는 시간이나 친구들이랑 체스 두는 시간은 빼고, 남는 시간에. 그러다가 1년이 지나면 당신네한테 팔 수도 있고, 아니면 그냥 경매에 부쳐서 최고가로 입찰하는 사람한테 팔 수도 있다. 그게 마음에 안 들면 그냥 집어치워, 이 양반들아.'"

"당신이 빠뜨린 게 있소." 롤랜드가 부드럽게 말했다.

"뭔데요?"

"이 솜브라라는 곳이 법을 잘 지키는 평범한 집단이 아니라는 거요. 한번 생각해보시오, 법을 준수하는 평범한 집단이 발라자르 같은 자를 전령으로 보낼지."

"당신이 제대로 짚었어, 롤랜드. 타워는 겁에 질려서 말도 제대로 못하더라고."

"그래도 이제 몇 가지는 확실히 알겠어요." 제이크가 말했다. "제가 공터에서 봤던 팻말도 그래요. 이 솜브라라는 회사는 10만 달러를 내고 그 땅에서 '앞으로 진행할 건설 계획'을 광고할 권리도 같이 얻었어요. 에디 아저씨, 그 부분 보셨어요?"

"본 것 같아. 솜브라 쪽이 '본 합의서에 의거하여 보유하는 이익' 때문에 타워가 자기 땅에 선취 특권이나 담보권을 전혀 설정할 수 없다는 조항 다음에 그런 내용이 있었어. 맞지?"

"맞아요, 그리고 제가 공터에서 본 팻말에는……." 제이크는 입을 다물고 곰곰이 생각하다가, 두 손을 들고 손 사이의 허공을 들여다보았다. 마치 그곳에 자기 혼자만 읽을 수 있는 팻말이 있는 것처럼. "이렇게 적혀 있었어요. 밀스 건설과 솜브라 부동산이 만나 맨해튼의 새 얼굴을 만들어 갑니다. 그다음은 지금 보고 계신 부지에 곧 들어설 건물은 터틀베이 호화 콘도미니엄입니다."

"그래, 녀석들이 원한 게 그거였군. 콘도. 그치만……"

"콘도미니엄이 뭐죠?" 수재나가 찌푸린 표정으로 물었다. "이름만 들으면 무슨 새로 유행하는 양념통 선반 같네요."

"일종의 조그만 아파트 같은 거예요. 수재나 당신이 살던 시대에도 있었을걸요, 이름은 달랐겠지만."

"맞아요." 수재나의 목소리는 왠지 거칠었다. "그때는 조합 주택이라고 불렀죠. 시내 중심가에 있는 경우에는 아파트먼트라고 하기도 했고."

"그건 중요한 게 아니에요, 문제는 콘도가 아니라 따로 있으니까요." 제이크가 말했다. "그 사람들이 지을 거라고 팻말에 써 놓은 건물은 아무것도 아니에요. 그건 그냥, 어…… 아휴, 그게 뭐더라?"

"위장 말이냐?" 롤랜드가 곁에서 거들었다.

제이크의 입가에 웃음이 번졌다. "맞아요, 위장. 실은 *장미* 때문에 그러는 거예요, 건물이 아니라! 그 사람들은 공터를 소유할 때까진 거기 피어 있는 장미를 손에 넣을 수가 없는 거죠. 틀림없어요."

"네 말대로 건물은 별것 아닐지도 몰라. 하지만 그 터틀베이라는 지명은 왠지 심상치 않게 들리는걸. 안 그래요?" 수재나는 총잡이 쪽으로 고개를 돌렸다. "롤랜드, 맨해튼의 그 지역은 *이름*부터가 터틀베이라고요."

롤랜드는 태연한 표정으로 고개를 끄덕였다. 터틀, 즉 거북이는 열두 지킴이 가운데 하나였다. 그리고 지금 그들 일행이 나아가는 빔의 끄트머리에는 틀림없이 거북이가 서 있을 터였다.

"밀스 건설 쪽은 그 장미를 아예 모를 수도 있어요. 그치만 솜브라 코퍼레이션 쪽은 분명히 알 거예요." 제이크는 오이의 털 속에 손을 묻었다. 개너구리의 목을 덮은 털은 손이 아예 안 보일 정도로 북슬북슬했다. "아마 뉴욕 시 어딘가에 솜브라 코퍼레이션이라고 적힌 문이 있을 거예요. 어떤 상업용 건물, 이스트사이드의 터틀베이 어디쯤에 있는 건물이겠죠. 그리고 그 문 안쪽 어딘가, 또 다른 문이 있어요. 우리가 이쪽 세계로 건너올 때 통과한 거랑 비슷한 문이."

한동안 그들은 가만히 앉아서 생각했다. 한 개의 축 위에서 회전하며 서로 조화를 잃어가는 세계들에 관하여. 그러는 동안 아무도, 아무 말도 하지 않았다.

4

"내 생각은 이래." 에디가 말을 꺼냈다. "수즈, 제이크, 혹시 내 말이 틀린 것 같으면 바로 정정해줘요. 그 캘빈 타워라는 남자는 장미의 보호자 같은 거야. 본인은 그걸 모를 수도 있지만 그래도 틀림없어. 아마 그 사람뿐 아니라 그 사람 집안이 대대로 그랬을 거야. 그래서 이름이 그런 거지."

"그치만 그 아저씨가 마지막이에요."

"그건 확실하지 않아, 제이크." 수재나가 말했다.

"결혼반지를 안 끼고 있었거든요." 제이크가 그렇게 말하자 수재나는 고개를 끄덕였다. 일단은 인정하겠다는 표정이었다.

"어쩌면 한때는 토런 가문이 뉴욕에 부동산을 꽤 많이 갖고 있었을지도 몰라. 하지만 그것도 옛날이야기지. 지금 솜브라 코퍼레이션하고 그 장미 사이에 버티고 있는 거라곤 이름까지 바꿔놓고선 곧 파산하게 생긴 뚱뚱이 아저씨 한 명뿐이야. 그 아저씨는, 어…… 책을 좋아하는 사람을 뭐라고 하더라?"

"애서가요." 수재나가 대답했다.

"맞아요, 그런 부류예요. 그리고 조지 비온디가 아인슈타인 같은 천재는 아니지만, 그래도 우리가 엿듣는 동안 그 자식이 예리하게 간파한 게 딱 하나 있어. 타워의 서점이 영업장이 아니라 실은 돈처박는 구멍이라고 했던 거 말이야. 그 양반 사정이야 뭐, 우리가 살던 세계에선 흔해빠진 사연이야, 롤랜드. 우리 엄마는 텔레비전에 웬 부자가 나오면 이렇게 말씀하셨지. 예를 들면 도널드 트럼프 같은……"

"누구요?" 수재나가 물었다.

"당신은 모르는 사람이에요, 1964년엔 트럼프도 아직 애송이였을 테니까. 그건 중요한 게 아니고, 아무튼 그런 부자가 텔레비전에 나오면 엄마는 형이랑 나한테 이렇게 말씀하셨어. '벼락부자도 삼대째에는 빈털터리로 돌아가는 법이지. 그런 게 미국식이란다, 얘들아.' 이 타워라는 양반도 그런 경운데, 어떤 면에선 롤랜드하고도 비슷한 처지야. 일족의 마지막 후예인 거지. 이 땅 저 땅 조금씩 팔아서 세금 내고 집세 내고 카드 값이랑 병원비 대고, 서점에 비치할 책 대금도 치렀을 거야. 그래, 이건 그냥 다 내 상상인데…… 왠지 상상이 아닌 것 같다는 느낌이 드네."

"맞아요." 제이크는 에디의 이야기에 홀린 듯 조그마한 목소리로 말했다. "상상이 아니에요."

"아마 네가 그의 *케프*를 공유했기 때문일 게다." 롤랜드가 말했다. "그보다는 '터치'했을 공산이 더 크지만. 내 옛 친구 알레인이 쓰던 기술이지. 계속해라, 에디."

"그 양반은 해마다 올해는 서점 형편이 나아질 거라고 혼자 믿었어. 어쩌면 헌책방이 유행을 탈지도 모르지, 뉴욕에선 가끔 그런 일이 일어나니까. 적자 행진에서 탈출해서 흑자로 돌아서면 만사형통일 줄 알았겠지. 그러다 결국엔 팔 게 하나밖에 안 남은 거야. 터틀베이 19번 블록의 298번 부지."

"2, 9, 8을 합하면 19예요." 수재나가 말했다. "무슨 의미가 있는 숫자인지, 아니면 그냥 파란 차 증후군인지 알면 좋겠는데."

"파란 차 증후군이 뭐예요?" 제이크가 물었다.

"파란색 차를 사면 사방에 파란 차밖에 안 보이는 증상이야."

"여기선 한 대도 안 보이는걸요."

"은걸요." 오이가 제이크의 말을 따라하자 모두의 시선이 그쪽으로 향했다. 며칠, 가끔은 몇 주가 지나도록, 오이가 하는 일이라고는 동료들의 말을 메아리처럼 따라하는 것뿐이었다. 그러다가 가끔은 거의 온전한 자기 생각이 담긴 말을 내뱉기도 했다. 하지만 그때가 언제인지는 알 수 없었다. 누구도 확신할 수 없었다. 제이크마저도 알지 못했다.

우리가 19의 의미를 모르는 것처럼. 수재나는 그 생각을 하며 개너구리의 머리를 다독여주었다. 오이는 다정한 윙크로 화답했다.

"그 양반은 돈주머니에 구멍이 날 때까지 그 공터를 붙들고 있었어. 그러니까, 서점이 들어서 있는 그 거지 같은 건물도 그 양반 소유가 아니었다고. 세 들어 있는 처지였어."

그다음은 제이크가 이어받았다. "톰과 제리의 끝내주는 식료품점도 이미 문을 닫은 상태였어요. 타워 아저씨가 장사를 접게 한 거죠, 왜냐면 마음 한편에선 그 공터를 팔고 싶었으니까요. 안 팔면 미친 거라고 생각해서." 제이크는 잠시 입을 다물었다. 한밤중에 찾아오는 어떤 생각들이 떠올랐기 때문이었다. 정신 나간 생각들, 말도 안 되는 아이디어들, 그리고 결코 입을 다물지 않는 목소리들. "그치만 다른 한편에선, 다른 목소리가……"

"거북이의 목소리 말이지." 수재나가 조용히 거들었다.

"맞아요, 거북이 아니면 빔의 목소리. 아마 그게 그거겠죠. 그 목소리가 타워 아저씨한테 무슨 일이 있어도 공터를 지키라고 한 거예요." 제이크는 에디 쪽을 돌아보았다. "타워 아저씨도 그 장미를 알까요? 가끔 공터에 들러서 장미를 보고 그럴까요?"

"참새가 방앗간을 그냥 지나갈까? 당연히 들르겠지. 그리고 장미가 있다는 것도 알 거야. *틀림없이* 어느 정도는 알 거야. 왜냐면 말이지, 맨해튼의 도로 교차점에 있는 공터라는 건…… 수재나, 그런 땅은 가격이 얼마나 될 것 같아요?"

"내가 살던 시대에는 한 100만 달러는 됐을 거예요. 1977년이라면, 글쎄요. 한 300만? 500만?" 수재나는 자기도 모르겠다는 듯이 어깨를 으쓱했다. "그 정도면 타워 선생님께선 평생 밑지는 헌책 장사를 하면서 살 수 있을걸요. 단, 원금을 제대로 투자할 줄 아는 합리적인 사람이라는 전제하에."

"지금 이 상황 자체가 그 양반이 얼마나 땅을 팔기 싫어하는지 보여주는 증거야. 아까 수재나가 지적했잖아, 솜브라 쪽에서 10만 달러를 내고 얻은 이득은 코딱지만 하다고."

"그래도 놈들이 *확실히* 얻은 게 있다." 롤랜드가 말했다. "아주 중요한 거다."

"일단 문간에 한 발은 걸쳤다, 이거지."

"네 말대로다. 그리고 합의서의 기한이 다가오면서 놈들은 너희 세계의 '위대한 관 사냥꾼'에 해당하는 녀석들을 보냈다. 거친 패거리들 말이다. 만약 타워가 욕심 때문에든 필요 때문에든 장미가 피어 있는 그 공터를 안 팔겠다고 버티면, 녀석들이 팔도록 협박할 거다."

"맞아요." 제이크가 말했다. 그런데 누가 타워 편에 서서 함께 싸우려고 할까? 어쩌면 에런 디프노가 그럴지도. 어쩌면 아무도 없거나. "그래서 우린 어떡하면 좋죠?"

"그 땅을 우리가 사버리는 거야." 수재나가 제꺽 대답했다. "당연한 거 아냐?"

5

한순간 다 같이 말문이 막혔다가 이내 에디가 천천히 고개를 끄덕였다. "그럼요, 안 될 것도 없죠. 그 합의서에 솜브라 코퍼레이션이 최종 입찰권을 갖는다는 말은 없었으니까요. 아마 확보하려고 했지만 타워가 안 넘어갔겠죠. 그러니까 문제없어요, 우리가 사면 돼요. 저쪽에서 사슴 가죽을 몇 장이나 내놓으라고 할까요? 40장? 한 50장? 완강하게 버티면 옛사람들의 유물을 좀 얹어주면 될 거예요. 컵이나 접시, 화살촉 같은 거. 칵테일파티에서 화젯거리로 삼기에 딱 좋은 물건이니까요."

수재나는 나무라는 눈초리로 에디를 흘겨보았다.

"음, 별로 안 웃겼나 보네요. 그래도 현실을 직시해야죠, 수즈. 우린 그냥 빈털터리 순례자들이에요. 당장은 어딘지도 모르는 세계에서 야영하는 신세고. 지금 여긴 심지어 중간 세계도 아니라고요."

"그리고요." 제이크가 미안한 표정으로 말했다. "저희가 진짜로 거기에 있었던 것도 아니에요. 적어도 전에 그 문을 통과했을 때랑은 달라요. 저쪽 사람들이 우리가 있는 걸 눈치채긴 했는데, 그래도 기본적으로는 투명인간이랑 같은 신세거든요."

"하나씩 차근차근 짚어보자." 수재나가 말했다. "돈이라면 나한테 많이 있어. 그 돈을 쓸 수만 있다면 말이지만."

"얼마나 많으신데요? 아, 무례한 질문이란 건 저도 알아요. 제가 남한테 그런 질문을 한 걸 알면 우리 엄만 기절할 거예요. 그치만……."

"예의 같은 거 따질 상황은 이미 한참 전에 지난 것 같은데. 아무튼, 얼마나 많은지는 사실 나도 잘 몰라. 우리 아버지는 치과 보철 기술을 몇 개 개발하셨어, 그것도 거의 혼자 힘으로. 홈스 덴탈이라는 치과 용품 회사를 세워서 1959년까지는 재무 관리도 거의 혼자 하셨고."

"잭 모트가 당신을 지하철 선로로 떠밀었던 그해 말이죠." 에디가 말했다.

수재나는 고개를 끄덕였다. "8월에 그랬어요. 그러고 나서 한 달 반쯤 후에 아버지가 심근 경색을 겪으셨죠. 그때 처음, 그 후로도 여러 번. 아마 내 사고 때문이기도 했겠지만, 꼭 내 탓이라고 할 수만은 없어요. 아버진 심지가 굳은 분이셨거든요. 성격도 단순명쾌하고."

"당신은 아무것도 잘못한 거 없어요, 수재나. 아니, 애초에 제 발로 지하철 앞에 뛰어든 것도 아니잖아요."

"알아요. 하지만 객관적인 사실이 어떻든 사람 마음은 또 다르잖아요. 어머니가 돌아가시고 나서 아버지를 돌보는 건 온전히 내 일이 됐는데, 난 그게 너무 버거웠어요. 그래서 아버지가 그렇게 된 게 내 탓이라는 생각을 머릿속에서 완전히 지울 수가 없었던 거예요."

"다 지난 일이오." 롤랜드가 말했지만, 공감하는 기색은 그다지 느껴지지 않았다.

"아, 따뜻한 위로 고마워요." 수재나 역시 덤덤하게 대꾸했다. "당신은 정말이지 거리 두고 보기의 달인이네요. 아무튼, 우리 아버지는 첫 번째 심근 경색을 겪고 나서 회사 재무 관리를 회계사한테 맡겼어요. 아버지의 오랜 친구인 모지스 카버라는 분한테요. 아버지가 돌아가시고 나서는 모지스 아저씨가 나를 돌봐주셨죠. 롤랜드가 이 매혹적인 허허벌판으로 나를 데려왔을 무렵엔 내 재산이 아마 800만, 아니면 1000만 달러 정도는 됐을 거예요. 그 정도면 타워 씨의 공터를 살 수 있을까요? 물론 그 사람이 우리한테 팔려고 한다는 가정 하에."

"빔에 관한 에디의 직감이 옳다면, 그는 사슴 가죽만 받고도 *기꺼이* 팔려고 할 거요. 내 생각에 타워 선생의 정신과 영혼 속 깊숙한 부분은 이제껏 우리를 기다려 왔소. 애초에 그 공터를 그토록 오랫동안 지키게 한 *카* 말이오."

"기병대가 오기를 기다린 거로군." 에디의 입가에 희미한 웃음이 보였다. "존 웨인이 나오는 서부 영화의 마지막 10분처럼."

롤랜드는 웃음기 없는 표정으로 에디를 쳐다보았다. "그는 백(白)의 일족을 기다려 온 거다."

수재나는 자신의 갈색 양손으로 갈색 얼굴을 덮고 두 사람을 바라보았다. "그럼 나를 기다린 건 아니네요."

"그렇소. 아니오." 롤랜드는 그렇게 말하고 나서 다른 여인의 피부는 어떤 색일지 얼핏 궁금해졌다. 그 미아라는 여인.

"일단 문이 있어야 해요." 제이크가 말했다.

"문이 적어도 두 개는 있어야 돼." 에디였다. "하나는 당연히 타워를 만나러 가는 문이지. 그런데 그 전에 먼저 수재나의 시대로 돌아가야 해, 그것도 가능한 한 롤랜드가 수재나를 데려왔을 때랑 가까운 시점으로. 1977년으로 돌아갔다가 그 모지스 카버라는 아저씨를 만났는데 그 양반이 1971년에 이미 오데타 홈스의 사망 신고를 정식으로 끝내버렸으면 말짱 헛수고니까. 재산은 모조리 그린베이나 샌버너디노 같은 데 사는 친척들한테 넘어가버렸을 테니까 말이지."

"아니면 1968년으로 돌아가서 카버 씨가 사라졌는지부터 확인하든가요." 제이크가 끼어들었다. "회사 돈을 다 자기 계좌로 빼돌리고 은퇴해서 코스타델솔 같은 데로 달아났을지도 모르니까요."

넋이 나간 듯 놀란 표정으로 제이크를 바라보는 수재나의 표정은 다른 상황에서라면 우스워 보일 법도 했다. "모지스 아저씨는 그런 짓을 하실 분이 아니야! 세상에, 그분은 내 대부란 말이야!"

제이크는 당황해서 어쩔 줄을 몰랐다. "죄송해요, 제가 추리 소설을 많이 읽어서요. 애거서 크리스티나 렉스 스타우트, 에드 맥베인 같은 작가들 책 말이에요. 그런 책에는 그 비슷한 일이 잔뜩 나오거든요."

"게다가 말이죠, 큰돈 앞에서는 사람이 확 변하기도 해요."

에디의 말에 수재나는 싸늘하고 차분한 눈빛으로 그를 바라보았다. 그녀의 얼굴에 드러난 적이 없는, 거의 이질적인 눈빛이었다. 에디와 제이크가 모르는 것을 혼자만 아는 롤랜드에게는 개구리를 덮치기 직전의 눈빛처럼 보였다.

"당신이 뭘 안다고 그래요?" 수재나는 이렇게 묻고는 곧바로 덧붙였다. "아, 미안해요. 내가 쓸데없는 소릴."

"괜찮아요." 에디는 빙긋 웃었다. 딱딱하고 자신 없는 미소였다. "욱해서 그럴 수도 있죠, 뭐."

에디가 손을 내밀어 수재나의 손을 힘주어 잡았다. 수재나도 맞잡았다. 에디의 입가에 떠오른 미소가 조금 커졌다. 마치 그 자리에 뿌리를 내리기라도 하듯이.

"그냥, 내가 모지스 카버라는 사람을 잘 아니까 그러는 거예요. 그 아저씬 한낮의 햇살처럼 곧은 분이에요."

수재나의 말에 에디는 한 손을 드는 것으로 화답했다. 그 말을 믿는다는 뜻보다는 더 다투기 싫다는 뜻의 몸짓이었다.

"내가 네 생각을 제대로 파악했는지 한번 들어봐라." 롤랜드가 말했다. "먼저 우리가 너희 세계의 뉴욕으로 돌아갈 수 있느냐가 중요하다. 그것도 한 시대의 특정 시점이 아니라 두 시점으로."

잠시 다 같이 그 말을 곰곰이 생각하다가, 이내 에디가 고개를 끄덕였다. "맞아, 먼저 1964년으로 가야 해. 그때 수재나는 두어 달쯤 실종된 상태일 텐데 사람들이 아직 완전히 포기하거나 그러진 않았을 거야. 그런데 다시 나타나면 다들 환호하겠지. 돌아온 탕아라고나 할까. 그다음엔 우리가 돈을 손에 넣는 거지. 시간은 좀 걸릴지 모르지만……"

"아마 모지스 아저씨를 설득해서 돈을 받는 게 문제일 거예요. 은행에서 돈 찾을 때면 굉장히 깐깐해지는 분이라서요. 게다가, 그 아저씨 마음속에서 난 보나마나 아직 여덟 살배기 꼬마일걸요."

"하지만 법적으로는 당신 돈이잖아요, 안 그래요?" 에디가 물었다. 롤랜드가 보기에 그는 여전히 조심스럽게 접근하는 중이었다. '당신이 뭘 안다고 그래요?'의 거리감을 아직 극복하지 못했던 것이다. 그리고 그 말과 함께 날아왔던 시선도. "그러니까 내 말은, 당신이 돈을 못 찾게 막을 수는 없을 거 아니에요, 안 그래요?"

"당연하죠. 우리 아버지랑 모지스 아저씨가 내 앞으로 신탁을 들어놓긴 했지만, 그건 1959년에 내가 스물다섯 살이 되면서 효력을 잃었어요." 수재나는 그렇게 말하고서 에디의 얼굴을 빤히 보았다. 놀랍도록 아름답고 생생한 까만 두 눈으로. "자, 이제 도대체 몇 살인지 가르쳐달라고 날 들볶을 필요가 없어졌죠? 뺄셈만 할 줄 알면 혼자 계산할 수 있을 테니까."

"상관없어요. 시간은 수면에 비친 얼굴일 뿐이니까."

에디의 말을 들은 롤랜드는 양팔에 소름이 오소소 돋았다. 시커먼 러스티 한 마리가 어딘가 있을 자신의 무덤 위를 걸어 지나간 기분이 들었다. 아득히 먼, 아마도 핏빛으로 번득이는 장미 들판에 있을 그의 무덤 위를.

6

"현찰이 아니면 안 돼요." 제이크의 목소리는 사업 얘기를 하듯이 담담했다.

"어?" 에디는 수재나에게서 힘들게 눈을 돌렸다.

"현찰 말이에요. 13년 묵은 수표를 누가 좋아하겠어요. 자기앞 수표도 안 돼요, 수백만 달러짜리 수표라면 더더욱."

"너 그런 걸 다 어떻게 알아?"

수재나가 묻자 제이크는 별것 아니라는 듯이 어깨를 으쓱했다. 좋든 싫든 간에(보통은 싫었지만) 제이크는 엘머 체임버스의 아들이었다. 엘머 체임버스는 착한 사람하고는 거리가 멀었고 롤랜드라면 결코 백의 일족에 끼워주지 않을 위인이었지만, 그래도 방송국 간부들 사이에서는 '구조 조정'의 명수로 통했다. *텔레비전 왕국의 위대한 관 사냥꾼 같은 거지.* 제이크는 속으로 중얼거렸다. 어쩌면 조금은 부당한 평가인지도 몰랐지만, 엘머 체임버스를 수완 좋은 사람으로 묘사하는 것은 부당한 일이 전혀 아니었다. 물론 제이크는 그런 엘머의 아들이었다. 그것도 아버지의 얼굴을 잊어버리지 않은 아들. 가끔은 잊고 싶었는데도.

"현찰, 반드시 현찰이어야 해." 에디가 침묵을 깼다. "이런 거래는 현찰 박치기가 아니면 안 돼. 만약 우리가 손에 넣는 게 수표라면, 1977년이 아니라 1964년에 현금으로 바꿔야 해. 그 돈은 체육관 가방에 넣으면 될 거야. 수재나, 1964년에도 체육관 가방이 있었나요? 아니, 됐어요, 그건 중요한 게 아니니까. 아무튼 돈을 가방에 담아서 1977년으로 가져오는 거야. 꼭 제이크가 『칙칙폭폭 찰리』랑 『알쏭달쏭 수수께끼』를 산 날로 돌아올 필요는 없지만, 그래도 가까운 시점이어야 해."

"1977년 7월 4일 이후는 안 돼요." 제이크가 끼어들었다.

"그럼, 절대 안 되지. 그랬다간 십중팔구 발라자르가 타워를 협박해서 공터를 사들일 테니까. 그럼 우린 한 손에 돈 가방을 들고 엉거주춤 서서 바보 같이 헤헤 웃기나 하는 수밖에 없어."

다 같이 그 끔찍한 광경을 상상하는 듯 짧은 침묵이 흐르고 나서, 롤랜드가 입을 열었다. "네 말만 들으면 참 쉬운 일 같구나. 하긴, 왜 아니겠나? 택시와 '아스틴'과 사진이 있는 세계에서 온 너희 셋한테는, 두 세계 사이의 문이라는 개념도 내가 나귀를 타고 다니는 것만큼이나 일상적일 테니. 또는 리볼버를 휴대하는 것만큼이나. 게다가 너희가 그렇게 느끼는 것도 당연하다. 제각각 그런 문을 통해 이곳으로 왔으니까 말이다. 사실 에디는 왕복까지 했다. 이쪽 세계로 왔다가 다시 자기 세계로 갔으니."

"솔직히 뉴욕으로 돌아가는 길은 별로 유쾌하진 않았어. 총싸움을 너무 많이 해서." 우리 형 머리가 발라자르의 사무실 바닥에 굴러다닌 건 말할 것도 없고.

"더치힐의 문을 통과하는 것도 마찬가지였어요." 제이크가 곁에서 거들었다.

롤랜드는 고개를 끄덕여 동의하면서도 자신이 하고 싶은 말을 참지는 않았다. "제이크, 난 우리가 처음 만났을 때 네가 한 말을 평생 가슴에 담아두고 살았다. 네가 죽을 때 했던 말을."

제이크는 고개를 숙였다. 창백한 얼굴로, 대꾸도 하지 않고서. 그 기억을 떠올리고 싶지 않았기 때문이었고(어차피 흐릿한 기억이라 다행이었지만), 롤랜드 역시 떠올리기 싫어한다는 것을 알기 때문이었다. *잘됐네요! 애써 다시 기억할 필요도 없고! 내가 떨어지게 놔뒀던 걸! 내가 죽게 놔뒀던 걸!*

"넌 그때 여기 말고 다른 세계도 있다고 했다. 그 말은 사실이었다. 각기 다른 시대의 뉴욕은 그 많은 세계들 가운데 하나일 뿐이었다. 우리가 그곳으로 자꾸만 끌려가는 건 그 장미와 무슨 관련이 있다. 나는 그 점을 추호도 의심치 않는다. 그리고 내가 모르는 어떤 방식으로, 그 장미 *자체가* 암흑의 탑이라는 것도 의심하지 않는다. 아니면 그 장미가……"

"아니면 그 장미가 또 다른 문일 수도 있죠." 수재나가 중얼거렸다. "암흑의 탑 그 자체를 향해 열리는 문."

롤랜드가 고개를 끄덕였다. "나 역시 그 생각을 한두 번 한 게 아니오. 아무튼, 마니교도들은 여러 세계가 있다는 걸 알고 나름의 방식으로 거기에 자신들의 삶을 바쳤소. 그들은 토대시가 가장 성스러운 의식이자 가장 숭고한 상태라고 믿었소. 그리고 내가 전에 얘기했다시피, 내 아버지와 그 친구들은 이미 오래전부터 수정 구슬의 존재를 알고 있었소. 그러니까 우리는 마법사의 무지개와 토대시, 그리고 마법의 문들이 모두 비슷한 것인지도 모른다고 짐작했던 거요."

"지금 무슨 얘기를 하려는 거예요, 롤랜드?" 수재나가 물었다.

"그저 내가 오랫동안 방황했다는 사실을 일깨워주려는 것뿐이오. 왜냐면 시간이 변했기 때문이오. 모두 느꼈다시피, 시간이 *물러졌기* 때문에. 나는 헤아릴 수 없이 오랜 세월 동안 암흑의 탑을 찾아 헤맸소. 때로는 파도 꼭대기를 스치며 포말에 발만 적시는 바닷새처럼 몇 세대를 통째로 건너뛴 적도 있소. 그 오랜 세월 동안 세계를 잇는 문을 한 번도 보지 못하다가, 서쪽 바다 해변에 도착해서 비로소 마주친 거요. 그전까지 난 그게 뭔지 까맣게 몰랐소. 토대시나 무지개의 띠에 관해서라면 몇 마디 해줄 수도 있었겠지만."

롤랜드는 열띤 표정으로 동료들을 돌아보았다.

"수재나 당신은 내가 사는 세계에 마법의 문이 잔뜩 널려 있는 것처럼 말하고 있소. 당신네 세계에……" 롤랜드는 잠시 기억을 더듬었다. "……비행기나 버스가 가득한 것처럼. 허나 그렇지 않소."

"지금 이곳은 당신이 전에 가 본 곳들하고는 달라요, 롤랜드." 수재나는 햇빛에 짙게 그을린 롤랜드의 손목에 부드럽게 손을 얹었다. "이제는 당신네 세계도 아니에요. 당신 입으로 그렇게 말했잖아요, 블레인이 자폭해버린 곳에서. 우리 세계의 토피카를 이상하게 바꿔

놓은 거기서요."

"그 말이 옳소. 나는 단지 그런 문은 생각보다 훨씬 더 드물다는 걸 당신들이 깨닫기를 바랄 뿐이오. 지금 당신들은 그런 문이 한 개도 아니고, 두 개가 필요하다고 얘기하고 있소. 심지어 시간대까지 정확히 맞춰야 한다면서. 마치 총알로 표적을 맞히는 것처럼."

나는 내 손으로 겨누지 않으리. 에디는 사격 훈련 때의 교훈이 떠올라 살짝 소름이 돋았다. "롤랜드, 당신이 그런 식으로 이야기하면 진짜 *불길*하단 말이야."

"그럼 우리 이제 어떡해요?" 제이크가 물었다.

"그 문제는 내가 도와줄 수 있을 것 같구나." 누군가 말했다.

모두가 그쪽을 돌아보았다. 혼비백산하지 않은 사람은 롤랜드 한 명뿐이었다. 이 낯선 목소리의 주인공이 근처에 도착했을 때, 즉 그들 일행의 대화가 중반에 접어들었을 때 이미 그 사람의 낌새를 챘기 때문이었다. 그러나 롤랜드 역시 호기심 때문에 고개를 돌렸고, 5미터 남짓 떨어진 길가에 서 있는 남자를 흘깃 보자마자 그가 어디 출신인지 대번에 알아보았다. 그의 친구들이 살던 세계, 또는 그 바로 옆의 세계였다.

"당신 뭐야?" 에디가 물었다.

"패거리는 어디 있지?" 수재나였다.

"어디서 오신 분이세요?" 제이크가 물었다. 알고 싶어서 애가 타는 빛이 두 눈에 가득했다.

낯선 남자는 단추를 푼 기다란 검은 코트 밑에 로만 칼라 셔츠를 입고 있었다. 길고 하얀 머리는 겁에 질린 사람처럼 양옆과 앞쪽이 모두 위로 뻗쳐 있었다. 이마에는 티(T) 자 모양 흉터가 새겨져 있었다.

"내 친구들은 여기서 조금 떨어진 곳에 있네." 남자는 엄지손가락으로 어깨 너머 숲을 아무렇게나 가리켰다. 정확한 방향을 알 수 없도록 일부러 한 행동이었다. "내가 지금 사는 곳은 칼라 브린 스터지스야. 전에는 미시건 주 디트로이트에 살면서 노숙인 쉼터에서 일했지. 수프도 만들고, 금주 모임도 운영하고. 알코올 의존증이라면 전문가였으니까. 그 전에는 캔자스 주 토피카에 잠시 살았고."

남자는 토피카라는 지명을 듣고 귀가 쫑긋해진 젊은 사람 셋을 가만히 지켜보았다.

"그 전에는 뉴욕 시에 있었네. 그리고 그 전에는, 예루살렘스 롯이라는 작은 마을에 살았지. 메인 주에 있는."

7

"우리 쪽 세계에서 오셨군요." 에디가 말했다. 한숨 비슷한 목소리였다. "세상에, 진짜 우리 쪽 세계 사람이었어!"

"그래, 그런 셈이지." 로만 칼라 셔츠 차림의 남자가 말했다. "내 이름은 도널드 캘러핸이네."

"신부님이시군요." 수재나는 남자의 목에 걸린 조그맣고 정교한, 그러나 금색으로 반짝이는 십자가를 보다가, 이내 남자의 이마에 새겨진 더 커다랗고 조잡한 십자가로 시선을 옮겼다.

캘러핸은 고개를 저었다. "이제는 아니야. 전에는 그랬지. 혹시라도 은총이 있으면 언젠가 다시 그렇게 될지도 모르지만, 지금은 아니야. 지금은 그저 하느님을 믿는 사람일 뿐이라네. 혹시 실례가 안 된다면…… 어느 시대에서 왔는지 물어도 될까?"

"1964년이오." 수재나가 대답했다.

"1977년에서 왔어요." 제이크였다.

"저는 1987년." 에디였다.

그 말에 캘러핸의 눈이 반짝였다. "1987년이라. 난 그쪽 달력으로는 1983년에 이쪽으로 왔는데. 그럼 뭐 하나만 물어보세, 젊은 양반. 아주 중요한 거야. 혹시 그쪽 세계를 떠나기 전에 보스턴 레드삭스가 월드 시리즈에서 우승한 적 있나?"

그 말에 에디는 고개까지 젖히고 껄껄 웃었다. 당황한 한편으로 즐거워하는 웃음소리였다. "아뇨, 어휴, 죄송하지만 아니에요. 작년에는 아웃 하나만 잡으면 우승할 뻔했어요. 시어 스타디움에서 뉴욕 메츠랑 붙었는데, 빌 버크너라는 1루수가 거저먹을 땅볼을 그만 놓쳤지 뭐예요. 그 사람은 죽을 때까지 그 실책 때문에 괴로워할걸요. 그러지 말고 이리 와서 앉으세요, 예? 커피는 없지만 제 오른쪽에 앉은 무섭게 생긴 롤랜드라는 양반이 우드 티를 아주 맛있게 끓이거든요."

캘러핸은 롤랜드 쪽을 돌아보고는 놀라운 행동을 했다. 한쪽 무릎을 꿇고 고개를 살짝 숙이더니, 주먹 쥔 손을 흉터가 있는 이마에 갖다댔던 것이다. "하일, 총잡이여. 부디 우리 만남이 복되기를 비나이다."

"하일." 총잡이도 화답했다. "이리 오시오, 선한 이방인이여. 필요한 게 뭔지 말해보시오."

캘러핸은 놀란 표정으로 고개를 들어 롤랜드를 보았다.

롤랜드는 차분하게 그를 마주 보며 고개를 끄덕였다. "복된 만남이든 아니든, 당신은 자신이 찾던 것을 발견하게 될 거요."

"부디 당신 역시 그러하시기를 바라나이다."

"자, 이리 오시오. 와서 우리와 함께 이야기해봅시다."

8

"본격적으로 시작하기 전에 뭐 좀 여쭤봐도 될까요?"

그 말을 꺼낸 사람은 에디였다. 곁에서는 롤랜드가 모닥불을 피워놓고 숯을 뒤적여 질냄비 놓을 자리를 만드는 중이었다. 옛사람들의 유물인 그 질냄비는 그가 차를 끓일 때 애용하는 물건이었다.

"물론이네, 젊은이."

"도널드 캘러핸 씨라고 하셨죠."

"그래."

"중간 이름이 뭔가요?"

캘러핸은 머리를 한쪽으로 갸웃하고 한쪽 눈을 크게 뜨더니 빙긋 웃었다. "프랭크야. 할아버지 이름을 물려받았네. 그게 중요한가?"

에디와 수재나, 제이크가 시선을 주고받았다. 그 이름을 듣고 세 사람 모두 자연스럽게 똑같은 생각이 떠올랐던 것이다. 도널드 프랭크 캘러핸(Donald Frank Callahan). 다 합치면 열아홉 글자였다.

"*진짜* 중요한 건가 보군." 캘러핸이 말했다.

"그럴지도 모르오. 안 그럴지도 모르고." 롤랜드는 그렇게 말하고서 손가락이 부족한 손으로 가죽 물통을 거뜬히 기울여 찻물을 따랐다.

"무슨 사고를 당하셨나 보군요." 캘러핸이 롤랜드의 오른손을 보며 물었다.

"그럭저럭 버티고 있소."

"친구들이 살짝 도와줘서 그럭저럭 지내는 중이라고 할 수 있죠. 무슨 비틀스 노래에 나오는 가사 같네요." 제이크가 웃음기 없는 목소리로 덧붙였다.

캘러핸은 고개를 끄덕였다. 무슨 말인지 이해가 가지 않았지만, 굳이 이해할 필요가 없다는 것은 그도 알고 있었다. 그들은 카텟이었던 것이다. 캘러핸은 카텟이라는 명칭 자체는 모를 수도 있었지만, 명칭은 상관없었다. 그들이 카텟이라는 사실은 서로를 바라보고 행동하는 방식에서 드러났다.

"내 이름을 알았으니 이제 자네들 이름도 알려주겠나?"

자기소개가 시작됐다. 에디 딘과 수재나 딘, 뉴욕 출신. 제이크 체임버스, 뉴욕 출신. 중간 세계의 오이. 길르앗 출신 롤랜드 디셰인. 캘러핸은 소개가 끝날 때마다 차례로 목례를 하고 주먹 쥔 손을 이마에 댔다.

"이 몸은 캘러핸일세. 예루살렘스 롯 출신이지." 소개가 끝나고 캘러핸이 말했다. "아니면 한때는 그랬다고 해야 할까. 지금은 그냥 '영감님'인 것 같군. 칼라에선 그 별명으로 통하니까."

"당신 친구들은 안 오는 거요? 먹을 건 변변찮아도 차는 얼마든지 대접할 수 있소만."

"아직은 좀 이른 것 같습니다."

"아." 롤랜드는 무슨 말인지 알겠다는 듯이 고개를 끄덕였다.

"어차피 저희는 배불리 먹었으니까요. 칼라의 올해는 복된 한 해였습니다. 뭐, 적어도 지금까지는 그랬지요. 그리고 저희는 저희가 가진 것을 기꺼이 나눠드릴 작정입니다." 너무 급하게 너무 멀리 갔다고 생각했는지, 캘러핸은 잠시 입을 다물었다가 이렇게 덧붙였다. "아마도요. 만약 모든 일이 잘 풀리면."

"만약이라. 내 옛 스승이 말씀하셨소. '만약은 뜻을 풀이하는 데에 1000글자가 필요한 유일한 단어'라고."

캘러핸이 껄껄 웃었다. "거 괜찮군요! 어쨌거나 식량 사정은 저희 쪽이 더 나을 겁니다. 신선한 머핀볼도 있지요. 잘리아가 찾은 건데, 여러분도 이미 아실 것 같군요. 커다란 머핀볼 군락에 누가 이미 따 간 자국이 보인다고 했으니까 말이지요."

"제이크가 발견했소."

"사실은 오이가 찾았어요." 제이크는 개너구리의 머리를 쓰다듬으며 말했다. "애는 머핀볼 찾기의 명수인 것 같아요."

"저희가 근처에 있는 걸 언제 아셨습니까?" 캘러핸이 물었다.

"이틀 전에."

캘러핸은 흐뭇한 표정과 기겁한 표정을 동시에 짓는 일을 용케 해냈다. "달리 말하면 저희가 뒤를 밟기 시작한 때로군요. 안 들키려고 그렇게 애를 썼건만."

"당신들보다 한 수 위인 사람을 찾는 게 아니라면 여기까지 오지도 않았을 텐데."

캘러핸은 한숨을 쉬었다. "옳은 말씀입니다. 세이 생키."

"함께 싸워줄 지원군이 필요해서 온 거요?" 롤랜드가 물었다. 부드러운 호기심밖에 실리지 않은 그 목소리에서 에디 딘은 바닥을 알 수 없을 만큼 깊은 섬뜩함을 느꼈다. 마치 말 자체가 허공에 머물면서 사방에 반향을 일으키는 듯했다. 그렇게 느낀 사람은 에디 혼자만이 아니었다. 수재나가 에디의 오른손을 잡았다. 곧이어 제이크의 손이 에디의 왼손을 비집고 들어왔다.

"그 질문에 답할 사람은 제가 아닙니다." 캘러핸은 갑자기 자신감을 잃은 듯 망설이는 목소리로 말했다. 어쩌면 겁이 난 듯도 했다.

"지금 당신이 아서 엘드의 후예들 앞에 와 있는 걸 아시오?" 롤랜드는 앞서와 똑같이 묘하게 부드러운 목소리로 물었다. 그러고는 손을 뻗어 에디와 수재나, 제이크를 가리켰다. 심지어 오이까지. "이들은 틀림없는 내 것이오. 내가 이들의 것이듯이. 우리는 원이고, 원이 되어 굴러가오. 그러니 이제 당신도 우리가 누군지 알 거요."

"정말입니까? 여러분 모두가?"

수재나가 물었다. "롤랜드, 당신 지금 우릴 어디로 끌어들이는 거예요?"

"무(無)는 곧 영(0), 무는 곧 자유요. 나는 당신에게 빚진 것이 없고, 당신 역시 내게 빚진 것이 없다는 뜻이지. 적어도 지금은 그렇소. 저들이 아직 도움을 청하기로 결정하지 않았으니."

할 거야. 에디는 속으로 중얼거렸다. 에디 생각에 장미와 식료품점과 짧았던 토대시 여행을 제외하면 자신에게 딱히 영매 같은 구석이 있는 것 같지는 않았지만, 캘러핸을 대표로 보낸 사람들이 도움을 청하러 왔다는 것쯤은 굳이 영적 능력 같은 것이 없어도 훤히 알 수 있었다. 어딘가 활활 타는 불 속에 밤이 떨어진 곳이 있었고, 롤랜드는 그 밤을 꺼내야 하는 처지였다.

그런데 롤랜드만의 처지가 아니었던 것이다.

실수하신 거예요, 할아버지. 에디는 속으로 중얼거렸다. *사정은
잘 알겠는데 그래도 실수는 실수예요. 우린 기병대 같은 게 아니라
고요. 민병대도 아니고. 총잡이도 아니에요. 우린 그냥 뉴욕 출신의
타락한 세 영혼일 뿐인데……*

그러나 그렇지 않았다. 아니었다. 에디는 강넘이 마을에서 자신
들이 누구인지를 깨달았다. 노인들이 길에서 롤랜드 앞에 무릎을 꿇
었을 때였다. 웬걸, 에디는 (그의 머릿속에는 아직도 '샤딕의 숲'으로 남
아 있는) 그 숲에서 이미 자신들이 누구인지를 깨달았다. 롤랜드가
그들에게 눈으로 겨누고 정신으로 쏘고 마음으로 죽이라고 한 그곳
에서. 그들은 셋도, 넷도 아니었다. 하나였다. 롤랜드가 자신들을 그
렇게 바꾸어놓아야 했다는 것, 그렇게 *완성시켜야* 했다는 것이 에디
에게는 너무나 오싹했다. 독으로 가득 찬 롤랜드가 독이 묻은 입술
로 그들에게 입을 맞추었던 것이다. 롤랜드는 그들을 총잡이로 만들
었다. 그런데 에디는 정말로 이 텅 비다시피 한 쭉정이 같은 세계에
아서 엘드의 후예들이 할 일이 아무것도 안 남아 있다고 생각했을
까? 그저 빔의 길을 아장아장 걸어가서 롤랜드의 암흑의 탑에 도착
한 다음, 그곳에 있는 뭔지 모를 문제를 바로잡기만 하면 될 줄 알
았던 걸까? 글쎄, 그렇다면 다시 생각하는 수밖에.

에디의 머릿속에 있는 생각을 입 밖에 낸 사람은 제이크였다. 그
리고 에디는 그렇게 말하는 제이크의 들뜬 눈빛이 마음에 들지 않
았다. 수많은 어린애들이 바로 그 '본때를 보여주마'라는 표정으로
수많은 전쟁에 나갔으리라는 생각이 들었다. 이 불쌍한 아이는 자신
이 독에 물든 것을 몰랐고, 그래서 너무나 어리석었다. 스스로를 자
신보다 잘 아는 사람은 없다고 생각했으므로.

"그치만 그 사람들은 저희한테 도와달라고 할 거예요."제이크가 말했다. "안 그런가요, 캘러핸 씨? 그 사람들은 저희한테 부탁할 거예요."

"글쎄다. 이쪽에서 먼저 나서줘야 할지도……."

캘러핸은 말꼬리를 흐리며 롤랜드 쪽을 돌아보았다. 롤랜드는 고개를 저었다.

"이건 그런 식으로 할 일이 아니오. 당신은 중간 세계 사람이 아니라 모를 수도 있겠소만, 이건 그런 식으로 할 일이 아니오. 먼저 나서서 설득하는 건 우리가 할 일이 아니오. 우리는 총알로 먹고사는 몸이니까."

캘러핸은 깊은 한숨을 내쉬고 나서 고개를 끄덕였다. "저한테 책이 한 권 있습니다. 『아서 왕 이야기』라는 책입니다."

그 말에 롤랜드의 눈이 반짝였다. "정말이오? 정말로 그런 책이 있소? 나도 한번 보고 싶구려. 꼭 보고 싶소."

"아마 기회가 있을 겁니다. 그 책에 실린 이야기들은 제가 어린 시절에 읽은 원탁의 기사들 이야기하고는 꽤 다르지만, 그래도……" 캘러핸은 아니다 싶었는지 고개를 저었다. "무슨 말씀을 하시는지 알겠습니다, 지금은 그 정도만 얘기해두지요. 당신은 저희에게 세 가지 질문을 하실 겁니다, 그렇지요? 그리고 첫 번째 질문은 방금 저한테 하셨고요."

"그렇소, 세 개요. 3은 힘을 상징하는 숫자이니."

그 말을 듣고 에디는 이렇게 생각했다. *힘을 상징하는 숫자가 그렇게 좋으면 19를 한번 시도해보지그래, 롤랜드 아저씨.*

"그리고 세 질문의 답은 모두 긍정이어야겠지요."

캘러핸의 말에 롤랜드가 고개를 끄덕였다. "그리고 세 번의 대답이 모두 긍정이라면, 문답은 그걸로 끝이오. 사이 캘러핸, 우리는 남의 의뢰를 받아들이는 법은 있어도 남의 손에 쫓겨나는 법은 결코 없소. 그러니 확실히 해두시오, 당신네 사람들이……" 롤랜드는 고갯짓으로 남쪽 수풀 쪽을 가리켰다. "……그 점을 잘 이해하도록."

"총잡이여……"

"롤랜드라고 하시오. 당신과 나 사이에 거리낄 것은 없으니."

"알겠습니다, 롤랜드. 그럼 부디 청컨대 제 말을 들어주십시오('우리 칼라에서는 이런 식으로 말한답니다.'). 여러분을 따라온 저희 쪽 인원은 고작 여섯 명입니다. 저희 여섯만으로는 결정을 내릴 수가 없습니다. 결정은 칼라 사람들 전체만이 할 수 있지요."

"민주주의로군." 롤랜드는 모자를 젖혀 이마를 드러내고 손으로 문지른 다음, 한숨을 쉬었다.

"하지만 저희 여섯이 만장일치로 동의한다면, 특히 오버홀저가 찬성하면……" 캘러핸은 말을 멈추고 걱정스러운 표정으로 제이크 쪽을 보았다. "왜? 내가 뭐 잘못 말했나?"

제이크는 고개를 젓고는 캘러핸에게 계속하라고 손짓했다.

"저희 여섯이 동의하면 도장 찍은 거나 마찬가집니다."

에디는 지그시 눈을 감았다. 마치 행복에 겨운 사람 같은 표정이었다. "한 번 더 말해주세요."

캘러핸은 영문을 몰라 경계하는 눈빛으로 에디 쪽을 보았다. "뭐를 말인가?"

"'도장 찍은 거나 마찬가지'요. 아니면 그 비슷한 말 아무거나, 우리 시대에 우리 고향에서 쓰던 말." 에디는 잠시 뜸을 들이다가 말을 이었다. "거대한 카의 우리 쪽 언어 말이에요."

캘러핸은 그 말을 곰곰이 생각하다가 이내 씩 웃었다. "막상 이렇게 멍석을 깔아주니 꿔다놓은 보릿자루가 된 기분이군. 그러니까 에미 애비도 몰라보게 퍼마시다가, 기둥뿌리까지 다 뽑아먹고, 밧줄도 없이 번지 점프를 하러 갔는데, 울화통이 터져서 뛰지는 못하고, 살얼음판을 걷는 기분으로 살금살금 돌아다니다가, 뽕 맞은 것처럼 비몽사몽간에 돌아왔다. 자네가 듣고 싶은 게 이런 표현들인가?"

롤랜드는 어리둥절한(심지어 조금은 지루한) 표정이었지만, 에디딘의 표정은 행복에 젖어 있었다. 수재나와 제이크는 즐거움과 당혹스럽고도 서글픈 그리움 사이 어딘가에서 길을 잃은 표정이었다.

"더 해주세요." 에디는 가라앉은 목소리로 중얼거리며 재촉하듯 양손을 폈다 접었다 했다. 우느라 목이 잠긴 사람처럼, 떨리는 목소리로. "빨리요, 더."

"다음에 또 기회가 있겠지." 캘러핸의 목소리는 에디를 달래듯이 부드러웠다. "우리가 아는 추억의 장소나 우리 식의 언어 습관은 나중에 느긋하게 앉아서 이야기해보세. 원한다면 야구 얘기도 좋고. 하지만 지금은 시간이 없어."

"어쩌면 당신이 아는 것보다 더 다양한 의미로 시간이 없을지도 모르오. 우리한테 무슨 일을 맡기고 싶은 거요, 사이 캘러핸? 이제 본론으로 들어가시오. 나는 이미 당신에게 최선을 다해 설명했소. 우리가 일단 만나보고 고용할지 말지 결정할 수 있는 일꾼이나 떠돌이가 아니라는 걸."

"당장은 제가 일행을 데리고 올 때까지 여기서 기다려주시면 됩니다. 우선 저희를 여기까지 데려온 일등공신인 티안 재퍼즈하고,

그 친구의 아내인 잴리아가 있습니다. 그리고 오버홀저라는 남자가 있는데, 여러분이 꼭 설득해주셔야 할 사람입니다."

"*우리는 아무도 설득하지 않을 거요.*"

"압니다." 캘러핸이 황급히 대꾸했다. "예, 그 점은 분명히 말씀하셨으니까요. 그리고 벤 슬라이트먼하고 그 아들 베니가 있습니다. 베니는 좀 드문 경웁니다. 누이가 4년 전에 죽었거든요, 베니랑 그 애가 둘 다 열 살일 때요. 이제 베니가 쌍둥이인지 아니면 외둥이인지 아무도 모르게 됐는데…… 이런, 말이 샜군요. 죄송합니다."

롤랜드는 한 손을 펴서 괜찮으니 계속하라고 손짓했다.

"긴장해서 그렇습니다. 그래도 들어주십시오, 부탁입니다."

"그렇게 일일이 부탁하지 않으셔도 돼요." 수재나가 말했다.

그 말에 캘러핸은 빙긋 웃었다. "그냥 습관처럼 하는 말이라네. 칼라에서는 누굴 만나면 이렇게 인사하지. '머리부터 발끝까지 잘 지내는지 좀 알려주게, 부탁이네.' 대답은 이래. '잘 있네, 녹슨 데도 없고, 하늘에 생키 사이.' 한 번도 안 들어봤나?"

그 물음에 모두 고개를 저었다. 몇몇 단어는 귀에 익었지만 전체 문장은 그들이 어딘가 다른 곳에, 말이 낯설고 관습은 더 낯선 장소에 왔다는 사실을 강조할 뿐이었다.

"지금 중요한 건, 이 변경 지대가 '늑대'라는 괴물들의 위협에 떨고 있다는 겁니다. 놈들은 선더클랩이라는 곳에서 한 세대에 한 번씩 쳐들어와 어린애들을 잡아가지요. 그게 다가 아니지만, 핵심은 바로 그겁니다. 티안 재퍼즈는 자식을 하나도 아니고 둘이나 빼앗길 처지가 되는 바람에 이제 더는 안 된다며 맞서 싸울 때라고 주장했습니다. 오버홀저를 비롯한 다른 사람들은 싸워봤자 끔찍한 꼴을 당할 뿐이라고 했지요. 저는 오버홀저 같은 부류가 이길 줄 알았습니다만, 여러분이 오는 바람에 사정이 바뀌었습니다." 캘러핸은 열띤 표정으로 몸을 앞으로 숙였다. "웨인 오버홀저는 악한 사람은 아닙니다, 그저 겁을 먹어서 그렇습니다. 칼라에서 제일가는 부농이다 보니 다른 이들보다 잃을 것이 더 많아서 그렇겠지요. 하지만 우리가 늑대들을 몰아낼 수 있다고 그를 설득하기만 하면, 우리가 정말로 이길 수 있다는 걸 보여주면…… 아마 그도 함께 맞서 싸울 겁니다."

"앞서도 말했지만 설득하는 건……" 롤랜드가 입을 열었다.

"설득하지 않으셔도 됩니다." 캘러핸이 재빨리 말을 막았다. "예, 저도 압니다. 알고말고요. 하지만 그 사람들이 당신을 보면, 당신 말을 들으면, 아마 저절로 설득되지 않을까 합니다만……?"

롤랜드는 알 바 아니라는 듯이 어깨를 으쓱했다. "신께서 물이 있으라 하시니 물이 있더라, 그런 말도 있기는 하지."

그 말에 캘러핸은 고개를 끄덕였다. "칼라에서도 그렇게 말하곤 하지요. 그런데 이 건하고 관련된 문제가 한 가지 더 있습니다만, 말씀 드려도 될까요?"

롤랜드는 한 손을 살짝 들었다. 에디의 눈에는 좋을 대로 하라는 손짓처럼 보였다.

이마에 흉터가 새겨진 남자는 한동안 말이 없었다. 그러다가 마침내 입을 열었을 때, 그의 목소리는 몹시도 나지막했다. 에디가 똑똑히 들으려고 그쪽으로 몸을 숙여야 할 정도로. "저한테 어떤 물건이 있습니다. 당신께서 원하시는 물건입니다. 아마 필요하실 겁니다. 제 생각에는 그 물건이 이미 당신과 접촉했을 것 같습니다만."

"그렇게 말하는 이유가 뭐요?"

캘러핸이 마른 입술을 혀로 축이고 내뱉은 한마디는 이러했다.

"토대시."

9

"그게 어쨌다는 거요? 토대시가 무슨 상관이 있기에?"

"아직 경험 안 하셨습니까?" 캘러핸의 표정에서 잠시 자신감이 사라졌다. "경험한 사람이 *아무*도 없다고요?"

"만약 했다고 한들, 그게 당신이나 그 칼라라는 마을하고 무슨 상관이란 말이오?"

캘러핸의 입에서 한숨이 흘러나왔다. 아직 이른 아침이었는데도 이미 피곤한 안색이었다. "생각보다 힘들군요. 그것도 굉장히. 당신은 아주…… 뭐라고 할까요, 예리한 분이시군요. 생각보다 훨씬 예리하십니다."

"얘길 들어보니까 안장 위에서 먹고 자는 떠돌이들을 찾으러 오셨나보군요. 총 뽑는 손만 날쌔고 머리는 텅 빈 떠돌이들, 안 그래요?" 수재나가 물었다. 목소리에서 화난 기색이 느껴졌다. "흥, 잘못 봤어요, 영감님. 우리가 떠돌이인지는 몰라도 안장 위에서 먹고 자진 않아요. 애초에 말이 없으니 안장도 없고."

"말은 우리가 데려왔네." 캘러핸이 말했다. 그것으로 충분했다. 롤랜드는 사정을 다 이해하지는 못했지만, 이제 어떤 상황인지 조금은 확실히 보이는 듯했다. 캘러핸은 그들 일행이 오는 것을 알았고,

몇 명인지도 알았으며, 말을 타지 않고 걸어오는 것까지 알았다. 몇 가지 사항은 첩자들이 알려줬을 법도 했지만 전부 다 알 수는 없었다. 게다가 토대시라니…… 일행 중 몇 명이, 또는 전원이 토대시에 빠졌던 것까지 알다니…….

"머리가 빈 걸로 따지자면 우리가 세상에서 제일 영리한 떠돌이 사인조는 아닐지도 몰라요, 하지만……." 수재나는 갑자기 말을 끊고 움찔했다. 그러더니 두 손으로 자기 배를 감쌌다.

"수즈?" 에디가 즉시 걱정스러운 표정으로 물었다. "왜 그래요? 괜찮아요?"

"그냥, 속이 더부룩해서요." 수재나는 에디를 보며 살짝 웃었다. 롤랜드의 눈에는 진심에서 우러나온 웃음 같지 않았다. 긴장을 했는지 눈가에 희미하게 주름도 몇 줄 잡힌 듯했다. "어젯밤에 머핀볼을 너무 많이 먹었나봐요." 수재나는 에디가 뭐라고 더 묻기 전에 다시 캘러핸에게 주의를 돌렸다. "할 말이 더 있거든 하세요, 영감님."

"그래, 알겠네. 롤랜드, 저한텐 강력한 힘을 지닌 물건이 있습니다. 칼라에 있는 저희 교회에 숨겨놨습니다. 거기까지는 아직 몇 휠을 더 가야 하지만, 제 생각에 그 물건은 이미 여러분께 영향을 미쳤을 겁니다. 사람을 토대시로 이끄는 건 그 물건이 지닌 여러 기능 가운데 하나일 뿐입니다." 캘러핸은 숨을 깊이 들이쉬었다가 토했다. "만약 여러분께서 저희 마을의 청을 들어주신다면…… 예, 칼라는 이제 제 마을이나 마찬가집니다, 남은 삶을 마치고 묻히고 싶은 곳이니까요. 그렇게 해 주신다면, 저는 여러분께 그…… 그 물건을 드리겠습니다."

"마지막으로 말해두겠소, 그런 말은 두 번 다시 입에 담지 마시오."롤랜드의 목소리가 어찌나 단호했던지, 제이크는 경악한 표정으로 그를 돌아보았다. "그 말은 나와 나의 *안텟*에 대한 모욕이오. 만약 우리가 판단하기에 칼라라는 당신네 마을이 백(白)의 편이고 늑대라는 괴물들이 바깥 어둠의 앞잡이라면, 즉 '빔을 파괴하는 자'라면, 당신이 청한 대로 하는 것이 우리 운명이오. 그 대가로 우리는 *아무것도* 요구하지 않을 것이고 당신 역시 아무것도 내놓아서는 안 되오. 당신 동료들 중에 누가 그렇게 말한다면, 그 티안이라는 젊은이나 오버홀스터라는 사람이……"

(에디는 오버홀저라고 알려주려다가 입을 다물기로 했다. 롤랜드가 화났을 때에는 그냥 잠자코 있는 것이 최선이었다.)

"……그렇게 말한다면, 이해할 만도 하오. 아마 그들이 아는 거라 곤 전설뿐일 테니. 허나 사이 캘러핸, 당신은 적어도 책 한 권이나마 그들보다 더 읽었을 거요. 앞서 말했듯이 우리는 총알로 먹고사는 몸이오. 그게 우리가 하는 일이니까. 허나 그렇다고 해서 우리가 금품으로 매수할 수 있는 총잡이라는 뜻은 아니오."

"알겠습니다, 알겠습니다……."

"당신이 가진 그 물건은." 롤랜드의 목소리는 점점 커져서 캘러핸의 목소리를 압도했다. "없애버리는 게 좋을 거요, 안 그렇소? 그 물건 때문에 두렵지 않소? 우리가 당신네 마을을 그냥 지나치기로 결정한다고 해도 당신은 우리에게 그 물건을 갖고 가달라고 애걸할 거요, 안 그렇소? 안 그렇소?"

"그렇습니다." 캘러핸의 목소리는 듣기조차 딱했다. "옳은 말씀입니다, 생키 사이. 하지만…… 여러분의 대화를 조금이나마 듣다보니…… 여러분께서 저쪽 세계로 돌아가려고 하신다는 걸…… 마니교도들 말로는, 건너가려고 하신다는 걸 알고…… 그것도 한 곳이 아니라 두 곳으로, 어쩌면 더 여러 곳으로…… 여러 시대로…… 시간을 총처럼 겨눈다는 말을 듣고 그만……."

제이크의 표정은 깨달음의 빛으로, 또한 두려움이 섞인 호기심으로 물들어갔다. "어떤 거예요? 메지스에 있던 분홍색 구슬은 아닐 거예요, 그 안에 들어갔을 땐 롤랜드 아저씨가 토대시에 안 빠졌으니까요. 어떤 구슬이에요?"

캘러핸의 오른뺨을 따라 눈물이 한 방울, 또 한 방울 흘러내렸다. 눈물을 닦는 모습이 넋이 나간 사람처럼 멍했다. "차마 만지지는 못했지만, 그래도 보기는 했습니다. 그 힘을 느꼈지요. 사람의 아들 그리스도여, 부디 저를 구하소서. 우리 교회 지하에는 검은 13이 있습니다. 그리고 그 구슬은 되살아났습니다. 무슨 말인지 아십니까?" 그는 젖은 눈으로 롤랜드 일행을 둘러보았다. *"되살아났단 말입니다."*

캘러핸은 두 손에 얼굴을 묻었다. 그들의 눈을 피하려고.

10

이마에 흉터가 있는 성직자가 같이 온 동료들을 데리러 떠났을 때, 총잡이는 꼼짝도 않고 서서 그를 지켜보았다. 양손 엄지를 누덕누덕 기운 청바지 허리에 꽂고 서 있는 롤랜드의 모습은 다음 시대가 밝아올 때까지 변치 않을 것만 같았다. 그러나 캘러핸이 시야에서 사라진 순간, 롤랜드는 자기 동료들 쪽으로 돌아서서 다급하게,

마치 곰처럼, 허공을 움켜쥐는 손짓을 했다. *내 곁으로 모여라.* 동료
들이 다가오자 롤랜드는 쭈그리고 앉았다. 에디와 제이크도 그를 따
라했다(수재나의 경우에는 쭈그리고 앉는 것이 삶의 기본 양식이었다.).
총잡이의 말은 거의 퉁명스러울 정도로 짤막했다.

"시간이 없다, 그러니 다짐해라, 한 사람 한 사람, 농담하지 말고.
말하겠느냐, 진실만을?"

"진실만을." 수재나는 제꺽 대답하고는 또 다시 살짝 움찔하더니,
왼쪽 가슴 아래를 문질렀다.

"진실만을." 제이크가 말했다.

"일만을." 개너구리가 낄 자리는 아니었지만, 오이도 따라했다.

"진실만을. 그런데 이것 좀 봐." 에디는 모닥불 가장자리의 아직
안 탄 나뭇가지를 들고 솔잎 무더기를 파헤치더니, 그 밑으로 드러
난 검은 땅에 글씨를 쓰기 시작했다.

칼라 캘러핸

"라이브일까요, 아니면 메모렉스?" 에디는 유명한 녹음테이프 광
고의 문구를 중얼거렸다. 그러고는 수재나의 어리둥절한 표정을 보
고 덧붙였다. "그러니까, 우연의 일치일까요? 아니면 무슨 의미가
있는 걸까요?"

"그걸 어떻게 알겠어요?" 제이크가 물었다. 이제 다들 흙바닥에
적힌 글씨 위에 머리를 맞대고 조그맣게 소곤거리고 있었다. "이것
도 숫자 19랑 비슷한 것 같은데요."

"내 생각엔 그냥 우연인 것 같아요." 수재나였다. "우리가 길을

가다가 마주치는 게 *전부* 카일 리는 없잖아요, 안 그래요? 아니, 애초에 *발음* 자체도 안 비슷하고." 뒤이어 수재나는 두 단어를 발음해 보았다. *칼라*는 혀를 세워 아 발음을 길게, *캘러핸*은 혀를 눕혀 애 발음을 선명하게. "우리 세계의 언어인 에스파냐어에 *칼라*라는 말이 있는데, 롤랜드 당신이 메지스에서 들은 말 중에 그 언어랑 비슷한 게 많아요. 뜻은 거리, 또는 광장일 거예요…… 너무 믿진 말아요, 고등학교 때 배운 거라 다 잊어버렸으니까. 하지만 내 기억이 옳다면 마을 이름 앞에 그 단어를 붙이는 건 말이 돼요. 아마 이 근방에서도 그러는 것 같은데, 여러 마을의 이름 앞에 붙여도 이상하지 않아요. 그러니까 완벽하게 어울리진 않아도 말은 된다는 뜻이에요. 하지만 캘러핸은……" 수재나는 영문을 모르겠다는 듯이 어깨를 으쓱했다. "어디 쪽 이름이죠? 아일랜드계? 잉글랜드계?"

"에스파냐어 이름이 아닌 건 확실해요." 제이크였다. "그렇지만 19라는 숫자하고는……"

"19는 잊어버려라." 롤랜드가 거칠게 소곤거렸다. "지금은 숫자 놀음이나 할 때가 아니다. 이제 곧 그가 친구들을 데리고 돌아올 게다, 그 전에 너희에게 안텟으로서 따로 얘기해둘 문제가 있다."

"그 할아버지가 얘기한 검은 13 말인데요, 진짤까요?"

"음. 어젯밤 제이크 너와 에디에게 일어난 일을 보면 그런 것 같다. *사실*이라면 우리가 지니기에는 위험한 물건일 테지만, 그래도 어쩔 수 없다. 우리가 가져가지 않으면 그 선더클랩의 늑대 놈들이 손에 넣을 테니. 하지만 상관없다, 당장은 우리가 걱정할 일이 아니다."

그러나 롤랜드의 표정은 몹시도 걱정스러워 보였다. 그가 제이크

쪽으로 눈길을 돌렸다.

"너는 아까 캘러핸이 말한 부농의 이름을 듣고 움찔 놀랐다. 너도 마찬가지였다, 에디. 잘 숨기기는 했다만."

"죄송해요, 아저씨. 제가 그만 아버지의 얼굴을……"

"아니, 조금도 잊지 않았다. 내가 잊지 않았다면 너도 잊지 않은 거다. 왜냐면 나 역시 그 이름을 들은 적이 있기 때문이다, 그것도 최근에. 다만 어디서 들었는지 기억나지 않을 뿐." 롤랜드는 내키지 않는 목소리로 덧붙였다. "나도 슬슬 늙어가는구나."

"서점에서 들었어요." 제이크는 자기 배낭을 집어서 끈을 잡고 낑낑 대다가 간신히 풀었다. 그러고는 계속 이야기하면서 배낭을 홱 열었다. 꼭 『칙칙폭폭 찰리』와 『알쏭달쏭 수수께끼!』가 그대로 있는지, 현실에 존재하는지 확인하고 싶어 안달이 난 사람처럼. "맨해튼 마음의 양식 레스토랑에서요. 기분이 진짜 이상했어요. 한 번은 제가 경험하고, 한 번은 제가 경험하는 걸 제가 *지켜보고*. 그 자체가 꽤 멋진 수수께끼 뭐예요."

롤랜드는 손가락이 줄어든 오른손을 재빨리 빙빙 돌렸다. 멈추지 말고 어서 계속하라는 손짓이었다.

"타워 아저씨가 자기소개를 하고 나서 저도 제 소개를 했어요. 제이크 체임버스라고요. 그랬더니 그 아저씨가……"

"'멋진 이름을 가졌군, 친구.'" 에디가 끼어들었다. "그렇게 말했어. 그리고 나서 제이크 체임버스가 서부 소설에 나오는 주인공 이름 같다고 했고."

"'애리조나 주 블랙포크에 홀연히 나타나서는, 마을 쓰레기들을 싹 쓸어버리고 다시 정처 없이 떠나는 주인공 말이야.'" 제이크가 타워의 말을 그대로 인용했다. "그다음엔 이렇게 말했어요. '웨인 D. 오버홀저가 쓴 책에 나올 법한 이름'이라고요." 제이크는 수재나를 보며 말했다. "*웨인 D. 오버홀저.* 수재나 아줌마, 혹시 그게 우연이라고 하실 거면요……" 제이크의 얼굴에 갑자기 환한 미소가 번졌다. "제 하얀 백인 꼬마 엉덩이에다 키스나 하세요."

그 말에 수재나는 웃음을 터뜨렸다. "됐어, 이 재치꾸러기야. 내 생각엔 우연이 아니야. 나중에 캘러핸 씨의 농사꾼 친구를 만나면 그 사람 중간 이름을 물어봐야겠어. 내가 장담하는데, 분명 D로 시작할 뿐 아니라 딘(Dean)이나 데인(Dane) 같은 네 글자 이름일……" 수재나가 또다시 가슴 아래쪽을 손으로 짚었다. "어휴, 왜 이렇게 가스가 차지! 소화제 한 통만 구할 수 있다면 무슨 짓이든……" 수재나의 말이 다시금 뚝 끊겼다. "제이크, 왜 그래? 뭐가 잘못됐어?"

『칙칙폭폭 찰리』를 들고 있던 제이크의 안색이 주검처럼 창백했다. 두 눈은 놀라서 동그랬다. 곁에 있던 오이도 불안한 듯 끙끙댔다. 롤랜드가 무슨 일인지 보려고 몸을 숙이는가 싶더니, 그 역시 눈이 휘둥그레졌다.

"이런, 맙소사." 롤랜드의 입에서 흘러나온 말이었다.

에디와 수재나도 책을 들여다보았다. 제목은 똑같았다. 표지 그림도 똑같았다. 사람 얼굴을 한 기관차가 연기를 뿜으며 언덕을 올라가는 그림, 제설기는 웃는 입이었고 전조등은 들떠 보이는 눈이었다. 그러나 맨 아래의 글 한 줄, '글 그림 베릴 에번스'라는 문장이 보이지 않았다. 지은이 이름이 아예 없었다.

제이크는 책을 돌려서 책등을 확인했다. 거기에는 『칙칙폭폭 찰리』라는 제목과 '매콜리 하우스'라는 출판사 이름이 적혀 있었다.

그뿐이었다.

이제 남쪽에서 사람들 목소리가 들려왔다. 캘러핸과 그의 친구들이 다가오는 중이었다. 칼라의 캘러핸. 그 스스로 밝힌 다른 이름은, 예루살렘스 롯의 캘러핸.

"속표지를 봐." 수재나가 말했다. "펼쳐봐, 빨리."

제이크는 그 말대로 했다. 속표지에도 역시 책 제목과 출판사 이름밖에 없었다. 더해진 것이라고는 출판사 로고뿐이었다.

"판권 면을 확인해보자." 에디가 말했다.

제이크는 책장을 넘겼다. 속표지 뒷면, 즉 이야기가 시작하는 첫 번째 면의 맞은편 공간에, 판권 정보가 적혀 있었다. 다만 이 책의 경우에는 정보라고 할 만한 것이 *없었다.* 그저

저작권 1936

이라고만 적혀 있었다. 숫자를 다 합하면 19였다.

나머지는 백지였다.

제5장
오버홀저

1

수재나는 길고도 흥미진진했던 이날 하루 동안 꽤 많은 것을 구경할 수 있었다. 이는 롤랜드가 그렇게 할 기회를 주었기 때문이었고, 또한 입덧이 가라앉고 나서 다시 몸 상태가 원래대로 돌아갔기 때문이었다.

캘러핸 일행이 목소리를 알아들을 수 있는 거리까지 다가오기 직전, 롤랜드는 수재나에게 중얼거리듯이 말했다. "내 곁에 가까이 붙으시오, 내 허락이 없으면 입도 뻥긋하지 마시오. 혹시 저들이 당신을 내 *쉬빈*으로 여기더라도 그냥 놔두시오."

다른 때 같으면 롤랜드의 말 없는 정부, 즉 잠자리 노리개 행세를 하라는 말을 들으면 매섭게 쏘아붙일 수재나였지만, 이날 오전에는 그럴 시간이 없었다. 애초에 농담하고는 거리가 먼 말이었다. 롤랜드의 진지한 표정을 보면 대번에 알 수 있었다. 게다가 충직하고 조

용한 조수 역할에 조금은 끌리기도 했다. 실은 *어떤* 역할을 맡으라
고 해도 마음이 동할 수재나였다. 어린 시절에도 수재나는 다른 사
람 행세를 할 때만큼 행복을 느낀 적이 없었다.

사람들이 너에 관해 알아둘 만한 건 아마 그 정도겠지. 수재나는
생각했다.

"수재나? 내 말 듣고 있소?"

"아, 그럼요. 내 걱정은 안 해도 돼요."

"잘하면 저들은 당신을 거의 못 볼 테지만, 당신은 저들을 훤히
볼 수 있을 거요."

20세기 중엽의 미국에서 흑인 여성으로 자란 수재나는 롤랜드의
의도를 정확히 파악했다(오데타 홈스는 랠프 엘리슨의 『보이지 않는 인
간』을 읽으며 박장대소를 했고, 가끔은 무슨 계시라도 받은 사람처럼 앉은
자리에서 앞뒤로 꺼떡거리기도 했다.). 그리고 그의 말대로 할 작정이
었다. 마음 한구석에서는, 독기를 품은 데타 워커가 도사린 그곳에
서는 자신의 마음과 정신을 지배하려는 롤랜드에게 늘 분개하면서
도, 수재나는 대체로 롤랜드라는 사람을 인정했다. 그가 마지막 총
잡이라는 것을. 어쩌면 영웅일지도 모른다는 것을.

2

일행을 소개하는 롤랜드를 가만히 지켜보는 동안(그는 수재나를
맨 마지막에, 즉 제이크 다음에 소개했고, 거의 무시하다시피 했다.), 수재
나는 왼쪽 옆구리에 계속 느껴지던 더부룩한 불쾌감이 사라진 것

을 깨닫고 상쾌한 기분을 음미했다. 웬걸, 끈질긴 두통도 더는 느껴지지 않았다. 일주일이 넘게 들러붙어 있던 두통이었다. 부화하기만 기다리는 편두통처럼 때로는 뒤통수가, 때로는 한쪽 관자놀이가, 가끔은 왼쪽 눈 바로 위가 욱신거렸다. 물론 아침의 입덧도 빠지지 않았다. 아침이면 언제나 속이 메슥거렸고 눈을 뜨고 나서는 한 시간 남짓 어지럼증을 느끼곤 했다. 토한 적은 한 번도 없었지만 그 한 시간 동안 수재나는 금방이라도 토할 것만 같은 기분이었다.

그런 증상이 무엇의 징조인지 못 알아볼 만큼 어리석지는 않았지만, 수재나에게는 다른 가능성을 떠올릴 만한 이유가 있었다. 어머니의 친구였던 제시카가 한 번도 아니고 두 번이나 그랬던 것처럼 헛된 희망을 품었다가 당황하고 싶지는 않았던 것이다. 제시카의 경우는 두 번 다 상상 임신이었고, 두 번 다 금방이라도 쌍둥이를 낳을 사람처럼 보였다. 아예 세쌍둥이 같기도 했다. 당시에 제시카 비슬리는 분명히 월경이 멈췄고, 그 정도면 아이를 가졌다고 믿기에 충분했다. 수재나에게는 자신이 임신하지 않았다고 믿을 뚜렷한 이유가 있었다. 여전히 월경을 했던 것이다. 수재나는 그들 일행이 빔의 길로 돌아왔던 바로 그날, 초록 궁전을 뒤로 하고 40킬로미터쯤 이동한 곳에서 월경 주기가 시작됐다. 그 후로도 한 차례가 더 있었다. 두 번 다 유독 양이 많아서 천을 많이 사용해야 했다. 전에는 항상 적은 양으로 끝났고 때로는 어머니가 '숙녀의 장미'라고 부르는 붉은 자국 몇 개만 남길 정도였는데도 그랬다. 그러나 수재나는 불평하지 않았다. 이쪽 세계에 도착하기 전에는 항상 생리통 때문에 고생했고 때로는 까무러치기도 한 수재나였다. 그런데 빔의 길로 돌아온 후에 겪은 두 차례는 전혀 아프지 않았다. 길 한편에 몰래 묻은 천 생리대가 아니었다면 주기가 돌아온 것도 모를 뻔할 정도였다. 어쩌면 이쪽 세계의 물이 더 깨끗해서일 수도 있었다.

물론 수재나는 이 모든 것이 무엇을 의미하는지 알고 있었다. 에디가 가끔 하는 말처럼, 그 정도는 로켓 과학자가 아니더라도 알 수 있었다. 기억나지 않는 어지럽고 혼란스러운 꿈, 아침에 느끼는 어지럼증과 메스꺼움, 시시때때로 덮쳐오는 두통, 묘하게 심한 더부룩함과 이따금 느끼는 복통, 그 모든 것이 가리키는 답은 하나였다. 수재나는 아기를 갖고 싶었다. 세상 무엇보다도, 자기 배 속에 에디 딘의 아기를 갖고 싶었다.

그러나 상상 임신으로 배가 부푸는 창피한 꼴이 되고 싶지는 않았다.

지금은 아무것도 신경 쓰지 마. 일행과 함께 다가오는 캘러핸을 보며 수재나는 생각했다. *당장은 잘 봐야 해. 롤랜드와 에디와 제이크가 못 보는 걸 내가 봐야 해. 하나도 빼놓지 말고.* 그리고 수재나는 그렇게 할 자신이 있었다.

정말이지, 평생 이토록 자신이 넘친 적은 한 번도 없었다.

3

캘러핸이 맨 먼저 나타났다. 그 뒤로 남자 두 명이 따라왔는데 한 명은 서른 살쯤 돼 보였고, 다른 한 명은 수재나 나이의 거의 두 배로 보였다. 늙은 남자의 볼은 한 5년쯤 더 있으면 턱 아래로 처질 것처럼 불룩했고, 콧방울에서 양 턱까지는 팔자주름이 깊이 패어 있었다. 수재나의 아버지라면 '고집불통 주름'이라고 부를 법했다(댄 홈스 본인 역시 팔자주름이 선명했다.). 젊은 남자는 낡은 솜브레로를, 늙은 남자는 새하얀 카우보이모자를 쓰고 있었다. 수재나는 그 새하얀 모자를 보고 웃음이 나오려 했다. 오래된 흑백 서부 영화에서 착한 주인공이 쓸 법한 모자였기 때문이었다. 그럼에도 싸구려로 보이지는 않았고, 그래서 아마도 그 남자가 웨인 오버홀저일 거라는 생각이 들었다. 롤랜드는 그를 '부농'이라고 했다. 캘러핸의 말에 따르면 그 남자가 바로 설득해야 할 사람이었다.

하지만 우리가 할 일은 아니야. 그 생각에 수재나는 조금 마음이 놓였다. 굳게 다문 입, 명민해 보이는 눈, 무엇보다 깊게 팬 팔자주름을 보면 (눈 바로 위 이마에 세로로 팬 굵은 주름까지 포함해서) 사이 오버홀저를 설득하기란 몹시도 힘든 일일 듯싶었다.

두 남자 바로 뒤에, 정확히 말하면 젊은 남자 뒤쪽에 키가 크고 이목구비가 시원시원한 여성이 따라왔다. 흑인 같지는 않았지만 피부 빛이 수재나만큼이나 짙었다. 맨 뒤에는 안경을 쓰고 농부처럼 옷을 입은 순박하게 생긴 남자와 그 남자와 비슷하게 생기고 제이크보다 두세 살 많아 보이는 소년이 따라왔다. 못 알아보기가 힘들 만큼 닮은 그 두 사람이 바로 슬라이트먼 부자일 터였다.

제이크보다 몇 살 위겠군. 하지만 얼굴은 훨씬 여려 보여. 사실이었지만, 딱히 흠이랄 수는 없었다. 제이크는 아직 열 살도 안 된 아이치고는 험한 꼴을 너무 많이 봤던 것이다. *겪은 일* 또한 너무 많았다.

오버홀저는 먼저 롤랜드 일행의 총부터 훑어본 다음(롤랜드와 에디는 각각 백단향 손잡이가 달린 커다란 리볼버를 차고 있었고, 뉴욕에서 가져온 44구경 루거는 제이크가 겨드랑이에 찬 총집에 꽂혀 있었다.), 롤랜드에게로 눈길을 돌렸다. 그러고는 반쯤 쥔 주먹을 이마 언저리에 스치는 식으로 형식적인 경례를 했다. 고개는 숙이지도 않았다. 이 인사에 롤랜드가 언짢아했는지 어땠는지는 적어도 얼굴에는 드러나지 않았다. 그의 표정에는 오로지 정중한 호기심뿐이었다.

"하일, 총잡이여." 오버홀저와 나란히 걸어온 남자가 말했다. 그는 아예 한쪽 무릎을 꿇더니 고개를 숙여 주먹 쥔 손에 이마를 댔다. "저는 티안 재퍼즈, 루크의 아들입니다. 이 여자는 제 아내인 잘리아입니다."

"하일." 롤랜드가 답례했다. "괜찮다면 롤랜드라고 불러주시오. 부디 당신의 날들이 대지 위에 오래도록 이어지기를 바라오, 사이 재퍼즈."

"티안이라고 부르십시오. 부탁입니다. 부디 당신과 친구 분들께 두 배의 복이 있기를……"

"나는 오버홀저라고 하오." 하얀 카우보이모자를 쓴 늙은 남자가 퉁명스럽게 끼어들었다. "우리는 당신을 만나러 왔소. 당신과 당신 친구들을. 캘러핸과 이 재퍼즈 댁 젊은이의 요청으로 말이오. 겉치레는 생략하고 되도록 빨리 본론으로 들어가고 싶소. 언짢게 여기지 않으셨으면 좋겠소, 부탁이오."

"죄송하지만 실제 사정은 좀 다릅니다." 티안 재퍼즈가 말했다. "저희는 먼저 모임을 열었습니다, 그리고 거기서 칼라의 남자들이 투표를 해서……"

이때 오버홀저가 또 끼어들었다. 수재나가 보기에 그는 딱 그런 짓을 할 위인이었다. 자기가 무슨 짓을 하는지조차 모르는 것 같기도 했다. "그렇소, 마을이오. 칼라 마을이지. 나는 오로지 내 마을과 내 이웃들을 위해 옳은 일을 할 생각으로 여기까지 왔소만, 지금은 한창 바쁜 시기요. 연중 어느 때보다도……"

"번제 나무를 준비하느라 바쁘시겠군." 롤랜드가 부드럽게 말했다. 그 말에 숨은 사연을 아는 수재나는 등골이 오싹했지만, 오버홀 저는 눈을 반짝였다. 그제서야 수재나는 이날의 만남이 어떻게 흘러갈지 처음으로 감을 잡았다.

"그렇습니다, 수확제가 다가오고 있습니다. 세이 생키." 한쪽에서 뭔가 꾹 참는 표정으로 숲속을 바라보던 캘러핸이 말했다. 오버홀저 뒤에 있던 티안 재퍼스와 그의 아내는 당황한 눈빛을 주고받았다. 슬라이트먼 부자는 그저 가만히 지켜보며 기다릴 뿐이었다. "어쨌 거나 수확제가 뭔지는 아시는군요."

"내가 살던 길르앗은 농장과 자영농 경작지로 둘러싸여 있었소. 덕분에 창고에는 건초와 옥수수가 가득했지. 아, 물론 샤프루트도."

그렇게 말하는 롤랜드를 향해 씩 웃는 오버홀저를 보며 수재나는 꽤나 적대적인 웃음이라고 생각했다. 그 웃는 얼굴은 이렇게 말하고 있었다. *우리가 그 정도로 하수는 아니잖소, 안 그렇소? 피차 같은 세계에 사는 남자들인데.* "진짜 고향은 어디요, 사이 롤랜드?"

"거 청력 검사부터 받으셔야겠네." 에디가 말했다.

오버홀저는 어리둥절한 표정으로 에디를 쳐다보았다. "방금 뭐라 고 하셨소?"

에디는 *봐, 내가 뭐랬어?* 라는 식으로 어깨를 으쓱하고는 고개를 끄덕였다. "내 말이 맞잖아."

"조용히 해라, 에디." 롤랜드의 목소리는 여전히 우유처럼 부드러웠다. "사이 오버홀저, 잠시 짬을 내서 서로 이름을 밝히고 안부를 묻는 것 정도는 얼마든지 할 수 있소. 그게 선의를 지닌 문명인들의 태도니까 말이오, 안 그렇소?" 롤랜드는 자기 말을 강조하려는 뜻에서 잠시 입을 다물었다가 다시 말을 이었다. "도적떼라면 사정이 다르겠지만, 여기에 도적 같은 건 없으니 말이오."

오버홀저는 입을 꾹 다물고 롤랜드를 매섭게 노려보며 자신에게 날아올 모욕에 대비했다. 그러다가 총잡이의 낯빛에 모욕하는 기색이 없는 것을 알고 다시 표정을 누그러뜨렸다. "고맙소. 이쪽은 아까 말했듯이 티안 재퍼즈와 잘리아 부부이고……"

잘리아는 낡은 코듀로이 바지 양옆으로 보이지 않는 치맛자락을 펼치는 시늉을 하며 예를 표했다.

"……이쪽은 벤 슬라이트먼과 그 아들 베니요."

아버지 쪽은 주먹을 들어 이마에 대고 고개를 숙였다. 아들은 얼굴이 온통 경외감에 물든 채(수재나는 총 탓이 클 거라고 짐작했다.) 오른다리를 앞으로 내밀어 뻣뻣하게 짚고서 허리를 숙였다.

"저쪽에 있는 영감님은 이미 아실 거요." 오버홀저가 소개를 마무리했다. 퉁명스럽게 무시하는 말투였고, 귀하신 몸인 오버홀저 본인이 들었더라면 분명 큰 모욕으로 여길 말투였다. 수재나가 짐작하기에 부농들은 자기 멋대로 지껄이는 데에 익숙한 모양이었다. 또한 그가 얼마나 더 압박하고 나서야 롤랜드가 조금도 밀리지 않는 사람이라는 것을 깨달을지 궁금했다. 세상에는 조금도 밀리지 않는 인간이 존재했던 것이다. 잠깐 동안은 웃는 낯으로 상대해주지만, 그러다가 이내……

"이쪽은 내 동행들이오." 롤랜드가 말했다. "에디 딘과 제이크 체임버스, 둘 다 뉴욕 출신이오. 그리고 이쪽은 수재나요." 그는 돌아보지 않고 손짓으로 수재나를 가리켰다. 오버홀저의 얼굴에 알 만하다는 표정이 떠올랐다. 수재나가 익히 아는, 적나라한 수컷의 눈빛이었다. 사이 오버홀저는 전혀 반기지 않겠지만 데타 워커에게는 남자들의 얼굴에서 그 표정을 지워버리는 나름의 방식이 있었다.

그럼에도, 수재나는 오버홀저와 그의 동행들에게 얌전히 미소 지으며 보이지 않는 치맛자락을 펼쳐 예를 표했다. 딴에는 잘리아 재퍼즈의 인사처럼 우아할 거라 생각했지만, 양 무릎 아래가 없다 보니 당연히 똑같을 리가 없었다. 물론 손님들도 수재나의 장애를 이미 눈치챘지만, 본인은 거기에 별 신경을 쓰지 않았다. 다만 그들이 휠체어를 어떻게 생각할지는 꽤 궁금했다. 휠체어는 외줄 블레인이 최후를 맞은 토피카에서 에디가 챙긴 물건이었다. 이 사람들이 그 비슷한 물건을 본 적이 있을 것 같지는 않았다.

캘러핸은 알겠지, 우리 쪽 세계에서 왔으니까. 저 사람은……

이때 소년 베니가 불쑥 물었다. "저거 개너구린가요?"

"쉿, 조용히 해." 슬라이트먼이 말했다. 자기 아들이 끼어들어서 말을 했다는 것에 거의 충격을 받은 목소리였다.

"괜찮아요. 응, 개너구리 맞아. 오이, 저 사람한테 가." 제이크는 손으로 벤의 아들을 가리키며 말했다. 오이는 종종걸음으로 모닥불을 빙 돌아 손님들이 있는 곳으로 가더니, 금빛 테가 둘러진 눈으로 소년을 올려다보았다.

"길들인 개너구리는 본 적이 없습니다." 티안이 말했다. "물론 그런 게 있다는 얘기는 들어 봤습니다만, 세상이 이미 변질해버렸으니까요."

"어쩌면 세상이 송두리째 변해버린 건 아닐지도 모르지." 롤랜드는 그렇게 말하며 오버홀저 쪽을 보았다. "어쩌면 어떤 것들은 옛날 그대로일지도."

"쓰다듬어도 돼?" 베니가 제이크에게 물었다. "혹시 물까?"

"괜찮아, 안 물 거야."

슬라이트먼의 아들이 오이 앞에 쭈그리고 앉는 동안 수재나는 제이크의 말이 옳기만을 바랐다. 개너구리가 소년의 코를 물어뜯기라도 했다가는 손님들을 볼 면목이 없기 때문이었다.

하지만 오이는 쓰다듬는 손길을 잘 참았고, 아예 목을 길게 뻗어 베니의 얼굴을 쿵쿵대기도 했다. 소년이 깔깔 웃었다. "얘 이름이 뭐라 그랬지?"

개너구리는 제이크가 대답하기도 전에 자기 입으로 이름을 밝혔다. "오이!"

모두가 웃음을 터뜨렸다. 그 사소한 사건을 계기로 모두가 하나가 되었고, 빔의 길을 따라가는 이 오솔길에서 복된 만남이 이루어졌다. 아직 미약한 유대감이었지만 오버홀저조차도 이를 느낄 수 있었다. 그리고 그 부농도 껄껄 웃을 때에는 꽤 괜찮은 사람처럼 보였다. 어쩌면 속으로는 두려워하는지도 몰랐다. 겉으로는 분명히 거만해 보였다. 하지만 그 안에는 무언가 있었다.

수재나는 반가워해야 할지 두려워해야 할지 알 수가 없었다.

4

"괜찮다면 둘이서 얘기하고 싶소만." 오버홀저가 말했다. 일행 가운데 소년 둘은 오이를 사이에 두고 조금 멀리 떨어진 곳에 있었다. 슬라이트먼의 아들이 제이크에게 전에 어디서 들은 이야기라며 개너구리가 숫자를 셀 수 있냐고 묻는 소리가 들렸다.

"그건 좀 아닌 것 같은데요, 웨인." 티안 재퍼즈가 제꺽 끼어들었다. "미리 합의했잖습니까, 우리 야영지로 돌아가서 같이 식사를 하고 이분들께 우리가 뭘 원하는지 설명하기로요. 그러고 나서 이분들이 동의하시면……"

"나는 사이 오버홀저와 둘이서 대화하는 것에 전혀 반감이 없소." 롤랜드가 말했다. "아마 당신도 마찬가질 거요, 사이 재퍼즈. 그가 당신들의 딘이니까 말이오. 그렇지 않소?" 그런 다음 티안에게 더 반대할(또는 아니라고 부정할) 틈을 주지 않고 덧붙였다. "수재나, 이분들께 차를 대접해라. 에디, 괜찮다면 이쪽으로 와서 잠깐 우리랑 얘기 좀 하세."

일행 모두 처음 듣는 말투가 롤랜드의 입에서 더없이 자연스럽게 흘러나왔다. 수재나는 그저 놀라울 뿐이었다. 만약 수재나 자신이 그런 말을 했다면 낯선 이들의 비위를 맞추려고 알랑거리는 소리로 들릴 것만 같았다.

"저기, 남쪽에 저희가 가져온 먹을거리가 있어요." 잘리아가 머뭇거리며 말했다. "음식이랑 그라프(사과주)랑 커피예요. 앤디가……"

"기꺼이 먹을 거요, 물론 커피도 감사히 마실 테고. 하지만 먼저 차부터 드시오, 부탁이오. 우리 얘기는 금방 끝날 거요. 안 그렇소,

사이?"

오버홀저가 고개를 끄덕였다. 언짢은 듯 굳어 있던 표정은 이제 보이지 않았다. 방금까지 뻣뻣하던 자세도 이제는 편안해 보였다. 길 건너편(미아라는 이름의 여성이 바로 전날 밤 숲으로 들어섰던 곳 근처)에서는 두 소년이 오이가 부리는 재롱을 보며 깔깔 웃고 있었다. 베니는 신기해서 웃었고, 제이크는 뿌듯함이 완연한 표정으로 웃었다.

롤랜드는 오버홀저의 팔을 잡고 길 저편으로 조금 걸어갔다. 에디는 그 뒤에서 따라갔다. 티안 재퍼즈도 찌푸린 표정으로 그들을 따라 나설 채비를 했다. 그때 수재나가 티안의 어깨에 손을 얹고 나지막이 말했다. "가지 마세요. 저 사람이 알아서 할 거예요."

티안은 미심쩍은 눈빛으로 잠시 수재나를 보다가, 이내 그녀 쪽으로 돌아섰다.

"모닥불은 제가 피우겠습니다." 수재나의 불편한 다리를 보며 이렇게 말하는 벤 슬라이트먼의 눈에는 다정한 빛이 감돌았다. "아직 불씨가 좀 남은 것 같거든요."

"그럼 부탁할게요." 수재나는 모든 일이 멋지게 풀렸다고 생각하며 말했다. 너무나 멋졌고, 너무나 이상했다. 물론 여전히 위험하기는 했지만, 이제 수재나는 위험조차 나름의 매력이 있다는 깨달음을 얻었다. 낮이 그토록 밝은 까닭은 닥쳐올지도 모르는 어둠 덕분이었다.

5

일행으로부터 10미터 남짓 떨어진 길 저편에, 세 남자가 함께 서 있었다. 언뜻 보면 오버홀저 혼자서 떠드는 모양새였다. 이따금 요점을 강조하려고 격한 몸짓을 하면서. 그는 롤랜드를 무슨 군인 출신 부랑자쯤으로, 다시 말해 별 볼일 없는 친구들을 주렁주렁 달고 우연히 이 길을 지나가던 떠돌이쯤으로 여기며 말을 퍼부었다. 그의 설명에 따르면 티안 재퍼즈는 (좋은 뜻으로 하는 말이기는 했지만) 바보라서 현실을 있는 그대로 보지 못했다. 그래서 재퍼즈가 생각을 고쳐먹고 머리를 식히도록 말려야 한다고 했다. 비단 재퍼즈 본인의 안녕뿐 아니라 칼라 마을 전체를 위해서. 그렇게 하는 데에 혹시라도 도움이 필요하면 알란의 아들인 웨인 오버홀저 자신이 맨 먼저 나서겠다고도 했다. 자신은 평생 궂은일을 마다한 적이 없는 사람이지만 늑대들에 맞서는 것은 미친 짓이라면서. 또한 목소리를 낮춰 덧붙이길, 미친 짓으로 말하자면 '영감님'도 빼놓을 수 없다고 했다. 교회에 틀어박혀 미사를 집전할 때의 영감님은 아무 문제도 없었다. 그런 일이라면 살짝 미치는 편이 오히려 흥을 돋웠다. 하지만 이 일은 달랐다. 아무렴, 달라도 너무 달랐다.

롤랜드는 이따금 고개를 끄덕이며 오버홀저의 이야기에 끝까지 귀를 기울였다. 말은 거의 하지 않았다. 그러다가 마침내 할 말이 바닥났을 때, 칼라 브린 스터지스의 부농은 자기 앞에 서 있는 총잡이를 그저 홀린 듯이 멍한 눈으로 쳐다보았다. 주로 그의 연청색 눈을.

"당신, 정말로 당신이 말한 그런 사람이오?" 한참 후에 오버홀저가 물었다. "사실대로 말해주시오, 사이."

"나는 길르앗의 롤랜드요."

"엘드의 혈통이오? 정말로?"

"내 명예를 걸고 말하건데 사실이오."

"하지만 길르앗은······ 길르앗은 오래전에 사라졌는데."

"나는." 롤랜드가 말했다. "아니오."

"우리를 모두 죽일 거요? 아니면 우리를 죽음으로 몰아넣으려는 거요? 얘기해주시오, 부탁이오."

"당신은 어떻게 할 작정이오, 사이 오버홀저? 나중 얘기가 아니오. 하루, 한 주, 보름 후가 아니라 바로 지금, 당신은 어떻게 할 작정이오?"

오버홀저는 한참 동안 가만히 선 채 롤랜드에게서 에디로, 다시 롤랜드에게로 시선을 옮겼다. 그는 마음을 고쳐먹는 데에 익숙한 사람이 아니었다. 어쩔 수 없이 그래야 할 때면 창자가 끊어지는 괴로움을 느끼는 사람이었다. 길 저편에서 아이들 웃음소리가 들려왔다. 베니가 던진 물건을 오이가 물어왔던 것이다. 개너구리 자신의 몸통만큼이나 큼직한 막대기였다.

"당신 말을 듣겠소." 마침내 오버홀저가 말했다. "들어보기는 하겠소. 하느님, 저를 도우소서. 생키 사이."

"다시 말해 그 사람은 자기가 왜 헛고생을 하는지 구구절절 설명한 셈이에요." 한참 후에 에디는 수재나에게 이렇게 말했다. "그러고는 정확히 롤랜드가 바라는 대로 한 거죠. 마법처럼."

"가끔은 롤랜드라는 사람 *자체*가 마법인 것 같아요." 수재나가 말했다.

6

칼라에서 온 사람들의 야영지는 길에서 남쪽으로 조금 떨어진 언덕마루의 아늑한 공터에 있었지만 빔의 길에서는 충분히 벗어나 있었고, 그 덕분에 손을 뻗으면 하늘에 꼼짝도 않고 떠 있는 구름을 만질 수도 있을 것만 같았다. 숲을 지나 공터로 가는 길은 꼼꼼하게 표시되어 있었다. 표시 삼아 나무껍질을 벗긴 하얀 자국 가운데 몇 개는 수재나의 손바닥만큼이나 커다랬다. 숙련된 농부이자 목축업자인 그들도 이 숲 앞에서는 겁을 먹은 기색이 뚜렷했다.

"젊은이, 그 의자 내가 대신 좀 밀까?" 언덕으로 가는 마지막 오르막길을 앞에 두고 오버홀저가 에디에게 물었다. 수재나는 고기 굽는 냄새를 맡고 캘러핸과 오버홀저 일행이 다 같이 자신들을 만나러 왔다면 누가 요리를 하고 있을지 궁금해졌다. 그 여성이 앤디라는 이름을 말하지 않았던가? 무슨 하인처럼? 여성은 분명히 그 이름을 말했다. 오버홀저가 데리고 다니는 하인일까? 어쩌면. 지금 머리 뒤로 비뚜름하게 젖힌 저 카우보이모자처럼 값비싼 물건을 지닌 사람이라면 하인을 부릴 만큼 여유가 있을 법도 했다.

"그러세요." 에디는 스스럼없이 '부탁할게요'를 덧붙이지는 않았지만('아직도 입에 발린 소리라고 여기나 보네.' 수재나는 속으로 생각했다.), 그래도 옆으로 물러나 휠체어 등판의 손잡이를 오버홀저에게 양보했다. 그는 덩치가 우람한 농부였다. 오르막은 꽤 가팔랐고 휠체어에 앉은 여성은 몸무게가 거의 50킬로그램에 가까웠지만, 오버홀저의 숨소리는 조금 커지기만 할 뿐 시종 흐트러지지 않았다.

"뭐 좀 여쭤봐도 될까요, 사이 오버홀저?" 에디가 물었다.

"물론이지."

"중간 이름이 어떻게 되세요?"

앞으로 밀던 움직임이 잠시 느려졌다. 수재나가 보기에는 오버홀저가 살짝 당황한 증거인 듯했다.

"거 신기하구먼, 젊은이. 그건 뭐 하러 물어보나?"

"아, 그냥 취미 같은 거예요. 실은 그걸로 점을 치거든요."

조심해요, 에디. 조심. 수재나는 속으로 이렇게 중얼거리면서도 한편으로는 이 상황을 재미있어 했다.

"아, 그래?"

"예. 자, 그럼. 당신 중간 이름은 틀림없이……" 에디가 계산하는 시늉을 했다. "디(D)로 시작할 거예요." 다만 발음은 귀족어의 알파벳인 *더*에 가까웠다. "그리고 짧을 거예요. 다섯 자? 혹시 네 자?"

휠체어를 밀던 움직임이 다시 느려졌다. "이런, 맙소사!" 오버홀저가 외쳤다. "그걸 어떻게 알았지? 대답하게!"

에디는 별것 아니라는 듯이 어깨를 으쓱했다. "그냥 어림짐작한 거예요. 진짜예요, 실은 맞힐 때랑 못 맞힐 때랑 거의 반반이에요."

"맞힐 때가 더 많긴 해요." 수재나가 말했다.

"내 중간 이름은 데일(Dale)이네. 왜 그렇게 지었는지는 들은 적이 있다고 해도 이미 잊어버렸어. 우리 부모님은 내가 어릴 적에 돌아가셨거든."

"그런 딱한 사정이." 수재나는 멀어지는 에디를 보고 안도하며 말했다. 아마도 제이크에게 수재나가 중간 이름을 제대로 추측했다고 알리러 가는 듯했다. 웨인 데일 오버홀저(Wayne Dale Overholser). 합치면 열아홉 글자였다.

"저 젊은이는 영리한 거요, 아니면 멍청한 거요? 가르쳐주시오, 부탁이오. 나는 도저히 알 수가 없어서 물어보는 거요."

"양쪽 다 조금씩 해당돼요."

"그래도 이 바퀴 달린 미는 의자는 헷갈리지 않고 확실히 알겠군. 아주 나침반처럼 똑 부러지게 움직이는 물건이라."

"고마워요." 수재나는 그렇게 말하고 나서 속으로 안도의 한숨을 내쉬었다. 목소리가 떨리지 않은 이유는 딱히 생각하지 않고 내뱉은 말이기 때문인 듯했다.

"어디서 난 물건이오?"

"여기 도착하기 한참 진에 오던 길에서요." 수재나는 대화가 흘러가는 방향이 마음에 들지 않았다. 자신들 일행의 사연을 이야기하는 것은 롤랜드가 할 일(또는 안 할 일)이라는 생각이 들었다. 그가 그들 일행의 딘이기 때문이었다. 게다가 한 사람이 도맡아서 이야기해야 앞뒤가 맞아떨어졌다. 그럼에도, 수재나는 이 남자와 조금 더 이야기해도 괜찮겠다는 생각이 들었다.

"거기에 희박지대가 있었어요. 우린 그 너머에서 건너왔고요. 영 딴판인 세상에서." 수재나는 고개를 틀어 오버홀저를 올려다보았다. 양 볼과 목이 벌게지기는 했지만, 그는 쉰을 훌쩍 넘긴 남자치고는 실로 훌륭하게 휠체어를 미는 중이었다. "희박지대가 뭔지 아세요?"

"음." 오버홀저는 목에 낀 가래를 긁어 올려 왼편 땅바닥에 퉤 뱉었다. "뭐, 직접 보거나 들은 적은 없소. 내가 원래 멀리 돌아다니질 않아서. 농장 일이 워낙 바쁘다 보니. 어차피 칼라 사람들은 대체로 숲을 멀리하는 편이기도 하고. 당신도 알겠지만."

아, 그럼요. 나도 알 것 같네요. 수재나는 속으로 중얼거리며 나무껍질을 거의 만찬용 접시만큼 커다랗게 벗겨낸 자국을 흘깃 곁눈질했다. 그 가엾은 나무가 다가올 겨울을 버티고 살아남는다면 행운일 듯싶었다.

"앤디가 희박지대 얘기를 아주 잔뜩 했소. 거기서 소리가 난다던데, 무슨 소린지는 모르겠다면서."

"앤디가 누구죠?"

"이제 곧 보게 될 거요, 사이. 당신도 그 칼라 요크라는 곳에서 왔소? 당신 친구들처럼?"

"예." 수재나는 다시 경계심을 발동했다. 오버홀저가 휠체어의 방향을 틀어 오래된 아이언우드를 빙 돌아 지나갔다. 이제 나무는 듬성듬성해졌고, 음식 냄새는 더욱 진해졌다. 고기 굽는 냄새…… 그리고 커피 냄새. 수재나의 배에서 꼬르륵 소리가 났다.

"그리고 저들은 총잡이가 아니오." 오버홀저가 제이크와 에디를 고갯짓으로 가리켰다. "아닐 거요, 분명히."

"그건 때가 되면 스스로 판단하셔야 할걸요."

오버홀저는 한동안 말이 없었다. 암반이 땅 위로 드러난 곳을 지나는 사이에 휠체어가 휘청거렸다. 저 앞에서는 오이가 제이크와 베니 슬라이트먼 사이에서 사뿐사뿐 걸어가는 중이었다. 두 소년은 또래 아이들답게 눈 깜짝할 사이에 친구가 되어 있었다. 수재나는 그것이 잘된 일인지 확신이 서지 않았다. 두 소년이 너무 다르기 때문이었다. 이는 시간이 지나면 그들이 서운함과 함께 깨닫게 될 사실이었다.

"저 사람 때문에 십년감수했소." 오버홀저의 목소리는 너무 작아서 잘 들리지도 않았다. 흡사 혼잣말 같았다. "저 사람 눈 때문에 그런 것 같소. 무엇보다 그 눈 때문에."

"어때요, 앞으로도 아까처럼 대하실 수 있겠어요?" 수재나가 물었다. 의도했던 것과 달리 태평하게 들리는 질문은 아니었지만, 그렇다고는 해도 오버홀저는 수재나가 움찔할 정도로 버럭 화를 냈다.

"당신 미쳤소? 당연히 아니지, 우리가 처한 곤경에서 벗어날 방법이 있다면 또 몰라도. 잘 들으시오! 저 어린 녀석은……" 오버홀저는 아내와 나란히 앞서 걸어가던 티안을 가리켰다. "……저 어린 녀석은 나를 겁쟁이라고 비난한 거나 다름없소. 암, 나한테는 늑대들이 노릴 나이의 자식이 없다고 마을 사람들 앞에서 대놓고 말했으니까. *자기*하고는 처지가 다르다, 이거지. 하지만 당신이 보기에 내가 셈도 제대로 못하는 바보 같소?"

"제가 보기엔 아닌 것 같네요." 수재나의 목소리는 차분했다.

"그럼 저 녀석은 어떤 것 같소? 내가 보기엔 영 의심스럽소만." 오버홀저의 말투는 머릿속에서 자존심과 두려움이 치열한 싸움을 벌이는 사람 같았다. "나라고 늑대들한테 아이들을 내주고 싶겠소? 그렇게 끌려갔다가 돌아온 아이들은 룬트가 돼서 평생 마을의 짐이 되는데? 그럴 리가! 하지만 그렇다고 고집불통 한 놈이 나서서 온 마을을 사지로 몰아넣게 놔둘 수도 없는 일 아니오!"

어깨 너머로 오버홀저를 돌아본 수재나는 멋진 것을 목격했다. 이제 티안에게 찬성하고 싶어 하는 오버홀저의 표정이었다. 찬성할 이유를 찾는 표정이었다. 롤랜드가 그를 거기까지 몰아넣었던 것이다, 변변한 말 한마디 하지 않고서. 겨우…… 그러니까 겨우 한번 쳐다본 것만으로.

그 순간 수재나의 시야 끄트머리에서 뭔가 움직였다.

"이런 *젠장!*"에디가 외쳤다. 수재나의 손이 제자리에 없는 총을 향해 번개처럼 움직였다. 수재나는 휠체어 앞쪽으로 고개를 돌렸다. 그들 앞의 언덕을 따라서, 수재나가 놀란 와중에도 그만 슬며시 웃고 말 정도로 점잖게 걸어 내려오는 것은, 적어도 2미터가 넘어 보이는 금속 인간이었다.

제이크는 총집으로 손을 뻗어 이미 총 손잡이를 쥐고 있었다.

"아서라, 제이크!"롤랜드가 말했다.

금속 인간은 눈에서 파란 빛을 번쩍이며 일행 앞에 멈춰 섰다. 그렇게 꼼짝 않고 서 있었던 10초 남짓 되는 시간 동안, 수재나는 그의 가슴에 찍힌 글씨를 너끈히 읽을 수 있었다. 노스 *센트럴 양자공학 주식회사.* 수재나는 속으로 중얼거렸다. *앙코르 공연을 하러 왔구나. 라머크 공업은 말할 것도 없겠지.*

이윽고 로봇이 은빛 팔을 들더니 은빛 손을 스테인리스 이마에 갖다댔다. "하일, 멀리서 오신 총잡이여. 기나긴 나날과 즐거운 밤들을 누리시길."

롤랜드도 자기 이마에 손끝을 댔다. "그대에게 두 배의 복이 있기를, 앤디 사이."

"고맙습니다." 뭐가 들어 있는지 알 수 없는 로봇의 몸통 깊숙한 곳에서 철컥거리는 소리가 났다. 뒤이어 롤랜드에게 허리를 굽힌 로봇의 눈이 더욱 환하게 깜박거렸다. 수재나의 눈은 낡은 리볼버의 백단향 손잡이로 향하는 에디의 손을 놓치지 않았다. 그러나 롤랜드는 움찔하는 기색조차 없었다.

"총잡이여, 제가 맛있는 식사를 준비했습니다. 비옥한 대지에서 좋은 재료를 많이 거뒀거든요."

"생키, 앤디."

"입맛에 맞으면 좋겠습니다." 로봇의 배에서 다시 철컥거리는 소리가 났다. "그런데 혹시 별자리 운세에 관심이 있으신가요?"

제6장
엘드의 방식

1

그날 오후 두 시 무렵, 그들 열 명은 롤랜드의 말에 따르면 '목장 일꾼의 점심' 앞에 둘러앉았다. "오전에 일하는 동안에 부푼 마음으로 기다리는 식사다." 나중에 그는 친구들에게 이렇게 말했다. "저녁이 되면 쓸쓸한 마음으로 그리워하는 식사이기도 하지."

에디는 그 말이 농담일 거라고 생각했지만, 상대가 롤랜드이다 보니 종잡을 수가 없었다. 그의 유머 감각은 건조함 그 자체였던 것이다.

음식은 에디가 평생 최고라고 생각할 만큼 훌륭하지는 않았다. 그보다는 전에 강넘이 마을의 노인들이 차린 연회 상이 더욱 성대했지만, 몇 주 동안 숲에서 지내며 총잡이 부리토로 연명했던(덕분에 용변은 일주일에 두 번 정도 토끼 똥 비슷한 것만 보았던) 그들 일행에게는 실로 진수성찬이었다. 앤디는 미디엄 레어로 구운 큼지막한 스테이크에 버섯 그레이비소스를 듬뿍 부어서 내놓았다. 곁들임은 콩과 타코스 비슷하게 생긴 쌈, 구운 옥수수였다. 에디가 한입 먹어 보니 고기가 질기기는 해도 맛있었다. 콜슬로도 있었는데 티안 재퍼즈가 쑥스러움을 견디며 힘겹게 말한 바에 따르면 그의 아내가 손수 만든 것이었다. '딸기 코지'라는 이름의 푸딩 역시 굉장히 맛있었다. 그리고 물론 커피도. 에디 짐작에는 일행 넷이서 적어도 4리터는 들이마신 듯싶었다. 심지어 오이도 조금 거들었다. 제이크가 잔 받침에 검고 진한 커피를 조금 따라주었던 것이다. 오이는 쿵쿵거리다가 '어피!'라고 외치고는 재빠르고 야무지게 핥아먹었다.

식사를 하는 동안에는 심각한 대화가 전혀 오가지 않았지만(롤랜드의 지혜 보따리 한구석에는 '음식과 대화는 섞이지 않는 법'도 들어 있으므로), 그럼에도 에디는 재퍼즈 부부에게서 많은 것을 배울 수 있었다. 대개는 티안과 잘리아가 '변경 지대'라고 부르는 이 근방의 삶에 관한 것들이었다. 에디는 (오버홀저 곁에 앉은) 수재나와 (에디 머릿속에 이미 '꼬맹이 베니'로 입력된 슬라이트먼의 아들 곁에 앉은) 제이크가 자신이 배운 것의 절반만큼이라도 알았으면 싶었다. 그는 롤랜드와 캘러핸이 나란히 앉을 거라 짐작했지만, 캘러핸은 아무하고도 같이 앉지 않았다. 캘러핸은 자기 몫의 음식을 받아 사람들과 조금 떨어진 곳으로 가더니, 기도를 하고 나서 혼자 먹기 시작했다. 양도 얼마 되지 않았다. 혼자 떠들어 댄 오버홀저 때문에 화가 난 걸까? 아니면 원래 혼자 있기를 좋아해서? 안 지 얼마 안 된 탓에 딱 잘라 말하기는 힘들었지만, 에디는 만약 누가 머리에 총을 들이대고 묻는다면 후자를 택할 거라는 생각이 들었다.

에디에게 가장 놀랍게 다가온 것은 이 일대가 너무나 *문명화된*

곳이라는 사실이었다. 백발이 패거리와 어린둥이 패거리가 전쟁을 벌이던 러드는 이곳에 비하면 아이들 모험 이야기에 나오는 식인종 섬이나 다름없었다. 이곳 사람들은 도로와 경찰, 그리고 에디 생각에 민주주의의 원형과 비슷한 주민 회의 제도를 운영하고 있었다. 마을에는 공회당이 있었고, 발언권의 상징 같은 깃털도 있었다. 주민 회의를 소집하고 싶으면 그 깃털을 마을에 돌리는 식이었다. 자기 집에 온 깃털을 받아든 사람의 숫자가 일정한 기준을 충족하면 회의가 열렸다. 수가 부족하면 회의는 열리지 않았다. 깃털을 들고 돌아다니는 사람은 두 명이었고, 그들이 집계한 인원수는 의심 없이 받아들여졌다. 에디는 그런 방식이 뉴욕에서도 통할지 궁금했지만 이곳에서는 그 정도면 마을이 굴러가기에 충분해 보였다.

이 일대에는 다른 칼라가 적어도 일흔 곳은 있었는데 이들 마을은 칼라 브린 스터지스의 북쪽에서 남쪽으로 완만한 호를 그리며 분포했다. 남쪽의 칼라 브린 록우드와 북쪽의 칼라 브린 아미티는 스터지스와 마찬가지로 농장과 목장이 여럿 있는 마을이었다. 그두 곳 역시 늑대들의 주기적인 약탈에 시달리는 신세였다. 더 남쪽의 칼라 브린 바우스와 칼라 스타펠에는 드넓은 목초지가 있었는데…… 티안 재퍼즈의 말에 따르면 그곳 역시 늑대들 때문에 고통을 받았다. 적어도 그가 생각하기에는, 그랬다. 더 북쪽의 칼라 센핀더와 칼라 센 크리에는 농장과 양 떼가 많다고 했다.

"아주 큰 농장이지요." 티안이 말했다. "하지만 북쪽으로 갈수록 마을의 크기는 작아집니다. 계속 가다 보면 눈이 내리는 땅이 나오는데 거기선 맛 좋은 치즈를 만들지요. 저도 들은 얘깁니다. 직접 본적은 없고요."

"북쪽 사람들은 나무로 만든 신을 신는대요. 소문에 따르면요."

에디에게 그렇게 말한 잘리아의 표정에 부러워하는 빛이 살짝 보였다. 잘리아 본인은 '단화'라고 부르는 낡고 투박하게 생긴 신발을 신고 있었다.

칼라 사람들은 멀리 여행하는 경우가 드물었지만 원하면 떠날 수 있는 도로가 있었고, 교역도 활발했다. 도로뿐 아니라 가끔은 그냥 '큰 강'이라고 부르는 와이 강을 이용하기도 했다. 그 강은 칼라 브린 스터지스 남쪽을 따라 남쪽 바다까지 이어졌다. 소문에 따르면, 그렇다고 했다. 광산을 경영하는 칼라가 있는가 하면 공장을 운영하는 칼라도 있었고(물건을 만드는 기계는 증기기관이 돌렸는데 전기 모터를 쓰는 곳도 없지 않았다.), 오로지 쾌락을 전문 분야로 삼는 칼라도 있었다. 도박, 위험하고 짜릿한 탈것들, 그리고 또…….

여기까지 이야기한 티안은 자신을 바라보는 잘리아의 시선을 눈치채고 콩을 더 가지러 냄비가 있는 곳으로 향했다. 그리고 아내의 환심을 살 생각으로 콜슬로도 조금 담았다.

"그러니까." 에디는 땅바닥에 곡선을 그리며 이야기를 시작했다. "여기가 변경 지대란 말이죠. 칼라가 모여 있는. 이 기다란 곡선이 남북으로…… 얼마나 이어지는 거죠, 잘리아?"

"그건 남자들이 잘 알아요." 잘리아는 이렇게 말하고 나서 남편이 아직 타고 있는 모닥불 앞에 있는지, 거기 걸린 냄비를 살피는지 확인한 다음, 에디 쪽으로 몸을 살짝 숙였다. "거리는 킬로미터로 계산하세요, 아니면 휠로 계산하세요?"

"양쪽 다 쓰는데, 그래도 미터법이 더 익숙하죠."

잘리아는 알겠다는 듯이 고개를 끄덕였다. "아마 3000킬로미터는 될 거예요."북쪽을 가리키며 한 말이었다. "저쪽으로는 그 두 배 정도."이번에는 남쪽이었다. 그렇게 반대 방향을 가리키고 있다가 팔을 털썩 내리더니, 무릎에 손을 모으고 전처럼 얌전한 자세로 돌아갔다.

"그리고 이 마을…… 이 칼라들은…… 그 선을 따라 쭉 흩어져 있단 말이죠?"

"소문에 따르면 그렇다니까, 괜찮으시다면 그렇게 믿으세요. 상인들은 많이 왔다 갔다 해요. 여기서 보면 서북쪽에서 큰 강이 두 줄기로 갈라져요. 둘 중에 동쪽 지류를 데바테테 와이라고 하는데, 작은 와이 강이라는 뜻이에요. 북쪽에선 당연히 물길로 오는 사람들이 많죠. 강이 북쪽에서 남쪽으로 흐르니까요, 보시다시피."

"그렇게 보이네요. 그럼 동쪽은요?"

에디의 말에 잘리아는 시선을 내리깔았다. "선더클랩이에요." 목소리가 잘 들리지도 않을 만큼 작았다. "그쪽으로는 아무도 안 가요."

"왜요?"

"암흑의 땅이니까요." 잘리아가 말했다. 시선은 여전히 무릎에 고정된 채였다. 뒤이어 그녀가 한 팔을 들더니, 이번에는 롤랜드 일행이 온 쪽을 가리켰다. 중간 세계 저편이었다. "저쪽은 세계가 종말을 맞는 곳이에요. 소문으로는 그래요. 그리고 저쪽은……." 잘리아는 동쪽을 가리키며 고개를 들고 에디를 마주 보았다. "저쪽 선더클랩은, *이미* 종말을 맞았어요. 그 중간에 저희가 있어요. 그저 평화롭게 살고 싶은 저희가."

"그럴 수 있을 것 같아요?"

"아니요."

에디는 잘리아가 울고 있는 것을 그제야 알아차렸다.

2

그 대화가 끝난 직후, 에디는 먼저 일어서겠다고 말하고는 볼일을 보러 잡목이 우거진 곳으로 걸어 들어갔다. 쪼그리고 앉은 자세에서 일어나 뒤처리를 하려고 나뭇잎으로 손을 뻗었을 때, 바로 등 뒤에서 목소리가 들려왔다.

"안 돼요, 사이, 제발 참으세요. 그 잎에는 독이 있습니다. 그걸로 닦으면 엄청나게 가렵습니다."

에디는 화들짝 놀라서 휙 돌아섰다. 한 손으로는 청바지 허릿단을 붙잡고 다른 손은 가까운 나무의 가지에 걸린 롤랜드의 총 띠를 향해 뻗으면서. 그러다가 방금 들은 목소리의 주인이 누구인지(또는 무엇인지) 확인하고 살짝 경계를 늦췄다.

"앤디, 사람이 똥 때리고 있는데 뒤에서 기습하면 옐로카드야."

에디는 키가 작은 초록색 덤불을 가리켰다. "저건 어때? 저걸로 닦아도 많이 괴로울까?"

철컥거리는 소리와 침묵이 번갈아 이어졌다.

"왜? 내가 뭐 잘못 말했어?"

"아니요. 전 그냥 정보를 처리하고 있을 뿐입니다, 사이. 옐로카드: 미등록 어휘. *기습하다*: 저는 기습한 적이 없습니다, 그냥 걸어왔지요. *똥 때리다*: 배설 행위를 뜻하는 속어로 보이며……"

"맞아, 바로 그거야. 근데 있잖아, 앤디…… 네가 살금살금 다가오지 않았다면 내가 왜 네 기척을 못 알아챘을까? 봐, 저 키 작은 덤불들. 사람이 덤불을 지나가면 소리가 나는 게 당연하지."

"저는 사람이 아닙니다, 사이." 앤디가 말했다. 그 목소리가 에디의 귀에는 우쭐하게 들렸다.

"그럼 녀석이라고 하자. 너 같이 덩치 큰 녀석이 어떻게 그렇게 조용히 움직일 수가 있지?"

"프로그래밍입니다. 그 잎은 닦아도 괜찮습니다."

에디는 어이가 없다는 듯이 허공을 보고는 잎을 한 움큼 뜯었다.

"아, 그래. 프로그래밍. 당연하지. 그걸 왜 몰랐을까. 생키, 사이. 기나긴 나날과, 어, 엿이나 먹다가 천국에나 가버려."

"천국. 사람이 죽은 후에 가는 곳. 일종의 낙원. 영감님 말씀에 따르면 천국에 간 사람들은 전능하신 하느님 오른편에 앉아 있다고 합니다. 영원토록."

"그래? 그럼 왼편에는 누가 앉는데? 터퍼웨어 외판원들?"

"저는 모릅니다, 사이. 저에게 *터퍼웨어*는 미등록 어휘입니다. 별자리 운세 보시겠습니까?"

"좋지." 에디는 아이들 웃음소리와 개너구리 짖는 소리를 따라 야영지 쪽으로 돌아가기 시작했다. 구름 낀 하늘 아래에서도 번쩍이는 거대한 앤디가 곁에서 함께 걸었지만, 기계가 작동하는 소리는 전혀 안 들리는 듯했다. 꽤나 으스스했다.

"생일이 언제이신가요, 사이?"

에디는 이거라면 자신도 알은척할 수 있을 듯싶었다. "염소의 달." 그리고 기억을 더듬어 조금 더 덧붙였다. "수염 난 염소 말이야."

"겨울의 눈은 고뇌로 가득하고, 겨울에 태어난 아이는 강인하고 야성적이지요." 앤디가 말했다. 그랬다, 정말로 젠체하는 목소리였다.

"강인하고 야성적이다, 내 얘기네. 목욕물에 몸을 담근 지가 벌써 한 달이 넘었으니 틀림없이 강인하고 야성적인 냄새가 나겠지. 또 뭐 없어, 앤디 할아범? 내 손금이라도 볼래?"

"그건 안 봐도 됩니다, 사이 에디."

흐뭇한 기색이 또렷한 로봇의 목소리를 들으며 앤디는 생각했다. *내가 이런 사람이야, 가는 곳마다 기쁨을 선사하는 남자. 이젠 로봇도 나를 사랑하잖아. 이게 나의 카인 거지.*

"지금은 만지 기간입니다, 감사할 일이지요. 달은 붉은색, 중간 세계에서는 '사냥꾼 여신의 달'이라고 불립니다. 당신은 여행을 떠날 거예요, 에디! 아주 멀리! 친구들과 함께! 바로 오늘 밤에 당신은 칼라 뉴욕으로 돌아갈 겁니다. 거기서 '어둠의 여인'을 만날 거예요. 당신은……"

"그 뉴욕 여행 이야기는 좀 자세히 듣고 싶은데." 에디는 걸음을 멈췄다. 이제 야영지가 코앞이었다. 오가는 사람들의 모습이 보일 정도로. "농담할 생각은 하지 마, 앤디."

"당신은 토대시에 빠질 거예요, 사이 에디! 친구 분들이랑 같이요. 조심하셔야 합니다. 카먼 소리가 들리면, 차임벨 소리라고 하면 아시겠지요, 그 소리가 들리면 서로에게 정신을 집중하셔야 합니다. 잃어버리지 않게요."

"네가 그런 걸 어떻게 알아?"

"프로그래밍입니다. 별자리 운세 상담은 끝났습니다. 요금은 무료입니다." 이어지는 앤디의 말이 에디에게는 미친 소리의 정점으로 들렸다. "사이 캘러핸께서, '영감님' 말입니다, 그분께서 저는 운세를 점칠 자격이 없으니 돈을 받으면 안 된다고 하셨습니다."

"사이 캘러핸께서 말씀 한번 잘하셨네." 에디가 말했다. 그러고는 앤디가 다시 걸음을 옮기려 할 때 이렇게 덧붙였다. "잠깐만, 앤디. 부탁이야." 현지 말투가 이렇게 빨리 입에 붙다니, 정말이지 신기한 일이었다.

앤디는 주저 없이 멈춰 서서 에디 쪽을 돌아보았다. 두 눈을 파랗게 반짝이면서. 에디는 토대시에 관해 물어볼 것이 산더미 같았지만, 당장은 다른 것에 더 관심이 있었다.

"너 늑대들에 관해서 알지."

"아, 그럼요. 제가 사이 티안께 알려드렸습니다. 노발대발하시더군요." 또다시 앤디의 목소리에서 우쭐함 비슷한 기색이 느껴졌지만…… 단순히 말투 때문일 것이 뻔했다. 그렇지 않은가? 제 아무리 오랜 세월을 견디고 살아남은 로봇이라고 한들, 사람의 속을 긁으면서 즐거워하는 로봇이 있을 리가 없었다. 안 그런가?

미친 모노레일 기관차를 벌써 잊었나 봐요, 자기? 에디의 머릿속에서 수재나가 말했다. 제이크의 목소리가 뒤를 이었다. *블레인은 고통이에요.* 다음은 에디 자신의 목소리였다. *에디, 이 녀석을 놀이공원의 운세 봐주는 기계 정도로 여겼다간 너 큰코다칠 거다.*

"늑대들 얘기 좀 해봐."

"뭐가 궁금하십니까, 사이 에디?"

"우선은, 놈들이 어디에 사는지부터. 그 자식들이 발을 쭉 뻗고

방귀도 맘 편하게 뀌는 곳 말이야. 다음은 놈들의 대장이 누군지. 아이들은 왜 잡아 가는지. 그리고 끌려간 아이들은 왜 망가져서 돌아오는지." 뒤이어 또 다른 의문이 퍼뜩 떠올랐다. 어쩌면 가장 답하기 쉬운 의문일 수도 있었다. "그런데 넌 그놈들이 오는 걸 어떻게 알았어?"

앤디의 배 속에서 철컥거리는 소리가 났다. 이번에는 한참 동안, 거의 1분 동안 꼬박 들렸다. 마침내 앤디가 입을 열었을 때, 흘러나온 목소리는 전과 달랐다. 그 목소리를 듣고 에디는 예전 한동네에 살던 경찰관 보스코니가 떠올랐다. 별명이 '보스코 밥'이었던 보스코의 관할 구역은 브루클린 대로였다. 경찰봉을 빙빙 돌리면서 거리를 순찰할 때 마주치는 보스코는 인간 대 인간의 인사를 할 줄 알았다. 안녕, 에디, 어머니 잘 계시냐, 사람 구실 못하는 네 형도 잘 있고, 너 경찰 체육단 학생 회원으로 등록할래, 그래, 체육관에서 보자, 담배는 배울 생각도 말고, 잘 가라. 그러나 상대에게서 구린 구석이 보일 때면 보스코 밥은 알고 지내기 싫은 사람으로 변신했다. 그럴 때의 '보스코니 경관'은 웃지 않았고, 안경 너머의 두 눈은 (거대한 초승달 지대 어쩌고 하는 이 일대에서는 마침 '염소의 달'에 해당하는) 2월의 살얼음 낀 웅덩이 같았다. 보스코 밥은 에디를 때린 적이 한 번도 없었지만, 에디는 깝죽대다가는 이 빌어먹을 짭새한테 얻어터지겠구나 하고 확신한 적이 두어 번 있었다. 그중 한 번은 어떤 아이들이 우 킴 슈퍼마켓에 불을 질렀을 때였다. 보스코 밥의 경우는 조현병 같은 증상, 적어도 데타/오데타 식의 교과서적인 증상은 아니었다. 하지만 비슷했다. 보스코니 경관에게는 두 가지 인격이 있었다. 하나는 서글서글한 남자였다. 다른 하나는 경찰이었다.

다시 말을 시작했을 때, 앤디는 더 이상 예전의 목소리로 말하지 않았다. 사람은 좋지만 좀 덜떨어진 삼촌, 즉《인사이드 뷰》같은 잡지에 실린 악어 소년 기사나 부에노스아이레스에 살아 있는 엘비스 프레슬리 기사 따위를 진짜로 믿는 삼촌의 목소리가 아니었다. 이제 앤디의 목소리는 감정이 느껴지지 않았고, 왠지 살아 있는 것 같지도 않았다.

바꿔 말하면, *진짜* 로봇 같았다.

"당신의 암호는 무엇입니까, 사이 에디?"

"어?"

"암호를 입력하세요. 10초 남았습니다. 9······ 8······ 7······"

에디는 전에 봤던 스파이 영화를 떠올렸다. "그러니까 지금 나 보고 '카이로에는 장미가 만발했다' 같은 소릴 하란 말이지, 그럼 넌 '윌슨 부인네 정원에만'이라고 할 테고. 그다음엔 내가······"

"암호를 잘못 입력하셨습니다, 사이 에디······ 2······ 1······ 0." 에디는 앤디의 배에서 들려온 낮게 쿵쿵거리는 소리가 몹시도 거슬렸다. 꼭 예리한 식칼이 고기를 썰다가 그 아래의 나무 도마까지 썰어대는 소리 같았다. 에디는 자신도 모르는 사이에 처음으로 옛사람들의 존재를 떠올렸다. 분명 앤디를 만들었을 그 사람들을(어쩌면 그들 이전에 살았던, 이를테면 '원조 옛사람들'이 있을지도 몰랐다. 누가 알겠는가?). 만약 러드의 마지막 생존자들이 그 옛사람들의 표본이라면, 결코 알고 지내고 싶지 않은 사람들이었다.

"1회 재입력하실 수 있습니다." 차가운 목소리가 말했다. 별자리 운세를 알고 싶으냐고 묻던 목소리와 비슷한 구석이 있었지만, 좋게 말한다고 해도 그저 그뿐이었다. 비슷한 구석. "재입력하시겠습니까, 뉴욕의 에디?"

에디는 재빨리 머리를 굴렸다. "아니, 됐어. 어차피 제한된 정보잖아, 안 그래?"

철컥 소리가 몇 차례. 그리고 이어진 말. "*제한*: 통제하다, 특정 한도 안으로 유지하다, 정식 문서 또는 큐 디스크 내의 정보처럼. 정보를 이용하도록 승인받은 사람만 접근할 수 있다. 승인을 받은 사람은 암호를 입력하여 신원을 밝힌다." 잠시 생각에 잠겨 침묵하던 앤디가 다시 말을 시작했다. "그렇습니다, 에디. 그 정보는 제한되어 있습니다."

"이째서?"

답을 기대한 질문이 아니었지만, 앤디는 에디에게 대답을 들려주었다. "19호 명령 때문입니다."

에디는 앤디의 강철 옆구리를 철썩 쳤다. "그럴 줄 알았어, 이 친구야. 당연히 19호 명령 때문이겠지."

"혹시 확장판 별자리 운세가 궁금하신가요, 에디 사이?"

"그냥 넘어갈게."

"「어젯밤에 내가 마신 지미 주스」라는 노래도 있는데, 어떠신가요? 재미난 가사가 잔뜩 이어집니다." 에디의 횡격막 근처에서 귀에 거슬리는 피리 소리가 나기 시작했다.

재미난 가사라는 말이 왠지 불길하게 느껴졌던 에디는 일행이 있는 쪽을 향해 걸음을 서둘렀다. "다음으로 미루는 게 어떨까? 지금은 커피 한잔 더 하고 싶은데."

"좋을 대로 하십시오, 사이." 그렇게 말하는 앤디가 에디에게는 왠지 쓸쓸해 보였다. 올여름에는 경찰 체육단 활동을 할 시간이 없다는 말을 들었을 때의 보스코 밥처럼.

3

롤랜드는 튀어나온 바위에 앉아 자기 몫의 커피를 마셨다. 에디의 이야기를 듣는 동안 그는 말이 없었고, 표정 역시 단 한 번 살짝 바뀌었다. '19호 명령'이라는 말을 들었을 때 눈썹이 미세하게 올라갔던 것이다.

두 사람이 있는 곳에서 공터 건너 저편에서는 슬라이트먼의 아들 베니가 빨대를 만들어 신기할 정도로 안 터지는 비눗방울을 불어대는 중이었다. 오이는 그 비눗방울을 쫓으며 몇 개를 이빨로 터뜨리는 사이에 슬슬 베니의 의도를 알아챘다. 비눗방울을 한데 모아서 조그맣고 연약한 빛의 더미를 만들려는 것이었다. 그 비눗방울 더미를 보며 에디는 마법사의 무지개를, 그 위험한 수정 구슬들을 떠올렸다. 그중 한 개가 정말로 캘러핸의 수중에 있을까? 그것도 가장 사악한 검은 13이?

아이들 너머의 공터 끝자락에는 앤디가 불룩한 스테인리스스틸 가슴 위로 은빛 팔을 교차시켜 팔짱을 낀 채 서 있었다. 에디가 보기에는 일행을 위해 운반하고 조리한 식사의 뒷정리를 하려고 기다리는 중인 듯했다. 완벽한 하인이었다. 요리를 하고, 설거지도 하고, 앞으로 만날 어둠의 여인 이야기까지 들려주는 하인. 다만 그 하인이 19호 명령을 위반할 거라는 기대는 할 수 없었다. 어쨌거나 암호를 입력하지 않는 한은.

"모두 이리 모여주겠소?" 롤랜드가 목소리를 살짝 키워 말했다. "이제 잠시 대화를 나눌 시간이 됐소. 다행히 길지는 않을 거요, 적어도 우리 쪽은 사이 캘러핸이 도착하기 전에 이미 대화를 나눴소. 그리고 대화란 것은 길어지면 피곤해지게 마련이니."

모여든 사람들은 고분고분한 아이들처럼 롤랜드 곁에 둘러앉았다. 칼라에서 온 이들과 그보다 더 멀리서 온, 그리고 어쩌면 온 길보다 갈 길이 더 먼 이들 모두.

"우선 당신들이 늑대들에 관해 뭘 아는지 듣고 싶소. 에디가 말하길 앤디는 어떻게 놈들의 동태를 아는지 밝히지 않으려 한다던데."

"사실입니다." 슬라이트먼이 구시렁거리는 말투로 입을 열었다. "처음에 앤디를 만든 사람들이 그 문제에 대해서는 입을 꽉 다물게 해놨습니다. 나중에 앤디를 소유한 사람들이 한 짓인지도 모르지요. 그래도 늑대들이 올 때가 되면 항상 경고는 해줍니다. 그 밖의 다른 일에 관해서라면 쉴 새 없이 입을 놀리고요."

롤랜드는 칼라의 부농 쪽으로 눈을 돌렸다. "설명을 맡아주시겠소, 사이 오버홀저?"

티안 재퍼즈는 자신이 선택받지 못해서 실망한 표정이었다. 그의 아내 역시 남편이 떠올린 생각에 실망한 눈치였다. 슬라이트먼은 롤랜드가 누구에게 설명을 부탁할지 이미 알고 있었다는 듯이 고개를 끄덕였다. 오버홀저 본인은 에디의 예상과 달리 우쭐한 기색을 보이지 않았다. 대신 자신의 꼰 다리와 낡은 장화를 내려다보며, 손바닥으로 뺨을 문지르며, 거의 30초 동안 골똘히 생각했다. 공터는 너무나 조용해서 그 부농의 손바닥이 이삼일 동안 자란 수염을 쓸면서 내는 미세한 소리가 에디의 귀에 들릴 정도였다. 그러다 마침내 오버홀저가 한숨을 쉬고 고개를 끄덕이더니, 얼굴을 들어 롤랜드를 바라보았다.

"고맙소. 당신은 내가 생각했던 그런 사람이 아니구려. 그건 인정해야겠소. 당신의 텟도 그렇고." 오버홀저는 티안 쪽으로 몸을 틀었다. "우리를 여기까지 데려온 건 잘한 일이네, 티안 재퍼즈. 이 모임은 반드시 성사되어야 했어. 자네에게 감사하네."

"여러분을 모셔온 사람은 제가 아니에요. 영감님이죠."

티안의 말에 오버홀저가 캘러핸을 향해 고개를 끄덕였다. 캘러핸은 고개를 끄덕여 답례한 다음, 흉터가 진 손으로 성호를 그었다. 에디에게는 그 손짓이 자기 덕분이 아니라 하느님 덕분이라고 말하는 듯했다. 어쩌면 그럴지도 몰랐지만, 활활 타는 불 속에서 석탄을 꺼내야 할 일이 생기면 에디는 하느님과 인간 예수로 구성된 천국의 총잡이 이인조보다 길르앗의 롤랜드가 두 배는 더 믿음직스러웠다.

롤랜드는 기다렸다. 차분한 표정으로, 더없이 정중하게.

마침내 오버홀저가 이야기를 시작했다. 그는 거의 15분에 걸쳐 천천히 말하면서도 결코 요점에서 벗어나지 않았다. 맨 처음은 쌍둥이 문제였다. 칼라 주민들은 다른 지역과 과거의 다른 시대에는 아기가 쌍으로 태어나는 경우가 일반적이지 않고 예외라는 것을 깨달았다. 그러나 거대한 초승달 지대의 이쪽 지역에서는 재퍼즈네 아들 에런처럼 한 명만 태어나는 경우가 예외였다. 그것도 극히 드문 예외였다.

그리고 약 120년 전(어쩌면 150년 전일 수도 있었다, 시간의 흐름이 어그러진 이상 딱 잘라 말하기란 불가능했으므로), 늑대들이 습격을 시작했다. 정확히 한 세대에 한 번은 아니었다. 그러려면 약 20년에 한 번씩 쳐들어와야 했는데 그보다는 뜸했던 것이다. 그럼에도, 시간의 간극은 *대략* 그 정도였다.

에디는 늑대들이 선더클랩에서 쳐들어오기 시작한 지가 200년도 안 됐다면 어떻게 옛사람들이 앤디로 하여금 늑대들에 관해 입을 다물도록 할 수 있었는지 오버홀저와 슬라이트먼에게 물어볼까 하다가, 이내 생각을 접었다. 롤랜드 식으로 말하면 답할 수 없는 질문을 던지는 것은 시간 낭비이기 때문이었다. 그렇다 해도 이는 흥미로운 의문이었다. 그렇지 않은가? 누군가(또는 *무언가*) '메신저(외 다양한 기능) 앤디'를 마지막으로 프로그래밍한 때가 언제였는가 하는 의문은 확실히 흥미로웠다.

그리고 그렇게 한 이유도.

오버홀저가 말하길, 아이들은 대략 세 살에서 열네 살 사이의 쌍둥이들 가운데 각각 한 명이 동쪽의 선더클랩으로 끌려갔다(이 대목에서 에디의 눈은 아들의 어깨를 끌어안는 슬라이트먼을 놓치지 않았다.). 아이들이 그곳에 머무는 시간은 비교적 짧았다. 몇 주, 때로는 두 달 정도였다. 그 기간이 지나면 대부분은 집으로 돌아왔다. 돌아오지 않은 몇 명은 어둠의 땅에서 죽었으리라 여겨졌다. 아이들을 데리고 무언가 사악한 의식을 치르다가, 몇몇의 경우에는 단지 망치는 데 그치지 않고 죽여버렸으리라는 것이었다.

살아서 돌아온 아이들은 그저 순해빠진 바보가 되어 있었다. 다섯 살배기 아이는 힘들게 배운 말을 다 잊어버린 채 옹알이를 하며 마음에 드는 것이라면 뭐든 손을 뻗는 상태로 돌아가 있었다. 그런 아이는 이삼 년 전에 뗀 기저귀를 다시 차야 했고, 열 살 또는 열두 살이 될 때까지 그렇게 지내야 했다.

"웬걸요, 저희 티아는 *지금도* 엿새에 한 번은 오줌을 지립니다. 보름에 한 번은 똥을 뭉개고요." 티안이 말했다.

"그 말이 맞소." 오버홀저가 우울한 표정으로 맞장구를 쳤다. "내 쌍둥이 형제 웰런드는 죽을 때까지 그 모양이었소. 거의 항상 곁에서 지켜봐야 하는 건 말할 것도 없고. 뭔가 좋아하는 걸 찾기라도 하면 배가 터지기 직전까지 먹어댔으니. 자네 누이는 누가 봐주나, 티안?"

"제 사촌이오." 티안이 말하기 전에 잘리아가 먼저 대답했다. "지금은 헤든이랑 헤다도 조금씩 도와주고 있어요. 이제 그 애들도 나이가 웬만큼……" 자기가 무슨 말을 하는지 깨달았는지, 잘리아가 입을 다물었다. 그러고는 다문 입술을 일그러뜨린 채 침묵을 지켰다. 에디는 어찌된 사정인지 짐작이 갔다. 지금 헤든과 헤다는 집안일을 거들고 있었다. 둘 중 한 명은 내년에도 거들 터였다. 하지만 다른 한 명은……

열 살에 끌려간 아이의 경우에는 간단한 말을 기억한 채로 돌아오기도 했지만, 그 이상은 결코 더 배우지 못했다. 늦은 나이에 끌려간 아이들의 경우가 가장 끔찍했는데 이는 자신이 겪은 일을 어렴풋이나마 이해하기 때문이었다. 자신이 빼앗긴 것이 무엇인지를. 그런 아이들은 엉엉 울거나, 아니면 혼자서 몰래 집을 빠져나가 동쪽을 멍하니 바라보곤 했다. 그쪽에서 무슨 물건을 잃어버린 사람처럼. 흡사 자신들의 가엾은 두뇌가 그쪽에 보이기라도 하는 것처럼, 캄캄한 하늘에 새 떼처럼 빙빙 돌고 있는 것처럼. 그런 아이들 가운데 대여섯은 세월이 흐르는 동안 스스로 목숨을 끊기도 했다(이 대목에서 캘러핸은 한 번 더 성호를 그었다.).

룬트가 된 아이들은 말과 행동뿐 아니라 체격마저 어린애인 채로 열여섯 살을 맞았다. 그리고 대부분 그때부터 무서운 속도로 성장해서 덩치가 어린 거인만 해졌다.

"직접 보고 함께 겪은 사람이 아니면 그게 도대체 어떤 건지 상상도 못할 겁니다." 티안은 모닥불의 재를 가만히 보면서 말했다. "그들에게 얼마나 고통스러운 과정인지 말입니다. 이가 나기 시작할 때 아기들이 어떻게 우는지 아십니까?"

"네." 수재나가 대답했다.

티안이 고개를 끄덕였다. "룬트가 된 아이들은 온 몸에서 이가 난다고 생각하시면 됩니다."

"옳은 말이오." 오버홀저가 맞장구쳤다. "1년하고도 넉 달, 아니면 거의 1년 반 동안, 내 쌍둥이 형제가 한 일이라곤 자고 먹고 울고 자란 것뿐이었소. 아예 *자면서도* 울던 기억이 지금도 생생하다오. 일어나서 곁에 가보면 가슴, 머리, 다리에서 속삭이는 것 같은 소리가 들렸소. 밤 동안 몸속의 뼈가 자라는 소리였던 거요."

에디는 얼마나 끔찍한 일인지 곰곰이 생각했다. 거인이 나오는 『잭과 콩나무』 같은 이야기는 들어봤어도 거인이 *되는* 것이 어떤 일인지 생각해본 적은 그때껏 없었기 때문이었다. 온 몸에서 *이가 나는 것 같단 말이지.* 에디는 그 생각에 소름이 끼쳤다.

"기간은 1년 반, 그보다 더 길어지는 경우는 없었소. 하지만 그 아이들한테는 그 시간이 얼마나 길었겠소? 시간 감각이 새나 벌레 수준인 아이들한테."

"영원이었겠죠." 수재나는 낯빛이 파리했고 목소리도 아픈 사람 같았다. "영원 같았을 거예요."

"밤이면 뼈들이 자라면서 속삭이는 소리를 내는 거요." 오버홀저가 말했다. "두개골이 자라면서 두통이 찾아오고."

"잘먼은 아흐레 동안 잠시도 안 쉬고 비명을 지른 적도 있어요." 잘리아가 말했다. 목소리는 담담했지만, 에디가 본 그녀의 눈은 두려움으로 물들어 있었다. "양쪽 광대뼈가 볼록 솟았어요. 뼈가 올라오는 게 눈에 보였죠. 이마도 점점 불룩하게 튀어나왔는데, 귀를 가까이 대면 머리뼈가 팽창하면서 빠직거리는 소리가 들렸어요. 끝에 매달린 얼음의 무게를 못 이기고 휘어지는 나뭇가지처럼요. 그렇게 아흐레 동안 비명을 질렀어요. 아흐레 동안. 아침, 점심, 한밤중에도. 목이 터지도록. 눈물이 줄줄 흐르도록. 식구들은 모든 신의 이름으로 기도를 드렸어요, 그 애의 목이 쉬게 해달라고요. 아니면 차라리 기절하게 해달라고. 집에 총이 있었으면 짚으로 만든 요에 누워서 몸부림치는 그 애의 고통을 끝내줬을 거예요. 사실은요, 비명이 멈췄을 때 우리 아버지는 그 애의 목을 막 그으려고 준비하던 참이었어요. 그러고 나서도 한동안은 뼈가 자랐어요, 온몸의 뼈가요. 머리뼈가 제일 지독했는데 그것도 결국에는 멈췄고요. 신들께 감사할 일이죠, 인간 예수님께도."

잘리아는 캘러핸을 보며 고개를 끄덕였다. 캘러핸도 고개를 끄덕여 답례한 다음, 손을 뻗어 잘리아 쪽을 향한 채 한동안 가만히 들고 있었다. 잘리아는 다시 롤랜드 일행 쪽으로 고개를 돌렸다.

"이제 저도 자식이 다섯이나 있어요. 에런은 다행히 무사하겠지만, 헤든과 헤다는 열 살이에요. 제일 위험한 나이죠. 리먼하고 리아는 겨우 다섯 살인데, 그 정도면 이미 충분한 나이예요. 다섯 살이면……."

잘리아는 두 손에 얼굴을 묻고 더는 말하지 않았다.

4

오버홀저가 말하길, 그렇게 순식간에 성장하는 단계가 끝나면 룬트 가운데 일부는 일을 하기도 했다. 그러나 대부분은 나무 그루터기 뽑기나 말뚝 구멍 파기 같은 간단한 일을 시키는 것조차 불가능했다. 그런 룬트들은 투크의 잡화점 앞 계단에 앉아 있거나, 떼를 지어 들판을 흐느적흐느적 걸어다녔다. 덩치가 거대하고 지능은 떨어지는 젊은 남녀가, 이따금 서로를 보고 씩 웃고 옹알거리면서, 이따금 동그랗게 뜬 눈으로 하늘을 올려다보면서.

그나마 다행인 점은 룬트들이 짝짓기를 안 한다는 것이었다. 모두가 거대한 덩치로 자라는 것은 아니었고 지적 능력과 신체 능력도 어느 정도는 제각각이었지만, 모두에게 공통된 특징이 하나 있었다. 돌아온 아이들이 성적으로는 이미 송장이었다는 점이었다.

"표현이 적나라해서 미안하오만." 오버홀저가 말했다. "내 형제 웰런드는 마을에 돌아온 후로 아침 텐트 한 번 친 적이 없었을 거요. 잘리아, 자네 집 잘먼은…… 혹시……?"

그 말에 잘리아는 고개를 저었다.

"놈들이 쳐들어왔을 때 몇 살이셨소, 사이 오버홀저?" 롤랜드가 물었다.

"첫 번째 습격 말씀이시겠지. 그때 웰런드하고 나는 아홉 살이었소." 이제 오버홀저의 말이 빨라졌다. 미리 연습한 말이 아닌가 하는 느낌도 들었지만, 에디 생각에는 아닐 듯싶었다. 오버홀저는 칼라 브린 스터지스의 유지였다. 그는, 맙소사, 부농이었던 것이다. 그런 사람이 머릿속에서 자신의 어린 시절로, 작고 무력하고 겁에 질렸던 그때로 돌아가기란 쉬운 일이 아니었다. "부모님은 우리 형제를 지하실에 숨기려고 하셨소. 적어도 나는 그렇게 들었소. 내가 기억하는 건 아무것도 없소, 정말이오. 아마 잊어버리라고 스스로에게 타일렀는지도 모르겠소. 그래, 아마 그랬을 거요. 개중에는 남들보다 더 생생하게 기억하는 사람도 있소만, 그래봤자 결론은 한가지요, 롤랜드. 한 명은 잡혀갔고 한 명은 남았다는 것. 잡혀간 아이는 룬트가 돼서 돌아왔고, 조금이나마 일할 수 있을지는 몰라도 허리 아래는 이미 죽은 거나 마찬가지였소. 그러다가…… 서른 살이 넘으면……."

룬트가 된 쌍둥이들은 삼십대에 들어서면 놀랄 만큼 급속히 늙어 버렸다. 머리는 하얗게 셌고, 몽땅 빠져 버리는 사람도 있었다. 눈은 침침해졌다. (지금 티아 재퍼즈와 잘먼 후닉이 그렇듯이) 괴력을 발휘하던 근육은 축 처져서 오그라들었다. 개중에는 잠든 사이에 평온하게 숨을 거두는 룬트도 있었다. 그보다 훨씬 많은 수가 전혀 평온하지 않은 최후를 맞았다. 종양이, 피부에 생기는 종양도 있었지만, 훨씬 많은 경우에 배나 머리 안쪽에 생겼다. 뇌 속에. 룬트들은 하나같이 늑대들만 아니었더라면 누렸을 천수를 다하지 못한 채 숨을 거두었고, 대개는 평범한 아이에서 거인으로 성장할 때와 똑같이 죽어갔다. 고통 속에 비명을 지르면서. 에디는 말기 암처럼 보이는 증상으로 죽어간 그 지적 장애인들 가운데 과연 몇 명이 맨손에 질식당했을지, 또는 고통과 수면 너머 머나먼 곳으로 데려다 줄 강력한 진정제를 투여받았을지 문득 궁금해졌다. 입 밖에 꺼낼 수 있는 의문은 아니었지만, 답은 아마도 '많다'일 듯싶었다. 롤랜드는 이따금 딜라라는 단어를 쓸 때가 있었는데 그럴 때면 늘 손으로 가볍게 지평선을 가리켰다.

'많다'라는 뜻이었다.

칼라에서 온 손님들은 괴로움을 못 이겨 입과 기억의 통제력을 잃고 한참 동안 이 집 저 집의 슬픈 일화들을 잔뜩 늘어놓을 수도 있었지만, 롤랜드가 이를 허락하지 않았다. "이제 늑대들 이야기를 해보시오, 부탁이오. 쳐들어오는 놈들의 수가 몇이나 되오?"

"40명입니다." 티안 재퍼즈가 말했다.

"칼라 전체에 흩어진 놈들을 다 합쳐서 말입니까? 그럼 아닙니다, 40명이 넘어요." 슬라이트먼은 이렇게 말하고 나서 조금 미안한 표정으로 티안 쪽을 돌아보았다. "놈들이 마지막으로 왔을 때 자넨 겨우 아홉 살이었어, 티안. 난 이십대 초반이었고. 마을 안에는 한 40명이었을지 몰라도 근방의 농장과 목장까지 합치면 더 많았어. 다 합치면 60명은 될 겁니다, 사이 롤랜드. 어쩌면 80명일지도 모르고요."

롤랜드는 그 말이 사실인지 확인해주기를 바라는 듯 눈을 크게 뜨고 오버홀저를 돌아보았다.

"벌써 23년 전 일이란 걸 감안해야겠지만, 그래도 내 생각엔 한 60명이었던 것 같소."

"놈들을 늑대라고 하는데, 진짜 정체가 뭐요? 사람이오? 아니면 다른 어떤 것?"

오버홀저와 슬라이트먼, 티안, 잘리아. 한순간 에디는 그들이 공

유하는 *케프*를 느낄 수 있었다. 거의 귀에 들리는 듯했다. 그 생각에
에디는 쓸쓸하고 소외된 느낌이 들었다. 길모퉁이에서 입을 맞추는
연인들, 서로를 끌어안거나 서로의 눈을 들여다보며 오로지 서로에
게만 푹 빠져 있는 한 쌍을 볼 때처럼. 하지만 에디는 더 이상 그런
기분을 느낄 필요가 없었다. 그렇지 않은가? 그에게는 나름의 *카텟*
이 있었다. 나름의 *케프*가 있었다. 그만의 연인은 말할 것도 없고.

한편 롤랜드는 에디의 눈에 익은 손동작을 하고 있었다. 손가락
을 가만두지 못하고 뱅글뱅글 돌리는 그 손짓은 이렇게 말하는 듯
했다. *서둘러, 이 양반들아. 이러다 해 떨어지겠어.*

"놈들의 정체가 뭔지는 확실치 않소." 오버홀저가 말했다. "사람
처럼 보이기는 하지만, 가면을 쓰고 있으니."

"늑대 가면 말이군요." 수재나였다.

"그렇소, 부인. 늑대 가면이오. 놈들의 말처럼 회색이지."

"전원이 회색 말을 타고 온다는 말씀이오?" 롤랜드가 물었다.

이번 침묵은 아까보다 짧았지만, 에디는 앞서와 마찬가지로 *케프*
와 *카텟*의 낌새를 느낄 수 있었다. 텔레파시라는 말조차 제대로 어
울리지 않는, 너무나 근원적인 어떤 것을 통해 여러 마음이 서로 상
의하는 느낌이었다. 그것은 텔레파시보다 더 근원적이었다.

"이런, 예미럴!" 오버홀저가 외쳤다. 그 속어는 아마도 이런 뜻인
듯했다. *당연하지, 사람을 뭘로 보고 그딴 걸 두 번씩 물어봐.* "모두
회색 말을 타고 왔소. 놈들은 가죽처럼 보이는 회색 바지를 입었소.
무시무시한 강철 박차가 달린 검은 장화를 신었고. 초록색 망토와
후드를 쓰고. 거기다 가면까지. 놈들이 버리고 갔기 때문에 가면이
란 걸 알았소. 가면은 강철처럼 보이지만, 햇빛을 받으면 살처럼 썩

어버리지. 망할 것들."

"음."

오버홀저는 롤랜드의 멍한 반응을 보고 고개를 삐딱하게 기울였다. 조금은 모욕적인 그 몸짓은 꼭 이렇게 묻는 듯했다. *당신 바보요, 아니면 그냥 굼뜬 거요?* 다음으로 슬라이트먼이 말을 받았다. "그놈들이 타는 말은 질풍처럼 빠릅니다. 개중에는 아이들을 붙잡아서 한 명은 안장 앞에, 한 명은 안장 뒤에 태우고 달리는 놈도 있었습니다."

"그게 사실이오?"

슬라이트먼은 정신없이 고개를 끄덕였다. "신들께 맹세코 사실입니다." 그는 다시금 성호를 긋고 한숨을 쉬는 캘러핸을 보고 한마디 덧붙였다. "죄송합니다, 영감님."

캘러핸은 별일 아니라는 듯이 어깨를 으쓱했다. "자넨 내가 도착하기 전부터 이곳에 살았잖은가. 원하는 신의 이름은 뭐든 부르게, 내가 그 신들을 가짜로 여긴다는 것만 명심하고."

"그리고 놈들은 선더클랩에서 온단 말이로군." 롤랜드는 캘러핸의 마지막 말을 무시하고 말했다.

"그렇소. 저쪽으로 한 100휠만 더 가면 보일 거요." 오버홀저가 동남쪽을 가리켰다. "이 숲은 우리가 초승달 지대에 들어서기 전의 마지막 언덕에서 끝날 테니까 말이오. 거기선 동쪽 평원 전체가 한눈에 들어오는데, 그 너머는 거대한 암흑이오. 비구름이 지평선을 뒤덮은 것처럼. 까마득히 오래전에는 그곳의 산들이 보였다는 전설이 있소, 롤랜드."

"네브래스카 주에서 보이는 로키 산맥 같은 거네요." 제이크가 조그맣게 중얼거렸다.

오버홀저가 제이크를 흘깃 돌아보았다. "방금 뭐라고 했나, 제이크 소?"

"아무것도 아니에요." 제이크는 칼라의 부농을 보며 멋쩍게 살짝 웃었다. 그러는 동안 에디는 오버홀저가 방금 한 말을 기억 창고에 저장했다. 제이크에게 붙인 경칭은 *사이*가 아니라 소였다. 이것 역시 또 한 가지 재미였다.

"선더클랩은 우리도 들어본 적이 있소." 롤랜드의 목소리는 섬뜩할 정도로 무덤덤했다. 에디는 자신의 손을 파고드는 수재나의 손을 느끼고 안도했다.

"거긴 흡혈귀, 요정, *타힌*의 땅이에요. 이야기에 따르면요." 잘리아가 사람들에게 말했다. 가냘픈 목소리가 살짝 떨렸다. "물론 옛날이야기란 게 원래……"

"그 이야기는 사실이야." 캘러핸이 말했다. 냉랭한 목소리였지만, 에디는 거기서 두려워하는 기색을 느꼈다. 그것도 아주 또렷하게. "흡혈귀는 *실제*로 존재하네. 다른 것들도 존재할 걸세, 십중팔구는. 그리고 선더클랩은 놈들의 소굴이지. 원한다면 나중에 따로 이야기해도 좋습니다, 총잡이여. 지금은 그저 제 말을 들으십시오, 부탁입니다. 흡혈귀라면 제가 아주 잘 압니다. 늑대들이 칼라의 아이들을 잡아다가 흡혈귀에게 바치는지 어떤지는 알 수 없지만, 부디 아니기를 바라지만…… 사실입니다. 흡혈귀는 존재합니다."

"어째서 내가 의심하는 것처럼 말하는 거요?"

롤랜드의 말에 캘러핸은 시선을 내리깔았다. "왜냐면, 그런 사람이 많으니까요. 저 역시 전에는 그랬습니다. 잔뜩 의심하다가……"

캘러핸의 목소리가 갈라졌다. 헛기침이 끝나고 흘러나온 목소리는 거의 속삭이는 소리 같았다. "……그 의심 때문에 무너지고 말았지요."

롤랜드는 한동안 말없이 앉아 있었다. 낡아 빠진 장화 위의 앙상한 무릎을 두 팔로 끌어안고 쭈그려 앉은 채, 몸을 앞뒤로 살짝 까딱거리면서. 그러다가 오버홀저에게 물었다. "놈들이 오는 시각은 언제요?"

"내 형제 웰런드를 잡아갔을 때는 오전이었소. 아침을 먹고 얼마 안 지나서였지. 어떻게 기억하냐면, 웰런드가 어머니한테 지하실로 커피를 들고 가도 되냐고 물었기 때문이오. 하지만 마지막으로 쳐들어왔을 때는…… 티안의 누이와 잘리아의 형제, 그리고 여러 아이들을 잡아갔던 그때는……"

"저도 조카 셋을 빼앗겼습니다. 남자애 둘, 여자애 하나." 슬라이트먼이 끼어들었다.

"그때는 공회당의 종이 정오를 알린 지 얼마 안 됐을 때였소. 그날인지 어떻게 알았냐면, 앤디가 알고 있었기 때문이오. 그 정도는 우리한테도 가르쳐주니까. 동쪽에서부터 놈들이 탄 말 떼의 발굽 소리가 천둥처럼 들려왔고, 흙먼지도 자욱하게……"

"그러니까 놈들이 언제 오는지 미리 안다는 말씀이구려. 실은 당신의 이야기에서 알 수 있는 단서는 세 가지나 있소. 앤디, 말발굽 소리, 자욱한 흙먼지."

롤랜드의 말에 숨은 뜻을 알아차린 오버홀저는 두툼한 볼에서 목까지 벽돌처럼 벌겋게 물들었다. "놈들은 무장을 하고 왔소, 롤랜드, 알겠소? 총이 있단 말이오. 당신네 텟이 지닌 리볼버는 물론이고 라이플에, 수류탄까지. 그리고 그게 다가 아니오. 옛사람들이 남긴 가공할 무기도 있소. 닿기만 해도 죽는 라이트 스틱에, '드론' 또는 '스니치'라고 부르는 날아다니는 금속 공도 있소. 라이트 스틱은 사람의 살갗을 태우고 심장을 멎게 하는 무기요. 아마 전기이거나, 아니면, 어쩌면……."

오버홀저의 마지막 말이 앤디의 귀에는 *원주율*처럼 들렸다. 처음에는 그가 '원재료'를 잘못 말한 듯싶었다. 그러다가 이내 '원자력'일 거라는 생각이 들었다.

"드론은 한번 노린 표적은 아무리 빨리 달아나도 놓치질 않아요." 슬라이트먼의 아들 베니가 진지한 표정으로 말했다. "아무리 방향을 바꿔서 달아나도 소용없어요. 그렇죠, 아빠?"

"아무렴. 게다가 눈에 보이지도 않을 정도로 빠르게 회전하는 칼날이 있어서 표적을 갈가리 찢어버리지."

"모두가 회색 말을 타고 온다." 롤랜드가 중얼거렸다. "전원이 똑같은 색이다. 그 외에는?"

그게 다인 모양이었다. 이야기는 그것으로 끝이었다. 그들은 앤디가 미리 가르쳐준 날에 동쪽에서 나타났고, 한 시간 남짓 되는 끔찍한 시간 동안 칼라에는 회색 말 떼의 천둥 같은 발굽 소리와 부모들의 처량한 비명 소리가 가득했다. 초록색 망토가 나부꼈다. 금속처럼 보이지만 햇볕을 받으면 살처럼 녹아버리는 늑대 가면이 으르렁거렸다. 아이들은 붙잡혀갔다. 간혹 들키지 않고 무사히 남은 쌍둥이 몇 쌍을 보면 늑대들의 통찰력이 완벽하다고 할 수는 없었다. 그럼에도 에디는 놈들의 눈이 무서울 정도로 날카롭다고 생각했다. 왜냐면 (사람들이 자주 그랬듯이) 아이들을 다른 곳으로 옮기거나 (거의 항상 그랬듯이) 집에 감춰봤자 늑대들이 찾아냈기 때문이었다. 그것도 금세. 샤프루트 더미나 건초 더미 아래에 숨은 아이들도 예외가 아니었다. 놈들에게 맞선 칼라 주민들은 총을 맞거나 레이저인지 뭔지 모를 라이트 스틱에 통구이가 되거나, 날아다니는 드론에 갈가리 찢겼다. 맨 마지막 무기를 상상하며 에디는 헨리 형한테 붙잡혀서 보러 갔던 공포 영화가 떠올랐다. 영화 제목은 「환타즘」이었다. 장소는 오래된 머제스틱 극장. 브루클린과 마키 대로 교차점에 있는. 에디의 예전 삶과 마찬가지로 머제스틱 극장에서는 소변과 팝콘과 갈색 봉지에 든 싸구려 와인의 냄새가 풍겼다. 복도에는 가끔 버려진 주사기도 보였다. 멋진 곳은 아니었지만, 지금도 에디는 마음속 깊숙한 곳에서 머제스틱 극장이 삶의 일부였던 옛 시절을 애타게 그리워하곤 했다. 보통은 밤에, 도무지 잠이 올 기미가 안 보일 때 그러곤 했다. 어머니를 찾으며 울부짖는 납치당한 아이처럼, 애타게.

아이들은 끌려갔고, 말발굽 소리는 앞서 왔던 방향으로 멀어져 갔고, 그것으로 끝이었다.

"아뇨, 그럴 리 없어요." 제이크가 말했다. "아이들을 돌려보내려면 다시 와야 하잖아요, 안 그래요?"

"아니." 오버홀저였다. "룬트가 된 아이들은 기차를 타고 돌아온단다. 고철이 된 기차가 잔뜩 있으니 나중에 한번 보렴. 그리고…… 왜? 뭐 잘못됐니?"

제이크의 입이 떡 벌어졌다. 낯빛은 백지처럼 파리했다.

"바로 얼마 전에 기차에서 안 좋은 일을 겪어서 그래요." 수재나가 대신 대답했다. "아이들을 돌려주러 온다는 그 기차, 혹시 모노레일인가요?"

아니었다. 사실 오버홀저와 재퍼즈 부부와 슬라이트먼 부자는 모 노레일이 뭔지조차 몰랐다(십대 시절에 디즈니랜드에 간 적이 있던 캘 러핸은 예외였다.). 아이들을 데려다주는 기차는 평범한 구식 증기 기 관차가 끌고 왔는데(에디는 생각했다. *기관차 이름이 찰리는 아니었으면 좋겠네.*) 기관사는 없었고, 그 뒤에는 지붕이 없는 화물 차량 한두 칸 만 딸려 있었다. 아이들은 그 화물 차량 안에 옹송그리고 있었다. 마 을에 도착해서 보면 대개는 두려워서(선더클랩 서쪽의 날씨가 맑고 무 더울 경우에는 햇볕에 그을려서) 엉엉 울고 있었고, 음식과 말라붙은 분변으로 뒤덮인 몸은 탈수 상태였다. 철로가 끝나는 곳에는 역이 없었지만 오버홀저는 아마 몇 백 년 전에는 있었을 거라고 했다. 일 단 아이들을 내린 다음에는 말을 줄줄이 동원해서 녹슨 철로 위의 짧은 기차를 끌어내렸다. 에디는 문득 늑대들이 쳐들어온 횟수를 계 산하려면 고물 기차가 몇 대인지 세어보면 되겠다는 생각이 떠올랐 다. 나이테를 세서 나무의 나이를 계산하는 식으로.

"아이들이 기차를 탄 시간이 얼마나 될 것 같소? 도착했을 때의 상태로 판단하면 말이오."

롤랜드의 말에 오버홀저는 슬라이트먼에게로 눈을 돌렸다. 다음 은 티안과 잘리아 차례였다. "이틀? 사흘이려나?"

일행은 그렇지 않겠냐는 듯 어깨를 으쓱하고 고개를 끄덕였다.

"이삼일 정도일 거요." 오버홀저가 롤랜드에게 대답했다. 동행들 의 표정을 보면 그의 목소리에 깃든 자신감은 조금 지나친 듯했다. "그 정도면 햇볕에 타기에 충분한 시간이고, 갖고 있던 식량을 먹어 치우기에도……"

"자기들 몸에다 치덕치덕 바르기에도 충분하지요." 슬라이트먼이 구시렁거렸다.

"……그래도 탈진해서 죽을 만큼 오랜 시간은 아니니까. 그걸 토대로 아이들이 칼라에서 얼마나 멀리까지 끌려갔는지 추측할 생각이라면, 열심히 궁리해보라는 말밖에는 못하겠소. 그 기차가 평원을 건널 때 얼마나 빨리 달리는지는 아무도 모르니까 말이오. 강 너머에 이를 즈음에는 거의 기다시피 느리게 움직이지만 그거야 뭐, 별로 중요한 게 아니니까."

"하긴, 그렇겠군." 롤랜드는 오버홀저의 말에 동의하고 곰곰이 생각했다. "앞으로 27일 남은 거요?"

"이제 26일입니다." 캘러핸이 나지막이 말했다.

"한 가지 문제가 있소, 롤랜드." 오버홀저가 말을 꺼냈다. 겸연쩍은 목소리였지만, 그 와중에도 턱은 거만하게 쑥 내밀고 있었다. 에디는 그가 보자마자 피하고 싶은 인간으로 다시 돌아갔다는 생각이 들었다. 거들먹거리는 인간들이 마음에 안 드는 이유가 있다면 바로 그것이었다. 그리고 에디는 그런 인간들을 견디지 못했다.

롤랜드는 입을 다문 채 질문하듯 눈만 동그랗게 떴다.

"우리가 아직 수락하지 않았다는 거요." 오버홀저가 아버지 슬라이트먼 쪽을 흘깃 돌아보았다. 동의를 구하는 그 눈빛에 슬라이트먼은 고개를 끄덕였다.

"이해해주십시오, 총잡이라는 당신 말씀이 사실인지 아닌지 저희로서는 알 길이 없다는 걸요." 슬라이트먼이 몹시 겸연쩍은 목소리로 말했다. "어릴 적에 저희 집에는 책이 한 권도 없었습니다. 저는 사이 아이젠하트의 로킹비 목장에서 일꾼 감독으로 일합니다만, 책이 없기는 목장도 마찬가집니다. 가축들의 혈통 기록부를 빼면 말이 지요. 하지만 아이들이 다 그렇듯이 저도 어릴 적에 옛날이야기를 많이 듣고 자랐습니다. 길르앗과 총잡이들, 아서 엘드가 나오는…… 예리코 언덕과 그곳에서 벌어진 처참한 전투 이야기도…… 하지만 손가락을 두 개나 잃은 총잡이라는 건 들어본 적이 없습니다. 피부가 갈색인 여성 총잡이나 수염이 나려면 아직 한참 남은 어린 총잡이도 그렇고요.”

그의 아들은 충격을 받은 표정이었고, 당황해서 어쩔 줄 모르는 표정이기도 했다. 아버지 쪽은 더욱 당황한 표정이었지만 그럼에도 뜻을 굽히지는 않았다.

“제 말이 무례했다면 죄송합니다, 정말로……”

“이 사람 말이 옳소, 이 사람 말을 들어주시오.” 오버홀저가 힘주어 말했다. 에디는 그의 턱이 더 튀어나왔다가는 덜컥 빠져버릴 거라는 생각이 들었다.

“……하지만 저희가 어떤 결정을 내리든, 그 결정은 큰 파장을 일으킬 겁니다. 부디 이해해주십시오. 만약 저희가 그릇된 결정을 내린다면, 저희 마을은 그걸로 끝장날지도 모릅니다. 그곳에 사는 사람들과 함께요.”

“지금 도대체 무슨 소리를 하는 겁니까!” 티안 재퍼즈가 벌컥 화를 내며 외쳤다. “이분들께서 사기를 친다는 겁니까? 세상에 맙소사, 당신 눈에는 저분이 안 보입니까? 당신은 도대체……”

잘리아가 남편의 팔을 붙들었다. 어찌나 세게 잡았던지 손끝이 파고든 자리는 그을린 농부의 피부마저 하얗게 변할 정도였다. 티안은 아내를 돌아보고 입을 다물었지만, 입술은 분이 안 풀린 듯 한일자로 꽉 다물고 있었다.

어딘가 멀리서 까마귀 한 마리가 울었고, 러스티 한 마리가 더 날카로운 소리로 이에 화답했다. 뒤이어 침묵이 내려앉았다. 사람들은 어떤 대답이 나올지 궁금해하며 한 명씩 한 명씩 길르앗의 롤랜드에게 눈길을 돌렸다.

5

언제나 그런 식이었다. 그것이 롤랜드를 지치게 했다. 사람들은 도움을 원하면서 증거를 함께 요구했다. 할 수만 있다면 증인들을 줄줄이 부르려 했다. 사람들은 위험을 감수하지 않고 위기에서 벗어나려 했다. 눈을 감은 채 구원받기를 원했다.

롤랜드는 팔로 무릎을 끌어안은 채 천천히 앞뒤로 꺼떡거렸다. 그러다가 혼자 고개를 끄덕이더니 얼굴을 들었다.

"제이크, 이리 와라."

제이크는 이제 막 친구가 된 베니를 홀깃 돌아본 다음, 일어서서 롤랜드에게 다가갔다. 늘 그렇듯이 오이가 발치에 붙어 따라갔다.

"앤디."

"예, 사이 롤랜드?"

"아까 식사할 때 쓴 접시를 네 개만 가져와라." 앤디가 접시를 가져오자 롤랜드는 오버홀저에게 말했다. "그릇이 몇 개 깨질 거요. 원래 총잡이들이 마을에 나타나면 이것저것 부서지게 마련이오, 사이. 삶의 단순한 진실이지."

"롤랜드, 굳이 그럴 것까지는……"

"지금부터는 조용히 하시오." 롤랜드의 목소리는 점잖았지만, 오버홀저는 대번에 입을 다물었다. "당신은 당신의 이야기를 했소. 이제 우리가 이야기할 차례요."

앤디의 그림자가 롤랜드를 뒤덮었다. 총잡이는 위를 올려다보고 아직 설거지를 안 해서 기름기가 번들거리는 접시를 받아들었다. 그러고는 제이크 쪽으로 돌아섰다. 그 자리에는 놀랄 만큼 변한 아이가 서 있었다. 앞서 베니와 나란히 앉아 오이의 재롱을 구경하며 자랑스레 씩 웃던 제이크는 여느 열두 살짜리 아이와 다를 바가 없었다. 천진난만한, 장난기로 가득한 소년이었다. 이제 그 웃음이 간데없이 사라진 아이의 얼굴은 몇 살인지 감을 잡기가 힘들었다. 아이의 파란 두 눈이 거의 같은 색조를 띤 롤랜드의 눈을 마주 보았다. 겨드랑이의 총집에는 다른 세상에 있는 아버지의 책상에서 가져온 루거 권총이 꽂혀 있었다. 방아쇠를 고정해둔 생가죽 끈고리를, 제이크는 보지도 않고 스르륵 풀었다. 단 한 번 잡아당긴 것으로 끝이었다.

"엘머의 아들 제이크여, 가르침을 암송해라. 진실하게."

롤랜드는 에디 아니면 수재나가 참견할 거라고 반쯤 예상했지만, 아무도 아무 말도 하지 않았다. 그는 두 사람 쪽으로 눈을 돌렸다. 그들의 표정은 제이크와 마찬가지로 냉정하고 엄숙했다. 훌륭했다.

제이크의 목소리 역시 감정이 실려 있지 않았지만, 입에서 흘러나온 말은 힘차고 또렷했다.

"나는 내 손으로 겨누지 않으리. 손으로 겨누는 자, 아버지의 얼굴을 잊었나니. 나는 내 눈으로 겨누리라. 나는 내 손으로 쏘지 않으리……"

"지금 이게 뭐 하는 짓인지……" 오버홀저가 입을 열었다.

"닥쳐요." 수재나가 손가락으로 그를 가리켰다.

제이크는 그 말을 못 들은 눈치였다. 아이의 시선은 롤랜드의 눈에서 벗어나지 않았다. 오른손은 가슴 위쪽에, 손가락을 펼친 채 올려져 있었다. "손으로 쏘는 자, 아버지의 얼굴을 잊었나니. 나는 내 마음으로 쏘리라. 나는 내 총으로 죽이지 않으리. 총으로 죽이는 자, 아버지의 얼굴을 잊었나니."

제이크는 말을 멈췄다. 숨을 들이마셨다. 그리고 들이마신 숨을 말과 함께 토했다.

"나는 내 마음으로 죽이리라."

"이것들을 죽여라." 롤랜드는 그 지시를 끝으로 접시 네 개를 모조리 하늘 높이 던졌다. 날아오른 접시들은 회전하며 흩어져서 하얀 하늘의 점이 되었다.

가슴에 얹혀 있던 제이크의 손은 뿌연 잔상으로 변했다. 그 잔상은 총집에서 루거를 뽑아 치켜들고 롤랜드의 손이 미처 내려오기도 전에 방아쇠를 당기기 시작했다. 접시들은 한 개씩 차례로 터지지 않고 한꺼번에 폭발하는 것처럼 보였다. 파편이 비처럼 공터에 쏟아졌다. 몇 조각은 모닥불로 떨어져 재와 불티를 날렸다. 앤디의 강철 머리에도 한두 조각이 떨어져 쩽강 소리를 냈다.

롤랜드의 펼쳐진 두 손이 흐릿한 잔상을 남기며 허공을 움켜쥐었다. 그에게서 아무 명령도 받지 않았으면서도, 에디와 수재나 역시 똑같이 움직였다. 칼라 브린 스터지스에서 온 손님들이 벼락같은 총성에, 또 제이크가 총을 발사하는 속도에 놀라서 움찔거리는 사이에 벌어진 일이었다.

"자, 여기를 보시오." 롤랜드가 두 손을 내밀었다. 에디와 수재나
도 똑같이 했다. 에디가 잡은 접시 쪼가리는 세 개였다. 수재나는 다
섯 개였다(한 손가락 끄트머리에 살짝 벤 자국이 보였다.). 롤랜드는 떨
어지는 파편을 무려 열두 개나 잡았다. 모두 모아서 붙이면 접시 한
개가 될 법한 양이었다.

칼라에서 온 여섯 명은 이 믿기 힘든 광경을 멍하니 바라보았다.
어린 베니는 귀를 틀어막은 손을 떼지도 못하다가 그제야 천천히
내렸다. 제이크를 보는 눈빛이 꼭 하늘에서 내려온 유령이나 허깨비
를 보는 듯했다.

"하느님…… *맙소사.*" 캘러핸이 중얼거렸다. "무슨 서커스 카우
보이들의 묘기 같군요."

"묘기가 아니오. 그런 생각은 꿈에도 하지 마시오. 이것이 바로
엘드의 방식이오. 분명히 말해두건대 우리는 엘드의 안텟이자, *케프*
이자, *카*요. 총잡이들이라는 말이오. 이제 우리가 하고자 하는 일을
가르쳐주겠소." 롤랜드의 눈이 오버홀저에게로 향했다. "나는 우리
가 하고자 하는 일이라고 했소. 왜냐면 우리는 누구의 명령도 따르
지 않기 때문이오. 허나 내가 하는 말 때문에 당신들이 너무 불편해
하지는 않을 거요. 혹시라도 그렇다면……." 롤랜드가 어깨를 으
쓱했다. 그 몸짓은 이렇게 말하고 있었다. *너무 불편하다면, 딱하
게 됐구려.*

롤랜드는 접시 쪼가리를 장화 사이에 떨어뜨리고 손을 털었다.

"만약 저 접시들이 늑대였다면, 당신들을 괴롭히는 적은 60명에
서 56명으로 줄었을 거요. 네 놈은 당신들이 숨을 들이마시기도 전

에 나자빠졌을 테니. 그것도 소년의 손에 죽어서." 롤랜드의 시선이 제이크에게로 향했다. "보통 사람들이 말하는, *이른바* 소년의 손에." 롤랜드는 잠시 뜸을 들이다가 말했다. "승산 없는 싸움이라면 우리는 이미 익숙하오."

"저 어린 친구 총 솜씨가 아주 대단하군요. 그건 저도 인정하겠습니다." 아버지 슬라이트먼이 말했다. "하지만 흙으로 구운 접시하고 말을 탄 늑대는 다릅니다."

"당신한테는 그럴 거요, 사이. 허나 우리한테는 아니오. 일단 총을 뽑으면 다 똑같소. 총이 불을 뿜기 시작하면 우리는 움직이는 건 모조리 죽여버리니까. 당신들도 그래서 우릴 찾아온 거 아니었소?"

"놈들이 총에 안 맞으면?" 오버홀저가 물었다. "아무리 큰 총으로 쏴도 쓰러지지 않는다면 어쩔 거요?"

"당신은 이 급박한 때에 왜 시간을 낭비하고 있소?" 롤랜드의 목소리는 담담했다. "놈들이 불사신이 아닌 줄 *이미* 알잖소, 아니라면 애초에 우리를 찾아오지도 않았을 테니. 나는 일부러 당신에게 물어보지 않았소. 답은 이미 자명하므로."

오버홀저의 얼굴이 또다시 시뻘겋게 물들었다. "미안하오."

한편 어린 베니는 휘둥그런 눈을 제이크에게서 떼지 못했고, 그런 두 소년을 보며 롤랜드는 살짝 죄책감을 느꼈다. 어쩌면 그 둘은 앞으로도 친구 비슷한 사이로 지낼 수 있을지도 몰랐지만, 방금 일어난 일 때문에 관계의 본질 자체가 바뀌고 말았다. 그것은 평범한 소년들이 공유하는 태평한 케프하고는 전혀 다른 관계였다. 애석한 일이었다. 왜냐하면, 총잡이의 길로 이끌리지 않았더라면, 제이크는 여전히 평범한 소년이었을 것이므로. 롤랜드가 성인식을 감당해야 했던 때와 비슷한 나이의 소년. 그러나 제이크는 이제 더 이상 아이가 아니었다. 애석한 일이었다.

"이제 내 말을 들으시오, 한마디도 놓치면 안 되오. 우리는 잠시 당신들과 헤어져 우리 야영지로 가서 따로 대화를 나눌 거요. 내일, 당신들의 마을에 도착하면, 우리는 당신들 가운데 한 명의 거처에서⋯⋯"

"세븐마일 목장으로 오시오." 오버홀저가 끼어들었다. "기꺼이 숙소를 마련해 드리겠소, 롤랜드."

"저희 집은 손바닥만 합니다. 그래도 잘리아랑 제가⋯⋯"

"저희 집으로 와주시면 정말 기쁠 거예요." 잘리아가 남편 대신 말했다. 오버홀저만큼이나 빨개진 얼굴로. "정말이에요."

롤랜드는 아랑곳하지 않고 말을 이었다. "사이 캘러핸, 당신은 교회 말고 따로 지내는 곳이 있소?"

캘러핸이 빙긋 웃었다. "예, 있습니다. 다 하느님 덕분이지요."

"우리는 칼라 브린 스터지스에서 맞는 첫 밤을 당신의 거처에서 보낼 거요. 그래도 되겠소?"

"그럼요, 환영합니다."

"당신의 교회를 보여주시오. 그곳에 있는 수수께끼도."

캘러핸의 눈빛은 흔들리지 않았다. "기꺼이 그러겠습니다."

"모레부터는." 롤랜드가 빙긋 웃었다. "마을 사람들의 호의에 우리 몸을 맡기도록 하겠소."

"아쉬워하실 일은 없을 겁니다. 그건 제가 보장하겠습니다." 티안의 말에 오버홀저와 슬라이트먼이 함께 고개를 끄덕였다.

"방금 먹은 음식들을 생각하면 아쉬울 일은 없을 것 같구려. 고맙소, 사이 재퍼즈. 모두에게 감사하오. 앞으로 일주일 동안 우리 넷은 당신네 마을을 돌아다니며 여기저기 기웃거릴 거요. 더 길어질지도 모르지만, 아마 일주일이면 될 거요. 지형과 건물들의 배치를 살펴야 하오. 한편으로는 그 늑대들의 습격을 경계하면서 살펴볼 거요. 주민들에게 말을 건네고, 주민들의 말을 듣기도 해야 하오. 당신들 가운데 누구 주선해줄 사람이 있겠지. 안 그렇소?"

캘러핸이 고개를 끄덕였다. "마니교도들은 모르겠습니다만, 다른 사람들은 늑대 놈들 얘기라면 거리낌 없이 털어놓을 겁니다. 그게 비밀이 아니란 건 하느님도, 인간 예수님도 아시니까요. 게다가 이 초승달 지대에 사는 이들은 늑대들이 두려워서 죽을 지경입니다. 당신께서 도와주실 기미만 보여도 어떤 부탁이든 다 들어드릴 겁니다."

"마니교도들도 나와 얘기하려고 할 거요. 나는 전에 그들과 대화를 나눈 적이 있소."

"영감님이 들떴다고 해서 같이 휘말리지는 마시오, 롤랜드." 오버홀저가 퉁퉁한 손을 허공에 들었다. 경고하는 손짓이었다. "마을에는 당신이 설득해야 할 사람들이 더 있는데……"

"우선 본 아이젠하트가 있지요." 슬라이트먼이 끼어들었다.

"그렇지, 그리고 에번 투크도. 투크는 자기 이름을 건 가게는 잡화점 하나뿐이지만, 그 맞은편의 여관과 식당도 갖고 있고…… 말사육장의 지분 절반에다…… 이 일대에서 그 친구한테 차용증을 안 쓴 자영농은 거의 없소. 그리고 자영농이라고 하면 버키 하비에르가 빠질 수 없지." 오버홀저의 말투가 구시렁거림으로 바뀌었다. "자영농 중에 으뜸가는 친구는 아니지만, 그건 누이가 결혼할 때 재산의 절반을 떼어줬기 때문이지." 오버홀저가 롤랜드 쪽으로 몸을 숙였다. 잠시 마을 이야기를 하느라 신이 나서 표정이 환해 보였다. "버키의 누이는 이름이 로버타 하비에르요. 운이 좋은 애지. 늑대들의 마지막 습격 때 그 애랑 쌍둥이 형제는 고작 한 살이었소. 그래서 무사히 넘어갈 수 있었고."

"버키의 쌍둥이 형제 벌리는 그 전 습격 때 잡혀갔습니다." 슬라이트먼이 말을 받았다. "벌리가 죽은 지는 한 4년 됐고요. 앓다가 갔습니다. 그 후로 버키는 어린 형제들한테 더 해줄 게 별로 안 남았지요. 그래도 그 사람이랑은 꼭 얘기하셔야 합니다. 가진 땅은 한 30헥타르밖에 안 되지만, 그래도 야무진 사람입니다."

롤랜드는 생각했다. *이 사람들 아직도 앞뒤 분간을 못 하는군.*

"고맙소. 우리가 당장 할 일은 주로 돌아다니면서 얘기를 듣는 거요. 그 일이 끝나면, 깃털을 가진 사람이 누구든 그 사람한테 부탁해서 회의를 소집할 거요. 그리고 그 회의에서 마을을 지키는 것이 가능한지, 또 우리를 도울 사람이 몇이나 필요한지 밝히겠소. 할 수 있다면 말이오."

롤랜드는 말을 꺼내려고 볼이 불룩해진 오버홀저를 보며 고개를 저었다.

"어차피 사람이 많이 필요하진 않을 거요. 우리는 총잡이요, 군대가 아니라. 군대와 다르게 생각하고, 다르게 행동하오. 함께 맞설 사람은 많아봐야 다섯일 거요. 어쩌면 더 적을 수도 있소. 단 둘, 아니면 셋. 허나 우리를 도와서 준비할 사람은 더 필요할 거요."

"어째서요?" 베니가 물었다.

롤랜드는 소년을 보며 빙긋 웃었다. "그건 나도 아직 모른다. 너희 칼라의 사정을 보지 못했으니. 허나 이런 상황에서 가장 강력한 무기는 허를 찌르는 거다. 그리고 허를 잘 찌르려면 준비할 사람이 여럿 필요한 법이다."

"늑대들의 허를 가장 깊이 찌르는 건 저희가 싸우기로 했다는 사실 자체일 겁니다." 티안이 말했다.

"만약 칼라를 지킬 수 없다는 결론이 나면 어떻게 할 거요?" 오버홀저가 물었다. "가르쳐주시오, 부탁이오."

"그러면 나와 내 친구들은 당신들의 호의에 감사한 후에 떠날 거요. 우리는 빔의 길 저 멀리서 할 일이 따로 있으니." 롤랜드는 티안과 잘리아의 풀 죽은 얼굴을 잠시 바라보다가 이렇게 덧붙였다. "허나 그리될 것 같지는 않소. 보통은 길이 있게 마련이니."

"회의에 모인 사람들이 당신의 결정에 찬성하면 좋겠구려."

오버홀저의 말에 롤랜드는 잠시 망설였다. 이때 그는 마음만 먹으면 냉엄한 진실을 밝힐 수도 있었다. 만약 아직도 농부와 목장주들의 마을 회의에서 결정된 사항으로 총잡이 텟에게 이래라저래라할 수 있다고 믿는다면, 당신들은 예전의 세계가 돌아가던 방식을 *완전히* 잊어버린 거라고. 하지만 그게 그렇게 나쁜 일일까? 결국에는 일이 다 잘 풀려서 그의 기나긴 경력의 한 쪽을 장식할지도 몰랐다. 또는 안 그럴지도 몰랐다. 만일 잘 안 풀리면, 그는 그의 경력과 모험을 칼라 브린 스터지스에서 끝마치고 묘비석 아래 누워 썩게 될지도 몰랐다. 어쩌면 그보다 더할지도 몰랐다. 어쩌면 마을 동쪽의 시체 더미에 친구들과 함께 처박히는 꼴이 될지도 몰랐다. 까마귀와 러스티가 와서 뜯어먹기를 기다리는 썩은 고깃덩이가 되어. 어차피 카가 알려줄 일이었다. 늘 그랬듯이.

그러는 동안 사람들은 롤랜드를 보고 있었다.

롤랜드가 일어섰다. 허리 오른쪽에서 불길처럼 치솟는 통증에 표정을 찌푸리면서. 그런 그를 따라 에디와 수재나와 제이크도 함께 일어섰다.

"복된 만남이었소. 앞으로의 일에 관해서는, 신께서 물이 있으라 하시면 물이 있을 거요."

"아멘." 캘러핸이 말했다.

제7장

토대시

1

"회색 말이란 말이지." 에디가 말했다.

"그렇다." 롤랜드가 맞장구쳤다.

"50마리, 아니면 60마리. 전부 다 회색 말."

"그래, 그 사람들 말로는 그렇다."

"그런데도 뭔가 이상하단 생각을 전혀 안 했다, 이거지." 에디가
중얼거렸다.

"그래. 그런 것 같더구나."

"안 이상해?"

"오륙십 마리나 되는 말이 모두 같은 색인 것 말이냐? 그래, 내가
보기엔 이상하다."

"칼라에서 온 저 사람들도 말을 키우잖아."

"그렇다."

"우리가 탈 말도 몇 마리 끌고 왔다고 했고." 평생 말을 타본 적이 없었던 에디는 말에 탈 일이 조금이나마 미뤄져서 안도했지만, 그 생각을 굳이 입 밖에 내지는 않았다.

"그래, 언덕 너머에 묶어놨더구나."

"진짜 끌고 왔는지 어떻게 알아?"

"냄새를 맡았다. 말은 아마 그 로봇이 돌봤을 게다."

"저 사람들은 색깔이 똑같은 말이 오륙십 마리나 몰려오는 걸 왜 아무 일도 아닌 것처럼 받아들일까?"

"늑대들, 또는 놈들과 관련된 거라면 아무것도 제대로 생각하지 않기 때문이다. 아마 두려워하느라 바빠서 그럴 테지."

에디는 하나의 멜로디라고 하기 힘든 음 다섯 개를 휘파람으로 불었다. 그러고는 말했다. "회색 말이란 말이지."

롤랜드가 고개를 끄덕였다. "회색 말이란 말이다."

둘은 잠시 서로를 마주 보다가, 웃음을 터뜨렸다. 에디는 롤랜드의 웃는 모습이 좋았다. 그의 웃음소리는 러스티라는 거대한 검은 새의 울음소리처럼 카랑카랑하고 귀에 거슬렸지만…… 그래도 좋았다. 어쩌면 그저 롤랜드의 웃음을 볼 일이 너무나 드물기 때문인지도 몰랐다.

때는 늦은 오후였다. 머리 위의 성긴 구름은 거의 하늘 색깔에 가깝게 옅은 파란색이었다. 오버홀저 일행은 이미 그들의 야영지로 돌아가고 없었다. 수재나와 제이크는 숲길을 따라 머핀볼을 따러 간 참이었다. 점심을 거하게 먹은 덕분인지 저녁으로 머핀볼보다 더 든든한 것을 원하는 사람은 없었다. 에디는 통나무에 걸터앉아 나무를 깎고 있었다. 그 곁에 앉은 롤랜드는 일행의 총을 모조리 분해하여 사슴 가죽 위에다 늘어놓았다. 그는 부품을 하나하나 기름칠하고 노리쇠와 탄창과 총열을 햇빛에 비춰 마지막으로 확인한 다음, 다시 조립하기 위해 한 쪽으로 치워놓았다.

"아까 그 사람들한테 그랬지, 이번 일은 당신들이 어떻게 할 수 있는 게 아니라고. 하지만 그 사람들은 그런 말을 들어도 아무 생각이 없을 거야. 그 많은 회색 말 떼를 보고도 아무 생각이 없었던 것처럼 말이야. 그래서 당신도 너무 몰아붙이지 않았던 거고."

"그랬다간 그 사람들한테 괴로움만 안겨줬을 거다. 길르앗에는 이런 격언이 있었다. '재난은 제시간에 도착하게 그냥 둬라.'"

"오호. 브루클린에는 이런 격언이 있었지. '스웨이드 재킷에 한번 묻은 콧물은 절대 안 지워진다.'" 에디가 칼로 깎던 나무토막을 높이 들었다. 롤랜드가 보기에는 팽이 같았다. 아기가 갖고 놀 만한 장난감이었다. 그는 에디가 매일 밤 함께 잠드는 여인에 관해 얼마나 알고 있을지 다시금 궁금해졌다. 아니, 그 여인들에 관해. 단지 의식의 표면이 아니라 깊숙한 밑바닥에서, 얼마나 알고 있을지. "만약 우리가 그 사람들을 도울 수 있다면, 우린 도와야만 해. 엘드의 방식이란 게 결국 그런 거잖아, 안 그래?"

"그렇다."

"그리고 마을 주민들 중에 우릴 돕겠다고 나서는 사람이 아무도 없으면, 우리끼리만 싸워야 할 테고."

"아, 그 걱정은 안 해도 된다." 롤랜드가 손에 든 접시에는 총을 닦을 때 쓰는 맑고 향긋한 기름이 담겨 있었다. 그는 부드러운 가죽 쪼가리의 귀퉁이를 그 접시에 살짝 담갔다가 제이크의 루거에 들어가는 탄창을 집어서 닦기 시작했다. "티안 재퍼즈는 우리와 함께할 거다. 회의에서 무슨 결정이 나든 간에 그와 함께할 친구도 한두 명 있을 거고. 정 안 되면, 그의 아내도 있다."

"우리랑 같이 싸우다가 부부가 같이 죽으면 그 집 애들은? 애가 다섯이라잖아. 초상화를 보니까 노인도 있는 것 같던데. 가족 중에 한 명은 할아버지였다고. 그 양반도 누가 돌봐줘야 할 거 아냐."

롤랜드는 대답하는 대신 어깨를 으쓱했다. 몇 달 전이었더라면 에디가 총잡이의 무표정한 얼굴과 함께 낸들 아냐는 뜻으로 오해했을 몸짓이었다. 이제는 그렇지 않았다. 롤랜드는 헤로인에 매여 살던 시절의 에디만큼이나 스스로의 규칙과 전범에 매여 사는 사람이었다.

"만약 이 조그만 마을에서 인생을 종 치는 게 우리라면? 그 늑대라는 놈들이랑 싸우다가 말이야. 그렇게 되면 마지막 순간에 이런 생각이 떠오르지 않겠어? '내가 이런 멍청한 짓을 하다니 믿을 수가 없군, 콧물이나 흘리는 애새끼 몇 명 구하자고 암흑의 탑에 갈 기회를 놓치다니.' 뭐 그 비슷한 느낌."

"늘 진실하게 싸우지 않으면 우리는 탑의 그림자도 구경하지 못할 거다. 그건 너도 이미 느끼고 있을 거다, 그렇지 않으냐?"

에디는 대답하지 못했다. 그 말이 사실이기 때문이었다. 한편으로는 다른 느낌 또한 품고 있었다. 피에 굶주린 열정 같은 느낌. 사실 에디는 다시 싸우고 싶었다. 정체가 뭐든 간에, 그 늑대라는 놈들을 몇 명 정도는 해치우고 싶었다. 롤랜드의 커다란 리볼버로. 스스로에게 진실을 감추려고 해봤자 소용없었다. 그는 놈들의 머리 가죽을 벗기고 싶었다.

또는 늑대 가면을.

"진짜 고민이 뭐냐, 에디? 우리 둘만 있는 동안 얘기해봐라." 총잡이의 입가가 살짝 올라가며 미소 짓는 표정으로 바뀌었다. "얘기해다오, 부탁이다."

"내 얼굴에 다 적혀 있나 보네, 안 그래?"

롤랜드는 어깨를 으쓱하고 기다렸다.

에디는 방금 들은 질문을 곰곰이 생각했다. 심오한 질문이었다. 그것을 직시하려니 절박하고 무력한 기분이 들었다. 제이크 체임버스를 이쪽 세계로 데려오는 열쇠를 깎아야 했을 때와 꽤 비슷한 기분이었다. 다만 그때는 머릿속에 헨리 형의 유령이 있어서 욕이라도 할 수 있었다. 머릿속 깊숙한 곳에서 넌 안 된다고, 전에도 앞으로도 안 될 거라고 소곤거리는 헨리 형이. 그런데 이제는 롤랜드가 던진 막막한 질문뿐이었다. 모든 것이 고민스러웠고, 모든 것이 잘못되어 있었다. *모든 것이.* 어쩌면 *잘못됐다*는 틀린 말일 수도 있었다. 그것도 정반대로. 달리 보면 모든 것이 너무나 *옳게* 보였기 때문이었다. 너무나 완벽하게, 너무나……

"아이고." 에디는 두 손으로 머리를 붙잡고 쥐어뜯는 시늉을 했다. "어떻게 말해야 좋을지 모르겠네."

"그럼 맨 처음 떠오르는 걸 말해봐라. 망설이지 말고."

"19야. 모든 게 19가 돼버렸어."

에디는 싱그러운 풀 냄새가 감도는 숲의 바닥에 벌렁 드러눕더니, 손으로 눈을 가리고는 짜증을 부리는 어린애처럼 발을 버둥거렸다. 머릿속으로는 이런 생각을 하면서. *늑대를 몇 마리 해치우면 기분이 좋아질지도 몰라. 지금 나한테 필요한 건 그것뿐인지도.*

2

롤랜드는 에디가 진정하기를 기다리며 속으로 꼭 1분을 세고 나서 말했다. "이제 기분이 좀 풀렸나?"

에디가 일어나 앉았다. "실은 그래."

롤랜드는 고개를 끄덕이며 희미하게 웃었다. "그럼 더 말해보는 게 어떠냐? 힘들면 그냥 넘어가도 된다. 허나 에디, 나는 이제 너의 감정을 존중한다. 네가 생각하는 것보다 훨씬 더. 그러니 네가 말하겠다면, 나는 기꺼이 들을 것이다."

그 말은 진심이었다. 총잡이가 에디에게 느낀 첫인상은 경계와 경멸 사이를 오갔는데, 이는 에디의 유약한 성격 때문이었다. 존중이라는 감정은 그보다 더 느리게 찾아왔다. 시작은 발라자르의 사무실에서였다. 그때 에디는 알몸으로 싸웠다. 롤랜드가 아는 사람 가운데 그렇게 분투할 수 있는 이는 거의 없었다. 에디가 커스버트와 얼마나 비슷한지 깨달으면서 롤랜드는 그를 더욱 존중하게 되었다. 그러다가 블레인과 싸우면서, 에디는 롤랜드가 부러워만 할 뿐 결코 따라잡지 못할 필사적인 창의력을 보여주었다. 에디 딘에게는 언제나 알쏭달쏭했고 가끔은 짜증스럽기도 했던 커스버트 올굿의 유머 감각이 있었다. 또한 알레인 존스의 번득이는 직관도 깃들어 있었다. 그러나 결국에는, 에디는 롤랜드의 오랜 두 친구 가운데 누구하고도 비슷하지 않았다. 때로는 유약하고 이기적이었지만 마음속 깊숙한 곳에는 용기와 용기의 선한 자매를 숨기고 있었던 것이다. 그 용기의 자매를 에디 본인은 '감성'이라고 불렀다.

하지만 롤랜드가 당장 두드려 깨우고 싶었던 것은 에디의 직관이었다.

"그래, 알았어. 대신 내 말 끊지 마. 질문도 하지 말고. 그냥 듣기만 해."

롤랜드는 고개를 끄덕였다. 그러면서 수재나와 제이크가 돌아오지 않기를 바랐다. 적어도 당장은.

"하늘을 보면 파란색으로 쓴 숫자 19가 보여. 저 위에, 지금 구름이 갈라지는 저기."

롤랜드는 위를 올려다보았다. 사실이었다, 정말로 있었다. 그의 눈에도 보였다. 그러나 한쪽에는 거북이 모양 구름도 보였고, 점점 옅어져가는 구름 틈새의 구멍 하나는 포장을 친 마차처럼 보이기도 했다.

"숲을 봐도 19가 보여. 모닥불을 봐도 그 안에 19가 있고. 사람 이름도 글자를 다 합치고 보면 19야, 오버홀저나 캘러핸처럼. 그래도 그런 건 내가 말로 표현할 수 있어. 눈으로 볼 수도 있고, 이해할 수도 있고." 에디는 숨이 넘어갈 것처럼 빠르게 말했다. 롤랜드의 눈을 똑바로 보면서. "그것 말고 다른 것도 있어. 토대시랑 관련된 거야. 나도 알아, 내가 뭐든지 마약이랑 엮는 것처럼 보일 때가 있다는 거. 진짜 그런지도 모르지. 하지만 롤랜드, 토대시에 빠지는 건 마약에 취하는 거랑 비슷해."

그런 이야기를 꺼낼 때마다 에디는 마치 롤랜드가 그라프보다 독한 것을 정신과 육체에 넣어본 적이 한 번도 없는 사람인 것처럼 얘기했지만, 이는 진실과 한참 거리가 멀었다. 롤랜드는 에디에게 언젠가 그 점을 짚어주고 싶었으나 당장은 때가 아니었다.

"당신 세계에 있는 것 자체가 토대시랑 비슷해. 왜냐면…… 어휴,

이걸 어떻게 설명하나…… 롤랜드, 여기 있는 것들은 전부 진짜지
만, 진짜가 아니야."

롤랜드는 에디에게 이곳이 더 이상 *자신의* 세계가 아니라고, 그
에게는 러드가 중간 세계의 끝이자 그 너머에 있는 모든 수수께끼
의 시작이라고 일깨워주려다가, 이번에도 역시 입을 다물었다.

에디는 흙을 움켜쥐어 향긋한 침엽수 잎을 한 움큼 집었다. 숲 바
닥에 손가락 자국 다섯 개가 검게 남았다. "진짜야. 느낄 수도 있고
냄새도 맡을 수 있어." 에디는 뾰족뾰족한 이파리 한 줌을 입으로
가져가더니 혀를 내밀어 살짝 핥았다. "맛도 느낄 수 있고. 그런데
한편으로는, 이것도 불 속에 보이는 19나 거북이처럼 생긴 저 구름
처럼 비현실적이야. 내가 하는 말 이해하겠어?"

"아주 잘 이해한다." 롤랜드가 중얼거렸다.

"사람들은 진짜야. 당신…… 수재나…… 제이크…… 제이크를 잡
아갔던 그 개서라는 놈…… 오버홀저랑 슬라이트먼 부자도. 하지만
내가 살던 세계의 것들이 이쪽 세계에 나타나는 방식은, 그건 *진짜*
가 아니야. 합리적이지도 않고 논리적이지도 않은데, 정작 내가 하
고 싶은 말은 그런 게 아니야. *그건 그냥, 진짜가 아니야.* 왜 이쪽 세
계 사람들이「헤이 주드」같은 노래를 부를까? 난 모르겠어. 그 사
이보그 곰 샤딕도 그래. 내가 그 이름을 어디서 들었을까? 왜 그 이
름을 듣고 토끼가 떠올랐을까?(곰이 나오는 판타지 소설『샤딕』과 토끼
를 의인화한 소설『워터십 다운의 열한 마리 토끼』는 모두 토머스 애덤스
의 작품이다 —옮긴이)『오즈의 마법사』랑 관련된 것들도 다 마찬가
지야, 롤랜드. 다 우리가 겪은 일들이야, 분명히. 그런데도 나한테는
진짜 같지가 않아. 토대시 같아. 19 같다고. 그 초록 궁전을 지난 후

에는 또 어떻고? 우린 숲으로 걸어 들어왔어, 완전히 헨젤과 그레텔이야. 저 앞에는 우리가 따라갈 길이 있어. 우리가 따먹을 머핀볼도 있고. 문명은 끝장났는데. 모든 게 무너져 내렸는데. 당신이 우리한테 그랬잖아. 러드에서는 우리 눈으로 직접 보기도 했고. 그런데 그거 알아? 안 무너졌지롱! 짜잔, 이 바보들아, 또 속았지!"

에디는 짤막한 웃음을 터뜨렸다. 웃음소리가 날카롭고 불길했다. 에디가 이마에 흘러내린 머리카락을 뒤로 넘기자 눈썹에 검은 부엽토 자국이 남았다.

"웃기는 건, 도대체 어딘지도 모를 이곳에서 우리가 동화책에나 나올 법한 마을하고 맞닥뜨렸다는 거야. 문명화된 마을. 예절이 살아 있는 마을. 당신이 익숙하다고 느끼는 사람들. 어쩌면 거기 사람들이 다 마음에 들진 않겠지, 오버홀저는 친해지기가 좀 힘든 사람이니까. 하지만 당신은 그 사람들을 안다는 느낌이 들 거야."

롤랜드가 생각하기에도 에디의 말은 옳았다. 아직 직접 보지도 못했건만, 칼라 브린 스터지스는 그로 하여금 메지스를 떠올리게 했다. 어떤 의미에서는 조금도 이상하지 않았다. 농업과 목축업을 하는 마을은 세상 어디나 비슷한 구석이 있게 마련이므로. 그러나 또 어떤 의미에서는, 이 때문에 불안했다. 불안해서 죽을 지경이었다. 예컨대 슬라이트먼이 쓰고 있던 솜브레로가 그랬다. 메지스에서 수천 킬로미터는 떨어졌을 이곳에서 메지스의 것과 비슷한 모자를 쓴다는 게 말이 될까? 롤랜드는 그럴 수도 있으리라 생각했다. 하지만 슬라이트먼의 솜브레로를 보고 그 오래전 시프론트 저택의 늙은 하인 미겔의 모자를 떠올렸다면? 그 생각이 그저 상상력의 산물일 뿐일까?

상상력이라. 에디 말로는 나한테 상상력 같은 건 눈곱만큼도 없다던데.

"그 동화책 마을에는 동화 같은 문제가 있어." 에디는 말을 이어 갔다. "그래서 동화책에 나올 법한 사람들이 영화에 나올 법한 영웅들을 찾으러 온 거야, 자기들을 동화에나 나올 법한 악당들한테서 구해달라고. 진짜란 건 나도 알아. 십중팔구는 사람들이 죽겠지. 피도 진짜일 테고, 비명도, 그 뒤에 터져나오는 절규도 진짜일 거야. 하지만 그런데도 뭔가 있어. 연극처럼 진짜로 느껴지지 않는 게 있다고."

"그럼 뉴욕은? 네가 보기에 그곳은 어떻더냐?"

"똑같아. 그러니까, 생각을 해봐. 제이크가 『칙칙폭폭 찰리』하고 수수께끼 책을 고르고 나서 탁자에 남은 책은 열아홉 권이었는데…… 그러고 나선, 뉴욕에 그 많고 많은 깡패들 중에 하필이면 *발라자르*가 나타난 거야! 그 *개새끼가*!"

"자, 자, 그만!" 둘의 등 뒤에서 수재나가 명랑하게 외쳤다. "우리 남자 어린이들, 욕하면 나쁜 사람이에요." 제이크는 길을 따라 휠체어를 밀고 있었고, 수재나의 무릎에는 머핀볼이 가득했다. 둘 다 활기차고 흐뭇해 보였다. 롤랜드가 보기에는 그날 점심을 배불리 먹었기 때문인 듯했다.

"가끔은 그 비현실적인 느낌이 사라질 게다, 그렇지 않으냐?"

"딱 잘라서 비현실적이라고 하기는 힘들어, 롤랜드. 그건……"

"표현 자체는 신경 쓸 것 없다. 가끔 그 느낌이 사라질 때가 있을 게다. 안 그러냐?"

"그래, 있어. 수재나랑 같이 있을 때."

에디는 수재나 쪽으로 걸어갔다. 허리를 굽혔다. 그리고 입을 맞추었다. 롤랜드는 복잡한 심경으로 그 둘을 지켜보았다.

3

이날의 해가 저물기 시작했다. 일행은 불가에 둘러앉아 밤을 맞았다. 살짝 도는 허기는 수재나와 제이크가 따온 머핀볼이 거뜬히 채워주었다. 롤랜드는 슬라이트먼이 했던 말을 곰곰이, 도가 지나칠 만큼 깊이 생각했다. 그러다가 채 정리하지 못한 그 생각을 머릿속 한구석에 치워놓고 이렇게 말했다. "어쩌면 우리 가운데 몇 명 또는 우리 모두가 오늘 밤 뉴욕에서 만날지도 모른다."

"이번엔 나도 가면 정말 좋겠는데." 수재나가 말했다.

"*카*가 허락하면 그리될 것이오." 롤랜드의 목소리는 덤덤했다. "중요한 건 같이 있어야 한다는 거다. 만약 건너가는 데에 성공하는 사람이 단 한 명이라면, 그건 아마 너일 공산이 크다, 에디. 만약 단 한 명만 건너간다면 그는…… 또는 *그녀*는, 차임벨이 다시 울릴 때까지 그 자리에 가만히 머물러야 한다."

"*카*먼 소리 말이군. 앤디가 그렇게 말했지." 에디가 말했다.

"모두 알아들었느냐?"

일행은 고개를 끄덕였다. 롤랜드는 친구들의 얼굴을 보며 깨달았다. 그들 한 사람 한 사람에게는 때가 무르익으면 주변 상황을 토대로 나름의 결정을 내릴 권한이 있었다. 지당한 일이었다. 결국 그들은 총잡이이거나 총잡이가 아니거나, 둘 중 하나였으므로.

롤랜드는 피식 터져 나온 웃음에 스스로도 놀랐다.

"뭐 우스운 일이라도 있나요?" 제이크가 물었다.

"그냥, 오래 살다 보면 신기한 친구들도 다 만나게 되는구나 하는 생각이 들었다."

"혹시 우리 얘길 하는 거라면 해줄 말이 있어, 롤랜드. 당신도 그렇게 정상은 아니란 말이지."

"그래, 내 생각에도 아닌 것 같다. 만약 몇 명이 같이, 두세 명 또는 다 같이 건너간다면, 차임벨이 울리기 시작할 때 손을 잡아야 할 거다."

"앤디도 우리가 서로한테 집중해야 한댔어. 잃어버리지 않게."

그때 수재나가 노래를 부르기 시작하자 모두가 깜짝 놀랐다. 그 노랫소리는 오직 롤랜드의 귀에만 진짜 노래가 아니라 한 절 한 절 외쳐 부르는 갤리선 노예들의 합창처럼 들렸다. 사실 가락이라고 할 만한 것이 없는 노래였는데도, 수재나의 목소리만으로 충분히 아름다웠다.

"*아이들아, 클라리넷 소리가 들리면…… 아이들아, 플루트 소리가 들리면! 아이들아, 탬버린 소리가 들리면…… 고개를 숙이고 우상에 절하자꾸나!*"

"뭐예요, 그 노래는?"

"밭일할 때 부르는 노동요예요. 우리 조부모님이랑 증조부모님이 백인들의 농장에서 목화를 딸 때 부르던 노래죠. 하지만 시대는 변했어요." 수재나가 빙긋 웃었다. "난 그리니치빌리지에 있는 커피가게에서 그 노랠 처음 들었어요. 1962년에. 노래를 부른 남자는 데이브 반 론크라는 백인 블루스 가수였죠."

"에런 디프노 아저씨도 거기 있었을 거예요." 제이크가 숨을 헉 들이마셨다. "세상에, 분명히 아줌마 *바로* 옆 테이블에 앉아 있었을 거예요."

깜짝 놀란 수재나는 생각에 잠긴 표정으로 제이크를 돌아보았다. "왜 그렇게 생각해?"

에디가 제이크 대신 대답했다. "캘빈 타워가 하는 말을 어깨 너머로 들어서 그래요. 그 디프노라는 사람이 그리니치빌리지에서 놀았는데…… 제이크, 언제부터 그랬다고 했지?"

"그리니치빌리지가 아니에요, 블리커 스트리트랬어요." 제이크가 키득거렸다. "타워 아저씨가 그랬어요, 디프노 아저씨는 밥 딜런이 호너 부는 법을 배우기도 전에 블리커 스트리트에서 이름을 날리던 양반이라고요. 호너는 아마 하모니카 상표일 거예요."

"맞아. 난 제이크 말이 옳다는 데에 전 재산을 걸 생각은 없지만, 주머니에 든 잔돈 정도는 기꺼이 걸 수 있어요. 디프노도 분명 그곳에 있었을 거예요. 실은 잭 안돌리니가 그 동네에서 바텐더를 하고 있었대도 놀랄 일은 아니죠. 19의 세계에선 모든 게 그런 식이니까."

"아무튼 그쪽으로 건너간 사람들은 한데 모여야 한다. 거기 머무는 동안 내내, 손만 뻗어도 닿을 거리에."

"근데 저는 못 갈 것 같은데요."

"왜 그런 말을 하느냐, 제이크?" 총잡이가 놀라서 물었다.

"왜냐면 저는 잠을 못 잘 거거든요. 너무 흥분돼서요."

그러나 결국에는 그들 모두 잠들었다.

4

그는 이것이 꿈이라는 것을, 슬라이트먼이 우연히 꺼낸 한마디에 소환된 기억이라는 것을 알지만, 그러면서도 거기서 벗어나지 못한다. 항상 뒷문이 어디에 있는지 확인해라. 코트는 제자들에게 그렇게 가르쳤지만 지금 이 꿈에 뒷문이 있다고 한들, 롤랜드는 그 문을 찾을 수가 없다. 예리코 언덕과 그곳에서 벌어진 처참한 전투 이야기를 들었습니다. 아이젠하트의 일꾼 감독 슬라이트먼은 그렇게 말했다. 롤랜드는 그가 했던 말 가운데 예리코 언덕만이 진짜처럼 느껴졌다. 왜 아니겠는가? 그는 그곳에 있었는데. 그곳에서 그들은 최후를 맞았다. 온 세상이 그곳에서 끝났다.

이날은 숨이 막히도록 무덥다. 정점에 이른 태양은 시간이 멎기라도 한 듯 그 자리를 떠나지 않는다. 그들 아래로 길게 펼쳐진 오르막 들판에는 오래전 사라진 옛사람들이 남긴 풍화된 석상이, 암회색 바위에 새겨진 커다란 얼굴들이 가득하고, 그 바위들 사이로 그리섬의 부하들이 거침없이 진격하는 동안 롤랜드와 몇 안 남은 마지막 동료들은 끝없이 위쪽으로 후퇴한다, 총을 쏘면서. 총은 쉬지 않고 불을 뿜고, 바위 얼굴에 튕긴 탄환은 피에 굶주린 모기떼의 비행음처럼 날카로운 음률로 그들의 머릿속을 파고든다. 제이미 드커리는 저격수의 흉탄에 죽었다. 아마도 눈이 날카로운 그리섬의 아들에게, 또는 그리섬 본인에게. 알레인의 최후는 훨씬 더 끔찍했다. 마지막 전투 전날 밤 두 친구의 총에 맞았던 것이다. 어리석은 실수, 처참한 죽음이었다. 지원군은 없었다. 디멀렛의 부대가 림록스에 매복해 있던 적에게 몰살당한 후, 알레인이 한밤중에 이 소식을 전하러 왔을 때, 롤랜드와 커스버트는…… 자신들의 총에서 울리는 총성을 들었고…… 아아, 알레인은 그들의 이름을 목 놓아 부르며……

그리고 지금, 언덕마루에까지 몰린 그들은 더 달아날 곳이 없다. 등지고 있는 동쪽은 부스러지기 쉬운 낭떠러지, 그 아래는 염해이다. 남쪽으로 800킬로미터를 더 가면 청정해가 나온다. 서쪽은 바위 얼굴이 널린 언덕이고, 그곳으로 그리섬의 부하들이 함성을 지르며 몰려온다. 롤랜드와 동료들이 이미 수백 명을 쓰러뜨렸지만 적은 아직 2000명도 더 남았다. 그것도 적게 잡은 숫자이다. 병사 2000명이, 얼굴을 파랗게 칠하고 함성을 지르며, 일부는 총으로, 또 일부는 석궁으로 무장한 채, 열두 명을 노리고 몰려온다. 이 예리코 언덕 위에, 불타는 하늘 아래에, 살아남은 아군은 고작 그뿐. 제이미는 전사했고, 알레인은 죽마고우 둘의 총에 죽었다. 융통성 없이 우직한 알레인은 안전한 길을 택할 수 있었는데도 그렇게 하지 않았다. 그리고 커스버트는 총에 맞았다. 몇 번이나? 다섯 번? 여섯 번? 커스버트의 셔츠는 검붉은 색으로 변해 살갗에 들러붙어 있다. 얼굴 한쪽은 피투성이가 됐고, 그쪽 눈은 튀어나와 뺨 위에 대롱거린다. 그런데도 롤랜드의 뿔피리만은 아직 손에 쥐고 있다. 아서 엘드가 불던 그 뿔피리를. 어쩌면 전설일 뿐인지도 모르지만. 커스버트는 그 뿔피리를 내놓지 않을 것이다. "내가 너보다 잘 불잖아." 커스버트가 말한다. 웃으면서. "내가 죽으면 네가 가져. 사양할 것 없어, 롤랜드, 이건 네 거니까."

커스버트 올굿. 언젠가 말을 타고 메지스 자치령으로 향할 때 안장 앞머리에 까마귀 해골을 달아놓았던 남자. 그는 그것을 '경계병'

이라고 불렀고, 살아 있는 상대인 양 말을 걸기도 했다. 그렇게 익살 떨기를 좋아하다가 가끔은 바보짓을 해서 롤랜드를 반쯤 미치게 했던 그가, 이제 불타는 태양 아래, 한 손에는 연기가 피어오르는 리볼버를, 한 손에는 엘드의 뿔피리를 쥐고서, 롤랜드에게 비틀비틀 다가오며, 한쪽 눈이 먼 채 피를 뿜으며 죽어가면서…… 웃고 있다. 맙소사, 웃고 또 웃는다.

"롤랜드!" 커스버트가 외친다. "우린 배신당했어! 적군은 너무 많고! 등 뒤는 바다야! 놈들은 우리가 의도한 대로 몰려오고 있어! 돌격할까?"

롤랜드는 커스버트의 말이 옳다는 것을 안다. 만약 암흑의 탑을 향한 그들의 원정이 정말로 이곳 예리코 언덕에서 끝나야 한다면, 아군에게 배신당하고 저 야만스러운 존 파슨의 잔당에게 패배하여 끝날 운명이라면, 장렬하게 끝내는 수밖에.

"좋아!" 롤랜드가 외친다. "그래, 알았어. 성을 지키는 자들이여, 나를 따르라! 총잡이들이여, 나를 따르라! 내가 명령한다, 나를 따르라!"

"롤랜드, 총잡이라면." 커스버트가 말한다. "내가 여기 있잖아. 이제 우리뿐이야."

롤랜드는 그제야 처음으로 커스버트를 돌아보고, 흉측한 하늘 아래 그를 끌어안는다. 불처럼 뜨거운 커스버트의 몸이, 목숨을 내던지려고 꿈틀거리는 그 야윈 몸이 느껴진다. 그런데도 웃고 있다. 커스버트는 아직도 웃고 있다.

"좋았어." 롤랜드는 갈라진 목소리로 중얼거리며 얼마 안 남은 부하들을 둘러본다. "적진으로 돌격한다. 항복은 없다."

"암, 항복이라니 무슨 소리야, 어림없지." 커스버트가 말한다.

"만약 투항하는 놈이 있어도 절대 용납하지 마라."

"절대로!" 커스버트가 맞장구치며 웃는다. 더욱 크게. "2000명이 모조리 무기를 내려놓는다고 해도."

"자, 그 망할 놈의 뿔피리를 불어."

커스버트는 뿔피리를 들어 피투성이 입술에 대고 우렁차게 불어 젖힌다. 뿔피리 소리는 그것으로 끝이다. 1분 후(어쩌면 5분, 어쩌면 10분 후인지도 모른다. 이 마지막 전투에서 시간은 의미를 잃었으므로), 그의 손에서 떨어진 뿔피리를 롤랜드가 흙바닥에 그냥 버려뒀기 때문이다. 비통함과 살육의 충동에 흠뻑 젖은 롤랜드는 엘드의 뿔피리를 까맣게 잊어버린다.

"지금이다, 친구들이여…… 하일!"

"하일!" 이글거리는 태양 아래 최후의 열두 명이 부르짖는다. 이는 그들의 최후, 길르앗의 최후, 모든 것의 최후이지만, 롤랜드는 이제 아랑곳하지 않는다. 오랜 핏빛 분노가, 그 메마른 광기가 정신을 뒤덮고 생각을 모조리 집어삼킨다. 자, 이제 마지막이야. 끝을 맺는 거야.

"나를 따르라!" 길르앗의 롤랜드가 외친다. "전진하라! 탑을 위하여!"

"탑을 위하여!" 곁에서 커스버트가 외친다. 비틀거리며. 그는 손에 쥔 엘드의 뿔피리를 하늘 높이 쳐든다. 다른 손에는 리볼버를 쥐고서.

"한 놈도 살려두지 마라!" 롤랜드가 포효한다. "한 놈도 살려두지 마라!"

앞으로 뛰쳐나간 그들은 얼굴에 파란 칠을 한 그리섬의 부대를 향해 달려 내려간다. 롤랜드와 커스버트가 선두를 맡고서. 그들이 무성한 풀밭에 기우뚱 서 있는 첫 번째 암회색 바위 얼굴 곁을 지날 때, 창과 화살과 총알이 사방에서 그들을 노리고 쏟아지고, 차임벨 소리가 들리기 시작한다. 아름답다는 말로는 턱없이 부족한 소리. 노골적으로 달콤한 그 소리가 롤랜드를 갈기갈기 찢어버리겠다고 위협한다.

지금은 안 돼. 롤랜드는 생각한다. 아아, 신이여, 지금은 안 됩니다…… 끝내게 해주소서. 제 친구 곁에서 끝을 맺고 마지막 평안을 누리게 해주소서. 부디.

롤랜드는 손을 뻗어 커스버트의 손을 쥔다. 아주 잠시, 친구의 피로 물든 손가락이 느껴진다. 예리코 언덕에서, 커스버트라는 용감하고 익살스러운 존재가 소멸하는 이곳에서. 그리고 맞닿았던 커스버트의 손은…… 이내 사라진다. 또는, 롤랜드의 손이 커스버트의 손을 통과하여 깨끗이 녹아내린다. 롤랜드는 추락한다. 추락하고 있다. 세계는 암흑에 뒤덮이고, 그는 추락하고 있고, 차임벨 소리가 울리고, 카먼 소리가 울리고("하와이안 기타 소리 같죠, 안 그래요?"), 롤랜드는 추락하고, 예리코 언덕은 사라지고, 엘드의 뿔피리도 사라지고, 세상을 덮은 암흑 사이로 붉은 글자가 보이고, 그중 몇 자는 롤랜드도 읽을 수 있는 대문자이고, 그 글자가 만든 말은……

5

건너지 마시오였다. 그런데도 경고등의 말을 무시하고 길을 건너는 사람들이 보였다. 그들은 차가 몰려오는 쪽을 흘끔거리다가 길을 건넜다. 한 사람은 자기 쪽으로 다가오는 노란 택시를 보고도 길로 나섰다. 택시가 획 방향을 틀고 요란한 경적 소리를 냈다. 걸어가던 남자는 택시를 향해 악을 쓰더니 오른손 가운뎃손가락을 쳐들고 멀어지는 차를 향해 흔들었다. 롤랜드가 보기에 기나긴 나날과 즐거운 밤들을 기원하는 손짓은 아닌 듯했다.

그곳은 밤의 뉴욕 시였고, 사방이 인파로 가득했지만 그의 카텟은 아무도 없었다. 롤랜드는 인정할 수밖에 없었다. 이쪽 세계로 건너온 단 한 명이 바로 그 자신이라는 상황은 그가 미처 예상치 못한 비상 사태였다. 에디가 아니라 그였다. 도대체 어디로 가야 할까? 갈 곳을 안다고 해도, 거기 가서 무엇을 해야 할까?

너 자신이 했던 충고를 명심해라. 너는 그들에게 이렇게 말했다.
"만약 단 한 명만 건너간다면, 그 자리에 가만히 머물러야 한다."

하지만 그 충고가 그저 가만히 서서…… 고개를 들어보니 초록색 표지판이 보이는데…… 표지판에 따르면 2번 대로와 54번가 교차점인 이곳에 우두커니 서서, 경고등이 빨간 건너지 마시오에서 하얀 건너시오로 바뀌는 동안 아무것도 하지 말라는 뜻이었을까?

그 생각에 잠겨 있는 사이, 뒤쪽에서 누가 롤랜드를 불렀다. 기뻐서 어쩔 줄 모르는 낭랑한 목소리로. *"롤랜드! 우리 귀염둥이 대장! 돌아서서 나를 봐요! 똑똑히 잘 봐요!"*

롤랜드는 돌아섰고, 무엇이 보일지 이미 알면서도 빙긋이 웃었

다. 예리코 언덕의 그날을 다시 사는 것은 너무나 끔찍했지만, 그 뒤
에는 이토록 멋진 보상이 기다리고 있었다. 수재나 딘이, 기쁨의 눈
물에 젖어 깔깔 웃으며, 54번가 저편에서 달려오고 있었다. 두 팔을
활짝 벌린 채로.

"*내 다리가!*" 수재나는 목이 터져라 외쳤다. "*내 다리가! 내 다리
가 원래대로 돌아왔어요! 아, 롤랜드, 우리 귀염둥이! 인간 예수님
감사합니다, 내 다리가 원래대로 돌아왔어요!*"

6

수재나는 롤랜드의 품에 뛰어들어 뺨에, 목에, 이마에, 코에, 입술
에 입을 맞추며 몇 번이고 말했다. "*내 다리요, 세상에 롤랜드 보여
요? 나 걸을 수 있어요, 뛸 수도 있어요, 다리가 멀쩡해요, 하느님 그
리고 모든 성인께 감사합니다, 내 다리가 원래대로 돌아왔어요.*"

"그 기쁨을 진심으로 축하하오, 소중한 동료여." 롤랜드가 말했
다. 낯선 고장에 가면 그곳 방언을 따라하는 것이 롤랜드의 오랜 특
기였다. 아니면 그냥 습관일 수도 있었다. 방금 한 말은 칼라의 방언
이었던 것이다. 롤랜드는 이 뉴욕이라는 곳에 오래 머물다가는 머잖
아 택시에 대고 가운뎃손가락을 흔들게 될지도 모른다는 생각이 들
었다.

*허나 늘 이방인일 것이다. 웬걸, 나는 '아스피린'도 제대로 발음
할 줄 모르잖은가. 말하려 할 때마다 엉뚱한 말이 나오고.*

수재나는 롤랜드의 오른손을 잡고 놀랍도록 세게 끌어서 자기 정

강이에 갖다댔다. "느껴져요? 그냥 내 상상은 아니죠, 그렇죠?"

롤랜드는 웃음을 터뜨렸다. "방금 다리에 날개가 달린 라프 신처럼 내게 달려오지 않았소? 상상이 아니오, 수재나." 롤랜드는 손가락이 모두 온전한 왼손으로 수재나의 왼쪽 다리를 건드렸다. "다리가 하나, 둘, 양쪽 모두 맨 아래에 발이 붙어 있소." 그러고는 이맛살을 찌푸리며 덧붙였다. "헌데 신발을 좀 신어야겠군."

"왜요? 이건 꿈이잖아요. 당연히 꿈이죠."

롤랜드는 수재나를 지그시 바라보았다. 수재나의 웃음이 차츰 엷어졌다.

"꿈이 아니에요? 정말로?"

"우린 토대시에 빠졌소. 정말로 여기에 와 있는 거요. 만약 발을 베이면 내일 아침 발이 베인 채 눈을 뜰 거요, 미아. 우리 야영지의 모닥불 옆에서."

그 다른 이름은 고의는 아니었지만 거의 저절로 튀어나오다시피 했다. 롤랜드는 기다렸다. 온 몸의 근육이 팽팽히 긴장된 채로, 수재나가 알아채는지 보려고. 만약 그게 누구 이름이냐고 물으면 미안하다고 사과하고 오래전에 알던 사람의 꿈을 꾸다가 곧장 토대시에 빠졌다고 둘러댈 작정이었다(그러나 수전 델가도 이후 롤랜드에게 어떤 의미를 지닌 여성은 단 한 명뿐이었고, 그 여성의 이름은 미아가 아니었다.).

그러나 수재나는 알아차리지 못했고, 롤랜드는 이를 보고도 그리 놀라지 않았다.

카먼 소리가 울리기 시작했을 때 사냥 준비를 하고 있었기 때문이겠지. 미아의 인격으로. 게다가 수재나와 달리 미아에게는 다리가

있다. 미아는 대연회장에서 호화로운 요리를 마음껏 먹고, 친구들과
이야기하고, 자신은 모어하우스커녕 어떤 하우스에도 간 적이 없다
고 떠들고, 그리고 다리를 지니고 있다. 그래서 지금도 다리가 있는
거다. 이 여인은 그 둘을 합친 존재인 것이다, 비록 스스로는 모르고
있지만.

롤랜드는 문득 이대로 에디를 만나지 않으면 좋겠다는 생각이 들
었다. 수재나 본인은 모른다 해도 에디는 눈치를 챌 수도 있기 때문
이었다. 그랬다가는 안 좋은 일이 벌어질지도 몰랐다. 아이들 동화
에 나오는 버려진 왕자처럼 세 가지 소원을 이룰 수 있다면, 롤랜드
는 한 가지 소원을 세 번에 걸쳐 빌고 싶었다. 바로 수재나의 배가
(미아의 배가) 사람들 눈에 띌 만큼 불러오기 전에 칼라 브린 스터지
스에서 할 일을 끝마치는 것이었다. 두 가지 일을 한꺼번에 해치우
기는 힘들었다.

어쩌면 불가능할지도 몰랐다.

수재나는 영문을 몰라 동그래진 눈으로 롤랜드를 보았다. 낯선
이름으로 불려서가 아니라 이제 어떻게 할지 알고 싶어서였다.

"여긴 당신이 살던 도시요. 난 그 서점을 보고 싶소. 그 공터도."
롤랜드는 잠시 입을 다물었다가 덧붙였다. "그리고 그 장미도. 안내
해주겠소?"

"글쎄요." 수재나는 주위를 두리번거렸다. "내가 살던 도시인 건
분명한데, 데타가 메이시 백화점에서 좀도둑질을 하고 다니던 시절
에는 2번 대로가 이렇지 않았어요."

"그럼 그 서점이랑 공터를 못 찾겠다는 말이오?" 롤랜드는 실망
했지만 절망하지는 않았다. 길이 있을 터였다. 길은 언제나……

"아, 그건 문제없어요. 길은 그대로니까요. 뉴욕은 그냥 거대한 격자예요, 롤랜드. 대로(avenue)는 남북으로 뻗은 넓은 도로, 가(street)는 동서로 뻗은 좁은 도로죠. 길 찾기는 식은 죽 먹기예요. 자, 따라와요."

경고등은 다시 건너지 마시오로 바뀌어 있었지만, 수재나는 도로 저편을 흘끔 본 다음 롤랜드의 팔을 잡고 함께 54번가 맞은편으로 건너갔다. 맨발인데도 거침없이 성큼성큼 걸어갔다. 맞은편 블록은 길이가 짧았지만 신기한 가게들이 빼곡히 늘어서 있었다. 롤랜드는 휘둥그런 눈으로 두리번거렸으나 당장은 경계를 늦춰도 안전할 듯싶었다. 보도에 인파가 가득한데도 그들에게 부딪히는 사람은 한 명도 없었기 때문이었다. 하지만 롤랜드에게는 보도에 부딪혀 다각거리는 자신의 장화 뒤축 소리가 들렸고, 진열창의 불빛을 받아 드리워진 자신들의 그림자도 보였다.

거의 다 와 있는 거다. 롤랜드는 생각했다. *우리를 데려온 힘이 조금만 더 강했어도, 우리는 완전히 이곳에 와 있었을 터.*

뒤이어 깨달았다. 그 힘은 정말로 더욱 강해질지도 몰랐다. 캘러핸이 자기 교회 지하에 숨겨놓은 물건의 정체를 제대로 봤다면, 그럴지도 몰랐다. 그들 일행이 마을에 가까워질수록, 그리하여 이 상황을 초래한 그 물건의 힘이 더욱 강해질수록…….

수재나가 팔을 홱 당겼다. 롤랜드는 대번에 멈춰 섰다.

"발이 아파서 그러는 거요?"

"아뇨." 수재나의 목소리에 두려워하는 기색이 묻어났다. "왜 이렇게 어두운 거죠?"

"수재나, 지금은 밤이오."

수재나는 롤랜드의 팔을 다급하게 흔들었다. "그건 나도 알아요, 장님이 아니니까. 당신은……" 주저하는 목소리. "당신은 아무것도 안 느껴져요?"

롤랜드도 느낄 수 있었다. 사실 2번 대로를 뒤덮은 어둠은 전혀 캄캄하지 않았다. 총잡이는 오래전 길르앗 사람들이 그토록 귀하고 값지게 여겼던 물건들을 물 쓰듯이 낭비하는 뉴욕 사람들의 삶이 여전히 이해가 가지 않았다. 종이, 물, 정제된 석유, 인공조명. 특히 조명은 어디에나 있었다. 가게 진열창에서도 불빛이 비쳤고(대부분 문을 닫았는데도 진열창에는 불이 켜져 있었다.), 간식거리를 파는 '블립 피'라는 가게에서는 그보다 훨씬 환한 불빛이 쏟아졌으며, 무엇보다도 특이하게 생긴 주황색 전등의 빛이 공기 자체를 환하게 물들이는 듯했다. 그 주황색 불빛에도 불구하고 공기 중에 검은 기운이 느껴졌다. 그 기운이 거리를 걷는 사람들을 둘러싼 느낌이 들었다. 그 때문에 앞서 에디가 했던 말이 떠올랐다. *모든 게 19가 돼버렸어.*

그러나 이 어둠은, 보인다기보다 느껴지는 이 어둠은, 19와 아무 상관도 없었다. 지금 벌어지는 일을 이해하려면 거기서 6을 빼야 했다. 그리하여 처음으로, 롤랜드는 캘러핸의 말이 옳다는 것을 깨달았다.

"검은 13."

"뭐라고요?"

"그것이 우리를 여기로 데려왔소. 우리를 토대시에 빠뜨려서. 우리는 그것을 온 사방에서 느끼는 중이오. 내가 멀린의 그레이프프루트 속에서 떠다닐 때와 똑같지는 않지만, 그래도 비슷하오."

"왠지 기분 나쁜 얘기네요." 수재나의 목소리는 나직했다.

"*실제로* 나쁜 물건이오. 검은 13은 엘드의 시대부터 이 땅 위에 남아 있는 것들 가운데 가장 불길한 물건일 거요. 마법사의 무지개가 그때 만들어졌다는 말은 아니오. 그건 분명 그보다 훨씬 전에 이미……"

"롤랜드! 어이, 롤랜드! 수즈!"

그 소리에 두 사람은 고개를 돌렸고, 앞서 불안감을 느꼈던 롤랜드마저도 금세 마음이 놓였다. 에디뿐 아니라 제이크와 오이도 함께 보였던 것이다. 그들은 한 블록 반 정도 떨어진 곳에 있었다. 에디가 손을 흔들었다. 수재나도 신나게 손을 흔들어 화답했다. 롤랜드는 수재나가 뛰어가기 진에 팔을 붙들었다. 상대의 의도를 정확히 파악한 행동이었다.

"발을 다치지 않게 조심하시오. 여기서 감염이 된 채로 저쪽 세계로 가면 안 되오."

둘은 빨리 걸어가는 정도로 타협했다. 에디와 제이크는 그들을 만나러 둘 다 쏜살같이 달려왔다. 롤랜드가 보기에 행인들은 달려오는 두 사람을 보지도 않고 길을 비켜주거나 대화를 잠시 멈추는 듯했지만, 자세히 보니 실은 그렇지 않았다. 세 살도 채 안 돼 보이는 아이 하나가 엄마 곁에서 아장아장 걷고 있었다. 아이 엄마는 아무것도 모르는 눈치였지만, 에디와 제이크가 곁을 스쳐갈 때 그 조그만 아이는 영문을 몰라 동그래진 눈으로 가만히 그들을 지켜보았고…… 실제로 손을 뻗기까지 했다. 꼭 쪼르르 달려가는 오이를 건드리려는 것처럼.

에디는 제이크를 따라잡고 맨 먼저 도착했다. 그러고는 팔을 쭉 뻗어 수재나를 잡고서, 멍하니 보기만 했다. 롤랜드의 눈에는 그 표정이 정말이지 어린애 같기만 했다.

"어때요, 에디? 당신이 보기엔?" 수재나는 조바심이 난 목소리로 물었다. 머리 모양을 파격적인 최신 스타일로 바꾸고 집에 돌아와 남편과 마주한 여성처럼.

"완전 끝내줘요. 다리가 없어도 사랑하는 마음은 똑같겠지만, 이건 정말 천국에서도 못 볼 다리네요. 맙소사, 이제 키도 나보다 3센티미터는 더 크잖아요!"

수재나는 그 말이 사실인 것을 깨닫고 깔깔 웃었다. 오이는 이 여성을 마지막으로 봤을 때에는 없었던 발꿈치에 대고 코를 쿵쿵거리더니, 함께 따라 웃었다. 기묘하게 컹컹대는 소리였지만, 그래도 분명히 웃는 소리였다.

"다리가 멋지네요, 수재나 아줌마." 제이크의 형식적인 칭찬에 수재나는 다시금 웃음을 터뜨렸다. 아이는 수재나가 자기 때문에 웃는 줄도 몰랐다. 이미 롤랜드 쪽으로 돌아서 있었으므로. "그 서점에 가보고 싶으세요?"

"거기에 우리가 봐야 할 거라도 있느냐?"

제이크의 표정이 어두워졌다. "실은 별로 없어요. 문도 닫았을 테고요."

"나는 그 공터가 보고 싶구나, 우리가 돌아가기 전에 시간이 있다면. 그리고 그 장미도."

"아프거나 그러진 않아요?" 에디가 수재나에게 물었다. 이제는 바짝 붙어 살펴보면서.

"멀쩡해요." 수재나는 웃으며 말했다. "*아주 멀쩡해요.*"

"좀 달라진 것 같은데요."

"당연하죠!" 수재나는 맨발로 춤을 추었다. 마지막으로 춤췄을 때로부터 오랜 세월이 흘렀을 텐데도, 그 몸짓은 가슴 벅찬 환희 덕분에 더없이 우아해 보였다. 누더기를 걸친 이 방랑자들 앞으로 비즈니스용 정장을 입고 서류 가방을 든 여성 한 명이 다가오다가 멈칫하더니, 방향을 틀고 아예 보도 안쪽으로 몇 걸음 들어가 그들을 빙 돌아서 지나갔다. "그걸 말이라고 해요, *다리*가 생겼는데!"

"지지 톱 노래 가사 같네요."

"뭐라고요?"

"아무것도 아니에요." 에디는 이렇게 말하며 한 팔로 수재나의 허리를 감쌌다. 그러나 롤랜드는 다시금 뭔가 탐색하듯 수재나를 살피는 에디의 눈빛을 놓치지 않았다. *허나 운이 좋으면 그냥 넘어가겠지.* 롤랜드는 생각했다.

그리고 에디는 실제로 운이 좋았다. 그는 수재나의 입가에 입을 맞추고 롤랜드를 돌아보았다. "그 유명한 공터랑 그보다 더 유명한 장미를 보고 싶다, 이거지? 나도 마찬가지야. 제이크, 앞장서."

7

제이크는 일행을 데리고 2번 대로를 나아갔다. 맨해튼 마음의 양식 레스토랑 서점을 슬쩍 훑어보느라 멈춘 시간은 잠시뿐이었다. 그 가게에 불을 밝혀둔 사람은 아무도 없었고, 실제로도 볼 것이 별로 없었다. 롤랜드는 입구에 안내판이 있기를 기대했지만 그마저도 치워지고 없었다.

케프를 공유하는 사이답게 그 생각을 고스란히 읽은 제이크가 말했다. "아마 안내판은 매일 고쳐 적을 거예요."

"그럴지도." 롤랜드는 진열창 너머를 조금 더 들여다보았다. 보이는 거라곤 컴컴한 서가와 테이블 몇 개, 제이크가 얘기했던 카운터뿐이었다. 그곳이 바로 노인들이 앉아서 커피를 마시며 이쪽 세계의 성 빼앗기 게임을 하던 자리였다. 볼 것은 없었지만, 유리창 너머로도 뭔가 느껴지는 것이 있었다. 슬픔과 상실감이었다. 그 감정에 냄새가 있다면 시큼하고 퀴퀴한 냄새일 거라는 생각이 들었다. 패배의 냄새. 어쩌면 자랄 기회를 갖지 못한 선한 꿈의 냄새. 그것이야말로 엔리코 '일 로셰' 발라자르 같은 인간들에게는 더할 나위 없는 먹잇감이었다.

"다 봤어?" 에디가 물었다.

"그래. 이제 가자."

8

롤랜드에게 2번 대로와 54번가 교차점에서 56번가 교차점까지 가는 여덟 블록에 걸친 도보 여행은 그때껏 정말로 있을지 반신반의하던 외국을 직접 방문하는 듯한 경험이었다. *제이크가 느끼는 위화감은 얼마나 클까?* 롤랜드는 궁금해졌다. 전에 제이크가 이곳에 왔을 때 잔돈이 있으면 좀 달라고 했던 부랑자는 보이지 않았지만, 그 남자가 등을 기대고 앉아 있던 식당은 그대로 있었다. '지지고볶고 아줌마네 식당'이었다. 그곳은 2번 대로와 52번가 교차점이었다.

한 블록을 더 가면 '타워 오브 파워' 레코드점이었다. 그곳은 여태 영업 중이었다. 커다란 전구로 시간을 표시하는 저 높은 곳의 시계에 따르면 아직 저녁 8시 14분이었다. 열려 있는 가게 문을 통해 요란한 소리가 흘러나왔다. 기타와 드럼 소리. 이쪽 세계의 음악이었다. 그 음악을 들으며 롤랜드는 러드 시내의 백발이들이 틀었던 희생제 음악이 떠올랐다. 왜 아니겠는가? 어떤 의미에서는 이곳이 바로 다른 시공간의 일그러진 러드였는데. 그가 보기에는 틀림없는 사실이었다.

"롤링 스톤스 노래네요. 그치만 제가 장미를 본 날 들었던 노래는 아니에요. 그땐 「페인트 잇 블랙」이 나왔으니까요."

"너 이 노래는 몰라?" 에디가 물었다.

"알아요, 근데 제목은 기억이 안 나요."

"저런, 그럼 안 되지. 이 노래 제목은 「나인틴스 너버스 브레이크다운(19번째 신경 쇠약)」이야."

수재나는 19라는 말에 멈춰 서서 제이크를 돌아보았다. "제이크, 진짜니?"

제이크는 고개를 끄덕였다. "에디 아저씨 말이 맞아요."

한편 에디는 타워 오브 파워 레코드점 옆의 철문에 붙은 신문지를 획 낚아챘다. 알고 보니 《뉴욕 타임스》의 한 면이었다.

"에디, 점잖은 사람은 길에서 아무거나 집으면 안 된다고 어머니가 안 가르쳐주셨어요?"

에디는 수재나의 말을 무시했다. "이것 좀 봐요. 다 같이 봐."

롤랜드는 또다시 대규모 전염병 소식을 보게 될까 반쯤 기대하며 신문지 위로 몸을 숙였지만, 그 정도로 충격적인 소식은 없었다. 적어도 그가 아는 한은 그랬다.

"제이크, 뭐라고 적혀 있는지 읽어다오. 글자들이 머릿속에서 헤엄을 치는 것 같구나. 아마 우리가 토대시에 빠져 있어서 그럴 게다. 두 세계 사이에 걸리는 바람에……."

"로디지아 군대, 모잠비크 민간인 구역 점거 완료."제이크가 기사를 읽었다. "카터 대통령 보좌관 두 명, 복지 부문 예산 수십억 달러 절감 예상. 이 밑에는 이런 기사도 있어요. 중국 정부, 1976년 지진이 400년만의 최대 규모라고 밝혀. 그리고 또……."

"카터 대통령이라니?" 수재나가 물었다. "그 사람 혹시…… *로널드 레이건*의 전임이야?" 수재나는 레이건이라는 이름을 말하며 힘주어 윙크를 했다. 그때껏 에디는 배우였던 레이건이 대통령이 됐다는 사실을 수재나에게 좀처럼 납득시키지 못했다. 제이크가 말도 안 되는 소리 같겠지만 그래도 아예 허튼소리인 것은 아니라고, 왜냐면 레이건은 캘리포니아 주지사도 맡은 적이 있기 때문이라고 했을 때에도 마찬가지였다. 수재나는 그저 웃으며 고개를 끄덕일 뿐이었다. 꾸며낸 얘기치고는 제법이라고 칭찬하기라도 하듯이. 수재나는 에디가 제이크에게 자기 거짓말에 장단을 맞춰달라고 부탁했으리라 생각했고, 그래서 속지 않을 작정이었다. 폴 뉴먼이라면, 또는 영화 「핵전략 사령부」에서 대통령에 걸맞은 연기를 했던 헨리 폰다라면 그 자리에 어울리겠지만, TV 연속극 「데스밸리 데이스」에 단골로 나오던 로널드 레이건이 대통령이라고? 어림도 없는 소리였다.

"카터는 신경 쓸 것 없어요." 에디가 말했다. "*날짜*를 봐요."

롤랜드는 신문에 적힌 날짜를 읽으려고 했지만 글씨가 자꾸만 어지럽게 가물거렸다. 언뜻 보면 그가 읽을 수 있는 대문자로 보이다가도 이내 다시 꾸물꾸물 기어다니는 것처럼 보였다. "뭐라고 적혀 있느냐, 제발 가르쳐다오."

"6월 2일이에요." 제이크는 에디를 돌아보았다. "그치만 이쪽 세계랑 저쪽 세계랑 시간이 똑같다면, 오늘은 6월 1일이어야 하는 거 아니에요?"

"그런데 똑같지가 않거든." 에디의 목소리는 단호했다. "하나도 안 똑같아. 이쪽에선 시간이 더 빨리 흘러. 자, 게임 시작, 했는데 시계가 더 빨리 돌아가버리는 거지."

롤랜드는 그 말을 곰곰이 생각했다. "만약 우리가 이곳에 다시 오면, 시간은 올 때마다 더 빨리 흐를 게다. 그렇지 않으냐?"

에디가 고개를 끄덕였다.

롤랜드는 계속 이야기했다. 동료들에게만이 아니라 그 자신에게 하는 말이기도 했다. "저쪽 세계, 즉 칼라 쪽에서 1분이 흐를 때마다 이쪽 세계에서는 1분하고도 *반*이 흐른다. 어쩌면 2분일지도 모른다."

"아니, 2분까지는 아니야. 두 배로 빠르지 않은 건 확실해." 말은 그렇게 했지만, 신문의 날짜를 확인하는 불안한 눈빛은 에디 스스로도 확신이 없다는 증거였다.

"네 말이 옳다 해도 우리가 할 수 있는 일은 전진뿐이다."

"7월 15일을 향해서요." 수재나가 말했다. "발라자르랑 그 사람의 신사 부하들이 점잖은 행동을 그만두는 그날."

"칼라 마을 일은 거기 사람들이 알아서 하게 놔둬야 할지도 몰라. 나도 이런 말 하긴 싫어, 롤랜드. 하지만 그 길밖에 없을지도 몰라."

"그럴 수는 없다, 에디."

"왜?"

"왜냐면 캘러핸이 검은 13을 갖고 있으니까요." 수재나가 대신 대답했다. "우리가 도와줘야 그 대가로 검은 13을 넘겨줄 거예요. 그리고 우리한텐 그게 필요해요."

롤랜드는 고개를 저었다. "캘러핸은 어차피 그 물건을 우리한테 넘길 거요. 내 생각에는 분명히 그렇게 할 거요. 그는 그 물건을 두려워하고 있으니."

"맞아. 나도 그런 느낌이 들었어."

"우리가 그들을 도와야 하는 이유는 그것이 곧 엘드의 길이기 때문이오." 롤랜드가 수재나에게 말했다. "또한 카의 길이 언제나 의무의 길이기 때문이기도 하고."

롤랜드는 수재나의 눈 속 깊숙한 곳에서 반짝이는 빛을 본 기분이 들었다. 그가 무슨 우스운 소리라도 했다는 식의 눈빛을. 그가 생각해도 뜬금없는 말이기는 했지만, 그 말에 웃은 사람은 수재나가 아니었다. 그 말을 우습게 여긴 사람은 데타, 아니면 미아였다. 문제는 둘 중 누구냐였다. 아니면 둘 다였을까?

"난 여기 분위기가 마음에 안 들어요." 수재나가 말했다. "저 어두운 느낌이."

"공터에 가면 괜찮아질 거예요." 제이크는 이렇게 말하고 걸음을 옮겼다. 나머지 일행도 그 뒤를 따랐다. "공터에 가면 다 괜찮아져요. 가보면 알아요."

9

50번가의 차도를 건넌 다음부터, 제이크는 서두르기 시작했다. 49번가의 번화가 쪽에 도착해서는 가볍게 뛰기 시작했다. 그러다가 2번 대로와 48번가 교차점부터는 아예 달리기 시작했다. 스스로도 어쩔 수가 없었다. 그나마 48번가 횡단보도에서는 건너시오 신호등이 켜져서 다행이었지만, 신호등 불빛은 제이크가 건너편에 발을 딛자마자 깜박이기 시작했다.

"제이크, 기다려!" 뒤에서 에디가 외쳤지만 제이크는 멈추지 않았다. 아마 멈출 수 없었을 것이다. 에디 역시 뭔지 모를 끌어당기는 힘을 똑똑히 느꼈다. 은은하고 달콤한 허밍 소리가 대기 중에 맴돌았다. 그들을 둘러싼 징그러운 어둠의 기운과 정반대의 느낌이었다.

그 허밍 소리가 롤랜드에게 일깨운 것은 메지스와 수전 델가도의 기억이었다. 향기로운 풀밭을 매트리스 삼아 수전과 나눈 입맞춤이었다.

수재나는 어릴 적 아버지 곁에 있을 때가 떠올랐다. 아버지 무릎 위에 기어올라 보드라운 볼을 아버지의 거칠거칠한 스웨터에 부빌 때의 기억이었다. 눈을 감고 아버지의 냄새를, 오로지 아버지 한 사람만의 냄새를 깊이 음미하던 그때. 파이프 담배, 윈터그린 향수, 그리고 스물다섯 살 때 이미 그를 덮친 관절염 때문에 손목에 바른 머스터롤의 향이 합쳐진 냄새였다. 수재나에게 그 냄새는 곧 모든 것이 옳다는 의미였다.

에디는 자신도 모르는 사이에 애틀랜틱시티로 여행을 떠났던 기억이 떠올랐다. 아주 어렸을 때, 고작 대여섯 살 무렵의 일이었다.

딘 부인은 두 아들을 데리고 가다가 어느 시점에 헨리 형과 함께 아이스크림을 사러 잠시 자리를 비웠다. 그때 어머니는 바닷가의 널빤지 보도를 가리키며 에디에게 말했다. *저기서 가만히 기다리고 있어, 꼬마 총각. 우리가 돌아올 때까지 어디 가면 안 돼.* 그리고 에디는 그 말대로 했다. 그곳이라면 종일 앉아서 기다릴 수도 있었다. 비탈진 바닷가에 밀려왔다 밀려가는 회색 바다를 보면서. 수면의 포말 위로 갈매기들이 바짝 붙어 날면서 서로를 외쳐 불렀다. 파도가 밀려갈 때마다 드러나는 매끈하고 축축한 갈색 모래톱은 너무나 눈이 부셔서, 실눈을 뜨지 않고는 제대로 볼 수도 없었다. 파도소리는 거세면서도 자장가처럼 잔잔했다. *여기라면 영원히 머물 수도 있어.* 에디는 그렇게 생각하던 기억이 떠올랐다. *여기라면 영원히 머물 수도 있어, 왜냐면 여긴 아름답고, 평화롭고…… 모든 게 제대로니까. 여긴 모든 게 제대로야.*

그들 다섯이(심지어 오이조차도) 가장 강력하게 느낀 감정이 바로 그것이었다. 무언가 훌륭하고 아름답게 제대로 된 느낌.

롤랜드와 에디는 눈길 한 번 주고받지 않고서 저마다 수재나의 팔꿈치를 붙잡았다. 그렇게 그녀를 공중으로 들어올려 함께 들고 갔다. 2번 대로와 47번가 교차점은 차들로 붐볐지만, 롤랜드는 다가오는 전조등을 향해 손을 쳐들고 외쳤다. *"하일! 길르앗의 이름으로 명한다, 멈춰라!"*

그러자 멈췄다. 날카로운 브레이크 소리, 앞 범퍼가 뒤 범퍼를 들이받는 소리, 깨진 유리가 쏟아져 쨍그랑거리는 소리가 들렸지만, 그래도 차들은 멈췄다. 롤랜드와 에디는 번들거리는 전조등 불빛과 경적의 불협화음 속에 차도를 건넜고, 그러는 동안 둘 사이에 낀 수재나는 다시 자라난(그리고 이미 몹시 지저분해진) 두 발이 땅 위로 반 뼘쯤 떠 있었다. 2번 대로와 46번가 교차점이 가까워질수록 행복감과 충실감은 더욱 커졌다. 롤랜드는 자신의 혈관을 따라 달리며 기뻐 날뛰는 장미의 허밍 소리를 느낄 수 있었다.

그래. 롤랜드는 생각했다. 모든 신의 이름으로, 그래, 바로 이거다. 어쩌면 그저 암흑의 탑에 이르는 통로가 아니라 탑 그 자체인지도 모른다. 맙소사, 이렇게 강력하다니! 이토록 강하게 끌어당기다니! 커스버트, 알레인, 제이미…… 너희도 함께 왔다면 얼마나 좋았을까!

제이크는 2번 대로와 46번가 교차점에 서서, 높이가 150센티쯤 되는 판자벽을 보고 있었다. 아이의 뺨에 눈물이 흘러내렸다. 벽 너머의 어둠으로부터 아름다운 허밍 소리가 강하게 들려왔다. 서로 다른 여러 목소리들이, 하나가 되어 노래하고 있었다. 거대한 개방화음 하나를 노래하고 있었다. 이곳에는 긍정이 있네. 목소리들은 말했다. 이곳에는 자유가 있네. 이곳에는 호의가, 복된 만남이, 날이 밝기 직전에 내려가 피를 식혀 주는 열이 있네. 이곳에는 있네, 이루어진 소망과 이해심 가득한 눈이. 당신이 받아서 남에게 전하는 법을 배운 친절이 있네. 잃은 줄만 알았던 건전함과 명료함이 있네. 이곳에서, 모든 것은 옳다네.

제이크는 친구들 쪽으로 돌아섰다. "느껴지세요? 다들?"

롤랜드가 고개를 끄덕였다. 에디도 마찬가지였다.

"수재나 아줌마는요?"

"이건 거의 세상에서 제일 아름다운 것 같아, 안 그러니?" 거의. 롤랜드는 생각했다. 거의라고 했단 말이지. 그는 수재나가 그 말을 하면서 자신의 배를 손으로 어루만진 사실 또한 놓치지 않았다.

10

제이크가 기억하는 포스터는 그곳에 그대로 있었다. 올리비아 뉴
턴존의 라디오시티 뮤직홀 콘서트, 머큐리 라운지라는 곳에서 열리
는 'G. 고든 리디 앤드 더 그로츠'라는 밴드의 연주회, 「좀비 전쟁」
이라는 공포 영화, 그리고 출입금지 표지판도. 그러나……
"저건 예전이랑 다른데요." 제이크는 탁한 분홍색으로 그려진 스
프레이 낙서를 가리켰다. "색깔은 똑같아요, 분위기도 같은 사람이
그린 것 같고요. 그치만 저번에 왔을 땐 거북이에 관한 시가 적혀
있었어요. '보라 거북이의 거대한 몸통을, 등딱지 위에 지고 있네 이
대지를.' 그다음은 빔의 길로 따라오라는 내용이었는데."
에디는 가까이 다가서서 낙서를 읽기 시작했다. "아, 수재나 미오,
나의 분열된 여인, 딕시 피그에 트럭을 주차했네, 1999년 그해에." 에
디는 수재나를 돌아보았다. "이게 도대체 무슨 소리죠? 뭐 짚이는
데 있어요, 수즈?"
수재나는 고개를 저었다. 눈을 둥그렇게 뜨고서. 롤랜드는 겁먹
은 눈 같다고 생각했다. 그러나 겁을 먹은 여성은 누구일까? 알 수
없었다. 다만 오데타 수재나 홈스의 인격이 처음부터 분열되어 있었
다는 것, 또 '미오'라는 말이 미아와 매우 비슷하다는 것만 알 뿐이
었다. 벽 너머의 어둠으로부터 들려오는 허밍 소리 때문에 이런 것
들을 생각하기가 힘들었다. 롤랜드는 그 허밍 소리의 근원으로 당장

가고 싶었다. *가야만* 했다, 갈증으로 죽어가는 남자가 샘으로 가야 만 하듯이.

"가요." 제이크가 말했다. "벽을 넘어가면 돼요. 쉬워요."

수재나는 지저분해진 맨발을 내려다보고 뒤로 물러났다. "난 됐 어. 못 가. 신발이 없어서."

전혀 이상할 것 없는 반응이었지만, 롤랜드는 단지 그 이유 때문 만은 아닐 거라고 생각했다. 미아는 저 안으로 들어가기를 *꺼렸다.* 들어갔다가는 뭔가 무서운 일이 일어나리라는 것을 알았다. 미아 자 신에게, 또 자신의 아기에게. 롤랜드의 머릿속에 강제로 데려갈까 하는 생각이 얼핏 떠올랐다. 상미가 이 여인의 몸속에서 자라는 새 생명과 이 여인의 골칫거리 새 인격을 함께 처치하도록. 너무나 강 력해서 수재나로 하여금 미아의 다리를 지니고 나타나게 한 그 인 격을.

안 돼, 롤랜드. 알레인의 목소리였다. 터치 능력이 누구보다 강했 던 알레인. *지금은 때가 아니야, 장소도 적당치 않고.*

"저도 같이 있을게요." 제이크가 말했다. 아쉬움이 가득하면서도 조금도 망설이지 않는 제이크의 목소리를 들으며, 롤랜드는 자기 손 으로 죽게 버려두었던 이 소년에 대한 사랑으로 가슴이 벅차올랐다. 판자 울타리 너머의 어둠에서 들려오는 커다란 목소리가 그 사랑을 노래하고 있었다. 롤랜드의 귀에는 들렸다. 그리고 그 목소리는 가 혹하고 억압적인 속죄의 행군 대신 순수한 용서 또한 노래하지 않 았던가? 롤랜드는 그렇다고 생각했다.

"아니, 너도 같이 가, 제이크. 난 괜찮을 거야." 수재나는 친구들 을 보며 웃었다. "알잖아, 나도 여기 출신인 거. 내 몸 하나는 지킬 수 있어. 그리고⋯⋯" 수재나는 무슨 대단한 비밀이라도 털어놓듯이 목소리를 낮추었다. "내 생각에 우린 여기서 투명인간인 것 같아."

에디는 다시금 탐색하는 눈빛으로 수재나를 보았다. 마치 어떻게 안 갈 수가 있냐고 물으려는 사람처럼. 맨발이든 아니든 간에. 그러나 롤랜드는 이번에는 걱정하지 않았다. 적어도 당장은, 미아의 비밀이 드러날 염려는 없었다. 그들을 부르는 장미의 힘이 너무나 강력하다 보니 에디는 딴생각을 할 겨를이 없었다. 그저 가고 싶어 안달할 뿐이었다.

"같이 있어야 하는데." 에디가 내키지 않는 목소리로 말했다. "그래야 돌아갈 때 흩어지지 않을 거 아냐. 당신 입으로 그렇게 말했잖아, 롤랜드."

"제이크, 여기서 그 장미까지 거리가 얼마나 되느냐?" 롤랜드가 물었다. 귓속에서 바람처럼 윙윙대는 허밍 소리 때문에 대화를 하기가 힘들었다. 생각하기조차 힘들었다.

"거의 공터 한복판에 있어요. 한 30미터 될 텐데, 그보다는 더 가까울 거예요."

"차임벨 소리가 들리면 우리는 즉시 수재나가 있는 이 벽으로 돌아와야 한다. 우리 셋 모두. 알았느냐?"

"알았어." 에디가 말했다.

"우리 셋이랑 오이도요." 제이크였다.

"아니, 오이는 수재나와 함께 여기 있을 거다."

제이크의 표정이 일그러졌다. 그 결정이 마음에 안 드는 빛이 역력했다. 롤랜드가 미처 예상치 못한 반응이었다. "제이크, 오이도 맨

발이다…… 저 안에는 깨진 유리가 널려 있다고 하지 않았느냐?"

"예에……." 질질 끄는 대답. 못마땅한 기색이었다. 뒤이어 제이크는 한쪽 무릎을 꿇고 금테가 둘러진 오이의 눈을 들여다보았다. "오이, 수재나 아줌마랑 여기서 기다려."

"오이! 아려!" 오이, 기다려. 그 정도면 제이크에게는 충분한 대답이었다. 제이크는 일어서서 롤랜드를 보며 고개를 끄덕였다.

"수즈, 진짜 안 갈 거예요?" 에디가 물었다.

"예." 단호한 대답. 망설이는 기색은 없었다. 롤랜드는 지금 수재나의 주도권을 쥐고 조종하는 인격이 미아인 것을 이제 거의 확신할 수 있었다. 거의. 상황이 여기까지 왔어도 완전히 확신할 수는 없었다. 장미의 허밍 소리 때문에 아무것도 확신할 수 없었다. 다만 모든 것이 옳다는 것밖에는. 모든 것이.

에디는 고개를 끄덕이고 수재나의 입가에 입을 맞춘 다음, 이상한 시가 적힌 판자 울타리 쪽으로 다가갔다. '아, 수재나 미오, 나의 분열된 여인.' 에디가 두 손을 깍지 껴어 발판을 만들었다. 제이크는 그 발판을 딛고 벽을 올라가 바람처럼 사라졌다.

"에이크!" 오이는 딱 한 번 짖고 잠잠해지더니 수재나의 맨발 옆에 웅크리고 앉았다.

"다음은 너다, 에디." 롤랜드는 남아 있는 손가락을 모아 깍지를 끼었다. 에디가 제이크에게 만들어 준 발판을 에디에게 만들어주려는 의도였지만, 에디는 벽 위쪽 모서리를 잡더니 훌쩍 뛰어서 넘어갔다. 롤랜드가 JFK 공항으로 향하는 여객기 안에서 처음 만났던 마약 중독자는 꿈도 못 꿀 움직임이었다.

롤랜드가 돌아서서 말했다. "거기서 가만히 기다리시오. 둘 다."

수재나와 개녀구리 둘 다를 가리키며 한 말일 수도 있었지만, 그의 시선은 오로지 여인 쪽에만 못 박혀 있었다.

"우리 걱정은 안 해도 돼요." 수재나는 몸을 숙여 오이의 보드라운 털을 쓸어내렸다. "안 그래, 대장?"

"오이!"

"장미를 보러 가요, 롤랜드. 아직 시간이 있을 때."

롤랜드는 생각에 잠긴 눈빛으로 수재나를 마지막으로 한 번 본 다음, 벽 위쪽 모서리를 붙들었다. 다음 순간 그는 사라졌고, 온 우주에서 가장 활기차게 진동하는 길모퉁이에는 이제 수재나와 오이만이 남았다.

11

기다리는 동안 수재나에게는 이상한 일들이 일어났다.

그들이 왔던 길 저편, 타워 오브 파워 레코드점 근처에서, 은행 벽에 붙은 전자 시계가 깜박이며 시각과 온도를 번갈아 표시했다. 8시 27분, 18도. 8시 27분, 18도. 8시 27분, 18도. 그러다 갑자기, 숫자가 바뀌었다. 8시 34분, 18도. 8시 34분, 18도. 수재나는 잠시도 거기서 눈을 떼지 않았다. 시계 안의 기계가 고장이라도 난 걸까?

그랬겠지. 달리 무슨 이유가 있겠어? 수재나 생각에 다른 이유는 없었다. 그런데 왜 갑자기 모든 게 달라진 느낌이 드는 걸까? 심지어 *다르게 보이는* 걸까? *어쩌면 고장 난 건 내 머릿속일지도.*

오이가 낑낑대며 기다란 목을 수재나 쪽으로 뻗었다. 그러는 사이에 수재나는 왜 모든 것이 다르게 보이는지 깨달았다. 영문을 알수 없이 사라진 7분과 별개로, 세상이 다시 예전의 익숙한 눈높이에서 보이기 때문이었다. 더 낮은 높이에서. 오이가 더 가까이 있는 까닭은 수재나가 땅바닥에 더 가깝기 때문이었다. 뉴욕에서 눈을 떴을때 달려 있던 멋진 종아리와 발이 다시 사라졌기 때문이었다.

어떻게 된 거지? 언제 이렇게 됐지? 사라진 7분 사이에?

오이가 다시 낑낑거렸다. 이번에는 거의 짖다시피 했다. 오이는 수재나를 지나 먼 곳을, 아예 길 건너편을 보고 있었다. 수재나는 그쪽으로 고개를 돌렸다. 행인 여섯 명이 46번가 차도를 건너 이쪽으로 오는 중이었다. 그중 다섯 명은 정상이었다. 여섯 번째 사람은 좀먹은 드레스 차림의 얼굴이 하얀 여성이었다. 그 여성의 두 눈구멍은 시커멓게 비어 있었다. 헤 벌어진 입은 빗장뼈까지 처진 듯했고, 가만히 보니 아랫입술에 초록색 벌레가 꾸물꾸물 기어가고 있었다. 함께 길을 건너는 사람들은 2번 대로의 행인들이 롤랜드와 친구들에게 그랬듯이 그 여성에게 넉넉한 공간을 마련해주었다. 수재나가 생각하기에는 두 경우 모두 평범한 행인들이 뭔가 이상한 낌새를 느끼고 상대에게 길을 양보한 듯싶었다. 다만 이 여섯 번째 사람의 경우는, 토대시에 빠진 상태가 아니었다.

그 여성은 죽은 사람이었다.

12

쓰레기와 벽돌이 널린 황량한 공터를 세 사람이 비틀거리며 나아가는 동안, 허밍 소리는 점점 더 커졌다. 제이크는 지난번 이 공터에 왔을 때와 마찬가지로 사방의 그늘 속에서 얼굴들을 보았다. 개셔와 후츠의 얼굴이 보였다. 똑딱맨과 플래그의 얼굴도. 엘드레드 조나스의 악당 부하 디페이프와 레이놀즈의 얼굴도. 어머니와 아버지와 가정부 그레타 쇼의 얼굴도 보였다. 텔런트인 이디스 벙커를 살짝 닮은, 샌드위치를 만들 때면 잊지 않고 가장자리를 잘라주던 쇼 아줌마. 가끔은 제이크를 '맹꽁이'라고 부르면서 이를 둘만의 비밀로 해주었던 그레타 쇼.

에디는 오래전 같은 동네에 살던 사람들의 얼굴을 보았다. 지미 폴리오, 발목이 안쪽으로 휘었던 그 아이. 토미 프레더릭스, 길에서 벌어진 스틱볼 경기를 구경할 때면 너무 열중한 나머지 항상 인상을 쓰는 바람에 '핼러윈 토미'라고 불리던 그 아이. 스키퍼 브래니건도 있었다. 만약 알 카포네가 머리가 어떻게 돼서 그 동네에 들르기로 마음먹기라도 하면 알 카포네 본인하고도 맞짱을 뜰 아이였다. 그리고 차바 드라브닉, '미친 헝가리놈'의 얼굴도 보였다. 부서진 벽돌 더미 속에는 어머니의 얼굴도 보였다. 깨진 음료수 병 조각이 어머니의 반짝이는 눈이었다. 어머니 친구였던 도라 베르톨로도 보였다(동네 아이들은 모두 '왕가슴 베르톨로'라고 불렀는데 가슴이 정말이지 수박만 했다.). 그리고 물론 헨리 형도 보였다. 그늘 속 깊숙이 헨리 형이 서서, 이쪽을 보고 있었다. 그런데 헨리 형은 노려보는 대신 웃고 있었고, 정신도 멀쩡해 보였다. 한 손을 뻗어 에디를 향해 엄지를 치켜든 것처럼 보였다. *계속해.* 점점 커지는 허밍 소리가 꼭 속삭이는 것만 같았다. 이제 헨리 딘의 목소리로 속삭이고 있었다. *계속해, 에디. 네가 어떤 놈인지 보여주는 거야. 내가 다른 녀석들한테 말했*

잖아. 달리 상점 뒷골목에서 지미 폴리오가 가져온 담배를 나눠 피울 때, 내가 그랬잖아. '내 동생은 악마를 꼬드겨서 제 몸에 불을 붙이게 할 녀석이야'라고. 기억 안 나? 사실이었다. 그때 헨리 형은 그렇게 말했다. 난 언제나 그렇게 생각했어. 가끔은 널 기죽일 때도 있었지만, 그래도 난 언제나 널 사랑했어. 넌 내 귀염둥이였으니까.

에디는 울음을 터뜨렸다. 기쁨의 눈물이었다.

롤랜드는 벽돌이 널린 이 캄캄한 폐허에서 자기 삶의 모든 유령들을 보았다. 어머니와 유모부터 바로 얼마 전 칼라 브린 스터지스에서 온 손님들까지. 그리고 셋이 함께 걸어가는 동안 그 옳다는 느낌은 점점 더 강해졌다. 그것은 롤랜드가 힘들게 내렸던 모든 결정들이, 모든 고통과 상실과 희생이, 헛되지 않았다는 느낌이었다. 결국에는. 거기에는 이유가 있었다. 목적도 있었다. 삶과 사랑이 있었다. 롤랜드는 장미의 노래에서 그 모든 것을 들었고, 친구들과 마찬가지로 울기 시작했다. 주로 안도감 때문이었다. 이곳까지 오는 것은 힘든 여행이었다. 많은 이들이 죽었다. 그러나 그들은 이곳에 살아 있었다. 이곳에서 장미와 함께 노래했다. 결국 롤랜드의 삶은 헛된 꿈이 아니었다.

세 사람은 손을 잡고 비틀비틀 나아갔다. 못이 튀어나온 판자를, 또 발목이 빠지면 삐거나 부러질 수도 있는 구멍을 피하도록 서로 부축하면서. 토대시 상태에서도 골절을 당하는지는 알 수 없었지만, 롤랜드는 직접 알아보고 싶은 마음이 전혀 없었다.

"이곳을 보니 내 전부를 바친 보람이 있구나." 롤랜드가 갈라진 목소리로 말했다.

에디가 고개를 끄덕였다. "난 이제 절대 안 멈출 거야. 죽어도 안 멈출 거야."

제이크는 에디를 보며 엄지와 검지를 동그랗게 붙여 동감이라는 손짓을 했고, 웃음을 터뜨렸다. 롤랜드의 귀에는 그 웃음소리가 달콤하게 들렸다. 공터는 앞서 머물던 거리보다 더 어두웠지만, 2번 대로와 46번가 교차점의 주황색 가로등이 워낙 밝아서 이곳에도 조금은 그 빛이 비쳤다. 제이크가 판자 더미에 기대어진 간판을 가리켰다. "보이세요? 저게 그 식료품점 간판이에요. 제가 전에 잡초 사이에서 꺼냈어요. 그래서 저기 있는 거예요." 제이크는 주위를 두리번거리다가 다른 방향을 가리켰다. "저기도 보세요!"

그쪽의 간판은 아직 서 있었다. 롤랜드와 에디는 돌아서서 간판을 읽기 시작했다. 두 사람 다 처음 보는 간판이었지만, 그럼에도 둘 다 강렬한 *기시감*을 느꼈다.

밀스 건설과 솜브라 부동산이 만나
맨해튼의 새 얼굴을 만들어 갑니다!
지금 보고 계신 부지에 곧 들어설 건물은
터틀베이 호화 콘도미니엄입니다!
투자 문의 전화: 661-6712
기쁜 소식이 여러분을 기다립니다!

전에 제이크가 얘기했듯이 그 간판은 수리를 하든가 아예 교체해야 할 만큼 낡아 보였다. 제이크는 간판에 스프레이 페인트로 그려진 낙서를 기억하고 있었고, 에디 역시 제이크한테 들어서 기억하고 있었다. 자신에게 무슨 의미가 있어서가 아니라 그저 이상해서였다.

그리고 그 낙서는 전에 들었던 대로 그 자리에 있었다. 뱅고 스캥크. 이미 오래전에 사라진 어느 담벼락 예술가의 명함이었다.

"간판의 전화번호가 바뀐 것 같아요." 제이크가 말했다.

"그래? 전에는 몇 번이었는데?"

"기억이 안 나요."

"그런데 바뀌었는지 안 바뀌었는지 어떻게 알아?"

다른 때, 다른 곳이었다면 짜증이 날 만한 질문이었다. 그러나 장미 가까이서 위로받는 지금, 제이크는 짜증을 내는 대신 웃었다. "저도 몰라요. 알 방법은 아마 없을 거예요. 그치만 정말로 바뀐 것 같아요. 서점 진열창의 그 안내판처럼요."

롤랜드에게는 둘의 대화가 거의 들리지 않았다. 그는 그저 낡은 카우보이 장화를 신은 발로 벽돌과 판자와 깨진 유리 더미를 밟으며, 어둠 속에서도 눈을 반짝이며, 앞을 향해 걸어갔다. 장미를 보았던 것이다. 장미 곁에, 제이크가 자기 몫의 열쇠를 찾던 자리에 뭔가 놓여 있었지만, 롤랜드는 그것을 거들떠보지도 않았다. 그저 장미만을, 쏟아진 페인트 때문에 자주색으로 물든 잡초 덤불 위의 장미만을 보았다. 롤랜드는 그 앞에서 한쪽 무릎을 꿇었다. 잠시 후 에디가 그의 왼편에, 제이크는 오른편에 나란히 무릎을 꿇었다.

장미는 밤의 어둠을 배경으로 봉오리를 굳게 다물고 있었다. 이윽고 그들이 무릎을 꿇는 사이에 꽃잎들이 벌어지기 시작했다. 그들을 반기듯이. 허밍소리는 사방에서 더욱 커졌다. 천사들의 노랫소리처럼.

13

수재나는 처음에는 아무렇지도 않았다. 자기 몸(어쨌거나 여기 도착할 때의 몸)이 약 45센티 줄어들어서 이제는 예전의 익숙한(그리고 끔찍하게 굴욕적인) 자세로 돌아갈 수밖에 없다는 사실도 담담하게 견딜 수 있었다. 지저분한 보도에 반은 무릎을 꿇고 반은 앉아 있는 그 자세로. 등은 공터를 둘러싼 판자 울타리에 기대고 있었다. 냉소적인 생각이 퍼뜩 떠올랐다. *한 푼 달라고 적힌 판지랑 양철 컵 하나만 있으면 딱이겠네.*

46번가 차도를 건너는 죽은 여자를 보고 나서도 견뎠다. 노랫소리가 도움이 되었다. 수재나가 아는 한 그것은 장미의 목소리였다. 따뜻한 몸을 바짝 붙이고 있는 오이 역시 도움이 되었다. 수재나는 오이의 보드라운 털을 쓰다듬으며 오이라는 실체를 현실의 근거로 삼았다. 그러면서 자신은 미치지 *않았다*고 속으로 거듭 되뇌었다. 그랬다, 수재나는 7분을 잃었다. *어쩌면.* 아니면 그냥 저 멀리 보이는 최신식 시계가 딸꾹질을 했는지도 몰랐다. 그랬다, 수재나는 길을 건너는 죽은 여자를 보았다. *어쩌면.* 아니면 그 여자는 그냥 엉망이 된 마약 중독자인지도 몰랐다. 뉴욕에 그런 중독자가 얼마나 많은지는 아무도 모를……

입에서 조그만 초록색 벌레가 기어나오는 약쟁이 말이야?

"그 부분은 내 상상일 수도 있어." 수재나는 개너구리에게 말했다. "안 그래?"

오이는 긴장한 채 수재나와 달려오는 차들의 전조등을 번갈아 바라보았다. 어쩌면 오이의 눈에는 전조등 불빛이 커다란 육식 동물의 번득이는 눈으로 보일 수도 있었다. 그래선지 불안한 듯 낑낑거렸다.

"그리고 우리 남자 어린이들도 금방 돌아올 거니까."

"이까." 개너구리가 희망에 찬 목소리로 맞장구쳤다.

난 왜 그 사람들이랑 같이 안 갔을까? 에디가 업어줬을 텐데. 전에도 그랬잖아. 나를 업을 멜빵이 있든 없든.

"갈 수가 없었으니까." 수재나는 나직이 중얼거렸다. "그냥, 갈 수가 없었던 거야."

수재나의 일부가 그 장미를 두려워했기 때문이었다. 장미에 너무 가까이 기는 것을 두려워했던 것이다. 잃어버린 7분 동안에도, 수재나는 그 일부에 조종당했을까? 수재나는 그랬을까봐 겁이 났다. 만약 그랬다면, 그 일부는 이제 사라지고 없었다. 자기 다리를 챙겨서 가버렸다, 1977년의 뉴욕 거리 저편으로. 잘된 일은 아니었다. 하지만 그 일부는 장미에 대한 두려움 역시 가져갔고, 그것은 잘된 일이었다. 그토록 강력하고 멋진 것을 두려워하고 싶지는 않았으므로.

또 다른 인격이 나타난 걸까? 너한테 다리를 되찾아준 여자가 그 다른 인격인 것 같아?

달리 말하면, 데타 워커의 변형일까?

그 생각에 수재나는 비명을 지르고 싶어졌다. 암 수술을 성공리에 끝마친 여성이 오륙 년 후에 의사한테 정기 검진을 받다가 폐의 엑스선 사진에 시커먼 그늘이 보인다는 말을 들었을 때 어떤 기분일지, 이제 이해할 수 있을 것 같았다.

"더는 안 돼." 새로 나타난 행인 한 무리가 우르르 지나가는 동안 수재나는 나직하게, 황망한 목소리로 중얼거렸다. 행인들은 서로 간의 간격이 크게 줄어드는데도 불구하고 판자 울타리로부터 조금 떨어져서 한 덩어리로 걸어갔다. "안 돼, 다시는 안 돼. 그럴 순 없어. 난 이제 멀쩡해. 난…… 난 *다 나았단* 말이야."

친구들이 떠나고 나서 시간이 얼마나 흘렀을까?

수재나는 거리 저편에서 깜박이는 시계를 바라보았다. 8시 42분이었지만, 믿어도 될지 자신이 없었다. 그보다는 더 긴 시간이 흐른 느낌이었다. 훨씬 더. 어쩌면 그들을 불러야 할지도 몰랐다. 그냥 안부라도 물어보든가. 다들 괜찮아요?

안 돼. 그럴 순 없어. 넌 총잡이야, 이 여자야. 적어도 그 사람은 그렇다고 했어. 그렇다고 믿고 있어. 그러니까 덤불 밑에 독도 없는 조그만 뱀이 보인다고 꺅꺅거리는 여자애처럼 호들갑을 떨어서 실망시킬 순 없어. 그냥 여기 앉아서 기다려. 넌 할 수 있어. 오이도 같이 있고, 너도……

그때, 길 건너편에 있는 남자가 눈에 띄었다. 그저 신문 가판대 옆에 서 있는 남자일 뿐이었다. 알몸으로. 굵은 공업용 실로 꿰맸는지 실밥이 울퉁불퉁한 와이(Y) 자 모양 흉터가, 사타구니부터 올라와 가슴에서 두 갈래로 갈라졌다. 남자는 휑한 눈구멍으로 이쪽을 보고 있었다. 수재나의 몸을 뚫고 그 뒤를. 이 세상 너머를.

이 광경이 그저 헛것일 가능성은 오이가 짖기 시작하면서 사라졌다. 오이는 길 건너편의 벌거벗은 죽은 남자를 똑바로 보고 있었다.

수재나는 침묵하기를 포기하고 에디의 이름을 목이 터져라 부르기 시작했다.

장미가 개화했을 때, 꽃잎 속의 진홍빛 용광로와 그 한복판에서 불타는 태양이 드러났을 때, 에디는 만물의 본질을 보았다.

"세상에 맙소사." 제이크가 바로 곁에서 중얼거렸지만 아득히 멀리 있는 것만 같았다.

에디는 위대한 업적과 간발의 차로 비껴간 위기들을 보았다. 어린 알베르트 아인슈타인이 길을 건너다가 질주하는 우유 마차에 치일 뻔했다. 알베르트 슈바이처라는 십대 소년이 욕조에서 나오다가 하마디면 배수구 마개 옆에 떨어진 비누를 밟을 뻔했다. 나치스 군복을 입은 중위가 침공 디데이와 장소가 적힌 서류를 불에 태우고 있었다. 덴버 시의 상수도관 전체에 독을 풀 계획을 세운 남자가 아이오와 주 80번 고속도로의 노변 휴게소에서 맥도날드 프렌치프라이 봉투를 무릎에 올려놓은 채 심장마비로 죽어가는 장면이 보였다. 폭탄을 몸에 두른 테러범이 어쩌면 예루살렘인지도 모를 도시의 붐비는 식당 앞에서 갑자기 돌아서는 장면도 보였다. 그 테러범은 오로지 하늘이 두려워서, 그 하늘이 옳음과 그름을 모두 뒤덮고 있다는 생각이 두려워서 얼어붙고 말았다. 또한 눈 한 개가 머리를 온통 차지하다시피 한 괴물한테서 조그만 소년을 구하는 남자 네 명도 보였다.

그러나 그 모든 장면보다 중요한 것은 하찮은 것들이 점점 커져서 만들어진 거대한 무게였다. 정확한 시간대에 적절한 장소에서 만난 수많은 남자와 여자가 그들 머리 위로 비행기가 추락하지 않은 덕분에 짝을 이루고 대를 이어갈 수 있었다. 에디에게는 문간에서 오가는 입맞춤과 주인에게 돌아온 지갑과 갈림길에서 올바른 방향을 택한 남자들이 보였다. 우연이 아니었던 우연한 만남 수천 번이, 1만 가지 옳은 결정이, 10만 가지 옳은 답이, 모르는 사이에 이루어진 100만 가지 선행이 보였다. 강넘이 마을의 노인들과 흙바닥에 무릎을 꿇고 탈리사 아주머니에게 축복을 받는 롤랜드도 보였다. 아낌없이 또 기꺼이 축복해주던 그녀의 목소리가 다시금 들려왔다. 그에게 십자가 목걸이를 주며 암흑의 탑의 발치에 놓아달라고, 대지의 반대편 끄트머리 그곳에서 탈리사 언원의 이름을 말해달라고 부탁하는 소리도 들렸다. 에디는 장미의 타는 듯한 꽃잎 사이로 탑 자체를 보았고, 한순간 그것의 목적을 이해했다. 탑은 스스로 지닌 힘의 전송로를 존재하는 모든 세계에 분배했고, 이로써 시간의 거대한 나선 속에 안전하게 유지했다. 벽돌이 어느 아이의 머리 대신 땅바닥에 떨어지는 곳이면 어디든, 미사일이 발사에 실패하는 곳이면 어디든, 사람의 손이 폭력을 휘두르지 않는 곳이면 어디든, 그곳에는 탑이 있었다.

그리고 조용히 노래하는 장미의 목소리도. 다 잘될 거라고, 모두 잘될 거라고, 모든 일이 잘될 거라고 약속하는 그 노래도 있었다.

하지만 어딘가 잘못됐어. 에디는 생각했다.

허밍 소리 속에 날이 선 불협화음이 섞여 있었다. 깨진 유리 조각처럼. 장미의 이글거리는 화심에는 불길한 자주색 빛이 일렁거렸다. 그곳에 어울리지 않는 차가운 빛이었다.

"존재의 중추는 둘이다." 에디의 귀에 롤랜드의 목소리가 들렸다. "*둘이다!*" 제이크와 마찬가지로 롤랜드 역시 아득히 멀리 있는 듯했다. "탑…… 그리고 장미. 허나 그 둘은 같은 것이다."

"같은 거예요." 제이크도 동의했다. 아이의 얼굴은 눈부신 빛으로 물들어 있었다. 짙은 빨강과 환한 노랑으로. 그러나 에디는 거기서도 다른 빛이 보이는 것만 같았다. 깜빡이는 자주색 반사광, 멍 자국 같은. 이제 그 빛이 제이크의 이마에서 춤추듯 움직이다가 뺨으로 옮겨가더니, 다시 눈 위에서 헤엄치듯 움직였다. 그러다가 사라지더니, 다시 관자놀이에 나타났다. 꼭 실체를 지니고 등장한 나쁜 생각처럼.

"뭐가 잘못된 거지?" 에디는 이렇게 묻는 자신의 목소리를 들었지만, 대답은 듣지 못했다. 롤랜드에게서도 제이크에게서도, 장미에게서도.

"우리는 이 땅을 *반드시* 손에 넣어야 한다." 롤랜드가 말했다. "손에 넣고 지켜야 한다, 빔들이 다시 자리를 잡고 탑이 다시 안전해질 때까지. 탑의 힘이 약해지는 동안에는 이 장미가 만물을 지탱하기 때문이다. 그리고 이 장미 역시 쇠약해지는 중이다. 앓고 있는 거다. 너희도 느낄 수 있느냐?"

에디는 당연히 느낀다고 말하려고 입을 열었고, 바로 그 순간 수재나가 비명을 지르기 시작했다. 곧이어 오이도 사납게 짖는 소리로 가세했다.

에디와 제이크와 롤랜드는 더없이 깊은 꿈에서 깨어난 사람들처럼 서로를 마주 보았다. 에디가 맨 먼저 일어섰다. 그러고는 돌아서서 수재나의 이름을 외치며 판자 울타리가 있는 2번 대로 쪽으로 비틀비틀 돌아갔다. 제이크는 그 뒤를 따라갔다. 그러다가 전에 열쇠를 찾았던 우엉 덤불 앞에 아주 잠깐 멈춰서 뭔가 냉큼 집어들었다.

롤랜드는 괴로움에 일그러진 표정으로, 벽돌과 판자와 잡풀과 쓰레기가 어지럽게 널린 이 공터에 너무도 당당하게 피어 있는 들장미를 마지막으로 한 번 더 바라보았다. 장미는 이미 꽃잎을 닫기 시작했다. 속에서 이글거리는 빛을 감추려고.

돌아올 거다. 롤랜드는 장미에게 말했다. *모든 세계의 신들의 이름으로, 내 어머니와 아버지와 모든 친구들의 이름으로 맹세한다. 나는 돌아올 거다.*

그러나 두려웠다.

롤랜드는 돌아서서 판자 울타리를 향해 달렸다. 허리의 통증에도 아랑곳없이, 즐비한 쓰레기 사이를 자신도 모르게 바람처럼 질주했다. 달리는 동안 한 가지 생각이 다시 돌아와 그의 머릿속에서 심장 박동처럼 불끈거렸다. *둘. 존재의 중추는 둘이다. 장미와 탑. 탑과 장미.*

나머지는 모두 그 둘 사이에 붙들린 채 위태롭고 복잡하게 회전할 뿐이었다.

15

에디는 몸을 날려 울타리를 넘었고, 잘못 착지하는 바람에 털썩 엎어졌다가 벌떡 일어나 생각할 겨를도 없이 수재나 앞으로 다가갔다. 오이는 쉬지 않고 짖어댔다.

"수즈! 왜 그래요? 무슨 일이에요?" 에디는 손을 뻗어 롤랜드의 총을 찾았지만 아무것도 잡히지 않았다. 총은 토대시에 빠지지 않는 모양이었다.

"저기 봐요!" 수재나가 길 건너편을 가리키며 외쳤다. "저기요! 저 사람 보여요? 에디, 제발, *제발 보인다고 말해줘요!*"

에디는 피가 싸늘하게 식는 느낌이 들었다. 눈에 보이는 것은 벌거벗은 남자였다. 몸통을 갈랐다가 다시 꿰맨 자국은 분명 부검의 흔적이었다. 다른 남자 한 명이 근처의 가판대에서 신문을 사서 차들을 살피다가 2번 대로를 건넜다. 그쪽은 살아 있었다. 그 남자는 차도를 건너며 머리기사를 보려고 신문을 펼쳤지만, 에디는 그가 죽은 남자를 피해 빙 돌아가는 장면을 놓치지 않았다. *우리를 피해서 지나갔던 사람들이랑 똑같아.*

"한 명 더 있었어요." 수재나가 소곤거렸다. "여자였어요. 걸어가고 있었어요. 그런데 벌레가. 내가 봤어요, 버, 버, 벌레가⋯⋯"

"오른쪽을 보세요." 제이크가 재빨리 말했다. 제이크는 한쪽 무릎을 꿇고 오이를 다독거려 진정시키는 중이었다. 반대편 손에는 찌그러진 분홍색 물체를 쥐고 있었다. 얼굴은 코티지치즈처럼 새하앴다.

두 사람은 오른쪽으로 눈을 돌렸다. 아이 하나가 그들 쪽으로 천천히 걸어오는 중이었다. 여자애인 것을 알아볼 단서는 아이가 입고 있는 빨강과 파랑이 섞인 드레스뿐이었다. 아이가 더 가까워지자 에디는 그 파란색이 바다인 것을 알아보았다. 그 바탕에 녹아든 빨간 물방울들은 사탕처럼 선명하고 조그만 요트였다. 아이의 머리는 끔찍한 사고라도 당했는지 부서져 있었고, 상처는 세로보다 가로 폭이 더 넓었다. 두 눈은 뭉개진 포도 같았다. 창백한 한쪽 팔에 하얀 비닐 가방이 걸려 있었다. 교통사고를 당하는 줄도 모르고 신나게 들고 나간 어린 아가씨의 외출용 가방이었다.

수재나는 비명을 지르려고 숨을 깊이 들이마셨다. 아까까지는 어럼풋이 느껴질 뿐이었던 어둠이 이제 눈에 보이는 듯했다. 그 어둠은 분명 실체가 있었다. 땅처럼 수재나의 몸을 누르고 있었다. 그럼에도 수재나는 비명을 지르려 했다. 질러야 했다. 지르지 않으면 미쳐버릴 것만 같았다.

"입도 뻥긋하지 마시오." 길르앗의 롤랜드가 수재나의 귀에 대고 속삭였다. "저 아이를 방해하면 안 되오, 방황하는 불쌍한 영혼이오. 수재나, 부디!" 수재나의 비명은 길고 소름 끼치는 한숨이 되어 흘러나왔다.

"죽은 사람이에요." 제이크는 목소리를 억눌러 조그맣게 말했다. "둘 다요."

"죽은 유랑자들이다." 롤랜드가 대답했다. "알레인 존스의 아버지한테서 들은 적이 있다. 분명 내가 친구들과 메지스에서 돌아온 지 얼마 안 됐을 때였다. 왜냐면 그 후로는 남은 시간이 얼마 없었으니. 모든 것이…… 그때 나한테 뭐라고 했소, 수재나? 그래, 모든 것이 '한꺼번에 엉망진창이 돼버리기' 전까지. 아무튼, 그때 우리에게 토대시에 빠지면 죽은 유랑자들을 볼 거라고 경고한 사람은 알레인의 아버지 '불덩어리 크리스'였다." 롤랜드는 벌거벗은 죽은 남자가 아직도 서 있는 길 건너편을 가리켰다. "저 남자 같은 경우는 너무 급작스럽게 죽는 바람에 자기한테 일어난 일을 아직 파악하지 못했거나, 단순히 받아들이기를 거부하는 중이다. 머잖아 그들도 알게 될 거다. 수도 그리 많지는 않을 테고."

"다행이네." 에디가 말했다. "무슨 조지 로메로의 좀비 영화에서 튀어나온 사람들 같은데."

"수재나 아줌마, 다리는 어떻게 된 거예요?"

"나도 몰라. 분명히 있었는데 잠깐 있다가 보니까 다시 없어졌어." 수재나는 롤랜드의 시선을 눈치채고 그쪽을 돌아보았다. "왜요, 뭐가 이상해요?"

"우리는 카텟이오, 수재나. 사실대로 말해주시오."

"지금 무슨 뜻으로 하는 말이야?" 에디가 롤랜드에게 말했다. 할 말이 더 있는 눈치였지만, 수재나가 그의 팔을 잡으며 말렸다.

"딱 걸렸네요, 안 그래요? 알았어요, 얘기할게요. 저쪽에 보이는 멋진 깜박이 시계에 따르면 난 당신들을 기다리는 사이에 7분을 잃어버렸어요. 7분이랑, 내 멋진 새 다리를. 그 얘길 왜 안 하려고 했냐면……" 수재나는 망설이다가 말을 이었다. "겁이 나서 그랬어요. 내 머리가 어떻게 된 것 같아서."

당신이 두려워하는 건 그게 아니잖소. 롤랜드는 속으로 중얼거렸다. *정확히 말하자면.*

에디는 수재나를 가볍게 끌어안고 볼에 입을 맞추었다. 그러고는 길 건너편의 벌거벗은 시체를 불안한 표정으로 힐끗 쳐다본 다음(머리가 깨진 여자애는 고맙게도 46번가를 따라 국제 연합 본부 건물 쪽으로 사라진 후였다.), 다시 총잡이에게로 눈을 돌렸다. "롤랜드, 전에 당신이 한 말이 사실이라면, 시간의 톱니바퀴가 헛도는 건 아주 안 좋은 소식이야. 만일 7분이 아니라 석 달이 사라지면 어쩔 거야? 다음번에 여기 왔을 때 캘빈 타워가 이 땅을 이미 팔아버렸다면? 그렇게 놔둬선 안 돼. 왜냐면 저 장미는, 어…… 저 장미는……" 에디의 눈에서 눈물이 흐르기 시작했다.

"세상에서 제일 좋은 거니까요." 제이크가 나직하게 말했다.

"모든 세계를 통틀어서." 롤랜드도 거들었다. 이 기묘한 타임 슬립 현상이 아마도 수재나의 머릿속에서 일어났을 거라고 알려주면, 롤랜드는 에디와 제이크를 안심시킬 수 있을까? 「사랑의 블랙홀」이라는 영화로 유명해진 펑스타우니 마을의 마멋처럼, 그 7분 사이에 미아가 나와서 주위를 둘러보고 다시 자기 구멍으로 쏙 들어갔다고 하면 그들은 안심할까? 그럴 것 같지는 않았다. 그러나 롤랜드는 수재나의 초췌한 얼굴에서 어떤 낌새를 느꼈다. 수재나는 무슨 일이 일어났는지 알고 있거나, 또는 무언가 강한 심증을 품고 있었다. *머릿속이 생지옥이겠구나.* 롤랜드는 속으로 중얼거렸다.

"현실을 바꾸려면 지금보단 제대로 해야 돼요." 제이크가 말했다. "이러고 있으면 우리도 죽은 유랑자랑 다를 게 없잖아요."

"1964년으로도 돌아가야 해요." 수재나였다. "내 재산을 손에 넣으려면 그러는 수밖에 없어요. 롤랜드, 갈 수 있겠어요? 캘러핸이 갖고 있는 검은 13이 문이 돼줄까요?"

그것이 하는 일이라고는 장난질뿐이오. 롤랜드는 생각했다. *장난질, 그리고 더 고약한 짓.* 그러나 그 생각을(또는 어떤 생각이든) 입밖에 내기도 전에, 토대시의 차임벨 소리가 울리기 시작했다. 2번 대로의 행인들은 판자벽 앞에 모여 있는 순례자 일행을 못 본 것과 마찬가지로 그 차임벨 소리도 듣지 못했지만, 차도 건너편의 시체는 생기 없는 손을 천천히 들어서 생기 없는 귀에 갖다 댔고, 입술을 고통스러운 듯이 일그러뜨렸다. 뒤이어 그의 온몸이 투명해졌다.

"서로를 꽉 잡아라. 제이크, 오이의 털을 붙들어라, 세게! 아프다고 버둥거려도 무시해라!"

제이크는 롤랜드가 시키는 대로 했다. 차임벨 소리가 머릿속 깊숙이 파고들었다. 아름답고도 고통스러운 소리였다.

"마취제도 없이 치과 수술을 받는 기분이네요." 수재나가 말했다.

아주 잠깐 판자벽 쪽으로 고개를 돌린 수재나의 눈에 그 벽 너머가 보였다. 판자가 투명해졌기 때문이었다. 그 너머에 장미가 있었다. 이제 꽃잎은 닫혔지만, 은은하고 우아한 빛은 여전히 흘러나오고 있었다. 에디의 팔이 어깨를 감싸는 느낌이 들었다.

"꽉 잡아요, 수즈…… 무슨 일이 일어나도 꽉 잡아요."

수재나는 롤랜드의 손을 잡았다. 아주 잠깐 2번 대로가 보였고, 뒤이어 모든 것이 사라졌다. 차임벨 소리가 세상을 집어삼켰고, 수재나는 에디의 팔에 감싸인 채 롤랜드의 손을 잡고 칠흑 같은 어둠 속을 날았다.

16

어둠에서 풀려났을 때, 그들은 야영지에서 10미터가 넘게 떨어진 곳에 있었다. 제이크는 천천히 일어나 앉아서 오이 쪽을 돌아보았다. "오이, 괜찮아?"

"차나."

제이크는 개너구리의 머리를 다독여주었다. 그러고는 친구들을 찾아 두리번거렸다. 모두 그 자리에 있었다. 안도의 한숨이 흘러나왔다.

"뭐야, 이게?" 에디가 물었다. 차임벨이 울릴 때 에디는 제이크의 손을 잡고 있었다. 이제 깍지 낀 두 사람의 손에 찌그러진 분홍색 물체가 쥐어져 있었다. 천 같았다. 금속 같은 느낌도 났다.

"저도 몰라요."

"네가 공터에서 주운 거다. 수재나의 비명을 듣고 나서 곧바로." 롤랜드가 말했다. "내가 봤다."

제이크는 고개를 끄덕였다. "맞아요, 그랬던 것 같아요. 전에 열쇠가 떨어져 있던 자리에 있던 거라서 그랬어요."

"그게 뭐니, 제이크?"

"무슨 가방 같은데요." 제이크는 그 물건에 달린 끈을 쥐었다. "제 볼링 가방 같은데, 그건 볼링장에 있을 거예요. 제 공이랑 같이요. 1977년에."

"옆에 뭐라고 적혀 있는 거야?" 에디가 물었다.

그러나 아무도 읽을 수가 없었다. 하늘에 다시 모여든 구름이 달빛을 가린 탓이었다. 그들은 다 함께 야영지로 돌아갔다. 천천히, 환자처럼 후들거리면서. 롤랜드가 불을 피웠다. 뒤이어 분홍장밋빛 볼링 가방 옆면에 적힌 글귀가 그들 눈앞에 드러났다.

중간 세계 볼링장에는 언제나 스트라이크뿐

"이게 아닌데. 비슷하긴 한데, 아니에요. 제 가방에는 중간 *지대* 볼링장에는 언제나 스트라이크뿐이라고 적혀 있었거든요. 제가 282점을 친 날 티미 아저씨가 그 가방을 줬어요. 전 아직 어리니까 맥주는 안 사도 된다면서."

"볼링을 치는 총잡이라." 에디는 질렸다는 듯이 고개를 저었다. "신기한 일은 정말 끝이 없군, 안 그래?"

수재나는 그 가방을 받아 들고 손으로 만져보았다. "재질이 뭐지? 금속 같은데. 게다가 *무거워.*"

롤랜드는 그 가방이 무엇을 뜻하는지 알 듯싶었다. 가방을 두고 간 것이 누구인지, 또는 무엇인지는 알 수 없었지만. "제이크, 네 배낭에 책이랑 같이 넣어둬라. 그리고 잘 보관해라."

"이제 어떡하지?" 에디가 물었다.

"자라. 앞으로 몇 주 동안은 정신없이 바쁠 게다. 그러니 잘 수 있을 때 자둬라."

"그래도……"

"자라." 롤랜드는 그렇게 말하고는 자기 몫의 사슴 가죽 담요를 펼쳤다.

결국 그들은 잠이 들었고, 모두 장미가 나오는 꿈을 꾸었다. 다만 미아만은 동이 트기 직전에 깨어나 만찬을 즐기러 대연회장으로 향했다. 그리고 그곳에서 마음껏 먹고 마셨다.

어쨌거나 두 사람 몫을 먹어야 했으므로.

제2부

이야기꽃을 피우다

제1장
마을 광장의 정자

1

말을 타고 칼라 브린 스터지스로 가는 길에 에디가 예상치 못한 일이 있었다면, 그가 너무나 쉽고 자연스럽게 말에 올라탔다는 것이었다. 여름 캠프에서 말을 타본 적이 있는 수재나나 제이크와 달리 에디는 그때껏 말을 만져본 적도 없었다. '제2차 토대시'가 끝난 이튿날 아침, 점점 가까워지는 말발굽 소리를 들으며 에디는 덜컥 겁이 났다. 말 타기나 말 자체는 두렵지 않았다. 두려운 것은 바보처럼 보일지도 모른다는 불안, 그 강력한 불안이었다. 말도 안 타본 총잡이라니, 세상에 그런 게 있단 말인가?

그럼에도 에디는 칼라 사람들이 도착하기 전에 롤랜드와 얘기를 나눌 여유가 있었다. "어젯밤에는 달랐어."

롤랜드의 눈이 동그래졌다.

"어젯밤엔 19가 아니었다고."

"그게 무슨 소리냐?"

"나도 모르겠어, 내가 무슨 말을 하는지."

"모르는 건 저도 마찬가지예요." 제이크가 끼어들었다. "그치만 아저씨 말이 맞아요. 어젯밤에 갔던 뉴욕은 진짜 같았어요. 그게, 토대시 상태였다는 건 저도 알아요, 그치만……"

"진짜였단 말이구나." 롤랜드가 중얼거렸다.

제이크도 웃으며 덧붙였다. "장미처럼 진짜였어요."

2

이번에는 슬라이트먼 부자가 칼라 일행의 선두를 맡았다. 그들은 각각 오랫동안 길들인 승마용 말을 두 마리씩 끌고 왔다. 칼라 브린 스터지스의 말들은 전혀 위협적이지 않았다. 분명 에디가 롤랜드의 이야기를 들으며 상상했던, 오래전 메지스의 드롭 평원을 질주하던 말들하고는 닮은 구석이 별로 없었다. 이 짐승들은 굵고 튼튼한 다리와 북슬북슬한 털, 크고 영리해 보이는 눈을 지니고 있었다. 셰틀랜드포니보다는 컸지만 에디가 상상했던 매서운 눈매를 지닌 종마하고는 한참 거리가 멀었다. 말 등에는 안장뿐 아니라 돌돌 만 담요도 제각각 놓여 있었다.

자기 몫의 말을 향해 걸어가는 동안(설명을 듣지 않아도 알 수 있었다, 얼룩덜룩한 밤색 말이 에디 몫이었다.), 에디의 의심과 불안은 깨끗이 사라졌다. 딱 한 번, 등자를 살펴보고 나서 슬라이트먼의 아들 베니에게 이렇게 물을 뿐이었다. "벤, 내 다리에는 등자 끈이 좀 짧은 것 같은데…… 이거 늘리는 법 좀 가르쳐줄래?"

말에서 내린 소년이 직접 하려고 하자 에디는 고개를 저었다. "내가 배워두는 게 좋겠어." 그리고 그렇게 말하면서 스스로도 놀라지 않았다.

베니가 시범을 보이는 사이에 에디는 굳이 배울 필요도 없었다는 생각이 들었다. 베니의 손이 등자를 위로 젖히고 가려졌던 가죽 끈을 드러내자마자 곧바로 알아차렸던 것이다. 무의식에 숨어 있던 지식이나 놀라운 초자연적 현상 같은 것은 아니었다. 그냥 알 수 있었다. 따뜻하고 좋은 냄새가 나는 말 앞에 선 순간 모든 것의 원리를 깨달았던 것이다. 중간 세계에 오고 나서 에디가 이런 경험을 한 것은 딱 한 번, 롤랜드의 총을 처음으로 허리에 찼을 때였다.

"좀 도와줄까요?" 수재나가 물었다.

"내가 건너편으로 떨어지면 그때 도와줘요." 에디가 구시렁거렸지만, 물론 그런 일은 일어나지 않았다. 말은 내내 얌전히 서 있다가, 에디가 등자에 한 발을 걸치고 수수한 목부용 검정색 안장에 턱 앉을 때 아주 살짝 흔들거릴 뿐이었다.

제이크는 베니에게 혹시 판초 우비가 있냐고 물었다. 일꾼 감독의 아들은 미심쩍은 눈으로 구름 낀 하늘을 올려다보았다. "비가 올 것 같진 않은데. 수확 때가 가까워지면 이렇게 흐린 날이 며칠씩 이어지는 경우도……"

"오이 때문에 그래." 더없이 차분하고, 더없이 분명한 목소리였다. *제이크도 나랑 똑같은 기분이구나.* 에디는 생각했다. *이런 일을 전에도 수천 번은 해본 것 같은 기분.*

소년은 안장 가방에서 둘둘 말아놓은 기름 먹인 가죽 판초를 꺼내어 제이크에게 건넸고, 제이크는 고맙다고 인사하고 판초를 입었다. 그런 다음 캥거루의 배주머니처럼 판초 앞면에 달린 커다란 주머니에 오이를 집어넣었다. 개녀구리 역시 조금도 버둥대지 않았다. 에디는 생각했다. *내가 제이크한테 오이는 맨 뒤에서 양치기 개처럼 쫄랑쫄랑 따라올 줄 알았다고 하면, 제이크는 '원래 이렇게 타고 가요'라고 할까? 글쎄…… 그래도 속으로는 그렇게 생각할지도.*

말을 타고 출발하면서, 에디는 이 모든 것이 무엇을 연상케 하는지 깨달았다. 예전에 들었던 환생에 관한 이야기들이었다. 그 생각을 떨쳐버리려고, 헨리 딘의 그늘에서 자란 현실적이고 야무진 브루클린 출신 소년으로 돌아가려고 애썼지만 소용이 없었다. 환생이라는 생각이 직접적으로 찾아왔다면 조금 덜 불안했을지도 모르지만, 그렇지 않았다. 에디 머릿속에 떠오른 것은 자신이 롤랜드와 같은 핏줄일 리 없다는 생각이었다. 아예 있을 수 없는 일이었다. 아서 엘드가 과거의 어느 시점에 브루클린의 공영주택 단지에 잠시 들렀다면 또 몰라도. 예컨대 매콤한 핫도그나 달리 룬드그렌의 유명한 도넛을 사먹으러 왔다든가. 누가 봐도 얌전한 말을 훈련 없이 탄 것 정도로 혹시나 하는 생각을 품다니, 바보 같은 짓이었다. 그럼에도 그 생각은 그날 내내 불쑥불쑥 에디를 찾아왔고, 실은 전날 밤에도 그를 따라 꿈속까지 찾아갔다. 엘드. 엘드의 혈통.

3

그들은 말에 탄 채로 점심을 먹었다. 군것질거리를 야금거리고 차게 식은 커피를 마시는 동안, 제이크는 말의 속도를 늦춰 롤랜드 곁에 붙었다. 판초 앞주머니에서 오이가 고개를 내밀고 초롱초롱한 눈으로 총잡이를 빤히 응시했다. 개너구리는 제이크에게서 먹을 것을 받아먹느라 수염에 부스러기가 붙어 있었다.

"롤랜드 아저씨, 우리 카텟의 딘인 아저씨한테 뭐 좀 여쭤봐도 돼요?" 제이크는 살짝 어색한 목소리로 물었다.

"물론이다." 롤랜드는 커피를 마신 다음 흥미롭다는 표정으로 아이 쪽을 돌아보았고, 그러는 동안에도 안장에 앉은 채 앞뒤로 느긋하게 꺼떡거렸다.

"베니가요, 걔 아버지도 말씀은 하셨지만 그래도 주로 걔가 물어보는데요, 저한테 자기 집에 와서 자면 안 되냐고 하는데요. 로킹비목장 근처래요."

"너도 가고 싶으냐?"

롤랜드의 물음에 소년은 볼을 살짝 붉혔다. "그게요, 제 생각에 아저씨랑 다른 분들은 영감님이랑 같이 마을에 있고 저는 멀리 마을 남쪽에 있으면요, 우린 그곳을 두 관점에서 볼 수 있을 것 같아요. 우리 아빠가 그랬는데 하나의 관점에서만 보면 아무것도 제대로 볼 수 없대요."

"그건 사실이다." 그렇게 말하면서, 롤랜드는 문득 느껴진 슬픔과 후회가 자신의 목소리와 표정에 드러나지 않기를 바랐다. 여기, 소년이기를 부끄러워하는 소년이 있었다. 그 소년은 친구를 사귀었고, 그 친구는 소년에게 집에 와서 자고 가라고 초대했다. 친구들끼리 가끔 그러듯이. 베니는 틀림없이 제이크에게 동물들한테 먹이 주는 일을 돕게 해주겠다고, 어쩌면 자기 활도 쏘게 해주겠다고 약속했을 터였다(아니면 짧은 화살을 쏘는 석궁이든가.). 그 아이에게는 친구와 함께 가고 싶은 곳, 또는 쌍둥이 누이가 살아 있었으면 함께 갔을 법한 비밀 장소가 있을지도 몰랐다. 나무 위에 지은 오두막이나 혼자만 아는 갈대밭 사이의 작은 연못, 아니면 옛날 해적들이 금과 보석을 묻어놓았다고 알려진 강둑처럼. 소년들이 좋아할 만한 그런 곳들. 그러나 제이크 체임버스의 마음속 커다란 부분은 이제 그런 것들을 부끄러워했다. 그 부분을 파괴한 것은 더치힐의 문지기였고, 개셔였고, 똑딱맨이었다. 그리고 물론 롤랜드이기도 했다. 롤랜드가 이 자리에서 안 된다고 말하면 제이크는 필시 다시는 묻지 않을 터였다. 그 때문에 화를 내는 일 또한 결코 없을 터였는데, 실은 이쪽이 더 끔찍했다. 그렇다고 롤랜드가 잘못된 방식으로 승낙하면, 예컨대 목소리에 조금이라도 웅석을 받아주는 기색이 엿보이면, 아이는 마음을 고쳐먹을지도 몰랐다.

소년. 총잡이는 문득 깨달았다. 자신이 제이크를 계속 소년이라고 부르고 싶은 마음이 얼마나 큰지를. 또한 앞으로 그렇게 할 수 있는 시간이 얼마나 짧은지도. 어쩐지 칼라 브린 스터지스에서 안 좋은 예감이 느껴졌다.

"오늘 저녁 마을 정자에서 다 같이 저녁을 먹은 후에 그들을 따라가라. 이곳 사람들 말마따나, 가서 네 몫의 즐거움을 누려라."

"진짜요? 그러니까, 혹시 제가 필요하면……"

"네 아버지의 말은 옳다. 내 옛 스승도……"

"코트 선생님이에요, 바네이 선생님이에요?"

"코트다. 그는 우리에게 외눈박이 남자는 세상을 평평하게 본다고 했다. 사물을 있는 그대로 보려면 서로 살짝 떨어진 두 눈이 필요하다면서. 그 말이 옳다. 그들을 따라가라. 그래도 될 것 같으면 그 애랑 친구가 돼라. 그 애는 꽤 그러고 싶은 눈치더구나."

"예." 제이크의 대답은 짧았다. 그러나 볼은 평소의 색깔로 돌아가 있었다. 롤랜드는 그것을 보고 흐뭇해졌다.

"내일은 그 애랑 같이 보내라. 혹시 어울려 노는 패거리가 있거든 그 아이들하고도 같이."

제이크는 고개를 저었다. "집이 되게 변두리에 있대요. 베니 말로는 아이젠하트 씨 목장 주변에 일을 돕는 집이 많아서 제 또래 애들도 있긴 한데, 부모님이 그 애들이랑 같이 못 놀게 하신대요. 아마 일꾼들 우두머리의 아들이라서 그런 것 같아요."

롤랜드는 고개를 끄덕였다. 그리 놀라운 얘기는 아니었다. "넌 오늘 밤 정자에서 그라프를 대접받을 게다. 처음 한 잔으로 건배한 후에는 아이스티를 마시도록 해라. 내가 나중에 또 경고해야겠느냐?"

제이크는 고개를 저었다.

롤랜드는 먼저 자신의 관자놀이를, 다음으로 입술을, 한쪽 눈가를, 다시 입술을 짚었다. "머리는 냉철하게. 다문 입은 굳게. 시야는 넓게. 말은 조금만."

제이크는 살짝 웃고 나서 그에게 엄지손가락을 쳐들어 보였다. "아저씨랑 다른 분들은 어떻게 하실 거예요?"

"우리 셋은 오늘 밤 저 신부의 거처에 머물 거다. 내일은 그의 이야기를 들을 수 있으면 좋겠구나."

"그럼 그것도 보시겠네요……." 둘은 이미 일행에게서 조금 뒤처져 있었는데도, 제이크는 목소리를 낮췄다. "신부님이 말씀하셨던 거요."

"그건 나도 모른다. 모레가 되면 우리 셋은 말을 타고 로킹비 목장으로 갈 거다. 아마도 사이 아이젠하트와 점심을 먹고 얘기도 좀 나누겠지. 그 후 며칠 동안은 우리 넷이서 마을을 둘러볼 거다, 안팎으로 샅샅이. 목장에서 이야기가 잘 풀리면 제이크 너는 원하는 만큼 그곳에 머물 수 있도록 해보마."

"정말요?" 제이크는 (흔히 말하는) 포커페이스를 유지했지만, 총잡이는 제이크가 자신의 말에 몹시 기뻐한다는 생각이 들었다.

"그래. 내가 눈치챈 바로는, 내가 이해한 바에 따르면 말이다, 칼라 브린 스터지스의 거물은 세 명이다. 첫째는 오버홀저. 다음은 잡화점 주인인 투크. 마지막은 아이젠하트다. 네가 아이젠하트를 파악하고 어떤 이야기를 들려줄지 무척 기대되는구나."

"나중에 꼭 알려드릴게요. 생키, 사이." 제이크는 이렇게 말하고 자기 목을 세 번 두드렸다. 뒤이어 심각하던 표정이 무너지듯 사라지고 해맑게 웃는 표정으로 바뀌었다. 소년의 웃음이었다. 제이크는 말에 박차를 가하여 새로 사귄 친구에게 알려주러 갔다. 됐다고, 너희 집에 가서 자도 된다고, 좋다고, 같이 가서 놀 수 있다고.

4

"와, 죽이네." 에디가 말했다. 그 말은 나직하고 느릿하게, 흡사 경외감에 젖은 만화 속 등장인물의 감탄처럼 흘러나왔다. 그러나 숲속에서 거의 두 달을 보낸 후에 이런 경치를 마주하면 감탄하는 것도 당연했다. 게다가 에디의 목소리에는 놀란 기색도 있었다. 방금 전까지만 해도 그들은 숲길을 따라 거의 이열 종대로 말을 타고 또 각또각 걷고 있었다(선두는 오버홀저가, 후미는 롤랜드가 각각 혼자서 말았다.). 그러다가 한순간 숲이 사라지더니 땅 자체가 북쪽으로, 남쪽으로, 또 동쪽으로 뻗어 나갔다. 이로써 그들은 숨이 막히고 가슴이 철렁할 만큼 아름다운 마을의 풍경과 난데없이 마주하게 되었다. 그들이 지켜야 할 아이들이 있는 마을이었다.

그러나 처음에 에디는 자기 발밑에 무엇이 펼쳐져 있는지 전혀 눈치채지 못했다. 눈을 돌려 수재나와 제이크를 보니 그들 역시 칼라 너머를 바라보는 중이었다. 에디는 굳이 고개를 돌리지 않고도 롤랜드 역시 마을 너머를 보고 있는 것을 알 수 있었다. *방랑자란 게 원래 그런 거지.* 에디는 생각했다. *늘 저 너머를 바라보는 사람.*

"암, 멋진 경치지. 신들에게 감사할 일이야." 오버홀저가 흐뭇한 목소리로 말했다. 그러고는 캘러핸을 흘끔 쳐다보고 덧붙였다. "물론 인간 예수님께도. 감사를 드릴 땐 모든 신은 하나니까. 적어도 난 그렇게 들었네, 틀린 말도 아니고."

오버홀저는 그 후로도 더 지껄였는지도 모른다. 아마 그랬을 것이다. 부자들은 대개 할 말이 많았고, 할 말을 끝까지 하게 마련이었으므로. 에디는 그가 뭐라고 하는지 전혀 듣지 못했다. 다시 경치에 정신이 팔린 탓이었다.

그들 눈앞에 있는 마을 너머로, 굽이진 회색 강이 남쪽으로 흐르고 있었다. 에디가 기억하기로는 큰 강의 지류이자 '데바테테 와이'라고 알려진 강이었다. 데바테테 와이 강은 삼림 지대를 벗어나는 지점부터는 높다란 둑 사이로 흐르지만, 경작지가 펼쳐진 들판에 이르면 둑이 차츰 낮아지다가 나중에는 아예 평탄해졌다. 야자나무 몇

그루가 보였다. 초록색이었고, 눈을 의심할 만큼 열대 분위기가 났다. 중간 크기의 마을 너머로 펼쳐진 강 서쪽 땅은 눈부신 초록빛으로 길게 뻗어 있었고 군데군데 회색빛 물이 보였다. 에디가 보기에 맑은 날에는 틀림없이 그 회색도 눈부시게 파란 빛으로 바뀔 듯싶었다. 그리고 태양이 바로 머리 위에 올 때면 그 빛이 너무나 환해서 똑바로 보지도 못할 것 같았다. 에디가 바라보는 들판에는 벼가 자라고 있었다. 논이라고도 하는 곳이었다.

그 너머의 강 동쪽은 드넓게 펼쳐진 사막이었다. 에디는 그 사막 안쪽으로 가늘고 길게 뻗은 금속 평행선을 보았다. 그 선 한 쌍이 바로 철로였다.

그리고 그 사막 너머는, 또는 사막을 제외한 나머지 부분을 흐릿하게 가로막은 것은, 그저 암흑이었다. 암흑은 수증기로 된 벽처럼 하늘까지 이어졌다. 마치 낮게 걸린 구름을 찢고 들어간 것처럼.

"저기가 선더클랩이에요, 사이." 잘리아 재퍼즈가 말했다.

에디는 고개를 끄덕였다. "늑대들의 땅이군요. 또 뭐가 있는지는 하늘만 알 테고."

"맞아요, 예미럴." 어린 슬라이트먼이 말했다. 짐짓 냉정한 척하는 목소리였지만 에디가 보기에는 꽤나 두려워하는 표정이었고, 금방이라도 눈물을 터뜨릴 것 같았다. 그러나 늑대들이 그 아이를 잡아갈 리는 결코 없었다. 쌍둥이 가운데 한 명이 죽으면 남은 아이는 저절로 홑둥이가 되는 셈이 아닌가? 엘비스 프레슬리의 경우에는 쌍둥이 형제가 사산됐으니 확실히 홑둥이였지만, 물론 로큰롤의 제왕은 칼라 브린 스터지스 출신이 아니었다. 그러기는커녕 남쪽에 있는 칼라 록우드 출신도 아니었다.

"아니, 제왕의 고향은 미시시피 주야." 에디는 나지막이 말했다.

티안이 안장에 앉은 채 에디 쪽으로 몸을 돌렸다. "뭐라고 하셨습니까, 사이?"

에디는 자신이 실제로 소리 내어 말한 것을 뒤늦게 알아차렸다. "미안해요. 그냥 혼잣말이었어요."

메신저('외 다양한 기능') 로봇 앤디는 일행 앞쪽의 길을 따라 성큼성큼 되돌아오다가 때마침 그 말을 들었다. "혼잣말을 하는 사람은 친구가 적다. 칼라의 오래된 격언입니다, 사이 에디. 너무 감정적으로 받아들이지 마세요, 부탁입니다."

"내가 전에도 얘기했고 나중에 또 반드시 얘기할 텐데, 스웨이드 재킷에 한번 묻은 콧물은 절대 안 지워져, 이 친구야. 이건 칼라 브린 브루클린의 오래된 격언이지."

앤디의 내장들이 철컥거리기 시작했다. 파란 두 눈이 깜박거렸다. "콧물: 코에서 나오는 점액. 또는 무례하거나 거만한 사람. 스웨이드: 이것은 가죽 제품으로서⋯⋯"

"괜찮아, 앤디." 수재나가 말했다. "내 친구가 그냥 농담한 거야. 이 사람은 툭하면 그래."

"아, 그렇군요. 겨울에 태어난 아이답네요. 별자리 운세를 들려드릴까요, 수재나 사이? 당신은 미남을 만날 거예요! 당신은 두 가지 생각을 품고 있는데, 하나는 나쁘고 하나는 좋습니다! 당신은 머리가 검은색인⋯⋯"

"꺼져, 이 멍청아." 오버홀저가 쏘아붙였다. "당장 마을로 가, 중간에 새지 말고 곧장. 정자 쪽에 준비가 다 끝났는지 확인하고. 하느님도 네놈의 빌어먹을 별자리 운세는 듣기 싫어하실 거다. 험한 말을 해서 죄송하오, 영감님."

캘러핸은 말이 없었다. 앤디는 일행에게 절을 하고 금속으로 된 자기 목을 세 번 두드린 다음, 가파르지만 널찍한 숲길을 따라 먼저 출발했다. 수재나는 멀어지는 앤디를 보며 안도감 비슷한 기분이 들었다.

"좀 너무하시는 거 아닌가요?" 에디가 물었다.

"저건 그냥 기계 덩어리야." 오버홀저는 마지막 어절을 또박또박 끊어 말했다. 어린애한테 말하듯이.

"가끔은 정말로 짜증스러울 때도 있습니다." 티안이 말했다. "그런데 어떻습니까, 여러분? 저희 칼라를 보신 소감이?"

롤랜드는 말의 속도를 늦춰 에디와 캘러핸의 말 사이로 들어왔다. "매우 아름답구려. 어디의 신들인지는 몰라도 이곳을 많이 아낀 것 같소. 보아하니 옥수수, 샤프루트, 콩…… 감자인가? 저긴 감자밭이오?"

"예, 맞습니다, 그 말씀이 옳습니다." 슬라이트먼이 말했다. 롤랜드가 보기에 기뻐하는 빛이 역력했다.

"그리고 그 너머에는 멋진 벼가 자라는구려."

"모두 강가의 소농들이 일구는 땅입니다." 티안이 끼어들었다. "그 일대는 물이 맑고 느리게 흐르거든요. 저희도 압니다, 저희가 운이 좋다는 걸요. 심을 때든 수확할 때든 벼농사 준비가 끝나면 마을 여자들이 다 함께 가서 거듭니다. 들에서 노래도 하고, 춤을 출때도 있고요."

"컴 컴 코말라." 롤랜드가 중얼거렸다. 적어도 에디의 귀에는 그렇게 들렸다.

티안과 잘리아는 그 말을 알아듣고 놀라서 표정이 환해졌다. 슬라이트먼 부자 역시 눈길을 주고받으며 씩 웃었다. "「쌀의 노래」는 어디서 들으셨습니까?" 아버지 슬라이트먼이 물었다. "언제요?"

"내 고향에서 들었소. 오래전에. 컴 컴 코말라, 쌀알이 아롱아롱 떨어지네." 롤랜드는 강에서 떨어진 서쪽을 가리켰다. "저기 밀이 자라는 들판 깊숙이 있는 농장이 제일 크구려. 당신 농장이오, 사이 오버홀저?"

"그렇소. 생키, 사이."

"그리고 그 너머로 남쪽에, 농장이 더 있고…… 목장도 있군. 저쪽은 소…… 이쪽은 양…… 저쪽도 소…… 역시 소…… 또 양……."

"이렇게 멀리서 그걸 어떻게 알아봐요?" 수재나가 물었다.

"양은 땅에 더 가깝게 붙어 자라는 풀을 뜯는다오, 레이디 사이." 오버홀저가 대신 대답했다. "그러니 땅을 봐서 연한 갈색이면 양을 방목하는 곳인 거요. 다른 색이면, 예컨대 흔히 말하는 황토색이면 거긴 소가 풀을 뜯는 곳이고."

에디는 예전 머제스틱 극장에서 본 서부 영화를 모조리 떠올려 보았다. 클린트 이스트우드, 폴 뉴먼, 로버트 레드퍼드, 리 밴클리프 같은 배우들을. "내가 살던 곳에선 목장주들이랑 양 키우는 농부들이 땅을 놓고 전쟁을 벌였다는 전설이 있어요. 왜냐면, 나도 들은 얘긴데, 양들이 풀을 너무 바짝 뜯어먹는다고 하더라고요. 아주 뿌리까지 죄다. 그래서 풀이 다시는 안 자란다고."

"거 참 바보 같은 소리군, 미안하지만." 이렇게 말한 사람은 오버홀저였다. "양이 풀을 바짝 뜯어먹는 건 사실이오, 허나 그리고 나면 우리는 그 땅에 소를 보내서 물을 주게 하지. 소의 분뇨에는 풀씨가 가득하니까."

"아." 에디는 더 이상 아무것도 떠오르지 않았다. 그렇잖아도 땅 쟁탈전이라는 생각은 그 자체로 몹시도 바보 같았다.

"갑시다, 이러다 해가 저물겠소. 마을 정자에 우리를 위한 연회가 마련되어 있소. 온 마을 사람들이 나와서 여러분을 반길 거요."

그리고 우릴 속속들이 뜯어보겠지. 에디는 속으로 생각했다.

"앞장서시오." 롤랜드가 말했다. "저녁 무렵에는 도착할 수 있겠지. 그렇지 않소?"

"아무렴." 오버홀저는 두 발로 말 옆구리를 차고 고삐를 당겨 말의 머리를 홱 돌렸다(에디는 그 동작을 보기만 했는데도 움찔했다.). 그러고는 길을 따라 나아갔다. 다른 이들도 그 뒤를 따랐다.

5

에디는 칼라 사람들과 처음 만난 때를 결코 잊지 못했다. 그 기억은 언제나 손만 뻗으면 닿을 곳에 머물렀다. 왜냐하면 그때 일어난 모든 일이 뜻밖이었고, 에디 생각에 모든 일이 뜻밖일 때 경험은 꿈과 비슷한 분위기를 띠기 때문이었다. 에디는 연설이 끝났을 때 횃불들이 어떻게 바뀌었는지를, 색색깔로 변하는 그 횃불들이 얼마나 기묘했는지를 기억했다. 군중에게 뜻밖의 인사를 보여준 오이를 기억했다. 우러러보는 얼굴들과 숨쉬기도 힘든 긴장감과 롤랜드를 향한 그 자신의 분노를 기억했다. 그곳 사람들이 *무지카*라고 부르는 피아노의 의자에 훌쩍 올라앉던 수재나의 모습도. 아, 그 기억만은 영원히 잊지 않았다. 말할 것도 없이. 그러나 이 연인의 기억보다 훨씬 더 생생한 것은 총잡이의 기억이었다.

춤을 추는 롤랜드의 모습이었다.

그러나 그 모든 기억에 앞서 말을 타고 칼라의 큰길을 따라 걷던 기억이 있었다. 그리고 그때 느꼈던 예감도. 눈앞에 힘든 나날이 기다린다는 예감이었다.

6

그들 일행은 해가 지기 딱 한 시간 전에 마을에 도착했다. 구름이 갈라지며 그날의 마지막 붉은 햇살이 비쳤다. 거리는 휑했다. 노면은 기름 먹인 흙이었다. 말들의 발굽이 단단히 다져진 바퀴 자국을 밟으며 둔탁한 소리를 냈다. 마구간과 여인숙 겸 식당으로 보이는 '트래블러스 레스트'라는 곳이 에디의 눈에 띄었다. 그리고 저 멀리, 거리의 끄트머리에 서 있는 커다란 2층 건물은 분명 칼라의 공회당이었다. 그 건물 오른편으로 조금 떨어진 곳에 햇불 여러 개가 활활 타올랐고, 에디는 이를 보고 사람들이 그곳에서 기다린다고 생각했다. 그러나 일행이 들어선 마을 북쪽 끄트머리에는 사람 그림자도 보이지 않았다.

적막함과 텅 빈 판자 보도가 에디를 슬슬 불안하게 했다. 롤랜드가 얘기해준, 수레 짐칸에 서서 두 손은 앞으로 묶이고 목에는 올가미가 걸린 채로 메지스로 들어서던 수전의 최후가 떠올랐다. 수전이 지나간 길도 이렇게 텅 비어 있었다. 처음에는. 그러다가 위대한 길과 실크 목장 길의 교차로 근처에 이르렀을 때, 수전과 그녀를 호송하던 이들은 농부 한 명을 지나쳤다. 롤랜드가 '양 도살자의 눈을 지닌 남자'라고 한 농부였다. 나중에 수전은 채소와 몽둥이로 두들겨맞고 심지어 돌까지 맞았지만, 맨 처음은 이 농부 한 명이었다. 그는 옥수수 껍질을 들고 길가에 서 있다가 수전에게 거의 살포시 집어던졌다. 자기 앞을 지나서 *번제 나무*로…… 옛사람들의 수확제로 향하던 수전에게.

말을 타고 칼라 브린 스터지스로 들어서면서, 에디는 바로 그 남자가 서 있을 거라고, 양 도살자의 눈을 지닌 농부가 옥수수 껍질을 들고 있을 거라고 예상했다. 이 마을이 불길하게 느껴져서였다. 사악하지는 않았다. 수전 델가도가 죽던 날 밤의 메지스처럼 사악하지는 않았지만, 그보다 더 소박한 방식으로 불길했다. 불운, 잘못된 선택, 나쁜 징조처럼 불길했다. 어쩌면 불길한 *카*인지도 몰랐다.

에디는 아버지 슬라이트먼 쪽으로 몸을 숙였다. "벤, 다들 어디 있는 거예요?"

"저쪽입니다." 슬라이트먼은 횃불이 타는 곳을 가리켰다.

"왜 이렇게 조용하죠?" 제이크가 물었다.

"뭐가 올지 몰라서 그런 거란다." 캘러핸이 대답했다. "우리는 바깥이랑 교류가 없거든. 어쩌다 보는 외지인은 이따금 들르는 행상이나 도적떼, 도박꾼…… 아, 한여름에 너벅선 시장이 정박할 때도 있기는 하지."

"너벅선 시장이 뭐죠?" 수재나가 물었다.

캘러핸의 설명에 따르면 그것은 노를 저어서 움직이는 널따랗고 평평한 배였는데, 화려하게 색칠한 갑판에는 조그만 상점이 빼곡히 늘어서 있었다. 그 배들은 데바테테 와이 강을 따라 천천히 나아가면서 물건이 다 떨어질 때까지 초승달 지대 중부의 여러 칼라에 정박해 교역을 했다. 대개는 조잡한 물건이라고 했지만, 에디는 캘러핸의 말을 다 믿어도 될지 의심이 갔다. 적어도 너벅선 시장의 경우에는 그랬다. 그가 스스로도 모르는 사이에 속된 것을 혐오하는 노련한 성직자의 말투로 얘기했기 때문이었다.

"그리고 남은 외지인은 아이들을 납치하러 오는 패거리고." 캘러핸은 그렇게 말을 맺고 왼편을 가리켰다. 거리를 거의 절반이나 차지한 기다란 목조 건물이었다. 에디가 세어보니 말을 묶어 두는 가로대가 두 개도, 네 개도 아니고 무려 여덟 개나 있었다. 그것도 *기다란* 가로대였다. "투크의 잡화점이라네. 마음에 들면 좋겠구먼." 캘러핸의 목소리에 비꼬는 느낌이 묻어났다.

일행은 마을 광장의 정자에 도착했다. 에디는 나중에 그곳에 모인 주민이 700명에서 800명 정도였으리라 추측했지만, 그들을 처음 보았을 때, 길게 드리워진 그날의 붉은 노을 아래 한 덩어리가 되어 있는 모자와 보닛과 장화와 농사일로 거칠어진 손을 처음 보았을 때에는, 너무나 많아서 셀 수도 없을 것만 같았다.

우리한테 똥을 던지겠지. 에디는 생각했다. *똥을 던지면서 '번제나무'를 외치겠지.* 터무니없는 생각이었지만, 그럼에도 떨치기가 힘들었다.

칼라의 주민들이 두 방향으로 나뉘어 물러서자 초록색 풀이 깔린 길이 만들어졌고, 이 길은 우뚝 솟은 목재 연단까지 이어졌다. 쇠틀에 끼워진 횃불들이 정자를 둘러싸고 있었다. 그때까지는 모두 평범한 노란색 불이었다. 기름 냄새가 에디의 콧속으로 파고들었다.

오버홀저가 말에서 내렸다. 그의 일행도 따라 내렸다. 에디와 수재나, 제이크는 롤랜드를 돌아보았다. 롤랜드는 잠시 가만히 앉아 있었다. 몸을 살짝 앞으로 굽혀 안장 앞머리에 한 팔을 걸친 모습이 혼자만의 생각에 침잠한 듯했다. 그러다가 모자를 벗어 군중 쪽으로 내밀었다. 그러고는 자기 목을 세 번 가볍게 두드렸다. 사람들이 웅성거렸다. 그 손짓이 무슨 뜻인지 알았기 때문일까, 아니면 그저 놀라서였을까? 에디는 알 수가 없었다. 그러나 분노했기 때문은 아니었다. 분노는 결코 아니었고, 그래서 다행이었다. 총잡이는 장화 신은 발 한쪽을 안장 너머로 휙 넘겨 가볍게 말에서 내렸다. 에디는 자신에게 쏠린 모두의 눈길을 의식하며 그보다 더 조심스럽게 내려섰다. 수재나를 업을 때 쓰는 멜빵을 이미 착용하고 있었던 에디는 수재나의 말 곁에 가서 섰다. 등을 안장 쪽으로 향한 채로. 수재나는 숙련된 사람답게 단번에 멜빵 속으로 들어가 앉았다. 군중은 무릎 아래가 없는 수재나의 다리를 보고 다시금 웅성거렸다.

오버홀저는 통로를 따라 빠른 걸음으로 걸어가며 몇 명과 악수를 했다. 캘러핸은 그 바로 뒤를 따라가며 이따금 허공에 성호를 그었다. 군중 속에서 튀어나온 손들이 말고삐를 잡고 끌고 갔다. 롤랜드와 에디와 제이크는 나란히 서서 걸었다. 오이는 베니가 제이크에게 빌려준 판초의 앞주머니 속에 그대로 앉은 채 흥미로운 듯이 두리번거렸다.

에디는 실제로 군중의 냄새를 맡는 기분이 들었다. 땀 냄새와 머리 냄새, 볕에 그을린 살갗의 살내, 또 서부 영화에 나오는 사람들이 (너벅선 시장을 경멸하던 캘러핸의 말투와 비슷하게) '면도 로션'이라고 부르던 향수 냄새도 간간이 풍겨왔다. 음식 냄새도 느껴졌다. 돼지

고기와 소고기, 갓 구운 빵, 볶은 양파, 커피와 그라프 냄새였다. 속이 꾸르륵거렸지만 시장하지는 않았다. 아니, 배는 하나도 안 고팠다. 지금 걷는 이 통로가 사라지고 군중이 자신들을 덮칠 거라는 생각이 머릿속을 떠나지 않았다. 사람들이 너무나 *조용했다!* 어딘가 그리 멀지 않은 곳에서 저녁을 맞아 우는 쏙독새 소리가 들렸다.

오버홀저와 캘러핸이 연단으로 올라갔다. 에디는 그 둘과 함께 말을 타고 자신들을 만나러 왔던 칼라 사람들이 아무도 함께 올라가지 않은 것을 알아채고 불안해졌다. 그러나 롤랜드는 망설이지 않고 널따란 연단의 계단 세 단을 성큼성큼 올라갔다. 에디는 살짝 후들거리는 무릎을 의식하며 그 뒤를 따랐다.

"괜찮아요?" 수재나가 그의 귀에 대고 속삭였다.

"아직까지는요."

연단 왼편의 둥그런 무대에는 남자 일곱 명이 올라가 있었다. 모두 흰 셔츠와 청바지에 어깨띠를 한 차림이었다. 에디는 그들이 들고 있는 악기의 정체를 알아보았고, 그 만돌린과 밴조로 연주할 음악이 형편없으리라는 것도 알 수 있었지만, 그럼에도 안심이 됐다. 인신 공양을 하는 자리에 악단을 부를 리는 없기 때문이었다, 그렇지 않은가? 구경꾼들의 흥을 돋울 드러머 한두 명이라면 몰라도.

수재나를 등에 업은 채로, 에디는 돌아서서 군중과 마주했다. 그러고는 큰길이 끝나는 곳에서 열렸던 통로가 아예 닫힌 것을 보고 절망했다. 위로 쳐든 얼굴들이 그를 보고 있었다. 여자도 있었고 남자도 있었고, 노인도 있었고 젊은이도 있었다. 그들의 얼굴에는 표정이 없었고, 그들 가운데 어린아이는 한 명도 없었다. 생의 대부분을 햇살 아래서 보내고 그 증거로 주름살을 얻은 얼굴들이었다. 앞서 느꼈던 예감이 에디의 머릿속을 떠나지 않았다.

오버홀저는 수수한 나무 테이블 옆에 멈춰 섰다. 테이블 위에는 커다랗고 하늘하늘한 깃털이 놓여 있었다. 칼라의 부농이 그 깃털을 쥐고 높이 들어올렸다. 아까부터 조용했던 군중이 이제 더욱 조용해져서 불안할 지경이었다. 에디는 그들 가운데 섞여 있는 노인이 숨을 쉴 때 가슴에서 나는 가르랑 소리마저 들릴 것만 같았다.

"내려줘요, 에디." 수재나가 나직이 말했다. 에디는 그러고 싶지 않았지만, 수재나 말대로 했다.

"나는 세븐 마일 농장의 웨인 오버홀저요." 오버홀저가 깃털을 앞에 든 채 연단 가장자리로 나섰다. "내 말을 들어주시오, 부탁이오."

"생키, 사이." 사람들이 중얼거렸다.

오버홀저는 돌아서서 한 손을 뻗어 오랜 여행 끝에 지저분해진 옷차림으로 서 있는 롤랜드와 그의 텟을 가리켰다(정확히 말하면 수재나는 서 있지 않고 에디와 제이크 사이에 앉아 있었다, 한 손으로 바닥을 짚고서.). 에디는 이토록 샅샅이 관찰당하는 기분은 난생처음이라는 생각이 들었다.

"우리 칼라의 남자들은 공회당에 모여 티안 재퍼즈와 조지 텔퍼드, 디에고 애덤스, 그 밖의 모든 이가 한 발언을 들었소." 오버홀저가 말했다. "나도 거기서 발언했소. '놈들은 쳐들어와서 아이들을 잡아갈 거요'라고. 여기서 놈들이란 당연히 늑대들이오. 또 이런 말도 했소. '그러고 나서 몇 십 년은 우릴 건드리지 않을 거요. 전에도 그랬고, 지금도 그렇소. 그러니 그냥 내버려둡시다.' 이제 와 생각하니 조금 섣부른 말이었던 것 같소."

사람들 속에서 웅성거리는 소리가 났다. 미풍처럼 부드럽게.

"같은 자리에서 우리는 마을 북쪽에 총잡이들이 오고 있다는 캘러핸 영감님의 말도 들었소."

또다시 웅성거리는 소리. 이번에는 조금 더 컸다. *총잡이…… 중간 세계…… 길르앗…….*

"우리는 여럿이 같이 가서 확인해보기로 합의했소. 보시오, 이들이 바로 우리가 찾은 사람들이오. 이들은…… 자신들이 캘러핸 영감님이 말한 바로 그 사람들이라고 주장하고 있소." 이제 오버홀저의 표정은 거북해 보였다. 흡사 방귀를 참는 사람처럼. 에디는 전에도 그런 표정을 본 적이 있었다. 주로 텔레비전에서, 피할 수 없는 사실과 마주한 정치인들이 자기 의견을 철회해야 할 때 짓는 표정이었다. "그들은 사라진 세상에서 왔노라고 주장하고 있소. 그러니까 말하자면……."

말해, 웨인. 에디는 속으로 중얼거렸다. *말해버려. 당신은 할 수 있어.*

"……말하자면 엘드의 혈통이라는 거요."

"신들께 찬양을!" 날카로운 여자 목소리였다. "신들께서 우리 아기들을 지키려고 보내셨군요, 신들께서!"

조용히 하라는 쉿 소리가 여기저기서 들렸다. 오버홀저는 괴로워하는 표정으로 조용해지기를 기다리다가 다시 말을 이었다. "이들은 스스로 말할 것이오. 그리고 그렇게 해야 할 것이오. 허나 나는 우리가 처한 위기를 해결할 힘이 이들에게 있다는 것을 내 눈으로 충분히 확인했소. 여러분이 보다시피 이들은 훌륭한 총을 지니고 있고, 그 총을 쓰는 법도 알고 있소. 내 말은 틀림없는 사실이오. 세이 생키."

이번에는 웅성거리는 소리가 더욱 컸고, 에디는 거기서 선의를 느꼈다. 그 덕분에 긴장이 조금 풀렸다.

"좋소. 그럼 이제 이들이 한 명씩 앞에 서도록 합시다. 여러분이 이들의 얼굴을 자세히 보고 목소리를 크게 들을 수 있도록. 여기 이 사람이 이들의 딘이오." 오버홀저가 한 손을 들어 롤랜드를 가리켰다.

총잡이는 앞으로 걸어 나갔다. 붉은 태양이 그의 왼뺨을 타는 빛으로 물들였다. 오른뺨은 횃불의 노란색으로 물들었다. 그가 한 발을 앞으로 내디뎠다. 사위가 고요한 가운데 닳은 장화 뒤축이 널빤지에 부딪혀 선명한 쿵 소리를 냈다. 에디의 머릿속에 주먹으로 관 뚜껑을 내리치는 소리가 까닭 없이 떠올랐다. 총잡이는 허리를 깊이 숙이며 활짝 편 두 손바닥을 사람들에게 내밀었다. "롤랜드의 길르앗, 스티븐의 아들이자 엘드의 혈통이오."

사람들은 한숨을 내쉬었다.

"부디 우리의 만남이 복되기를." 롤랜드는 뒤로 물러서며 에디를 힐끔 보았다.

이 정도는 에디도 할 수 있었다. "뉴욕의 에디 딘, 웬들의 아들이오." *적어도 우리 엄마는 늘 그렇게 말씀하셨지.* 에디는 속으로 중얼거렸다. 그러고는 스스로도 예상치 못한 말을 덧붙였다. "엘드의 혈통. 19의 카텟이오."

에디가 물러나자 이어서 수재나가 연단 가장자리로 나아갔다. 등을 꼿꼿이 펴고서, 차분한 눈빛으로 군중을 바라보며, 수재나가 말하기 시작했다. "나는 수재나 딘, 에디의 아내이자 댄의 딸, 엘드의 혈통이자 19의 카텟이오. 부디 우리 만남이 복되기를." 그런 다음 치맛단을 펼치는 시늉으로 예를 표했다.

이에 사람들은 웃음소리와 박수 소리로 화답했다.

수재나가 자기소개를 하는 동안 롤랜드는 몸을 숙여 제이크의 귀에 대고 짧게 무언가 소곤거렸다. 제이크는 고개를 끄덕인 다음 당당하게 앞으로 걸어 나갔다. 그날의 마지막 햇살 속에서 소년은 몹시도 어리고 몹시도 준수해 보였다.

제이크는 한 발을 앞으로 내밀고 절을 했다. 오이의 무게 때문에 판초가 우스꽝스럽게 출렁거렸다. "나는 제이크 체임버스, 엘머의 아들이자 엘드의 혈통, 99의 카텟이오."

99라고? 에디는 수재나를 돌아보았고, 수재나는 낸들 아냐는 듯이 아주 살짝 어깨를 으쓱했다. *99라니 뭔 소리야?* 뒤이어 에디는 될 대로 되라는 생각이 들었다. 어차피 그 자신 역시 자기 입으로 말한 19의 카텟이 뭔지 몰랐으므로.

그러나 제이크의 인사는 그것으로 끝이 아니었다. 베니 슬라이트먼의 판초 앞주머니에서 오이를 꺼냈던 것이다. 군중은 개너구리를 보고 웅성거렸다. 제이크는 롤랜드를 흘끗 보았고, *진짜로 해요?* 라고 묻는 그 눈길에 롤랜드는 고개를 끄덕였다.

처음에 에디는 제이크의 털북숭이 친구가 뭔가 보여줄 거라고 생각하지 않았다. 칼라의 주민들은 이미 숨죽인 침묵을 되찾은 후였다. 사방이 너무나 조용해서 저녁을 알리는 새소리가 다시금 또렷이 들려왔다.

뒤이어 오이가 뒷발로 일어서더니, 한쪽 뒷발을 앞으로 내밀고 정말로 그 발 위로 몸을 숙여 절했다. 휘청거리기는 했지만 균형을 잃지는 않았다. 조그맣고 까만 앞발 한 쌍은 롤랜드의 손처럼 발바닥을 위로 하고 앞으로 내밀었다. 놀라서 헉하는 소리와 웃음소리, 박수 소리가 터졌다. 제이크는 어안이 벙벙한 표정이었다.

"오이!" 개너구리가 외쳤다. "엘드! 생키!" 한 단어 한 단어 또렷이 말했다. 오이는 잠시 그대로 절을 하고 있다가 이내 네 발로 내려앉더니, 제이크 곁으로 잽싸게 쪼르르 돌아갔다. 박수 소리가 천둥소리 같았다. 영리하고 단순한 손짓 한 번으로, 롤랜드는(에디 생각에 개너구리에게 이런 재주를 가르칠 사람은 롤랜드뿐이었으므로) 이 사람들을 친구이자 숭배자로 바꾸어놓았던 것이다. 적어도 이날 밤에는.

그것이 첫 번째 충격이었다. 운집한 칼라 주민들에게 절하며 자신이 함께 여행하는 인간들의 *안텟*이라고 선언한 오이의 모습. 두 번째 충격은 곧바로 들이닥쳤다.

"나는 말주변이 없소." 롤랜드가 다시 앞으로 나서며 말했다. "내 혀는 수확제 밤의 주정뱅이보다 더 꼬여 있소. 허나 에디라면 틀림없이 우리에게 해줄 말이 있을 거요."

이제 에디가 어안이 벙벙해질 차례였다. 연단 아래에서는 사람들이 박수를 치고 발을 굴러 찬사를 보내고 있었다. 곳곳에서 *생키 사이, 멋진 연설을, 그의 말이 옳소, 잘 들으시오* 같은 소리가 터져나왔다. 심지어 악단까지 가세하여 거칠지만 소리는 우렁찬 팡파르를 멋들어지게 연주했다.

에디는 찰나를 틈타 롤랜드를 쏘아보았다. 다급하고 성난 눈빛이 이렇게 말하는 듯했다. *지금 나한테 무슨 개수작을 하는 거야?* 총잡이는 담담한 눈으로 마주 보며 팔짱을 끼었다.

박수 소리가 잦아들었다. 에디의 분노도 사라졌다. 그 빈자리를 공포가 대신 채웠다. 오버홀저는 흥미롭다는 듯이 에디를 지켜보았다. 알고 했든 모르고 했든 간에, 그 역시 롤랜드와 똑같이 팔짱을 끼고 있었다. 에디는 연단 아래쪽 맨 앞줄에 선 주민들 가운데 몇 명의 얼굴을 알아볼 수 있었다. 슬라이트먼 부자와 재퍼즈 부부였다. 다른 쪽으로 눈을 돌리니 캘러핸이 보였다. 파란 눈을 가늘게 뜨고 있었다. 그 눈 위의 이마에 자리 잡은 울퉁불퉁한 십자가 모양 흉터가 빛을 발하는 것처럼 보였다.

나보고 이 사람들한테 무슨 말을 하라고?

무슨 말이든 하는 게 좋겠다, 에디. 헨리 형의 목소리가 들렸다. *사람들이 기다리잖아.*

"시작이 좀 늦었다면 부디 용서해주기 바라오." 에디가 입을 열었다. "우리는 아득히 먼 길을 지나 더 아득히 먼 길을 밟아 이곳에 왔소, 그리고 마침내 당신들을 만나기까지 사람 그림자도 구경 못한 시간이 무려……"

무려 얼마였을까? 몇 주, 몇 달, 몇 년, 아니면 몇 십 년?

에디는 그만 웃고 말았다. 그 웃음소리를 들으니 자신이 세상에서 제일 미련한 바보가 된 기분이었다. 총은커녕 오줌을 눌 때 자기 물건도 못 들 것 같은 바보. "무려 하얀 달이 파랗게 질릴 정도로 오래였다고만 해두겠소."

그 말에 사람들은 웃음을 터뜨렸다. *왁자한* 웃음이었다. 몇몇은 박수까지 쳤다. 에디가 의도치 않게 이 마을 사람들의 웃음보를 건드렸던 것이다. 그 덕분에 긴장이 풀렸고, 긴장이 풀렸을 때의 에디는 알고 보니 썩 자연스럽게 연설을 할 줄 알았다. 에디 머릿속에 언뜻 스쳐간 생각은, 두려움과 희망을 함께 품은 군중 700명 앞에 총을 차고 서 있는 이 젊은 총잡이가, 실은 그리 오래지 않은 과거에는 누렇게 변해가는 팬티만 걸치고 텔레비전 앞에 앉아 헤로인을 맞은 채 치토스를 먹으며 요기 베어가 나오는 만화영화를 보고 있었다는 것이었다.

"우리는 멀리서 왔소. 그리고 앞으로도 더 먼 길을 가야 하오. 여기 머무는 시간은 짧을 테지만, 우리는 우리가 할 수 있는 일을 할 것이오. 내 말을 들어주시오, 부탁이오."

"계속하시오, 이방인이여!" 누군가 외쳤다. "말 한번 잘하네!"

진짜? 에디는 생각했다. 그런 말은 처음 듣는데.

몇몇이 *옳소*와 *아무렴*을 외쳤다.

"내가 살던 자치령의 치유사들은 이런 격언을 지키고 있소. '무엇보다도 해를 입히지 마라.'" 에디는 그 말의 출처가 변호사의 선서인지 의사의 선서인지 알 수 없었지만 그래도 영화와 드라마에서 몇 번 들은 적이 있었고, 꽤나 그럴 듯한 말이라고 생각했다. "우리는 이 마을에 어떤 해도 입히지 않을 것이오. 그러나 총알을 뽑을 때에도, 심지어 아이의 손톱 밑에 박힌 거스러미를 뽑을 때에도, 얼마간의 피는 흘릴 수밖에 없소."

웅성거리는 소리에서 동의하는 분위기가 풍겼다. 그러나 오버홀저의 표정은 무덤덤했고, 에디는 군중 속에서 몇몇 미심쩍어 하는 표정을 발견했다. 스스로도 놀랄 만큼 화가 치밀었다. 에디는 이 사람들에게 화를 낼 자격이 조금도 없었다. 그들에게 어떠한 해도 입히지 않았거니와, 어떠한 것도 (적어도 아직은) 거절하지 않았으므로. 그럼에도 화가 치밀기는 마찬가지였다.

"뉴욕 자치령에는 이런 격언도 있소. '세상에 공짜 점심 같은 것은 없다.' 우리가 파악한 바에 따르면, 당신들의 상황은 위급하오. 그 늑대라는 놈들에게 맞서려면 위험을 각오해야 할 것이오. 허나 그렇다고 해서 손을 놓고 가만히 있다 보면 스스로가 역겨워지고 무언가 갈구하게 마련이오."

"그의 말이 옳소, 잘 들으시오!"군중 뒤쪽에 서 있던, 아까 외쳤던 그 사람이 다시 외쳤다. 에디는 그쪽에 서 있는 로봇 앤디를 발견했다. 앤디 근처의 커다란 짐마차에는 펑퍼짐한 검은색 또는 감색 망토를 두른 남자들이 가득 타고 있었다. 에디는 그들이 마니교도일 거라 추측했다.

"우리는 마을을 돌아볼 거요. 그래서 일단 문제가 뭔지 파악하면, 해결책을 찾아볼 거요. 만일 도저히 방법이 없다는 결론이 나면 우리는 당신들에게 작별을 고하고 길을 떠날 거요."

둘째 줄, 아니면 셋째 줄에 너덜너덜한 흰색 카우보이모자를 쓴 남자가 서 있었다. 하얗고 북슬북슬한 눈썹에 어울리게 콧수염 역시 흰색이었다. 에디는 그 남자가 오래된 텔레비전 드라마「보난자」에 나오는 카트라이트 가족의 아버지와 비슷하다고 생각했다. 이쪽 세계의 가부장 카트라이트 씨는 에디가 하는 말이 좀처럼 마음에 안 드는 눈치였다.

"만약 도울 방법이 있으면, 도울 것이오."에디의 목소리는 더없이 덤덤했다. "허나 우리끼리만 돕지는 않을 거요. 여러분, 내 말을 들으시오, 부탁이오. 내 말을 잘 들으시오. 여러분은 자신이 바라는 바를 얻기 위해 일어설 준비를 해야 하오. 여러분이 지키려 하는 것을 지키기 위해 싸울 준비를 해야 하오."

그 말과 함께 에디는 한 발을 앞으로 내밀고 절을 했다. 모카신을 신은 발이다 보니 주먹으로 관 뚜껑을 내리치는 소리는 나지 않았지만, 에디의 귀에는 똑같은 소리로 들렸다. 주위는 바늘 떨어지는 소리도 들릴 것처럼 조용했다. 이윽고 티안 재퍼즈가 박수를 치기 시작했다. 잘리아도 거들었다. 베니 역시 박수를 쳤다. 아이 아버지는 계속 박수를 치라는 뜻으로 아들의 옆구리를 쿡쿡 찔렀고, 잠시 후에는 스스로도 박수를 치기 시작했다.

에디는 이글거리는 눈으로 롤랜드를 노려보았다. 롤랜드의 덤덤한 표정은 조금도 변하지 않았다. 수재나가 바지를 당기자 에디는 그쪽을 돌아보았다.

"잘했어요, 에디."

"저 인간 덕분은 아니에요." 에디는 고갯짓으로 롤랜드를 가리켰다. 그러나 막상 다 끝나고 보니 기분이 놀랍도록 후련했다. 그리고 롤랜드가 정말로 말주변이 없다는 것은 에디도 잘 아는 바였다. 대신할 사람이 아무도 없을 때에는 직접 나섰지만, 롤랜드는 말하기를 좋아하지 않았다.

내 신세가 어떤 건지 이제야 알겠군. 에디는 생각했다. *길르앗의 롤랜드가 애용하는 마우스피스였어.*

그런데 그게 그렇게 나쁜 일일까? 에디에 앞서 커스버트 올굿도 오래전에 그 일을 하지 않았던가?

캘러핸이 단상 앞으로 나섰다. "벗들이여, 우리가 손님 대접을 지금 이보다는 더 잘할 수 있을 것 같소. 이분들을 칼라 브린 스터지스의 방식에 걸맞게 환영합시다."

캘러핸이 박수를 치기 시작했다. 이번에는 군중도 대번에 그를 따라 박수를 치기 시작했다. 박수 소리는 길고 우렁찼다. 환호성과 휘파람 소리, 발 구르는 소리도 울려퍼졌다(발 구르는 소리는 음량을 증폭시켜줄 널빤지 바닥이 없어서 살짝 아쉬웠다.). 악단은 짤막한 팡파르가 아니라 긴 곡을 연달아 연주했다. 수재나가 에디의 한쪽 손을 잡았다. 반대쪽 손은 제이크가 잡았다. 네 사람은 드물게 멋진 공연을 끝마친 록 밴드처럼 허리를 숙였고, 그러자 박수 소리가 두 배로 더 커졌다.

결국에는 캘러핸이 두 손을 들어 박수 소리를 가라앉혔다.

"중대한 임무가 우리 앞에 놓여 있소, 여러분. 생각해야 할 중요한 일들이, 실행해야 할 중요한 일들이 있소. 허나 지금은, 배불리 먹읍시다. 다 먹고 나서는 춤추고 노래하고 즐겁게 놉시다!" 사람들이 또 박수를 치자 캘러핸은 다시금 손을 들어 진정시켰다. "이제 그만!" 그는 힘껏 외치고 껄껄 웃었다. "거기 뒤에 계신 마니교도 여러분, 여러분이 자기 몫의 식량을 따로 휴대하고 다닌다는 것은 나도 알고 있소, 허나 그렇다고 해서 우리와 함께 먹고 마시지 못할 이유는 아무것도 없소. 괜찮다면 이리 오시오! 부디 여러분도 함께 즐깁시다!"

부디 모두가 함께 즐겼으면. 에디는 그렇게 생각하면서도 앞서 느꼈던 불길한 예감을 떨칠 수가 없었다. 그 예감은 광장 끝자락에 서 있는 손님 같았다. 횃불의 빛이 닿는 거리 바로 바깥에. 또한 소리 같기도 했다. 장화 뒤축이 판자 바닥을 밟는 소리. 주먹이 관 뚜껑을 내리치는 소리.

7

정자 앞에는 벤치와 버팀대가 붙은 기다란 탁자가 여럿 있었지만, 앉아서 식사를 하는 사람은 노인들뿐이었다. 식사는 요리를 고를 접시가 무려 200개나 되는 훌륭한 만찬이었고, 대부분은 집에서 만든 맛깔난 음식들이었다. 만찬의 서두는 칼라를 위한 건배였다. 건배를 제안한 본 아이젠하트는 한 손에는 커다란 술잔을, 다른 손에는 깃털을 쥐고 있었다. 에디 생각에는 이 의례가 초승달 지대 방식의 국가 제창인 듯했다.

"칼라가 언제까지나 건재하기를!" 목장주는 이렇게 선창하고 그라프가 든 잔을 단숨에 꿀꺽꿀꺽 비웠다. 에디는 무엇보다 그의 목에 감탄했다. 칼라 브린 스터지스의 그라프는 하도 독해서 냄새만 맡아도 눈물이 찔끔 나왔기 때문이었다.

"칼라를 위하여!" 주민들은 구호를 따라 외치고 환호하며 술을 들이켰다.

그 순간 정자를 빙 둘러싼 횃불들이 방금 저문 해처럼 짙은 붉은색으로 바뀌었다. 사람들은 감탄하며 박수를 쳤다. 에디가 보기에 모노레일 블레인이나 러드를 조종하던 이극 컴퓨터에 비하면 그리 대단한 기술은 아니었다. 그러나 횃불은 군중 위로 예쁜 빛을 비추었고, 무슨 해를 끼치는 성분이 있을 것 같지도 않았다. 에디도 사람들과 함께 박수를 쳤다. 수재나도 마찬가지였다. 로봇 앤디는 수재나의 휠체어를 가져다가 펼쳐주며 연설을 칭찬했다(그러면서 머잖아 만나게 될 잘생긴 이방인 이야기를 듣고 싶지 않으냐는 말도 빠뜨리지 않았다.). 이제 수재나는 음식 접시를 무릎에 올려놓고 휠체어를 밀면서 옹기종기 모여 있는 사람들을 찾아다니며 이야기를 나누었고, 다시 움직였고, 다시 이야기를 나누었다. 에디는 수재나가 예전에 자주 참석했을 칵테일파티가 지금 이 자리와 그리 다르지 않을 거라는 생각이 들었다. 그래서 수재나의 침착한 모습에 조금은 질투가 났다.

군중 속에 끼어 있는 아이들의 모습이 하나둘 에디의 눈에 들어왔다. 이는 분명 낯선 손님들이 다짜고짜 총을 뽑아 학살을 시작하지는 않으리라고 칼라 주민들이 판단했다는 뜻이었다. 나이가 가장 많은 축에 드는 아이들은 허락을 받고 끼리끼리 돌아다녔다. 그 아이들은 에디가 어린 시절에 그랬듯이 안심할 수 있는 자신들만의 무리를 만들어 몰려다니면서 테이블에 놓인 음식을 걸신들린 사람처럼 먹어치웠다(음식이 얼마나 많았던지, 십대 아이들의 폭풍 같은 식욕 앞에서도 줄어들 기미가 보이지 않았다.). 그들은 외지인들을 가만히 지켜볼 뿐 감히 다가가지는 못했다.

가장 어린 아이들은 부모 곁에 붙어 있었다. 괴로운 처지가 된 중간 연령대 아이들은 정자 반대편 끝자락의 미끄럼틀과 그네, 정교하게 만든 정글짐 근처에 모여 있었다. 놀이기구에 매달린 아이들도 몇 명 보였지만, 대부분은 어쩌다 그만 길을 잘못 든 사람처럼 어쩔 줄 모르는 눈빛으로 연회장을 두리번거릴 뿐이었다. 에디는 섬뜩할 정도로 많은 쌍둥이들을 보며 깨달았다. 이 어쩔 줄 모르는 아이들이, 놀이터의 놀이기구를 마음 편히 타기에는 나이가 살짝 많은 바로 이 아이들이 늑대들에게 가장 많이 끌려갈 판이었는데…… 물론 이제껏 그랬듯이 아무도 늑대들을 막지 않는다면, 그렇게 될 거라는 말이었다. '룬트'는 한 명도 보이지 않았다. 에디가 짐작하기에는 연회를 망치지 않도록 일부러 격리해놓은 듯싶었다. 이유는 짐작이 갔지만, 그래도 어디서 자기들끼리 파티를 여는 중이라면 좋겠다는 생각이 들었다(나중에 알고 보니 에디 생각이 옳았다. 룬트들은 캘러핸의 교회 뒤편에서 과자와 아이스크림을 먹고 있었던 것이다.).

제이크는 칼라에서 태어났더라면 딱 중간 연령대의 아이들에 포함됐을 테지만, 물론 그렇지는 않았다. 그래도 자기와 딱 맞는 친구는 이미 사귄 후였다. 나이는 자신보다 많지만 경험은 적은 친구였다. 둘은 이 테이블에서 저 테이블로 정신없이 돌아다녔다. 오이는 쉬지 않고 두리번거리며 만족한 표정으로 제이크의 발치를 따라다녔다. 에디는 혹시라도 뉴욕의 제이크를(또는 그의 새 친구인 칼라의 베니를) 위협하는 사람이 있다면 그는 손가락 두어 개가 날아갈 거라고 믿어 의심치 않았다. 그러다 한 번은 두 아이가 서로 마주보다가 말 한마디 주고받지 않고 정확히 동시에 웃음을 터뜨리는 장면을 목격하기도 했다. 그 모습에 에디는 자신의 어린 시절 친구들이 생생히 떠올라 가슴이 미어지는 듯했다.

그렇다고 해서 에디가 자기 성찰에 잠겨 있을 시간이 많았던 것은 아니었다. 에디는 롤랜드의 이야기를 통해(또 그의 행동을 몇 차례 본 경험을 통해) 길르앗의 총잡이들이 보안관보다 훨씬 많은 일을 한다는 것을 알고 있었다. 그들은 전령이자 회계사, 때로는 첩자였고, 아주 드물게 처형자일 때도 있었다. 그러나 무엇보다도 그들은 외교관이었다. 헨리 형과 형의 친구들 밑에서 자라는 동안 재치 있는 언변이라고는 *너희 누나 별명이 진공청소기라며, 하도 잘 빨아서나 엄마 잘 계시냐, 저번에 보니까 허리가 아주 유연하시던데, 아니면 네 에미한테 가서 물어봐, 물어볼 애비가 없는 건 세상이 다 아니까 정*

도밖에 못 배운 에디로서는 외교관을 자처할 엄두조차 안 났지만,
스스로 생각해도 대강은 잘 처신했다는 생각이 들었다. 다만 텔퍼드
만은 상대하기가 까다로웠으나 악단이 그의 입을 막아주었다. 세이
생키.

이어진 대화는 그야말로 먹느냐 먹히느냐였다. 칼라 마을 주민들
은 늑대들은 두려워하는지 몰라도, 에디에게 그의 카텟이 어떻게 늑
대들과 싸울 거냐고 물을 때에는 조금도 거리낌이 없었다. 에디는
알고 보니 롤랜드에게 큰 신세를 졌다는 생각이 들었다. 온 마을 사
람들 앞에서 했던 연설은 나중의 이 대화를 위한 준비 운동이었다.

에디는 모두에게 같은 얘기를 몇 번씩 되풀이했다. 마을을 충분
히 살펴보기 전에는 전략을 논할 수 없다. 그들을 도와줄 칼라의 남
자들이 몇 명이나 필요한지도 말할 수 없다. 시간이 지나면 알게 될
일이다. 낮 동안 마을을 둘러볼 예정이다. 신께서 물이 있으라 하시
면 물이 있을 것이다. 그 밖에도 생각나는 미사여구가 있으면 죄다
갖다붙였다(아예 늑대들을 다 무찌른 후에는 집집마다 닭을 한 마리씩 돌
리겠다고 공약할까 하는 생각도 떠올랐지만, 에디는 거기까지 가기 전에
입을 다물었다.). 이름이 호르헤 에스트라다인 소농은 늑대들이 마을
에 불을 지르면 어떻게 할 건지 알고 싶다고 했다. 개릿 스트롱이라
는 다른 소농은 에디에게 늑대들이 쳐들어올 때 아이들을 안전하게
숨길 곳이 어딘지 알려달라고 했다.

"마을에 둘 수는 없으니까요. 잘 생각하셔야 합니다."

별 생각이 안 떠올랐던 에디는 그라프를 홀짝일 뿐 말이 없었다.
닐 패러데이라는 남자는 에디에게 다가와 이 모든 게 지나친 호들
갑이라고 했다(그가 소농인지 아니면 일꾼인지는 확실치 않았다.).

"그놈들이 애들을 다 잡아가는 것도 아니니까요."

에디는 그렇게 말하는 패러데이에게 '뭐, 그놈들 중에 내 아내를 강제로 범한 건 두 놈뿐이었으니까'라고 말하는 사람을 보면 어떤 기분이 들 것 같으냐고 묻고 싶었지만, 그냥 마음에 묻어두기로 했다. 피부가 검고 콧수염을 기른 루이스 헤이콕스라는 남자는 에디에게 자기소개를 하고 나서 자신은 티안 재퍼즈가 옳다는 결론을 내렸다고 했다. 마을 회의가 끝나고 며칠 밤을 뜬눈으로 보내며 생각하고 또 생각한 끝에, 자신도 맞서 싸우기로 했다는 것이었다. 혹시라도 에디 일행이 그에게 도와달라고 한다면, 말이었다. 진심과 두려움이 함께 드러난 헤이콕스의 표정을 보며 에디는 마음 깊이 감동했다. 그는 자기가 무슨 일을 하는지도 모른 채 들뜬 아이가 아니라 앞으로 어떤 일이 벌어질지 너무나 잘 아는 성인 남성이었던 것이다.

그렇게 사람들은 질문을 들고 찾아왔다가 뾰족한 답을 얻지 못한 채 떠나갔지만, 그럼에도 표정은 흡족해 보였다. 에디는 입이 바짝 마를 때까지 얘기를 하고 나서 그라프가 든 나무 컵 대신 아이스티 잔을 들었다. 취하고 싶지 않아서였다. 음식도 더 먹고 싶지 않았다. 더 들어갈 자리가 없어서였다. 그러나 사람들은 계속 그를 찾아왔다. 캐시와 에스트라다. 스트롱과 에체베리아. 웡클러와 스폴터(오버홀저의 사촌들이라고 했다.). 프레디 로사리오와 패런 포셀라…… 아니, 프레디 포셀라와 패런 로사리오였던가?

횃불은 10분 또는 15분마다 색깔이 바뀌었다. 빨강에서 초록으로, 초록에서 주황으로, 주황에서 파랑으로. 그라프 단지가 돌고 돌았다. 오가는 목소리는 더욱 커졌다. 웃음소리도 마찬가지였다. 에

디의 귀에 *에미럴*이라고 외치는 소리가 점점 많이 들려왔고, *자빠졌
네!* 비슷한 말이 들리면 꼭 왁자한 웃음소리가 뒤따랐다.

파란 망토를 걸친 노인과 얘기하는 롤랜드의 모습이 에디의 눈에
들어왔다. 노인은 성서의 내용을 담은 텔레비전 드라마를 빼면 에디
가 본 사람들 가운데 가장 하얗고 길고 무성한 턱수염을 기르고 있
었다. 그는 풍파에 찌든 롤랜드의 얼굴을 올려다보며 열심히 이야기
했다. 한번은 총잡이의 팔을 잡고 살짝 당기기도 했다. 롤랜드는 가
만히 들으면서 고개를 끄덕일 뿐, 아무 말도 하지 않았다. 적어도 에
디가 지켜보는 동안에는 그랬다. *그래도 집중하고 있어.* 에디는 생
각했다. *그래, 우리 늙은 껑다리 못난이가 재미난 이야기에 정신이
팔리셨다, 이거지.*

악사들이 다시 연주석으로 돌아가는 동안 누가 에디 쪽으로 걸어
왔다. 「보난자」의 카트라이트 아저씨를 닮은 그 남자였다.

"조지 텔퍼드요. 만나서 반갑소, 뉴욕의 에디여." 남자는 주먹 쥔
손의 엄지 쪽 평평한 면으로 이마를 형식적으로 두드린 다음, 그 손
을 펴서 내밀었다. 머리에는 농사꾼의 솜브레로가 아니라 목장주가
쓸 법한 카우보이모자가 얹혀 있었지만, 그의 손은 놀랄 만큼 부드
러웠다. 다만 손가락 밑동에는 굳은살이 줄줄이 박여 있었다. *고삐
를 쥐어서 생긴 자국이구나. 이 사람이 하는 일이란 건 아마 그 정
도뿐이겠지.*

에디는 살짝 고개를 숙였다. "기나긴 나날과 즐거운 밤들이 이어
지기를, 사이 텔퍼드." 드라마 속의 카트라이트 씨네 가족인 애덤과
호스, 리틀 조는 폰데로사에 두고 왔느냐고 묻고 싶은 생각이 불쑥
떠올랐지만, 에디는 이번에도 건방진 입을 다물고 있기로 했다.

"두 배의 복이 있기를 바라오, 젊은 손님. 두 배의 복이 있기를."
텔퍼드는 에디의 허리에 있는 총을 가만히 보다가, 눈을 들어 에디
의 얼굴을 보았다. 명석한 빛이 감도는 눈이었지만 딱히 친근해 보
이지는 않았다. "당신네 딘도 같은 총을 차고 있더구려, 내가 알기
로는."

에디는 빙긋이 웃을 뿐 말이 없었다.

"웨인 오버홀저한테 들었소, 당신네 '카 꼬맹이'가 다른 총으로
꽤 멋진 사격 시범을 보였다고. 오늘은 부인께서 그 총을 차고 계시
오?"

"그럴걸요." 에디는 카 꼬맹이라는 말이 살짝 거슬렸다. 수재나가
루거 권총을 갖고 있다는 것은 이미 아는 바였다. 제이크가 아이젠
하트의 로킹비 목장에 비무장으로 가는 게 좋겠다며 롤랜드가 결정
한 사항이었다.

"네 명이 마흔 놈을 상대하려면 벅찰 거요, 안 그렇소? 아무렴,
꽤 벅차겠지. 어쩌면 동쪽에서 예순 놈이 몰려올지도 모르는 일이
고. 놈들의 숫자를 정확히 기억하는 사람은 아무도 없소, 왜 안 그렇
겠소? 평화롭게 보낸 23년은 꽤 긴 세월이니까. 하느님과 인간 예수
님께 감사할 일이지."

에디는 이번에도 미소만 지을 뿐 대꾸하지 않았고, 텔퍼드가 다
른 화제를 꺼냈으면 하고 바랐다. 실은 텔퍼드가 꺼지기를 바랐다.

그런 행운은 일어나지 않았다. 주정뱅이들은 항상 사라지지 않고
들러붙는 법이었다. 거의 무슨 자연 법칙처럼. "물론 무장한 세 명
과 옆에서 응원하는 한 명보다는, 무장한 네 명 대 마흔 명…… 아
니면 예순 명…… 보기에는 더 좋을 거요. 그 네 명의 총솜씨가

훌륭하다면 더욱 그렇겠지. 진심에서 하는 말이오."

"진심으로 들리네요." 에디가 말했다. 앞서 소개를 받았던 연단 쪽을 보니 잘리아 재퍼즈가 수재나에게 뭔가 얘기하는 중이었다. 수재나 역시 이야기에 집중한 듯했다. *수재나는 농부의 아내랑, 롤랜드는 무슨 반지의 제왕 같은 노인이랑, 제이크는 새 친구랑 어울리는데 난 이게 뭐야? 웬 카트라이트 아저씨 같이 생긴 양반이 찾아와서 반대 신문을 하고 있잖아. 그러고 보니 드라마에 나오는 변호사 페리 메이슨하고도 닮았네.*

"혹시 총이 더 있소? 보나마나 더 있겠지, 늑대들한테 맞설 작정이라면. 나로 말할 것 같으면, 솔직히 정신 나간 계획이라고 생각하고 있소. 굳이 감추고 싶지도 않소. 본 아이젠하트도 나랑 같은 생각……"

"오버홀저도 그랬는데 나중에 생각을 고쳐먹었죠." 에디는 지극히 태연한 말투로 말했다. 그러고는 차를 홀짝이며 동그란 컵 가장자리 너머로 텔퍼드를 바라보면서, 그가 인상을 찌푸리기를 기대했다. 아니면 그저 살짝 화라도 내기를. 결과는 어느 쪽도 아니었다.

"웨인의 별명은 '풍향계'요." 텔퍼드는 쿡쿡 웃었다. "암, 그렇고 말고, 이쪽저쪽으로 돌아가기 바쁘니까. 그 친구 말을 철석같이 믿기에는 아직 이르다는 뜻이오, 젊은 손님."

에디는 *지금 이게 무슨 선거 같은 건 줄 안다면 생각을 고쳐먹는 게 좋을걸요*라고 말하려다 꾹 참았다. *다문 입은 굳게. 시야는 넓게. 말은 조금만.*

"혹시 연발총도 갖고 있소? 아니면 수류탄이라든가?"

"글쎄요, 있을지도 모르죠."

"여자 총잡이란 건 들어본 적이 없소만."

"없어요?"

"들어본 적이 없기로는 소년 총잡이도 마찬가지요. 수습 총잡이라고 해도 금시초문이오. 당신이 정말로 당신이 말하는 그런 사람인지 아닌지 우리가 어떻게 알겠소? 가르쳐주시오, 부탁이오."

"음, 그건 참 대답하기 힘든 질문이네요." 에디는 텔퍼드가 몹시 싫어졌다. 위험에 처한 어린아이를 자식으로 두기에는 너무 늙어 보이는 그가.

"하지만 사람들은 알고 싶을 거요. 폭풍이 몰려오기 전에."

에디는 롤랜드가 했던 말을 떠올렸다. 우리는 남의 의뢰를 받아들이는 법은 있어도 남의 손에 쫓겨나는 법은 결코 없소. 이 사람들은 분명 그 점을 아직 이해하지 못했다. 적어도 텔퍼드는 확실히 모르고 있었다. 물론 대답해야 할 질문들이 있었고, 그 질문의 답은 긍정이어야 했다. 캘러핸이 먼저 언급하고 롤랜드가 사실이라고 확인시켜준 이야기였다. 질문은 세 개였다. 첫째는 도와줄 지원군 어쩌고 하는 질문이었다. 에디 생각에 그런 질문을 받은 사람은 아직 없는 듯했고, 어떤 식으로 질문해야 할지도 알 수 없었다. 그러나 결정의 순간이 왔을 때 그 질문을 할 곳이 공회당이라는 생각 또한 들지 않았다. 답은 포셀라나 로사리오 같은 평범한 사람들, 자신이 하는 말이 무슨 뜻인지 모르는 사람들에게서 얻을 수 있을 듯싶었다. 실제로 위험에 처한 자식이 있는 사람들에게서.

"당신 진짜 정체가 뭐요? 가르쳐주시오, 부탁이오."

"뉴욕의 에디 딘이에요. 제 말을 의심하시는 게 아니면 좋겠네요. 진심으로 그런 게 아니면 좋겠어요."

텔퍼드는 한 걸음 물러나서 대번에 경계하는 표정을 지었다. 에디는 그 표정을 보며 진심으로 기뻐했다. 두려움은 존중보다 나은 반응은 아니었지만, 무시보다는 훨씬 나았다.

"의심이라니, 아니오, 벗이여! 정말이오! 하지만 이것만은 말해주시오…… 지금 차고 있는 그 총, 쏴본 적이 있기는 한 거요? 가르쳐주시오, 부탁이오."

에디의 눈에는 보였다. 텔퍼드는 두려워하는 동시에 의심하고 있었다. 어쩌면 이 목장주의 믿음을 얻기에는 에디의 표정과 몸가짐에 예전의 에디가, 그러니까 *진짜* 뉴욕의 에디가 아직 너무 많이 남아 있는지도 몰랐지만, 꼭 그래서만은 아닌 듯싶었다. 어쨌거나 본질은 그것이 아니었다. 눈앞에 있는 남자는 선더클랩의 괴물 떼가 이웃 아이들을 잡아가는 동안 손 놓고 구경만 하기로 이미 마음먹은 사람, 총구에서 나오는 단순하고 최종적인 답조차도 믿지 않을 사람이었다. 그러나 에디는 그 최종적인 답을 알고 있었다. 심지어 사랑하기까지 했다. 에디는 러드에서 보낸 그 끔찍한 하루를 기억했다. 신의 드럼 소리가 울려퍼지는 잿빛 하늘 아래 수재나가 탄 휠체어를 밀며 질주하던 그날을. 프랭크와 러스터와 선원 톱시도 기억하고 있었다. 에디가 쏴죽인 미치광이 곁에 주저앉아 그 주검에 입을 맞춘 모드라는 이름의 여자도 떠올랐다. 그때 그 여자가 뭐라고 했더라? *윈스턴을 죽일 것까진 없었잖아요, 오늘은 이 사람 생일이었다고요.* 그 비슷한 말이었다.

"난 이 총이랑, 이거랑 똑같은 다른 총이랑, 루거도 쏴본 적이 있어요. 그러니까 다시는 내 앞에서 그런 식으로 말하지 마요, 벗이여. 나랑 무슨 우스갯소리라도 하는 것처럼."

"무례를 저질렀다면 사과하겠소, 총잡이여. 진심으로 사과하오."

에디는 기분이 조금 누그러졌다. *총잡이여.* 이 흰머리 무뢰한은 믿지도 않는 주제에 총잡이라는 말을 입에 담을 정도의 재치는 있었다.

악단이 또다시 팡파르를 울렸다. 악장은 기타의 어깨끈을 벗고 외쳤다. "자, 모두 나오세요! 식사는 그 정도면 됐습니다! 이제 땀이 나도록 춤을 춰서 배를 꺼트릴 시간입니다, 시작합시다!"

환호성과 만세 소리가 터져 나왔다. 그 소리와 함께 터진 폭발음에 에디는 냉큼 총으로 손을 뻗었다. 전에 여러 번 보았던 롤랜드의 모습과 똑같았다.

"안심하시오, 벗이여. 그냥 조그만 폭죽이오. 아이들이 수확제 폭죽을 터뜨린 거요."

"그렇군요. 죄송합니다."

"별말씀을." 텔퍼드가 빙긋 웃었다. 카트라이트 아저씨처럼 매력적인 그 미소를 보며, 에디는 깨달았다. 이 남자는 절대로 그들 편에 서지 않을 터였다. 몰살당한 늑대들의 시체가 바로 이 정자 앞에 줄줄이 놓여 마을 사람들의 조사를 받는 날이 올 때까지는. 그리고 그날이 오면, 이 남자는 처음부터 그들 편이었다고 떠들 터였다.

8

사람들은 달이 뜰 때까지 춤을 추었고, 그날 밤의 달은 아주 또렷했다. 에디는 마을 여성 몇 명과 차례로 춤을 추었다. 그러는 동안 수재나하고도 두 번 왈츠를 추었는데 춤을 추는 동안 수재나는 휠체어를 왼쪽으로, 다시 오른쪽으로 날렵하게 회전시켰다. 쉬지 않고 변하는 횃불의 불빛 속에서 땀에 젖은 수재나의 얼굴은 환희로 가득했다. 롤랜드도 함께 춤을 추었지만, 동작이 우아하기는 해도 (에디 생각에는) 진심으로 즐거워하거나 열중한 것 같지는 않았다. 그 춤만으로는 나중에 이날 저녁의 대미를 장식할 어떤 일의 전조를 예측하기가 아예 불가능했다. 제이크와 베니 슬라이트먼은 자기들끼리 한쪽에 떨어져 있었다. 에디는 나무 아래에 무릎을 꿇고 앉은 두 소년의 모습을 언뜻 목격했다. 칼 던지기와 몹시 비슷한 놀이에 열중한 모습이었다.

춤이 끝나자 노래가 시작됐다. 첫 곡은 악단이 직접 불렀다. 구슬픈 사랑 노래 다음은 템포가 빠른 노래였는데 칼라의 지역색이 너무 강해서 에디는 가사를 알아들을 수가 없었다. 많이 알아듣지는 못했어도 가사가 은근히 야하다는 것 정도는 알 수 있었다. 남자들에게서는 고함과 웃음소리가, 여자들에게서는 신나는 환호성이 터져나왔기 때문이었다. 노인들 몇몇은 손으로 귀를 막았다.

처음 두 곡이 끝나자 칼라 주민 몇 명이 연주석에 올라가 노래를 했다. 에디가 보기에 오디션 프로그램이었다면 초반에 떨어질 실력들이었지만, 한 명 한 명이 악단 앞에 설 때마다 따뜻한 박수 소리가 쏟아졌고, 내려올 때에는 거센 환호성이 울려퍼졌다(예쁘장한 아가씨가 내려올 때에는 *원색적인* 환호성이 터져나왔다.). 아홉 살쯤 돼 보이는, 한눈에 봐도 쌍둥이인 여자애 둘이 가슴이 아릴 만큼 완벽한 화음으로 「캄파라 거리에서」라는 발라드를 불렀다. 반주는 쌍둥이 중 한 명이 멘 기타뿐이었다. 숨소리도 내지 않고 집중해서 듣는 칼라 주민들의 모습은 에디에게 충격으로 다가왔다. 이제 남자들은 거의 다 술에 취해 있었는데도, 고요하게 집중한 분위기를 깨는 사람은 단 한 명도 없었다. 폭죽도 터지지 않았다. 눈물을 흘리며 듣는 사람도 적지 않았다(헤이콕스라는 남자도 그중 한 명이었다.). 만약 이보다 앞서 누가 이 마을 사람들의 마음을 짓누르는 부담감을 이해할 수 있느냐고 물었다면, 에디는 물론 이해한다고 대답했을 것이다. 그런데 실은 그렇지가 않았다. 에디는 이제야 비로소 이해할 수 있었다.

납치당한 여성과 죽어가는 카우보이에 관한 그 노래가 끝나자 한동안 철저한 침묵이 감돌았다. 밤새들조차도 울지 않았다. 우레 같은 박수 소리가 그 뒤를 이었다. 에디는 생각했다. *지금 당장 늑대들을 어떻게 할지 결정하자고 하면 카트라이트 아저씨도 구경만 하겠다는 소리는 못하겠군.*

두 소녀는 무릎을 살짝 굽혀서 인사하고 풀밭으로 폴짝 뛰어내렸다. 에디는 이날 밤의 여흥은 이것으로 끝이려니 했지만, 놀랍게도 캘러핸이 무대로 올라갔다.

"내가 어머니한테 배운 더 구슬픈 노래가 하나 있소." 캘러핸은 이렇게 말하고 나서 「한잔 더 사, 이 망할 놈아」라는 흥겨운 아일랜드 민요를 불렀다. 앞서 악단이 불렀던 노래만큼이나 지저분한 내용이었지만, 이번에는 에디도 가사를 충분히 알아들었다. 에디와 마을 사람들은 한목소리로 한 절이 끝날 때마다 후렴을 따라 불렀다. *나를 묻기 전에 술 한잔 더 사, 이 망할 놈아!*

'영감님'의 노래가 끝나고 박수가 쏟아지는 동안, 수재나는 휠체어를 밀어 정자 옆으로 다가가서 사람들의 도움을 받아 위로 올라갔다. 그런 다음 기타 연주자 세 명에게 짤막한 설명을 하고 코드 잡는 법을 가르쳐 주었다. 세 명이 다 함께 고개를 끄덕였다. 에디는 그들이 그 노래를, 또는 그 비슷한 노래를 알고 있을 거라 짐작했다.

청중은 기대로 가득 차서 기다렸지만, 무대 위에 있는 숙녀의 남편보다 더 기대하는 사람은 아무도 없었다. 그러다가 수재나가 여행하는 동안 이따금 불렀던 조앤 바에즈의 「슬픔이 마르지 않는 소녀」를 부르기 시작했을 때, 에디는 흐뭇할 뿐 그리 놀라지는 않았다. 수재나는 조앤 바에즈만큼은 아니었지만 목소리만큼은 진솔하고 감정이 넘쳐흘렀다. 왜 아니겠는가? 고향을 떠나 낯선 곳을 떠도는 여성의 노래였는데. 그 노래가 끝났을 때에는 쌍둥이 자매 때와 달리 침묵이 깔리지 않았다. 대신 진심에서 우러나온 뜨거운 박수가 터졌다. 곳곳에서 *예이!나 한 곡 더!*를 외쳤지만 수재나는 앙코르 대신 허리를 깊이 숙여 절했다(아는 노래를 다 불렀기 때문이었다.). 에디는 손이 얼얼해질 때까지 박수를 치다가 손가락을 입가에 대고 휘파람을 불었다.

뒤이어 수재나가 부축을 받으며 조심스레 내려오는 사이에 롤랜드가 무대로 올라갔다. 이날 밤의 신기한 일은 정말이지 끝나지 않을 것만 같았다.

제이크는 새 친구와 함께 에디 곁에 있었다. 오이는 베니 슬라이트먼의 품에 안겨 있었다. 이날 밤이 오기 전이었다면 에디는 제이크의 카텟이 아닌 사람이 그런 짓을 했다가는 개너구리한테 물릴 거라고 경고했을지도 몰랐다.

"롤랜드 아저씨 노래할 줄 알아요?" 제이크가 물었다.

"저 양반이 이러는 건 나도 처음 봐. 어디 구경이나 해볼까." 에

디는 무슨 일이 벌어질지 도무지 감이 잡히지 않았지만, 거세게 두
근거리는 가슴을 느끼며 조금은 즐거워했다.

9

롤랜드는 총이 든 총집과 탄띠를 풀었다. 그러고는 무대 아래의
수재나에게 건넸고, 수재나는 건네받은 탄띠를 허리 한참 위쪽에 찼
다. 팽팽하게 당겨진 셔츠를 보며 에디는 얼핏 수재나의 가슴이 더
커졌다는 생각이 들었다. 하지만 이내 불빛 때문에 잘못 본 거라고
생각하고 잊어버렸다.

햇불은 주황색이었다. 롤랜드는 그 불빛 속에 서 있었다. 총이 없
으니 엉덩이가 소년처럼 날씬해 보였다. 잠깐 동안, 그는 조용히 지
켜보는 얼굴들을 가만히 바라볼 뿐이었고, 그러는 동안 에디는 자신
의 손을 파고드는 제이크의 조그맣고 차가운 손을 느꼈다. 제이크에
게 무슨 생각을 하느냐고 물어볼 필요는 없었다. 에디 역시 똑같은
생각을 하고 있었으므로. 에디는 이때껏 이토록 외로워 보이는 남자
를, 우정과 온기가 있는 인간 세상의 삶으로부터 이토록 멀어 보이
는 남자를 본 적이 없었다. 이 자리에서, 이 축제의 장에서(당장은 축
제의 장이었다, 앞으로 어떤 일이 기다리고 있다고 해도) 그를 보고 있으
려니, 오히려 그의 진실이 더욱 사무치게 다가왔다. 그는 마지막 생
존자였다. 다른 이는 없었다. 설령 에디와 수재나, 제이크, 오이가
그의 일족이라고 해도 이들은 그저 멀리서 자라난 싹, 근간에서 멀
리 떨어진 지엽일 뿐이었다. 나중에 덧붙인 것에 가까웠다. 그러나

롤랜드는······ 롤랜드는·······.

쉿. 에디는 생각했다. 그런 생각은 접어둬. 오늘 밤만은.

천천히, 롤랜드는 가슴 위로 양팔을 교차시켰고, 엇갈린 팔을 바짝 붙여 오른손바닥은 왼뺨에, 왼손바닥은 오른뺨에 댔다. 에디에게는 아무 뜻도 없는 몸짓이었지만 700명이 넘게 모인 칼라 주민들은 대번에 반응했다. 박수 소리보다 훨씬 의미심장한 찬탄이 퍼져나갔던 것이다. 에디는 전에 본 적이 있는 롤링 스톤스 콘서트가 떠올랐다. 롤링 스톤스의 드러머 찰리 와츠가 당김음 리듬으로 카우벨을 치기 시작할 때, 팬들이 바로 이런 소리를 냈다. 다름 아닌 「홍키통크 우먼」을 시작한다는 신호였다.

롤랜드는 팔을 교차시켜 손바닥을 양 뺨에 댄 자세 그대로 가만히 서서, 청중이 조용해질 때까지 기다렸다.

"우리는 칼라에서 복된 만남을 이루었소." 그가 말을 시작했다. "내 말을 들어주시오, 부탁이오."

"세이 생키!" 사람들이 환호했다. 뒤이어. *"잘 듣고 있소!"*

롤랜드는 고개를 끄덕이며 빙긋이 웃었다. "그러나 나와 내 벗들은 멀리서 왔고, 앞으로도 해야 할 일과 봐야 할 것이 많소. 이제 우리가 이곳에 머무는 동안, 우리가 당신들에게 마음을 열면 당신들도 우리에게 마음을 열어주겠소?"

에디는 가슴이 철렁했다. 손을 꽉 움켜쥐는 제이크의 손이 느껴졌다. *첫 번째 질문이야.* 에디는 생각했다.

그 생각이 미처 끝나기도 전에, 청중은 함성으로 답했다. *"예, 생키!"*

"우리를 있는 그대로 보고, 우리가 하는 일을 받아들이겠소?"

이게 두 번째 질문. 에디는 속으로 중얼거렸다. 이제 그가 제이크의 손을 꽉 쥐고 있었다. 텔퍼드와 디에고 애덤스라는 남자가 낙담한 눈빛을 주고받는 모습이 눈에 들어왔다. 자기들 눈앞에서 일이 다 결정된 것을, 자신들은 아무것도 할 수 없다는 것을 깨달은 남자들의 눈빛이었다. *너무 늦었어, 이 양반들아.*

"당신들은 총잡이요!" 누군가 외쳤다. "진정한 총잡이들이오, 세이 생키! 하느님의 이름으로 세이 생키!"

찬성하는 뜻의 환호가 휘몰아쳤다. 함성과 박수 소리가 천둥소리 같았다. 생키를 외치는 사람, *예미럴*을 외치는 사람도 있었다.

환호가 가라앉는 동안 에디는 롤랜드가 마지막 질문을 던지기를 기다렸다. 가장 중요한 질문이었다. 당신들은 도와줄 지원군이 필요하오?

그러나 롤랜드는 묻지 않았다. 그저 이렇게만 말했다. "오늘 밤은 여기서 마무리할 생각이오. 이제 지친 몸을 뉘러 갈 시간이 됐소. 허나 물러가기 전에 당신들에게 마지막으로 노래 한 곡과 춤 한 자락을 선사할 생각이오. 아마 당신들은 그 두 가지를 다 잘 알 거요."

동의를 담은 유쾌한 함성이 뒤따랐다. 다들 안다는 뜻이었다.

"나 역시 잘 알고 있고, 좋아하기도 하오." 길르앗의 롤랜드가 말했다. "오래전부터 알고 있었지만, 다른 이의 목소리로 「쌀의 노래」를 다시 들을 거라는 기대는 해본 적이 없소. 내가 직접 부를 거라는 생각은 아예 꿈에도 하지 못했소. 나는 이제 늙어서 예전처럼 유연하지 않소. 혹시 스텝이 틀리더라도 부디 용서해주기를……"

"총잡이여, 세이 생키!" 여성의 목소리였다. "이보다 큰 기쁨은 없을 거예요!"

"나라고 해서 다르겠소?" 총잡이가 부드러운 목소리로 물었다.
"그대들에게 주는 기쁨은 내 기쁨에서 나눈 것, 그대들에게 주는 물
은 내 팔과 마음의 힘으로 나른 것이 아니겠소?"

"*푸르른 작물을 그대에게!*" 주민들이 한목소리로 외치는 말을 들
으며 에디는 등골이 오싹해졌고, 눈물이 솟았다.

"세상에." 제이크가 한숨을 쉬었다. "저렇게 능숙할 수가……"

"그대들에게 쌀의 환희를 바치겠소." 롤랜드가 말했다.

롤랜드는 주황색 불빛 속에 잠시 가만히 서 있었다. 힘을 끌어모
으는 사람처럼. 그러다가 지그와 탭 댄스의 중간쯤에 해당하는 춤
을 추기 시작했다. 처음에는 느리게, 아주 느리게, 뒤꿈치와 발끝으
로, 다시 뒤꿈치와 발끝으로 스텝을 밟았다. 장화 뒤축은 주먹으로
관 뚜껑을 내리치는 소리를 거듭 또 거듭 내다가, 나중에는 그 자체
가 리듬이 되었다. 처음에는 그저 리듬이었지만 총잡이의 발이 속력
을 내기 시작하자 그 소리는 단순한 리듬을 넘어 자이브 비슷한 춤
곡이 되었다. 에디가 떠올릴 수 있는 단어는 자이브뿐이었다. 이 곡
에 어울리는 이름은 그것밖에 없을 듯싶었다.

수재나가 휠체어를 밀어 에디와 제이크 곁으로 다가왔다. 두 눈
은 동그랬고, 웃는 얼굴에는 놀란 빛이 가득했다. 두 손은 가슴 앞에
꽉 쥐고 있었다.

"세상에, 에디! 저 사람한테 이런 재주가 있는 거 알았어요? 상상
이라도 했어요?"

"아뇨. 꿈에도 몰랐어요."

10

낡고 헤진 장화를 신은 총잡이의 발은 점점 빨라졌다. 이윽고 더욱 빨라졌다. 리듬은 점점 더 또렷해졌고, 제이크는 문득 자신이 아는 박자라는 생각이 들었다. 처음 토대시에 빠져 뉴욕에 갔을 때 알게 된 박자였다. 에디를 만나기 전, 워크맨의 이어폰을 낀 흑인 청년이 곁을 지나가면서 샌들 신은 발을 탁탁 치며 나지막이 중얼거리던, '차다바, 차다바우!'였다. 지금 롤랜드가 무대에서 발로 만드는 리듬이 바로 그것이었다. 발을 앞으로 굴러 나무 바닥에 뒤축을 세게 스치는 소리가 바우!였다.

주위에 있던 사람들이 손뼉을 치기 시작했다. 그들은 박자에 맞추지 않고 박자를 비껴가며 손뼉을 쳤다. 그러면서 몸을 좌우로 천천히 흔들었다. 치마를 입은 여성들은 치맛단을 넓게 펴서 흔들었다. 노인부터 아이까지 모든 이의 얼굴에서, 제이크는 똑같은 표정을 보았다. 순수한 기쁨이었다. *그게 다가 아니야.* 제이크는 생각했다. 뒤이어 예전에 영어 선생님이 했던 말이 떠올랐다. 어떤 책들은 사람의 감정을 좌우하기도 한다며, 선생님은 이런 말을 했다. *완전한 인식이 주는 희열.*

롤랜드의 얼굴에 땀이 송골송골 맺혔다. 그는 교차시켰던 팔을 아래로 내려 손뼉을 치기 시작했다. 그러자 칼라 주민들은 박자에 맞춰 한 단어를 몇 번이고, 몇 번이고 되뇌었다. "컴……! 컴……! 컴……! 컴!" 제이크는 그 말을 사정이라는 뜻의 은어로 쓰는 아이들이 있었다는 기억이 떠올랐고, 그러자 문득 이 상황이 단순한 우연인지 의심스러워졌다.

당연히 아니지. 그 흑인 형이 똑같은 박자로 중얼거렸던 것처럼. 모든 게 빔의 힘이야. 모든 게 19야.

"컴……! 컴……! 컴……!"

에디와 수재나도 함께 외쳤다. 베니도 가세했다. 제이크는 생각하기를 그만두고 그들을 따라했다.

11

에디는 「쌀의 노래」의 가사를 끝내 제대로 이해하지 못했다. 사투리 때문은 아니었다. 적어도 롤랜드가 노래할 때에는 아니었다. 말이 너무나 빨리 쏟아져 나왔기 때문이었다. 언젠가 에디는 텔레비전에서 사우스캐롤라이나 주의 담배 경매업자가 경매를 진행하는 광경을 본 적이 있었다. 이 노래는 그 사람이 하는 말과 비슷했다. 가사에 강한 라임과 약한 라임, 어긋난 라임, 심지어 라임을 파괴하는 라임도 있었다. 전혀 라임을 만들지 못하는데도 노래 속에 억지로 끼워진 단어들이었다. 실은 노래라고 할 수도 없었다. 그것은 일종의 구호, 또는 환각 상태의 헛소리와 비슷한 길거리 힙합에 가까웠다. 그 정도가 에디가 떠올릴 수 있는 가장 비슷한 것이었다. 그 와중에도 롤랜드의 두 발은 널빤지 무대를 두드리며 넘이 나갈 것 같은 리듬을 울려댔고, 그 와중에도 청중은 손뼉을 치며 *컴, 컴, 컴, 컴*을 외쳤다.

에디가 알아들은 가사는 이러했다.

컴 컴 코말라
쌀알이 아롱아롱 떨어지네
나도 어느 날 형제가 생기겠지
아이가 하나둘 떨어지겠지
강물은 아래로 흐르네
오라이자가 우리를 지켜주시네
쌀알은 초록색으로 반짝이며
우리가 보는 것을 모두 보네
초록색 들판을 보고 있네
컴 컴 코말라!

컴 컴 코말라
쌀알이 아롱아롱 떨어지네
세상의 깊숙한 곳에
풀잎이 컴 코말라
저 높은 하늘 아래
초록색 풀잎이 쑥쑥 자라네
소녀 하나와 애인 하나
둘이 한자리에 함께 누워
날이 저물고 잠이 드네
둘만의 캄캄한 하늘 아래
컴 컴 코말라
쌀알이 아롱아롱 떨어지네!

이 두 절 뒤에 적어도 세 절이 더 이어졌다. 에디는 그때쯤에는 이미 무슨 말인지 알아들을 수가 없었지만, 큰 뜻은 분명히 파악했다. 젊은 남녀가 봄을 맞아 볍씨와 사람 씨를 함께 뿌린다는 내용이었다. 처음부터 숨이 넘어갈 듯이 빨랐던 노래는 점점 속력이 붙다가 마침내 알 수 없는 말을 마구 내뱉는 지경에 이르렀고, 사람들의 손뼉은 너무 빨라서 손이 뿌연 잔상으로 보일 지경이었다. 롤랜드의 장화 뒤축은 아예 보이지도 않았다. 에디는 이런 속도로 춤을 출 수 있는 사람이 있다고는 믿을 수가 없었다. 배가 터지기 직전까지 식사를 한 사람이라면 더더욱 그랬다.

진정해, 롤랜드. 에디는 생각했다. *그러다 브레이크가 고장 나서 쓰러지면 불러줄 구급차도 없다고.*

이윽고 에디도 수재나도 제이크도 모르는 어떤 신호에 따라 롤랜드와 칼라 주민들은 노래를 도중에 갑자기 멈추었고, 손을 하늘로 뻗는가 싶더니, 일제히 허리를 앞으로 쑥 내밀었다. 성교를 하는 사람들처럼. **"코말라!"** 사람들이 외쳤다. 노래는 그것으로 끝이었다.

롤랜드는 휘청거렸다. 뺨과 이마에 땀을 줄줄 흘리면서. 그러다가…… 무대에서 사람들 위로 떨어졌다. 에디는 심장이 목구멍으로 튀어나올 것 같은 기분이었다. 수재나는 비명을 지르며 휠체어를 앞으로 밀었다. 그러나 멀리 가기 전에 제이크가 휠체어 등판의 손잡이 한쪽을 붙잡았다.

"이것도 쇼의 한 부분인 것 같아요!" 제이크가 말했다.

"그래, 분명히 그럴 거야." 베니 슬라이트먼이 맞장구를 쳤다.

청중은 환호하며 박수를 쳤다. 롤랜드는 사람들이 기꺼이 치켜든 손에 몸을 맡긴 채 그들 속으로, 또 그들 머리 위로 이리저리 실려다녔다. 두 팔은 하늘의 별을 향해 뻗은 채로. 그의 가슴은 고함을 칠 때처럼 들썩거렸다. 파도의 물마루 위에 누운 사람처럼 이쪽을 향해 다가오는 롤랜드를 보며 에디는 자기 눈을 의심하면서도 희열을 느꼈다.

"롤랜드가 노래도 하고, 춤도 추고, 마무리까지 확실히 하네요. 무대에서 다이빙하는 실력이 라몬스의 조이 라몬 급인데요."

"그게 무슨 소리예요, 에디?"

에디는 고개를 저었다. "아무것도 아니에요. 그나저나 방금 그걸 능가할 사람은 아무도 없을걸요. 파티는 이제 다 끝났어요."

그 말은 사실이었다.

12

30분 후, 말을 탄 네 사람이 칼라 브린 스터지스의 큰길을 천천히 나아갔다. 그중 한 명은 두툼한 담요를 두르고 있었다. 사람과 말이 숨을 내쉴 때마다 서리로 덮인 깃털이 입에서 튀어나왔다. 하늘에는 차가운 다이아몬드 조각이 가득 널려 있었고, 그중 가장 환한 조각은 노인성과 노모성이었다. 제이크는 이미 슬라이트먼 가족을 따라 아이젠하트의 로킹비 목장으로 떠난 후였다. 나머지 세 여행자는 조금 앞에서 말을 타고 가는 캘러핸의 뒤를 따랐다. 그러나 일행을 데리고 출발하기 전에 캘러핸은 롤랜드에게 담요를 둘러야 한다고 고집했다.

"당신 거처까지는 2킬로미터도 안 된다고……"

"지금 그런 소리 할 때가 아닙니다. 구름이 물러가고 밤 기온이 내려가서 눈이 내려도 이상하지 않을 지경인데, 아까 그렇게 코말라 춤을 추셨잖습니까. 저는 여기 온 후로 그런 춤은 처음 봤습니다."

"여기 온 지 몇 년이나 됐소?"

롤랜드의 물음에 캘러핸은 고개를 저었다. "저도 모릅니다. 정말입니다, 총잡이여, 저도 모릅니다. 언제 이쪽 세계로 건너왔는지는 똑똑히 기억합니다. 1983년 겨울이었습니다. 제가 예루살렘스 롯을 떠난 지 9년째 되던 해였지요. 제 손이 이렇게 된 지 9년째이기도 하고요." 캘러핸이 흉터가 있는 손을 살짝 들어 보였다.

"화상 흉터 같은데요." 에디가 말했다.

캘러핸은 고개만 끄덕일 뿐, 그 얘기는 더 하지 않았다. "어쨌거나 이쪽 세계에선 시간이 다르게 흐르니까요. 다들 잘 아시겠지만."

"정신없이 표류하고 있죠." 수재나였다. "나침반의 바늘처럼."

이미 담요를 친친 두른 롤랜드는 앞서 제이크를 보내면서 뭔가 소곤거렸고…… 어떤 물건도 함께 건넸다. 총잡이가 손에 쥐고 있던 그 물건을 아이의 손에 건넬 때, 에디는 찰그랑거리는 금속음을 들었다. 어쩌면 용돈인지도 몰랐다.

제이크와 베니 슬라이트먼은 말을 타고 어둠 속으로 나란히 멀어져갔다. 제이크가 몸을 돌리고 마지막으로 손을 흔들었을 때, 에디는 손을 들어 화답하면서 뜻밖에도 가슴이 찡해졌다. *젠장, 난 쟤 아빠도 아닌데 왜 이러지.* 그 생각은 사실이었지만, 그래도 찡한 기분은 사라지지 않았다.

"쟤 괜찮을까, 롤랜드?" 에디가 기대한 답은 긍정뿐이었다. 찡한 가슴을 어루만져줄 대답 이외에는 아무것도 기대하지 않았다. 그래서 총잡이의 오랜 침묵이 불안하게 느껴졌다.

　한참 만에 롤랜드가 대답했다. "그러기를 바라야지." 그러고는 제이크 체임버스 이야기는 다시 꺼내지 않았다.

13

　도착해서 본 캘러핸의 교회는 지붕이 낮고 수수한 통나무집이었고, 문에는 십자가가 달려 있었다.

　"이 교회의 이름이 뭐요, 영감님?"

　"'평온의 성모' 교회입니다."

　롤랜드는 고개를 끄덕였다. "멋진 이름이구려."

　"느껴지십니까?" 캘러핸이 물었다. "혹시 느끼신 분 계십니까?"
느끼는 대상이 무엇인지는 굳이 얘기할 필요가 없었다.

　롤랜드와 에디, 수재나는 미동도 않고 거의 1분을 꼬박 앉아 있었다. 마침내 롤랜드가 고개를 저었다.

　캘러핸은 흡족한 표정으로 고개를 끄덕였다. "그 물건이 지금은 자고 있나 봅니다." 캘러핸이 잠시 입을 다물었다가 덧붙였다. "하느님, 감사합니다."

　"하지만 뭔가 있어요, 저기에." 에디가 고갯짓으로 교회를 가리켰다. "느낌이 꼭…… 뭐랄까, 무거운 추 같은데요."

　"맞아. 추 같은 느낌이지. 아주 끔찍해. 하지만 오늘 밤에는 잠들었네. 하느님께 감사할 일이지." 캘러핸이 허공에 성호를 그었다.

　포장이 안 된 흙길(그러나 노면은 평평했고 길 양쪽에는 정성껏 만든 울타리가 쳐져 있었다.) 저 멀리에 통나무집이 한 채 더 보였다. 캘러핸이 사제관이라고 부르는 거처였다.

"오늘 밤에 당신의 사연을 들려줄 거요?"롤랜드가 물었다.

캘러핸은 총잡이의 야위고 피로한 얼굴을 흘끗 보고 고개를 저었다. "한마디도 안 할 겁니다, 사이. 당신이 원기 왕성한 상태라고 해도 안 됩니다. 제 사연은 별빛 아래서 얘기할 수 있는 게 아닙니다. 내일, 당신이 친구 분들과 일을 하러 나서기 전에 아침을 들면서 얘기하지요. 그래도 되겠습니까?"

"그럽시다."

"그게 밤중에 깨어나면 어떡하죠?"수재나가 물었다. 고갯짓으로 교회를 가리키면서. "깨어나서 우릴 토대시에 빠뜨리면?"

"그때는 토대시에 들어가면 그만이오."

"당신 그걸로 뭘 할지는 생각해뒀겠지, 그렇지?"

"아마도."롤랜드가 에디에게 대답했다. 일행은 흙길을 따라 통나무집 쪽으로 향했다. 캘러핸도 자연스럽게 그들 속에 섞였다.

"롤랜드, 아까 당신이 같이 얘기하던 마니교도 노인도 이거랑 무슨 상관이 있어?"

"아마도."롤랜드는 같은 대답을 되풀이했다. 그러고는 캘러핸을 돌아보았다. "가르쳐주시오, 영감님. 당신도 그것 때문에 토대시에 빠진 적이 있소? 토대시가 뭔지는 당신도 알 거요, 그렇지 않소?"

"저도 압니다. 두 번, 빠진 적이 있습니다. 한 번은 멕시코에 갔지요. 로스자파토스라는 작은 마을에요. 그리고 또 한 번은…… 제 생각에는…… 왕의 성이었던 것 같습니다. 무사히 돌아온 것만으로도 천만다행이었습니다. 두 번째 갔을 때 말입니다."

"어떤 왕 말이에요?" 수재나가 물었다. "아서 엘드?"

캘러핸은 고개를 저었다. 이마의 흉터가 별빛을 받아 번들거렸다. "지금은 얘기 안 하는 게 좋겠네. 밤에는 안 돼." 그가 슬픈 눈으로 에디를 돌아보았다. "늑대들이 쳐들어올 판 아닌가. 안 좋은 일은 그것만으로도 충분해. 게다가 웬 젊은이가 날 찾아와서는, 월드 시리즈에서 레드삭스가 또 졌다는 얘기까지 했고 말이지…… 그것도 뉴욕 메츠한테."

"아쉽게 됐네요." 에디의 월드 시리즈 결승전 이야기를 들으면서 일행은 사제관에 도착했다. 롤랜드가 보기에 야구는 도무지 말이 안 되는 운동이었지만, 그래도 '포인츠' 또는 '위켓'이라고도 부르는 이쪽 세계의 공놀이와 비슷했다. 캘러핸에게는 가사를 돕는 이가 있는 모양이었다. 사람의 모습은 보이지 않았지만 스토브 위 선반에 뜨거운 코코아 한 주전자가 놓여 있었던 것이다.

다 같이 코코아를 마시는 동안 수재나가 말했다. "롤랜드, 내가 잘리아 재퍼즈한테서 들은 얘기가 있는데, 아마 당신도 흥미가 있을 거예요."

총잡이의 눈이 동그래졌다.

"잘리아 남편의 할아버지가 그 집 식구들이랑 같이 산대요. 칼라 브린 스터지스에서 나이가 제일 많은 사람이래요. 손자인 티안하고는 오래전부터 사이가 안 좋았다나봐요. 뭐 때문에 사이가 틀어졌는지 잘리아가 기억도 못할 만큼 오래전부터요. 그래도 잘리아하고는 잘 지내나봐요. 최근 이삼 년 사이에 부쩍 기력이 쇠하기는 했지만, 아직 정신은 맑대요. 그리고 그 할아버지 말이, 자기는 늑대들 중에 한 명을 본 적이 있다는 거예요. 죽은 늑대를." 수재나는 잠시 입을 다물었다가 다시 말을 이었다. "그 늑대를 자기 손으로 죽였대요."

"맙소사!" 캘러핸이 외쳤다. "그런 말은 입에 담지도 마시오!"

"담을 거예요. 아니, 실은 잘리아가 담았어요."

"한번 들어볼 만한 얘기로군. 늑대들의 마지막 습격 때 벌어진 일이라고 했소?"

"아뇨. 심지어 그 바로 전 습격 때도 아니에요, 그땐 오버홀저도 흙장난을 막 졸업한 어린애였을 텐데 말이죠. 그 전 습격 때라고 했어요."

"늑대들이 23년마다 쳐들어온다면……." 에디가 끼어들었다. "그럼 거의 70년 전이잖아요."

수재나는 고개를 끄덕였다. "그런데 티안의 할아버지는 그때 이미 어른이었대요. 할아버지가 잘리아한테 말하길, 친구들 한 줌이랑 같이 서쪽 길을 지키면서 늑대들이 오기를 기다렸대요. 한 줌이란 게 몇 명인지는 모르겠는데……"

"대여섯이라는 뜻이오." 롤랜드가 말했다. 그러고는 코코아가 든 자기 잔을 보며 고개를 끄덕였다.

"아무튼, 티안의 할아버지도 그중 한 명이었어요. 그런데 다 같이 늑대 한 놈을 죽인 거예요."

"정체가 뭐였대요?" 에디가 물었다. "가면 뒤의 얼굴은 어떻게 생겼는데요?"

"잘리아가 그 얘기는 안 했어요. 아마 할아버지도 잘리아한테 안 가르쳐줬을 거예요. 그래도 우리가 가서 한번……"

코고는 소리가 들렸다. 길고 육중하게. 에디와 수재나는 옆을 돌아보고 깜짝 놀랐다. 총잡이가 잠들어 있었던 것이다. 턱을 가슴뼈에 붙인 채로. 팔짱을 낀 모습이 꼭 자면서도 춤 생각을 하는 사람 같았다. 그리고 쌀 생각도.

14

남는 방이 하나밖에 없다 보니 롤랜드는 캘러핸과 침대를 나눠 썼다. 그 덕분에 에디와 수재나는 조촐하게나마 첫날밤을 맞을 수 있었다. 단 둘이서 보내는 첫 밤이었다. 지붕이 있고 침대가 있는 방에서. 둘은 그 이점을 활용하지 않을 만큼 피곤하지는 않았다. 사랑을 나누고 나서 수재나는 곧장 잠들었다. 에디는 잠시 뜬눈으로 누워 있었다. 그는 망설이다가 캘러핸의 정갈하고 조그마한 교회가 있는 방향으로 정신을 집중했고, 그 안에 있는 것과 접촉하려 했다. 십중팔구 안 좋은 생각이었지만 그래도 참을 수가 없었다. 거기에는 아무것도 없었다. 아니, 아무것도 없는 무(無) 뒤에 무언가 있었다.

마음만 먹으면 내가 깨울 수 있겠는데. 에디는 생각했다. *진짜 깨울 수 있을 것 같아.*

사실이었다. 또 누군가 성질머리가 더러운 사람이 나타나 망치로 그것을 박살 내버릴 수도 있었다. 하지만 그렇다고 하더라도, 왜 하필 에디가 그 사람이어야 할까?

결국에는 깨워야 하니까. 우린 아마 그게 필요할 거야.

아마도. 그러나 훗날의 일이었다. 당장은 눈앞의 하루를 마무리할 때였다.

그럼에도 에디는 한동안 잠을 이루지 못했다. 머릿속에서 이미지

들이, 환한 햇살 속의 깨진 거울 조각처럼 번득였다. 구름 낀 하늘 아래 일행의 눈앞에 펼쳐진 칼라 마을. 회색 리본 같던 데바테테 와이 강. 강가의 초록빛 땅. 쌀알이 아롱아롱 떨어지는 논. 말 한마디 주고받지 않고도 마음이 통해서 서로를 보며 웃던 제이크와 베니 슬라이트먼. 큰길에서 정자로 이어지던 풀밭 통로. 색이 변하는 횃불. 사람들 앞에서 절하던, 또렷한 목소리로 말도 하던 오이(엘드! 생키!). 노래하는 수재나. *나는 평생 슬픔과 알고 지냈지.*

그러나 무엇보다도 분명한 기억은 롤랜드였다. 총도 없이 야윈 몸으로 판자 무대에 서서, 팔을 가슴 앞에 교차시키고 양 뺨에 손을 댄 롤랜드. 주민들을 바라보던 롤랜드의 연청색 눈. 그들에게 질문 세 개 가운데 두 개를 던지던 롤랜드. 그리고 처음에는 느리게, 그러다가 점점 빠르게 판자 바닥을 두드리던 그의 장화 소리. 빠르게 더 빠르게, 마침내 횃불의 불빛 속에서 희뿌연 잔상으로 변할 때까지. 손뼉 치는 소리. 흐르는 땀. 빙긋이 웃는 얼굴. 그러나 그의 눈은 웃지 않았다. 그 파란 폭격수의 눈은. 그 두 눈은 평소처럼 차가웠다.

하지만 얼마나 멋진 춤이었던가! 맙소사, 횃불의 불빛 속에 춤추던 그의 모습이란.

컴 컴 코말라, 쌀알이 아롱아롱 떨어지네. 에디는 생각했다.

곁에 누운 수재나가 꿈이라도 꾸는지, 조그맣게 신음했다.

에디는 수재나 쪽으로 돌아누웠다. 그러고는 겨드랑이로 손을 넣어 수재나의 가슴을 감쌌다. 마지막으로 떠오른 얼굴은 제이크였다. 목장 사람들은 제이크를 잘 대접해야 할 처지였다. 안 그랬다가는 그곳의 카우보이들이 죄다 혼꾸멍날 테니까.

에디는 잠이 들었다. 꿈은 꾸지 않았다. 그리고 밤이 깊어져 달이 뜨는 동안, 그들 아래에서는 이 변경의 세계가 부서진 시계처럼 돌아갔다.

제2장
마른 회오리

1

동이 트기 한 시간 전, 롤랜드는 또다시 예리코 언덕이 나오는 지독한 꿈을 꾸다가 잠에서 깼다. 뿔피리. 아서 엘드의 뿔피리가 나오는 꿈이었다. 커다란 침대 한쪽에는 영감님이 찌푸린 얼굴을 하고 잠들어 있었다. 자기만 아는 악몽을 꾸는 사람처럼. 넓은 이마에 지그재그로 주름이 잡혀 십자가 모양 흉터의 가로선이 일그러졌다.

롤랜드를 잠에서 깨운 것은 오랜 친구 커스버트의 손에서 떨어진 뿔피리가 나오는 꿈이 아니라, 통증이었다. 총잡이는 허리부터 발목에 걸쳐 바이스로 조이는 듯한 통증을 느꼈다. 통증은 환하게 불타는 일련의 고리로 눈앞에 그려질 만큼 생생했다. 간밤에 터무니없이 무리한 대가가 바로 이것이었다. 이유가 그것뿐이라면 다행이겠지만, 롤랜드는 이미 알고 있었다. 단지 코말라 춤을 너무 열심히 추었기 때문은 아니었다. 지난 몇 주간, 그러니까 습한 가을 날씨에 몸이 적응하는 데에 필요한 그 기간 동안에는 류머티즘 때문일 거라고 스스로를 위로했지만, 그것 역시 아니었다. 롤랜드는 자신의 발목이 점점 붓는 것을 이미 알고 있었다. 오른쪽 발목이 유독 그랬다. 무릎도 비슷한 방식으로 부을 기미가 보였고, 엉덩이 역시 겉으로 보기에는 아직 멀쩡했지만 손을 대어보면 오른쪽 엉덩이의 모양이 살갗 아래에서 변해가는 것을 느낄 수 있었다. 아니, 류머티즘은 아니었다. 말년의 코트를 그토록 괴롭히며 비 오는 날이면 외출도 못 하고 벽난로 앞을 지키게 하던 류머티즘은 아니었다. 그보다 더 지독했다. 바로 관절염이었다. 심지어 악성인 건성 관절염이었다. 손까지 번질 날도 그리 머지않았다. 롤랜드는 오른손을 관절염의 먹이로 기꺼이 던져주고 싶었다. 그렇게 해서 그 병의 허기를 채울 수만 있다면, 그러고 싶었다. 가재 괴물들에게 손가락 두 개를 빼앗긴 후로 롤랜드는 오른손으로 여러 가지 재주를 익혔지만, 그래봤자 예전으로 돌아갈 수는 없었다. 하지만 병이란 게 어디 그런 식으로 진행되던가? 병이란 제물 따위로 진정시킬 수 있는 것이 아니었다. 관절염은 내키는 대로 왔다가 원할 때 떠나는 병이었다.

한 1년 남았으려나. 롤랜드는 침대에 누운 채로 생각했다. 곁에는 에디와 수재나와 제이크의 세계에서 온 성직자가 자고 있었다. *어쩌면 2년 정도는 남았는지도 모르지.*

아니, 2년은 아니었다. 필시 1년도 안 남았을 터였다. 에디가 가끔 하는 말이 뭐였더라? *스스로를 속이는 짓은 그만둬.* 에디는 자기 세계의 재미난 말을 많이 알았는데 그중에서도 그 말은 각별했다. 각별하게 적절했다.

관절염이 사격 실력을, 말 타는 기술을, 가죽 다루는 솜씨를, 심지

어 모닥불에 쓸 장작 패는 힘마저 앗아가 버린다고 해도, 롤랜드가
울면서 탑을 포기할 리는 없었다. 그런 일은 결코 일어날 리가 없었
다. 아니, 그는 탑을 찾다가 죽을 운명이었다. 그러나 동료들에게 뒤
처진 채 말을 달리며 그들에게 의지하는 자신의 모습을 상상하니
영 마음에 들지 않았다. 어쩌면 그때 자신은 안장에 고삐로 묶여 있
을지도 몰랐다. 안장 앞머리를 붙들 힘조차도 없어서. 그렇게 되면
그저 친구들의 짐일 뿐이었다. 속도전을 벌여야 할 상황이 됐을 때
재빨리 옮길 수 없는 짐.

만에 하나 그렇게 되면, 자결해야지.

그러나 할 것 같지 않았다. 그것이 진실이었다. *스스로를 속이는
짓은 그만둬.*

그 생각을 하자 다시 에디가 떠올랐다. 에디에게 수재나 이야기
를 해야 했다, 그것도 당장. 롤랜드는 그 생각을 하며 잠에서 깨어났
다. 그러니 통증은 제 몫을 한 셈이었다. 즐거운 대화가 될 것 같지
는 않았지만, 그래도 해야 했다. 바야흐로 에디도 미아의 존재를 알
아야 할 때였다. 이제 마을에 있는 집에 머물게 되었으니 밤에 몰래
빠져나가기가 힘들어졌지만, 어쨌거나 미아는 그렇게 할 수밖에 없
는 처지였다. 롤랜드에게 자신의 오른쪽 엉덩이와 무릎과 양 발목
을 휘감고 이제 재주 있는 두 손만 남겨 놓은 눈부신 통증의 고리들
을 다스릴 방법이 없듯이, 미아에게도 배 속에 있는 아기의 욕구와
스스로의 갈망을 다스릴 방법이 없었다. 만일 에디에게 경고해두지
않으면 끔찍한 문제가 생길지도 몰랐다. 그들에게 더 이상의 문제는
필요치 않았다. 더 짊어졌다가는 침몰할지도 몰랐다.

롤랜드는 침대에 누워 욱신거리는 통증을 느끼면서, 밝아오는 하

늘을 가만히 바라보았다. 그러다가 환한 빛이 비치는 방향이 이제 정동향이 아닌 것을 알고 경악했다. 이날 아침의 햇살은 남쪽으로 살짝 틀어져 있었다.

일출마저 표류하고 있었다.

2

가사 도우미는 마흔 살쯤 되는 예쁘장한 여성이었다. 이름이 로잘리타 무노스인 그 여성은 식탁으로 다가오는 롤랜드의 걸음걸이를 보고 이렇게 말했다. "커피 한 잔 드세요, 그다음엔 저랑 같이 가실 데가 있어요."

로잘리타가 주전자를 가지러 스토브 쪽으로 가자 캘러핸이 롤랜드를 휙 돌아보았다. 에디와 수재나는 아직도 자고 있었다. 부엌에는 두 사람뿐이었다.

"얼마나 편찮으신 겁니까?"

"그냥 류머티즘이오. 친가 쪽에 대대로 내려오는 병이지. 정오쯤 되면 괜찮아질 거요, 환한 볕을 쬐고 보송보송한 공기도 좀 마시면."

"류머티즘이라면 저도 좀 압니다. 더 심하지 않은 걸 하느님께 감사해야지요."

"동감이오." 롤랜드는 묵직한 머그잔에 김이 나는 커피를 담아 가져온 로잘리타를 보며 덧붙였다. "그리고 당신에게도 감사하오."

로잘리타는 머그잔을 내려놓고 인사를 한 다음, 수줍어하면서도 진지한 표정으로 롤랜드를 보며 말했다. "발놀림이 그렇게 멋진 쌀의 춤은 처음 봤어요, 사이."

롤랜드는 뒤틀린 미소를 지었다. "그 대가를 오늘 아침에 치르는 중이오."

"제가 고쳐드릴게요. 저한테 고양이 기름이 있거든요, 저만 아는 비약이에요. 먼저 통증을 없애준 다음에 붓기를 가라앉혀줄 거예요. 영감님한테 물어보세요."

롤랜드가 돌아보자 캘러핸이 고개를 끄덕였다.

"그럼 당신한테 맡겨보리다. 생키, 사이."

로잘리타는 다시 무릎을 굽혀 인사하고 물러났다.

"칼라의 지도가 있어야겠소." 로잘리타가 자리를 뜨자 롤랜드가 말했다. "너무 공들여 그릴 필요는 없지만 상세해야 하오, 축척도 정확해야 하고. 그려줄 수 있겠소?"

"제 실력으로는 어림도 없습니다." 캘러핸은 태연하게 말했다. "만화라면 좀 그리지만, 강까지 찾아갈 수 있는 지도를 그리는 건 무렵니다. 제 머리에 총을 들이댄다고 해도요. 그쪽으로는 영 재능이 없어서 말입니다. 하지만 제가 아는 사람 둘이 저 대신 도와드릴 겁니다." 그러고는 큰소리로 외쳤다. "로잘리타! 로지! 잠깐 이리 좀 와 봐요, 어서!"

3

20분 후, 로잘리타는 롤랜드의 손을 별 감정 없이 꽉 잡았다. 그렇게 손을 잡고 식료품 저장고로 들어간 다음, 문을 닫았다.

"바지를 내리세요. 부끄러워하실 것 없어요, 제가 아직 못 본 걸 달고 계시진 않을 테니까요. 혹시 길르앗이나 내륙 자치령의 남자들은 몸의 구조가 다르다면 또 모르겠지만요."

"그럴 것 같진 않소." 롤랜드는 그렇게 말하며 바지를 내렸다.

해는 이미 떴지만 에디와 수재나는 아직 자고 있었다. 롤랜드는 그들을 서둘러 깨우고 싶지 않았다. 앞으로 일찍 일어나야 할 날이 많았기에, 또 늦게까지 못 잘 날 역시 많았기에 이날 아침에는 두 사람이 좀 더 즐기게 해주고 싶었던 것이다. 머리 위의 지붕이 주는 평온함을, 몸 아래의 깃털 매트리스가 주는 안락함을, 그리고 문 덕분에 나머지 세상과 분리되어 단 둘만이 누리는 완전한 사생활을.

투명한 기름 같은 액체가 든 병을 한 손에 들고 있던 로잘리타는 도톰한 아랫입술 위로 헉 소리를 내며 숨을 들이마셨다. 그러고는 롤랜드의 오른쪽 무릎을 가만히 보다가, 왼손으로 롤랜드의 오른쪽 엉덩이를 만졌다. 부드러운 손길이었는데도 롤랜드는 움찔 피했다.

로잘리타가 롤랜드를 올려다보았다. 갈색 눈동자의 색이 너무 짙어서 거의 검정색으로 보였다. "류머티즘이 아니잖아요. 이건 관절염이에요, 그것도 빨리 번지는 유형의."

"그렇소, 내 고향에서는 '마른 회오리'라고 하는 병이지. 영감님한테는 아무 말 마시오. 내 친구들한테도."

검은 두 눈이 롤랜드를 빤히 바라보았다. "오래 감출 수 있는 비밀이 아닌데요."

"나도 잘 알고 있소. 허나 지킬 수 있는 동안은 *반드시* 지킬 거요. 당신도 도와주시오."

"예, 걱정 마세요. 말씀대로 할게요."

"세이 생키. 그래, 그 약이 좀 들을 것 같소?"

로잘리타는 병을 보며 빙긋 웃었다. "그럼요. 이건 박하랑 늪에서 딴 스프리검을 섞은 약이에요. 하지만 비결은 바로 고양이 쓸개즙이랍니다. 한 병에 한 방울도 아니고 세 방울씩이나 들었어요. 거대한 암흑 근처에 있는 사막의 바위 고양이한테서 얻은 거예요." 로잘리타는 병을 기울여 미끈미끈해 보이는 액체를 손바닥에 조금 따랐다. 박하향이 대번에 코를 찔렀고, 다른 냄새가 그 뒤를 이었다. 은근하게 깔린 그 냄새는 박하향보다 훨씬 덜 향기로웠다. 그 냄새가 바로 퓨마, 또는 쿠거, 아니면 이 일대에서 바위 고양이라고 부르는 뭔지 모를 짐승의 쓸개즙 냄새인 듯했다.

로잘리타가 몸을 숙여 그 약을 바르자 롤랜드의 무릎은 순식간에 불같이 뜨거워졌다. 너무 뜨거워서 참기가 힘들 정도였다. 그러다가 뜨거운 느낌이 조금 가라앉으면서 감히 생각지도 못했던 진정 효과가 나타났다.

약을 다 바르고 나서 로잘리타가 물었다. "몸은 좀 어떠세요, 총잡이님?"

말로 대답하는 대신, 총잡이는 로잘리타를 끌어당겨 자신의 반쯤 벗은 야윈 몸으로 꼭 껴안았다. 로잘리타도 스스럼없이 끌어안으며 그의 귀에 대고 속삭였다. "당신께서 정말로 스스로 말씀하신 그런 분이시라면, 늑대들이 우리 아이들을 데려가게 놔두지 마세요. 단 한 명도 안 돼요. 아이젠하트나 텔퍼드 같은 부자들이 뭐라고 하든 신경 쓰실 것 없어요."

"우리는 최선을 다할 것이오."

"다행이네요. 감사합니다." 로잘리타는 한 걸음 물러나서 아래를 내려다보았다. "관절염도 류머티즘도 안 걸린 곳이 한 군데 있네요. 꽤 건강해 보이는걸요. 어쩌면 오늘 밤 달을 보러 나온 여인이 한 명 있을지도 모르겠어요, 총잡이님. 함께할 상대를 애타게 찾는 여인이."

"그 여인은 아마 상대를 찾게 될 거요. 칼라를 돌아다니는 동안 바를 수 있게 이 약을 한 병만 줄 수 있겠소? 그러기엔 너무 귀한 약이오?"

"아뇨, 그런 건 아니에요." 앞서 은근히 유혹할 때 로잘리타는 살포시 웃고 있었다. 그런데 이제는 다시 엄숙한 표정이었다. "하지만 약으로 버틸 수 있는 건 잠깐뿐일걸요."

"나도 알고 있소. 그래도 괜찮소. 우리가 죽을힘을 다해 연장해놓은 시간도 결국에는 세상이 모조리 앗아가는 법이니까."

"맞아요. 정말로 그래요."

4

롤랜드가 허리띠를 차면서 식료품 저장고에서 나왔을 때, 마침내 다른 방 쪽에서 두런거리는 소리가 들려왔다. 에디의 웅얼거리는 목소리에 이어 잠이 덜 깬 여성의 커다란 웃음소리가 났다. 캘러핸은 스토브 앞에 서서 자기가 마실 갓 내린 커피를 따르는 중이었다. 롤랜드는 그에게 다가가 재빨리 말했다.

"교회에서 이 집으로 오는 진입로 왼편에 포크베리가 피어 있는 걸 봤소."

"예, 이제 다 익었습니다. 눈이 밝으시군요."

"내 눈은 아무래도 상관없소. 난 나가서 그 열매를 모자 가득 딸
거요. 에디의 아내가 계란을 한 개, 아니면 세 개 정도 깨서 아침을
차리는 동안 에디도 나랑 같이 따면 좋겠소. 그렇게 해줄 수 있겠
소?"

"할 수 있을 겁니다만, 갑자기 왜……?"

"좋소." 롤랜드는 그 말을 남기고 바깥으로 나갔다.

5

에디가 왔을 때 롤랜드는 이미 주황색 열매로 모자를 반쯤 채운
후였고, 입에 넣은 것만 해도 몇 줌이나 됐다. 다리와 엉덩이의 통증
은 놀랍도록 빠르게 사라졌다. 열매를 따는 동안 롤랜드는 코트가
로잘리타 무노스의 고양이 기름 한 병을 손에 넣으려고 얼마를 내
놓았을지 상상했다.

"어휴, 그거 꼭 우리 엄마가 추수감사절 때마다 항상 장식용으로
접시에 올려놓던 밀랍 과일처럼 생겼네. 진짜 먹을 수 있는 거야?"

롤랜드는 거의 손가락 끝마디만 한 포크베리 한 개를 따서 에디
의 입에 던져넣었다. "밀랍 맛이 나느냐, 에디?"

처음에는 미심쩍은 듯 가느다랗던 에디의 눈이 갑자기 휘둥그레
졌다. 에디는 열매를 꿀꺽 삼키고 씩 웃더니 더 따려고 손을 뻗었다.
"크랜베리랑 비슷한데, 더 달아. 수재나가 혹시 머핀 만드는 법을

알려나? 수재나는 몰라도 캘러핸 영감님 댁 가사 도우미는……"

"할 말이 있다, 에디. 감정을 억누르고 잘 들어라. 네 아버지의 명예를 위해."

그때 에디는 포크베리가 유독 많이 달린 덤불을 향해 손을 뻗던 참이었다. 그러던 에디가 손을 멈추고 롤랜드를 빤히 쳐다보았다. 무표정한 얼굴로. 아침 햇살 속에서, 롤랜드는 에디가 전보다 훨씬 나이 들어 보이는 것을 깨달았다. 그토록 빨리 성장하다니 정말이지 놀라웠다.

"무슨 애긴데 그래?"

롤랜드는 수재나의 비밀이 실제보다 더 복잡해 보일 때까지 혼자서만 고민해왔다. 그런데 막상 털어놓고 보니 이야기는 놀랍도록 빠르고 간단하게 끝났다. 게다가 에디는 그리 놀란 표정도 아니었다.

"언제부터 알았던 거야?"

롤랜드는 에디의 목소리에서 비난하는 기색을 찾았지만, 조금도 보이지 않았다. "언제 확신이 섰느냐는 말이냐? 숲으로 사라지는 모습을 처음 봤을 때다. 수재나가……." 롤랜드는 잠시 입을 다물었다. "……먹는 광경을 처음 봤을 때. 그곳에 없는 이들과 대화하는 소리를 들었을 때. 의심은 훨씬 전부터 하고 있었다. 러드에서부터."

"그런데 나한테는 숨겼단 말이지."

"그렇다." 이제 욕이 쏟아질 차례였다. 에디 특유의 비꼬는 말도 듬뿍 곁들여서. 그러나 기대는 빗나갔다.

"내가 화났는지 궁금하지, 그렇지? 이 문제를 물고 늘어질지 어떨지도 궁금하고."

"그럴 거냐?"

"아니. 롤랜드, 나 화 안 났어. 짜증은 좀 나는 것 같고, 수재나가 어떻게 될지 겁이 나서 미쳐버릴 것 같기도 해. 하지만 내가 왜 당신한테 화를 내겠어? 당신은 우리 딘인데." 이제 에디가 잠시 입을 다물 차례였다. 다시 입을 열었을 때, 표현은 더욱 확실해졌다. 꺼내기 쉬운 말은 아니었지만 에디는 분명히 말했다. "당신은 내 딘이 잖아."

"그렇다." 롤랜드는 손을 뻗어 에디의 팔을 건드렸다. 설명해주고 싶은 욕망이 거의 본능처럼 치솟아서 스스로도 당황스러웠다. 롤랜드는 그 욕망을 억눌렀다. 에디가 그를 단순한 딘이 아니라 '나의 딘'이라고 부른 이상, 그 역시 딘답게 처신해야 했다. 그가 한 말은 이러했다. "내가 전한 소식에 그리 놀라지 않은 모양이구나."

"아, 놀랐어. 놀라서 자빠질 정도는 아닌 것 같지만, 그래도…… 뭐……." 에디는 포크베리 열매를 따서 롤랜드의 모자에 떨어뜨렸다. "나도 장님은 아니야, 알아? 가끔 수재나가 너무 창백해 보일 때가 있어. 가끔 움찔하면서 배를 감쌀 때도 있는데, 왜 그러냐고 물어보면 그냥 속이 더부룩하다고만 해. 가슴도 더 커졌어. 그건 확실해. 그치만 롤랜드, 수재나는 요즘도 생리를 해! 한 달쯤 전에 땅에다 천을 묻는 걸 봤는데, 분명히 피가 묻어 있었어. 그것도 흠뻑. 어떻게 그럴 수가 있어? 우리가 제이크를 끌어당길 때, 그러니까 수재나가 그 스톤 서클의 악마를 붙잡고 있을 때 임신을 했다면, 적어도 4개월은 됐을 거야. 분명 5개월은 됐을걸. 이 일대의 시간이 띄엄띄엄 흐르는 걸 감안해도 틀림없이 그 정도는 됐을 거야."

롤랜드는 고개를 끄덕였다. "수재나가 월경을 하는 건 나도 안다. 그건 그 아기가 네 자식이 아니라는 결정적인 증거다. 수재나의 배에 들어 있는 것이 그녀가 지닌 여성의 피를 거부한다는 뜻이기 때문이다." 롤랜드는 개구리를 쥐어짜서 터뜨리던 수재나의 모습을 떠올렸다. 시커멓게 흘러나오는 내장을 마시던 모습을. 시럽이라도 묻은 양 손가락을 핥던 모습도.

"그게……." 에디는 포크베리 열매 한 개를 먹으려다가 단념하고 롤랜드의 모자로 획 던졌다. 롤랜드 생각에 에디가 제대로 식욕을 되찾으려면 한참이 걸릴 듯했다. "롤랜드, 그게 사람 아기처럼 생기기는 했을까?"

"십중팔구는 아닐 거다."

"그럼 어떻게 생겼을 것 같아?"

대답은 미처 참을 틈도 없이 튀어나왔다. "악마의 이름은 입에 담지 않는 게 좋다."

에디의 표정이 움찔했다. 그나마 남아 있던 혈색마저 사라진 얼굴은 이제 백짓장 같았다.

"에디? 괜찮으냐?"

"아니. 하나도 안 괜찮아. 그래도 앤디 깁 콘서트에 온 소녀 팬처럼 기절하진 않을 거야. 이제 우린 어떡하면 좋지?"

"당분간은 아무것도 안 한다. 할 일은 그것 말고도 잔뜩 있다."

"아무렴, 그렇고말고. 여기선 늑대들이 쳐들어올 때까지 24일밖에 안 남았으니까, 내가 제대로 계산했다면. 그리고 저쪽 세계의 뉴욕에선, 알 게 뭐야, 오늘이 며칠인지. 6월 6일? 6월 10일? 어제보다 7월 15일에 더 가까워진 건 확실해. 하지만 롤랜드, 만약 수재나 배 속에 있는 게 인간이 아니라면…… 임신 기간이 아홉 달이라고 확신할 수는 없어. 어쩌면 여섯 달 만에 뿅 튀어나올지도 모른다고. 젠장, 내일 튀어나올지 누가 알아."

롤랜드는 말없이 고개만 끄덕이고 기다렸다. 여기까지 온 이상 에디가 결론까지 스스로 깨우칠 거라는 확신이 들었다.

그리고 그 생각이 옳았다. "우린 꼼짝 못 하는 신세야. 맞지?"

"그렇다. 우리는 수재나를 지켜볼 수는 있겠지만, 그것 말고는 할 수 있는 일이 없을 거다. 배 속에 있는 것이 느리게 자라도록 수재나를 한갓지게 놔둘 수도 없다. 그랬다간 우리가 무슨 생각으로 그러는지 금세 알아차릴 테니. 게다가 우리한텐 수재나가 필요하다. 때가 되면 함께 총을 쏴야 하기 때문이기도 하지만, 그보다는 전투가 벌어지기 전에 이 마을 사람들을 데리고 손에 익은 무기라면 뭐든 들려서 훈련시켜야 하기 때문이다. 십중팔구는 활이겠지만." 롤랜드의 표정이 찌푸려졌다. 결과만 놓고 보면 롤랜드도 길르앗의 북쪽 사격장에서 코트의 마음에 들 만큼 많은 화살을 과녁에 명중시켰지만, 그는 활도 석궁도 좋아한 적이 없었다. 그런 것은 제이미 드커리가 즐겨 쓰던 무기였을 뿐, 롤랜드의 취향에는 안 맞았다.

"우리 진짜 하는 거구나. 그렇지?"

"아, 물론이다."

그 말에 에디는 빙그레 웃었다. 자신도 모르게 나온 웃음이었다. 평소의 에디다운 웃음이기도 했다. 롤랜드는 그 웃음을 볼 수 있어서 기뻤다.

6

함께 캘러핸의 사제관으로 돌아오는 길에 에디가 물었다. "롤랜드, 당신 나한테는 다 털어놨잖아. 그러니까 수재나한테도 털어놓는 게 어때?"

"무슨 말인지 모르겠구나."

"아니, 알 텐데."

"그래. 허나 넌 내 대답이 마음에 안 들 거다."

"난 이때껏 당신한테 온갖 대답을 다 들었어, 그리고 그중에 내 마음에 들었던 건 다섯 번에 한 번도 안 돼." 에디는 잠시 골똘히 생각하고 나서 말을 이었다. "아니, 너무 봐준 것 같네. 50번에 한 번이라고 할게."

"스스로 미아라고 밝힌 그 여인은…… 미아는 귀족어로 어머니라는 뜻인데, 아무튼 그 여인은 자신이 애를 뱄다고 생각한다. 허나 그게 어떤 애인지 아는 것 같지는 않다."

에디는 그 말이 무슨 뜻인지 가만히 생각했다.

"그것의 정체가 뭐든 간에 미아는 자기 애라고 생각한다. 그러니 목숨을 바쳐서라도 그것을 지키려고 할 거다. 그러기 위해서 데타 워커가 이따금 오데타 홈스의 몸을 차지했던 식으로 수재나의 몸을 차지해야 한다면…… 미아는 그렇게 할 거다. 할 수만 있다면."

"보나마나 할 수 있겠지." 에디는 풀 죽은 목소리로 말했다. 그러고는 돌아서서 롤랜드를 똑바로 마주 보았다. "혹시 내가 잘못 안 거라면 바로잡아줘. 그러니까 당신 얘기는, 지금 수재나 몸속에 괴물이 자라고 있을지도 모르는 판에 당사자한테는 아무것도 안 가르쳐주겠다는 거잖아. 그걸 가르쳐줬다간 수재나의 정신이 흐트러질지도 모른다는 이유로."

롤랜드는 너무 가혹한 단정이라고 불평할 수도 있었지만, 그러지 않는 쪽을 택했다. 본질만 놓고 보면 에디의 말이 옳았다.

화를 낼 때면 늘 그렇듯이, 에디는 길거리에서 익힌 험한 억양을 점점 더 많이 썼다. 입이 아니라 거의 코로 말하는 것처럼 들릴 정도였다. "앞으로 한 한 달이나 그 정도 사이에 무슨 변화가 생기면, 예를 들어 진통이 시작돼서 「검은 산호초의 괴물」에 나왔던 해저 괴물 같은 게 뿅 튀어나오면 말이지, 수재나는 완전히 무방비 상태로 당하는 거야. 영문도 모르는 채로."

롤랜드는 목사관까지 5미터쯤 남은 곳에서 우뚝 멈춰 섰다. 창문을 통해 어린애 둘한테 무슨 이야기를 하는 캘러핸이 보였다. 남자애와 여자애였다. 그 거리에서도 쌍둥이인 것을 알아볼 수 있었다.

"롤랜드, 내 말 들었어?"

"네 말이 옳다, 에디. 헌데 네 얘기에 요점이 있기는 한 거냐? 있거든 단도직입적으로 말해다오. 너도 언급했다시피 이제 시간은 수면에 비친 얼굴이 아니다. 귀중한 자원이다."

롤랜드는 다시금 염병하고 있네나 나가 뒈져 이 화상아 같은 문구로 얼룩진 에디 딘 특유의 폭언이 쏟아질 거라고 예상했다. 다시금, 아무 일도 일어나지 않았다. 에디는 그저 롤랜드를 가만히 바라볼 뿐이었다. 가만히, 조금은 처연하게. 물론 수재나가 가여워서였지만, 자신들이 가여워서이기도 했다. 카텟 가운데 한 명을 속이려고 음모를 꾸미는 자신들 둘이 가여워서.

"나도 당신 말대로 할 거야. 하지만 당신이 딘이기 때문에 그러

는 건 아니야, 저 두 애들 중에 한 명이 선더클랩에 끌려가서 바보
가 된 채 돌아오기 때문에 그러는 것도 아니고." 에디는 거실에서
영감님한테 이야기를 듣고 있는 두 아이를 가리켰다. "수재나 배 속
의 애를 위해서라면 난 이 마을 애들을 다 바칠 수도 있어. 그게 진
짜 *애*라면. 내 애라면."

"네가 그럴 거란 건 나도 안다."

"내가 걱정하는 건 그 장미야. 수재나를 위험에 처하게 할 이유
가 있다면 그것뿐이야. 하지만 그렇다고 해도 이것만은 약속해. 만
약 일이 잘못되면…… 그래서 수재나가 진통을 시작하거나, 그 미아
라는 여자가 수재나의 몸을 차지하려고 하면, 우린 수재나를 구해야
해."

"나는 무슨 일이 있어도 수재나를 구할 거다." 그 말을 하고 나
서, 롤랜드의 머릿속에 한순간 악몽 같은 기억이 떠올랐다. 언뜻 스
쳐간 기억이었지만 몹시도 또렷했다. 절벽에 매달려 대롱거리는 제
이크의 모습이었다.

"맹세할 거야?" 에디가 물었다.

"그래." 롤랜드가 말했다. 눈앞에 있는 젊은 남자를 마주 보면서.
그러나 머릿속의 두 눈은 나락으로 떨어지는 제이크를 보고 있었다.

7

두 사람이 사제관 문 앞에 이르렀을 때, 마침 캘러핸이 두 아이
를 데리고 나왔다. 롤랜드는 그토록 예쁘게 생긴 아이들을 본 기억

"그 얘기 하려고 부른 거예요?"

"왜요, 부족해요? 그걸로 만족하는 게 좋을걸요, 미스터 딘."

에디는 수재나에게 키스했다. 기꺼이. 그러면서도 머릿속으로는 자신의 가슴을 누르는 수재나의 가슴이 얼마나 커졌는지 의식할 수밖에 없었다. 맞닿은 얼굴을 뗄 때에는 저도 모르게 수재나의 얼굴에서 다른 여성의 흔적을 찾았다. 귀족어로 '어머니'를 뜻하는 단어를 이름으로 삼는 그 여자의 흔적을. 눈앞의 얼굴에는 수재나뿐이었지만, 앞으로 영원토록 그 여자의 흔적을 찾게 되리라는 생각이 들었다. 게다가 자꾸만 수재나의 배 쪽으로 눈길이 갔다. 눈을 돌리려고 해봐도 시선에 추가 묶여 아래로 잡아당기는 것만 같았다. 에디는 자신들의 관계가 이제 어떻게 바뀔지 궁금했다. 즐거운 상상은 아니었다.

"이제 기분이 좀 괜찮아졌어요?" 에디가 물었다.

"훨씬 좋아졌어요." 수재나는 살짝 웃었지만, 그 웃음은 금세 사라졌다. "에디? 무슨 걱정이라도 있어요?"

에디는 씩 웃으며 다시 키스했다. "우리가 십중팔구 여기서 다 죽을 거라는 걱정 말고 다른 거요? 아뇨. 아무것도 없어요."

에디는 전에도 수재나에게 거짓말을 한 적이 있었을까? 기억은 안 났지만, 그런 것 같지는 않았다. 설령 있다고 해도 지금처럼 대담한 거짓말은 아니었다. 지금처럼 치밀하지는 않았다.

이번 거짓말은 악질이었다.

10분 후, 그들은 새로 커피를 채운 머그잔(과 포크베리 한 그릇)으로 재무장한 채 사제관의 조그만 뒤뜰로 나갔다. 총잡이는 얼굴을 들어 잠시 햇살을 바라보며 따뜻한 무게감을 만끽했다. 그러다가 캘러핸에게 고개를 돌렸다. "영감님, 이제 우리는 당신의 이야기를 들을 준비가 됐소. 당신이 들려준다면 말이오. 그 후에, 어쩌면 당신 교회로 산책을 나가서 거기 있는 물건을 볼지도 모르오."

"부디 그 물건을 가져가주십시오. 그건 아직 교회의 신성을 더럽히지 않았습니다. 애초에 축성받은 적이 없는 곳이니 더럽힐 수도 없었겠지만요. 하지만 그보다 더 나쁜 쪽으로 변하고 말았습니다. 교회가 아직 지어지는 중일 때도 저는 그 안에서 성령을 느낄 수 있었습니다. 그런데 이제는 아닙니다. 그 물건이 성령을 몰아낸 겁니다. 제발, 당신께서 가져가주십시오."

롤랜드는 적당히 둘러댈 생각으로 입을 열었지만, 미처 말을 꺼내기도 전에 수재나가 끼어들었다. "롤랜드, 당신 괜찮아요?"

롤랜드는 수재나 쪽을 돌아보았다. "아, 물론. 왜 안 괜찮겠소?"

"엉덩이를 계속 문지르고 있잖아요."

그랬던가? 그랬다. 아래를 내려다보니 사실이었다. 통증이 살며시 돌아와 있었던 것이다. 따뜻한 햇살이 내리쬐는데도, 로잘리타의 고양이 기름을 발랐는데도. 마른 회오리가.

"별거 아니오. 그냥 가벼운 류머티즘이오."

수재나는 미심쩍은 듯이 롤랜드를 빤히 보다가, 이내 수긍하는 눈치였다. *시작부터 엉망진창이군.* 롤랜드는 생각했다. *카텟에서 적*

어도 두 명이 비밀을 숨기고 있다니. 이대로는 안 된다. 오래 못 갈 거다.

그러다가 캘러핸을 돌아보았다. "당신의 사연을 들려주시오. 그 흉터는 어쩌다 생겼는지, 어쩌다 이쪽 세계로 왔는지, 또 어쩌다 검은 13을 만났는지. 하나도 빠짐없이 듣고 싶소."

"맞아요." 에디가 중얼거렸다.

"하나도 빠짐없이." 수재나는 롤랜드의 말을 되뇌었다.

세 사람 모두 캘러핸을 보고 있었다. 자신을 영감님이라고 부르는 것은 좋지만 신부라고 부르지는 말아달라고 하는 성직자를. 그의 뒤틀린 오른손이 이마로 올라가 십자가 모양 흉터를 문질렀다.

마침내 캘러핸이 입을 열었다. "술 때문이었습니다. 지금의 저는 그렇게 믿고 있습니다. 하느님도 악마도 운명도, 수많은 성인들 때문도 아니었습니다. 그건 술 때문이었습니다."

말을 멈춘 캘러핸은 잠시 생각에 잠겼다가, 이내 그들을 보며 슬며시 웃었다. 롤랜드는 머릿속으로 노트를 떠올렸다. 툴의 마귀풀 중독자 노트, 검은 옷의 남자에 의해 죽음에서 되살아났던 그를. 노트도 바로 저렇게 웃었다.

카로군. 롤랜드는 생각했다.

캘러핸은 말없이 앉아서 이마의 십자가 모양 흉터를 문지르며 생각을 가다듬었다. 그러다가 이내 자신의 사연을 털어놓기 시작했다.

제3장

신부의 이야기(뉴욕)

1

술 때문이었다. 마침내 술을 끊고 정신이 또랑또랑해졌을 때, 캘러핸은 그렇게 믿게 되었다. 하느님도 사탄도, 프로이트식으로 말하면 그의 작고한 어머니와 아버지가 심리의 깊은 곳에서 일으키는 성적 긴장 때문도 아니었다. 그저 술 때문이었다. 그런데 그가 위스키에 흠뻑 빠진 것이 그렇게 이상한 일일까? 그는 아일랜드계였고, 신부였다. 시작부터 스트라이크 한 개면 아웃당할 신세였던 것이다.

보스턴 신학교를 졸업하고 나서 캘러핸은 매사추세츠 주 로웰 시내의 교회에 부임했다. 관할 사목구 신도들에게는 사랑을 받았지만 (그는 신도들을 주님의 양 떼라고 부르지 않았다, '떼'는 쓰레기장으로 모여드는 갈매기들을 가리킬 때나 쓰는 말이었으므로), 로웰에서 7년을 보내는 동안 그는 점점 안정을 잃어갔다. 교구 사무실에서 두건 주교와 면담할 때 그는 자신의 불안정한 상태를 표현하려고 당대의 적당한 유행어를 모조리 동원했다. 아노미, 도시 문제, 점점 심해지는 사회적 공감 결여, 영적인 삶과 단절된 느낌 같은 것들이었다. 그는 약속 시간이 되기 전에 미리 화장실에서 한 모금 홀짝거렸고(그런 다음 구취 제거용 사탕을 몇 개 씹었다, 용의주도한 사람이었으므로), 그 덕분에 그날은 유독 언변이 유창했다. 유창함은 꼭 신앙에서만 비롯되는 것이 아니라 때로는 술병에서 흘러나오기도 했다. 그리고 그는 거짓말쟁이가 아니었다. 그날 두건 주교의 서재에서 했던 말을 그는 진심으로 믿었다. 하나도 빼놓지 않고서. 마찬가지로 그는 프로이트가 옳다고, 영어로 집전하는 미사의 미래는 밝다고, 린든 존슨 대통령이 빈곤에 맞서 벌이는 싸움은 고결하다고, 또 대통령이 베트남에서 확대해가는 전쟁은 어리석다고도 믿었다. 대통령은 피트 시거의 포크송 가사에 나오는, 거대한 진창에 허리까지 잠긴 부하들에게 전진하라고 명령하는 멍청이 대위 같았다. 그가 그렇게 믿었던 주된 까닭은 그런 사상들이(칵테일파티의 잡담거리가 아니라 *진짜* 사상이라면) 당시 지식인 사회에서 비싼 값으로 거래됐기 때문이었다. '사회적 양심'은 2와 3분의 1포인트 상승했고, '단란한 가정'은 4분의 1포인트 하락했지만 여전히 유망 종목이었다. 나중에는 그 모든 것이 단순해졌다. 나중에 그는 자신이 영적으로 불안정하기 때문에 술을 너무 많이 마시는 것이 아니라 술을 너무 많이 마시기 때문에 영적으로 불안정하다는 것을 깨달았다. 그럴 *리* 없다고, 단지 그뿐만은 아니라고, 그건 너무 단순하다고 뻗대고 싶은 마음도 있었다. 그러나 사실이었고, 단지 그뿐이었다. 하느님의 목소리는 부드럽고 조그마했다. 선지자 이사야는 이를 가리켜 태풍 속의 참새가 지저귀는 소리 같다고 했다, 세이 생키. 거의 종일 엉망으로 취한 사람이 조그마한 목소리를 듣기란 힘든 노릇이었다. 캘러핸은 컴퓨터 혁명이 기고(GIGO)라는 조어를 낳기 전에 미국을 떠났지만, '쓰레기를 입력하면 쓰레기가 출력된다(Garbage in, Garbage Out)'라는 그 말의 실제 사례는 금주회 모임에서 여러 번 들은 적이 있었다. 샌프란시스코에서 동부로 가는 비행기에 주정뱅이를 태우면 보스턴에 착륙한 비행기에서 바로 그 주정뱅이가 내린다는 얘기였다. 보통은 넉 잔, 아니면 다섯 잔을 배에 채운 채로. 그러나 이는 나중의 이야기였다. 1964년에 캘러핸은 아직 신앙을 유지했고, 그가 길을 찾도록 도와주고 싶어 애태우는 사람도 많았다. 그는 로웰을 떠나 오하이오 주 데이턴 시 교외의 스포퍼드라는 곳으로 부임했다. 거기서 5년을 머무른 끝에 다시 안정을 잃기 시작했다. 그리하여 다시 번지르르한 이야기를 시작했다. 교구 사무실이 귀를 기울일 법한 이야기를. 자신을 철저히 무너뜨린 원인을. 아노미. 영적 단절(이번에는 교외 사목구의 신도들로부터). 사실 신도들은 그를 좋아했지만(그도 그들을 좋아했고), 그래도 뭔가 잘못된 느낌이 들었다. 그리고 잘못된 것은 정말로 있었다. 대개는 길모퉁이의 조용한 바에 있었고(그곳에서도 그는 모두에게 환영을 받았다.), 사제관 거실의 술병 장식장에도 있었다. 알코올은 소량을 넘어서면 독소가 되는 법인데 캘러핸은 밤마다 스스로를 중독시키고 있었던 것이다. 그를 무너뜨린 것은 세상의 꼬락서니나 본인 영혼의 꼬락서니가 아니라, 그의 몸속에 흐르는 독소였다. 이 점이 전에도 그렇게 명확했을까? 나중에(다른 금주회 모임에서) 그는 어떤 남자에게서 알코올 의존증은 거실에 있는 코끼리 같은 것이라는 말을 들었다. 어떻게 못 알아볼 수가 있단 말인가? 술을 안 마신 기간이 아직 90일이 안 되었던 캘러핸은 입을 다물고 가만히 앉아 있어야 하는 신세였지만("귀를 막고 있던 솜을 빼서 입을 막을 차례요." 선배 회원들의 충고였다, 세이 생키), 실은 그에게 이렇게 말해줄 수도 있었다. 못 알아볼 수도 있다고, 정말로 그렇다고. *마법 코끼리*라면, 만화에 나오는 초능력자 쉐도우처럼 인간의 정신을 흐리게 만드는 능력을 지닌 코끼리라면, 못 알아볼 수도 있다고. 당신의 문제가 술 때문이 아니라 영적인 것이나 정신적인 것이라고 실제로 믿게 하는 코끼리라면. 웬걸, 사람은 술 때문에 렘수면에 실패하기만 해도 심신이 엉망이 되어버리지만, 그러면서도 깨어 있는 동안에는 그것이 술 탓이라는 생각을 하지 못한다. 술이 사고 과정을 수많은 광대들이 조그만 차에서 우르르 쏟아져 나오는 서커스 묘기 비슷한 것으로 바꿔버리니까. 그런 사람은 깨어나면 자신이 취해 있는 동안 했던 말과 행동을 되돌아보고 움츠러든다("바에 앉아 있을 땐 세상의 온갖 문제를 다 해결하지만 정작 주차장에 있는 제 차는 찾을 수가 없더군요." 금주회 모임의 어느 회원이 한 말이었다, 세이 생키.). 술에 취해서 한 *생각*들은 더 끔찍했다. 토하느라 오전을 다 보낸 사람이 오후가 되면 자신이 영적 위기를 겪고 있다고 믿는 일이 과연 가능할까? 그런데 캘러핸에게는 가능했다. 그리고 그의 상급자들 중에서도 마법 코끼리 때문에 괴로워하는 사람이 적지는 않았을 것이다. 더 작은 교회로, 시골에 있는 사목구로 옮기면 다시금 하느님과 자기 자신을 찾을 수 있으리라는 생각이 움트기 시작했다. 그리하여 1969년 봄, 그는 다시 뉴잉글랜드 지역으로 돌아왔다. 이번에는 뉴잉글랜드 북부였다. 그가 가방 몇 개와 십자가, 장백의만 챙겨서 다시 생업에 나선 곳은 메인 주의 예루살렘스 롯이라는 마을이었다. 그곳에서 그는 마침내 진짜 악을 만났다. 악의 진면목을 보았다.

그리고 전율했다.

2

"웬 작가가 저를 찾아왔습니다. 벤 미어스라는 남자가요."

"나 그 사람 책을 읽은 적이 있는 것 같은데." 에디가 말했다. "제목이 『허공의 춤』이었어요. 자기 형제가 저지른 살인 때문에 대신 처형당하는 남자 이야기였죠, 아마?"

캘러핸은 고개를 끄덕였다. "맞아. 그리고 매슈 버크라는 교사도 있었습니다. 둘 다 살렘스 롯에 흡혈귀가 설친다고 믿었지요. 그것도 흡혈귀를 만들어내는 종류의 흡혈귀가요."

"흡혈귀에도 종류가 있어요?" 에디가 물었다. 그러는 사이에 머제스틱 극장에서 본 수많은 영화와 달리 상점에서 산(때로는 훔친) 그보다 더 많은 만화책의 내용이 떠올랐다.

"있다네. 그 얘기는 나중에 할 테니 지금은 그냥 넘어가세. 그리고 무엇보다, 그 얘기를 믿은 소년이 있었습니다. 당신 일행의 제이크라는 아이하고 비슷한 나이였지요. 저는 그들의 말을 안 믿었습니다. 처음에는요. 하지만 그 사람들은 확신이 있었고, 그렇게 철석같이 믿는 사람들한테 반대하기란 힘들었습니다. 게다가 살렘스 롯에서 뭔가 일어나는 것만은 확실했습니다. 사람들이 하나둘 실종됐으니까요. 마을은 공포에 휩싸여 있었습니다. 이렇게 태양 아래 앉아 있으니 설명하기가 힘들지만, 분명히 뭔가 있었습니다. 한번은 어떤 소년의 장례식을 집전한 적이 있습니다. 그 아이 이름은 대니얼 글릭이었습니다. 흡혈귀한테 당한 살렘스 롯의 첫 번째 희생자는 아니었을 겁니다, 마지막 희생자는 당연히 아니었고요. 하지만 시체로 발견된 건 그 아이가 처음이었습니다. 대니 글릭의 장례식을 치른 날, 제 삶은 어딘가 변하고 말았습니다. 이건 하루에 한 병씩 비우던 위스키 얘기가 아닙니다. 제 머릿속에서 뭔가 바뀌어버렸던 겁니다. 저는 그걸 느꼈습니다. 무슨 스위치가 올라간 것처럼 말입니다. 저는 그 후로 오랫동안 술을 한 모금도 안 마셨지만, 그 스위치는 지금도 올라가 있습니다."

수재나는 생각했다. *그게 토대시에 빠졌을 때의 느낌이에요, 캘러핸 신부님.*

에디는 이렇게 생각했다. *그게 19 상태에 빠졌을 때 느끼는 기분이에요, 이 양반아. 아니면 99 상태든가. 뭐, 둘 다일 수도 있고.*

롤랜드는 그저 듣기만 했다. 그의 머릿속은 한 점의 생각도 없는 완벽한 수신기였다.

"그 미어스라는 작가는 저희 마을의 수전 노튼이라는 아가씨와 사랑에 빠졌습니다. 그런데 앞서 말한 흡혈귀가 수전을 잡아갔습니다. 그럴 능력이 있으니까 한 짓이겠습니다만, 저는 놈이 그런 짓을 한 데에는 미어스에게 벌을 주려는 의도도 있었을 거라 믿습니다. 감히 패거리를 모아서, 그러니까 카텟을 만들어서 자신을 사냥하려고 했으니까요. 저희는 흡혈귀가 사들인 저택으로 향했습니다. 마스튼 하우스라는 폐가였지요. 놈은 그곳에서 발로라는 이름으로 지내고 있었습니다."

앉은 채로 골똘히 생각하던 캘러핸은 롤랜드 일행 대신 그들 뒤편에 펼쳐진 자신의 지난날을 보고 있었다. 그러다 마침내 다시 이야기를 시작했다.

"발로는 이미 사라지고 없었지만, 수전은 두고 갔더군요. 그리고 편지 한 통도. 저희 모두에게 보내는 편지였지만, 수신인으로 이름이 적힌 사람은 저였습니다. 마스튼 하우스의 지하실에 누워 있는 수전을 본 순간 저는 모든 것이 사실이라는 걸 깨달았습니다. 그래도 혹시 몰라서 저희와 함께 간 의사가 수전의 가슴에 청진기를 대고 혈압을 재어봤습니다. 맥박은 없었습니다. 혈압도 0이었고요. 하지만 벤이 말뚝을 박았을 때, 수전은 되살아났습니다. 피가 흘렀지요. 수전은 비명을 질렀습니다, 쉬지 않고 계속. 수전의 손은…… 벽에 비친 그 손의 그림자가 지금도 눈에 선합니다……."

에디의 손이 수재나의 손을 쥐었다. 두 사람은 믿는 것도 아니고 안 믿는 것도 아닌, 겁에 질려 조마조마한 상태로 이야기를 들었다. 이것은 고장 난 컴퓨터 회로가 조종하는 말하는 열차도, 야만 상태로 되돌아가 싸우는 사람들의 이야기도 아니었다. 제이크를 이쪽 세계로 끌어당긴 곳에 나타났던 보이지 않는 악마와 비슷했다. 또는 더치힐의 문지기와.

"편지에 뭐라고 적었소, 그 발로라는 자가?" 롤랜드가 물었다.

"저는 믿음이 약해서 스스로를 타락시킬 거라고 했습니다. 물론 놈이 옳았습니다. 그 무렵에 제가 믿었던 거라고는 부시밀스 위스키뿐이었으니까요. 저 스스로는 그런 줄도 몰랐습니다. 하지만 그놈은 알고 있었던 겁니다. 술도 흡혈귀니까, 어쩌면 끼리끼리 알아보는 걸 수도 있겠지요.

저희와 함께 간 소년은 그 흡혈귀들의 군주가 자기 부모를 다음 번 희생자로 삼거나, 흡혈귀로 만들 거라고 확신했습니다. 자신한테 복수하려고 말입니다. 그 애는 흡혈귀의 본거지에 갇힌 적이 있는데, 거기서 탈출하다가 반은 인간이었던 흡혈귀의 심복을 죽였거든요. 스트레이커라는 남자를요."

롤랜드는 고개를 끄덕였다. 이야기를 들으면 들을수록 그 소년이 제이크처럼 느껴졌다. "그 애 이름이 뭐요?"

"마크 페트리입니다. 저는 마크와 함께 그 애 집으로 갔습니다. 교회에서 구할 수 있는 무기를 죄다 챙겨서요. 십자가, 영대, 성수, 물론 성서도 가져갔습니다. 하지만 그 무렵의 저는 이미 그런 것들을 상징으로만 여겼고, 그게 바로 저의 아킬레스건이었습니다. 발로는 정말로 그 집에 있었습니다. 놈이 마크의 부모님을 붙잡았습니다. 나중에는 마크까지 붙잡았지요. 저는 제 십자가를 쳐들었습니다. 십자가가 빛을 내뿜더군요. 놈은 그 빛을 받고 괴로워했습니다. 비명을 지르면서." 캘러핸은 발로의 고통에 찬 비명을 떠올리며 빙긋이 웃었다. 그 표정을 본 에디는 가슴이 철렁했다. "저는 그놈에게 경고했습니다, 마크를 해치면 제 손으로 박살을 내버리겠다고요. 그리고 그 순간, 저한테는 그렇게 할 힘이 있었습니다. 그놈도 그걸 알고 있었고요. 놈은 제가 손을 쓰기 전에 아이의 목을 잘라버리겠다고 했습니다. 그리고 그놈한테도 그렇게 할 힘이 있었을 겁니다."

"멕시칸 스탠드오프네." 에디가 중얼거렸다. 놀랍도록 비슷한 상황에서 그와 롤랜드가 대치했던 날, 서쪽 바닷가의 그날이 떠올랐다. "멕시칸 스탠드오프야, 베이비."

"그래서 어떻게 됐어요?" 수재나가 물었다.

캘러핸의 미소가 사그라졌다. 그는 총잡이가 엉덩이를 문질렀을 때처럼 흉터가 새겨진 자기 오른손을 문지르고 있었다. 스스로도 모르고 하는 행동 같았다. "그 흡혈귀가 제안을 했습니다. 제가 십자가를 내려놓으면 아이를 보내주겠다고 하더군요. 무기를 버리고 붙어보자는 거였습니다. 각자의 믿음에 의지해서. 저도 동의했습니다. 하느님 맙소사, 저도 동의했던 겁니다. 그 애는"

3

그 애는 사라졌다. 소용돌이치는 검은 물처럼.

발로는 키가 더 커진 것 같다. 유럽 사람처럼 올백으로 넘긴 머리카락이 두개골을 둘러싸고 일렁거리는 것처럼 보인다. 검은 슈트 차림에 완벽하게 매듭지은 선홍색 넥타이 차림인 발로가 캘러핸에게는 자신을 둘러싼 어둠의 일부로 보인다. 마크 페트리의 부모는 숨이 끊어진 채 발치에 누워 있다. 머리가 으깨진 채로.

"자네도 약속을 지키게, 주술사여."

하지만 캘러핸이 왜? 왜 그를 쫓아버리고 오늘 밤은 무승부로 만족하면 안 된단 말인가? 아니면 당장 그를 죽여버리든가. 그의 제안은 어딘가 잘못된 구석이, 몹시 부적절한 구석이 있지만, 캘러핸은 어딘지 정확히 짚을 수가 없다. 전에 겪었던 위기의 순간에 그를 구해준 유행어도 지금은 전혀 도움이 되지 않는다. 적은 아노미도, 공감 결여도, 20세기의 실존적 우울도 아니다. 흡혈귀다. 그리고……

그리고 맹렬하게 빛나던 그의 십자가가, 어두워지고 있다.

캘러핸의 배 속에서 공포가 합선된 전선의 스파크처럼 솟구친다. 페트리 씨네 부엌 저편에서 발로가 이쪽을 향해 걸어오고 있고, 캘러핸의 눈에는 괴물의 송곳니가 똑똑히 보인다. 발로가 웃고 있기 때문이다. 승자의 미소다.

캘러핸은 뒤로 한 걸음 물러선다. 다시 한 걸음. 그러자 엉덩이가 식탁 모서리에 부딪히고, 식탁은 뒤로 밀려 벽에 부딪히고, 이제 더는 물러설 곳이 없다.

"인간의 믿음이 무너지는 꼴을 보는 건 슬픈 일이야." 발로는 그렇게 말하며 손을 뻗는다.

왜 안 그러겠는가? 캘러핸이 쥔 십자가는 이제 어둡다. 이제는 그저 석고 덩어리, 그의 어머니가 더블린의 기념품 가게에서 필시 바가지를 쓰고 샀을 싸구려 장식품에 지나지 않는다. 십자가로부터 그의 팔을 타고 치솟아 벽을 뚫고 돌을 부술 만큼 강력했던 영적인 힘은, 이미 사라지고 없다.

발로가 캘러핸의 손에서 십자가를 낚아챈다. 캘러핸은 애처롭게 울부짖는다. 괴물은 진짜로 존재한다는 것을, 지금껏 벽장 속에서 나올 기회만 끈질기게 기다렸다는 것을 문득 깨달은 어린아이의 울음소리다. 뒤이어 남은 평생 동안 그를 따라다니며 괴롭힐 소리가 들려온다. 뉴욕과 미국 오지의 이름 모를 고속도로부터 그가 마침내 술을 끊었던 토피카의 금주회 모임까지, 마지막으로 머물렀던 디트로이트까지, 그리고 결국에는 이곳 칼라 브린 스터지스까지. 이마에 십자가가 새겨지고 결국 이렇게 살해당하는구나 하는 생각이 들었던 순간에도 그는 그 소리를 떠올린다. 나중에 정말로 죽임을 당하는 순간에도 그는 그 소리를 떠올릴 것이다. 그 소리는 발로가 십자가의 가로대를 부러뜨릴 때 났던 무덤덤한 소리, 그리고 부러진 십자가를 바닥에 내던질 때 났던 무미건조한 소리다. 그리고 발로가 그에게 손을 뻗는 동안 떠올랐던 우스꽝스러울 정도로 터무니없는 생각 또한 기억할 것이다. 하느님, 저 한잔해야겠습니다.

4

영감님은 인생 최악의 순간을 떠올린 사람 같은 눈으로 롤랜드와 에디와 수재나를 보았다. "금주회 모임에 가면 온갖 격언과 구호가 들리지요. 저는 그날 밤을 생각할 때면 항상 떠오르는 격언이 하나 있습니다. 발로가 제 어깨를 붙들 때를 생각하면요."

"그게 뭔데요?" 에디가 물었다.

"기도를 할 때에는 조심해야 한다. 바라던 것을 정말로 얻게 될지도 모르니까."

"마셔버린 게로군." 롤랜드가 말했다.

"아, 그럼요. 당연히 마셨지요."

5

발로의 손은 억세고 모질다. 그 손에 잡혀 끌어당겨지면서, 캘러핸은 무슨 일이 벌어질지 퍼뜩 깨닫는다. 죽음은 아니다. 이 일에 비하면 죽음은 차라리 자비일 것이다.

안 돼, 제발. 그 말을 하려고 했지만 입에서 나온 소리는 조그맣고 가냘픈 신음 한 번뿐.

"자, 들게, 신부여." 흡혈귀가 속삭인다.

썩은 내가 풍기는 흡혈귀의 목이 캘러핸의 입을 짓누른다. 그곳에는 아노미도, 사회 문제도, 윤리적 갈등도 인종 갈등도 없다. 오로지 죽음의 악취와, 발로의 생명이 없는 오염된 피가 울컥울컥 쏟아지는 정맥뿐이다. 실존적 상실감도, 미국적 가치 체계의 종말에 대한 포스트모더니즘적 탄식도, 서양인으로서 지닌 종교심리적 죄책감도 없다. 오로지 영원토록 숨을 참으려는, 고개를 틀려는, 또는 둘 다 하려는 노력뿐이다. 허나 그럴 수 없다. 캘러핸은 영겁 같은 시간 동안 버틴다. 얼굴에 칠을 하고 전쟁터로 향하는 아메리카 원주민처럼 뺨과 이마와 턱을 피로 물들인 채로. 아무 소용도 없다. 결국 그는 눈앞에 술병이 버티고 있을 때 모든 주정뱅이가 할 일을 한다. 흡혈귀의 피를 마신다.

스트라이크 셋. 아웃이다.

6

"아이는 달아났습니다. 그나마 다행이었지요. 그러고 나서 발로는 저를 풀어줬습니다. 저를 죽여봤자 무슨 재미가 있었겠습니까? 아니, 진짜 재미는 저를 살려놓는 거였습니다.

아마 한 시간쯤 헤맸던 것 같습니다. 점점 무너져가는 마을에서요. 제1형 흡혈귀는 수가 많지 않았는데 그건 정말 축복이었습니다. 제1형 흡혈귀는 눈 깜짝할 사이에 생지옥을 만들 능력이 있으니까요. 마을 사람 절반이 이미 반쯤 감염된 상태였지만, 저는 너무 정신이 없어서 그런 줄도 몰랐습니다. 충격이 너무 컸으니까요. 그리고 새로 흡혈귀가 된 자들은 저에게 접근하지 않았습니다. 하느님께서 카인을 놋 땅으로 추방하여 그곳에 살게 하시기 전에 당신의 표식을 새기셨듯이, 발로가 저에게 자기 표식을 새겼기 때문입니다. 롤랜드 당신 방식으로 이야기하면 자신의 이름과 징표를 저에게 걸었던 겁니다.

스펜서 상점 옆의 골목에 음수대가 하나 있었습니다. 몇 년 후에는 보건소가 절대 승인해주지 않을 시설이었지만, 당시에는 작은 마을이라면 어디에나 그런 음수대가 한두 개는 있었습니다. 저는 거기서 얼굴과 목에 묻은 발로의 피를 씻었습니다. 머리도 어떻게든 감으려고 했고요. 그런 다음 성 앤드루스 성당으로 갔습니다. 제 교회로요. 거기서 다시 한 번 기회를 주십사 기도할 작정이었습니다. 모든 신성한 것과 부정한 것이 결국에는 우리 안에서 비롯된다고 믿는 신학자들의 하느님이 아니라, 옛 하느님께 말입니다. 모세에게 마술을 부리는 여자를 살려두어서는 안 된다고 선언하신 하느님께, 당신의 아들에게 무덤에서 부활하는 힘을 주신 하느님께요. 제가 원한 것은 오로지 또 한 번의 기회였습니다. 제 목숨을 걸고서라도.

성 앤드루스 성당에 도착할 즈음에 저는 거의 달리다시피 했습니다. 안으로 들어가려면 문을 세 개 지나야 했지요. 중간 문에 손을 댔을 때였습니다. 어디서 차 엔진이 역화했는지 펑 소리가 나더니, 누군가 껄껄 웃더군요. 그 소리가 지금도 또렷이 기억납니다. 꼭 로마 가톨릭교회 사제로 살아온 제 삶에 종지부를 찍는 소리 같았습니다.”

“그래서 어떻게 됐나요?” 수재나가 물었다.

"문이 저를 거부했습니다. 문의 철제 손잡이를 잡는 순간, 거꾸로 내리꽂히는 번개처럼 불길이 솟구쳤습니다. 저는 계단을 굴러서 시멘트 길로 떨어졌습니다. 이 흉터는 그때 생긴 겁니다." 캘러핸이 화상 자국이 남은 오른손을 들어 보였다.

"여기도요?" 에디가 캘러핸의 이마를 가리키며 물었다.

"아니, 이건 나중에 생겼다네. 저는 비틀거리며 일어났습니다. 그러고는 조금 더 걸었지요. 그러다 다시 스펜서 상점에 도착했습니다. 이번에는 안으로 들어갔습니다. 손에 감을 붕대를 사려고요. 그런데 거기서 계산을 하다가, 광고판을 본 겁니다. '커다란 회색 개를 타세요'라는."

"그레이하운드 버스예요." 수재나가 롤랜드에게 가르쳐주었다. "전국을 운행하는 고속버스 회사죠."

롤랜드는 고개를 끄덕이며 계속 이야기하라고 손짓했다.

"미스 쿠건이 다음 버스가 뉴욕행이라고 하기에 그 차의 표를 샀습니다. 만약 잭슨빌이나 놈, 사우스다코타 주 핫버구로 가는 버스라고 했으면 아마 그중 한 곳으로 갔을 겁니다. 그때는 마을을 떠나고 싶다는 마음뿐이었으니까요. 사람들이 죽는데도, 죽는 것보다 더 끔찍하게 변하는데도, 상관없었습니다. 그중에는 제 친구도 있었고 제 신도들도 있었는데 말입니다. 저는 그저 *벗어나고* 싶었습니다. 이해하시겠습니까?"

"물론이오." 롤랜드의 대답은 망설임 없이 튀어나왔다. "아주 잘 알고 있소."

캘러핸은 롤랜드의 얼굴을 보았고, 거기서 본 것 덕분에 조금은 자신감이 생긴 듯했다. 다시 입을 열었을 때 캘러핸의 목소리는 전보다 더 차분하게 들렸다.

"로레타 쿠건은 마을의 노처녀 중 한 명이었습니다. 저더러 바깥에 나가서 버스를 기다리라고 한 걸 보면, 아마 제 몰골 때문에 겁을 먹었던 것 같습니다. 저는 바깥으로 나갔습니다. 마침내 버스가 도착했습니다. 차에 올라 운전사에게 제 표를 줬습니다. 반으로 찢어서 저한테 절반을 주더군요. 저는 자리에 앉았습니다. 버스가 굴러가기 시작했지요. 조금 있다가 마을 한복판에서 깜박이는 노란색 신호등 아래를 지났는데, 그게 최초의 1킬로미터였습니다. 제가 여기까지 오는 길의 첫 번째 1킬로미터였던 겁니다. 나중에…… 아마 4시 반쯤이었을 겁니다, 바깥이 아직 캄캄했으니까요, 버스가 멈췄는데"

7

"하트퍼드입니다." 버스 운전사가 말한다. "손님, 하트퍼드에 도착했어요. 휴게소에서 20분 쉬었다 갑니다. 내려서 샌드위치 같은 거라도 드시지 그러세요?"

캘러핸은 붕대 감은 손으로 주머니에 든 지갑을 꺼내려고 더듬거리다가 그만 지갑을 떨어뜨릴 뻔한다. 입속에는 죽음의 맛이, 썩은 사과처럼 역겹고 텁텁한 맛이 느껴진다. 무언가 그 맛을 없애줄 것이 필요하다. 없앨 수 없다면 바꿔줄 것이라도, 바꿀 수 없다면 최소한 가려줄 것이라도 있어야 한다. 마룻바닥의 흉한 홈을 덮어주는 싸구려 카펫처럼.

캘러핸은 20달러짜리 지폐를 운전사에게 내밀며 말한다. "술 한 병만 사다주겠소?"

"손님, 회사 규정상 그런 부탁은……"

"물론 잔돈은 가져도 좋소. 반 리터짜리면 될 것 같은데."

"전 버스 안에서 소란을 피우는 게 딱 질색이라서요. 이제 두 시간만 더 가면 뉴욕이에요. 도착해서 마음껏 즐기시면 되잖아요." 운전사는 애써 웃는 표정을 짓는다. "거기가 또 환락의 도시 아닙니까."

캘러핸은, 이제 신부가 아니다. 적어도 그것만은 교회 문의 손잡이에서 치솟은 불꽃이 확실히 답해주었다. 그런 캘러핸이 20달러에 10달러를 더한다. 이제 그는 30달러를 내밀고 있다. 다시 한 번 운전사에게 반 리터짜리 한 병이면 충분하다고, 잔돈은 됐다고 말한다. 운전사도 바보가 아니라서 이번에는 돈을 받는다. "그래도 시끄럽게 하시면 안 돼요." 운전사가 같은 말을 되풀이한다. "버스에서 소란 피우는 건 질색이니까요."

캘러핸은 고개를 끄덕인다. 소란 피우지 말 것, 알았다, 오버. 운전사는 잡화점과 주류 판매점과 간이식당을 겸한 건물로 들어선다. 하트퍼드 변두리에, 새벽의 끝자락에, 샛노란 조명 아래에 서 있는 그 건물로. 미국에는 비밀 고속도로가 있다. 아무도 모르게 숨어 있는 고속도로들이. 이 휴게소가 그 캄캄한 길의 연결망으로 들어서는 진입로 중 한 곳에 서 있다는 것을, 캘러핸은 느낄 수 있다. 그 느낌은 동트기 전의 차가운 바람에 날려 아스팔트 위를 구르는 종이컵과 구겨진 담뱃갑에 깃들어 있다. 주유기에 걸린 표지판, 일몰 후에는 선불 주유라고 적힌 표지판에 깃들어 있다. 새벽 4시 반인 지금

길 건너편 집의 현관 계단에 두 팔로 머리를 감싼 채 앉아 있는 십대 소년의 소리 없는 고통의 이야기 속에 깃들어 있다. 비밀 고속도로는 바로 눈앞에서, 그에게 속삭인다. "어서 와, 친구. 여기 오면 모든 걸 잊을 수 있어, 이마에 어머니의 피를 묻힌 채 발가벗고 올 때 사람들이 너한테 묶어준 이름표의 이름까지도. 사람들은 개 꼬리에 깡통을 묶듯이 너한테 이름표를 묶어줬어, 안 그래? 하지만 여기선 그걸 달고 다닐 필요가 없다고. 어서 와. 어서." 그러나 캘러핸은 아무 데도 가지 않는다. 그는 버스 운전사를 기다리는 중이고, 운전사는 금세 돌아오고. 이제 그는 갈색 종이봉투에 든 반 리터짜리 올드 로그 캐빈 병을 들고 있다. 그가 잘 아는 버번위스키였고, 이런 촌구석에서는 반 리터짜리 한 병에 필시 2달러 25센트일 테니, 그 말은 곧 운전사가 팁을 대강 28달러쯤 챙겼다는 뜻이다. 짭짤한 수입이다. 하지만 그런 게 미국식 아닌가? 많이 주고 적게 받는 것. 그리고 만약 올드 로그 캐빈이 입속의 끔찍한 맛을, 화상 입은 손의 통증보다 훨씬 더 끔찍한 그 맛을 없애준다면, 30달러를 치른 값은 톡톡히 하는 셈이다. 아니, 100달러의 가치가 있다.

"시끄럽게 하시면 안 됩니다." 운전사가 말한다. "소란 피우면 브롱크스 도심 횡단 고속도로 한복판에다 내려놓는 수가 있어요. 농담 아니에요."

그레이하운드 버스가 맨해튼의 포트 오소리티 터미널에 들어설 즈음, 캘러핸 신부는 취해 있다. 하지만 소란을 피우지는 않는다. 그저 때를 기다리며 조용히 앉아 있다가 차에서 내려 새벽 6시에 차가운 형광등 불빛 아래를 헤매는 군상 속으로 섞여든다. 마약 중독자들, 택시 운전사들, 구두닦이 소년들, 10달러에 입으로 서비스해주는 소녀들, 5달러에 입으로 서비스해주는 소녀 차림의 소년들, 경찰봉을 빙빙 돌리는 경찰관들, 트랜지스터라디오를 들고 다니는 마약 장수들, 뉴저지에서 방금 도착한 노동자들. 캘러핸은 취했지만 얌전한 상태로, 그들 속에 섞여든다. 경찰봉을 빙빙 돌리는 경찰관들은 그를 거들떠보지도 않는다. 포트 오소리티 터미널의 공기에서는 담배 연기와 막대 사탕과 배기가스의 냄새가 난다. 탑승장에 정차한 버스들이 부르릉거린다. 이곳에서는 모두가 자유로워 보인다. 차가운 흰색 형광등 아래, 모두가 죽은 시체처럼 보인다.

아니. 캘러핸은 생각한다. 시내 방향이라고 적힌 표지판 아래를 걸으면서. 그렇지 않아, 안 죽었어. 살아 있는 시체들이야.

8

"맙소사." 에디가 중얼거렸다. "영감님 무슨 전쟁터에 갔다 온 사람 같네, 안 그래요? 산전수전 다 겪은 사람."

영감님이 이야기를 시작했을 때만 해도 에디는 그의 사연은 대강 건너뛰고 교회로 가서 거기에 감춰진 뭔지 모를 물건을 구경할 수 있을 거라 기대했다. 그의 이야기에 충격은커녕 감동을 받을 거라는 생각도 못했건만, 결과는 양쪽 다였다. 에디가 생각하기에 캘러핸은 다른 누구도 모를 것들을 알고 있었다. 보도 위로 굴러가는 종이컵의 서글픈 느낌, 주유기에 걸린 녹슨 표지판의 절망감, 동트기 한 시간 전 사람들의 눈에 떠오른 눈빛 같은 것들을.

무엇보다 사람은 누구나 가끔은 그럴 수밖에 없다는 것을.

"전쟁? 글쎄." 캘러핸이 말했다. 그러고는 한숨을 쉬며 고개를 끄덕였다. "그래, 그랬던 것도 같군. 아무튼, 첫날 낮은 극장에서 보내고 그날 밤은 워싱턴 스퀘어 공원에서 보냈습니다. 다른 노숙인들이 신문지를 덮고 자는 걸 보고 저도 따라했지요. 그런데 대니 글릭의 장례식 날부터 제 삶이 어떻게 변했는지 보여주는 예가 하나 있습니다. 삶의 질과 삶의 감촉, 둘 다 말입니다. 바로 이해하기는 쉽지 않겠지만 그래도 조금만 참고 들어주십시오." 캘러핸은 에디를 보며 빙긋 웃었다. "걱정 말게, 젊은 친구. 종일 이야기하진 않을 테니까. 오전이 다 가지도 않을 걸세."

"걱정 말고 마음껏 얘기하세요." 에디가 말했다.

캘러핸은 껄껄 웃었다. "세이 생키! 암, 큰 소리로 세이 생키! 무슨 얘기를 하려고 했냐면, 자려고 《뉴욕 데일리 뉴스》 신문지로 윗몸을 덮었는데 그 신문지 1면 기사가 이거였다는 얘깁니다. 「히틀러 형제 퀸스에서 습격 사건 저질러」."

"젠장, 그 히틀러 형제. 기억나요. 바보 자식 두 놈. 그놈들이······ 누굴 때리고 다녔더라? 유대인이었나요? 흑인?"

"양쪽 다였네. 두들겨 팬 다음에는 이마에 하켄크로이츠를 새겼지. 내 이마에는 미처 완성할 시간이 없었지만. 저는 운이 좋았습니다, 왜냐면 놈들은 제 이마에 칼질을 한 후에 단순 폭행보다 훨씬 지독한 짓을 할 작정이었거든요. 그리고 그건 몇 년 후의 일입니다. 제가 뉴욕으로 다시 돌아온 후에 일어난 일이지요."

"하켄크로이츠라." 롤랜드가 말했다. "에디, 강넘이 마을 근처에서 발견한 비행기에 그려져 있던 인장 아니냐? 데이비드 퀵이 타고 있던 그 비행기에?"

"맞았어." 에디는 장화 코로 잔디에 그림을 그렸다. 풀이 금세 다시 일어서기는 했지만 롤랜드는 알아볼 수 있었다. 그랬다, 캘러핸의 이마에 새겨진 자국은 갈고리 십자가가 될 수도 있었다. 끝까지 마무리를 지었다면.

"1975년 10월 하순의 그날, 히틀러 형제는 제가 덮고 잔 신문지의 머리기사 제목일 뿐이었습니다. 뉴욕에서 보낸 그 둘째 날에 저는 거의 종일 정처 없이 걸으면서 술병을 잡으려는 충동과 싸웠습니다. 마음 한구석으로는 술을 마시는 대신 싸우고 싶었습니다. 싸워서 속죄를 하고 싶었던 겁니다. 이와 동시에 제 몸속에 들어온 발로의 피가 더욱 깊숙이 스며드는 것을 느꼈습니다. 세상의 냄새가 변했더군요. 더 나쁜 쪽으로요. 사물도 다르게 보였습니다, 더 추하게 변했지요. 그리고 입속에서는 놈의 맛이 자꾸만 스멀스멀 배어났습니다. 죽은 생선, 또는 부패한 와인 같은 맛이었습니다.

구원은 바라지도 않았습니다. 엄두도 못 냈습니다. 하지만 속죄란 건 어차피 구원과 무관합니다. 천국하고도 무관하지요. 속죄란 이 땅 위에서 내 양심을 깨끗이 하는 것이니까요. 그리고 그건 취한 상태에서는 할 수 없는 일입니다. 그때까지도 저는 제가 알코올 의존증이 아니라고 생각했지만, 발로가 저를 흡혈귀로 만든 게 아닐까 하는 의심은 이미 하고 있었습니다. 햇볕에 살이 타들어가면 어떡하나, 숙녀들의 목을 흘끔거리기 시작하면 어떡하나 하면서요." 캘러핸은 알 게 뭐냐는 듯이 어깨를 으쓱했다. "아니면 신사들의 목이라도요. 사제들을 가리켜 뭐라고 하는지 아시잖습니까. 사람들 눈에 저흰 그저 남들 면전에 십자가를 흔들면서 돌아다니는 벽장 속 호모들이지요."

"그런데 흡혈귀가 되진 않았던 거군요." 에디가 말했다.

"제3형 흡혈귀조차도 아니었다네. 전 그저 더럽혀졌을 뿐입니다. 모든 것의 바깥쪽에 있었지요. 표류했던 겁니다. 언제나 그놈의 냄새를 맡으면서, 언제나 그놈 같은 괴물의 눈으로 세상을 보면서요. 회색과 붉은색으로. 오랫동안 제가 볼 수 있었던 선명한 색은 오로지 붉은색뿐이었습니다. 나머지는 모두 흐릿했습니다.

전 아마도 인력 사무소를 찾아다녔던 것 같습니다. 그 왜, 일용직 파견 회사 같은 곳 있잖습니까? 그때까지만 해도 몸이 꽤 튼튼했던 데다, 물론 나이도 훨씬 젊었으니까요.

인력 사무소는 못 찾았습니다. 대신 '홈'이라는 곳을 찾았지요. 그곳은 5번 대로와 47번가 교차점에 있었습니다. 국제 연합에서 그리 멀지 않은 곳에요."

롤랜드와 에디와 수재나는 서로 눈길을 주고받았다. 위치가 어디든 간에 그 홈이라는 곳은 장미가 피어 있는 공터로부터 고작 두 블록 거리였다. *하지만 그때는 공터가 아니었겠지.* 에디는 생각했다. *1975년에는 아니었을 거야. 그때는 아직 톰과 제리의 끝내주는 식료품점이 영업을 하고 있었을 거야. 파티 출장 요리가 전문인 그곳이.* 갑자기 제이크가 이곳에 있었으면 하는 생각이 들었다. 에디는 그 아이가 여기 있었으면 지금쯤 신이 나서 폴짝폴짝 뛸 거라는 생각이 들었다.

"그 홈이라는 곳은 뭘 파는 가게였소?" 롤랜드가 물었다.

"가게가 아니었습니다. 쉼터였습니다. 그것도 음주가 허가된 쉼터였지요. 그런 쉼터가 맨해튼에 또 있는지 어떤지는 모르겠습니다만, 있다고 해도 아주 드물 겁니다. 저는 그때까지 노숙인 쉼터에 대해 아는 게 별로 없었습니다. 처음 부임한 사목구에서 아주 조금 얻어들은 게 다였으니까요. 하지만 시간이 흐르면서 차츰 많은 것을 알게 됐습니다. 그 시스템을 양쪽에서 관찰한 덕분이지요. 때로는 오후 6시에 수프를 나눠주고 9시에 담요를 나눠주는 일을 맡았습니다. 가끔은 그 수프를 받아 마시고 담요를 덮고 잠들었고요. 물론 머리에 이가 있는지 확인한 다음에 말입니다.

어떤 쉼터는 술 냄새가 나는 사람은 받아주지 않았습니다. 술을 마신 지 두 시간이 지났다고 우기면 받아주는 곳도 있었지만요. 그런가 하면 엉망으로 취한 사람까지 받아주는 곳도 몇 군데 있었는데, 그런 곳은 먼저 입구에서 몸수색을 해서 술을 죄다 뺏었습니다. 일단 술을 다 뺏기면 다른 밑바닥 인생들과 함께 자물쇠가 달린 특실에 갇히게 됩니다. 그렇게 하면 마음이 바뀌어서 술을 더 마시고 싶어도 나갈 수가 없고, 금단 증상 때문에 벽에서 벌레가 기어나오는 환각을 보고 날뛰어도 덜 취한 사람들이 겁먹을 일은 없으니까요. 여성은 특별 감금실에 들어갈 수 없습니다. 성폭행을 당할 위험이 너무 크거든요. 그것 역시 길에서 동사하는 노숙인 가운데 여성이 남성보다 더 많은 이유일 겁니다. 저는 그 얘기를 루페한테서 들었습니다."

"루페가 누군데요?" 에디가 물었다.

"나중에 얘기함세. 지금은 그냥 홈의 음주 규정을 창시한 사람이라고 해두지. 홈에서는 주정뱅이들을 가둬놓는 대신 술병을 가둬놨습니다. 한잔해야겠다 싶은 생각이 들면 마실 수 있었습니다, 얌전히 있겠다고 약속하면요. 진정제 역할을 하는 독한 술도 한 잔 곁들여서요. 의학적으로 용인된 치료법은 아니었습니다. 불법인지 아닌지조차 확실치 않았습니다, 왜냐면 루페도, 로언 매그루더도 의사가 아니었거든요. 하지만 효과는 있는 것 같았습니다. 저는 홈이 붐비던 날 밤에 멀쩡한 정신으로 들어왔는데, 루페가 저한테 일을 시키더군요. 처음 며칠은 무보수로 일했습니다. 그러다가 로언이 청소함처럼 조그마한 자기 사무실로 저를 불렀습니다. 제가 알코올 의존증 환자인지 묻기에 아니라고 했습니다. 혹시 경찰에 쫓기는 중이냐고 묻더군요. 아니라고 했지요. 그다음엔 혹시 뭔가 피해서 도망 다니는 중이냐고 물었습니다. 저는 그렇다고 했습니다. 저 자신으로부터 달아나려 한다고요. 혹시 일을 하고 싶으냐고 묻기에 저는 울기 시작했습니다. 로언은 그걸 긍정으로 받아들이더군요.

그때부터 1976년 6월까지 아홉 달 동안 홈에서 일했습니다. 사람들 잠자리를 정리하고, 주방에서 음식을 만들고, 루페와 함께, 가끔은 로언과 함께 모금 활동을 하러 다니고, 주정뱅이들을 홈의 밴에 태워서 금주회 모임에 데려가고, 손을 너무 심하게 떨어서 잔도 제대로 못 드는 사람들한테 술을 따라줬습니다. 도서 관리도 제가 맡았습니다. 로언이나 루페뿐 아니라 거기서 일하던 사람들 중에 저보다 책을 잘 아는 사람은 없었으니까요. 제 삶에서 가장 행복한 시절은 아니었습니다. 차마 그렇게까지 말할 수는 없을 겁니다, 입속에는 항상 발로의 피 맛이 느껴졌으니까요. 하지만 복된 나날이었습니다. 머릿속도 복잡하지 않았습니다. 그저 고개를 푹 숙인 채 부탁받은 일만 묵묵히 했습니다. 그렇게 저는 치유되기 시작했습니다.

그해 겨울 언젠가, 저는 제가 변하기 시작한 것을 알아차렸습니다. 일종의 육감 같은 것이 생긴 기분이었습니다. 가끔씩 차임벨 소리가 들렸습니다. 끔찍한 소리였지만, 한편으로는 달콤했습니다. 또 가끔은 거리를 걷는데 사물이 점점 어둡게 보일 때가 있었습니다, 환한 대낮인데도 말입니다. 제 그림자가 그대로 있는지 확인하려고 아래를 봤던 기억이 납니다. 분명 없어졌을 거라 생각했는데, 늘 제 자리에 있더군요."

롤랜드 카텟은 또다시 눈길을 주고받았다.

"그렇게 헤매는 상태에 빠지다 보면 가끔 냄새가 느껴질 때도 있었습니다. 독한 냄새였습니다, 달아오른 쇠 냄새에 매운 양파 냄새를 잔뜩 섞은 것처럼. 혹시 뇌전증 같은 병이 생긴 게 아닌가 슬슬 걱정이 되더군요."

"병원에는 가보셨어요?" 수재나가 물었다.

"아니. 그것 말고 또 무슨 병이 드러날지 두려웠거든. 아마 뇌종양일 가능성이 가장 높았을 걸세. 저는 그저 묵묵히 일만 했습니다. 그러던 어느 날 밤, 영화를 보러 타임스 스퀘어에 갔습니다. 클린트 이스트우드가 나오는 서부 영화 두 편을 동시 상영하는 극장이었지요. 그런 영화를 스파게티 웨스턴이라고 하지, 아마?"

"맞아요." 에디가 대답했다.

"종소리가 들리기 시작했습니다. 차임벨 소리가요. 그리고 그 냄새도, 어느 때보다 강하게 느껴졌습니다. 그 모든 게 제 앞줄 왼쪽에서 흘러나왔습니다. 그쪽을 봤더니 남자 둘이 있더군요. 한 명은 나이가 좀 많고 한 명은 젊었습니다. 극장 안이 4분의 1 정도밖에 안 차 있었기 때문에 한눈에 알아볼 수 있었습니다. 젊은 남자가 늙은 남자한테 바짝 기대고 있더군요. 늙은 남자는 내내 스크린만 보면서도 한 팔로 젊은 남자의 어깨를 감쌌습니다. 다른 때 같으면 그 둘이 어떤 사이인지 금세 눈치챘겠지만, 그날 밤은 달랐습니다. 저는 가만히 지켜봤습니다. 그런데 검푸른 빛이 서서히 보이는 겁니다. 처음에는 젊은 남자 주위에만 보이던 그 빛이 이내 두 사람을 함께 감쌌습니다. 생전 처음 보는 빛이었습니다. 이따금 거리에서 느꼈던, 머릿속에 차임벨 소리가 들리기 시작할 때 봤던 어둠과 비슷했습니다. 그 냄새하고도 비슷했고요. 진짜가 아니란 걸 아는데도 진짜로 느껴졌던 겁니다. 그렇게 해서 저는 이해하게 됐습니다. 온전히 받아들인 건 나중 일입니다만, 그래도 이해할 수는 있었습니다. 그 젊은 남자가 흡혈귀라는 걸요."

캘러핸은 말을 멈추고 자신의 이야기를 어떻게 들려줘야 좋을지 생각했다. 어떻게 펼쳐야 할지.

"제 생각에 이 세상에는 세 가지 유형의 흡혈귀가 있습니다. 저는 그걸 제1형, 제2형, 제3형이라고 부릅니다. 제1형은 드뭅니다. 발로는 제1형이었습니다. 놈들은 수명이 아주 길어서 50년이나 100년, 어쩌면 200년이라는 긴 시간 동안 깊은 동면에 들어가기도 합니다. 활동하는 기간에는 새 흡혈귀를 만들 수 있습니다. 우리가 살아 있는 시체라고 부르는 것들을요. 이 살아 있는 시체들이 제2형입니다. 그것들도 새 흡혈귀를 만들 수는 있지만, 그리 용의주도하지는 않습니다." 캘러핸은 에디와 수재나를 돌아보았다. "혹시 「살아 있는 시체들의 밤」이라는 영화 봤나?"

수재나는 고개를 저었다. 에디는 고개를 끄덕였다.

"그 영화에 나오는 살아 있는 시체는 뇌가 완전히 죽어버린 좀비지. 제2형 흡혈귀는 좀비보다는 영리하지만, 크게 나은 것도 아니야. 그것들은 낮에는 바깥에 돌아다니질 못해. 그랬다간 눈이 멀거나 심한 화상을 입고, 심지어 죽을 수도 있으니까. 확실하진 않지만 수명도 짧을 걸세. 살아 있는 인간에서 흡혈귀로 변한 것 때문에 수명이 줄어든 건 아니야. 제2형 흡혈귀라는 존재 자체가 굉장히 위태롭기 때문이지.

이건 제가 아는 사실이 아니라 그저 추측입니다만, 대부분의 경우에 제2형 흡혈귀는 비교적 좁은 지역 안에서 다른 제2형 흡혈귀를 만들어냅니다. 병이 이 단계에 이르면…… 맞습니다, 그건 병입니다. 이 단계가 되면 흡혈귀들의 군주인 제1형 흡혈귀는 보통 다른 곳으로 떠납니다. 살렘스 롯에서는 사람들이 그 망할 놈을 죽였지만요. 제1형의 숫자는 아마 전 세계에 여남은 놈밖에 안 될 겁니다.

간혹 제2형이 제3형을 만드는 경우도 있습니다. 제3형은 모기 같은 놈들입니다. 흡혈귀를 더 만들지는 못하지만 피는 빨 수 있지요. 그렇게 계속 피를 빱니다. 계속."

"그놈들도 에이즈에 걸리나요?" 에디가 물었다. "에이즈가 뭔지는 아시죠?"

"알지. 하지만 그 말을 처음 들은 건 1983년 봄이었네. 그때는 디트로이트에 있는 등대 쉼터에서 일했는데, 미국을 떠날 때가 얼마 안 남은 시점이었지. 물론 뭔가 일어나고 있다는 낌새는 한 10년 전부터 알고 있었어. 어떤 소설에서는 그 병을 그리드(GRID)라고 부르기도 했다네. '게이와 연관된 면역 결핍증(Gay-Related Immune Deficiency)'의 약자였지. 1982년부터는 '게이 암'이라는 신종 질병에 관한 신문 기사가 하나둘 등장했고, 전염병이라는 예측도 나오기 시작했네. 피부에 나타나는 증상 때문에 거리에서는 '빠구리 발진'이라는 은어로 불리기도 했고. 내 생각에 흡혈귀들이 에이즈에 걸려 죽거나 앓지는 않을 것 같네. 하지만 놈들도 감염이 되기는 해. 전염시키기도 하고. 아무렴, 그렇고말고. 그렇게 믿을 근거도 있고."캘러핸의 입술이 떨리다가 잠잠해졌다.

"피를 빼는 그 악마가 당신에게 자기 피를 마시게 했을 때, 그런 걸 보는 능력도 함께 준 게로군."롤랜드가 말했다.

"그렇습니다."

"다 볼 수 있는 거요, 아니면 제3형만? 잔챙이들만?"

"잔챙이들만 보입니다."캘러핸은 그렇게 중얼거리고 나서 메마른 피식 소리를 내며 짧게 웃었다. "잔챙이라. 괜찮은 표현이군요. 아무튼, 제가 본 건 제3형뿐이었습니다, 살렘스 롯을 떠난 후에는요. 물론 발로 같은 제1형은 극히 드물고 제2형은 오래 살지 못하기 때문에 그랬을 수도 있습니다. 제2형은 식욕 때문에 자기 명을 재촉합니다. 항상 굶주려 있으니까요. 하지만 제3형은 낮에도 바깥을 돌아다닐 수 있습니다. 게다가 주요 영양분은 음식을 통해 섭취합니다. 우리처럼요."

"그날 밤에는 어떻게 하셨죠?"수재나가 물었다. "극장에서요."

"아무것도 안 했네. 뉴욕에 있는 동안 내내, 그러니까 처음 뉴욕에 머무는 동안은, 4월이 될 때까지 아무것도 안 했습니다. 확신이 없었거든요. 그러니까 심증은 있었지만 머리가 마음을 따라가질 않았던 겁니다. 그러는 동안 내내 극히 단순한 사실 하나가 제 발목을 붙들었습니다. 제가 술을 안 마시는 알코올 의존증 환자라는 사실 말입니다. 알코올 의존증 환자도 흡혈귀인데, 제 안의 그 부분은 점점 더 갈증을 느꼈습니다. 나머지 부분은 저의 본성을 부인하려고 애썼는데도 말입니다. 그래서 저는 스스로를 타일렀습니다. 저 두 남자는 그저 영화를 보러 온 동성애자 한 쌍이다, 그 이상도 이하도 아니다라고요. 차임벨 소리나 냄새, 젊은 남자 주위의 검푸른 빛 같은 건 뇌전증 때문에 일어난 환각이라고 생각했습니다. 아니면 발로가 저한테 한 짓의 후유증이거나요. 아니면 둘 다이거나. 물론 발로 때문이라는 생각은 옳았습니다. 놈의 피가 제 안에서 눈을 떴으니까요. 그 피가 젊은 남자를 본 겁니다."

"그게 다가 아니오." 롤랜드가 말했다.

캘러핸은 롤랜드를 돌아보았다.

"당신은 토대시에 빠졌소, 영감님. 이쪽 세계의 어떤 것이 당신을 부르고 있었던 거요. 아마 당신의 교회에 있는 그 물건이겠지. 허나 당신이 처음 그것의 존재를 알았을 때에는 교회가 아니라 다른 곳에 있었을 거요."

"맞습니다." 캘러핸은 경외심에 젖은 표정으로 롤랜드를 바라보았다. "거기에 없었습니다. 어떻게 아셨습니까? 가르쳐주십시오, 부탁입니다."

롤랜드는 가르쳐주지 않았다. "계속하시오. 그다음에는 무슨 일이 일어났소?"

"그다음은 루페였습니다." 캘러핸이 말했다.

9

그의 성은 델가도였다.

롤랜드는 그 성을 듣고 아주 잠시 눈만 살짝 크게 떴을 뿐이지만, 총잡이를 잘 아는 에디와 수재나에게는 그것조차도 예외적인 반응이었다. 이와 동시에 그들은 결코 우연일 리가 없는 이런 식의 우연에 익숙해졌다. 사건 하나하나가 마치 커다란 톱니바퀴의 맞물림 같았다.

루페 델가도는 서른두 살이었고, 날마다 술을 참은 지 꼬박 5년이 된 알코올 의존증 환자였으며, 1974년부터 홈에서 일하고 있었다. 홈을 세운 사람은 로언 매그루더였지만, 그곳에 진정한 활력과 목표를 부여한 사람은 루페 델가도였다. 루페는 낮에는 플라자 호텔의 관리부 직원으로 일했다. 밤에는 쉼터에서 일했다. 그는 홈의 '음주 허가' 규정을 만드는 데에 공헌했고, 캘러핸이 처음 그곳에 들어섰을 때 반겨준 사람 역시 그였다.

"제가 뉴욕에 처음 머물렀던 기간은 1년이 조금 넘습니다. 그런데 1976년 3월 즈음에는 이미……." 캘러핸은 입을 다물었다. 그러고는 적당한 말을 찾으려고 우물쭈물했지만, 세 사람은 그의 표정을 보고 무슨 말을 하려는지 이해했다. 그의 얼굴은 이마의 흉터만 빼고 온통 장밋빛으로 물들어 있었다. 십자가 모양 흉터는 다른 곳에 비해 기이하다 싶을 정도로 하얀 빛을 띠고 있었다.

"예, 무슨 생각을 하시는지 알겠습니다, 보아하니 제가 3월 무렵에는 이미 루페를 사랑하고 있었다고 생각하시는군요. 그게 곧 제가 동성애자라는 뜻일까요? 저는 호모일까요? 저도 모르겠습니다. 사람들은 저희 사제들은 다 동성애자라고 하지요, 안 그렇습니까? 뭐, 일부는 그렇습니다. 왜 아니겠습니까? 복사의 옷 속에 손을 넣기를 좋아하는 사제가 있다는 기사가 한두 달에 한 번은 신문에 실리는 것 같으니까요. 저로 말하자면, 스스로 동성애자라고 생각할 이유가 전혀 없습니다. 사제이기에 앞서 솔직히 날씬한 여성이 다리를 꼬면 저절로 눈길이 갔고, 복사를 맡은 남자애를 건드리겠다는 생각은 꿈에도 해본 적이 없으니까요. 루페하고 저 사이에 무슨 육체적인 접촉이 있었던 것도 아닙니다. 하지만 저는 루페를 사랑했습니다, 그리고 그건 단지 루페의 정신과, 홈에 대한 그의 헌신과 열정만을 사랑했다는 뜻이 아닙니다. 또 루페가 그리스도께서 그러셨듯이 가난한 이들 사이에서 참된 일을 하는 삶을 택했기 때문만도 아닙니다. 육체적인 끌림도 있었습니다."

캘러핸은 말을 멈추고 우물쭈물하다가 결국 터뜨렸다. "맙소사, 루페는 아름다웠습니다, *아름다웠단 말입니다!*"

"그 사람한테 무슨 일이 일어난 거요?" 롤랜드가 물었다.

"3월 어느 눈 오는 밤에, 루페가 홈에 들어섰습니다. 그날은 사람이 가득 차서 직원들이 정신없이 바빴습니다. 이미 한 차례 주먹다짐이 벌어진 참이라 다들 그 뒷수습을 하고 있었습니다. 금단 증상 때문에 정신을 못 차리는 사람도 한 명 있어서 로언 매그루더가 안쪽에 있는 자기 사무실로 데려가 위스키 섞은 커피를 대접했지요. 말씀드렸다시피 홈에는 감금실이 없었으니까요. 그때는 마침 저녁 시간이었는데, 실은 30분이 넘게 늦어졌습니다. 눈 때문에 자원 봉사자 세 명이 결근을 했거든요. 라디오가 켜져 있었고, 여자 노숙인 둘이 라디오에서 나오는 노래에 맞춰 춤을 췄습니다. '동물원의 먹이 주는 시간.' 루페는 식사 시간을 가리켜 그렇게 말하곤 했습니다.

저는 코트를 벗고 주방으로 가는 중이었는데…… 프랭크 스피넬리라는 사람이 저를 붙잡았습니다…… 제가 써 주기로 약속한 추천장이 어떻게 됐냐면서…… 여자도 한 명 있었습니다, 리사 뭐라는 여자였는데, 금주회에서 '우리가 상처 입힌 사람들의 명단 만들기'

과정을 도와주러 왔지요…… 이력서 쓰는 걸 도와달라는 청년도 있었습니다, 글을 조금 읽을 수는 있어도 쓸 줄은 모른다면서…… 스토브에서는 무슨 음식이 타고 있었고…… 정말이지 난장판이었습니다. 그리고 전 그게 마음에 들었습니다. 일에 푹 빠져서 시간 가는 줄도 몰랐으니까요. 그런데 한창 일하다가 갑자기 손을 났습니다. 종소리는 안 들렸습니다, 냄새도 주정뱅이들의 고약한 체취와 음식 타는 냄새뿐이었는데…… 그런데 루페의 목에, 그 빛이 칼라처럼 둘러져 있었던 겁니다. 목에는 자국도 보였습니다. 아주 조그만 자국들이었습니다. 기껏해야 꼬집은 자국 같았습니다.

저는 우뚝 멈춰 섰습니다. 분명히 비틀거렸을 겁니다, 루페가 허둥지둥 달려왔으니까 말입니다. 그러자 냄새가 풍겼습니다. 희미하게. 코끝이 아릿한 양파 냄새와 쇠 녹는 냄새였습니다. 저는 몇 초 동안 기절했을 겁니다. 어느새 루페와 단 둘이 금주회 자료를 보관하는 캐비닛 옆에 있었고, 루페가 저한테 마지막으로 식사를 한 게 언제냐고 물었으니까요. 그 친구는 제가 가끔씩 끼니를 깜박하는 걸 알았거든요.

냄새는 사라지고 없었습니다. 루페의 목을 감싼 파란 빛도 없었습니다. 그리고 조그만 자국도, 뭐에 물린 것 같던 그 자국들도 안 보였습니다. 웬만한 대식가 흡혈귀한테 걸린 게 아니라면 물린 자국은 금세 없어지게 마련입니다. 하지만 저는 알 수 있었습니다. 루페한테 누구랑 같이 있었는지, 언제 어디서 그랬는지 물어봐도 소용없는 짓이란 걸 말입니다. 흡혈귀들은 제3형조차도 보호 기관을 갖고 있기 때문입니다. 어쩌면 제3형이 특히 그럴지도 모릅니다. 연못에 사는 거머리가 분비하는 침에는 배를 채우는 동안 피가 굳지 않게 하는 효소가 들어 있습니다. 그 효소는 먹잇감의 피부까지 마비시키기 때문에, 눈으로 직접 보지 않으면 무슨 일이 일어나는지조차 알 수가 없지요. 아마도 제3형 흡혈귀들의 침에는 선택적 단기 기억상실증을 일으키는 물질이 함유된 것 같습니다.

저는 이래저래 둘러댔습니다. 그냥 잠깐 어지러운 것뿐이라고, 추운 바깥에 있다가 시끄럽고 환하고 따뜻한 안에 들어와서 그랬다고 말입니다. 루페는 그 말을 믿으면서도 저한테 무리하면 안 된다고 충고했습니다. '당신은 잃어버리기엔 너무 소중한 사람이에요, 도널드.' 루페는 그 말을 하고 나서 저한테 입을 맞췄습니다. 여기에다." 캘러핸은 흉터가 있는 오른손으로 자기 오른뺨을 짚었다. "그러고 보니 저희 사이에 육체적 접촉이 없었다는 말은 거짓말이 되는 셈이군요. 그 입맞춤 한 번이 다였습니다. 그 느낌이 지금도 생생히 기억납니다. 루페의 인중에 난 짧은 수염이 따끔거리던 느낌까지…… 바로 이 자리에."

"정말 가슴 아픈 얘기네요." 수재나가 말했다.

"고맙네. 그게 나한테 얼마나 의미 있는 말인지 자네도 알까? 같은 세계에서 온 사람에게 위로를 받는 기분이 얼마나 멋진지? 꼭 외딴 섬에 표류해 있다가 고향 소식을 듣는 기분이라네. 오랫동안 병에 든 생수만 마시다가 시원한 샘물을 마시는 기분 같기도 하고." 캘러핸은 수재나의 손을 두 손으로 쥐고 빙긋 웃었다. 에디에게는 왠지 억지로 지은 웃음, 심지어 가짜 웃음처럼 보였고, 그러자 섬뜩한 생각이 떠올랐다. 캘러핸 영감님이 지금 아릿한 양파와 쇳내가 섞인 냄새를 맡고 있다면? 그가 지금 파란 빛을, 수재나의 목을 둘러싼 칼라가 아니라 배를 둘러싼 허리띠처럼 생긴 파란 빛을 보고 있다면?

에디는 롤랜드를 돌아보았지만 도움을 얻지 못했다. 총잡이의 얼굴에는 어떤 표정도 드러나지 않았다.

"그 사람 에이즈에 걸렸죠, 맞죠?" 에디가 물었다. "게이 제3형 흡혈귀가 영감님 친구를 물어서 감염시킨 거예요."

"게이라. 자네 지금 그 바보 같은 단어가 아직도 쓰인다고……." 캘러핸은 말끝을 흐리며 고개를 저었다.

"옙. 레드삭스는 아직도 월드 시리즈 우승을 못 했고 호모는 게이죠."

"에디!" 수재나가 꾸짖었다.

"저기요, 혹시 뉴욕을 마지막으로 떠나면서 불 끄는 걸 잊어버린 사람이 속 편하게 지낼 수 있을 거라고 생각해요? 당연히 아니죠. 게다가 요즘은 나도 점점 옛날 사람이 돼가는 기분이라고요." 에디는 다시 캘러핸 쪽으로 고개를 돌렸다. "아무튼, 그렇게 된 게 맞죠? 안 그래요?"

"그런 것 같네. 그때는 내가 에이즈에 대해 잘 몰랐다는 걸 명심하게. 그리고 내가 알았던 다른 것은 부정하고 억누르려고 했다는 것도. 그것도 케네디 대통령의 말처럼 '가공할 위력으로' 억누르려고 했지. 내가 그 극장에서 '잔챙이' 흡혈귀를 처음 본 때는 1975년 크리스마스와 연말 사이였네." 캘러핸은 기침 소리 같은 짧은 웃음을 터뜨렸다. "그런데 지금 생각해보니 그 극장의 이름은 '게이어티'였어. 놀랍지 않나?" 그는 말을 멈추더니 조금 의아한 표정으로 세 사람의 얼굴을 둘러보았다. "안 놀라운가 보군요. 전혀 놀란 표정이 아닌 걸 보니."

"이제 우연의 일치 같은 건 없어요." 수재나가 말했다. "우리가 지금 살고 있는 세계는 찰스 디킨스 소설 속의 현실 같은 곳이거든요."

"무슨 말인지 모르겠군."

"모르셔도 괜찮아요. 계속하세요. 이야기요."

영감님은 잃어버린 갈피를 찾으려고 잠시 골똘히 생각하다가, 다시 이야기를 시작했다.

"제가 제3형 흡혈귀를 처음 본 때는 1975년 겨울이었습니다. 그로부터 석 달 후에 루페의 목을 감싼 파란 빛을 볼 때까지, 아마 대여섯 놈은 마주쳤을 겁니다. 그중 사냥을 하고 있었던 놈은 하나뿐이었습니다. 이스트빌리지 뒷골목에 다른 남자 한 명과 같이 있었지요. 그놈…… 그 흡혈귀는, 이렇게 서 있었습니다." 캘러핸은 의자에서 일어나 팔을 쭉 뻗어서 보이지 않는 벽에 짚었다. "먹잇감인 다른 남자는 두 팔 사이에 서서 놈을 마주 보고 있었습니다. 어쩌면 이야기를 하는 걸 수도 있었습니다. 키스하는 중이었을 수도 있고요. 하지만 전 알았습니다. *알았던* 겁니다. 둘 다 아니란 걸요.

다른 경우는…… 식당에서 두 놈을 봤습니다. 둘 다 혼자서 식사하는 중이었습니다. 그 파란 빛이 손과 얼굴을 온통 감싸고 있었습니다. 입술을 따라서 꼭…… 꼭 무슨 전기가 흐르는 블루베리 주스가 묻은 것 같더군요. 그리고 탄 양파 냄새가 무슨 향수 냄새처럼 주변에 진동했습니다." 캘러핸은 짧게 웃었다. "어떻게 표현해도 같은 단어가 섞여 나오다니, 놀랍군요. 그건 제가 단지 묘사하려고만 하는 게 아니기 때문일 겁니다. 전 그걸 이해하려고 애쓰는 중입니다. 아직도 이해하려고 애쓰고 있습니다. 어떻게 그렇게 다른 세상이 존재할 수 있었는지를 말입니다. 그 비밀스러운 세상이, 그렇게 오랫동안, 제가 아는 세상 바로 옆에."

롤랜드 말이 맞아. 에디는 생각했다. *토대시야. 틀림없어. 이 사람은 몰랐지만, 분명 토대시야. 그렇다면 이 사람도 우리에 속하는 걸까? 우리 카텟에?*

"마린 미드랜드 은행에서도 하나 봤습니다. 홈이 거래하는 은행이었지요. 그때는 한낮이었습니다. 저는 출금 창구 앞에 줄을 서 있었고, 그 여자는 입금 창구 쪽에 있었습니다. 그 빛이 여자를 온통 감싸고 있었습니다. 그 여자는 제가 자기를 보고 있다는 걸 알아차리고 빙긋 웃더군요. 대담하게 눈길까지 마주치면서요. 매혹적이었습니다." 캘러핸이 잠시 입을 다물었다가 말을 이었다. "섹시했지요."

"당신은 놈들을 알아볼 수 있소. 당신 몸속에 흐르는 흡혈 악마의 피 때문에." 롤랜드가 말했다. "그럼 놈들도 당신을 알아볼 수 있는 거요?"

"아니요." 캘러핸은 제꺼덕 대답했다. "만약 놈들이 저를 알아보고 사람들 속에서 추려낼 수 있었다면, 제 목숨은 동전 한 닢 가치도 없었을 겁니다. 그래도 나중에는 제 존재를 알게 되기는 했지만요. 하지만 그건 나중 일입니다.

그러니까 요점은, 제 눈에는 그놈들이 보였다는 말입니다. 저는 놈들이 세상에 돌아다닌다는 걸 알았습니다. 그래서 루페에게 일어난 일을 목격했을 때 어떻게 된 사정인지 알았던 겁니다. 놈들도 볼 수 있습니다. 냄새도 맡을 수 있고요. 아마 차임벨 소리도 들을 겁니다. 먹잇감한테는 인장이 찍히는데, 그다음부터는 더 많은 희생자들이 모여듭니다. 빛을 보고 몰려드는 벌레처럼. 또는 개들처럼요. 다 같이 한 전봇대에만 오줌을 갈기는.

루페는 분명 3월의 그날 밤에 처음 물렸을 겁니다. 그를 둘러싼 빛을 그때 처음 봤으니까요. 그리고 목 옆쪽에 난 자국도…… 그건 면도하다가 벤 자국 정도로만 보였습니다. 하지만 그날 이후로 루페는 자꾸만 물렸습니다. 저희가 하는 일 때문이기도 했습니다. 뜨내기들을 상대하는 일이었으니까요. 어쩌면 알코올이 든 피가 놈들에게는 싸구려 마약인지도 모릅니다. 누가 알겠습니까?

아무튼, 제가 처음 살인을 저지른 건 루페 때문이었습니다. 제 기나긴 살인 행각의 첫걸음이었지요. 그때는 4월이었는데……"

10

지금은 4월, 마침내 공기에서 봄의 분위기와 냄새가 느껴진다. 다섯 시부터 홈에 나온 캘러핸은 먼저 월말 청구서 지불용 수표를 쓴 다음, 자신이 '두꺼비 만두 스튜'라고 이름 붙인 특식을 만드는 중이다. 실은 큼직하게 썬 쇠고기를 넣은 스튜이지만, 그는 재미난 이름이라며 혼자 즐거워한다.

스튜가 끓는 동안 캘러핸은 커다란 쇠솥을 설거지했다. 솥이 필요해서가 아니라(조리 기구는 홈에 넘쳐나는 얼마 안 되는 물건 가운데 하나였다.) 부엌일은 그렇게 해야 한다고 어머니한테 배웠기 때문이다. 요리를 하는 동안 짬짬이 설거지를 하라고.

캘러핸은 솥을 들고 뒷문으로 향한다. 한 손은 솥을 잡고 허리에 걸치고, 다른 손으로는 문손잡이를 돌린다. 뒷골목으로 나간 그는 그곳에 있는 하수구 철창 덮개에 구정물을 버리려다가, 우뚝 멈춰 선다. 그가 전에 이스트빌리지에서 본 광경이 여기에 있다. 벽에 등을 기댄 남자와 그를 마주 보고 서서 두 손을 뻗어 벽에 대고 있는 남자. 그러나 그때는 둘 다 어둠에 가려져 있었다. 지금은 주방에서 흘러나온 빛에 두 남자가 똑똑히 보이고, 벽에 등을 댄 채 잠든 사람처럼 고개를 한쪽으로 돌려 목을 드러낸 남자는, 캘러핸이 아는 사람이다.

루페.

뒷골목 이쪽은 열린 문에서 나온 빛으로 환한데도, 게다가 캘러핸은 기척을 감추기는커녕 루 리드의 「워크 온 더 와일드 사이드」를 흥얼거리고 있는데도, 두 남자 모두 그가 온 것을 알지 못한다. 그들은 황홀경에 빠져 있다. 루페 앞에 있는 남자는 나이가 쉰 살 안팎, 슈트와 넥타이를 잘 차려입었다. 남자 옆의 자갈 바닥에 값비싼 마크 크로스 서류 가방이 놓여 있다. 남자는 머리를 앞으로 쑥 내밀어 갸웃하게 기울이고 있다. 벌린 입술은 루페의 목 오른편에 봉인처럼 붙어 있다. 그곳의 살갗 아래에는 무엇이 있을까? 목정맥? 목동맥? 캘러핸은 기억이 나질 않지만, 아무래도 상관없다. 이번에는 차임벨 소리가 안 들리지만 냄새는 진동한다. 냄새가 너무나 독해서 눈에는 눈물이 차오르고 콧구멍에는 대번에 투명한 점액이 맺힌다. 맞은편의 두 남자를 둘러싸고 그 검푸른 빛이 이글거린다. 캘러핸의 눈에는 리듬 있게 일렁거리는 빛이 보인다. 숨을 쉬는 거구나. 캘러핸은 생각한다. 저 빛은 그들의 숨이야, 그게 주위의 공기를 휘젓고 있어. 진짜라는 뜻이야.

캘러핸의 귀에, 아주 희미하게, 쪽쪽거리는 소리가 들린다. 영화에서 연인들이 서로에게 열띤 키스를 퍼부을 때 들리는 소리.

캘러핸의 머릿속에 이제 어떻게 할 것인가 같은 생각은 없다. 그는 거품 구정물이 가득한 솥을 내려놓는다. 콘크리트 문간 바닥에 부딪힌 솥이 요란하게 철그렁거리지만, 맞은편 벽에 기대어 있는 두 남자는 꿈쩍도 하지 않는다. 그들은 둘만의 꿈속에 빠져 있다. 캘러핸은 주방 안으로 두 걸음 물러선다. 조리대 위에 스튜용 쇠고기를 썰 때 쓴 네모나고 묵직한 식칼이 있다. 칼날이 시퍼렇게 번득인다. 식칼에 비친 얼굴을 보며 캘러핸은 생각한다. 적어도 나는 놈들에 속하지 않는군. 저기 내 얼굴이 비치잖아. 그러고는 식칼의 고무 손잡이를 손으로 쥔다. 그는 뒷골목으로 나간다. 거품 물이 든 솥을 넘어서. 공기는 부드럽고 축축하다. 어디선가 물이 똑똑 떨어진다. 어디선가 틀어 놓은 라디오에서 「오늘 밤 누군가 내 목숨을 구했네 (Someone Saved My Life Tonight)」가 크게 들려온다. 습한 공기 때문에 길 맞은편 방범등을 둘러싸고 빛무리가 떠 있다. 지금은 뉴욕의 4월이고, 얼마 전까지 가톨릭교회의 정식 사제였던 캘러핸에게서 3미터 떨어진 곳에, 먹잇감의 피를 빼는 흡혈귀가 서 있다. 도널드 캘러핸이 사랑하는 남자의 피를 빼는 흡혈귀가.

'하마터면 당신의 낚싯바늘에 걸릴 뻔했어요, 안 그래요, 내 사랑?' 엘튼 존은 노래하고, 캘러핸은 앞으로 걸어나간다, 식칼을 치켜들고서. 내리친 식칼이 흡혈귀의 두개골 깊숙이 박힌다. 흡혈귀의 옆얼굴이 날개를 펼치듯 칼날에 휙 떠오른다. 흡혈귀가 머리를 번쩍 든다. 자신보다 더 크고 더 위험한 짐승의 기척을 느낀 육식동물처럼. 잠시 후, 흡혈귀는 서류 가방을 들려는 것처럼 무릎을 스르르 굽히지만, 이내 없어도 그만이라고 마음먹은 모양이다. 놈은 돌아서서 골목 입구를 향해 느릿느릿 걸어간다. 엘튼 존을 향해, 이제 '누군가, 누군가, 오늘 밤 누군가 내 목숨을 구했네'라고 노래하는 목소리를 향해. 식칼은 놈의 두개골에 그대로 박혀 있다. 한 걸음 내디딜 때마다 식칼 손잡이가 딱딱하고 짤따란 꼬리처럼 이쪽저쪽으로 흔들린다. 피가 조금 보이기는 해도 생각했던 만큼 낭자하지는 않다. 당장은 너무나 충격을 받아서 그 이유를 궁금해할 여유가 없지만, 나중에 캘러핸은 흡혈귀들의 몸속에 액체 형태로 흐르는 피는 매우 적을 거라고 믿게 된다. 놈들을 움직이는 힘이 무엇이건, 피라는 기적이 아니라 마법에 가까운 어떤 것이라고. 놈들의 피는 대부분 푹 익힌 달걀의 노른자처럼 응고된 상태이다.

놈은 한 걸음을 더 내딛더니, 멈춰 선다. 어깨가 축 처진다. 앞으로 몸을 숙이자 머리가 보이지 않는다. 그러더니 갑자기, 옷이 무너져 내린다. 옷들이 저절로 허물어져 뒷골목의 축축한 땅바닥에 나풀나풀 떨어진다.

꿈을 꾸는 기분으로, 캘러핸은 흡혈귀의 옷을 살펴보러 간다. 루페 델가도는 벽에 기대어 서 있다. 머리를 젖히고 눈을 감은 채로, 흡혈귀가 드리운 정체 모를 꿈에 빠진 채로. 목에서 가느다란 핏줄기가 흘러내린다.

캘러핸은 흡혈귀의 옷을 내려다본다. 넥타이는 매듭이 묶인 모습 그대로다. 셔츠는 슈트 재킷 안에 들어 있고, 셔츠 밑단은 슈트 바지 안에 넣어져 있다. 바지 지퍼를 열어 보면 속옷도 그대로 있으리라는 것을, 캘러핸은 안다. 정말로 비어 있는지 눈뿐 아니라 손으로도 확인해야겠다는 생각에 재킷 소매 한쪽을 들자 흡혈귀의 손목시계가 데구루루 굴러 나오더니, 졸업 반지처럼 생긴 반지 옆에 떨어지며 철컹 소리를 낸다.

머리카락. 치아도 있다. 몇 개는 때운 자국이 보인다. 미스터 마크 크로스 서류 가방의 나머지 몸뚱이는, 흔적도 없다.

캘러핸은 옷을 모은다. 엘튼 존이 아직도 「오늘 밤 누군가 내 목숨을 구했네」를 부르고 있지만, 놀랄 일은 아니다. 꽤 긴 노래, 분명 4분이 넘을 것이므로. 캘러핸은 시계를 자기 손목에 차고 반지도 손가락에 낀다. 그저 잠시 맡아둘 생각으로. 그는 옷을 들고서 루페 앞을 지나 안으로 들어간다. 루페는 아직도 꿈에 빠져 있다. 그리고 목의 구멍들은, 처음부터 바늘 자국이나 다름없이 조그마했던 그 구멍들은, 이제 보이지 않는다.

주방은 기적처럼 텅 비어 있다. 주방을 지나 왼쪽으로 가면 창고라고 적힌 문이 나온다. 문 너머는 양쪽에 선반이 늘어서 있는 짧은 복도이다. 양쪽 선반 앞에는 도난을 막으려고 자물쇠 달린 묵직한 철망 문이 서 있다. 한쪽에는 통조림, 반대쪽에는 건조식품이 놓여 있다. 그리고 옷도. 한 선반에는 셔츠. 다른 선반에는 바지. 옆 선반에는 드레스와 치마. 또 다른 선반에는 코트. 복도 끄트머리에 기타라고 적힌 낡은 옷장이 서 있다. 캘러핸은 흡혈귀의 지갑을 찾아 자기 주머니에 꽂아 넣는다. 자기 지갑 위에 겹쳐서. 지갑 두 개의 무게로 주머니가 축 처진다. 그런 다음 옷장의 자물쇠를 열고 흡혈귀의 옷 뭉치를 던져 넣는다. 하나하나 분류하는 것보다는 이러는 편이 더 쉽지만, 나중에 바지 속의 속옷이 발견되면 불평이 나올 것이다. 홈에서는 헌 속옷은 받지 않는다.

"밑바닥 인생들을 상대하는 게 우리 일이긴 하지만." 언젠가 로언 매그루더는 캘러핸에게 이렇게 말했다. *"우리한테도 나름의 기준이 있다고."*

지금은 그 기준을 생각할 때가 아니다. *흡혈귀의 머리카락과 치아부터 걱정해야 한다. 손목시계와 반지, 지갑도…… 맙소사, 서류 가방과 구두도! 아직 바깥에 그대로 있을 텐데!*

투덜거릴 생각은 하지도 마. 캘러핸은 스스로를 꾸짖는다. *그 녀석의 95퍼센트는 사라졌잖아, 공포 영화의 결말에서 간단히 사라지는 괴물처럼. 아직까지는 하느님이 보우하고 계셔. 분명 하느님일 거야, 그러니까 투덜거릴 생각은 하지도 마.*

투덜거릴 생각은 없다. 캘러핸은 머리카락과 치아와 서류 가방을 모아서 골목 *끄트머리*로 들고 간다. 물웅덩이를 첨벙첨벙 지나 울타리까지 가서 그 너머로 내던진다. 잠깐 생각하다가, 시계와 지갑과 반지도 함께 던진다. 반지가 손가락에 걸려 잠시 당황하지만, 결국에는 그것도 빼내서 휙 던져버린다. 짤랑. 누군가 대신 처리해줄 것이다. 어쨌거나 여기는 뉴욕이니까. 그는 루페에게 돌아가 구두를 본다. 버리기에는 너무 고급이라는 생각이 든다. 몇 년은 더 신을 수 있을 것 같다. 그는 오른손의 검지와 중지에 구두를 달랑달랑 걸치고 주방으로 들어간다. 구두를 든 채로 스토브 곁에 서 있을 때, 루페가 뒷골목에서 주방으로 들어선다.

"도널드?" 루페가 부른다. 목소리가 조금 나른하다. *단잠에서 막 깨어난 사람처럼.* 조금 재미있어 하는 것도 같다. 루페가 캘러핸의 손에 걸린 구두를 가리킨다. "그것도 스튜에 넣으려고요?"

"그러면 맛은 더 좋아지겠지. 하지만 아니야, 그냥 창고에 넣어두려고." 캘러핸이 대답한다. 차분한 자기 목소리에 스스로도 놀라면서. 그리고 심장 박동도! 캘러핸의 심장은 분당 60회, 아니면 70회 정도로 차분하게 뛰고 있다. "누가 뒤에다 버리고 갔더군. 자넨 거기서 뭐 하고 있었나?"

루페가 캘러핸을 보며 빙긋 웃는다. 루페는 그렇게 웃을 때 가장 아름답다. "그냥, 나가서 담배 피우고 있었어요. 날씨가 너무 좋아서 들어오기가 싫더라고요. 저 못 보셨어요?"

"아, 봤지. 패나 기분이 좋은 것 같아서 방해하기가 싫더라고. 창고 문 좀 열어줄래?"

루페가 문을 연다. "구두가 진짜 고급이네요. 발리예요. 뭘 하느라 발리 구두를 다 벗어놨을까요, 주정뱅이가 냉큼 주워 갈 텐데?"

"누군가 발리 구두에 싫증이 난 사람이 있었나 보지." 캘러핸의 귀에 종소리가, 그 끔찍하게 달콤한 소리가 들린다. 그 소리에 이가 갈린다. 세상이 잠시 은은하게 빛나는 것 같다. 지금은 안 돼. 떠오르는 생각. 아아, 지금은 안 돼, 제발.

기도는 아니다. 요즘 들어 캘러핸은 기도를 거의 안 한다. 하지만 누군가 그의 바람을 들어주었는지, 차임벨 소리가 희미해져간다. 세상이 잠잠해진다. 다른 방에서는 누가 밥을 달라고 고래고래 소리 지른다. 욕을 하는 사람도 있다. 세상은 여느 때와 똑같다. 그리고 캘러핸은 술이 마시고 싶다. 그것 역시 언제나 느끼는 기분이지만, 이번에는 어느 때보다 더 간절하다. 식칼의 고무 손잡이를 쥐었을 때의 느낌이 자꾸만 떠오른다. 식칼의 묵직한 무게가. 식칼을 내리꽂았을 때 난 소리가. 그리고 입속에 다시 그 맛이 감돈다. 발로의 피에서 나던 죽음의 맛이. 그 맛이, 또다시. 페트리 씨네 부엌에서 그 흡혈귀가 뭐라고 말했던가? 어머니가 주신 십자가를 박살

낸 후에? 한 인간의 믿음이 무너지는 꼴을 보는 것은 슬픈 일이라고
했다.

오늘 밤은 금주회 모임에 가서 앉아 있어야겠군. 캘러핸은 생각
한다. 발리 로퍼를 고무줄로 묶어 신발함에 휙 던지면서. 가끔은 그
모임이 도움이 된다. 절대로 "저는 도널드라고 하고요, 알코올 의존
증 환자입니다"라는 말은 하지 않지만, 그래도 가끔은 도움이 된다.

뒤로 돌아서니 루페가 코앞에 서 있어서, 캘러핸은 살짝 헉 소리
를 낸다.

"진정하세요." 루페가 웃는다. 아무렇지도 않게 자기 목을 긁는
다. 물린 자국은 아직 남아 있지만, 내일 아침이면 깨끗이 사라질 것
이다. 그럼에도, 캘러핸은 흡혈귀들이 무언가 알아본다는 것을 안
다. 아니면 냄새를 맡거나. 아니면 어떤 거라도.

"저기 말이야." 캘러핸은 루페에게 말한다. "난 뉴욕을 한 보름
정도 떠날 생각이야. 잠깐 쉬려고. 같이 안 갈래? 북쪽으로 가는 것
도 괜찮을 거야. 낚시도 좀 하고."

"안 돼요. 호텔 일이 바빠서 6월까진 휴가를 못 내요. 게다가 여
기도 일손이 딸리고요. 하지만 가고 싶으시다면 제가 로언한테 잘
얘기해둘게요. 걱정 마세요." 루페가 캘러핸의 얼굴을 자세히 살
핀다. "좀 쉬셔야 할 것 같네요. 피곤해 보여요. 긴장한 것 같기도
하고."

"아니, 그냥 생각만 해봤어." 캘러핸은 어디에도 가지 않을 것이
다. 여기 머물면 루페를 지킬 수 있을지도 모르니까. 그리고 이제 그
는 안다. 놈들을 죽이기가 벽에 붙은 벌레를 후려치기보다 쉽다는
것을. 게다가 흔적도 별로 안 남는다. 텔레비전의 주방 세제 광고에

나오는 말처럼, '간단하게 깔끔하게' 끝난다. 루페는 무사할 것이다. 미스터 마크 크로스 서류 가방 같은 제3형 흡혈귀들은 먹잇감을 죽이지 않는지도 모른다. 아예 흡혈귀로 바꾸지도 못할 수도 있다. 적어도 캘러핸이 보기에는 그렇다. 당분간은. 그러나 지켜볼 것이다. 그 정도는 할 수 있다. 단단히 경계하면서. 이는 그가 예루살렘스 롯에서 했던 일의 자그마한 속죄가 될 것이다. 그리고 루페는 무사할 것이다.

11

"그런데 무사하지 않았던 게로군." 롤랜드가 말했다. 그는 담배쌈지의 바닥에 남은 부스러기를 모아 조심스레 담배를 마는 중이었다. 종이는 너덜너덜했고, 담뱃잎은 사실상 먼지나 다름없었다.

"예." 캘러핸이 동의했다. "그랬습니다. 롤랜드, 저는 담배 마는 종이는 없습니다만, 그래도 그보다 나은 담뱃잎은 있습니다. 남부에서 온 괜찮은 물건이 집 안에 있지요. 저는 안 피우지만 로잘리타는 저녁에 가끔 파이프를 한 대씩 피웁니다."

"나중에 부탁하겠소, 세이 생키. 커피만큼은 아니지만 담배도 그립기는 마찬가지였으니. 지금은 우선 이야기부터 마무리하시오. 단하나라도 빠뜨리면 안 되오, 우리가 속속들이 아는 게 중요할 것 같소. 허나……"

"압니다. 시간이 촉박하다는 걸요."

"그렇소. 시간이 촉박하오."

"그럼 짧게 얘기하겠습니다. 제 친구는 그 병에 걸렸습니다. 병 이름이…… 에이즈라고 했던가?"

캘러핸은 에디를 보며 말했다. 에디가 고개를 끄덕였다.

"그래. 이름이야 뭐라고 하든 상관없겠지. 하지만 처음 들었을 땐 무슨 다이어트용 사탕 이름인 줄 알았다네. 그 병이 반드시 급격히 퍼지는 게 아니란 건 자네도 알겠지만, 내 친구의 경우는 불붙은 짚 단 같았네. 1976년 5월 중순에 루페 델가도는 몹시 아팠습니다. 혈 색이 안 좋았지요. 열도 자주 났고요. 가끔은 밤새 화장실에서 토하 기도 했습니다. 로언은 루페에게 주방 일을 하지 말라고 할 수도 있 었는데, 실은 그럴 필요가 없었습니다. 자기가 알아서 안 들어갔으 니까요. 그러다가 발진이 나타나기 시작했습니다."

"카포시 육종일 거예요." 에디가 말했다. "피부에 나타나는 병이 에요. 되게 흉해요."

캘러핸은 고개를 끄덕였다. "발진이 생기고 나서 3주 후에, 루페 는 뉴욕 제네럴 병원에 입원했습니다. 6월 하순의 어느 날 밤, 저는 로언 매그루더와 함께 문병을 갔습니다. 그때까지만 해도 저희끼리 이런 얘기를 나눴지요. 루페는 나을 거다, 전보다 더 건강해질 거다, 젊고 튼튼하니까. 하지만 그날 밤 병실 문을 들어선 순간, 저희는 이 미 늦었다는 걸 알았습니다. 루페는 산소 텐트 안에 있었습니다. 팔 에는 정맥 주사 튜브가 줄줄이 꽂혀 있었고요. 통증이 굉장했습니 다. 자기 곁에 가까이 오지 말라더군요. 전염될지도 모른다면서요. 사실, 그 병에 대해 잘 아는 사람은 아무도 없는 것 같았습니다."

"그게 제일 무섭죠." 수재나가 말했다.

"그렇지. 루페가 말하길, 의사들은 그 병을 동성애 행위나 주사기

를 돌려쓰는 것 때문에 전염되는 혈액 질환으로 여겼습니다. 루페는
우리한테 믿어달라는 말도 했습니다. 자기는 깨끗하다고, 약물 검사
는 모두 음성이라고, 몇 번이나 그렇게 말했습니다. '1970년 이후로
는 아무것도 안 했어요, 마리화나 한 모금도 안 피웠단 말이에요. 하
느님께 맹세할 수 있어요.' 그건 우리도 안다고 말해줬습니다. 침대
양편에 앉아 있는 저희의 손을 루페가 잡더군요."

캘러핸이 침을 삼켰다. 목에서 꿀꺽 소리가 선명하게 났다.

"저희 손은…… 루페는 저희가 돌아가기 전에 손을 씻게 했습니
다. 혹시 모른다면서요. 그러고는 와줘서 고맙다고 했습니다. 루페
는 로언에게 홈은 자기 인생에서 가장 멋진 곳이라고 했습니다. 루
페에게 그곳은 진짜 집이었으니까요.

그날 밤 병원을 나설 때만큼 술을 간절히 원했던 때는 없었습니
다. 하지만 곁에는 로언이 있었고, 그래서 수많은 술집을 그냥 지나
쳤습니다. 그날 밤 저는 맨 정신으로 잠자리에 들었지만 이제는 정
말 시간문제라는 생각 때문에 잠을 이루지 못했습니다. 금주회에서
는 첫 잔이 곧 인사불성으로 가는 길이라고들 하는데, 제 첫 잔은
바로 지척에 있었습니다. 제가 들어서면 그 첫 잔을 따라줄 바텐더
가 어디선가 기다리고 있었던 겁니다.

루페는 이틀 후에 죽었습니다.

장례식장에 모인 사람이 300명은 됐을 겁니다. 거의 모두가 홈을
거쳐 간 사람들이었습니다. 눈물바다가 된 와중에 멋진 추도사가 잔
뜩 나왔습니다. 개중에는 똑바로 걷지도 못할 만큼 취한 사람도 있
었는데 말이지요. 식이 끝나고 나서 로언 매그루더가 제 팔을 잡고
말하더군요. '당신 정체가 뭔지 난 몰라, 도널드. 하지만 어떤 인간

인지는 알아. 당신은 정말 훌륭한 남자고, 주정뱅이지만 술을 끊은 지가…… 얼마나 됐지?'

계속 거짓말을 할까 하는 생각도 들었지만, 괜한 짓이겠다 싶었습니다. 그래서 말했습니다. '작년 10월부터야.'

로언이 그러더군요. '지금쯤 한잔 걸치고 싶겠네. 얼굴에 다 씌어 있어. 자, 이렇게 하자고. 만약 당신이 한잔 걸치면 루페가 살아서 돌아올 것 같다, 그러면 술을 마셔도 좋아. 아예 그냥 날 찾아와, 같이 블라니 스톤 바에 가서 먼저 내 지갑부터 탈탈 터는 거야. 어때?'

'좋지.' 제가 대답했습니다.

로언은 이렇게 말했지요. '당신이 오늘 술에 취하면 루페한테는 최악의 추모가 될 거야. 죽은 그 친구 얼굴에 오줌을 갈기는 셈이라고.'

그 말이 옳다는 걸 저도 알았습니다. 그래서 그날은 뉴욕에서 보낸 둘째 날이랑 똑같이 보냈습니다. 여기저기 걸어다니면서 제 입속의 그 맛과 싸웠습니다. 술을 사서 공원 벤치에 늘어지고 싶은 충동과 싸웠습니다. 브로드웨이 대로에 갔던 기억이 나는군요. 거기서 10번 대로로 넘어갔다가, 다시 파크 대로와 30번가 교차점까지 갔습니다. 그때는 날이 어두워서 파크 대로에 오가는 차들이 전조등을 켜고 달리더군요. 서쪽 하늘은 온통 주황색과 분홍색으로 물들고, 거리 가득 우아한 석양이 길게 드리워져 있었습니다.

평온한 기분에 젖어들면서, 저는 생각했습니다. '난 이길 거다. 적어도 오늘 밤만은, 이길 거야.' 바로 그 순간에 차임벨 소리가 들려왔습니다. 전에 없이 요란하게요. 머리가 터지는 줄 알았습니다. 길거리가 눈앞에서 흔들흔들 움직이는 사이에 이런 생각이 들었습니다. *이건 절대 현실이 아니야. 파크 대로가 아니라고, 전혀 아니야. 그냥 거대한 캔버스야. 뉴욕은 그 캔버스에 그린 배경일 뿐이야. 그런데 그 뒤에는 뭐가 있지? 뭐긴, 아무것도 없지. 아무것도. 그냥 암흑뿐.*

그러다 사방이 다시 잠잠해졌습니다. 차임벨 소리는 작아지다가…… 작아지다가…… 결국 사라졌습니다. 저는 걷기 시작했습니다, 아주 천천히. 살얼음판을 걷는 사람처럼. 제가 뭘 두려워했냐면, 너무 힘줘서 걸으면 세상을 뚫고 그 뒤의 어둠으로 들어가버리지 않을까 하는 거였습니다. 말도 안 되는 소린 줄은 저도 압니다. 그럼요, 그때도 알았습니다. 하지만 안다고 해서 속이 편해지는 건 아니니까요. 안 그렇습니까?"

"그렇죠." 에디가 말했다. 헨리 형과 함께 헤로인을 쿵쿵대던 시절을 떠올리면서.

"맞아요." 수재나였다.

"그렇소." 롤랜드의 머릿속에는 예리코 언덕이 떠올랐다. 그곳에서 떨어뜨린 뿔피리도.

"저는 한 블록을 걸어갔습니다. 그리고 두 블록, 다시 세 블록. 슬슬 괜찮을 거라는 생각이 들었습니다. 그러니까, 고약한 냄새가 날 수도 있었고 제3형 흡혈귀가 몇 놈 보일지도 몰랐지만, 그 정도는 감당할 수 있을 것 같았습니다. 제3형은 저를 못 알아보는 것 같아서 더욱 그랬지요. 놈들을 보는 건 경찰서 조사실에서 반투명 거울로 용의자를 지켜보는 거랑 비슷했습니다. 하지만 그날 밤에 저는 흡혈귀 떼보다 훨씬, 훨씬 더 끔찍한 걸 보고 말았습니다."

"죽었는데 돌아다니는 사람을 본 거군요." 수재나가 말했다.

캘러핸은 너무 놀라서 어이가 달아난 표정으로 수재나를 돌아보았다. "어떻게…… 당신이 그걸 어떻게……?"

"나도 뉴욕에서 토대시에 빠진 적이 있거든요. 우리 모두요. 롤랜드가 그랬어요, 그 사람들은 자기가 죽은 걸 모르든가, 아니면 죽음을 받아들이지 않는 거라고. 그 사람들은…… 그때 뭐라고 불렀죠, 롤랜드?"

"죽은 유랑자들. 많지는 않소."

"그때는 수가 꽤 됐습니다. 그리고 그들은 제가 거기 있다는 것도 알았습니다. 파크 대로에 북적이는 인파 속에 눈이 없는 남자가 한 명, 오른쪽 팔다리를 잃고 온몸에 화상을 입은 여자가 한 명 있었는데, 둘 다 저를 보고 있었습니다. 왠지 꼭…… 꼭 제가 자신들을 고쳐줄 거라고 생각하는 것 같았습니다.

저는 달아났습니다. 분명 굉장히 오래 달렸을 겁니다. 다시 제정신 비슷한 상태로 돌아왔을 때는 2번 대로와 19번가 교차점의 보도 연석에 앉아 있었으니까요. 고개를 푹 숙이고 증기 기관차처럼 씩씩거리면서요.

웬 노인이 다가와서 괜찮으냐고 물었습니다. 그때는 숨을 좀 고른 참이라 괜찮다고 대답했습니다. 노인은 그러면 다른 데로 가는 게 좋을 거라더군요. 두 블록 저편에서 경찰차가 이쪽으로 오고 있다면서요. 저를 체포할지도 모른다고, 어쩌면 두들겨 팰지도 모른다고 했습니다. 저는 노인의 눈을 똑바로 보면서 말했습니다. '난 흡혈귀를 봤어요. 한 놈은 내 손으로 죽이기도 했고. 살아 있는 시체들도 봤어요. 그런데 내가 경찰 한두 놈을 무서워할 것 같아요?'

노인은 뒤로 물러섰습니다. 가까이 오지 말라고 하면서요. 그러

더니 제가 괜찮아 보인다고, 자기는 그냥 좋은 뜻으로 한 말이라고
했습니다. 그냥 그게 다라고요. '하여튼 뉴욕에선 좋은 일을 해도 봉
변을 당한다니까.' 노인은 그 말을 남기고 골이 난 아이처럼 쿵쿵
걸어서 사라졌습니다.

저는 웃음이 터졌습니다. 연석에서 일어나 제 몰골을 내려다봤습
니다. 셔츠가 다 바깥에 나와 있더군요. 달리다가 뭐에 부딪혔는지
바지에 지저분한 얼룩이 묻어 있었는데, 뭐였는지 기억이 안 났습
니다. 주위를 두리번거리다 보니 세상에 맙소사, 아메리카노 바라는
술집이 있는 겁니다. 나중에 그 바가 뉴욕 곳곳에 있다는 걸 알았는
데, 그때는 40번가에서 저를 위해 그리로 옮겨온 줄만 알았습니다.
그리로 들어가서 바 끄트머리 의자에 앉은 다음, 바텐더가 다가오자
이렇게 말했습니다. '내가 맡겨둔 게 있을 텐데요.'

'그래요?' 바텐더가 묻더군요.

'그럼요.' 제가 대답했습니다.

'뭔지 얘기해보세요, 갖다드릴게요.' 그가 말하더군요.

저는 이렇게 말했습니다. '부시밀스. 작년 10월부터 맡겨뒀으니
까 이자라고 생각하고 더블로 주세요.'"

에디의 표정이 일그러졌다. "영 안 좋은 생각인데요."

"그때는 그게 인간이 할 수 있는 제일 좋은 생각 같았거든. 난 루
페를 까맣게 잊었네. 살아 있는 시체가 보이는 것도, 어쩌면 흡혈귀
가 보이는 것도 잊었을 거야…… 모기 떼. 그때는 그놈들을 모기 떼
라고 생각했네.

8시쯤에는 취해 있었습니다. 9시에는 만취 상태였고요. 10시 무
렵에는 예전의 주정뱅이로 돌아가 있었습니다. 바텐더한테 끌려나

오던 기억이 어렴풋이 떠오르는군요. 이튿날 아침 공원에서 신문지를 덮은 채 깨어난 기억은 그보다 살짝 또렷합니다."

"처음으로 돌아간 거네요." 수재나가 중얼거렸다.

"아무렴, 처음으로 돌아간 거지. 옳은 말이네, 세이 생키. 저는 일어났습니다. 머리가 쪼개질 것처럼 아프더군요. 그래서 무릎 사이에 머리를 묻고 있다가 정말로 깨지지는 않겠구나 하는 생각이 들었을 때, 다시 머리를 들었습니다. 한 20미터 떨어진 벤치에 나이 든 여성이 앉아 있었습니다. 머리에 스카프를 쓰고 다람쥐한테 종이 봉지에 든 땅콩을 주고 있는, 평범한 할머니였습니다. 다만 파란 빛이 뺨과 이마에 스멀거리면서, 숨을 쉴 때마다 입에서 들락날락했습니다. 그 할머니도 그놈들 가운데 하나였던 겁니다. 모기 떼 말입니다. 살아 있는 시체들은 사라졌지만 제3형 흡혈귀는 그대로 보였습니다.

다시 술에 취하는 게 논리적인 대응 같았지만, 작은 문제가 하나 있었습니다. 돈이 없었던 거지요. 제가 곤드레만드레 취해서 신문지를 덮고 자는 동안 누가 몰래 주머니를 뒤진 게 분명합니다. 싹싹 긁어 갔더군요." 캘러핸은 빙긋 웃었다. 조금도 즐거워 보이지 않는 웃음이었다.

"그날 저는 결국 맨파워 인력 사무소라는 곳을 찾아갔습니다. 다음 날에도, 그다음 날에도. 그리고 다시 취했습니다. 그게 바로 미국 독립 200주년 여름에 제가 갖게 된 습관입니다. 일주일에 사흘은 맨 정신으로 일을 했는데, 보통은 공사장에서 손수레를 밀거나 사무실 이사 현장에 가서 커다란 상자를 날랐지요. 그러고는 하룻밤 진탕 퍼마시고 이튿날은 몸을 추슬렀습니다. 그리고 그다음 날 다시 새로 시작했고요. 일요일은 쉬었습니다. 그해 여름 뉴욕에서 저는 그렇게 살았습니다. 그리고 가는 곳마다 엘튼 존의 「오늘 밤 누군가 내 목숨을 구했네」가 들리는 것 같았습니다. 그해 여름에 그 노래가 유행했는지 어땠는지는 잘 모르겠습니다. 그저 가는 곳마다 그 노래가 들렸다는 것만 기억납니다. 한번은 코베이 이삿짐센터에서 닷새 동안 연속으로 일한 적이 있습니다. 자기네끼리는 '형제 같은 팀'이라고 하는 회사였지요. 그해 7월에 맨 정신을 유지한 기간은 그때가 최고 기록이었습니다. 닷새째 되던 날 현장 책임자가 저한테 와서 정직원으로 일해보는 게 어떠냐고 묻더군요.

제가 대답했습니다. '그렇게는 안 돼요. 일용직 계약서에 한 달 동안은 다른 회사하고 계약하면 안 된다고 명시돼 있어서요.'

그 사람은 이렇게 말했습니다. '에이, 됐다 그래. 그 정도는 다들 눈감아준다고. 어때, 도니? 자넨 괜찮은 친구야. 내 생각에 자네라면 트럭에다 가구를 싣는 것보다는 더 버젓한 일을 할 수 있을 것 같은데. 하룻밤 생각해보는 게 어때?'

저는 생각해봤습니다. 그리고 생각하다보니 술을 마시고 싶어졌습니다. 그해 여름에 늘 그랬던 것처럼요. 알코올 의존증 환자는 원래 그렇게 술 마실 이유를 찾는 법이지요. 다시 엠파이어 스테이트 빌딩 맞은편의 어느 조그만 바에 앉아서, 주크박스에서 흘러나오는 엘튼 존의 노랫소리를 들었습니다. '하마터면 당신의 낚싯바늘에 걸릴 뻔했어요, 안 그래요, 내 사랑?' 그러다가 다시 일을 하러 나갔을 때에는 다른 인력 사무소를 찾아갔습니다. 염병할 형제 같은 팀 어쩌고 하는 회사하고는 거래가 없는 곳을요."

캘러핸은 염병할이라는 말을 왠지 절박하게 내뱉었다. 입으로 지껄이는 욕이 마지막 수단인 사람처럼.

"마시고, 비틀거리고, 일한 거로군." 롤랜드가 말했다. "허나 그해 여름에 따로 한 일이 한 가지 있었을 텐데. 안 그렇소?"

"그렇습니다. 그 일을 하기까지는 시간이 조금 걸렸습니다. 저는 흡혈귀들을 몇 놈 봤습니다. 공원에서 다람쥐한테 먹이를 주던 할머니는 시작일 뿐이었지요. 하지만 놈들은 아무 짓도 안 했습니다. 그러니까, 저로서는 정체를 안다고 해도 놈들을 인정사정없이 죽이기가 힘들었던 겁니다. 그러다가 어느 날 밤 배터리 공원에서, 피를 빠는 놈을 하나 목격했습니다. 그때 저는 접는 주머니칼을 항상 갖고 다녔습니다. 저는 피를 빨고 있는 그놈 뒤로 살며시 다가가서 네 번을 찔렀습니다. 한 번은 콩팥, 한 번은 옆구리, 한 번은 등 위쪽, 한 번은 목. 마지막은 온 힘을 다해서 찔렀습니다. 칼날이 놈의 목을 뚫고 반대편으로 나오는 바람에 목울대가 케밥 꼬치의 고깃덩이처럼 칼에 꿰였지요. 뭔가 쭉 찢어지는 소리도 났습니다."

캘러핸은 사실만 진술하듯이 담담하게 말했지만, 얼굴은 백짓장처럼 창백했다.

"홈의 뒷골목에서 일어났던 일이 다시 일어났습니다. 놈의 몸뚱이는 감쪽같이 사라지고 옷만 남은 겁니다. 그럴 거라 예상은 했지만 확신은 전혀 없었습니다. 실제로 보기 전까지는."

"제비 한 마리가 보인다고 여름이 온 건 아니니까요." 수재나가 말했다.

캘러핸은 고개를 끄덕였다. "놈의 먹잇감은 열다섯 살쯤 된 소년이었습니다. 푸에르토리코, 아니면 도미니카 출신 같더군요. 발 사이에 대형 스테레오 카세트가 있었습니다. 무슨 곡이 나왔는지는 기억이 안 납니다, 아마 「오늘 밤 누군가 내 목숨을 구했네」는 아니었을 겁니다. 그로부터 5분이 흘렀습니다. 코앞에서 손가락으로 딱딱 소리를 내든가 아니면 뺨을 찰싹거려서 깨우려고 하는데, 마침 소년이 눈을 깜박이면서 비틀거리더니, 고개를 흔들며 정신을 차렸습니다. 앞에 서 있는 저를 보고 맨 먼저 자기 스테레오부터 챙기더군요. 그게 자기 아이라도 되는 것처럼 가슴에 끌어안았습니다. 그러고는 묻더군요. '왜요, 아저씨?' 저는 아무 일도 아니라고, 시비를 걸려는 게 아니라 그냥 네 옆에 왜 옷이 떨어져 있는지 궁금해서 그런다고 했습니다. 그 애는 아래를 내려다보더니 무릎을 꿇고 옷의 주머니를 뒤지기 시작했습니다. 거기 정신이 팔려서 아무것도 모르겠구나 하는 생각이 들더군요. 그래서 그냥 그 자리를 떠났습니다. 그놈이 두 번째였습니다. 세 번째 놈은 더 쉬웠지요. 네 번째는 훨씬 쉬웠고요. 8월이 끝날 무렵에는 여섯 놈을 해치웠습니다. 여섯 번째는 마린 미드랜드 은행에서 본 그 여자였습니다. 세상 참 좁지요, 안 그렇습니까?

저는 걸핏하면 1번 대로와 46번가 교차점으로 가서 홈의 건너편에 서 있곤 했습니다. 가끔은 저도 모르게 오후 느지막이 그곳을 찾아가 저녁을 먹으러 모여든 주정뱅이들과 노숙인들을 지켜보고 있었습니다. 이따금 로언이 나와서 사람들하고 얘기를 하더군요. 로언은 흡연자가 아니었는데도 항상 담배를 두어 갑 갖고 다니면서 사람들한테 다 나눠주곤 했습니다. 딱히 로언의 눈을 피해 숨으려고 한 적은 없었습니다. 그런데도 로언은 저를 알아보지 못하는 것 같더군요."

"그동안 인상이 변해서 그랬겠죠." 에디가 말했다.

캘러핸은 고개를 끄덕였다. "머리가 어깨까지 길어서 희끗희끗했지. 턱수염도 자랐고. 그때쯤에는 차림새도 당연히 신경을 안 쓰게 됐지요. 걸친 옷 가운데 절반은 제가 죽인 흡혈귀들이 입고 있던 거였습니다. 한 놈은 자전거 택배원이었는데, 멋진 오토바이 부츠를 신고 있었습니다. 발리 같은 고급 구두는 아니어도 새것이었고 치수도 제 발에 맞았지요. 그런 물건은 절대 버릴 수가 없습니다. 지금도 갖고 있지요." 그는 고갯짓으로 집 쪽을 가리켰다. "하지만 로언이 저를 못 알아본 까닭은 그런 게 아니었을 겁니다. 로언 매그루더가 하는 일이란 게 한쪽 발은 현실에, 한쪽 발은 「환상특급」의 세계에 걸치고 있는 주정뱅이와 약쟁이와 노숙인들을 상대하는 거니까요. 그런 일을 하다 보면 사람들의 겉모습에서 큰 변화를 알아차리는 데에 능숙해지는데, 그 변화란 대개 나쁜 쪽으로 일어나게 마련이지요. 새 멍 자국이 생긴 사람이 누군지, 흙투성이가 된 사람이 누군지 알아보는 눈이 생기는 겁니다. 그때 저는 당신이 죽은 유랑자라고 부르는 존재가 됐던 것 같습니다, 롤랜드. 세상 사람들의 눈에 안 보이는 존재 말입니다. 하지만 그 사람들은…… 전에 사람이었던 그들은…… 뉴욕에 묶여 있어서……"

"멀리 갈 수가 없는 거요." 롤랜드가 대신 말을 끝맺었다. 그의 담배는 이미 꽁초로 변해 있었다. 푸석푸석한 종이와 담뱃잎 가루는 두 모금 만에 손톱 바로 앞까지 타 들어갔다. "유령은 항상 같은 집에 나타나는 법이니."

"물론입니다. 불쌍한 이들이지요. 그래서 저는 떠나고 싶었습니다. 해는 날마다 조금씩 짧아졌고, 도로가 저를 부르는 소리는 날마다 조금씩 커졌습니다. 아까 말했던 숨겨진 고속도로 말입니다. 사는 곳을 바꾸면 병이 낫는다는 미신 탓도 조금은 있었던 것 같은데,

그 얘기도 은연중에 이미 했던 것 같군요. 새로운 곳에 가면 삶이 변할 거라는, 자신을 파괴하려는 충동이 마법처럼 사라질 거라는 믿음은 비논리적이면서도 강력하지요. 다른 곳에 가면, 더 넓은 곳으로 가면 흡혈귀나 살아 있는 시체들을 더 안 봐도 될 거라는 희망도 분명히 있었습니다. 하지만 다른 이유가 더 컸습니다. 그게…… 결정적인 이유가 하나 있었습니다." 캘러핸이 빙긋 웃었지만, 이는 웃음이 아니라 입술이 올라가 잇몸을 드러내는 움직임에 지나지 않았다. "누가 저를 쫓기 시작한 겁니다."

"흡혈귀들이군요." 에디가 말했다.

"그…… 렇지……." 캘러핸은 입술을 깨물었다. 그러고는 확신을 담아 한 번 더 말했다. "그래. 하지만 흡혈귀만은 아니었어. 당시에는 흡혈귀일 거라고 보는 게 가장 타당한 추론이었지만, 그래도 정답은 아닌 것 같았네. 적어도 살아 있는 시체들이 아니란 건 분명했어. 놈들은 나를 볼 수 있으면서도 별 해코지는 안 했으니까. 내가 자기들을 되살려주거나 고통을 끝장내줄 거라는 희망을 품은 놈들은 예외였지만 말이야. 그런데 제3형 흡혈귀로 말하자면, 놈들은 나를 알아보지 못했어. 적어도 자신들을 사냥하는 존재로 인식하지는 못했지. 게다가 놈들은 집중력이 굉장히 약하다네. 먹잇감을 망각 상태에 빠뜨리는 힘이 스스로에게도 어느 정도 작용하는 것처럼.

저에게 닥친 위험을 처음으로 알아차린 건 어느 날 밤 워싱턴 스퀘어 공원에서였습니다. 은행에서 봤던 여자를 죽인 지 얼마 안 됐을 때였지요. 그 공원은 제가 자주 잠을 자던 곳이었습니다. 물론 저 혼자만 그런 건 아니었습니다. 여름에는 야외 기숙사나 다름없는 곳이었으니까요. 저는 아예 찜해놓은 벤치까지 있었습니다, 매일 차지하지는 못했지만…… 애초에 매일 가지도 않았고요.

　문제의 그날 저녁, 저는 8시쯤 공원에 도착했습니다. 비가 오려는지 천둥이 우르릉거리고 후텁지근한 저녁이었습니다. 종이 봉지에 든 술 한 병이랑 에즈라 파운드의 시집을 들고 갔지요. 제 전용 벤치로 다가가다 보니 근처의 다른 벤치 등판에 스프레이 페인트로 쓴 낙서가 보이더군요. 이렇게 적혀 있었습니다. 그는 여기에 온다. 그는 한쪽 손이 불에 탔다.”

　“어머나 세상에.” 수재나는 이렇게 말하며 손으로 목을 짚었다.

　“저는 곧장 공원을 떠났고, 그날 밤은 스무 블록 떨어진 뒷골목에서 잤습니다. 그 낙서가 제 얘기라는 건 의심할 여지가 없었습니다. 이틀 후, 렉싱턴 대로에 있는 바 앞의 보도에서 또 낙서를 봤습니다. 그 바는 제가 가끔 가서 술을 마시고 주머니 사정이 넉넉하면 샌드위치도 먹던 곳이었습니다. 분필로 쓴 그 낙서는 행인들의 발에 밟혀 희미한 자국이 되어 있었지만, 그래도 읽을 수는 있었습니다. 같은 내용이더군요. 그는 여기에 온다. 그는 한쪽 손이 불에 탔다. 글귀 주변에 혜성과 별이 그려진 걸로 봐선 누가 썼는지 몰라도 예쁘게 장식하고 싶었던 모양입니다. 거기서 한 블록 떨어진 곳의 주차금지 팻말에는 스프레이 페인트로 이렇게 적혀 있었습니다. 그의 머리는 이제 거의 백발이다. 이튿날 아침에 본 시내 횡단 버스의 옆면에는 이런 낙서가 있었습니다. 그의 이름은 아마도 콜링우드. 그리고 이삼일 후부터는 제가 자주 가는 곳마다 반려동물을 찾는 전단이 눈에 띄기 시작했습니다. 셔먼 스퀘어, 센트럴 파크 서쪽 산책로, 렉싱턴 대로의 시티 라이츠 바, 그리니치빌리지의 포크 음악 클럽이나 시 낭송 클럽 같은 곳이요.”

"*반려동물 전단이라.*" 에디가 중얼거렸다. "거 참, 어떻게 보면 굉장히 영리하네요."

"내용은 다 똑같았어. 혹시 이런 아이리시세터를 보셨나요? 멍청한 늙은 개지만 사랑하는 저희 가족이랍니다. 오른쪽 앞발에 화상 자국. 켈리, 콜린스, 콜링우드라고 부르면 대답함. 사례금은 후하게 드립니다. 그 밑에는 달러 기호가 한 줄 가득 적혀 있었고."

"그런 포스터를 누구한테 보여주려고 붙였을까요?" 수재나가 물었다.

캘러핸은 낸들 아냐는 듯이 어깨를 으쓱했다. "정확히는 나도 몰라. 아마 흡혈귀들이겠지."

에디는 지친 표정으로 얼굴을 문질렀다. "좋아요, 이렇게 한번 생각해보죠. 제3형 흡혈귀들이 있고…… 죽은 유랑자들이 있는데…… 이제 세 번째 집단이 출현했어요. 동물하고 무관한 반려동물 전단을 붙이고, 건물이랑 보도에 낙서를 하는 놈들이죠. 그놈들은 정체가 뭐였어요?"

"*하인들.* 놈들은 스스로를 그렇게 불렀네. 여자도 몇 명 끼어 있었지. 가끔은 통제자들이라고도 하더군. 대개는 긴 노란색 코트를 입었지만…… 다 그랬던 건 아니야. 손에 파란색 관 문신을 한 놈도 많았는데…… 역시 다 그랬던 건 아닐세."

"위대한 관 사냥꾼들이야, 롤랜드." 에디가 중얼거렸다.

롤랜드는 고개만 끄덕일 뿐, 캘러핸에게서 눈을 떼지 않았다. "이 사람이 얘기하게 놔둬라, 에디."

"놈들의 정체는…… 놈들의 *진짜* 정체는…… 크림슨 킹의 병사들이었습니다." 캘러핸이 말했다. 그러고는 성호를 그었다.

12

에디는 놀라서 움찔했다. 수재나는 다시 배에 손을 얹고 문지르기 시작했다. 롤랜드는 블레인에게서 마침내 벗어난 후에 게이지 공원을 지날 때의 기억을 자신도 모르게 떠올리고 있었다. 동물원의 죽은 짐승들. 폭발할 기세로 무성하게 풀이 자란 장미 정원. 회전목마와 조그만 기차. 그다음에는 금속으로 된 길이 나왔고, 그 길은 다시 더 넓은 금속 길로 이어졌다. 에디와 수재나와 제이크가 고속도로 진입로라고 부르는 길이었다. 그곳의 표지판에 누군가 휘갈겨 쓴 낙서가 있었다. 걸어 다니는 멋쟁이를 조심하라. 다른 표지판에는 서툴게 그린 눈과 함께 이렇게 적혀 있었다. 크림슨 킹 만세!

"그 이름을 들어보셨군요." 캘러핸의 목소리는 담담했다.

"우리가 볼 수 있게 인장도 남겨뒀어요." 수재나가 말했다.

캘러핸은 선더클랩이 있는 방향을 보며 고개를 끄덕였다. "여러분의 탐험이 저곳까지 이어진다면, 벽에 스프레이 페인트로 그린 낙서보다 훨씬 지독한 것들을 보게 될 겁니다."

"영감님은 어떻게 하셨는데요?" 에디가 물었다. "그다음에요."

"먼저 상황을 찬찬히 생각해봤네. 그랬더니 결론이 나오더군. 남들한테는 아무리 황당하고 정신 나간 소리로 들린다고 해도 나는 정말로 쫓기고 있었고, 나를 쫓는 상대는 제3형 흡혈귀가 아닌 것 같았네. 물론 사방에 낙서를 하고 반려동물 전단을 붙인 자들한테 흡혈귀를 동원해서 나를 쫓는 일쯤은 보나마나 식은 죽 먹기였을 테지만.

그 시점에 저는 이 수수께끼의 집단이 누군지 까맣게 몰랐습니다. 예루살렘스 롯을 생각해보면, 발로는 끔찍한 폭력의 현장이자 유령이 나오는 곳이라고 알려진 저택을 본거지로 삼았습니다. 작가인 미어스는 사악한 집이 사악한 인간을 끌어들인다는 말을 했지요. 저는 뉴욕에서 필사적으로 적의 정체를 궁리하다가, 그 말을 다시 떠올렸습니다. 그러자 제가 또다시 흡혈귀들의 군주를, 그러니까 다른 제1형 흡혈귀를 끌어들였다는 생각이 들기 시작했습니다. 마스튼 하우스가 발로를 끌어들인 것처럼 말입니다. 그 생각이 맞았든 틀렸든 간에(나중에 알고 보니 틀렸더군요), 저는 어느새 마음이 편해졌습니다. 술에 절었든 안 절었든, 제 뇌가 아직 논리적인 추론을 할 수 있다는 걸 알았으니까요.

무엇보다 뉴욕에 머물지 아니면 달아날지부터 결정해야 했습니다. 달아나지 않으면 놈들한테 붙잡힐 게 뻔했습니다, 그것도 조만간에. 놈들이 남긴 인상착의에는 이렇게 훌륭한 단서가 있었으니까요." 캘러핸은 화상 흉터가 남은 오른손을 들어 보였다. "놈들은 제 이름까지 *거의* 맞혔습니다. 한 열흘 후에는 정확히 알아냈을 겁니다. 제가 자주 들러서 흔적을 남긴 곳은 모조리 뒤졌습니다. 저와 이야기를 나눈 사람들, 체커 게임이나 카드 게임을 하면서 같이 어울린 사람들도 찾아냈습니다. 맨파워 인력 사무소와 브로니 맨 용역에서 같이 일했던 사람들까지.

일이 그렇게 되고 보니 진작 떠올렸어야 할 곳이 떠올랐습니다. 한 달 동안 술독에 빠져 살았는데도 그 생각은 제꺽 떠오르더군요. 놈들이 로언 매그루더와 홈과 그곳에서 저를 알고 지낸 온갖 사람들을 찾아낼 거라는 생각이었습니다. 시간제 노동자들, 자원 봉사자들, 단골 주정뱅이들까지. 웬걸요, 거기서 아홉 달을 지냈으니 아는 단골 노숙인이 수백 명은 됐을 겁니다.

그리고 무엇보다, 도로가 저를 유혹했습니다."캘러핸은 에디와 수재나를 돌아보았다. "허드슨 강에는 뉴저지로 넘어가는 보행자 전용 다리가 있는데, 혹시 아나? 사실상 조지 워싱턴 대교의 그늘에 가려진 판자 다리야. 한쪽에는 소와 말이 물을 마시는 나무 구유가 그대로 남아 있지."

그 말을 듣고 에디는 멋쩍게 웃었다. 무심코 한쪽 다리를 정신없이 떨다가 문득 알아챈 사람이 지을 법한 웃음이었다. "신부님, 죄송하지만 그건 말도 안 돼요. 난 조지 워싱턴 대교를 500번은 건넜다고요, 헨리 형이랑 같이 팰리세이즈 파크에 뻔질나게 다녔으니까요. 거기 판자 다리 같은 건 없어요."

"아니, 있어."캘러핸의 목소리는 차분했다. "분명 19세기 초에 만든 다리야, 나중에 몇 차례 수리하기는 했지만. 실은 다리 중간쯤에 이런 표지판도 붙어 있었다네. 200주년 기념 보수 공사 라머크 공업이 1975년에 완료. 앤디를 처음 봤을 때 그 회사 이름이 떠오르더군. 앤디의 가슴에 붙은 철판에도 그 회사가 만들었다고 적혀 있으니까."

"우리도 전에 본 적이 있어요."에디가 말했다. "러드 시내에서요. 그땐 라머크 주조공업이었는데."

"같은 회사의 다른 부서일 거예요."수재나가 말했다.

롤랜드는 말이 없었다. 그저 오른손의 두 손가락을 조급하게 내저을 뿐이었다. 빨리 얘기하시오, 빨리.

"그 다리는 분명히 거기 있지만 잘 안 보인다네. 숨어 있거든. 그리고 그건 숨겨진 길의 첫머리일 뿐이야. 뉴욕에서 사방으로 거미줄처럼 뻗어나가는 길의 첫머리."

"토대시 진입로군요." 에디가 중얼거렸다. "잘 생각해보면."

"그런지 아닌지는 나도 몰라. 내가 아는 건 그저 그로부터 몇 년 동안 방랑하면서 신기한 것들을 봤고, 선한 사람들을 많이 만났다는 것뿐이네. 그들을 가리켜 보통 사람이나 평범한 사람이라고 하면 모욕이나 다름없지만, 그래도 그 둘 다 해당되는 이들이었지. 그리고 그들 덕분에 나는 보통과 평범이라는 말에서 어떤 고결함을 느끼게 됐다네.

로언 매그루더를 다시 만나지 않고 뉴욕을 떠나기는 싫었습니다. 부디 로언이 알아줬으면 했던 겁니다. 제가 다시 주정뱅이가 돼서 루페의 노력을 수포로 돌렸을지는 몰라도, 바지를 발목까지 내리고 이상한 짓을 할 정도로 망가지지는 않았다는 걸 말입니다. 완전히 자포자기하지는 않았다고, 저 나름의 서툰 방식으로 말하고 싶었던 겁니다. 손전등 불빛에 걸린 토끼처럼 겁먹고 얼어붙지는 않을 거라는 말도요."

캘러핸은 다시 흐느끼고 있었다. 그는 셔츠 소맷부리로 눈을 닦았다. "게다가, 저는 누구한테든 작별 인사를 하고 싶었습니다. 그리고 누군가 저한테 작별 인사를 해줬으면 싶었고요. 잘 있어라, 잘 가라, 그렇게 주고받는 작별 인사가 결국에는 우리가 살아 있다는 증거니까요. 저는 로언을 끌어안고 루페가 저에게 준 입맞춤을 전하고 싶었습니다. 루페가 해준 말도 함께요. 당신은 잃어버리기엔 너무 소중하다는 말을. 저는……"

캘러핸이 갑자기 말을 멈췄다. 로잘리타가 치마를 발목 위로 살짝 들고 잔디밭을 뛰어왔던 것이다. 로잘리타가 그에게 건넨 조그만

석판에는 분필로 뭔가 적혀 있었다. 에디의 머릿속에 별과 달 그림으로 장식한 황당한 메시지가 언뜻 떠올랐다. 찾습니다! 앞발이 뭉개진 늙은 개! *롤랜드*라고 부르면 대답함! 성질이 사납고 잘 물지만 *사랑하는 저희 가족이에요!!!*

"아이젠하트가 보냈습니다." 캘러핸이 고개를 들며 말했다. "오버홀저가 이 일대에서 가장 큰 부농이고 에번 투크가 가장 부유한 상인이라면, 본 아이젠하트는 으뜸가는 목장주입니다. 그 사람이 슬라이트먼 부자와 여러분 일행인 제이크와 함께 정오에 교회로 올 텐데, 괜찮으시다면 거기서 만나고 싶다고 하는군요. 급하게 갈겨써서 다 읽진 못하겠습니다만, 아마 여러분을 모시고 농장과 자영농 경작지, 목장 같은 곳을 돌아다니려는 것 같습니다. 다 끝나면 오늘밤은 로킹비 목장에 가서 묵으시면 될 겁니다. 괜찮으시겠습니까?"

"글쎄." 롤랜드가 말했다. "지도가 완성된 후에 가고 싶소만."

캘러핸은 잠시 골똘히 생각하다가 로잘리타 쪽으로 고개를 돌렸다. 에디는 로잘리타가 단순히 가사를 도와주는 사람은 아닐 거라고 결론지었다. 그녀는 그들의 대화가 안 들리는 곳으로 물러나 있을 뿐, 집으로 돌아가지는 않았던 것이다. 유능한 *비서처럼* 말이지. 에디는 생각했다. 영감님은 굳이 로잘리타를 부를 필요도 없었다. 눈길 한 번에 바로 다가왔기 때문이었다. 로잘리타는 잠시 이야기를 나눈 후에 물러갔다.

"점심은 교회 뜰에서 먹는 게 좋겠습니다. 오래된 아이언우드가 한 그루 있는데 그늘이 시원하거든요. 식사가 끝날 때쯤이면 태버리네 쌍둥이가 선물을 가져올 겁니다."

롤랜드는 흡족한 표정으로 고개를 끄덕였다.

캘러핸은 의자에서 일어서다가 표정을 찌푸리더니, 허리에 두 손을 짚고 몸을 쭉 폈다. "이제 여러분께 보여드릴 게 있습니다."

"아직 이야기가 다 안 끝났잖아요." 수재나가 말했다.

"그렇지. 허나 시간이 없네. 괜찮으시다면 걸으면서 이야기할 수도 있습니다만."

"좋소." 롤랜드는 이렇게 말하며 일어섰다. 통증이 느껴지기는 했지만, 심하지는 않았다. 로잘리타의 고양이 기름은 정말이지 굉장한 물건이었다. "출발하기 전에 두 가지만 대답해주시오."

"제가 아는 거라면 대답하겠습니다, 총잡이여."

"낙서를 한 자들 말인데. 혹시 방랑하는 동안 본 적이 있소?"

캘러핸은 천천히 고개를 끄덕였다. "예, 총잡이여. 봤습니다." 그러고는 에디와 수재나 쪽을 돌아보았다. "사람들의 눈이 빨갛게 나온 컬러 사진을 본 적 있나? 플래시를 켜고 찍은 사진 말일세."

"예." 에디가 대답했다.

"그들의 눈이 바로 그랬습니다. 진홍색이었지요. 두 번째 질문은 뭡니까, 롤랜드?"

"놈들은 '늑대'요? 그 하인이라는 놈들 말이오. 크림슨 킹의 부하들. 그놈들도 늑대요?"

캘러핸은 한참을 망설인 끝에 대답했다. "확실하진 않습니다. 100퍼센트는 아니라는 뜻입니다. 하지만 제 생각에, 늑대는 아니었습니다. 물론 놈들이 사람을 납치하는 건 분명한 사실입니다. 아이들만 잡아가는 건 아니지만요." 그는 자기가 한 말을 되씹었다. "어쩌면 일종의 늑대인지도 모르지요." 그러고는 조금 더 생각하면서 망설이다가, 다시 한 번 말했다. "예, 놈들도 일종의 늑대입니다."

제4장

신부의 이야기(비밀 고속도로)

1

사제관 뒤뜰에서 평온의 성모 교회 정문까지는 5분이 안 걸리는
짧은 길이었다. 1981년 《새크라멘토 비》에 실린 기사를 보고 뉴욕
으로 돌아오기까지 영감님이 보낸 남루한 세월의 이야기를 다 듣기
에는 분명히 모자란 시간이었지만, 그럼에도 세 총잡이는 그의 이야
기를 빠짐없이 들을 수 있었다. 롤랜드는 지금 일어나는 일의 의미
를 에디와 수재나도 알아차렸는지 의심스러웠다. 그 의미란 자신들
이 칼라 브린 스터지스를 떠날 때(어디까지나 그들이 여기서 죽지 않는
다는 가정 하에) 십중팔구 도널드 캘러핸도 동행하리라는 것이었다.
지금 벌어지는 일은 단지 이야기가 아니라 *케프*, 즉 마실 물을 공유
하는 것이었다. 종류가 다른 능력인 '터치'를 따로 떼놓고 생각하면,
케프는 좋든 나쁘든 운명이 하나로 묶인 사람들 사이에서만 공유할
수 있는 것이었다. 카텟 사이에서만.

캘러핸이 말했다. "혹시 그 말 들어봤나? '여기는 이제 캔자스가 아니야, 토토'라는 말."

"그럼요. 우리도 살짝 비슷한 경험을 한 적이 있는걸요." 수재나가 담담한 목소리로 말했다.

"그래? 하긴, 척 봐도 알겠군. 언제 기회가 되면 여러분 얘기도 좀 듣고 싶군요. 왠지 제 사연은 명함도 못 내밀 것 같다는 예감이 듭니다. 아무튼, 아까 말한 그 판자 다리를 다 지날 때쯤 저는 이미 캔자스를 떠났다는 걸 알았습니다. 그리고 제 앞이 뉴저지가 아니라는 것도요. 적어도 허드슨 강 건너편에서 늘 보던 뉴저지는 아니었습니다. 다리 발판에 구겨진"

2

신문이 붙어 있다. 왼쪽에 보이는 거대한 현수교에는 수많은 차들이 쉬지 않고 오가지만, 판자 다리는 오직 한 사람을 위해 버려진 듯 휑하다. 캘러핸은 몸을 숙여 그 신문을 줍는다. 서늘한 강바람이 불어와 어깨까지 자란 희끗희끗한 머리카락이 휘날린다.

달랑 한 장뿐인 신문지는 《리브룩 레지스터》의 1면이다. 캘러핸은 리브룩이라는 지명을 들어본 적이 없다. 애초에 뉴저지 향토 사학자도 아니고 지난해 맨해튼에 도착한 후로 한 번 가본 적도 없으니 당연한 일이지만, 그는 이때껏 조지 워싱턴 대교의 건너편은 포트리일 거라고 여기며 살아왔다.

그러다가 신문의 머리기사 제목에 정신을 빼앗긴다. 맨 위에 길

게 적힌 제목이 그럴듯해 보인다. 마이애미의 인종 갈등 진정 기미. 지난 며칠간 뉴욕 신문들은 이 사건 기사로 가득했다. 그런데 불타는 건물 사진과 함께 적힌 티넥과 해켄색에서 연날리기 전투 이어져라는 제목은? 소방차를 타고 도착한 소방관들도 보이지만, 그들은 다 같이 웃고 있지 않은가! 또 애그뉴 대통령 나사(NASA)의 우주 개척 계획 지원 발표는? 맨 아래의 기사는 러시아어가 아닌가?

나한테 무슨 일이 벌어진 거지? 캘러핸은 스스로에게 묻는다. 흡혈귀와 걸어다니는 시체들을 상대하는 동안 내내, 또 어느 모로 보나 자신을 노리는 내용인 반려동물 전단을 발견한 후에도, 그는 자신의 정신 상태를 의심한 적이 없다. 그런데 허드슨 강을 내려다보는 이 초라한(동시에 가장 멋진!) 보행자 전용 다리의 뉴저지 쪽 끄트머리에 서 있는 지금, 이 다리를 오로지 혼자서 독차지하고 있는 지금, 그는 마침내 스스로의 정신 상태를 의심하기 시작한다. 정치를 조금이라도 아는 사람이라면 스피로 애그뉴가 대통령이라는 말만 듣고도 그가 미쳤다고 할 것이다. 애그뉴는 벌써 오래전에 부통령 자리에서 불명예 퇴임했다. 자기 상사였던 닉슨보다도 먼저.

나한테 무슨 일이 일어난 거지? 궁금하지만, 만약 정말로 이 모든 것을 머릿속에서 상상해 낼 만큼 열렬하게 미쳐버린 거라면, 차라리 모르는 채로 남고 싶다.

"폭탄 일발 투하." 이렇게 말하며, 캘러핸은 네 면으로 이루어진 《리브룩 레지스터》 신문지 한 장을 다리 난간 너머로 던져버린다. 잔잔한 바람이 그 폭탄을 낚아채서 조지 워싱턴 대교 쪽으로 싣고 간다. 저게 현실이지. 캘러핸은 생각한다. 바로 저기. 저 승용차, 트럭, 피터 팬 캐릭터가 그려진 저 버스가. 그런데 그중에, 동그란 무한궤도 몇 개를 달고서 점점 속도를 높이는 빨간 차가 보인다. 중간 크기 스쿨버스만 한 그 차의 몸통 위에는 진홍색 원통이 돌아가고 있다. 한쪽에 밴디라고 적힌 것 같다. 다른 쪽에는 브룩스가 보인다. 밴디 브룩스. 아니면 밴디브룩스. 밴디 브룩스라니, 도대체 뭘까? 도무지 알 수가 없다. 저렇게 생긴 차 역시 본 적이 없다. 저런 물건이 공공 도로를 다닐 수 있게 허가받았다는 것조차 믿을 수가 없다. 맙소사, 저 무한궤도 좀 보라지.

그러니 조지 워싱턴 대교 역시 안전한 세상이 아닌 셈이다. 또는 이제부터 안전하지 않을지도.

캘러핸은 보행자용 다리의 난간을 잡고 손에 꽉 힘을 준다. 어지 럼증이 파도처럼 밀려와 다리가 후들거리기 때문이고, 균형을 잃을 까봐 무섭기 때문이다. 손으로 쥔 난간은 현실감이 가득하다. 햇볕에 따뜻해진 나무의 감촉이 느껴지고, 하나로 묶인 머리글자와 글귀들이 무수히 새겨져 있으므로. DK♡MB가 보인다. 프레디 & 헬레나 = 진정한 사랑도 있다. 멕시칸과 깜디는 다 죽여야 제맛이라는 문장은 양 옆에 갈고리 십자가 새겨져 있다. 가장 즐겨 쓸 검둥이라는 욕조차 제대로 못 적다니, 작성자의 철저하도록 빈곤한 어휘력이 놀라울 뿐이다. 그 모든 사랑의 메시지와 증오의 메시지는 빠르게 뛰는 캘러핸의 심장 박동만큼이나, 또 청바지 오른쪽 앞주머니에 든 동전과 지폐의 무게만큼이나 현실이다. 그가 가슴 가득 들이마신 미풍 또한 현실이다. 매캐한 디젤 연료 냄새까지 전부 다.

이건 현실이야, 나도 알아. 캘러핸은 생각한다. 여긴 어느 정신병원의 9호 병동이 아니야. 나는 나고, 여긴 여기야. 그리고 난 맨 정신이야, 적어도 당장은. 내 등 뒤에는 뉴욕이 있어. 메인 주 예루살

렌스 롯도 현실이야. 죽어서도 쉬지 못하는 그곳의 영혼들도. 내 앞에는 미국의 육중한 실체가 있어, 뭐든 가능한 그 나라가.

캘러핸은 그 생각 덕분에 홀가분해지고, 뒤이어 떠오른 생각 덕분에 더욱 홀가분해진다. 아마도 그 미국은 하나가 아니라 열두 개…… 또는 1000개…… 또는 100만 개일지도 모른다는 생각. 만약 다리 건너편이 포트리가 아니라 리브룩이라면, 어쩌면 그곳은 다른 버전의 뉴저지이고, 허드슨 강 건너편은 리먼이나 레이먼이나 리블러프스, 또는 리펠리세이즈나 레그혼빌리지일지도 모른다. 어쩌면 허드슨 강 건너편에 있는 미국 본토의 주는 42개가 아니라 4200개, 또는 42,000개일지도 모른다. 그 모두가 지리학적 우연의 수직층에 차곡차곡 포개져 있을지도.

그리고 캘러핸은 이 생각이 거의 확실히 사실이라는 것을 본능적으로 이해한다. 그는 필시 끝이 없을 세계들의 합류점에 우연히 도착한 것이다. 그 세계들은 모두 미국이지만 모두 제각각 다르다. 그 많은 세계들을 지나는 고속도로가 있고, 캘러핸의 눈에는 그 길들이 보인다.

캘러핸은 다리의 리브룩 쪽 끄트머리로 서둘러 걸어가다가, 다시 멈춰 선다. 돌아가는 길을 못 찾으면 어떡하지? 길을 잃고 헤매다가 돌아오는 길을 다시는 못 찾으면? 조지 워싱턴 대교 서쪽은 포트리이고 대통령은 (그 많은 사람 중에 하필!) 제럴드 포드인 미국으로?

그러자 떠오른 생각. 못 찾으면 또 어때? 무슨 상관인데?

보행자 전용 다리의 뉴저지 쪽 입구로 내려서면서, 캘러핸은 웃고 있다. 예루살렘스 롯에 있는 대니 글릭의 무덤가에 서서 장례식을 집전하던 날 이후 처음으로, 진정 홀가분한 마음으로, 웃고 있다. 낚싯대를 든 남자애 둘이 이쪽으로 걸어온다. "어린 친구들, 둘 중에 아무나 나한테 뉴저지에 온 걸 환영한다고 한마디 해주겠나?" 캘러핸은 입이 귀에 걸리도록 헤벌쭉 웃으며 말한다.

"뉴저지에 잘 오셨어요, 아저씨." 한 소년이 스스럼없이 인사를 건네지만, 둘 다 가까이 오지는 않고 눈빛도 경계하는 듯하다. 캘러핸은 아이들을 탓하지 않는다. 그 정도로는 지금의 멋진 기분에 어떤 흠집도 내지 못한다. 화창한 날에 우중충하고 활력 없는 교도소에서 석방된 듯한 지금 이 기분을. 걸음은 점점 빨라지고, 그는 맨해튼의 스카이라인에 작별을 고하려고 한 번 돌아보지도 않는다. 왜 그러겠는가? 맨해튼은 과거인데. 그의 눈앞에 놓인 '다중 미국'이 미래인데.

캘러핸은 리브룩에 있다. 차임벨 소리는 들리지 않는다. 나중에는 차임벨 소리와 흡혈귀들이 등장할 것이다. 나중에는 보도에 분필로 쓴 메시지와 벽돌 벽에 스프레이 페인트로 쓴 낙서가 보일 것이다(다 그의 이야기는 아니겠지만). 나중에는 희한한 빨간색 캐딜락과 초록색 링컨과 자주색 메르세데스 벤츠를 탄 '하인'들이, 두 눈이 빨갛게 빛나는 그 하인들이 등장하겠지만, 오늘은 아니다. 오늘은 허드슨 강 위로 복구된 보행자 전용 다리 서쪽의 새 미국에 햇살이 내리쬔다.

큰길에 들어선 캘러핸은 리브룩 가정식 식당 앞에 멈춰 선다. 식당 창문에 즉석요리 가능자 구함이라는 팻말이 붙어 있다. 도널드 캘러핸은 신학교를 다니는 동안 거의 내내 즉석요리를 했고, 맨해튼 이스트사이드의 홈에서는 그 이상의 요리도 맡아서 해낸 사람이었다. 리브룩 가정식 식당은 그에게 안성맞춤인 직장으로 보인다. 알고 보니 그 생각이 옳았지만, 불판 위에서 달걀 두 개를 한 손으로 깨는 기술은 세 번째 근무를 끝마친 후에야 서서히 되살아난다. 식당 주인은 키가 홀쭉하고 마른 디키 루드배커라는 남자인데, 그는 캘러핸에게 혹시 건강상의 문제, 이른바 '전염병'이 있는지 묻고 나서 캘러핸이 없다고 하자 대번에 고개를 끄덕인다. 증빙 서류커녕 사회 보장 번호조차 물어보지 않고서. 루드배커는 급여는 장부에 기록하지 않고 현금으로 줄 건데 괜찮겠냐고 묻고, 캘러핸은 괜찮다고 대답한다.

"한 가지 더." 디키 루드배커의 말에 캘러핸은 올 것이 왔구나 하고 생각한다. 무슨 말을 들어도 놀라지 않을 캘러핸이었지만, 루드배커는 그저 이렇게만 말한다. "보아하니 술을 꽤 마시는 것 같은데."

캘러핸은 술고래처럼 보인다는 사실을 인정한다.

"나도 한때는 그랬지." 루드배커가 말한다. "이 업계에선 제정신이라는 걸 보여주는 게 중요해. 출근할 때 일일이 술 냄새가 나는지 맡아보거나 하지는 않을 거야…… 제 시간에 출근만 하면. 하지만 지각 두 번이면 다른 자리를 알아봐야 해. 경고는 한 번뿐이야."

캘러핸은 리브룩 가정식 식당에서 3주 동안 일하며 두 블록 떨어진 선셋 모텔에 묵는다. 다만 늘 리브룩 식당인 것은 아니고, 늘 선셋 모텔인 것도 아니다. 마을에서 맞는 나흘째 날, 그가 잠에서 깬 곳은 선라이즈 모텔이고, 리브룩 가정식 식당은 포트리 가정식 식당이다. 손님들이 자리에 놓고 가던 《리브룩 레지스터》는 《포트리 레지스터 아메리칸》으로 바뀌어 있다. 제럴드 포드가 다시 대통령이 되어 있지만 딱히 마음이 놓이거나 하지는 않는다.

루드배커가 캘러핸에게 월급을 주는 첫째 주 마지막 날, 그가 포트리에서 받은 봉투 안의 50달러짜리 지폐에는 율리시스 그랜트가, 20달러짜리에는 앤드루 잭슨이, 한 장뿐인 10달러짜리에는 알렉산더 해밀턴이 그려져 있다. 둘째 주 마지막 날 리브룩에서 받은 지폐는 50달러짜리에 에이브러햄 링컨이, 10달러짜리에는 누군지 모를 채드번이라는 사람이 그려져 있다. 20달러짜리의 초상은 여전히 앤드루 잭슨이라서 그나마 마음이 놓인다. 캘러핸의 모텔 방에 있는 침대보는 리브룩에서는 분홍색이고 포트리에서는 주황색이다. 이건 편리하다. 눈을 뜨자마자 어떤 버전의 뉴저지에 있는지 알 수 있으니까.

캘러핸은 두 차례 술에 취한다. 두 번째는 식당 문을 닫은 후라 디키 루드배커도 동석해서 한 잔 한 잔을 함께 기울인다. "전에는 참 멋진 나라였는데." 리브룩 버전 루드배커가 한탄하고, 캘러핸은 바뀌지 않는 게 있다는 건 멋진 일이라고 생각한다. 세월이 흘러도 이런 식의 진부한 불평불만은 여전한 것이다.

그러나 그림자는 나날이 조금씩 일찍 길어지기 시작하고, 리브룩 트윈 시네마 극장 앞에 줄을 선 사람들 틈에서 첫 번째 제3형 흡혈귀를 목격한 날, 캘러핸은 사직 통보를 한다.

"건강상의 문제는 없다고 했던 것 같은데." 루드배커가 캘러핸에게 말한다.

"뭐라고?"

"방랑병에 아주 지독하게 걸렸잖아, 이 친구야. 원래 그 병에 걸리면 다른 병도 따라오는 법이야." 루드배커는 설거지를 하느라 벌게진 손으로 병뚜껑 따는 시늉을 한다. "말년에 방랑병에 걸리면 약도 없는 경우가 많아. 솔직히, 아직 예쁘장한 마누라하고 대학에 다니는 두 자식만 없었으면 나도 가방 하나 싸서 자네를 따라나서고 싶다고."

"그래?" 캘러핸이 묻는다. 재미있다는 듯이.

"9월하고 10월이 제일 지독하지." 루드배커는 꿈꾸는 사람 같은 표정으로 중얼거린다. "부르는 소리가 들리거든. 새들도 그 소리를 들어. 그래서 떠나는 거야."

"새들이?"

루드배커는 바보 같이 왜 그런 것도 모르냐는 듯한 눈빛으로 캘러핸을 흘끔 본다. "새들한테는 하늘이 있잖아. 우리한테는, 길이 있고. 뻥 뚫린 길이 부르는 소리가 들린다, 이거야. 나 같은 놈이야 뭐, 아직 학비를 댈 애들도 있겠다, 꼭 토요일 밤이 아니라 다른 날에도 은근히 안겨오는 마누라도 있겠다, 라디오 소리를 살짝 높여서 길이 부르는 소리를 가려버리는 수밖에. 그래서 떠날 수가 없는 거야." 루드배커는 입을 다물고 약삭빠라 보이는 눈으로 캘러핸을 바라본다. "한 주만 더 있지? 주급을 25달러 올려줄게. 자네가 만드는 몬테크리스토 샌드위치가 아주 끝내주더라고."

캘러핸은 그 제안을 가만히 생각하다가, 고개를 젓는다. 루드배커의 말이 옳다면, 길이 하나뿐이라면, 어쩌면 그는 일주일 더 머문 후에…… 다시 일주일…… 또 일주일 더 눌러앉았을지도 모른다. 그러나 길은 단지 하나가 아니다. 그것은 모든 길, 숨어 있는 모든 고속도로이다. 그리고 캘러핸은 초등학교 3학년 때 읽었던 책의 제목을 떠올리고 껄껄 웃고 만다. 그 책 제목은 『어디로든 갈 수 있는 길』이었다.

"뭐가 그렇게 웃겨?" 루드배커가 퉁명스럽게 묻는다.

"아무것도 아니야. 전부 다 웃겨서 그래." 캘러핸은 사장의 어깨를 두드린다. "자넨 좋은 친구야, 디키. 혹시 이 길로 돌아오게 되면 들를게."

"이 길로는 안 돌아올걸." 디키 루드배커가 말한다. 그리고 물론, 그 말이 옳다.

3

"저는 어림잡아 5년 동안 길 위에서 살았습니다." 캘러핸은 교회로 가는 길에 이렇게 말했고, 어떻게 보면 그가 자신의 과거에 관해 한 말은 그것이 다였다. 그럼에도 그들은 더 많은 것을 들었다. 아이젠하트와 슬라이트먼 부자와 함께 마을로 오던 제이크 역시 그 이야기의 일부를 들었지만, 나중에 이 사실을 알고도 그들은 놀라지 않았다. 어쨌거나 터치 능력이 가장 강한 사람은 제이크였으므로.

5년 동안 길 위에서 살았습니다. 그게 다였다.

그리고 나머지 전부는, 뭐겠는가? 장미가 피어 있는 잃어버린 세계 수천 곳이었다.

4

캘러핸은 어림잡아 5년 동안 길 위에서 살지만 길은 단지 하나가 아니다. 그리고 어쩌면, 때와 장소가 맞아떨어지면, 5년은 곧 영원일 수도 있다.

델라웨어 주를 관통하는 71번 국도를 따라가다가 과수원에서 사과를 딴다. 그곳에 사는 라스라는 어린 남자아이는 라디오가 고장났다. 캘러핸이 라디오를 고쳐주자 라스의 어머니는 가는 길에 먹으라며 훌륭한 도시락을 싸주는데, 이 도시락은 며칠을 먹어도 바닥이 보이지 않는 것 같다. 켄터키 주 시골을 지나는 317번 국도를 지날 때에는 묘지에서 무덤 파는 일자리를 얻는데, 거기서는 피트 페타키라는 남자가 함께 일하면서 쉬지 않고 떠든다. 여자애 하나가 근처에 와서 그들이 일하는 모습을 구경한다. 열일곱 살쯤 돼 보이는 그 예쁜 여자애가 돌담 위에 앉아 있는 동안 노란 나뭇잎이 그 애 주위로 비처럼 떨어지고, 피트 페타키는 상상한다. 코듀로이 바지를 벗은 저 미끈한 허벅지 사이에 머리를 묻으면 기분이 어떨지를, 미성년자의 몸속에 혀를 끝까지 집어넣으면 기분이 어떨지를. 피트 페타키의 눈에는 여자애를 둘러싼 파란 빛이 안 보인다. 물론 나중에 그 애의 옷이 깃털처럼 땅에 허물어지는 광경도 보지 못한다. 그때 캘러핸은 여자애 곁에 나란히 앉아 있다가, 그의 허벅지를 손으로 쓸어올리며 목에 입을 갖다대는 그 애를 가까이 당기고, 이어서 그 애목 뒤의 뼈와 신경과 연골이 모여 툭 불거진 자리를 칼로 정확히 찌른다. 이 일격은 슬슬 그의 필살기가 되어가는 중이다.

웨스트버지니아 주를 지나는 19번 국도, 조그만 유랑 서커스단이 놀이기구를 고치고 동물을 돌볼 일꾼을 구하고 있다. "또는 바꿔서 말할 수도 있지." 머리에 기름이 번들거리는 서커스단 단장 그레그 첨이 말한다. "놀이기구를 돌보고 동물을 고칠 사람. 어느 쪽이

든 잘하는 걸 하면 돼."이윽고 연쇄상 구균 감염증이 퍼져서 일손이 부족해지자(서커스단은 이제 남부를 도는 중이다, 겨울을 피하려고) 캘러핸은 어느새 '놀라운 초능력자 멘소' 역을 맡아 공연한다. 놈들을 처음 봤을 때에도 그는 멘소로 분장한 상태였는데, 여기서 놈들이란 흡혈귀나 갈 곳을 모르고 떠도는 죽은 이들이 아니라 창백하고 긴장된 얼굴을 한 키 큰 남자들로서, 보통은 챙을 두른 구식 중절모나 이상할 정도로 긴 앞챙이 달린 신식 야구 모자를 쓰고 있다. 이런 모자가 드리운 그늘 아래서 그들의 눈은 탁한 붉은 빛으로 번득이는데 꼭 쓰레기통 주위를 어슬렁거리다가 손전등 불빛에 걸린 너구리나 족제비의 눈 같다. 놈들도 그를 볼 수 있을까? 흡혈귀들은 (적어도 제3형은) 보지 못한다. 죽은 유랑자들은 그를 볼 수 있다. 그렇다면 이 남자들, 기다란 노란색 코트의 주머니에 손을 꽂고 모자 아래의 굳은 얼굴로 세상을 노려보는 이 남자들은? 그들에게도 캘러핸이 보일까? 캘러핸은 확신이 안 서지만, 어쨌거나 모험은 하지 않기로 마음먹는다. 사흘 후, 미시시피 주 야주시티에서, 그는 멘소의 까만 실크해트를 옷걸이에 걸어놓고 기름때 묻은 작업복을 픽업트럭에 연결된 캠핑카 바닥에 벗어둔 다음, '첨의 신비한 유랑 극단'에서 급히 사라진다. 마지막 급여 수표는 챙길 생각도 없다. 마을을 벗어나는 길, 전신주에 붙은 반려동물 전단 몇 장이 눈에 띈다. 대개 이런 전단이다.

찾습니다! 샴고양이(두 살 암컷)

루타라고 부르면 대답함

왈가닥이지만 재롱둥이

사례금은 후하게 드립니다

$ $ $ $ $ $

전화) 764 누른 후 삐 소리가 나면 번호를 남기세요

도와주시는 분께 축복이 있기를

루타가 누굴까? 캘러핸은 모른다. 아는 거라곤 그녀가 왈가닥이지만 그래도 재롱둥이라는 것뿐. 루타는 하인들한테 잡힌 후에도 왈가닥 행세를 할까? 그래도 재롱을 부릴까?

캘러핸이 보기에는 미심쩍다.

그러나 당장은 제 코가 석 자이다 보니 할 수 있는 거라곤 이제는 열심히 믿지도 않는 하느님께 부디 노란 코트 입은 남자들이 루타를 못 잡게 해달라고 기도하는 것뿐이다.

그날 느지막이, 크리스마스가 코앞인 12월인데도 후텁지근한 암회색 하늘 아래 이서퀴나 카운티의 3번 국도 길가에서 히치하이크를 할 때, 차임벨 소리가 다시 들려온다. 캘러핸의 머릿속을 가득 채운 그 소리는 고막을 터뜨리고 뇌 표면 전체에 미세한 출혈을 일으킬 것처럼 위협적이다. 소리가 잦아드는 사이에 끔찍한 확신이 그를 사로잡는다. 놈들이 오고 있다는 확신이. 커다란 모자를 쓰고 긴 노란색 코트를 입고 눈이 빨갛게 번득이는 그놈들이 오고 있다.

캘러핸은 사슬에 함께 묶인 죄수들이 일사불란하게 달아나듯이 노변을 번개처럼 벗어난 다음, 녹조가 지저분하게 덮인 배수로를 슈퍼맨처럼 건너뛴다. 단번에. 앞쪽은 칡과 덩굴옻나무일지도 모르는 식물이 구불구불 뒤덮은 말뚝 울타리. 옻이 오르든 말든 상관할 때가 아니다. 그는 울타리 너머로 몸을 던지고, 키 큰 풀과 우엉 위로

떨어져 구른 다음, 덩굴 잎 틈새의 구멍으로 도로를 내다본다.

잠깐 동안은 아무것도 안 보인다. 그러다가 빨간 차체에 하얀 지붕을 얹은 캐딜락이 야주시티 방향에서 3번 고속도로를 따라 달려온다. 차는 100킬로미터를 거뜬히 넘을 만큼 빨리 달리는 데다 캘러핸이 내다보는 구멍은 아주 조그맣지만, 그런데도 기이할 정도로 또렷하게 보인다. 남자 셋, 그중 둘은 노란색 코트로 보이는 옷을 입었고, 나머지 한 명의 겉옷은 항공 점퍼로 보인다. 세 명 모두 담배를 피우고 있다. 차창을 닫은 캐딜락 내부는 담배 연기로 자욱하다.

저놈들이 나를 볼 거야 내 목소리를 들을 거야 내가 있는 걸 알아차릴 거야, 정신이 난리법석을 떨고, 캘러핸은 어쩔 줄 모르는 비참한 확신에서 자신의 정신을 끄집어낸다. 붙잡고 끌어낸다. 엘튼 존의 그 노래를 억지로 떠올린다. "누군가, 누군가, 오늘 밤 누군가 내 목숨을 구했네……" 그러자 효과가 있는 것 같다. 심장이 멎을 듯이 끔찍한 한순간, 캐딜락이 속도를 줄이는 것 같다. 캘러핸에게는 그들이 이 외진 잡초투성이 들판까지 쫓아와 자신을 붙잡는 광경을, 버려진 헛간이나 창고로 끌고 들어가는 광경을 충분히 상상할 만큼 긴 한순간이지만, 이내 캐딜락은 부릉 소리와 함께 다음 언덕을 넘어간다, 아마도 나체스 방향으로. 아니면 코피아 쪽으로. 캘러핸은 10분을 더 기다린다. "함정이 아닌지 확인해야죠." 루페라면 그렇게 말했을지도. 그러나 실제로 기다리면서도, 캘러핸은 기다림이 그저 요식 행위라는 것을 안다. 놈들이 함정을 팔 리가 없다. 단지 그를 놓친 것이다. 어떻게? 어째서?

답은 천천히 떠오른다. 적어도 답이 떠오르기는 하고, 그 답이 옳지 않다면 캘러핸은 견딜 수가 없다. 그는 뒤엉킨 칡과 덩굴옻나무 뒤에 엎드려 3번 국도를 내다보는 다른 버전의 미국으로 빠져나갈 수 있었기 때문에 잡히지 않았던 것이다. 어쩌면 사소한 부분 몇 군데만 다를지도 모르지만, 예컨대 1달러에 링컨이 그려져 있고 5달러에 워싱턴이 그려진 식으로 지폐의 초상화만 바뀌었을 뿐인지도 모르지만, 그거면 충분하다. 딱 적당하다. 그리고 다행이다. 왜냐면 이자들은 방황하는 시체들처럼 머리가 빈 것도 아니고, 흡혈귀들처럼 캘러핸을 못 보는 것도 아니기 때문이다. 이자들은, 정체가 뭐든 간에, 가장 위험한 적이다.

마침내 캘러핸은 도로로 다시 나간다. 한참 만에, 밀짚모자를 쓰고 멜빵바지를 입은 흑인 남자가 오래된 고물 포드 픽업트럭을 몰고 나타난다. 그 남자가 흑백영화 속의 흑인 농부와 어찌나 비슷하게 생겼던지, 캘러핸은 그가 껄껄 웃으며 자기 무릎을 치면서 이따금 '그럼요, 주인님! 옳은 말씀입니다!'라고 외칠 거라 예상한다. 그렇게 말하는 대신 그 흑인 남자는 마침 흘러나오는 내셔널 퍼블릭 라디오 프로그램의 내용으로 캘러핸과 정치 토론을 벌인다. 그러다가 셰이디그로브에 도착해서 헤어질 때, 그 흑인 남자는 캘러핸에게 돈 5달러와 여벌로 갖고 있던 야구 모자를 건넨다.

"돈은 나도 있어요." 캘러핸은 5달러를 사양하려 한다.

"도망 다니는 사람은 돈이 아무리 많아도 모자란 법이에요." 흑인 남자가 말한다. "도망 다니는 게 아니란 말은 하지 마요. 그건 내 지성을 모욕하는 거니까."

"감사합니다." 캘러핸이 말한다.

"별말씀을. 어디로 갈 거예요? 대략?"

"답이 안 나오네요." 캘러핸이 대답하며 싱긋 웃는다. "대략."

5

플로리다 주에서 오렌지 따기. 뉴올리언스에서 청소일 하기. 텍사스 주 러프킨에서 말똥 치우기. 애리조나 주 피닉스에서 부동산 광고 전단 나눠주기. 급여를 현금으로 받는 일만 하기. 매번 바뀌는 지폐의 초상화를 관찰하기. 신문에 실린 엉뚱한 이름들 눈여겨보기. 대통령 당선자의 이름은 지미 카터이지만 어니스트 '프리츠' 홀링스일 때도 있고, 로널드 레이건일 때도 있다. 조지 부시도 대통령에 당선됐다. 제럴드 포드는 재선에 도전하여 역시 당선됐다. 신문에 실린 이름들은 아무래도 상관없다(유명 연예인들 이름이 가장 자주 바뀌는데 들어보지도 못한 이름도 많다.). 지폐의 초상화도 중요하지 않다. 중요한 것은 강렬한 분홍빛 석양을 등지고 서 있는 풍향계, 유타 주의 인적 없는 도로를 걷는 그 자신의 발소리, 뉴멕시코 주 사막에 부는 바람 소리, 오리건 주 포슬 어디쯤에 있는 쉐보레 카프리스의 해체된 차체 옆에서 줄넘기를 하는 아이의 모습이다. 중요한 것은 네바다 주 엘코 서쪽 50번 고속도로 노변에 늘어선 전선이 바람에 흔들리며 내는 울음소리이고, 레인배럴스프링스 변두리의 배수로에 빠진 죽은 까마귀이다. 캘러핸은 가끔은 맨 정신이고 가끔은 취해 있다. 한번은 네바다에서 캘리포니아 쪽으로 주 경계를 살짝 넘은 곳에 있는 버려진 오두막에 틀어박혀 나흘 동안 내리 퍼마시기도 한다. 이때는 결국 일곱 시간 동안 기절했다가 깨어나기를 반복하면서 속을 게워야 했다. 처음 한 시간 동안은 쉬지 않고 너무 심하게 토해서 이러다 죽겠구나 하는 확신이 든다. 나중에, 그는 그때 죽었어야 했는데 하고 생각한다. 마침내 그 일곱 시간이 끝나자 그는 이제 됐다고, 다시는 술을 안 마시겠노라고, 마침내 깨달음을 얻었다고 맹세하지만, 일주일 후에는 접시닦이로 일하던 식당 뒤편에 다시 취한 상태로 서서, 기묘하게 빛나는 별들을 올려다본다. 그는 덫에 걸린 짐승이지만 그래도 상관없다. 가끔은 흡혈귀를 발견하고 가끔은 죽인다. 대개는 살려주는데 남의 이목을 끌기가 싫기 때문이다. 하인들의 이목을. 때로는 스스로에게 대체 지금 무슨 짓을 하는지 알기는 하냐고, 어디로 갈 건지 생각은 있냐고 묻기도 하는데 이런 질문을 떠올리면 보통은 서둘러 다음 병을 따게 된다. 왜냐면, 사실 그는 어디에도 가지 않으니까. 그는 자신의 덫을 뒤에 질질 끌면서 숨겨진 고속도로를 따라갈 뿐이고, 그 길이 부르는 소리를 들으며 이 길에서 다음 길로 갈아탈 뿐이다. 덫에 걸렸든 안 걸렸든, 가끔은 행복하다. 사슬에 묶인 신세이지만 가끔은 바다처럼 태평하게 노래도 부른다. 다음번 목적지의 분홍 석양을 등지고 서 있는 다음 번 풍향계가 보고 싶다. 농부가 실종돼서 오랫동안 버려진 드넓은 북쪽 밭 끄트머리, 그곳에 서서 무너져가는 또 다른 곡식 저장탑이 보고 싶고, 차체에 토노파 골재나 애스플런드 중건설 같은 이름이 적힌 채 윙윙대며 달리는 또 다른 트럭이 보고 싶다. 캘러핸은 부랑자의 천국에서, 미국의 분열된 인격 속에서 방황하고 있다. 그는 계곡에 부는 바람의 소리를 듣고 싶고 그 소리를 듣는 사람이 자기뿐인지 알고 싶다. 악을 쓰고 나서 퍼져나가는 메아리를 듣고 싶다. 입속에 발로의 피 맛이 너무 심하게 느껴질 때면 술이 마시고 싶어진다. 그리고 물론, 잃어버린 반려동물 전단을 보거나 보도에 분필로 적은 메시지를 볼 때면, 떠나고 싶어진다. 그런 것들은 서부로 깊이 들어간 후에는 눈에 잘 띄지 않고, 그의 이름과 인상착의도 적혀 있지 않다. 이따금 어슬렁거리는 흡혈귀가(오늘도 우리에게 일용할 피를 주옵시고) 눈에 띌 때도 있지만 그냥 놔둔다. 어쨌거나 놈들은 그저 모기에 지나지 않으니까.

1981년 봄, 정신을 차려 보니 캘러핸은 아마도 캘리포니아에서 주행 중인 차 중에는 제일 낡았을 인터내셔널 하베스터 트럭의 나무로 된 짐칸에 앉아서, 새크라멘토 시로 들어가는 중이다. 그가 대략 서른 명쯤 되는 멕시코인 불법 체류자들 사이에 끼어 앉아 있는 그곳에는 메스칼과 테킬라와 대마초와 와인 몇 병이 있고, 모두가 취해서 널브러진 와중에 그가 가장 심하게 취해 있다. 몇 년이 흐른 후, 이 동료들의 이름은 열병으로 의식이 몽롱한 와중에 중얼거리는 이름처럼 그의 머릿속에서 되살아난다. 에스코바르…… 에스트라다…… 하비에르…… 에스테반…… 로사리오…… 에체베리아…… 카베라. 모두 나중에 그가 칼라에서 마주칠 이름들일까, 아니면 그저 술에 취해서 떠오른 환각일까? 말이 나왔으니 말인데, 그가 마지막에 도착한 곳의 이름과 너무나 비슷한 그 자신의 이름은 어떻게 봐야 할까? 칼라, 캘러핸. 칼라, 캘러핸. 가끔, 사제관의 아늑한 침대에 누워 잠을 못 이룰 때, 그 두 이름은 『꼬마 삼보 이야기』에 나오는 두 마리 호랑이처럼 그의 머릿속에서 서로 꼬리를 물고 뱅뱅 돌았다.

가끔은 시 한 줄이 떠오르기도 했다. (캘러핸이 생각하기에는) 아치볼드 매클리시의 「지상에 남기는 서간」에서 표현을 바꾼 구절 같았다. 그것은 하느님의 목소리가 아니라 그저 천둥소리였다. 정확하지는 않지만 그는 그렇게 기억했다. 하느님이 아니라 천둥. 아니면 단순히 그가 그렇게 믿고 싶은 걸까? 하느님이 그런 식으로 부정당한 적은 너무나 많지 않던가?

어쨌거나, 그건 다 나중의 일이다. 새크라멘토에 들어설 때 그는 취해 있고 행복하다. 머릿속에는 어떠한 의문도 없다. 숙취에 시달리는 이튿날에도 반쯤은 행복하다. 그는 일자리를 쉽게 구한다. 어디에 가나 일자리는 널려 있는 것만 같다. 폭풍이 휩쓸고 간 과수원에 떨어진 사과처럼. 다만 손을 더럽힐 각오는 해야 한다. 또는 뜨거운 물에 데거나, 가끔은 도끼자루나 삽자루에 손바닥이 쓸려 물집이 잡힐 각오도. 길에서 보내는 몇 년 동안 그에게 주식 중개인 일을 제안하는 사람은 아무도 없으니까.

새크라멘토에 도착한 캘러핸은 한 블록을 통째로 차지한 '슬리피 존스'라는 침대 가게에서 짐 내리는 일을 한다. 슬리피 존스가 연례 행사인 매트리스 대출혈 세일을 준비하는 중이라 그는 다른 일꾼 다섯 명과 함께 오전 내내 킹사이즈 침대와 퀸 사이즈 침대와 더블베드를 나르며 낑낑댄다. 지난 몇 년간 했던 날품팔이 일 가운데 몇 가지에 비하면 이 정도는 식은 죽 먹기이다.

점심시간, 캘러핸과 다른 일꾼들은 하역장 그늘에 앉아 있다. 그가 아는 한 이들 중에 인터내셔널 하베스터 트럭을 함께 타고 온 사람은 한 명도 없지만, 맹세 같은 것은 하지 않는다. 그때는 엉망으로 취해 있었으니까. 확실히 아는 거라곤 이 자리에도 백인은 그밖에 없다는 사실뿐이다. 동료들은 모두 길 저편에 있는 크레이지 메리 식당에서 사온 엔칠라다를 먹고 있다. 나무 상자 무더기 위에 놓인 낡고 지저분한 스테레오 카세트에서 살사 음악이 흘러나온다. 젊은 남자 일꾼 둘이 탱고를 추는 동안 캘러핸을 포함한 다른 일꾼들은 점심을 옆으로 치워놓고 함께 손뼉을 친다.

치마에 블라우스를 입은 젊은 여성이 안에서 나오더니 춤추는 남자들을 못마땅한 눈으로 쳐다보다가, 캘러핸 쪽을 돌아본다. "당신 백인이죠, 맞죠?"

"캄캄해지기 전까진 백인으로 보이겠죠." 캘러핸이 동의한다.

"그럼 이게 마음에 들지도 모르겠네요. 다른 사람들은 보나마나 줘도 못 읽을 테니까." 여성은 그에게 신문을 건넨다. 《새크라멘토 비》. 그러고는 춤추는 멕시코인들을 바라본다. "콩이나 먹는 것들." 여성이 한 그 말에 숨은 뜻은 이렇다. 아무짝에도 쓸모없는 것들.

캘러핸은 일어나서 그 여성의 춤추는 재미도 모르는 납작한 백인 엉덩이를 걷어차줄까 하고 생각하지만 때는 아직 한낮, 여기서 쫓겨나면 다른 일을 구하기에는 너무 늦은 시각이다. 설령 폭행죄로 유치장에 갇히는 신세를 면한다 해도, 품삯은 못 받을 것이다. 그래서 돌아선 여성의 등에 가운뎃손가락을 날리는 정도로 화를 삭이고, 이 광경을 본 동료들의 박수 소리를 들으며 껄껄 웃는다. 그 젊은 여성은 홱 돌아서서 의심하는 눈으로 일꾼들을 노려보다가, 다시 안으로 들어간다. 웃음을 지우지 않은 채로, 캘러핸은 신문을 탁 펼친다. 웃음기는 그의 눈이 전국 기사란으로 향할 때까지도 남아 있다가, 이내 스르르 사라진다. 버몬트 주의 열차 탈선 사고 기사와 미주리 주의 은행 강도 기사 사이에서, 그는 이런 기사를 발견한다.

선행상을 받은 '거리의 천사' 중태

뉴욕(AP 통신) 노숙인, 알코올 및 약물 의존증 환자들을 위한 미국에서 가장 명망 있는 쉼터의 책임 운영자 로언 R. 매그루더가 일

명 '히틀러 형제'에게 공격당해 중태에 빠졌다. 히틀러 형제는 뉴욕의 5개 자치구 전역에서 적어도 8년 동안 활동해왔다. 경찰에 따르면 그들은 다른 폭행 36건과 살인 2건도 저지른 바 있다. 다른 피해자들과 달리 매그루더는 흑인이나 유대계가 아닌데도 히틀러 형제의 트레이드마크인 갈고리 십자가 이마에 새겨진 채 그가 1968년 설립한 쉼터인 '홈'의 정문 근처에서 발견됐다. 이밖에도 매그루더는 여러 군데에 자상을 입었다.

홈은 1977년 마더 테레사가 방문해 저녁 급식 봉사를 하고 이용자들과 함께 기도를 드리면서 유명해졌다. 매그루더 본인은 이스트 사이드에서 '거리의 천사'로 불리다가 1980년 에드 코치 시장이 맨해튼의 올해의 인물로 선정한 후 《뉴스위크》 특집 기사에 등장했다.

담당 의사는 매그루더가 회복할 확률은 "30퍼센트가 안 된다"라고 밝혔다. 또한 매그루더는 이마에 낙인이 새겨졌을 뿐 아니라 폭행범들에 의해 실명까지 당했다고 밝히기도 했다. 다음은 그 의사의 말이다. "저는 관대한 사람이라고 자부합니다만, 이런 짓을 한 자들은 단두대에 올려야 한다고 생각합니다."

기사를 다시 한 번 읽으며, 캘러핸은 이 사람이 '그가 아는' 로언 매그루더인지 아니면 다른 버전인지 궁금해 한다. 이를테면, 지폐에 누군지 모를 채드번 같은 사람의 초상이 그려져 있는 세계의 로언 매그루더인지. 어쩐지 그가 아는 매그루더일 거라는, 자신은 이 기사를 볼 운명이었다는 확신이 든다. 이제 그는 분명 자신이 '현실 세계'로 여기는 곳에 있고, 그 증거는 단지 지갑 안에 들어 있는 얄따란 지폐뿐만이 아니다. 느낌, 어떤 분위기가 있다. 진실이. 만약

그렇다면(그는 안다, 그렇다는 것을), 그는 이 비밀 고속도로를 따라다니느라 얼마나 많은 것들을 놓쳐버렸을까. 마더 테레사가 홈을 방문하다니! 수프 급식을 거들다니! 젠장, 어쩌면 마더 테레사가 두꺼비만두 스튜를 만들었을지도 모른다! 아마 만들었을 것이다, 조리법은 스토브 옆의 벽에 스카치테이프로 붙여뒀으니까. 게다가 상까지 받다니!《뉴스위크》특집 기사라니! 그걸 다 놓치다니 화가 나서 미칠 지경이지만, 서커스단을 따라 돌아다니면서 빙글빙글 도는 찻잔 모양 놀이기구를 고치거나 오클라호마 주 이니드의 로데오 경기장에서 소똥을 치우는 사람이 시사 잡지를 꼬박꼬박 챙겨보기란 힘든 일이다.

캘러핸은 너무 부끄러운 나머지 자신이 부끄러워하는 것조차 알지 못한다. 후안 카스티요가 이렇게 물을 때에도 그렇다. "도니, 왜 울어?"

"울어? 내가?" 캘러핸은 눈 아래를 손으로 훔친다. 그렇다, 눈물이다. 그는 울고 있다. 하지만 부끄러워서 운다는 것은 알지 못한다. 아직은. 그저 놀라서 그러려니 할 뿐이고, 어느 정도는 사실이기도 하다. "그래, 우는 것 같군."

"어디 가?" 후안은 끈질기다. "점심시간 다 끝났어."

"난 가야 돼. 동부로 돌아가야 돼."

"가 버리면 돈 못 받아."

"알아. 그래도 괜찮아."

저런 새빨간 거짓말이라니. 괜찮은 것은 아무것도 없다. 아무것도.

"제 배낭 바닥 안쪽에는 바느질로 숨겨 놓은 200달러가 있었습니다." 캘러핸이 말했다. 이제 그들은 햇살이 내리쬐는 교회 앞 계단에 앉아 있었다. "그 돈으로 뉴욕행 비행기 표를 샀습니다. 물론 촌각을 다투는 문제라서 그랬습니다만, 단지 그것 때문만은 아니었습니다. 그 숨겨진 길에서 빨리 벗어나고 싶었던 겁니다." 캘러핸은 에디를 보며 살짝 고개를 끄덕였다. "토대시 진입로 말일세. 그건 술만큼이나 중독성이 강해서……"

"더 강하지." 롤랜드가 말했다. 이쪽으로 가까워지는 사람 형상 세 개가 그의 눈에 띄었다. 태버리네 쌍둥이 프랭크와 프랜신, 그리고 아이들을 데리고 오는 로잘리타였다. 여자아이 프랜신은 두 손을 앞으로 뻗어 널따란 종이를 든 모습이 거의 우스꽝스러울 정도로 경건했다. "내 생각에 방랑은 세상에서 가장 중독성이 강한 약이오. 그리고 모든 숨겨진 길은 열 갈래가 넘는 같은 길로 이어지는 법이지."

"그 말씀이 옳습니다, 세이 생키." 캘러핸이 대답했다. 그는 낙심한 듯 슬픈 표정이었고, 롤랜드가 보기에는 조금 망연자실한 듯도 했다.

"영감님, 우리도 당신 이야기를 다 듣고 싶소만 나머지는 저녁으로 미뤄야겠소. 아니면 내일 저녁이 될지도 모르오, 혹시 우리가 그때까지 못 돌아오면. 우리 어린 친구 제이크가 이제 곧 이리로……"

"여러분도 느끼셨지요, 그렇지요?" 캘러핸이 물었다. 의심이 아니라 호기심이 담긴 목소리였다.

"그럼요." 수재나가 말했다.

"안에 있는 물건은 제이크가 오기 전에 확인할 거요. 내 생각에 당신이 그 물건을 손에 넣은 사연 또한 당신 이야기의 일부일 텐데……"

"예, 그렇습니다. 실은 제 이야기의 *핵심*입니다."

"……그것도 나중에 들읍시다. 당장은 할 일이 산더미 같으니."

"일이란 게 원래 그렇지요. 몇 달씩, 때로는 제가 설명하려고 한 것처럼 몇 년씩 시간이 거의 존재하지 않는 것처럼 느껴질 때가 있습니다. 그러다가 한꺼번에 숨도 못 쉬게 들이닥치는 법이지요."

"그 말이 옳소. 에디, 나랑 같이 쌍둥이를 맞이하러 가자. 저 소녀가 너를 눈여겨보는 것 같다."

"보고 싶은 만큼 보라죠." 수재나가 명랑한 목소리로 말했다. "보는 건 공짜니까요. 롤랜드, 괜찮다면 난 이 계단에 앉아서 햇볕 좀 쬐고 있을게요. 오랜만에 말을 타서 그런가, 솔직히 엉덩이가 쑤시지 뭐예요. 무릎 아래가 달아나면 제대로 할 수 있는 게 하나도 없나 봐요."

"원하는 대로 하시오." 롤랜드가 말했다. 그러나 진심이 아니었고, 에디 역시 이를 알았다. 총잡이는 수재나가 지금 그 자리에 가만히 있기를 원했다. 당분간은. 에디는 그저 수재나가 눈치채지 못하기만을 바랐다.

아이들과 로잘리타를 향해 걸어가면서 롤랜드는 에디에게 말을 건넸다. 나지막하고 빠르게. "나는 그와 단 둘이 교회로 들어갈 거다. 저 안에 있는 물건에게서 너희 둘 다 떼놓으려고 그러는 게 아니란 것만 알아둬라. 만일 그것이 검은 13이라면, 아마 분명히 그럴 테지만, 가까이 안 가는 게 최선이다."

"수재나의 상태를 감안하면 그렇다는 거겠지. 롤랜드, 난 당신이 수재나가 유산하기를 바라는 줄 알았어."

"유산은 내 관심사가 아니다. 검은 13이 그녀의 배 속에 있는 것을 더 강하게 만들까 걱정하는 거다." 롤랜드는 다시 입을 다물었다. "어쩌면 둘 다. 아기와 아기의 어머니까지."

"미아 말이지."

"그래, 그 여자다." 롤랜드는 그렇게 말하고 나서 태버리네 쌍둥이를 보며 빙긋이 웃었다. 프랜신은 그에게 형식적인 웃음으로 답할 뿐, 관심은 온통 에디에게 쏠려 있었다.

"괜찮다면 네가 만든 걸 좀 보여다오."

롤랜드의 말에 프랭크 태버리가 대답했다. "마음에 드셨으면 좋겠어요. 부족할지도 모르지만요. 실은 불안했어요. 아주머니께서 이렇게 훌륭한 종이를 주셨는데, 망치면 어떡하나 하고요."

"먼저 땅에다 그렸어요." 이번에는 프랜신이 말했다. "그다음엔 제일 옅은 숯으로 그렸고요. 마무리는 프랭크가 했어요. 저는 손이 떨렸거든요."

"걱정할 것 없다." 롤랜드가 말했다. 에디는 가까이 다가서서 롤랜드의 어깨 너머로 내려다보았다. 지도는 경이로울 만큼 세밀했다. 한복판에 마을 공회당과 광장이 있고 좌측에는 큰 강과 그 지류인 데바테테 와이가 길게 그려진 종이는 에디가 보기에 평범한 등사용 기름종이 같았다. 미국의 어느 사무용품점에서나 대량으로 살 수 있는 물건이었다.

"얘들아, 이거 진짜 끝내준다." 에디는 그렇게 말하고 나서 언뜻 프랜신 태버리가 정말로 기절하는 게 아닌가 하는 생각이 들었다.

"그래, 정말 잘해줬구나. 그런데 내가 지금부터 하는 일은 필시 너희한테 신성 모독처럼 보일 거다. 그 말이 무슨 뜻인지 아느냐?"

"예." 프랭크가 대답했다. "저흰 크리스천이거든요. '너희는 주 하느님과 그 아들인 인간 예수의 이름을 함부로 부르지 말지어다.' 그런데 아름다운 것에 난폭한 짓을 저지르는 것도 신성 모독이에요."

프랭크의 목소리는 몹시 진지했지만, 표정에는 바깥세상 사람이 어떤 신성 모독을 저지를지 보고 싶은 호기심이 엿보였다. 쌍둥이 누이 역시 마찬가지였다.

두 아이가 그토록 특출한 재능을 지니고도 감히 제대로 만지지도 못했던 그 종이를, 롤랜드는 절반으로 접었다. 아이들의 입에서 헉 소리가 났다. 소리가 조금 작을 뿐 로잘리타 무노스 역시 마찬가지였다.

"신성 모독이 아니다, 이것은 이제 그냥 종이가 아니기 때문이다. 이미 도구가 되었고, 도구는 보호해야 하기 때문이다. 알겠느냐?"

"예." 아이들은 그렇게 대답했지만, 미심쩍어하는 눈치였다. 아이들의 신뢰감은 접힌 지도를 걸낭에 넣는 롤랜드의 조심스러운 손짓 덕분에 조금이나마 회복될 수 있었다.

"정말로, 정말로 고맙다." 롤랜드는 왼손으로 프랜신의 손을, 두 손가락이 달아난 오른손으로 프랭크의 손을 쥐었다. "너희 손과 눈이 여러 목숨을 구할지도 모른다."

프랜신은 왈칵 울음을 터뜨렸다. 프랭크는 울음을 참고 버티다가 씩 웃었다. 그제야 넘친 눈물이 주근깨가 난 뺨을 타고 흘러내렸다.

7

다시 교회 계단을 향해 걸어오면서 에디가 말했다. "착한 애들이야. 재능도 있고."

롤랜드는 고개를 끄덕였다.

"저 애들 중에 한 명이 선더클랩에 끌려갔다가 침을 질질 흘리는 바보가 돼서 돌아오는 꼴을 어떻게 보겠어?"

롤랜드는 눈썹도 까딱하지 않고 볼 수 있었지만, 아무 대꾸도 하지 않았다.

8

수재나는 에디와 함께 교회 바깥에서 기다리라는 롤랜드의 결정을 선선히 받아들였다. 총잡이는 장미가 핀 공터에 들어가지 않으려 하던 수재나를 자신도 모르게 떠올렸다. 그러자 혹시 수재나의 일부가 그와 같은 두려움을 품고 있는지 궁금해졌다. 만약 그렇다면 싸움은 이미 시작된 셈이었다. *수재나의 싸움이.*

"내가 들어가서 축 늘어진 당신을 끌고 나올 때까지 얼마나 걸릴 것 같아?" 에디가 물었다.

"*우리가* 들어가서 끌고 나올 때까지 얼마나 걸릴 것 같아요?" 수재나가 에디의 말을 바로잡아주었다.

롤랜드는 그 말을 곰곰이 생각했다. 좋은 질문이었다. 그러다가 청바지와 격자무늬 셔츠를 입고 층계 맨 위 단에 서 있는 캘러핸에게로 눈을 돌렸다. 캘러핸은 두 손을 앞으로 모으고 있었다. 팔뚝에 굵다란 힘줄이 보였다.

영감님이 어깨를 으쓱했다. "그 물건은 지금 자는 중입니다. 아무 문제도 없을 겁니다. 하지만······." 그는 마디가 굵은 손을 풀어 롤랜드의 엉덩이 옆에 매달린 총을 가리켰다. "그건 풀어놓으셔야 합니다. 그 물건이 한쪽 눈을 뜨고 잘 수도 있으니까요."

롤랜드는 총 띠를 풀어 똑같은 총 한 정을 차고 있는 에디에게 건넸다. 다음으로 걸낭을 벗어서 수재나에게 건넸다. "5분. 혹시 무슨 문제가 생기면 부르겠소." *어쩌면 못 부를지도.* 그 말은 덧붙이지 않았다.

"그때쯤엔 제이크도 도착할 거야." 에디가 말했다.

"그들이 오면 여기에 붙잡아둬라."

"아이젠하트하고 슬라이트먼 부자는 들어오려고 하지 않을 겁니다. 그들은 오라이자를 섬기거든요. 쌀의 여신을요." 캘러핸의 찡그린 표정은 곧 그가 쌀의 여신과 칼라의 다른 2등급 신들을 어떻게 여기는지 보여주는 증거였다.

"그럼 갑시다." 롤랜드가 말했다.

9

롤랜드 디셰인은 종교적 신앙에 깃든 근원적인 미신을 오랫동안 두려워하지 않았다. 아마도 어린 시절 이후로는 그런 적이 없었을 것이다. 그러나 캘러핸 신부가 나무로 지은 소박한 교회의 정문을 열어 붙잡고 서서 먼저 들어가라고 손짓하자마자, 공포가 롤랜드를 덮쳤다.

정문 안쪽은 바닥에 낡은 양탄자가 깔린 현관이었다. 현관 건너편의 문 두 짝은 열려 있었다. 그 너머의 널따란 방에는 기다란 신도석이 두 줄로 놓여 있었고, 바닥에는 무릎 꿇을 때 쓰는 방석도 보였다. 방 안쪽 끝의 높은 단 위에는 설교대로 보이는 물건과 그 양 옆에 하얀 꽃이 담긴 꽃병이 있었다. 적막한 공기 속에 은은한 꽃향기가 감돌았다. 폭이 좁은 창에는 투명한 유리가 끼워져 있었다. 설교대 너머의 안쪽 벽에 붙은 것은 아이언우드로 만든 십자가였다.

롤랜드는 영감님이 숨겨 놓은 보물의 기척을 들을 수 있었다. 귀가 아니라, 뼈 속에서. 차분하고 나지막한 허밍 소리였다. 공터에서 본 장미가 그러했듯이 허밍 소리는 힘을 싣고 있었지만, 그것만 빼면 장미를 닮은 구석이 전혀 없었다. 이 허밍 소리가 말하는 것은 광대한 허무였다. 토대시 속 뉴욕의 껍데기뿐인 현실 너머로 그들 모두가 느꼈던 공허처럼. 목소리로 변하는 힘을 지닌 공허.

그래, 우리를 데려간 게 바로 이거다. 롤랜드는 생각했다. *이것이 우리를 뉴욕으로 데려갔다. 캘러핸의 이야기에 따르면, 여러 뉴욕 가운데 하나로. 허나 이것은 우리를 어디로든, 언제로든 데려갈 수 있다. 우리를 데려갈 수도 있고…… 던져버릴 수도 있다.*

뼈가 널린 무덤에서 월터와 나누었던 긴 대화가 떠올랐다. 그때도 토대시에 빠졌다는 것을, 롤랜드는 이제야 이해할 수 있었다. 그때는 점점 커지는 느낌, 점점 부푸는 느낌이 들었다. 지구보다, 별보다, 우주 자체보다 더 커진 느낌이 들 때까지. 그렇게 만든 힘이 여기에, 바로 이 방에 있었고, 롤랜드는 그 힘이 두려웠다.

신들이 부디 잠들게 해줬으면. 롤랜드는 이렇게 생각했지만, 뒤이어 훨씬 더 절망적인 생각이 떠올랐다. 그들은 조만간 그 물건을 깨워야 했다. 조만간 몇 차례 뉴욕을 찾아가야 할 때가 되면 그 물건의 힘을 빌려야 했다.

문 옆의 받침대 위에 물이 담긴 그릇이 놓여 있었다. 캘러핸은 그 그릇에 손가락을 담갔다가 성호를 그었다.

"이제 그런 것도 할 수 있소?" 롤랜드는 속삭임이나 다름없이 조그마한 소리로 중얼거렸다.

"그럼요. 하느님께서 저를 다시 받아주셨습니다, 총잡이여. 그래봐야 '시용 단계' 정도일 테지만요. 무슨 말인지 아십니까?"

롤랜드는 고개를 끄덕였다. 그는 성수반에 손을 담그지 않은 채 캘러핸을 따라 교회로 들어섰다.

제단 오른쪽 끄트머리는 세 단으로 된 조그만 층계였다. 캘러핸은 그 층계를 올라갔다. "여기까지 안 올라오셔도 됩니다, 롤랜드. 거기서도 잘 보일 겁니다. 지금 당장 가져가지는 않으시겠지요, 설마?"

"물론이오." 롤랜드가 말했다. 이제 그들은 소곤소곤 말했다.

"알겠습니다." 캘러핸은 한쪽 무릎을 꿇었다. 관절에서 딱 소리가 또렷이 났고, 두 사람 모두 그 소리에 놀라 흠칫했다. "저는 피치 못할 경우가 아니면 그 물건이 들어 있는 상자조차 건드리지 않습니다. 여기에 넣어둔 후로는 한 번도 안 건드렸지요. 이 은닉처는 제가 직접 만든 겁니다. 하느님께 당신의 집에서 톱질을 하는 걸 용서해 주십사 부탁드린 후에요."

"열어보시오." 롤랜드는 경계심을 끝까지 올렸다. 모든 감각을 동원하여 그 무한한 공허의 허밍 소리가 조금이라도 변하는지 탐지했고, 귀를 기울였다. 엉덩이를 묵직하게 누르는 총의 무게가 그리웠다. 이곳에 예배를 드리러 온 사람들은 영감님이 숨겨놓은 저 끔찍한 물건의 기운을 느끼지 못했을까? 분명 못 느꼈을 것이다. 느꼈다면 피했을 것이므로. 그리고 그 물건을 숨기기에 이보다 더 좋은 장소는 없을 듯했다. 신도들의 순일한 믿음이 그 물건의 힘을 어느 정도는 중화할지도 모르기 때문이었다. 어쩌면 진정시켜서 깊이 잠들게 할지도.

허나 깨어날 수도 있다. 깨어나서 눈 깜짝할 새에 그들 모두를 어딘지 모를 열아홉 개 장소로 보내 버릴 수도 있다. 이는 더욱 끔찍한 생각이었다. 롤랜드는 그 생각을 털어버렸다. 그 물건을 이용하여 장미를 지킨다는 생각이 점점 더 고약한 농담처럼 느껴졌다. 지금껏 인간과 괴물을 모두 상대해 본 롤랜드였지만, 이런 물건에 가까이 있었던 적은 한 번도 없었다. 그것이 내뿜는 사악한 기운은 너무나 지독해서, 숫제 거세당하는 기분이었다. 악의로 가득한 공허의 기운은 더더욱 지독했다.

캘러핸은 두 판자 사이의 홈을 엄지손가락으로 눌렀다. 희미한 찰칵 소리와 함께 제단 바닥의 일부가 위로 솟았다. 캘러핸이 판자를 위로 들자 가로 세로가 대략 30센티미터쯤 되는 네모난 구멍이 드러났다. 캘러핸은 판자를 가슴에 품은 채 굽혔던 허리를 폈다. 그러자 허밍 소리가 더욱 커졌다. 롤랜드의 머릿속에 거대한 벌집과 그 위로 느릿느릿 기어다니는 마차만 한 벌들의 모습이 얼핏 떠올랐다. 그는 몸을 숙여 영감님의 비밀 은닉처를 들여다보았다.

구멍 안의 물건은 하얀 천으로 감싸여 있었다. 보아하니 결이 고운 리넨 같았다.

"복사가 입는 중백의입니다." 캘러핸이 말했다. 그러고는 무슨 말인지 모르는 듯한 롤랜드의 표정을 보고 별것 아니라는 듯이 어깨를 으쓱하며 덧붙였다. "그냥 옷입니다. 상자를 싸놓아야 한다는 마음의 소리가 들렸습니다, 그래서 이렇게 했지요."

"당신 마음의 소리가 옳았소." 롤랜드가 소곤거렸다. 그의 머릿속에 제이크가 공터에서 주워온 가방이 떠올랐다. 옆면에 중간 세계 볼링장에는 언제나 스트라이크뿐이라고 적힌 가방이. 말할 것도 없이 그가방이 필요할 듯싶었지만, 이 물건을 옮긴다는 생각은 하고 싶지가 않았다.

이내 그 생각을(그리고 두려움도 함께) 한쪽으로 미뤄놓고서, 롤랜드는 하얀 천을 뒤로 젖혔다. 중백의 밑에, 그것에 감싸여 있던 것은, 나무 상자였다.

두려움을 무릅쓰고, 롤랜드는 손을 뻗어 그 검고 묵직한 나무를 건드렸다. *살짝 기름을 먹인 나무를 건드리는 느낌일 듯한데.* 예상대로였다. 몸속 깊숙한 곳에서 육감적인 떨림이 느껴졌다. 그 느낌은 흡사 오래된 연인처럼 롤랜드의 두려움에 입을 맞추고 사라져버렸다.

"검은 아이언우드로군." 롤랜드가 소곤거렸다. "이런 것이 있다는 말은 들었지만 직접 보기는 처음이오."

"제가 가진 『아서왕 이야기』에는 고스트우드라는 이름으로 나옵니다." 캘러핸이 소곤거리는 목소리로 답했다.

"그렇소? 그렇게 적혀 있소?"

분명 그 상자에는 유령 같은 기운이 감돌았다. 오랜 방황 끝에 버려져 짧게나마 안식을 찾은 물건처럼. 총잡이는 상자를 한 번 더 쓰다듬고 싶었다. 검고 결이 치밀한 나무가 그의 손길을 갈구하고 있었다. 그러나 손을 뻗기 전에 상자 안에 든 물건의 커다란 허밍 소리가 한 단계 더 커졌다가, 다시 앞서처럼 윙윙대는 소리로 낮아졌다. *현명한 자는 잠든 곰을 막대기로 쑤시지 않는 법.* 롤랜드는 스스로를 타일렀다. 옳은 말이었지만 그의 욕구를 가라앉히지는 못했다. 그는 한 번 더 나무에 손을 댔다. 살짝, 손끝만 댔다가, 냄새를 맡았다. 장뇌와 불의 냄새, 그리고 맹세컨대 먼 북쪽 나라의 꽃향기가 느껴졌다. 눈 속에서 피는 꽃의 향기가.

상자 윗면에 세 가지 문양이 새겨져 있었다. 장미, 돌, 문이었다. 문 아래에는 이런 기호가 새겨져 있었다.

ᎷᎯᏨ ᎼᏗ

롤랜드는 다시 손을 뻗었다. 캘러핸이 말리려는 듯이 앞으로 움찔하다가 멈췄다. 롤랜드는 문 아래에 새겨진 기호를 만져보았다. 허밍 소리가 다시 커졌다. 상자 안에 든 검은 구슬의 허밍 소리였다.

"찾……?" 롤랜드가 소곤거렸다. 그러고는 엄지손가락 끝마디로 돋을새김 된 기호를 다시 슥 훑었다. "찾지…… 못했다?" 그가 읽은 것이 아니라 그의 손가락이 든 것이었다.

"예, 분명히 그런 뜻일 겁니다." 캘러핸이 소곤거리는 소리로 답했다. 표정은 흡족해 보였지만 그는 여전히 롤랜드의 손목을 잡아 누르고 있었다. 총잡이의 손을 상자에서 떼어내고 싶었던 것이다.

이마와 팔뚝에 희미하게 땀방울이 맺히고 있었다. "어떻게 보면 말이 됩니다. 잎, 돌, 찾지 못한 문. 제가 살던 세상의 책에 나오는 상징들입니다. 『천사여, 고향을 보라』라는 책이지요."

잎, 돌, 문. 롤랜드는 생각했다. 잎만 장미로 바뀌었군. 그래. 좋은 예감이 든다.

"가져가실 겁니까?" 캘러핸이 물었다. 다만 그의 목소리는 살짝 커져서 속삭임을 넘어섰고, 롤랜드는 그가 애원하고 있다는 것을 깨달았다.

"당신은 이걸 실제로 봤을 거요, 신부. 안 그렇소?"

"예. 한 번. 어떻게 형용할 수 없을 만큼 끔찍합니다. 하느님의 그림자 바깥에서 자란 괴물의 교활한 눈처럼요. 총잡이여, 이 물건을 가져가실 겁니까?"

"그렇소."

"언제요?"

희미하게, 차임벨 소리가 롤랜드의 귀에 들려왔다. 너무나 아름답고 소름 끼쳐서 이를 갈고 싶어지는 소리였다. 한순간 캘러핸 신부의 교회 벽이 흔들렸다. 상자 안에 든 물건이 그들에게 말하는 듯했다. *그 모든 게 얼마나 하잘것없는지 알겠지? 내가 마음만 먹으면 모든 것을 순식간에 거뜬히 앗아갈 수 있다는 걸 말이야. 조심해라, 총잡이여! 조심해라, 주술사여! 심연이 너희를 온통 포위하고 있다. 너희가 그 위에 둥둥 떠 있는 것도 그 속으로 추락하는 것도 모두 내 기분에 달렸다.*

이윽고 카먼 소리는 사라졌다.

"언제요?" 캘러핸이 상자가 놓인 구멍 위로 손을 뻗어 롤랜드의 셔츠를 붙잡았다. "언제요?"

"조만간." 롤랜드가 대답했다.

너무 일러. 그의 마음이 대꾸했다.

제5장

그레이 딕 이야기

1

이제 23일 남았군. 그날 저녁 아이젠하트의 로킹비 목장 저택 뒤
편에 앉아 아이들의 떠들썩한 목소리와 오이가 짖는 소리를 들으며,
롤랜드는 생각했다. 본채 뒤편에 축사와 목초지를 내다보도록 지은
이런 식의 포치를 길르앗에서는 '일꾼용 현관'이라고 불렀다. *늑대
들이 올 때까지 23일. 수재나가 해산할 때까지는 얼마나 남았을까?*
  그 일에 관한 섬뜩한 생각이 머릿속에서 형체를 갖추기 시작했
다. 미아, 즉 수재나의 몸속에 깃든 새로운 여성이 만에 하나 늑대들
이 나타나는 당일에 괴물을 낳기라도 하면? 기우일 수도 있었지만,
에디 말에 따르면 우연이라는 개념은 더 이상 통하지 않았다. 롤랜
드는 에디가 제대로 봤다고 생각했다. 그것이 수재나 안에 머무는
기간을 짐작할 방법은 없었다. 설령 인간 아기라도 해도 아홉 달은
이제 아홉 달이 아니었다. 시간이 무르게 변했으므로.

507

"얘들아!" 아이젠하트가 고함을 질렀다. "너희가 그렇게 축사에서 뛰어내리다가 다치기라도 하면 내가 무슨 면목으로 마누라를 보겠냐?"

"저흰 괜찮아요!" 베니 슬라이트먼이 외쳤다. "앤디가 있으니까 안 다칠 거예요!" 멜빵바지 차림에 맨발인 그 아이는 축사 앞문 위에 서 있었다. 아이 바로 아래쪽 문틀 위에 로킹비라는 글자가 새겨져 있었다. "혹시…… 정말로 저희가 그만하면 좋으시겠어요, 사이?"

아이젠하트는 롤랜드를 흘끔 돌아보았다. 롤랜드는 베니 뒤편에 서서 자기 다리가 부러질 차례를 기다리느라 안달하는 제이크를 바라보는 중이었다. 제이크 역시 보나마나 새 친구의 것일 멜빵바지를 입고 있었고, 그런 두 아이를 보는 롤랜드의 입가에는 웃음이 떠올랐다. 어쨌거나 제이크는 그런 옷차림이 어울리는 아이는 아니었다.

"내 생각이 궁금한 거라면, 신경 쓰지 마시오. 난 애들이 뭘 하든 괜찮소."

"그래, 알아서 해라!" 목장주가 외쳤다. 그러고는 판자 바닥에 펼쳐진 부품들로 관심을 돌렸다. "어떻소? 뭐 좀 쓸 만한 게 있소?"

아이젠하트는 자기가 가진 총 세 정을 모두 꺼내다가 롤랜드에게 보여주었다. 가장 멀쩡한 총은 티안 재퍼즈가 회의를 소집한 날 밤 아이젠하트가 마을에 들고 간 라이플이었다. 나머지 둘은 롤랜드와 친구들이 어릴 적에 '배럴 슈터'라고 부르던 피스톨이었다. 한 발 쏠 때마다 통처럼 커다란 회전 탄창을 손으로 돌려야 해서 붙은 별명이었다. 롤랜드는 아무 말도 하지 않고 아이젠하트의 총들을 분해했다. 역시 총 소제용 기름을 준비했지만, 이번에는 잔 받침이 아니라 대접을 사용했다.

"그러니까……"

"말씀은 들었소, 사이. 이 라이플은 시골에 있는 물건치고는 훌륭하오. 배럴 슈터 두 정은…….." 롤랜드는 고개를 저었다. "니켈로 도금한 놈은 쏠 수 있을 거요. 남은 하나는 땅에 묻는 게 좋겠소. 더 쓸만한 게 싹을 틔울지도 모르니."

"말 한번 모질게 하시는구먼. 아버지한테서 물려받은 물건들이오, 아버지는 할아버지한테서 물려받았고. 그 위로도 이 정도 대까지는 거슬러 올라갈 거요." 아이젠하트는 엄지 두 개를 포함한 손가락 여덟 개를 폈다. "늑대들이 쳐들어오기 전까지 올라간다, 이 말이지. 절대 따로 나누지 않고 유언에 따라 제일 아끼는 아들한테 물려줬소. 형이 아니라 내가 받았을 때는 꽤 기뻤지."

"혹시 쌍둥이 형제가 있었소?"

"음, 베르나라는 누이가 있었소." 아이젠하트는 걸핏하면 벙글벙글 웃는 남자였고 이때에도 덥수룩한 반백 콧수염 아래에 웃음을 머금고 있었지만, 그 웃음은 고통스러워 보였다. 옷 아래 어딘가에 피를 흘리고 있다는 것을 남에게 알리고 싶지 않은 사람의 웃음이었다. "새벽빛처럼 사랑스러운 누이였지, 아무렴. 떠난 지 10년이 조금 더 됐을 거요. 딱하도록 일찍 가버렸소, 룬트들이 으레 그렇듯이."

"명복을 빌겠소."

"세이 생키."

붉은 해가 남서쪽으로 기울면서 마당을 핏빛으로 물들여갔다. 포치에는 흔들의자가 나란히 놓여 있었다. 아이젠하트는 그중 한 의자에 앉아 있었다. 롤랜드는 판자 바닥에 책상다리를 하고 앉아 아이 젠하트의 가보를 손질하는 중이었다. 권총은 십중팔구 다시 쓸 일이 없을 터였지만 총잡이의 손은 아랑곳하지 않았다. 오래전부터 그 일을 하도록 훈련받았고, 여전히 그 일에서 마음의 평화를 얻었기 때문이었다.

이제 놀란 목장주가 멍하니 눈만 껌벅거릴 만큼 빠른 속도로, 롤 랜드는 철컥철컥 소리를 연달아 내면서 총을 조립했다. 이윽고 다 조립한 총을 네모난 양가죽 위에 올려놓은 그는 천으로 손을 닦고 아이젠하트 옆의 의자에 앉았다. 여느 때 저녁 같으면 아이젠하트와 그의 아내가 이곳에 나란히 앉아서 저물어가는 석양을 바라볼 듯싶었다.

롤랜드는 걸낭 속을 휘젓다가 담배쌈지를 찾아 꺼낸 다음, 캘러핸에게서 받은 신선하고 향긋한 담뱃잎으로 담배를 말았다. 로잘리타는 고양이 기름 말고도 보들보들한 옥수수 껍질을 '담배 부리'라며 선물로 챙겨주었다. 롤랜드가 보기에는 종이나 다름없이 훌륭했다. 그는 담배를 다 말고 나서 완성품을 잠시 감상한 다음, 아이젠하트가 길쭉한 엄지손톱에 그어서 불을 붙인 성냥에 끄트머리를 갖다 댔다. 총잡이가 깊이 빨아들였다가 길게 내뿜은 담배 연기는 늦여름 치고는 차분하고 후텁지근한 공기 속으로 천천히 피어올랐다. "훌륭하군." 총잡이는 그렇게 말하며 고개를 끄덕였다.

"그렇소? 마음에 드는가 보군. 나는 맛을 잘 모르겠던데."

축사는 저택보다 훨씬 더 커서 폭이 약 50미터였고, 높이도 15미터는 돼 보였다. 앞쪽에는 수확제를 축하하기 위한 장식들이 걸려 있었다. 커다란 샤프루트를 머리 대신 얹은 허수아비들이 보초를 섰다. 앞문 위쪽의 열린 덧문 꼭대기에 대들보 끄트머리가 튀어나와 있었다. 대들보에는 밧줄이 한 가닥 묶여 있었다. 그 아래 마당에는 아이들이 커다랗게 쌓아둔 건초 더미가 보였다. 건초 더미 한쪽 옆에는 오이가, 반대쪽에는 앤디가 서서 밧줄을 쥔 베니 슬라이트먼을 나란히 올려다보는 중이었다. 베니는 밧줄을 잡은 채 축사 다락으로 들어가 시야에서 사라졌다. 오이가 무언가 기대하며 짖기 시작했다. 잠시 후, 베니가 손에 밧줄을 감은 채 머리카락을 휘날리며 달려나왔다.

"길르앗과 엘드를 위하여!" 이렇게 외치며, 베니는 다락을 박차고 뛰었다. 붉은 석양 속으로 붕 날아가는 아이 뒤를 그림자가 따라갔다.

"벤 벤!" 오이가 짖었다. "벤 벤 벤!"

베니는 밧줄을 놓고 뛰어내려 건초 더미 속으로 사라졌다가, 깔깔 웃으며 불쑥 솟아나왔다. 앤디가 금속 손을 내밀었지만 아이는 거들떠보지도 않고 단단한 흙바닥으로 폴짝 뛰어내렸다. 오이가 아이 주위를 돌면서 짖어댔다.

"평소에도 저런 소리를 외치면서 노는 거요?" 롤랜드가 물었다.

아이젠하트는 콧방귀를 뀌었다. "어림없는 소리! 보통은 오라이자의 이름이나 인간 예수, '칼라 만세'라고 외친다오. 아니면 셋 다. 아마 당신네 아이가 슬라이트먼네 아들한테 이것저것 잔뜩 들려준 것 같소."

롤랜드는 그 말에 깃든 살짝 나무라는 느낌을 무시한 채 제이크가 밧줄을 당기는 광경을 지켜보았다. 베니는 땅에 누워 죽은 척하다가 오이가 얼굴을 핥자 그제야 일어나 앉아서 킥킥 웃었다. 롤랜드가 보아하니 아이가 엉뚱한 곳으로 떨어지면 틀림없이 앤디가 받아줄 듯싶었다.

축사 한쪽에는 다 합쳐서 스무 마리쯤으로 보이는 짐말 떼가 있었다. 작업용 가죽 덧바지에 낡은 반장화를 신은 카우보이 세 명이 나머지 짐말 여섯 마리를 그쪽으로 몰고 가는 중이었다. 축사 앞마당 반대편은 거세한 황소들을 모아놓은 도살장이었다. 앞으로 몇 주 동안 잡아서 짐배에 실어 강 아래쪽으로 실어 보낼 소들이었다.

제이크는 축사 다락 안쪽으로 뒷걸음쳤다가 앞으로 달려나왔다. "뉴욕!" 제이크가 소리쳤다. "타임스 스퀘어! 엠파이어 스테이트 빌딩! 쌍둥이 빌딩! 자유의 여신상!" 그러고는 밧줄과 함께 포물선을 그리며 허공으로 날아갔다. 그렇게 웃으면서 건초 더미 속으로 사라지는 아이를, 그들은 함께 지켜보았다.

"다른 두 사람을 재퍼즈네 집에 머물게 한 이유가 따로 있는 거요?" 아이젠하트가 물었다. 목소리는 나른했지만 롤랜드 생각에는 적잖이 궁금해하는 눈치였다.

"흩어지는 게 좋으니까 그랬소. 되도록 많은 사람이 우리를 잘 보도록. 지금은 시간이 없소. 결정을 내릴 때요." 모두 사실이었지만 이유는 그뿐만이 아니었고, 그 정도는 아이젠하트도 이미 아는 눈치였다. 그는 오버홀저보다 영리했다. 또한 늑대들한테 맞서는 일에 완고하게 반대하는 쪽이기도 했다. 적어도 지금까지는. 그럼에도 롤랜드는 덩치가 크고 솔직하고 시골 사람답게 걸쭉한 농담을 하는 이 남자가 마음에 들었다. 그가 마음을 돌릴지도 모른다는 생각이 들었다. 이길 가망을 보여주기만 하면.

로킹비 목장으로 오는 길에 그들은 강을 따라 늘어선 자영농의 농장 여섯 곳에 들렀다. 주로 쌀농사를 짓는 곳들이었다. 아이젠하트는 퍽 친절하게 사람들을 소개해주었다. 한 곳 한 곳 들를 때마다 롤랜드는 사람들에게 전날 밤 마을 정자에서 했던 질문 두 개를 다시 건넸다. *우리가 당신들에게 마음을 열면 당신들도 우리에게 마음을 열어주겠소? 우리를 있는 그대로 보고, 우리가 하는 일을 받아들이겠소?* 모두가 예라고 대답했다. 아이젠하트도 마찬가지였다. 그러나 롤랜드는 세 번째 질문을 건넬 만큼 어리석지 않았다. 그럴 필요는 없었다, 아직은. 시간은 아직 3주가 넘게 남아 있었다.

"우리는 견디고 있소, 총잡이여." 아이젠하트가 말했다. "심지어 늑대들을 마주하면서도 견디고 있는 거요. 한때는 길르앗이 있었지만 이제 길르앗은 사라졌소. 그건 당신이 가장 잘 알 거요. 그래도 우리는 견디고 있소. 만약 늑대들한테 맞서 싸운다면, 모든 게 변하고 말 거요. 당신과 당신 친구들한테는 이 초승달 지대에서 일어나는 일쯤이야 어차피 강풍에 대고 뀌는 방귀만큼이나 별일 아닐 거요. 우리가 이겨서 살아남으면, 당신들은 떠날 테니. 그런데 만일 당신들이 패해서 죽으면 우린 갈 곳이 없소."

"허나 우리는……"

아이젠하트가 손을 들어 롤랜드의 말을 막았다. "들어주시오, 부탁이오. 내 말을 들어주시겠소?"

롤랜드는 순순히 고개를 끄덕였다. 십중팔구는 아이젠하트가 얘기하도록 놔두는 것이 최선이었다. 그들 너머 저편에서는 아이들이 또다시 뛰어내리려고 축사로 달려가고 있었다. 이제 곧 어둠이 드리우면 놀이가 끝날 터였다. 총잡이는 에디와 수재나가 잘하고 있는지 궁금했다. 지금쯤 티안의 할아버지와 이야기를 했을까? 했다면 뭘가 쓸 만한 정보를 건졌을까?

"놈들이 전처럼 50명, 60명씩 잔뜩 몰려온다면? 그런데도 우리가 놈들을 다 쓸어버렸다고 가정해봅시다. 그러고 나서 당신들이 떠난 후에, 1주일이나 한 달 후에 놈들이 우리 마을에 500명을 보낸다면?"

롤랜드는 그 질문을 곰곰이 생각했다. 그러는 사이에 마거릿 아이젠하트가 이야기에 끼어들었다. 사십대인 마거릿은 날씬하고 가슴이 아담한 여성이었고, 이날 저녁은 청바지에 회색 실크 셔츠 차림이었다. 뒤로 빗어서 동그랗게 묶은 검은 머리카락에는 흰머리가 간간이 보였다. 한 손은 앞치마 아래에 감춰져 있었다.

"좋은 질문이네요. 하지만 지금은 그런 걸 물어보기에 적당한 때가 아닌 것 같은데요. 이분이랑 친구 분들께 1주일만 여유를 주세요, 여기저기 둘러보면서 뭔가 찾을 수 있게."

아이젠하트는 흥미와 짜증이 반씩 섞인 표정으로 아내를 힐끗 보았다. "내가 언제 당신 부엌일하는데 이래라저래라 한 적 있어? 언제 요리해라, 언제 설거지해라 하면서?"

"1주일에 네 번밖에 안 하죠." 마거릿은 그렇게 말하고 나서 남편 곁의 흔들의자에서 일어나려는 롤랜드를 돌아보았다. "아뇨, 앉아 계세요, 부탁이에요. 전 한 시간 내내 앉아서 에드나랑 같이 샤프루트 껍질을 벗겼어요. 저 애 고모예요." 마거릿은 고갯짓으로 베니를 가리켰다. "다리를 쭉 펴고 서 있으니까 좋네요." 그러고는 오이가 춤을 추며 짖는 동안 두 아이가 건초 더미로 뛰어내려 깔깔 웃는 광경을 보며 미소 지었다. "롤랜드, 본이랑 저는 이때껏 그 두려움에 직면한 적이 없어요. 저희는 아이가 여섯이고 다 쌍둥이지만, 매번 용케 늑대들을 피해서 자랐거든요. 그래서 당신이 바라는 결정을 내릴 만큼 사태를 잘 이해하지 못할 수도 있어요."

"운이 좋다고 해서 머리가 나빠지는 건 아니야." 아이젠하트가 말했다. "내 생각엔 오히려 그 반대라고. 냉정한 눈으로 똑똑히 볼 수 있으니까."

"그럴지도 모르죠." 마거릿은 축사로 뛰어 들어가는 아이들을 지켜보았다. 두 소년은 사다리에 먼저 올라가려고 어깨를 부딪치며 웃었다. "그래요, 그럴지도 몰라요. 하지만 마음은 반드시 자기 권리를 목청껏 외치는 법이에요, 그리고 그 소리를 못 듣는 사람은 바보고요. 가끔은 밧줄을 잡고 뛰어내리는 게 최선일 때도 있어요. 너무 어두워서 건초 더미가 있는지 없는지 안 보인다고 해도."

롤랜드는 손을 뻗어 마거릿의 손에 댔다. "나는 그렇게 멋진 말은 절대 못 할 거요."

마거릿은 롤랜드를 내려다보며 살짝 당황한 미소를 지었다. 그러고는 금세 다시 아이들 쪽으로 눈을 돌렸지만, 그 정도면 긴장한 것을 눈치채기에 충분한 시간이었다. 사실 그녀는 겁에 질려 있었다.

"베니, 제이크!" 마거릿이 외쳤다. "이제 그만! 들어와서 손 씻을 시간이야! 파이를 만들어 놨으니까 먹고 싶은 사람은 빨리 와, 위에 크림도 얹었어!"

베니가 축사 앞으로 달려나왔다. "저희 아빠가 절벽 위에 제 텐트를 쳐놓고 거기서 자도 된다고 했어요, 사이. 두 분한테 허락만 받으면요."

마거릿 아이젠하트는 남편을 돌아보았다. 본 아이젠하트가 고개를 끄덕였다. "그래, 텐트에서 맘껏 자렴. 하지만 파이가 먹고 싶으면 지금 들어와. 마지막 경고야! 손 꼭 씻고! 손이랑 얼굴이랑 다!"

"예, 세이 생키. 오이도 파이 먹어도 돼요?"

마거릿 아이젠하트는 두통이라도 느끼는 사람처럼 왼손 손바닥으로 이마를 철썩 소리가 나도록 세게 짚었다. 롤랜드는 시종 앞치마 속에 감춰진 마거릿의 오른손에 신경이 쓰였다.

"그래, 개너구리도 챙겨줘야지. 틀림없이 아서 엘드가 변신한 개너구리니까 나중에 보석이랑 황금으로 보답을 하겠지, 병도 낫게 해줄 테고."

"생키, 사이." 제이크가 말했다. "한 번만 더 뛰어도 될까요? 내려가는 길은 이게 제일 빠르거든요."

"잘못 날아가면 제가 받아줄 겁니다, 마거릿 사이." 앤디의 두 눈이 파랗게 번쩍이다가 어두워졌다. 웃는 표정인 모양이었다. 롤랜드가 보기에 그 로봇에게는 두 인격이 있는 듯했다. 한쪽은 깐깐한 할머니 같았고, 다른 한쪽은 무던하고 푸근했다. 총잡이는 양쪽 다 마음에 안 들었고, 그 이유도 완벽하게 알고 있었다. 기계라면 종류를 막론하고 불신하게 되었기 때문이었다. 특히 걷고 말하는 기계는 더더욱.

"그래." 아이젠하트가 말했다. "다리는 꼭 마지막으로 뛸 때 부러지더라만, 정 뛰고 싶으면 뛰어라."

아이들은 뛰었고, 다리는 아무도 부러지지 않았다. 두 소년 모두 정확히 건초 더미에 뛰어내렸다가 불쑥 튀어나와 마주 보며 왁자하게 웃은 다음, 뒤에 달려오는 오이와 함께 부엌을 향해 걸어왔다. 개너구리가 아이들을 몰고 가는 모양새였다.

"아이들이 금방 친해지는 걸 보면 정말 멋져요." 말은 이렇게 했지만, 마거릿 아이젠하트의 표정은 멋진 것을 생각하는 사람 같지 않았다. 슬퍼 보이는 표정이었다.

"그렇소. 멋진 일이오." 롤랜드는 걸낭을 무릎에 올려놓고 매듭 지어진 끈을 풀려다가, 문득 손을 멈췄다. "당신들은 특기가 뭐요?" 아이젠하트를 향한 질문이었다. "활이오, 아니면 석궁? 라이플이나 리볼버가 아니란 건 나도 잘 아니까 묻는 거요."

"우리는 석궁이 좋소. 화살을 재고, 당기고, 겨누고, 쏘면 끝이니까."

롤랜드는 고개를 끄덕였다. 예상한 대로였다. 좋은 징조는 아니었다. 석궁은 25미터가 넘는 거리에서 쏘면 명중하는 경우가 드물었고, 심지어 바람이 잔잔한 날에도 그 정도였다. 바람이 세게 불기라도 하면…… 만에 하나 돌풍이라도 불어닥치면…….

그 와중에도 아이젠하트는 자기 아내를 보고 있었다. 왠지 주저하면서도 사랑스럽다는 눈빛으로. 마거릿은 눈을 동그랗게 뜨고 남편을 마주 보았다. 왜 그러냐고 묻는 눈빛으로. 뭘 하는 걸까? 분명 앞치마 속에 숨긴 손과 관계가 있을 듯싶었다.

"젠장, 얘기해." 아이젠하트가 말했다. 그러고는 거의 화난 사람처럼 롤랜드를 가리켰다. 손가락이 총신처럼 보였다. "그래봤자 바뀌는 건 아무것도 없어. 아무것도! 세이 생키!" 마지막 인사와 함께 이를 드러내고 씩 웃는 입 모양이 왠지 사나워 보였다. 롤랜드는 더욱 영문을 알 수가 없었지만, 한편으로는 어렴풋이 일렁거리는 희망을 느꼈다. 어쩌면 거짓 희망일지도 몰랐고 그렇게 될 공산이 컸지만, 그 희망의 정체가 무엇이든 간에 요즘 들어 그를 에워싼 불안과 번민과 고통보다는 더 나았다.

"아뇨." 마거릿의 목소리는 복장이 터질 만큼 차분했다. "얘기하는 건 내 몫이 아니에요. 보여줄 수는 있겠죠, 어쩌면. 하지만 얘기할 사람은 내가 아니에요."

아이젠하트는 한숨을 쉬고 잠시 생각하다가, 롤랜드를 돌아보았다. "어젯밤에 쌀의 춤을 추지 않았소. 그러니 당신도 레이디 오라이자를 알 거요."

롤랜드는 고개를 끄덕였다. 쌀의 수호신. 어떤 지역에서는 여신, 어떤 지역에서는 여걸이었고, 둘 다로 여기는 곳도 있었다.

"그럼 오라이자가 아버지를 죽인 원수 그레이 딕을 어떻게 처치했는지도 알겠군?"

롤랜드는 다시금 고개를 끄덕였다.

2

기억해뒀다가 나중에 한 번 더 이야기꽃을 피울 시간이 오면 에디와 수재나와 제이크에게 들려줘야겠다 싶을 정도로 재미있는 그 이야기에 따르면, 레이디 오라이자는 센드 강가에 있는 자신의 웨이든 성에서 성대한 만찬회를 열면서 유명한 도적단의 두목 그레이 딕을 초대했다. 그러면서 말하길 자기 아버지를 살해한 그의 죄를 용서하고 싶다고 했다. 자신은 인간 예수를 마음으로 받아들였는데, 그의 가르침에 따르면 그렇게 해야 한다면서.

"*나를 끌어들여서 죽일 작정이지, 내가 거길 갈 정도로 멍청한 줄 알고.* 그레이 딕이 말했다."

"아니요, 아니에요." 레이디 오라이자가 말했다. "그럴 생각은 꿈에도 안 해본걸요. 무기는 모조리 성 밖에 놔둘 거예요. 그리고 1층의 연회장에는 우리 둘만 앉을 거예요. 테이블 한쪽 끝에는 내가, 반대쪽 끝에는 당신이."

"소매 속에 단검을 감출 생각이로군, 아니면 드레스 밑에 팔맷돌을 숨길 작정이든가. 당신은 그렇게 안 한다고 해도 난 할 거야."

"아뇨, 아니에요. 그럴 생각은 털끝만큼도 없어요. 우리 둘 다 벌거벗을 거니까요."

그 말을 들은 그레이 딕은 욕정에 지고 말았다. 레이디 오라이자가 미인이기 때문이었다. 그는 오라이자의 훤히 드러난 가슴과 아래쪽 털을 보고 자신의 물건이 벌떡 설 거라는 생각에, 또 그 흥분한 물건을 처녀인 오라이자의 눈으로부터 가려줄 속옷조차 없을 거라는 생각에 후끈 달아올랐다. 또한 오라이자가 왜 그런 제안을 했는지도 이해가 가는 듯했다. 그놈은 자신의 오만함 때문에 무너질 거야. 레이디 오라이자는 시녀에게 이렇게 말했다(이름이 마리안이었던 그 시녀 또한 자기 몫의 흥미진진한 모험담을 잔뜩 지닌 인물이었다.).

레이디 오라이자의 말은 옳았다. 그렌폴 경은 내 손에 죽었지. 모든 강변 자치령을 통틀어 최고로 교활한 영주였지만. 그레이 딕은 속으로 중얼거렸다. 그런데 복수해줄 사람이라고는 가녀린 딸 하나밖에 없지 않은가. (아, 그래도 얼굴은 예쁘지.) 그래서 화평을 청한 거야. 어쩌면 청혼까지 겸한 건지도 모르지, 미모뿐 아니라 배짱과 재치까지 겸비한 여자라면.

그리하여 그레이 딕은 오라이자의 제안을 수락했다. 그의 부하들은 두목이 도착하기 전에 1층 연회장을 샅샅이 뒤졌지만 무기는 하나도 없었다. 테이블 위에도, 테이블 밑에도, 벽에 걸린 태피스트리 뒤에도. 그들이 까맣게 몰랐던 사실이 있었으니, 레이디 오라이자가 만찬 몇 달 전부터 만찬용 접시 하나를 특별히 무겁게 만들어 던지는 훈련을 했다는 것이었다. 오라이자는 하루에 몇 시간씩 그 훈련을 했다. 그녀는 애초에 운동에 소질이 있었을 뿐더러 눈썰미도 좋았다. 게다가 온 마음을 다해 그레이 딕을 증오했고, 그래서 어떤 대가를 치르더라도 죗값을 물리겠다는 각오를 품었다.

그 만찬용 접시는 단지 무겁기만 한 것이 아니었다. 테두리를 날카롭게 갈았던 것이다. 레이디 오라이자와 마리안이 예상한 대로 그레이 딕의 부하들은 이를 못 보고 지나쳤다. 그리하여 시작된 만찬의 광경은 실로 해괴했을 것이다. 테이블 한쪽 끄트머리에는 껄껄 웃는 미남 무법자가 알몸으로 앉아 있고, 9미터 떨어진 반대편 끄트머리에는 더없이 아름다운 처녀가 다소곳이 미소 지으며 앉아 있는데 똑같이 알몸이었으니. 그들은 그렌폴 경이 남긴 가장 값진 레드 와인으로 서로에게 건배를 청했다. 그 훌륭한 와인을 물처럼 들이켜는 그레이 딕을 보며, 턱에서 떨어져 털북숭이 가슴에 점점이 튄 핏빛 방울들을 보며 오라이자는 분노하다 못해 미쳐버릴 지경이었지만, 조금도 내색하지 않았다. 그저 요염하게 웃으며 자기 잔을 기울일 뿐이었다. 그의 눈길이 가슴에 묵직하게 느껴졌다. 기분 나쁜 벌레들이 살갗 여기저기에 느릿느릿 기어다니는 느낌이 들었다.

이 기만 작전은 얼마나 오래 지속됐을까? 어떤 이야기꾼들은 두 번째 건배가 끝난 후에 레이디 오라이자가 그레이 딕을 끝장냈다고 했다. (그레이 딕: 그대가 더욱 더 아름다워지기를. 오라이자: 네놈이 지옥에서 맞이하는 첫날이 1만 년 동안 이어지기를, 그리고 그날이 가장 짧은

날이기를.) 아슬아슬한 긴장감을 즐기는 다른 이야기꾼들은 열두 가지 코스 요리를 줄줄이 읊은 다음에야 오라이자가 그 특별한 접시를 붙잡았다고 했다. 그레이 딕의 눈을 똑바로 보면서, 빙긋이 웃으면서, 손으로 잡아도 안전한 테두리의 뭉툭한 부분을 찾아 접시를 빙그르르 돌렸다고.

길게 얘기하든 짧게 얘기하든, 결말은 항상 레이디 오라이자가 접시를 던지는 것으로 끝났다. 예리하게 간 테두리 아래의 바닥에는 가느다란 홈이 여러 갈래 패어 있었고, 그 덕분에 접시는 흔들림 없이 날았다. 기묘한 허밍 소리를 내며 날아가는 접시가 통돼지 로스트와 칠면조 로스트와 대접에 산더미 같이 담긴 샐러드와 크리스털 접시에 쌓인 신선한 과일 위로 찰나의 그림자를 드리웠다.

오라이자가 접시를 살짝 위로 솟아오르게 던진 다음 순간, 그레이 딕의 머리는 열린 문을 지나 날아가서 등 뒤의 현관에 떨어졌다. 오라이자의 팔은 펴진 상태 그대로였고, 검지와 굽힌 엄지는 아버지를 죽인 남자를 향하고 있었다. 그레이 딕의 몸뚱이는 잠시 그대로 서 있었다. 오라이자를 향해 일어선 물건이 흡사 비난하는 손가락 같았다. 이내 그 물건은 쪼그라들었고, 물건의 주인도 거대한 로스트비프 덩어리와 수북한 허브 라이스 위로 고꾸라졌다.

롤랜드가 방랑 중에 '접시 귀부인'이라는 이름으로 들은 적도 있었던 레이디 오라이자는, 와인 잔을 들고 그 주검에게 건배를 청했다. 그러면서 말하길

3

"네놈이 지옥에서 맞이하는 첫 날이 1만 년 동안 이어지기를." 롤랜드가 중얼거렸다.

마거릿은 고개를 끄덕였다. "맞아요, 그리고 그날이 가장 짧은 날이기를. 끔찍한 말이지만, 나도 늑대들한테 그렇게 건배를 청하고 싶어요. 한 놈도 안 빼놓고 모조리!" 앞치마 바깥에 드러난 손이 주먹으로 바뀌었다. 저물어가는 붉은 석양 속에서 마거릿은 열병에 시달리는 사람처럼 보였다. "아시겠지만 저희는 아이가 여섯이에요. 무려 여섯이죠. 그중에 수확제를 맞은 지금 가축을 몰아다가 잡는 일을 돕는 애가 왜 한 명도 없는지 저이가 얘기하던가요? 저이한테 들으셨어요, 총잡이님?"

"마거릿, 무슨 그런 얘기를 다 하려고 해." 아이젠하트는 마음이 불편한 듯 흔들의자에서 꿈지럭거렸다.

"아뇨, 해야 할지도 몰라요. 아까 하던 뛰어내리기 얘기하고도 관계가 있으니까요. 사람은 도약할 때 그 나름의 대가를 각오하지만, 가끔은 구경하는 것만으로 더 큰 대가를 치러야 할 때도 있어요. 저희 애들은 구김살 없이 자유롭게 컸어요. 늑대들이 올까 걱정할 필요 없어요. 늑대들이 마지막으로 온 건 제가 첫 쌍둥이 톰과 테사를 낳고 한 달도 안 지났을 때였어요. 나머지 애들도 똑같았죠, 깍지에 가지런히 누운 콩처럼. 막내는 이제 고작 열다섯 살이에요, 아시겠어요?"

"마거릿……"

마거릿은 남편의 말을 무시했다. "하지만 그 애들은 저희처럼 운

좋게 자식을 낳지는 못할 거예요, 그 애들도 그걸 알아요. 그래서 떠난 거예요. 초승달 지대 북쪽 끝으로 간 애도 있고, 남쪽 끝으로 간 애도 있어요. 늑대들이 안 오는 곳을 찾아서."

마거릿은 아이젠하트 쪽으로 돌아섰다. 이야기하는 상대는 롤랜드였지만, 그녀가 마지막 말을 내뱉으면서 바라본 상대는 자기 남편이었다.

"모든 쌍둥이마다 한 명씩. 그게 늑대들에게 치르는 대가예요. 그놈들이 이십 몇 년에 한 번씩 받아가는 게 바로 그거죠, 지금까지 몇 번이나. 하지만 저희 집은 예외예요. 저희는 아이들을 *모조리* 빼앗겼어요. 한 명도…… 안 남기고…… 모조리." 마거릿은 몸을 숙여 롤랜드의 무릎 바로 위를 톡톡 두드리며 힘주어 말했다. *"아시겠어요?"*

뒤 포치에 침묵이 내려앉았다. 도살당할 운명인 소들이 축사 우리에서 아무것도 모르고 음매 소리를 냈다. 부엌에서는 앤디가 뭐라고 하는 소리에 이어 아이들 웃음소리가 들려왔다.

아이젠하트는 고개를 떨구었다. 보이는 거라고는 북슬북슬한 콧수염뿐이었지만, 롤랜드는 얼굴을 보지 않고도 알 수 있었다. 그는 흐느끼는 중이거나, 아니면 흐느끼지 않으려고 안간힘을 쓰는 중이었다.

"당신 마음을 상하게 하려고 이러는 건 절대 아니에요." 마거릿은 남편의 어깨를 더없이 다정하게 다독였다. "그 애들이 가끔 찾아올 때도 있으니까요. 그럼요, 죽은 사람들보다는 자주 찾아와요, 꿈속에서만 찾아와서 그렇지. 아주 어린 모습은 아니라서 엄마를 그리워하진 않아요, 아버지가 잘 있는지 묻기도 하고요. 하지만 그래봤자 가버린 걸요. 그게 바로 안전의 대가예요. 당신도 잘 알겠지만."

마거릿은 잠시 아이젠하트를 내려다보았다. 한 손으로 그의 어깨를 잡고서, 한 손은 여태 앞치마 속에 가린 채로. "이제 얘기해도 좋아요, 나한테 얼마나 화가 났는지. 나도 다 아니까."

아이젠하트는 고개를 저었다. "화 안 났어." 웅얼대는 목소리.

"그럼 마음을 고쳐먹은 거예요?"

아이젠하트는 다시 고개를 저었다.

"고집쟁이 같으니." 말은 그렇게 했지만, 마거릿의 목소리에서는 따뜻한 애정이 느껴졌다. "막대기처럼 뻣뻣하다니까, 참. 세이 생키."

"생각은 하고 있어." 아이젠하트가 말했다. 고개는 여전히 숙인 채로. "아직도 생각 중이야. 이렇게 막판까지 고민할 거라곤 상상도 못했어. 보통은 한번 마음을 먹으면 그걸로 끝인데 말이지……. 롤랜드, 제이크가 숲에서 오버홀저랑 다른 사람들한테 깜짝 놀랄 사격 시범을 보였다는 건 나도 알고 있소. 어쩌면 우리도 여기서 당신한테 놀랄 만한 뭔가를 보여줄 수 있을 것 같소. 마거릿, 들어가서 당신의 오라이자를 가져와."

"안 들어가도 돼요." 마거릿은 앞치마 속에 숨겼던 손을 마침내 꺼냈다. "벌써 가져왔거든요. 자, 이거예요."

4

그물 무늬가 촘촘하게 그려진 파란 접시는 데타와 미아 둘 다 알아보았을 법한 물건이었다. '특별한' 접시였던 것이다. 롤랜드는 잠시 후에 그물 무늬의 정체를 알아보았다. 젊은 레이디 오라이자와 벼의 모종이었다. 사이 마거릿 아이젠하트가 손가락 마디로 접시를 두드리자 몹시도 청아한 소리가 울렸다. 보기에는 자기 접시 같았지만, 아니었다. 그렇다면 유리일까? 일종의 유리?

롤랜드는 무기 앞에 예를 표할 줄 아는 전문가답게 엄숙하고 겸손한 태도로 손을 내밀었다. 마거릿은 입술 가장자리를 깨물며 망설였다. 롤랜드는 교회 뜰에서 점심을 먹은 후에 다시 찬 총집으로 손을 뻗더니, 자신의 리볼버를 꺼내어 마거릿에게 건넸다. 총손잡이를 앞으로 돌려서.

"아뇨." 마거릿의 대답은 기다란 한숨 끝에 실려 나왔다. "총을 볼모로 맡길 필요는 없어요, 롤랜드. 본이 당신을 믿고 집에 들였다면 저도 당신을 믿고 제 오라이자를 건넬 수 있으니까요. 하지만 조심해서 만지세요, 안 그랬다간 손가락이 달아날지도 몰라요. 그랬다간 큰일이잖아요, 지금도 오른손에 손가락이 두 개나 부족한데."

그 말이 사려 깊은 경고라는 것은 파란 접시, 즉 사이 마거릿의 오라이자를 슥 보기만 해도 알 수 있었다. 한편으로 롤랜드는 불꽃처럼 번득이는 흥분과 감탄을 느꼈다. 훌륭한 새 무기를 본 것이 오랜만이기 때문이었다. 게다가 이런 종류는 한 번도 본 적이 없었다.

접시의 재질은 유리가 아니라 금속이었다. 가볍고 튼튼한 합금 같았다. 크기는 지름이 30센티미터(조금 넘는) 정도로 평범한 만찬용 접시만 했다. 테두리의 4분의 3은 치명적일 만큼 예리하게 연마되어 있었다.

"잡는 곳이 어딘지는 급박한 상황에서도 바로 알 수 있어요. 보세요, 여기……"

"봤소." 롤랜드는 깊이 감탄한 목소리로 말했다. 벼 두 줄기가 교차한 부분에 대문자 **Zn** 같은 문양이 보였다. 단어 자체는 지(영원)와 현재, 둘 다를 의미했다. (애초에 눈이 밝은 사람이 아니면 전체 문양에서 찾아내지도 못할 정도로 작은) 벼 줄기가 겹친 지점의 테두리는, 무딜 뿐 아니라 살짝 두꺼웠다. 손으로 잡기 쉽도록.

롤랜드는 접시를 뒤집었다. 바닥 정중앙에 조그만 금속 깍지가 붙어 있었다. 제이크에게는 1학년 때 주머니에 넣고 다니던 플라스틱 연필깎이처럼 보였을 물건이었다. 연필깎이를 본 적이 없었던 롤랜드의 눈에는 웬 벌레가 버리고 간 알 껍데기처럼 보였다.

"접시가 날아갈 때 여기서 소리가 나는 거예요, 아시겠지만." 마거릿은 존경의 빛을 숨기지 않는 롤랜드를 보고 덩달아 표정이 환해졌고, 눈도 반짝였다. 롤랜드는 그렇게 열심히 설명하는 말투를 전에도 여러 번 들은 적이 있었지만, 그것도 오래전의 이야기였다.

"이 접시에 다른 용도는 없소?"

"없어요. 그래도 휘파람 소리는 낼 수 있어요, 이야기에 나오는 것처럼. 안 그래요?"

롤랜드는 고개를 끄덕였다. 물론 그럴 터였다.

마거릿 아이젠하트의 말에 따르면 '오라이자 자매단'은 서로 돕기를 좋아하는 여성들의 모임으로서……

"서로 소문 퍼뜨리기도 좋아하고 말이지." 아이젠하트가 구시렁거렸지만 농을 섞은 말투였다.

"그래요, 그것도 포함해서요." 마거릿도 인정했다.

자매단은 경조사가 있을 때면 모여서 음식을 만들었다(전날 밤 마

을 광장 정자에서 열린 만찬도 자매단이 준비했다.). 이따금 어느 집에
불이 나서 가산을 다 잃은 경우, 또는 6년이나 8년에 한 번씩 강이
범람해서 데바테테 와이 강 바로 옆에 사는 소농들의 집이 잠긴 경
우에는 모여서 옷을 짓거나 이불을 만들어주기도 했다. 마을 정자와
공회당의 안을 깨끗이 청소하고 바깥을 보기 좋게 꾸미는 이들 역
시 자매단이었다. 그들은 젊은이들을 위해 무도회를 준비하고 후견
인 노릇도 했다. 가끔은 부자에게 고용되어("에번 투크랑 그 친척 같
은 사람들요." 마거릿이 말했다.) 결혼식 피로연의 음식을 차렸다. 그런
연회는 매번 훌륭해서 이후 몇 달 동안 단연 칼라의 이야깃거리가
되었다. 물론 그들끼리는 소문을 전하기도 했고, 마거릿은 이를 부
정하지 않았다. 또한 카드 게임과 포인츠 게임, 성 빼앗기 게임을 할
때도 있었다.

"그리고 접시도 던지고." 롤랜드가 말했다.

"예, 하지만 그냥 재미로 하는 일이란 걸 명심하셔야 해요. 사냥
은 남자들의 일이고, 남자들은 석궁으로 그럭저럭 해내고 있으니까
요." 마거릿은 다시금 남편의 어깨를 다독였지만, 롤랜드는 그 손짓
이 이번에는 조금 불안해 보인다고 생각했다. 또한 남자들이 정말로
석궁으로 잘 버티고 있다면, 마거릿은 애초에 이 예쁘고 치명적인
물건을 앞치마 속에 감춰 들고 나오지도 않았으리라는 생각도 들었
다. 아이젠하트 역시 그렇게 하도록 놔둘 리가 없었다.

롤랜드는 담배쌈지를 열고 로잘리타가 준 옥수수 껍질 담배 부리
를 꺼낸 다음, 접시의 예리한 테두리 위로 떨어뜨렸다. 네모난 옥수
수 껍질은 이내 두 조각으로 깨끗이 갈라져 포치 위로 팔랑팔랑 떨
어졌다. *이런 걸 그냥 재미로 던진단 말이지.* 롤랜드는 그렇게 생각

하며 하마터면 웃을 뻔했다.

"이 금속의 정체는 뭐요? 혹시 그대도 아시오?"

마거릿은 롤랜드의 낯선 말투에 눈을 동그랗게 떴지만 이를 지적하지는 않았다. "앤디는 그게 타이타늄이라고 했어요. 북쪽 멀리, 칼라 센 크리에 있는 거대한 옛 공장에서 구한 거예요. 거기엔 그런 폐허가 많거든요. 가본 적은 없지만 이야기는 들었어요. 으스스한 곳이라고."

롤랜드는 고개를 끄덕였다. "그럼 이 접시는…… 어떻게 만드는 거요? 앤디가 만들었소?"

마거릿은 고개를 저었다. "앤디는 못 해요, 아니면 안 하는 거든가. 어느 쪽인지는 모르겠어요. 접시는 칼라 센 크리의 여자들이 만들어서 온 사방의 칼라로 보내줘요. 상선이 닿는 곳은 아마 먼 남쪽의 디바인 정도가 한계일 테지만."

"여자들이 이걸 만든다." 롤랜드가 중얼거렸다. "*여자들이.*"

"그런 걸 만드는 기계가 아직 어디 남아 있는 게지. 그게 다요." 아이젠하트가 말했다. 롤랜드는 방어하듯 딱딱한 그의 말투에 즐거워졌다. "내가 보기엔 그냥 기계의 단추 하나 누르는 정도구먼, 뭘."

마거릿은 얌전한 미소를 띠고 남편을 보기만 할 뿐, 인정도 부정도 하지 않았다. 본인은 모를 수도 있었지만 틀림없이 결혼 생활을 원만하게 유지하는 비결을 터득한 사람이었다.

"그러니까 초승달 지대를 따라 이 마을의 남쪽과 북쪽에 자매단이 있다는 말씀이군. 그들 모두 접시를 던질 줄 알고."

"맞아요, 칼라 센 크리에서 이 마을 남쪽의 칼라 디바인까지요. 그보다 더 위쪽이나 아래쪽은 저도 몰라요. 저흰 서로 돕고 이야기하길 좋아해요. 한 달에 한 번씩은 레이디 오라이자가 그레이 딕을 해치운 일을 기리면서 접시도 던지고요. 하지만 잘 던지는 사람은 드물어요."

"당신은 잘 던지는 편이오, 사이?"

마거릿은 말없이 다시금 입술 가장자리를 깨물었다.

"보여드려." 아이젠하트가 투덜거리듯이 말했다. "빨리 보여드리고 끝내자고."

5

그들은 포치 계단을 내려갔다. 목장주의 아내가 앞장을 섰고 남편 아이젠하트는 그 뒤에, 롤랜드는 마지막이었다. 그들 뒤편에서 부엌문이 열렸다가 쾅 하고 닫혔다.

"우와, 세상에! 아이젠하트 부인이 접시를 던지시다니!" 베니 슬라이트먼이 신이 나서 외쳤다. "제이크! 너 보면 진짜 깜짝 놀랄 거야!"

"들어가 있으라고 해요, 본." 마거릿이 말했다. "애들이 볼 게 아니에요."

"아니, 보라고 해. 남자애들한테는 여자가 솜씨를 뽐내는 모습을 봐두는 것도 도움이 되니까."

"롤랜드, 애들한테 안에 들어가라고 해주세요, 네?" 빨개진 얼굴로 롤랜드를 보며 안절부절못하는 마거릿은 몹시도 아름다웠다. 롤랜드의 눈에는 부엌에서 포치로 나올 때보다 10년은 더 어려 보였

제5장 그레이 딕 이야기 529

지만, 한편으로는 그런 상태로 어떻게 접시를 던지려는지 궁금하기도 했다. 롤랜드는 그 광경을 정말로 확인하고 싶었다. 기습이란 잔혹한 전술이기 때문이었다. 그것은 신속하고 감정적이었다.

"내 생각도 부군과 같소. 그냥 놔둡시다."

"좋을 대로 하세요."

롤랜드는 마거릿이 실은 즐거워한다는 것을, 누가 봐주기를 *원한다*는 것을 눈치챘고, 그리하여 그의 희망은 더욱 부풀었다. 아담한 가슴에 희끗희끗한 머리카락을 지닌 이 아리따운 중년 부인에게 사냥꾼의 심장이 깃들어 있으리라는 생각이 점점 강해졌다. 총잡이의 심장은 아니었지만, 당장은 남자든 여자든 사냥꾼 몇 명이면 충분했다. 살인자 몇 명이면.

마거릿은 축사를 향해 똑바로 걸어갔다. 축사 문 양쪽에 서 있는 허수아비로부터 50미터 떨어진 곳에 이르렀을 때, 롤랜드가 마거릿의 어깨를 잡고 멈춰 세웠다.

"안 돼요, 너무 멀어요."

"난 당신이 이것보다 절반이나 더 먼 거리에서 던지는 것도 봤어." 마거릿의 남편은 아내의 성난 얼굴을 보며 태연하게 말했다. "암, 봤고말고."

"엘드의 후손인 총잡이가 바로 옆에 서 있을 때 던지는 건 못 봤을걸요." 그렇게 말하면서도, 마거릿은 롤랜드가 멈춰 세운 자리에서 움직이지 않았다.

롤랜드는 축사 문으로 가서 왼쪽에 서 있는 허수아비의 웃는 얼굴이 새겨진 샤프루트 머리를 떼어냈다. 그런 다음 축사 안으로 들어갔다. 우리 한 칸은 갓 수확한 샤프루트로 가득 차 있었고, 그 옆

칸은 감자였다. 롤랜드는 감자 한 개를 집어다가 샤프루트가 있던 허수아비의 어깨 위에 올려놓았다. 알이 굵은 감자였지만 그래도 대비가 우스꽝스러웠다. 허수아비는 이제 서커스나 가장행렬에 나오는 조그만 머리 괴인처럼 보였다.

"세상에, 롤랜드, 안 돼요!" 마거릿의 당혹한 목소리는 진짜였다. "어림도 없어요!"

"그럴 리 없소." 롤랜드는 그렇게 말하며 비켜섰다. "던지시오."

던지지 않을 거라는 생각이 언뜻 들었다. 마거릿이 남편 쪽으로 고개를 돌렸던 것이다. 롤랜드 생각에 만약 아이젠하트가 곁에 그대로 서 있었다면, 마거릿은 남편의 손에 접시를 던지고 집으로 뛰어갔을 듯싶었다. 남편이 손을 베든 말든. 그러나 본 아이젠하트는 포치 계단으로 물러나 있었다. 두 소년은 그 뒤의 포치 위에 있었다. 베니 슬라이트먼은 단순히 흥미로워하는 표정이었지만, 제이크는 웃음을 지운 표정으로 이맛살까지 찌푸린 채 집중하고 있었다.

"롤랜드, 전 정말……"

"그만하시오, 부인. 부탁이오. 아까 했던 도약 이야기는 아주 감명 깊었소. 이제 당신이 직접 보여줄 차례요. *던지시오.*"

마거릿은 뺨이라도 맞은 사람처럼 눈을 동그랗게 뜨고 살짝 움찔했다. 그러고는 돌아서서 축사 문을 똑바로 보며 오른손을 왼쪽 어깨 위로 올렸다. 접시는 이제 빨강에서 분홍으로 옅어진 석양을 받아 번득였다. 꽉 다문 마거릿의 입술은 흰 선 같았다. 한순간 온 세상이 움직임을 멈췄다.

"*라이자!*" 날카로운 분노의 함성과 함께 마거릿이 팔을 앞으로 뻗었다. 손이 펼쳐지면서 검지가 접시의 경로를 정확히 가리켰다.

마당에 있던 모든 이들 가운데(일손을 멈추고 지켜보던 카우보이들까지 포함해서) 날아가는 접시의 궤적을 눈으로 쫓을 수 있는 사람은 롤랜드뿐이었다.

정확해! 롤랜드는 감탄했다. *너무나 정확하다!*

접시는 흙 마당 위로 날아가며 신음 비슷한 함성을 냈다. 허수아비 목 위의 감자는 접시가 마거릿의 손을 떠난 지 2초도 안 돼서 두 조각이 났다. 한 조각은 허수아비의 장갑 낀 오른손 옆으로, 한 조각은 왼손 옆으로 떨어졌다. 접시 자체는 축사 문 옆에 박혀 바르르 떨었다.

아이들이 환호성을 질렀다. 베니가 새 친구에게 배운 대로 한 손을 쳐들자 제이크가 자기 손을 마주쳤다.

"멋져요, 사이 아이젠하트!" 제이크가 외쳤다.

"잘 맞히셨어요! 세이 생키!" 베니가 맞장구쳤다.

그 불운하고 천진한 찬사를 듣고 이를 악문 마거릿의 표정을, 롤랜드는 놓치지 않았다. 뱀을 본 말 같은 표정이었다. "얘들아." 롤랜드는 아이들에게 말했다. "안에 들어가는 게 좋겠다. 내가 너희라면 그렇게 할 거다."

베니는 어리둥절한 표정이었다. 그러나 제이크는 마거릿 아이젠하트를 힐끗 보고 사정을 이해했다. 그것은 자기가 해야 할 행동을 마친 사람의 표정…… 그리고 그 반작용을 감당하는 사람의 표정이었다.

"가자, 벤."

"그치만……"

"빨리." 제이크는 새로 사귄 친구의 셔츠를 잡고 부엌문 안쪽으로 이끌었다.

롤랜드는 고개를 숙인 채 자기 몸의 격한 반응에 떠는 마거릿을 잠시 내버려두었다. 뺨은 벌겋게 물들었지만, 다른 곳의 피부는 온통 우유처럼 하얬다. 토하지 않으려고 안간힘을 쓰는 모양이었다.

축사 문으로 걸어간 롤랜드는 접시의 손잡이 부분을 잡고 당겼다. 접시가 빠지지 않으려고 버티는 힘은 놀라울 정도였다. 롤랜드는 접시를 들고 마거릿에게 돌아와 내밀었다. "그대의 도구이니."

접시를 받는 대신, 마거릿은 증오가 선연한 눈으로 잠시 롤랜드를 보았다. "왜 속이는 거죠, 롤랜드? 본이 저를 마니 일족에서 데려온 걸 어떻게 알았어요? 얘기해줘요, 부탁이에요."

말할 것도 없이 장미 덕분이었다. 장미와 접촉하면서 몸에 밴 통찰력 덕분에 알 수 있었다. 또한 늙은 헨칙의 얼굴을 여성으로 바꾼 듯한 마거릿의 생김새 덕분이기도 했다. 그러나 그 사실을 어떻게 알았는지는 이 여성의 알 바가 아니었기에, 롤랜드는 그저 고개만 저었다. "아니, 나는 그대를 속이지 않았소."

마거릿 아이젠하트는 대뜸 롤랜드의 목을 잡았다. 물기 없이 뜨거운 손이 열병에 걸린 사람 같았다. 마거릿은 불안한 듯 떨리는 자신의 입 가까이로 롤랜드의 귀를 이끌었다. 롤랜드는 자신의 일족을 떠나 칼라 브린 스터지스의 대목장주와 함께하기로 결심한 이후 마거릿이 꾸었을 모든 악몽의 냄새를 맡을 수 있을 것만 같았다.

"어젯밤 헨칙과 얘기를 나누는 걸 봤어요. 그 사람이랑 또 얘기하실 건가요? 그러실 거죠, 맞죠?"

마거릿의 손힘에 끄떡도 못한 채로, 롤랜드는 고개를 끄덕였다. 가냘픈 숨결이 귀에 부딪혔다. 사람의 마음속 깊은 곳에는 예외 없이 미치광이가 하나씩 숨어 있는 걸까? 이런 여인조차도? 롤랜드는 알 수가 없었다.

"좋아요. 세이 생키. 그 사람한테 레드패스 일족의 마거릿은 이교도 남편과 잘 살고 있다고 전해줘요. 그래요, 아주 잘 살고 있다고." 마거릿의 손이 더욱 세게 파고들었다. "그 여자는 조금도 후회하지 않는다고 전하세요! 그래주시겠어요?"

"그리하겠소, 부인. 원하신다면."

마거릿은 날카로운 테두리도 아랑곳하지 않고 롤랜드의 손에서 접시를 홱 뺏었다. 접시를 되찾으니 조금 안정이 되는 모양이었다. 마거릿은 눈물이 그렁거리는 눈을 닦을 생각도 없이 롤랜드를 마주 보았다. "그 동굴 때문에 우리 아버지랑 이야기를 한 건가요? '통로동굴' 때문에?"

롤랜드는 고개를 끄덕였다.

"우리한테 무슨 재앙을 내리려는 건가요, 불길한 총잡이여?"

아이젠하트가 그들 곁으로 왔다. 그는 자신과 함께하려고 일족을 버리는 수난을 감행한 아내를 미심쩍은 눈으로 바라보았다. 그런 남편을 보는 마거릿의 표정은 어딘가 모르는 사람을 보는 것 같기도 했다.

"나는 *카*가 시키는 대로 할 뿐이오." 롤랜드가 말했다.

"카!" 마거릿이 외쳤다. 으르렁거리듯이 이를 드러내며. 조롱은 그녀의 아름다운 얼굴을 놀랍도록 추하게 바꾸어놓았다. 아이들이 보았다면 겁을 먹었을 표정이었다. "말썽꾼들의 단골 평계죠! 그딴 건 다른 평계랑 같이 당신 뒷구멍에나 처넣어요!"

"나는 카가 시키는 대로 할 뿐이오. 당신도 그리할 거요."

마거릿은 무슨 말인지 모르는 눈빛으로 롤랜드를 보았다. 롤랜드는 앞서 그의 목을 붙잡았던 뜨거운 손을 잡고 굳게 쥐었다. 아플 정도는 아니었다.

"당신도 그리할 거요."

마거릿은 롤랜드의 눈을 똑바로 마주 보다가, 이내 시선을 떨어뜨렸다. "알았어요." 웅얼거리는 목소리. "그럼요, 누군들 안 그러겠어요." 그러고는 다시 눈을 들어 마주 보았다. "헨칙한테 제 말을 전해주시겠어요?"

"그러겠소, 부인. 약속하겠소."

어두워져 가는 축사 앞마당은 멀리서 우는 러스티 소리를 빼면 고요했다. 카우보이들은 여전히 울타리에 기대어 서 있었다. 롤랜드는 그들 쪽으로 느긋하게 걸어갔다.

"안녕하시오, 신사 여러분."

"평안하시길." 카우보이 한 명이 이마에 손을 대며 인사했다.

"그보다 더한 복을 누리시길. 부인이 접시 던지는 걸 봤을 거요. 훌륭하지 않소?"

"세이 생키." 다른 카우보이가 맞장구쳤다. "솜씨가 전혀 녹슬지 않았더군요."

"조금도 녹슬지 않았소. 여러분께 할 얘기가 있는데 괜찮겠소? 모자 밑에 꼭꼭 숨겨둬야 할 얘기요, 무슨 뜻인지 아시오?"

카우보이들은 불안한 표정으로 롤랜드를 바라보았다.

롤랜드는 하늘을 올려다보며 빙긋이 웃었다. 그러고는 다시 그들에게 눈을 돌렸다. "내가 장담하겠소. 여러분은 남들한테 말하고 싶을 거요. 방금 본 것을."

그들은 긴장한 표정으로 롤랜드를 지켜보았다. 그의 말을 선뜻 인정하지 않은 채로.

"방금 본 것을 입 밖에 내면 한 명도 남김없이 죽여버릴 거요. 무슨 말인지 알겠소?"

아이젠하트가 롤랜드의 어깨를 잡았다. "롤랜드, 그럴 일은 절대 없을……"

총잡이는 거들떠보지도 않고 어깨를 으쓱해서 그의 손을 치웠다. "무슨 말인지 알겠소?"

카우보이들이 고개를 끄덕였다.

"내 말을 믿으시오?"

그들은 다시 고개를 끄덕였다. 겁먹은 표정으로. 롤랜드는 그 표정이 마음에 들었다. 그들은 겁을 먹어야 마땅했다. "세이 생키."

"세이 생키." 카우보이 한 명이 따라했다. 그의 얼굴에 땀 한 줄기가 흘렀다.

"그럼요." 두 번째 카우보이가 말했다.

"매우, 매우 세이 생키." 세 번째 카우보이는 그렇게 말하고 나서 긴장한 듯 담배 연기를 한쪽으로 뿜었다.

아이젠하트가 다시 말을 걸었다. "롤랜드, 내 말 좀 들어보시오, 부탁이오……"

롤랜드는 듣지 않았다. 그의 머릿속에는 생각이 번득이고 있었다. 문득 앞으로 가야 할 길이 더없이 또렷하게 보였다. 적어도 이곳에서 가야 할 길만큼은. "로봇은 어디 있소?" 롤랜드가 목장주에게 물었다.

"앤디 말이오? 아이들이랑 부엌에 들어간 것 같소만."

"좋소. 혹시 저 안에 혈통 기록용 사무실이 있소?" 롤랜드는 고갯짓으로 축사를 가리켰다.

"있소."

"그럼 그리로 갑시다. 당신, 나, 그리고 부인도."

"집사람은 잠깐 집 안으로 데려가고 싶소만." 아이젠하트가 말했다. 당신 곁에서 떼놓을 수만 있다면 어디든 가고 싶소. 롤랜드가 읽은 그의 눈빛은 그렇게 말하고 있었다.

"우리 대화는 금방 끝날 거요." 롤랜드의 말은 한 점 거짓 없는 사실이었다. 원하던 것을 이미 모조리 보았으므로.

6

사무실에 의자라고는 책상 뒤에 있는 것 하나뿐이었다. 그 의자에는 마거릿이 앉았다. 본 아이젠하트는 발받침에 앉았다. 롤랜드는 벽에 등을 기대고 앉아 앞에 걸낭을 펼쳐놓았다. 그런 다음 아이젠하트 부부에게 쌍둥이가 그린 지도를 보여주었다. 남편 쪽은 앞서 롤랜드의 의도를 알아차리지 못했지만(지도를 보면서도 감을 못 잡는 눈치였지만), 아내 쪽은 달랐다. 롤랜드가 보기에는 마거릿이 마니교도들과 함께하는 삶을 견디지 못했던 것도 무리가 아니었다. 마니교도들은 온순했다. 마거릿 아이젠하트는 그렇지 않았다. 일단 속을 알고 보면 전혀 그렇지 않았다.

"남들한테는 말하지 마시오." 롤랜드가 말했다.

"말하면 죽일 건가요? 우리 카우보이들한테 그랬던 것처럼?"

롤랜드는 담담한 눈으로 마거릿을 보았다. 마거릿은 그 눈길 앞에 얼굴을 붉혔다.

"죄송해요, 롤랜드. 제가 흥분했네요. 접시를 던지느라 뜨거워진 피가 아직 안 식었나봐요."

아이젠하트가 한 팔로 아내를 감쌌다. 이번에는 마거릿도 기꺼이 안겨 남편의 어깨에 머리를 기댔다.

"자매단에서 그 정도로 접시를 잘 던지는 이가 당신 말고 또 누구요? 그런 여성이 또 있소?"

"잘리아 재퍼즈예요." 마거릿은 망설임 없이 대답했다.

"정말이오?"

마거릿은 단호하게 고개를 끄덕였다. "잘리아라면 아까 그 감자 정도는 스무 걸음이나 더 떨어진 곳에서도 백발백중이에요."

"또 다른 사람은?"

"세어리 애덤스, 디에고 애덤스의 아내예요. 그리고 로잘리타 무노스도."

그 말에 롤랜드의 눈이 동그래졌다.

"맞아요, 잘리아를 빼면 로잘리타가 최고예요." 그리고 잠시 후. "저랑 같이요. 아마도."

롤랜드는 등에 매고 있던 육중한 짐을 벗어놓은 기분이 들었다. 그때껏 뉴욕에서 이쪽으로 무기를 들여오든가, 아니면 강 동쪽에서 무기를 찾아야 할 거라고 믿었기 때문이었다. 그런데 이제 그럴 필요가 없을 것 같았다. 다행이었다. 뉴욕에서 처리할 일이 또 있기 때문이었다. 캘빈 타워와 관련된 일. 롤랜드는 피치 못할 상황이 아니면 두 일을 섞고 싶지 않았다.

"영감님의 사제관에서 당신을 포함한 그 네 여성을 만나고 싶소. 네 명만 와야 하오." 롤랜드의 눈이 본 아이젠하트에게 힐끗 향했다가, 다시 마거릿에게로 향했다. "남편들은 데려오지 마시오."

"나도 잠깐 말 좀 합시다." 본 아이젠하트가 말했다.

롤랜드는 손을 들어 그의 말을 막았다. "아직 결정된 건 아무것도 없소."

"그 결정이 안 된 방식이 마음에 안 든다는 거요, 내 말은."

"당신은 가만히 좀 있어요. 언제 만나고 싶으신데요?"

롤랜드는 날짜를 헤아려보았다. 남은 날은 24일, 어쩌면 23일뿐이었고, 아직 봐야 할 것이 많았다. 영감님의 교회에 숨겨진 그 물건도 처리해야 했다. 그리고 마니교 장로 헨칙도…….

그러나 결국 그날은 올 테고, 모든 것은 정신없이 빠르게 벌어질 터였다. 늘 그런 법이었다. 5분, 길어야 10분이면 모든 것이 끝났다. 좋든 나쁘든 간에.

관건은 그 몇 분이 닥쳤을 때 준비가 되어 있느냐였다.

"열흘 후. 저녁에. 당신네 네 명이 한 사람씩 차례대로 시합하는 것을 보고 싶소."

"알았어요, 그 정도는 할 수 있어요. 하지만 롤랜드…… 전 제 남편이 반대하면 늑대들한테 접시를 던지기는커녕 손가락 하나도 까딱 안 할 거예요."

"나도 알고 있소." 말은 그렇게 했지만, 롤랜드는 마거릿이 내키든 안 내키든 간에 자기 말을 따르리라는 것을 알고 있었다. 때가 되면 누구나 그의 말을 따르게 마련이었다.

사무실 벽에는 조그만 창문이 하나 나 있었다. 먼지가 끼고 거미

줄이 잔뜩 앉기는 했지만, 마당을 가로질러 가는 앤디를 보기에는 충분했다. 짙어지는 땅거미 속에서 앤디의 전기 눈이 번쩍거렸다. 앤디는 혼자서 콧노래를 부르는 중이었다.

"에디한테 들으니 로봇은 설정에 따라 특정한 임무를 수행한다던데. 앤디도 당신들이 지시하는 일을 할 수 있소?"

"그렇소, 대강은. 하지만 다 할 수 있는 건 아니오. 게다가 항시 보이는 곳에 있는 것도 아니고."

"바보 같은 노래나 부르고 별자리 운세나 읊으라고 만든 물건 같지는 않소만."

"옛사람들이 부여해준 취미일 거예요." 마거릿 아이젠하트가 끼어들었다. "본래의 임무가 사라진 지금은 취미에 집중하는 거고요. 아시다시피 시간이 흘렀으니까요."

"앤디를 옛사람들이 만들었다고 생각하는 거로군."

"아니면 누구겠소?" 본 아이젠하트가 물었다. 앤디가 사라진 뒷마당은 이제 텅 비어 있었다.

"하긴, 그들밖에 없겠지." 롤랜드는 곰곰이 생각하며 중얼거렸다. "그 정도 지혜와 기술을 가진 이들이 또 있을 리 없으니. 허나 옛사람들은 늑대들이 칼라에 쳐들어오기 2000년 전에 이미 사라졌소. 아마 2000년도 더 됐을 거요. 내가 궁금한 건 앤디에게 늑대들에 관해 입도 뻥끗 못하게 설정한 자들이 누구냐 하는 거요, 오로지 놈들이 쳐들어오는 *시기*만 빼놓고. 궁금한 건 또 있소. 앞의 것만큼 흥미롭지는 않아도 궁금하기는 마찬가지요. 앤디가 어째서 다른 건 다 입을 다물면서 그것만 말할 수 있는가, 또는 말하려고 하는가."

아이젠하트 부부는 아연실색한 표정으로 서로를 마주 보았다. 이때껏 그들은 롤랜드가 한 말 가운데 앞의 절반밖에 인식하지 못했던 것이다. 총잡이는 그럴 만도 하다고 생각했지만, 그럼에도 그들에게 조금은 실망했다. 정말이지 뻔한 사실이 눈앞에 있었다. 조금만 머리를 굴리면 볼 수 있는 사실이었다. 아이젠하트 부부나 재퍼즈 부부, 오버홀저 부부 같은 칼라 사람들을 위해 공평하게 말하자면, 아무래도 자기 자식들의 운명이 걸린 상황에서는 머리를 굴리기가 쉽지 않은 모양이었다.

누가 사무실 문을 두드렸다. 아이젠하트가 외쳤다. "들어와!"

들어온 사람은 벤 슬라이트먼이었다. "가축은 다 우리에 넣어뒀습니다, 사이." 벤은 안경을 벗어서 셔츠에 닦았다. "애들은 베니의 텐트를 챙겨서 야영하러 갔습니다. 앤디가 곁에 붙어 있으니 걱정 안 해도 될 겁니다." 그의 눈길이 롤랜드에게로 향했다. "아직 바위 고양이가 돌아다니려면 좀 이르긴 하지만, 혹시 나온다고 해도 제 아들이 석궁을 쏠 시간 정도는 앤디가 벌어줄 겁니다. 그렇게 명령했더니 '명령 녹음 완료'라고 하더군요. 만약 베니가 못 맞히면 앤디가 애들 앞에 나설 겁니다. 그 녀석은 방어 전용으로 설정되어 있어서 저희 힘으로는 전투 방식을 바꿀 수가 없습니다만, 그래도 바위 고양이가 자꾸 귀찮게 하면……"

"앤디가 갈가리 찢어놓을 거요." 아이젠하트가 말했다. 우울하면서도 왠지 흡족한 목소리였다.

"움직임이 날쌘가 보군. 그렇소?"

"그렇고말고요. 생긴 것만 보면 모를 겁니다, 멀대 같이 커서 흐느적거리니까요. 안 그렇습니까? 하지만 마음만 먹으면 전광석화 같습니다. 바위 고양이는 상대도 안 되게 빠르지요. 분명히 원자력으로 움직일 겁니다."

"아마 그럴 테지." 롤랜드는 멍하니 중얼거렸다.

"지금 중요한 건 그게 아니야." 아이젠하트가 말했다. "내 말 좀 들어보게, 벤. 자네 생각엔 앤디가 늑대들에 관해 입을 다무는 이유가 뭘 것 같은가?"

"그거야 그렇게 설정이 돼 있으니까······"

"그래, 하지만 자네가 들어오기 직전에 롤랜드가 가르쳐줬네. 실은 우리가 진작 눈치채야 했던 거지만. 앤디에게 그렇게 하도록 설정해놓은 옛사람들이 죽거나 다른 데로 떠났다면······ 늑대들이 나타나기 한참 전에 사라졌다면······ 뭐가 문젠지 알겠나?"

아버지 슬라이트먼이 고개를 끄덕이더니 다시 안경을 썼다. "옛날 옛적에도 늑대 같은 놈들이 있었던 게 아닐까요? 너무 비슷한 놈들이라 앤디가 분간을 못 한 건지도 모르죠. 제 생각은 그 정돕니다."

과연 그럴까? 롤랜드는 속으로 중얼거렸다.

롤랜드는 태버리네 쌍둥이가 그린 지도를 꺼내어 펼친 다음, 마을 동북쪽의 산지에 있는 조그만 골짜기를 톡톡 짚었다. 골짜기는 산 속으로 깊숙이 이어지다가 칼라의 오래된 석류석 광산 가운데 한 곳에서 끝났다. 그 광산은 산비탈 속으로 10미터 가까이 들어가는 갱도였다. 메지스의 아이볼트 골짜기와 비슷한 지형은 아니었지만(애초에 이 골짜기에는 희박지대가 없었다.), 결정적으로 유사한 점이 한 가지 있었다. 둘 다 막다른 길이라는 사실이었다. 그리고 롤랜드도 잘 알다시피, 사람은 한번 성공한 방법은 또다시 써먹게 마련이었다. 그에게 이 골짜기의 막다른 갱도를 늑대들에 맞설 매복지로 택하는 것은 지극히 당연한 일이었다. 에디와 수재나와 아이젠하트 부부에게도, 그리고 이제는 아이젠하트의 일꾼 감독에게도 그러했다. 세러리 애덤스와 로잘리타 무노스에게도 타당해 보일 터였다. 영감님에게도. 롤랜드는 사람들에게 작전을 이 정도까지만 노출할 작정이었고, 이 또한 모두 납득할 듯싶었다.

그런데 만약 빼놓은 것이 있다면? 롤랜드가 밝힌 사항 가운데 거짓이 섞여 있다면?

만약 늑대들이 그 거짓말을 전해 듣고 그대로 믿어버린다면?

그렇다면 다행이지 않은가? 놈들이 옳은 방향으로 진격해 와서 엉뚱한 표적에 달려든다면.

그렇다. 허나 결국에는 진실을 온전히 털어놓고 신뢰할 사람이 있어야 한다. 그게 누굴까?

수재나는 아니었다. 이제 수재나는 다시 인격이 두 개가 된 상태였고, 그중 한 인격은 믿을 수 없는 상대였으므로.

에디도 아니었다. 에디는 결정적인 사항을 수재나에게 흘릴지도 몰랐고, 그렇게 되면 미아가 알아챌 것이므로.

제이크도 아니었다. 제이크는 베니 슬라이트먼과 금세 친구가 되었으므로.

롤랜드는 다시 혼자였다. 그리고 혼자인 상태가 이토록 쓸쓸하게 느껴진 적은 없었다.

"보시오." 롤랜드는 지도의 골짜기를 톡톡 두드렸다. "여기가 어딘지 한번 생각해보시오, 슬라이트먼. 들어가기는 쉬워도 빠져나가기는 힘든 곳이오. 생각해보시오, 어떤 연령대의 아이들을 모두 모아서 이 조그만 갱도에 숨겨둔다면?"

슬라이트먼의 눈에 깨달음의 빛이 서서히 떠올랐다. 거기에는 다른 것도 있었다. 아마도 희망이.

"아이들을 숨겨놓으면 놈들이 어딘지 알아챌 거요." 아이젠하트가 말했다. "놈들은 무슨 냄새라도 맡는 것처럼 찾아내거든. 아이들 동화에 나오는 괴물처럼."

"나도 들었소. 일단은 그런 방법도 있다고 제안하는 거요."

"아이들을 미끼로 쓰자는 말이로군. 비정하구려, 총잡이여."

롤랜드는 칼라의 아이들을 버려진 석류석 광산커녕 그 근처 어디에도 몰아넣을 생각이 없었지만, 그 말에 고개를 끄덕였다. "가끔은 이 세상 자체가 비정한 곳이오, 아이젠하트."

"세이 생키." 대답과 달리 아이젠하트의 표정은 딱딱했다. 그가 지도를 짚었다. "그 방법이 통할지도 모르지. 그래, 어쩌면 통할지도…… 늑대들을 모조리 끌어들일 수만 있다면."

아이들을 어디에 데려다놓든 간에 그 일을 도와줄 사람이 필요하다. 롤랜드는 생각했다. *어디로 갈지, 뭘 해야 할지 아는 사람이 있어야 한다. 작전을 이해하는 사람. 하지만 아직은 아니야. 지금은 이 게임을 계속할 때다. 이건 성 빼앗기 게임하고도 비슷해. 누군가 숨어 있으니.*

롤랜드가 이 사실을 알았을까? 알지 못했다.

그렇다면 냄새를 맡았을까? 그랬다. 그는 냄새를 맡았다.

이제 23일. 늑대들이 쳐들어올 때까지 23일 남았다.

그 정도면 충분해야 마땅했다.

제6장
할아버지의 이야기

1

뼛속까지 도회지 사람이었던 에디는 리버 로드에 위치한 재퍼즈
네 집이 너무나 마음에 들어서 말문이 막힐 지경이었다. *이런 곳이
라면 눌러 살아도 되겠는데.* 에디는 생각했다. *그래도 되겠어. 아주
좋아.*

재퍼즈네 집은 세심하게 지은 기다란 통나무집이었고, 겨울바람
을 막기 위해 틈새도 꼼꼼히 메워져 있었다. 한쪽 벽에는 커다란 창
이 있어서 논과 강으로 이어진 길고 완만한 언덕이 내려다보였다.
반대쪽의 축사와 흙을 다져 만든 앞마당에는 잔디밭과 꽃밭이 동그
랗게 가꾸어져 있었고, 뒤쪽 포치 왼편에는 이국적인 채소 정원이
조그맣게 자리 잡고 있었다. 그중 절반은 마드리갈이라는 노란색 허
브였는데 티안은 이듬해에는 그것을 더 많이 기를 생각이라고 했다.

수재나가 정원에 달려드는 닭 떼를 어떻게 쫓냐고 묻자 잘리아

는 힘없이 웃으며 이마에 드리워진 머리카락을 입으로 불어 넘겼다. "그냥 애쓰는 수밖에 없죠, 뭐. 하지만 보시다시피 마드리갈은 자라요. 그리고 생명이 자라는 곳엔 언제나 희망이 있죠."

에디는 이곳의 모든 것이 한데 어우러져 가정적인 분위기를 만들어내는 방식이 마음에 들었다. 무엇이 그 분위기를 이끌어내는지 딱 잘라 말하기는 힘들었는데, 왜냐면 하나가 아니었기 때문이었다. 하지만……

그래, 뭔가 하나가 있어. 그리고 그건 소박한 통나무집이나 채소정원, 꼬꼬댁거리는 닭 떼, 꽃밭 같은 거랑은 아무 상관도 없어.

그것은 바로 아이들이었다. 처음에 에디는 순시하러 온 장군에게 검열을 받으러 늘어선 군인들처럼 그와 수재나 앞에 모인 아이들의 숫자에 살짝 충격을 받았다. 그리고 맙소사, 아이들은 얼핏 보면 거의 소대 하나를…… 적어도 분대 하나는 꽉 채울 만큼 많았다.

"저 끝에 있는 애들이 혜든이랑 혜다예요." 잘리아는 머리가 짙은 금발인 아이 한 쌍을 가리키며 말했다. "열 살이에요. 애들아, 인사해야지."

혜든은 얼룩이 묻어 지저분한 이마를 더욱 지저분한 주먹 옆면으로 두드리면서 꾸벅 절을 했다. *그래도 할 건 다 하는구나.* 에디는 속으로 생각했다. 여자아이는 무릎을 살짝 굽혀서 인사했다.

"기나긴 밤과 즐거운 나날을 보내시기를." 혜든이 말했다.

"이럴 땐 즐거운 *나날과 기나긴 삶*이라고 해야지, 바보야." 혜다는 남들이 다 듣도록 크게 소곤거리더니, 무릎을 굽히면서 자기 딴에는 옳다고 여기는 인사말을 또박또박 외웠다. 혜든은 바깥세상에서 온 손님들한테 너무 놀란 나머지 잘난 체하는 누이를 째려보는 것도 잊었거나, 아니면 누이의 말을 아예 듣지도 못한 눈치였다.

"더 어린 애 둘은 리먼하고 리아예요." 잘리아가 말했다.

얼굴에 동그란 눈과 헤 벌린 입밖에 안 보이는 듯한 리먼은 어찌나 세게 절을 했던지 하마터면 흙바닥에 고꾸라질 뻔했다. 리아는 무릎을 굽히려다가 정말로 넘어지고 말았다. 에디는 여동생을 흙바닥에서 일으켜주고 야단치는 헤다를 보며 웃지 않으려고 안간힘을 썼다.

"그리고 얘는." 잘리아는 품에 안고 있던 커다란 아기에게 입을 맞추었다. "에런이에요. 저희 집 귀염둥이죠."

"얘가 이 집 홑둥이군요." 수재나가 말했다.

"맞아요, 부인. 얘가 걔예요."

에런은 발길질을 하고 몸을 뒤틀면서 버둥거리기 시작했다. 잘리아는 아기를 내려놓았다. 에런은 기저귀를 위로 끌어올리더니 큰소리로 아빠를 부르며 집 옆쪽으로 쪼르르 뛰어갔다.

"헤든, 가서 네 동생 좀 봐주렴." 잘리아가 말했다.

"싫어요, 엄마!" 엄마를 쳐다보는 헤든의 절박한 눈빛은 절대 이 자리를 안 떠나겠다는, 낯선 손님들의 이야기를 들으면서 그들의 모습을 눈에 꼭꼭 담아두겠다는 의지의 표현이었다.

"'좋아요, 엄마'라고 해야지. 가서 동생 잘 보고 있어, 헤든."

아이는 더 떼를 쓸 수도 있었지만, 그때 마침 티안 재퍼즈가 통나무집 모퉁이를 돌아 나타나더니 아기를 휙 들어서 품에 안았다. 에런은 꺄꺄대며 아빠의 밀짚모자를 쳐서 벗겨버렸고, 땀에 전 머리카락을 잡아당겼다.

에디와 수재나는 이 광경을 제대로 보지도 못했다. 그들의 눈은 티안 뒤에 따라오는 멜빵바지 차림의 두 거인에게 못 박혀 있었다. 에디와 수재나는 리버 로드를 따라 늘어선 소농들의 집을 둘러보는 동안 이미 덩치가 거대한 사람들을 열두어 명쯤 보았지만, 그들은 모두 멀리 떨어져 있었다("다들 낯선 사람 앞에서는 부끄러움을 타서." 아이젠하트의 말이었다.). 그런데 이 둘은 3미터도 안 떨어진 곳에 있었다.

남자와 여자, 아니면 남자애와 여자애라고 해야 할까? 양쪽 다야. 에디는 생각했다. *이 사람들한테 나이는 상관없으니까.*

땀을 뻘뻘 흘리며 웃고 있는 여자는 키가 적어도 190센티미터는 넘었고, 가슴은 에디의 머리보다 두 배는 커 보였다. 목에 걸고 있는 끈에 달린 물건은 나무 십자가였다. 남자 쪽은 자신의 사돈처녀보다 키가 한 뼘은 더 컸다. 남자는 쭈뼛거리며 손님들을 보다가 이내 한 손 엄지를 빨면서 사타구니를 주물럭거리기 시작했다. 에디가 보기에 그 두 사람에게서 가장 놀라운 점은 그들의 덩치가 아니라, 으스스할 정도로 티안과 잘리아를 닮은 생김새였다. 마치 더없이 훌륭한 예술품의 서툰 초안을 보는 듯했다. 두 사람 다 분명히 백치였고, 너무나 분명하게, 너무나 *가깝게*, 백치가 아닌 두 사람과 핏줄로 이어져 있었다. 이들에게 어울리는 말은 '으스스하다'뿐이었다.

아니. 이 사람들한테 어울리는 말은 룬트야.

"이쪽이 제 형제 잘먼이랍니다." 잘리아는 묘하게 격식을 차린 어조로 말했다.

"그리고 이쪽은 제 남매 티아예요." 티안이 말했다. "우리 못난이들, 인사해야지."

잘먼은 계속 몸의 일부를 빨고 다른 일부를 주물럭거리기만 했다. 그러나 티아는 거대한 무릎을 (왠지 오리처럼 뒤뚱거리며) 살짝 굽혔다. "긴 나날과 긴 밤과 긴 땅!" 티아가 외쳤다. *"우리 감자랑 그레이비 먹어요!"*

"좋죠." 수재나의 목소리는 나직했다. "감자랑 그레이비소스는 맛있으니까요."

"감자랑 그레이비 맛있어요!" 티아는 단짝 친구를 만난 돼지처럼 콧등이 찡그려질 정도로 윗니를 훤히 드러냈다. *"감자랑 그레이비! 감자랑 그레이비! 맛있는 감자랑 그레이비!"*

헤다가 수재나의 손을 조심스레 건드렸다. "조용히 하라고 안 하시면 하루 종일 저럴 거예요, 사이."

"티아, 쉿." 수재나가 말했다.

티아는 하늘을 향해 크게 한 번 웃더니, 거대한 가슴 위로 팔짱을 끼고 입을 다물었다.

"잘먼." 티안이 말했다. "가서 쉬해야겠다, 그렇지?"

잘리아의 쌍둥이 형제는 아무 말도 없이 사타구니만 주물렀다.

"가서 쉬해, 축사 뒤에서. 샤프루트에 물 좀 줘, 생키 사이."

잠시 아무 일도 일어나지 않았다. 그러다가 이내 잘먼이 움직이기 시작했다. 커다란 걸음을 느릿느릿 옮기면서.

수재나가 말을 꺼냈다. "저 사람들은 어렸을 때……"

"잘 연마한 마노처럼 총기가 반짝였죠. 둘 다요." 잘리아가 말했다. "그런데 티아는 엉망이 됐고, 제 형제는 그보다 더 심해요."

잘리아는 두 손으로 얼굴을 가렸다. 이를 본 에런은 깔깔 웃으며 엄마를 따라 손으로 얼굴을 가렸지만(손가락 사이로 "까꿍!" 소리가 터져나왔다.), 쌍둥이 두 쌍의 표정은 신중했다. 아예 긴장한 표정이었다.

"엄마 왜 저래요?" 리먼이 아빠의 바짓가랑이를 당기며 물었다. 잘먼은 이 모든 것을 아랑곳하지 않고 축사 쪽으로 계속 걸어갔다. 한 손은 입에 물고서, 한 손은 사타구니를 주물럭거리면서.

"아무것도 아니야, 아들. 엄마는 괜찮아." 티안은 아기를 내려놓고 팔뚝으로 눈가를 훔쳤다. "다 괜찮아. 그렇지, 잘리아?"

"그럼." 잘리아가 대답하며 손을 내렸다. 눈가는 빨갰지만, 울고 있지는 않았다. "안 괜찮은 것도 괜찮아질 거야, 주님께서 축복해주시면."

"그대 입술의 기도가 하느님 귀에 닿기를." 에디는 축사 쪽으로 느릿느릿 향하는 거인을 지켜보며 중얼거렸다. "부디 하느님 귀에 닿기를."

2

"오늘은 정신이 좀 멀쩡해요? 할아버지 말이에요." 몇 분 후, 에디가 티안에게 물었다. 그들은 거대한 아이들과 조그만 아이들을 모두 잘리아와 수재나에게 맡기고 티안이 '선오브어비치'라고 부르는 땅을 보러 온 참이었다.

"단번에 알아보기는 힘들어요." 티안의 안색이 어두워졌다. "요 몇 년간 정신이 오락가락했거든요. 어차피 저하고는 상관없는 일이지만요. 잘리아하고는 상관이 있죠, 식사를 떠먹여주고 턱에 흘린 음식을 닦아주고, 잘했다고 칭찬해주는 것까지 다 그 사람 몫이니까요. 룬트 둘을 먹여 살리는 걸로는 부족한가봐요. 성깔머리 더러운 노인네까지 모셔야 하다니. 그 양반 머리는 녹슨 경첩처럼 삐걱거려요. 하루 중에 절반은 여기가 어디냐고 묻질 않나, 어린애처럼 혀짤배기소리를 하질 않나!"

걸어가다 보니 웃자란 풀이 바지에 부딪혀 쉭 소리를 냈다. 에디는 두 번이나 돌에 걸려 넘어질 뻔했고, 한 번은 다리가 부러질 만큼 깊은 구멍에 빠지기 직전에 티안이 팔을 잡아준 덕분에 피하기도 했다. *선오브어비치라고 부르는 것도 무리가 아니군.* 에디는 생각했다. 그럼에도 땅을 간 흔적이 보였다. 이렇게 엉망인 땅에서 누가 쟁기를 끌었으리라고는 믿기 힘들었지만, 그래도 티안 재퍼즈가 애를 쓰기는 한 모양이었다.

"부인 말이 사실이라면 할아버지를 만나봐야 할 것 같아요. 그 양반 이야기를 들어야겠어요."

"예, 제 할아버지가 이야기꾼이긴 하죠. 한 500개는 알걸요! 문제는, 거의 다 새빨간 거짓말인 데다가 요즘은 이 얘기 저 얘기 섞기까지 한다는 거예요. 발음도 안 좋은 편인데 요 3년 동안 마지막 성한 이 세 개가 다 빠졌어요. 무슨 헛소리를 하는지 아예 알아듣지도 못할 거예요. 즐거운 시간 보내시길 빌게요, 뉴욕의 에디."

"티안, 그 양반이 당신한테 뭐 잘못한 거 있어요?"

"제가 아니라 제 아버지한테요. 그건 너무 긴 얘기고, 이번 일하고는 상관도 없어요. 그냥 무시하세요."

"아니, 그걸 무시할 사람은 내가 아니라 당신이에요." 에디는 그렇게 말하고 걸음을 멈췄다.

티안은 움찔하며 에디를 돌아보았다. 에디는 웃음기 없는 얼굴로 고개를 끄덕였다. '내 말 들었지'라고 묻는 표정이었다. 그는 이제 예리코 언덕에서 최후를 맞을 때의 커스버트 올굿보다 한 살이 많은 스물다섯이었지만, 이날의 저물어 가는 석양 속에서는 쉰 살이라고 해도 통할 얼굴을 하고 있었다. 냉혹한 확신을 가진 쉰 살 남자였다.

"만약 당신 할아버지가 죽은 늑대를 봤다면, 우린 그 양반한테서 정보를 얻어내야 해요."

"무슨 말씀인지 모르겠는데요, 에디."

"음, 하지만 내 말의 요점이 뭔지는 알 텐데요. 할아버지한테 무슨 악감정이 있든, 지금은 제쳐놔요. 늑대들을 처치한 후에는 벽난로에 처넣든 지붕에서 밀어버리든 맘대로 해도 돼요. 그치만 지금은 섭섭한 감정 같은 건 묻어두라고요. 알았어요?"

티안은 고개를 끄덕였다. 그러고는 가만히 서서 주머니에 손을 꽂은 채로, 자신이 선오브어비치라고 부르는 골치 아픈 북쪽 땅을 바라보았다. 그렇게 지켜보는 동안 그의 표정에는 번민으로 얼룩진 탐욕이 떠올랐다.

"당신이 보기엔 늑대를 죽였다는 그 양반 이야기가 다 뻥인 것 같아요? 진짜 그런 거면 괜히 시간 낭비하기 싫은데."

마지못해 나오는 목소리로, 티안이 대답했다. "다른 이야기들보다는 그래도 제일 믿을 만한 것 같아요."

"왜요?"

"그게, 제가 말귀를 알아먹을 무렵부터 계속 들었거든요. 근데 그 *이야기*만은 거의 바뀐 구석이 없어요. 게다가……." 티안의 다음 말은 쥐어짜는 듯한 목소리로 흘러나왔다. 이를 갈면서 말하는 것처럼. "제 할아버지는 일찍부터 성깔이 더럽기로 유명했어요. 혹시라도 동쪽의 이스트 로드에 나가서 늑대들하고 한판 벌일 만큼 배짱 있는 사람이 있었다면…… 게다가 남들까지 끌어들여서 같이 갈 정도의 '트럼'이 있었다면…… 전 돈이라도 걸 수 있어요, 그런 사람은 제 할아버지 제이미 재퍼즈밖에 없었을 거예요."

"트럼?"

티안은 어떻게 설명할지 잠시 궁리했다. "만약 바위 고양이 아가리에다 머리를 넣으려고 하면, 용기가 필요할 거예요. 그렇죠?"

그것은 용기가 아니라 멍청함이라는 생각이 들었지만, 에디는 고개를 끄덕였다.

"자기 대신 남한테 바위 고양이 아가리에 머리를 넣으라고 설득할 재주가 있는 사람을 트럼이라고 해요. 당신네 딘도 트럼이죠, 맞죠?"

에디는 롤랜드에게 이끌려서 했던 일들을 몇 가지 떠올리고 고개를 끄덕였다. 그랬다, 롤랜드는 트럼이었다. 그것도 마귀 같은 트럼. 그 점은 롤랜드의 옛 친구들도 인정했을 것이다.

"그렇겠죠." 티안은 다시 자기 땅으로 눈을 돌렸다. "어쨌거나 그 늙은이한테서 제대로 된 이야기를 반이라도 끌어낼 작정이시라면, 저녁을 다 먹을 때까지 기다리셔야 해요. 배를 채우고 그라프까지 한잔 걸쳐야 정신이 좀 맑아지거든요. 그리고 제 아내랑 나란히 앉으셔야 해요, 그 양반 눈에 잘 보이게요. 지금보다 젊었다면 아마 흘끔거리는 것보다 더한 짓도 할 사람이에요." 티안의 안색이 다시 어두워졌다.

에디는 그의 어깨를 다독였다. "뭐, 이제 늙었잖아요. 젊은 쪽은 당신이고. 그러니까 기운 내요, 알았죠?"

"예." 티안은 애써 밝은 척하는 티가 역력했다. "제 땅을 보신 소감은 어떤가요, 총잡이님? 내년에 여기다 마드리갈을 심을 거예요. 아까 마당에서 보셨던 그 노란 거요."

에디가 보기에 이 벌판은 무너지기만 기다리는 가슴 같았다. 마음속 밑바닥에서는 티안도 같은 심정이 아닐까 하는 의심도 들었다. 쉬고 있는 유일한 경작지에서 좋은 것이 자라기를 기대하는 사람이라면 애초에 그 땅을 선오브어비치라고 부를 리가 없었으므로. 하지만 에디는 티안의 얼굴에 떠오른 표정을 알아보았다. 함께 약을 맞을 준비를 하면서 헨리 형도 그린 표정을 짓곤 했던 것이다. 헨리 형은 약을 할 때마다 이번에야말로 최고의 약, 최고급품일 거라고 기대했다. 차이나 화이트나 멕시칸 브라운 같은, 머리가 지끈거리고 설사가 나는 그딴 것들이 아니라. 일주일 내내 *뼛속까지 뿅* 간 상태로 최고의 기분을 즐기고 나서 약을 딱 끊는 것. 그것이 헨리의 계획이었고, 지금 에디 곁에 서 있는 사람은 헨리일 수도 있었다. 마드리갈은 정말로 수익성이 좋은 작물이다, 이런 북쪽 땅에서는 마드리갈 재배가 어렵다고 하던 사람들도 내년 수확제 무렵이면 울상을 지으며 후회할 거다 같은 얘기를 늘어놓는 이 사람. 그때가 되면 저 능선 너머에 있는 휴 앤섬의 밭도 살 거라는 등…… 내년 가을걷이 때에는 일꾼을 두 명은 고용해야 할 거다, 이 땅이 눈길 닿는 데까지 온통 노랗게 물들 테니까라는 등…… 웬걸, 이 사람은 아예 논도 죄다 갈아엎고 마드리갈의 제왕이 되려는 건지도 몰랐다.

에디는 아직 반도 안 갈아진 땅을 고갯짓으로 가리켰다. "근데 쟁기질을 하려면 시간이 꽤 걸리겠는데요. 노새를 부릴 때 아주 조심해야겠어요."

그 말에 티안은 짧은 웃음을 터뜨렸다. "전 이 땅에 노새를 들여
올 정도로 무모하진 않아요, 에디."

"그럼 어떻게……?"

"땅은 제 누이가 갈아요."

에디의 입이 떡 벌어졌다. "농담이겠지!"

"전혀요. 저도 잘먼한테 시키고 싶어요. 보셨다시피 덩치도 더 크
고 힘도 더 세니까요. 하지만 머리가 나빠서 일은 안 하고 말썽만
일으켰죠. 저도 시켜봤다고요."

에디는 어지럼증을 느끼며 고개를 저었다. 잡풀과 엉겅퀴가 우
거진 울퉁불퉁한 땅에 두 사람의 그림자가 길게 드리워졌다. "그래
도…… 아니…… 그래도 남매인데!"

"예, 하지만 이거라도 안 하면 하루 종일 뭘 하겠어요? 축사 문간
에 앉아서 닭 구경이라도 할까요? 잠만 퍼자다가 일어나서 감자랑
그레이비나 먹으라고 할까요? 차라리 이거라도 하는 게 더 나아요,
정말이에요. 티아도 싫어하지 않아요. 쟁기를 똑바로 끌게 하는 게
쉬운 일은 아니에요. 쟁기가 부서질 만큼 큰 돌이 있는 땅, 열 걸음
에 한 번씩 빠지는 구멍투성이 땅은 더 그렇고요. 하지만 티아는 미
친 사람처럼 웃으면서 거뜬히 끈다고요."

에디에게는 이 남자의 진심이 똑똑히 느껴졌다. 변명하는 기색은
털끝만큼도 없었다. 적어도 에디의 눈에는 안 보였다.

"게다가, 어차피 티아는 10년도 못 살고 죽을 거예요. 그러니 도
울 수 있을 때 돕게 해야죠. 잘리아도 찬성한 거예요."

"알았어요. 근데 쟁기 끄는 것 정도는 앤디를 시켜도 되잖아요.

그럼 더 빨리 끝날 텐데. 소농들끼리 돌아가면서 앤디한테 일을 시킨다는 생각은 안 해봤어요? 혼자서 밭도 갈고, 우물도 파고, 축사 지붕도 얹을 수 있을 텐데. 그럼 감자랑 그레이비도 아낄 수 있잖아요." 에디는 티안의 어깨를 다시 다독였다. "*분명히 남는 장사일걸요.*"

티안의 입가가 일그러졌다. "예, 거 참 멋진 꿈이네요."

"합의가 잘 안 되는군요? 아니면 *앤디*가 말을 안 듣거나."

"시키는 대로 하는 일도 있지만, 밭 갈기나 우물 파기는 안 해요. 일을 시키면 암호를 대라고 해요. 암호를 못 대면 재입력할 거냐고 물어보고요. 그다음엔……"

"그다음엔 당신 운은 여기까지라고 하겠죠. 19호 명령 때문에."

"아시면서 왜 물어보셨어요?"

"늑대들 이야기를 물어보면 그렇게 나온다는 건 알아요, 나도 해봤으니까. 다른 일까지 그럴 줄은 몰랐는데."

티안은 고개를 끄덕였다. "실은 별 도움도 안 되고, 가끔 짜증날 때도 있어요. 아직 모르실 수도 있는데 여기 오래 계시다 보면 아실 거예요. 그래도 늑대들이 언제 오는지는 확실히 말해주니까 그거 하나는 고맙죠."

에디는 혀끝까지 올라온 질문을 꾹 깨물어 참았다. 들려주는 소식이라고는 비참한 것밖에 없는데 고맙다고? 물론 이번에는 그게 다가 아니었다. 이번에는 앤디가 들려준 소식 덕분에 정말로 뭔가 바뀔지도 몰랐다. 미스터 '당신은 재미난 손님을 만날 겁니다'가 이때껏 의도했던 것이 바로 그 변화일까? 농민들이 떨치고 일어나 싸우게 하는 것? 대놓고 실실거리는 앤디의 웃음이 떠오르자 에디는 그런 식의 이타적인 의도가 있으리라는 생각을 선선히 받아들일 수가 없었다. 사람을(어쩌면 로봇도) 웃는 모습이나 말투로 판단하는 것은 옳지 않지만, 그래도 그것이 세상 사람들의 기준이었다.

말이 나왔으니까 말인데, 그 자식 말투도 찜찜하지 않아? 말투가 항상 '넌 모르지만 난 알지롱'이라는 식이잖아. 아니면 그것도 내 상상인가?

도대체 뭐가 뭔지, 에디는 알 수가 없었다.

3

에디와 티안을 집 뒤쪽으로 이끈 것은 수재나의 노랫소리, 그리고 여기에 어우러진 아이들의 키득거리는 웃음소리였다. 거대한 아이들과 조그만 아이들이 다 함께 웃고 있었다.

잘먼은 가축을 묶을 때 쓸 법한 밧줄의 끄트머리를 쥐고 있었다. 반대쪽 끄트머리는 티아가 쥐고 있었다. 둘은 함박웃음을 지은 채 커다란 포물선을 그리며 밧줄을 돌렸고, 수재나는 땅바닥에 앉아서 에디가 어렴풋이 기억하는 긴줄넘기 노래를 불렀다. 잘리아는 큰 아이 넷과 함께 머리카락을 휘날리며 줄을 넘고 있었다. 아기인 에런은 기저귀를 무릎까지 늘어뜨린 채 한쪽에 서 있었다. 아기의 얼굴에도 기쁨의 함박웃음이 가득했다. 한 손은 주먹을 쥐고 밧줄 돌리는 시늉을 하고 있었다.

"'핑키 포퍼가 나타났어요! 못된 짓을 하는 남자애가 있어요! 살금살금 가다가 딱 잡혔어요, 하나둘셋, 이런 나쁜 녀석 같으니!' 잘먼, 더 빨리 돌려! 티아, 더 빨리! 어서, 더 높이 뛰게 해줘!"

티아는 자기 쪽 끄트머리를 냉큼 더 빨리 돌렸고, 이내 잘먼도 보조를 맞췄다. 이 정도 일은 거뜬히 할 수 있는 모양이었다. 웃으면서, 수재나는 노래를 더욱 빨리 불렀다.

"'핑키 포퍼가 결심했어요! 보물을 훔쳐간 남자애가 있어요! 넷 다섯여섯, 이제 금방 일곱, 못된 아이는 천국에 못 가요!' 힘내요, 잘리아, 아가씨들, 무릎 보인다! 남자들, 더 빨리! 더!"

쌍둥이 넷은 셔틀콕처럼 통통 뛰었다. 헤든은 주먹을 겨드랑이에 끼고 아예 탭댄스를 추고 있었다. 겁을 먹고 우물쭈물하는 단계를 이미 넘어선 어린 쌍둥이는 이제 섬뜩할 정도로 동작을 딱딱 맞춰 유연하게 뛰고 있었다. 심지어 머리카락도 똑같은 박자로 뛰는 듯했다. 에디의 머릿속에 어느새 주근깨까지 똑같이 난 태버리네 쌍둥이가 떠올랐다.

"'핑키…… 핑키 포퍼…….'" 수재나의 노래가 멈췄다. "어떡해! 에디, 노래가 기억이 안 나요!"

"두 사람, 더 빨리 돌려." 에디는 줄을 돌리는 거인들에게 말했다. 그들은 에디 말대로 했다. 티아가 저물어가는 하늘을 보며 환호성을 질렀다. 에디는 줄의 궤적을 눈으로 쫓으며, 몸을 앞뒤로 흔들거리며, 줄 안으로 들어갈 틈을 노렸다. 손은 롤랜드의 총이 빠지지 않도록 엉덩이에 있는 총집을 눌렀다.

"에디 딘, 당신은 어림도 없어요!" 수재나가 웃으며 외쳤다.

그러나 아래로 내려갔던 밧줄이 다시 올라오는 순간 에디는 뛰었고, 헤다와 헤다 어머니 사이로 들어갔다. 그리하여 벌건 얼굴로 땀을 흘리는 잘리아와 마주 서서 완벽하게 발을 맞추어 함께 뛰면서,

에디는 유일하게 기억에 남은 줄넘기 노래 한 절을 불렀다. 줄이 도는 속도에 맞추느라 시골 장터의 경매업자처럼 빨리 불러야 했다. 노래 주인공의 이름을 바꾼 것은 나중에야 알아차렸는데 바꾼 방식도 브루클린 토박이다웠다.

"'피기 페커가 내 주머니를 털었네, 내 애인의 은 목걸이를 훔쳐 갔네, 자다가 딱 걸렸네 여덟아홉열, 목걸이를 다시 훔쳐왔네!' 거기 두 사람, 빨리! 더 빨리 돌려!"

거인들이 에디의 말을 따르자 밧줄은 너무 빨리 돌아가서 뿌연 잔상처럼 보였다. 이제 눈에 안 보이는 스카이콩콩을 타고 위아래로 출렁대는 세상에서, 에디의 눈에 웬 노인이 보였다. 머리가 하늘로 뻗치고 구레나룻은 회색인 그 노인은 아이언우드 지팡이를 짚고 집에서 포치로 나오는 모습이 꼭 구멍에서 기어 나오는 두더지 같았다. *안녕하세요, 할아버지.* 에디는 언뜻 생각했지만, 당분간은 노인을 잊기로 했다. 당장은 옆 사람과 발맞춰 뛰는 것, 그래서 줄넘기를 망치는 사람이 되지 않는 것이 무엇보다 중요했다. 어릴 적에 에디는 긴줄넘기를 너무나 좋아했다. 그래서 루스벨트 초등학교에 입학한 후에는 그 놀이를 여자애들한테 넘겨야 한다는 것, 그러지 않으면 영영 여자 같은 놈으로 찍힌다는 것이 너무나 싫었다. 나중에 고등학생이 되고 나서 에디는 체육 시간에 긴줄넘기의 재미를 짧게나마 재발견할 수 있었다. 그러나 이렇게 재미있는 줄넘기는 처음이었다. 꼭 마법의 문도 마법의 수정 구슬도 토대시도 필요 없는 방식으로, 그와 수재나가 뉴욕에서 보내던 삶을 이 다른 세상의 삶과 이어주는 소박한 마법을 발견한(또는 재발견한) 것만 같았다. 희열에 젖어 웃으면서, 에디는 다리를 가위처럼 앞뒤로 젓기 시작했다. 잠시 후에는 잘리아 재퍼즈도 에디의 흉내를 내며 한 발 한 발 맞춰서 뛰었다. 쌀의 춤만큼이나 훌륭했다. 어쩌면 더 훌륭한지도 몰랐다. 모두 하나가 되어 뛰고 있었으므로.

수재나에게는 틀림없는 마법이었고, 이전에 또 이후에 겪은 온갖 신기한 일 중에서도 이날 재퍼즈네 마당에서 보낸 몇몇 순간은 그녀 안에서 언제나 특별한 광채를 유지했다. 석판 같은 팔을 있는 힘껏 돌려 밧줄을 최고 속도로 돌리면서 헤헤 웃는 두 백치 거인 사이에서 둘도, 넷도 아닌 여섯 명이 하나가 되어 뛰는 이 순간 역시 마찬가지였다.

티안은 껄껄 웃다가 반장화 신은 발을 쿵쿵 구르며 외쳤다. "북소리는 내가 맡을게! 좋구나! 젠장!" 그러자 포치에 있던 그의 할아버지도 큰소리로 웃었고, 그 소리를 들은 수재나는 대체 얼마나 오랫동안 좀약에 절인 목청인지 궁금해졌다.

그로부터 5초 남짓 되는 시간 동안, 그 마법은 지속되었다. 줄넘기 밧줄은 눈으로는 따라잡지도 못할 만큼 빨리 돌면서 오로지 날갯짓하듯 붕붕거리는 소리로만 존재했다. 그 소리 속에 있는 사람들, 즉 잘먼 쪽 끝의 키가 제일 큰 에디부터 티아 쪽 끝의 통통하고 조그만 리먼까지, 줄 안의 여섯 명은 엔진의 피스톤처럼 오르락내리락했다.

이윽고 밧줄이 누군가의 발꿈치에 걸렸고, 그들은 흙바닥에 늘어져서 헐떡거리며 웃었다. 수재나가 보기에는 헤든의 발 같았지만 나중에 그들은 아무도 상심하지 않도록 서로 자기 탓이라고 했다. 에디는 가슴을 부여잡고 수재나와 눈을 마주쳤다. "나 심장마비 왔어요, 빨리 구급차 불러요."

수재나는 몸을 일으켜 에디가 누운 곳으로 가서 그에게 입을 맞출 수 있도록 고개를 숙였다. "아뇨, 당신은 괜찮아요. 그런데 내 심장이 당신 때문에 마비될 것 같아요, 에디 딘. 사랑해요."

에디는 마당의 흙먼지 속에서 수재나를 진지하게 올려다보았다. 수재나의 사랑이 얼마나 큰지는 몰라도 자신은 그 두 배로 사랑한다는 것을, 에디는 알고 있었다. 그리고 이런 생각을 할 때면 늘 그렇듯이 예감이 들었다. 카는 그들의 친구가 아니고 그들 사이는 비참하게 끝나리라는 예감이.

그렇다면 네가 할 일은 최대한 오랫동안 수재나를 최대한 행복하게 해주는 거야. 그렇게 할 거야, 에디?

"더없이 기꺼이." 에디가 말했다.

수재나의 눈이 동그래졌다. "뭐라?" 칼라 방언으로 *뭐라고요?*라는 말이었다.

"할 거예요." 에디는 씩 웃으며 말했다. "날 믿어요, 그렇게 할 거니까." 뒤이어 수재나의 목을 한 팔로 당겨 이마에, 코에, 마지막으로 입술에 입을 맞췄다. 쌍둥이들이 웃으며 손뼉을 쳤다. 아기 에런은 신이 나서 깔깔거렸다. 포치에서는 늙은 제이미 재퍼즈가 에런과 똑같이 웃고 있었다.

4

한바탕 운동을 한 뒤라 모두 배가 고팠다. 잘리아 재퍼즈는 휠체어에 앉은 수재나에게 도움을 받아 뒤뜰의 기다란 테이블에 푸짐한 저녁을 차렸다. 에디가 보기에 이곳의 전망은 그야말로 장관이었다. 언덕 기슭에는 유독 강인한 품종의 벼가 자라는 듯했는데 이제 키가 어른 어깨까지 미칠 정도였다. 그 너머로 석양을 받은 강이 반짝였다.

"괜찮다면 기도 좀 부탁해도 될까, 잘리아." 티안이 말했다.

잘리아는 그 부탁을 받고 흐뭇해진 눈치였다. 나중에 수재나가 에디에게 들려준 바에 따르면 티안은 원래 아내의 종교를 탐탁잖게 여겼지만, 마을 공회당에서 캘러핸 신부에게 뜻밖의 지원을 받고 나서 생각이 바뀐 모양이었다.

"얘들아, 머리 숙이자."

머리 넷이 쑥 내려갔다. 거대한 아이들의 머리까지 합하면 여섯이었다. 리먼과 리아는 눈을 어찌나 질끈 감았던지 지독한 두통에 시달리는 아이들 같았다. 앞으로 내밀어 맞잡은 손은 펌프의 차가운 물로 씻은 탓에 깨끗한 분홍색으로 반들거렸다.

"저희에게 일용할 양식을 주신 주님, 감사를 받으소서. 저희에게 손님을 보내주신 것도 감사합니다. 부디 서로가 서로를 돕게 하소서. 한낮의 하늘을 나는 두려움으로부터, 또 밤에 스멀스멀 기어다니는 두려움으로부터 저희를 구원하소서. 생키 사이."

"생키!" 아이들이 외쳤다. 티아의 목소리는 창문이 흔들릴 정도로 우렁찼다.

"아버지 하느님과 그 아들 인간 예수의 이름으로 기도드리나이다."

"인간 예수!" 아이들이 외쳤다. 에디는 할아버지를 지켜보는 것이 재미있었다. 잘먼과 티아의 것만큼이나 커다란 십자가를 목에 걸고 있으면서도, 그는 눈을 뜬 채 기도가 끝날 때까지 태평하게 코를 후볐다.

"아멘."

"*아멘!*"

"*감자!*" 티아가 외쳤다.

5

티안은 기다란 테이블 한쪽 끄트머리에, 잘리아는 맞은편 끄트머리에 앉았다. 쌍둥이들은 '아이들 식탁'으로 추방당하는 대신(가족 모임이 있을 때면 수재나와 사촌들은 늘 그런 식으로 외딴 식탁에 격리됐고, 수재나는 그것이 끔찍이도 싫었다.) 큰 쌍둥이 둘이 양쪽 끝에 앉아 작은 쌍둥이를 에워싸는 식으로 한쪽에 줄줄이 앉았다. 그렇게 헤든은 리아를, 헤다는 리먼을 돌봤다. 수재나와 에디는 아이들 맞은편에 나란히, 거대한 어린애 둘은 각각 수재나 왼편과 에디 오른편에 앉았다. 아기 에런은 처음에는 엄마 무릎에 얌전히 앉아 있다가 싫증이 났는지 아빠 무릎으로 옮겨갔다. 노인은 식사 시중을 맡은 잘리아 곁에 앉았다. 잘리아는 노인의 고기를 잘게 썰어주었고, 그레이비소스가 턱에 흘렀을 때에는 정말로 닦아주기까지 했다. 그 모습을 뿔난 눈으로 부루퉁하게 쳐다보는 티안의 태도는 에디가 보기에 칭찬할 만한 것은 아니었지만, 그래도 티안은 생각을 입 밖에 내지는 않았다. 할아버지에게 빵을 더 드시겠냐고 물을 때만 빼놓고는.

"내 팔 아직 멀쩡허니 움직인다." 노인은 그 말을 사실로 입증하려고 빵바구니를 냉큼 쥐었다. 몹시 늙은 남자치고는 손놀림이 쌩쌩

했지만, 그 날렵한 인상은 잼 그릇을 엎는 바람에 망가지고 말았다.

"쉬펄!" 노인이 소리를 질렀다.

쌍둥이 넷은 동그래진 눈으로 서로를 보다가 입을 가리고 킥킥댔다. 티아는 고개를 젖히고 하늘을 향해 힝힝거렸다. 그러는 사이에 티아가 팔꿈치로 옆구리를 건드리자 에디는 의자에서 미끄러질 뻔했다.

"애들 앞에서는 말씀 좀 조심해주세요." 잘리아가 잼 그릇을 세워 놓으며 말했다.

"미안허다." 할아버지가 말했다. 에디는 이 노인이 손자한테 야단을 들어도 그렇게 사근사근하고 겸손하게 굴지 궁금했다.

"제가 좀 도와드릴게요, 할아버지." 수재나는 잘리아에게서 잼 그릇을 넘겨받았다. 수재나를 보는 노인의 눈은 흠모에 가까운 빛으로 젖어 있었다.

"진짜 브라우니를 보는 거는 한 40년 만인가 보이." 할아버지는 수재나에게 말했다. "전에는 조그마한 장삿배를 타고 한 번씩 왔는데, 이제 안 와." 할아버지가 발음하는 *조그마한*은 좃만 한처럼 들렸다.

"저희 인종이 아직 살아 있다는 소식에 너무 충격받지 않으셨으면 좋겠네요." 수재나는 이렇게 말하며 빙긋 웃었다. 노인은 이가 다 빠진 입을 헤벌쭉 벌리고 음흉하게 웃었다.

스테이크는 질기기는 해도 맛은 좋았고, 옥수수는 전에 숲가에서 앤디가 구워준 것만큼이나 훌륭했다. 감자는 세숫대야만 한 그릇에 나왔는데도 두 번이나 더 내와야 했고 그레이비소스 그릇은 세 번을 더 채웠지만, 에디가 정말로 감탄한 것은 쌀이었다. 잘리아는 세

가지 품종의 쌀밥을 차례로 내왔는데 에디 입맛에는 매번 앞의 것보다 더 맛있었다. 그런데도 재퍼즈네 식구들은 식당에서 물을 마시는 사람들처럼 별 감흥 없이 먹기만 했다. 애플파이로 식사를 마무리한 후에 아이들은 바깥으로 놀러 나갔다. 대미를 장식한 것은 할아버지의 우렁찬 트림 소리였다. "세이 생키." 노인은 잘리아를 보며 자기 목을 세 번 두드렸다. "언제나처럼 맛있었다, 지."

"맛있게 잡수시는 걸 보니까 좋네요, 할아버지."

아내의 말에 티안은 불만스러운 듯 끙 소리를 냈다. "할아버지, 여기 두 분이 늑대들 얘기를 듣고 싶으시대요."

"에디 혼자 들을 거예요. 그래도 괜찮다면요." 수재나가 단호한 목소리로 재빨리 말했다. "저는 상 치우고 설거지하는 걸 거들게요."

"안 그러셔도 돼요." 잘리아가 말했다. 에디가 보기에는 수재나에게 눈빛으로 메시지를 보내는 듯했다. *같이 계세요, 할아버지가 당신을 좋아하는 것 같아요.* 그러나 수재나는 눈치채지 못했거나 무시하기로 마음먹은 모양이었다.

"괜찮아요." 수재나는 숙련된 사람답게 거뜬히 몸을 날려 휠체어로 옮겨 앉았다. "얘기는 제 남편한테 들려주세요. 그렇게 해주실 거죠, 사이 재퍼즈?"

"이제 다아 예엣날 일이고 말이지." 말은 그렇게 했지만, 표정에는 꺼리는 빛이 보이지 않았다. "자신이 영 없어. 인제 그렇게 긴 얘기는 기억도 못 해."

"기억나는 것만 얘기해주시면 돼요." 에디가 말했다. "하나도 빠짐없이요."

티아는 그렇게 우스운 말은 처음 듣는다는 듯이 힝힝거리며 웃었다. 잘먼도 따라서 웃다가, 대접에 남은 마지막 으깬 감자 한 움큼을 도마처럼 커다란 손으로 푹 떴다. 티안이 그 손을 찰싹 쳤다. "안 돼, 이 덩치 큰 바보야. 그러지 말라고 몇 번이나 말했지?"

"그래." 할아버지가 말했다. "정 듣고 싶다면 잠깐 얘기함세, 젊은이. 앉아서 쉬어 터지는 거 말고는 할 일도 없으니. 포치로 올라가게 좀 도와주이, 저놈의 계단은 내려가긴 쉬워도 올라가긴 힘들어서. 그리고 손주 아가, 내 파이프 좀 챙겨다오. 한 대 태우면 머리가 더 잘 돌아가거든, 암."

"예, 할아버지." 잘리아는 남편의 부루퉁한 표정을 다시금 무시했다. "금방 갖다드릴게요."

6

"이건 아주 옛날 일이야, 그걸 알아야 돼." 잘리아에게 부축을 받아 허리 쿠션을 댄 흔들의자에 앉고 나서 느긋하게 파이프까지 한 모금 빤 후에, 할아버지가 마침내 입을 열었다. "그 후에 늑대들이 두 번 더 왔는지, 아니면 더 세 번 왔는지는, 딱 부러지게 기억이 안 나. 첫 번째 습격은 내가 세상에 나와서 수확제를 열아홉 번째 본 해였는데, 그 후로는 해를 세는 것도 잊어버렸어."

서북쪽에 석양의 붉은 선이 탁한 장밋빛으로 변해가는 장관이 펼쳐졌다. 티안은 헤든과 헤다와 함께 축사에서 가축들을 돌보는 중이었다. 어린 쌍둥이 둘은 부엌에 있었다. 거인 티아와 잘먼은 앞마당

끝자락에 서서 입을 다문 채 미동도 하지 않고 동쪽을 바라보았다. 《내셔널 지오그래픽》에 나오는 이스터 섬의 거석 사진 같기도 했다. 그런 두 사람을 보며 에디는 슬며시 소름이 돋았다. 그럼에도, 일단은 주어진 것에 만족하기로 했다. 할아버지는 웬만큼은 정신이 또렷해 보였고, 억양이 풍자극 배우만큼이나 투박하기는 해도 내용을 알아듣는 데에는 문제가 없었다. 적어도 아직까지는.

"그 후로 몇 년이 흘렀는지는 중요한 게 아니에요, 어르신."

할아버지의 눈썹이 쫑긋 올라갔다. 녹슨 경첩처럼 삐걱거리는 웃음소리가 그 뒤를 이었다. "그래, 어르신! 그 말 참 오랜만이네! 자네 북쪽 사람인 게 분명하이!"

"그런 셈이죠, 따지고 보면."

할아버지는 한참 동안 말없이 저물어가는 석양만 바라보았다. 그러다가 조금 놀란 얼굴로 에디를 돌아보았다. "식사는 했나? 밥 먹었어?"

에디는 가슴이 철렁했다. "예, 어르신. 집 뒤편 테이블에서요."

"왜 물어봤냐면, 내가 뒷간에 가려면 보통 저녁을 먹고 곧바로 가서 그래. 아직 소식이 없어서, 그래서 물어봤어."

"예. 다 같이 먹었어요."

"음. 그런데 자네 이름이?"

"에디 딘이에요."

"아아." 노인은 파이프 담배를 빨았다. 코에서 연기 두 줄기가 구불구불 흘러나왔다. "그 브라우니는 자네 건가?" 에디가 더 확실히 말해달라고 부탁하려던 참에 할아버지가 말을 덧붙였다. "그 여자."

"수재나요. 예, 제 아내예요."

"아."

"어르신, 그…… 할아버지…… 늑대들 말인데요." 그러나 에디는 이 노인에게서 뭔가 알아내겠다는 기대는 더 이상 하지 않았다. 혹시 수재나라면……

"내 기억에, 우리 쪽은 네 명이었어." 할아버지가 말했다.

"다섯 명이 아니고요?"

"아니, 아니야. 네 명 정도면 대충 한 줌으로 치니까." 노인의 목소리는 사실을 나열하듯 담담해졌다. 발음도 조금은 또렷해졌다. "우린 젊었고, 거칠 게 없었어. 죽든 살든 눈도 깜짝 안 하는 놈들이었다, 이거야. 다른 사람들이 말리든 말든 열이 뻗쳐서 맞서기로 한 거지. 나하고…… 포키 슬라이델…… 녀석은 내 제일 친한 친구였지…… 또 이먼 둘린하고, 그 녀석 마누라인 빨강 머리 몰리까지. 몰리는 접시 던지기라면 아주 귀신같았어."

"접시요?"

"그래, 오라이자 자매단이 던지는 접시. 잘리아도 자매단이야. 나중에 보여주라고 할게. 그 여자들은 잡는 자리만 빼고 테두리를 온통 날카롭게 간 접시를 갖고 다녀. 던지는 솜씨가 더럽게 좋지, 암! 석궁을 든 남자는 바보로 보일 정도야. 그건 꼭 한번 봐야 돼."

에디는 롤랜드에게 얘기해 줘야겠다고 머릿속에 쪽지를 적었다. 그 접시 던지는 기술이 얼마나 대단한지는 알 수 없었지만, 무기가 간절히 필요하다는 것만은 분명했기 때문이었다.

"늑대를 죽인 사람은 바로 몰리였어……."

"어르신이 아니라요?" 에디는 어안이 벙벙했다. 진실과 전설은 이렇게 분간할 수 없을 정도까지 뒤섞이게 마련이라는 생각이 들었다.

"아니, 아니야. 그래도 뭐." 할아버지의 눈이 음흉하게 반짝였다. "내가 한 일이라고 떠벌린 적이 한두 번은 있을지도 모르지. 젊은 처자가 무릎을 벌리도록 꼬드길 방법이 그것밖에 없을 때는. 무슨 말인지 알지?"

"알 것 같네요."

"그건 홍염의 몰리가 접시를 던져서 한 일이었어. 그게 진실이긴 하지만, 얘기를 그렇게 끝내버리면 말 앞에다 수레를 다는 꼴이지. 우린 놈들이 일으킨 먼지구름이 다가오는 걸 봤어. 그러다가 마을에서 6휠 정도 떨어진 곳에서, 먼지구름이 갈퀴로 나뉘더군."

"뭐라고요? 무슨 말씀인지 모르겠는데요."

할아버지는 굽은 손가락 세 개를 들어서 늑대들이 세 무리로 나뉘어 따로 움직였다고 가르쳐주었다.

"구름 크기로 봐서 제일 큰 무리는 마을로 들어가 투크네 잡화점으로 향했는데, 그럴 만도 했지. 그 뒤의 창고에다 애를 몰래 숨겨놓은 사람들이 있었거든. 투크는 창고 맨 안쪽에다 비밀 방을 만들어놓고 현금에 보석, 고물 총 몇 자루, 또 빚 대신 뺏은 물건 중에 당장 돈으로 바꿀 만한 것들을 숨겨뒀어. 괜히 날강도 투크라고 하는 게 아니지, 아무렴!" 또다시 녹슨 경첩처럼 끽끽거리는 웃음소리가 흘러나왔다. "멋진 금고였어, 그 늙은 대머리 밑에서 일하는 친구들도 그런 데가 있는 줄은 몰랐거든. 늑대들이 곧장 들이닥쳐서 막아서는 사람, 하다못해 애원하는 사람까지 다 죽이고 애들을 잡아가는 바람에 들통이 났지만. 그런 후에 놈들은 라이트 스틱으로 온 가게를 휘저어서 활활 타게 내버려둔 채 말을 타고 가버렸어. 그 가게는 몽땅 타서 폭삭 주저앉았는데, 그나마 온 마을이 다 타지 않은 게 다행이었어, 젊은 양반. 왜냐면 늑대 놈들의 그 막대기에서 나온 불은 물을 부으면 꺼지는 보통 불하고는 다르거든. 그 불에 물을 부으면 더 탄다고! 아주 활활 타올라! 더 크게, 더 뜨겁게! 예미럴!"

노인은 자기 말을 강조하려는 듯이 난간 너머로 침을 뱉은 다음, 교활한 눈으로 에디를 돌아보았다.

"내가 하고 싶은 말은 바로 이거야. 우리 손주 놈이 꼬드겼든, 아니면 자네랑 자네 브라우니가 그랬든, 거기에 넘어가서 들고일어나 싸우기로 한 사람이 아무리 많다고 해도 에번 투크는 절대 거기 안 낄 거다, 이 말이지. 투크 집안은 까마득히 오래전부터 잡화점을 했어, 그러니 가게가 불타서 폭삭 주지않는 꼴은 두 번 다시 안 보려고 할 거야. 한 번 당한 걸로 족하다고 여기는 겁쟁이들이니까. 무슨 말인지 알아?"

"예."

"남은 먼지구름 둘 중에 더 큰 놈은 목장 방향으로 멀어졌어. 작은 놈은 이스트 로드를 따라 소농들의 경작지가 있는 쪽으로 내려왔고. 바로 우리가 있던 곳이었어. 우리가 지키고 있던 곳."

회상에 잠긴 노인의 얼굴이 번득였다. 에디는 그 얼굴에서 오래전의 젊은이를 찾아내지는 못했지만(그러기에는 할아버지의 나이가 너무 많았으므로), 축축이 젖은 두 눈 속에 오래전 그날 느꼈을 흥분과 각오와 막막한 두려움이 한데 뒤엉켜 있는 것만은 알아볼 수 있었다. 틀림없이 네 명 모두 같은 심정이었으리라. 에디는 꼭 음식에 손을 뻗는 굶주린 사람처럼 그 뒤섞인 감정에 손을 뻗는 기분이 들었고, 노인 역시 에디의 표정에서 그 기분을 어느 정도는 눈치챈 기색이 역력했다. 목소리가 커지고 활력이 돌았던 것이다. 보나마나 손자한테서는 이런 호응을 얻은 적이 한 번도 없을 터였다. 티안은 다행히도 용기가 모자란 사람은 아니었지만, 그래봐야 농부였다. 그러나 지금 이 남자는, 이 뉴욕의 에디는…… 짧은 생을 살다가 흙먼지 속에 고꾸라져 죽을 운명일지는 몰라도, 결코 농부가 아니었다. 오라이자의 이름에 맹세코.

"계속하세요."

"그래. 암, 그래야지. 우리 쪽으로 오던 무리는 리버 로드에서 갈라졌는데, 몇 놈은 조그만 논이 있는 쪽으로 갔어. 그때는 먼지구름이 똑똑히 보였지. 그러다가 피베리 로드에서 다시 뿔뿔이 흩어지더군. 포키 슬라이델이 내 쪽으로 돌아서던 게 기억나. 오싹하게 웃고 있더구먼. 녀석이 나한테 손을(석궁을 쥔 손이 아니라 반대쪽 손을) 내밀면서 말하기를……"

7

타는 듯이 붉은 가을 하늘 아래, 길 양편의 키 큰 흰색 풀에서는 계절의 마지막 귀뚜라미 울음소리가 들려오는 가운데, 포키 슬라이델은 이렇게 말한다. "그동안 알고 지내서 즐거웠다, 제이미 재퍼즈. 진심이야." 포키의 얼굴에 떠오른 웃음은 제이미가 평생 본 적이 없는 것이었지만, 나이는 고작 열아홉 살이고 '변두리' 아니면 '초승달 지대'로 불리는 곳에 사는 청년에게는 본 적 없는 것이 잔뜩 있게 마련이다. 게다가, 지금 저 웃음은 보아하니 앞으로도 볼 일이 없을 듯싶다. 오싹한 웃음이지만 겁먹은 기색은 조금도 없다. 제이미

는 자신도 꼭 저렇게 웃고 있을 것만 같다. 지금은 아버지들의 태양 아래에 있지만 이제 곧 어둠에 삼켜질 것이다. 여기가 그들 인생의 저물녘이니까.

그럼에도, 포키의 손을 잡는 제이미 재퍼즈의 아귀힘은 강력하다. "나를 다 알려면 아직 멀었어, 포키."

"네 말이 맞아야 할 텐데."

먼지구름은 쉬지 않고 그들을 향해 몰려온다. 이제 1분 후, 아니면 그 전에, 그들은 먼지를 일으키는 기수들을 볼 수 있을 것이다. 더 중요한 점은, 먼지를 일으키는 기수들도 그들을 볼 수 있다는 것이다.

이먼 둘린이 말한다. "있잖아, 우리 아무래도 저 배수로에 들어가 숨는 게 좋을 것 같아." 그가 길 오른편을 가리킨다. "저기 납작 엎드려 있는 거야. 그러다가 좀 있다 놈들이 지나갈 때 튀어나와서 해치우는 거지."

몰리 둘린은 꼭 끼는 검정 실크 바지에 하얀 실크 블라우스 차림이고, 끌러 놓은 목깃 사이에 은으로 만든 조그마한 수확제 부적 목걸이가 보인다. 부적은 주먹을 높이 든 오라이자의 상이다. 몰리 본인은 오른손에 테두리가 예리한 접시를 들고 있다. 봄의 초록색 벼를 세밀한 무늬로 그린 시퍼런 타이타늄 합금 접시이다. 어깨에는 실크로 안감을 댄 갈대 바구니를 메고 있다. 그 속에는 접시가 다섯 장, 자기 것 두 장과 어머니의 것 세 장이 들어 있다. 붉은 석양 속의 붉은 머리카락은 너무나 밝게 빛나서 아예 머리가 활활 타는 것만 같다. 그 머리는 이제 곧 정말로 타오를 것이다. 정말로.

"좋을 대로 해, 이먼 둘린 씨." 몰리가 남편에게 말한다. "난 놈들이 볼 수 있게 여기 똑바로 서서 놈들이 똑똑히 들을 수 있게 내 쌍둥이 자매의 이름을 외칠 거야. 날 깔아뭉개고 지나갈 순 있겠지만 그 전에 최소한 한 놈은 죽일 거야, 아니면 그 망할 놈들이 탄 말의 다리 한 짝이라도 날려버릴 거야. 그 정도는 반드시 할 거야."

이제 시간이 없다. 늑대들은 아라 집안의 조그만 농원으로 통하는 움푹한 길에서 올라오고 있고, 마침내 칼라의 젊은 농민 넷은 그들의 모습을 보고 있고, 이제 숨자고 말다툼할 시간이 없다. 제이미는 거의 확신한다, 스물셋에 벌써 머리가 벗어지기 시작한 온순한 성격의 이먼 둘린이 석궁을 내던지고 항복의 뜻으로 두 손을 쳐든 채 풀숲으로 달아날 거라고. 그러나 달아나는 대신, 이먼은 자기 아내 곁으로 움직여 석궁에 화살을 잰다. 시위가 팽팽하게 당겨지면서 희미하게 팅 소리가 난다.

그들은 밀가루처럼 고운 흙먼지에 장화 신은 발을 디딘 채 길 위에 나란히 서 있다. 길을 가로막고 서 있는 것이다. 그리고 마치 축복처럼, 제이미의 몸속에 '존엄'이라는 느낌이 차오른다. 이것은 옳은 일이다. 그들은 여기서 죽겠지만, 이렇게 하는 것이 옳다. 놈들이 아이들을 잡아가는 꼴을 구경만 하는 것보다는 차라리 죽는 것이 낫다. 그들 모두 쌍둥이 형제를 빼앗겼고, 여기서 가장 나이가 많은 포키는 쌍둥이 형제뿐 아니라 어린 아들까지 늑대들에게 빼앗겼다. 이것은 옳은 일이다. 그들이 여기서 저항한 대가를 다른 주민들이 가혹하게 치를지도 모르지만, 그래도 상관없다. 이것은 옳은 일이다.

"덤벼!" 제이미는 이렇게 외치며 자기 석궁의 시위를 당긴다. 한 번, 두 번, 그리고 찰칵. "덤벼라, 도적놈들아! 겁쟁이 자식들, 와서 이거나 처먹어라! 칼라 만세! 칼라 브린 스터지스 만세!"

한순간 뜨거운 공기 속에서, 늑대들이 더 다가오지 않고 제자리에서 일렁거리는 것처럼 보인다. 그러다가 놈들이 탄 말의 발굽 소리가, 방금 전까지 흐릿하고 멀게 들리던 그 소리가, 또렷해진다. 이제 늑대들은 후텁지근한 공기를 뚫고 날아오르는 것처럼 보인다. 놈들의 바지는 타고 있는 말의 가죽처럼 회색이다. 암녹색 망토가 놈들 뒤로 휘날린다. 초록색 후드에 덮인 가면(분명히 가면일 것이므로) 때문에 네 기수의 머리는 굶주림에 으르렁거리는 늑대의 대가리로 보인다.

"4 대 4야!" 제이미가 악을 시른다. "4 대 4, 머릿수는 똑같아, 물러서지 마, 친구들! 한 걸음도 움직이지 마!"

회색 말을 탄 늑대 네 마리가 그들을 향해 몰려온다. 남자 셋은 석궁을 든다. 가끔은 머리 색깔이 아니라 불같은 성질 때문에 '홍염의 몰리'라고 불리는 몰리 둘린은 왼쪽 어깨 위로 접시를 치켜든다. 이제 화난 기색은 보이지 않고 냉정하고 차분하다.

양 *끄트머리*의 늑대 두 마리는 라이트 스틱을 들고 있다. 놈들이 스틱을 높이 든다. 가운데 두 마리는 주먹 쥔 손을 뒤로 젖힌다. 초록색 장갑을 낀 그 손에서 뭔가 발사할 작정이다. 스니치겠지. 제이미는 냉철하게 생각한다. 스니치를 던지려는 거야.

"기다려, 친구들……" 포키가 말한다. "기다려…… 기다려…… 지금이야!"

포키는 퉁 소리와 함께 화살을 발사하고, 제이미는 그 화살이 오른쪽에서 두 번째 늑대의 머리 바로 위로 날아가는 것을 본다. 이면의 화살은 왼쪽 *끄트머리* 말의 목에 명중한다. 말은 발광하듯이 울부짖으며 비틀거리고, 늑대들은 마지막 40미터를 눈앞에 두고 있다. 왼쪽에서 두 번째 말의 기수가 손에 쥔 것을 던지려는 순간, 화살을 맞은 옆의 말이 와서 부딪힌다. 그 물건이 바로 스니치였지만, 발사 경로에서 턱없이 벗어나는 바람에 내장된 유도 장치가 아무것도 포착하지 못한다.

제이미가 발사한 화살은 세 번째 기수의 가슴에 명중한다. 제이미가 지른 승리의 함성은 목구멍을 채 벗어나기도 전에 절망감에 질식하고 만다. 화살은 괴물의 가슴을 뚫지 못하고 튕겨 나간다. 로봇 앤디의 가슴을 맞힌 것처럼, 선오브어비치에 널린 바위를 맞힌 것처럼.

갑옷을 입고 있어, 아아 빌어먹을 도적놈들, 저 두 번 빌어 처먹을 옷 아래에 갑옷을……

다른 스니치 한 개는 정확히 날아와 이먼 둘린의 얼굴에 정통으로 명중한다. 머리가 폭발하면서 분수 같은 피와 함께 뼈와 퍼석퍼석한 회색 물질이 흩날린다. 스니치는 서른 걸음 정도 더 날아가다가 회전해서 다시 돌아온다. 몸을 웅크린 제이미의 귀에 머리 위로 스니치가 날아가는 소리가 들린다. 나지막하지만 강하게 울리는 허밍 소리.

몰리는 미동도 하지 않는다. 남편의 피와 뇌수를 온몸에 뒤집어썼는데도. 이제 몰리가 외친다. "이건 미니의 복수다, 이 후레자식들아!" 그러고는 접시를 날린다. 이제 거리는 아주 짧지만, 거리라고 할 수도 없는 간격이지만, 몰리가 힘껏 날린 접시는 손을 떠나자마자 위로 날아오른다.

너무 세게 던졌어, 친구. 제이미는 라이트 스틱을 피해 몸을 숙이며 생각한다(라이트 스틱 역시 똑같은 소리를 낸다, 그 우악스러운 횡 소리를.) 너무 세게 던졌다고, 예미럴.

그러나 몰리가 겨냥한 늑대는 날아오르는 접시에 제대로 달려든다. 접시는 초록색 후드와 늑대 가면이 만나는 곳에 명중한다. 묘하게 둔탁한 (챙!) 소리와 함께 초록색 장갑을 낀 손을 높이 쳐든 늑대가 말에서 떨어진다.

포키와 제이미가 목청껏 환호를 외치지만, 몰리는 침착하게 바구니에 손을 넣어 다음 접시를 꺼낸다. 접시는 모두 뭉툭한 손잡이 부분이 위로 오도록 가지런히 세워져 있다. 몰리가 접시를 꺼내는 순간 라이트 스틱이 그녀의 팔을 몸통에서 분리한다. 몰리는 휘청거리며, 악문 이를 드러내고 울부짖으며, 블라우스에 불이 붙은 채로 한쪽 무릎을 꿇는다. 제이미가 멍하니 지켜보는 가운데, 몰리는 흙먼지 속에 나동그라진 잘린 팔의 손이 쥐고 있는 접시로 성한 팔을 뻗는다.

남은 늑대 세 마리는 그들의 등 뒤에 있다. 몰리의 접시에 당한 놈은 흙길에 누워 미친 듯이 버둥거린다. 허공을 향해 허우적거리는 장갑 낀 두 손이 이렇게 말하려는 듯하다. "너희가 뭘 어쩌겠다는 거냐? 이 망할 농사꾼 놈들아, 너희가 뭘 할 수 있다는 거냐?"

남은 세 놈은 기병대의 시범단처럼 가지런히 줄을 맞춰 말을 돌린 다음, 이쪽을 향해 다시 질주해온다. 몰리는 굳어버린 자신의 손에서 접시를 빼내기는 했지만 그대로 나자빠지고 말았다. 불길에 휩싸인 채로.

"물러서지 마, 포키!" 제이미가 날카롭게 외치는 사이, 용광로처럼 이글대는 하늘 아래 죽음이 그들을 향해 질주해온다. "버티라고,

젠장!" 둘린 부부의 살이 타는 냄새를 맡는 동안 다시 존엄이라는 느낌이 되살아난다. 그렇다, 이것은 진작 했어야 할 일이다, 마을 사람들 모두가. 늑대들을 쓰러뜨리는 것은 가능한 일이니까. 비록 그들은 살아남아서 이 이야기를 전하지 못할 테지만, 또 놈들이 자기네 동료의 주검을 가져가버리면 이곳에서 벌어진 일을 아무도 모를 테지만.

포키가 다시 화살을 발사하면서 통 소리가 나는가 싶더니 스니치가 포키의 몸 한복판에 박히고, 옷에 가려진 몸이 폭발한다. 피와 산산조각 난 살점이 소매로, 단추가 터진 바지 앞으로 뿜어 나온다. 제이미는 다시 한 번, 이번에는 친구였던 남자의 뜨겁고 걸쭉한 육신을 흠뻑 뒤집어쓴다. 석궁을 발사한 제이미는 화살이 회색 말의 옆구리를 비껴 날아가는 것을 본다. 이제 수그려봐야 소용없다는 것을 알면서도 그는 몸을 수그리고, 무언가 붕 소리를 내며 머리 위를 스쳐간다. 말 한 마리가 세게 치고 지나가는 바람에 그는 아까 이먼이 숨자고 한 배수로 속으로 굴러 떨어진다. 쥐고 있던 석궁이 휙 날아간다. 그는 배수로에 누워 눈을 뜬 채 꼼짝도 하지 않는다. 놈들이 다시 말을 돌리면 그때는 죽은 척하면서 그냥 지나가기를 바라는 수밖에 없음을 알기 때문에. 그냥 가지는 않을 테지만, 당연히 그럴 테지만, 당장은 그 길밖에 없으니 그렇게 한다. 죽은 사람처럼 멍한 눈을 하려고 애쓰면서. 몇 초가 지난 후, 그는 깨닫는다. 죽은 척할 필요가 없음을. 먼지 냄새가 나고, 풀숲에서 우는 귀뚜라미 소리가 들리고, 그는 이것들에 집중한다. 지상에서 마지막으로 맡는 냄새와 소리라는 것을 아니까. 마지막으로 보게 될 것이 늑대라는 것을 아니까. 으르렁거리는 채로 굳어버린 가면을 쓰고 자신을 향해 달려드는 늑대라는 것을.

늑대들이 지축을 울리며 돌아온다.

한 놈이 안장에 앉은 채 몸을 틀어 장갑 낀 손으로 스니치를 던지고 지나간다. 그러나 스니치를 던지는 순간, 놈이 탄 말이 풀쩍 뛰어서 앞서 쓰러진 늑대의 몸을 피한다. 길에 자빠져 있는 그 늑대는 아직도 꿈틀거리지만 이제 손은 들어올리지 못한다. 스니치가 제이미 위로 날아온다, 살짝 높게. 그 무기가 먹잇감을 찾아 망설이는 기척이 느껴지는 것만 같다. 스니치는 이내 날아올라 들판 저편으로 사라진다.

늑대들은 먼지구름을 뒤에 끌면서 동쪽으로 달려간다. 돌아온 스니치가 제이미 위로 다시 날아간다. 이번에는 더 높고, 더 느리게. 회색 말들은 동쪽 50미터 저편의 굽이를 돌아 시야에서 사라진다. 제이미가 마지막으로 본 놈들의 흔적은 초록색 망토 세 개가 거의 수평으로 길게 뻗어 펄럭이는 모습뿐.

제이미는 무너질 것처럼 휘청거리는 다리를 억지로 펴고 배수로에서 일어선다. 스니치가 한 번 더 회전해서 돌아온다, 이번에는 똑바로 제이미를 향해. 그러나 뭔지 모를 동력이 다 소진됐는지 이제 천천히 움직이고 있다. 제이미는 허둥지둥 길로 나와서 불타는 잔해로 남은 포키의 시신 옆에 무릎을 꿇고, 그의 석궁을 붙잡는다. 이번에는 석궁 끄트머리를, 포인츠 게임용 방망이처럼 쥔다. 스니치가 이쪽을 향해 느리게 날아온다. 제이미는 석궁을 어깨 높이로 들고 있다가, 눈앞에 다가온 스니치를 거대한 벌레인 양 힘껏 쳐서 날려버린다. 스니치는 포키의 너덜너덜해진 반장화 옆에 떨어져 기분 나쁜 윙윙 소리를 낸다. 다시 날아오르려고.

"죽어라, 이 망할 것아!" 제이미는 이렇게 외치며 스니치 위로 흙을 덮기 시작한다. 흐느끼면서. "죽어, 이 망할 것아! 죽어! 죽으라고!" 마침내 그 무기는 숨을 거둔다. 윙윙대며 흔들리다가 끝내는 잠잠해진 하얀 흙먼지 아래에서.

다시 일어설 기운이 없다, 아직은. 스스로가 살아 있다는 것조차 믿기가 힘들다. 제이미 재퍼즈는 무릎으로 엉금엉금 기어서 몰리가 죽인 괴물에게 다가갔는데…… 놈은 이미 죽었다. 아니면 적어도 꼼짝도 못하고 누워 있다. 제이미는 놈의 가면을 벗기고 싶다. 맨 얼굴을 보고 싶다. 먼저 두 발로 놈을 차본다. 떼쓰는 어린애처럼. 늑대의 주검은 양쪽으로 흔들리다가, 다시 움직임을 멈춘다. 주검에서 톡 쏘는 악취가 풍겨온다. 가면에서 썩는 냄새가 나는 연기가 피어오른다. 녹고 있는 것 같다.

죽었어. 먼 훗날 칼라에서 가장 나이 많은 '할아버지'가 될 청년은 그렇게 생각한다. 죽었어, 그래, 틀림없어. 꼴좋다, 이 겁쟁이 놈아! 그 빌어 처먹을 가면을 벗겨주마!

제이미는 그렇게 한다. 불타듯 이글거리는 가을 태양 아래 썩어가는 가면을 붙잡는다. 감촉이 꼭 금속으로 된 망 같다. 그렇게 제이미는 가면을 잡아 벗긴다. 그러자 그의 눈앞에……

8

잠깐 동안 에디는 노인이 이야기를 멈춘 것도 알아차리지 못했다. 그는 아직도 이야기 속에 있었던 것이다. 이야기에 홀려서. 모든 것이 너무나 선명하게 그려져서 이스트 로드의 그 남자가 에디 자신인 것만 같았다. 흙길에 무릎을 꿇고서, 석궁을 야구 방망이처럼 쳐들고서, 허공에 날아오는 스니치를 후려칠 준비를 하는 그 남자가.

이윽고 휠체어에 앉은 수재나가 무릎에 닭 모이 그릇을 얹은 채 포치 앞을 지나 축사로 향했다. 수재나는 두 사람 앞을 지나가며 신기하다는 듯이 쳐다보았다. 에디는 정신을 차렸다. 그는 이곳에 놀러 오지 않았다. 이런 이야기를 즐겁게 들었다는 사실 자체가 자신이 어떤 인간인지 알려주는 증거 같았다.

"그래서요?" 에디는 수재나가 축사로 들어간 후에 노인에게 물었다. "뭘 보셨는데요?"

"어?" 그야말로 완벽하게 얼이 빠진 할아버지의 표정을 보며 에디는 절망을 느꼈다.

"뭘 보셨냐고요. 가면을 벗었을 때."

불은 켜져 있지만 사람은 없는 빈집 같은 그 멍한 표정은 조금 더 지속됐다. 그러다가 (에디가 보기에는 순수한 의지의 힘만으로) 노인이 다시 정신을 차렸다. 그는 등 뒤의 집을 돌아보았다. 시커먼 입처럼 벌어진 축사 입구를, 그 안쪽 깊숙이서 넘실거리는 파란 인광을 바라보았다. 뒤이어 마당을 휘 둘러보았다.

겁먹었구나. 에디는 생각했다. *무서워 죽겠나본데.*

에디는 그저 노인의 망상일 뿐이라고 자신을 다잡았지만, 그러면서도 등골이 오싹해졌다.

"이리 가까이 와." 할아버지가 중얼거렸고, 에디는 그 말대로 했다. "이 얘기는 내 아들 루크한테밖에 안 했어…… 티안의 애비 말이야. 그것도 아주, 아주 나중에. 녀석이 나한테 남들한테는 절대 말하지 말라더군. 내가 그랬어. '하지만 루크, 만약 이게 쓸 만한 정보라면 어떡할 거냐? 놈들이 다음번에 쳐들어올 때 혹시라도 도움이 된다면?'"

할아버지는 입술도 거의 움직이지 않고 말했지만 이제 투박한 억양은 사라졌다고 해도 좋을 정도였고, 그 덕분에 에디는 노인이 하는 말을 속속들이 이해할 수 있었다.

"그랬더니 녀석이 이러더군. '아버지, 그게 진짜로 도움이 될 거라고 생각했다면 왜 더 일찍 얘기하지 않았어요?' 난 대답할 말이 없었어, 젊은이. 내가 그때껏 입을 다물고 있었던 건 순전히 직감 때문이었으니까. 게다가, 얘기해봤자 무슨 소용이 있었겠나? 뭐가 바뀌었겠어?"

"글쎄요." 에디가 말했다. 두 사람의 얼굴은 지척에 있었다. 늙은 제이미의 숨결에서 풍기는 소고기와 그레이비소스 냄새를 맡을 수 있을 정도로. "제가 어떻게 알겠어요? 뭘 보셨는지도 안 가르쳐주셨는데."

"'레드 킹은 언제든 자기 부하를 찾아낼 수 있어요.' 내 아들은 그렇게 말했어. '아버지가 거기 있었다는 건 아무한테도 알리면 안 돼요, 거기서 뭘 봤는지도 얘기하면 안 되고요. 입을 열었다가는 놈들 귀에 들어갈지도 몰라요. 그래요, 놈들이 아무리 머나먼 선더클랩에 있다고 해도.' 그렇게 해서 나는 슬픈 사실을 알고 말았어, 젊은이."

조바심이 나서 미칠 지경이었지만, 에디는 노인이 자기 식대로 이야기를 풀어내도록 놔두는 것이 최선이라고 생각했다. "그게 뭔데요, 할아버지?"

"내 아들 루크가 나를 완전히 믿지 않았던 거야. 제 애비가 거짓부렁을 한다고 생각한 거지, 잘난 척하고 싶어서 늑대를 죽였다는 황당한 이야기를 떠벌린다고. 내가 정말로 이야기를 지어낼 작정이었다면 늑대를 죽인 사람은 이먼 둘린의 마누라가 아니라 나라고 했으리란 건 칠푼이도 알 텐데."

에디 생각에는 일리가 있는 말이었지만, 뒤이어 할아버지가 자신의 무용담처럼 나불댄 적이 있을 거라고 넌지시 가르쳐줬던 기억이 떠올랐다. 롤랜드 식으로 말하면 '한 두어 번', 어떤 무릎 앞에서. 에디는 웃을 기분이 아닌데도 빙긋이 웃고 말았다.

"루크는 누군가 다른 사람이 내 이야기를 듣고 믿어버릴까봐 두려웠던 거야. 그 얘기가 늑대들 귀에까지 들어가서 끝내는 내가 죽을까봐 두려웠던 거지, 고작 지어낸 얘기를 나불거렸다는 이유로. 지어낸 얘기가 아닌데도." 짙어지는 어둠 속에서 늙고 축축한 두 눈이 에디의 얼굴을 애원하듯 바라보았다. "*자넨 내 말 믿지, 그렇지?*"

에디는 고개를 끄덕였다. "전 할아버지 말씀이 사실이란 걸 알아요. 근데 누가……." 에디는 문득 입을 다물었다. *누가 놈들한테 할아버지를 꼰질렀을까요?* 머릿속에 떠오른 질문은 그것이었지만, 할아버지가 그 말을 이해할 것 같지는 않았다. "근데 놈들한테 할아버지의 이야기를 일러바칠 사람이 누굴까요? 그런 짓을 할 사람이 누굴 것 같아요?"

할아버지는 캄캄해져 가는 마당을 두리번거렸다. 그러다가 입을 여는가 싶더니, 아무 말도 하지 않았다.

"가르쳐주세요. 도대체 뭘 봤는……."

커다랗고 메마른 손이, 나이를 먹어서 떨리기는 해도 깜짝 놀랄 만큼 억센 손이 에디의 목을 붙잡고 바짝 끌어당겼다. 까슬까슬한 수염이 귓불을 부비는 느낌에 에디는 몸이 바르르 떨리고 소름이 돋았다.

할아버지가 열아홉 단어를 소곤거리는 사이에 낮의 마지막 빛은 숨을 거두었고, 칼라에 밤이 찾아왔다.

에디 딘의 눈이 동그래졌다. 맨 먼저 떠오른 생각은 이제 말 떼에 얽힌 수수께끼가 풀렸다는 것이었다. 그 많은 회색 말들이 어디서 났는지가. 두 번째로 떠오른 생각은 이러했다. *당연하지. 그렇다면 모든 게 앞뒤가 맞으니까. 진작 눈치를 챘어야 하는데.*

열아홉 번째 단어를 말하고 나서 할아버지는 속삭이기를 멈췄다. 에디의 목을 붙잡았던 손도 스르륵 풀어져 할아버지의 무릎으로 돌아갔다. 에디는 고개를 돌려 그를 마주보았다. "진짜예요?"

"그렇다네, 총잡이여. 한 점 거짓 없는 진실이야. 다 그렇다고 장담할 순 없어, 비슷한 가면으로 서로 다른 얼굴들을 가렸을지도 모르니까. 하지만……."

"그렇죠." 에디는 회색 말들을 떠올리며 말했다. 똑같이 생긴 회색 바지는 말할 것도 없었다. 똑같은 초록색 망토도. 그렇다면 모든 것이 앞뒤가 맞았다. 어머니가 예전에 부르곤 하던 그 오래된 노래의 가사가 뭐였더라? *넌 이제 군인이야, 더는 농사꾼이 아니야, 넌 절대 부자가 못 될 거야, 이 망할 놈의 자식아, 넌 이제 군인이야.*

"저희 딘한테 이 얘기를 전해야겠어요." 에디가 말했다.

할아버지는 천천히 고개를 끄덕였다. "그래, 좋을 대로 해. 자네도 알겠지만, 난 티안 금마랑 잘 몬 지내. 루크는 금마가 물 작대기로 갈키주는 데다 우물을 팔라 했어."

에디는 그 말을 알아들은 양 고개를 끄덕였다. 나중에 수재나가 무슨 뜻인지 통역해주었다. *자네도 알겠지만, 난 티안 그 녀석이랑 잘 지내질 못해. 루크는 그 녀석이 물 막대기로 가리키는 곳에다 우물을 파려고 했어.*

"수맥 탐지봉 말인가요?" 수재나가 어둠 속에서 불쑥 물었다. 소리 없이 돌아온 그녀는 이제 닭 가슴뼈를 잡듯이 두 손을 나란히 앞으로 들고 있었다.

노인은 흠칫 놀라서 수재나를 보다가 고개를 끄덕였다. "그래, 물 작대기. 아무튼 난 반대했지만, 늑대들이 쳐들어와서 티안의 누이 티아를 잡아간 후로 루크는 아들놈이 원하는 거라면 뭐든 들어줬어. 물 작대기든 뭔 작대기든 간에, 열일곱 살도 안 먹은 어린놈이 우물자리를 찾는다는 게 말이나 되나? 그런데도 루크는 그 자리를 팠어. 그랬더니 진짜로 물이 나오더군, 그건 나도 인정해. 다들 물기가 반짝이는 걸 봤고, 물 냄새도 맡았으니까. 그런데 갑자기 진흙이 내려앉더니, 내 아들 루크가 산 채로 땅에 파묻혀버린 거야. 다 같이 덤벼서 파냈지만 너무 늦고 말았어. 목뿐 아니라 허파까지 진흙이랑 흙탕물이 가득하더군."

천천히, 천천히, 노인은 주머니에서 손수건을 꺼내어 젖은 눈을 훔쳤다.

"그 후로 티안 녀석하고 나는 변변한 말 한마디 제대로 나눈 적이 없어. 우리 사이에 그 우물이 파여 있는 거야, 눈에는 안 보일지 몰라도. 하지만 녀석이 늑대들한테 맞서기로 한 건 옳은 일이야. 혹시 그 녀석한테 내 얘기를 전해줄 거라면, 이 할아비가 자랑스러워

한다고 해. 아주 경의를 표한다고, 예미럴! 그놈 배때기에는 우리 재퍼즈 집안의 배알이 아주 꽉꽉 차 있어, 암! 우리는 그 옛날 옛적에도 떨치고 일어섰던 집안이야, 이제 그 피가 다시 진가를 발휘할 때라고!" 노인은 고개를 끄덕였다. 이번에는 더욱 천천히. "그래, 가서 자네 딘한테 전해! 한마디도 빼놓지 말고! 그리고 혹시라도 말이 새어나가면…… 그래서 늑대들이 나 같은 늙다리 하나 때문에 선더클랩을 더 일찍 나선다면……."

노인은 몇 개 안 남은 망가진 이를 드러내며 빙그레 웃었고, 에디는 그 웃음이 유난히 오싹하게 느껴졌다.

"나도 아직 석궁 당길 힘은 있어. 그리고 왠지 자네의 브라우니는 접시를 꽤 잘 던질 것 같다는 느낌이 드는군, 다리가 좀 짧기는 하지만."

노인은 어둠을 향해 눈길을 돌렸다.

"올 테면 오라고 해." 노인의 목소리는 나직했다. "마지막에 이기는 게 장땡이다, 예미럴 놈들아. 마지막에 이기는 게 장땡이야."

〈하권에서 계속〉

옮긴이 | 장성주

고려대 동양사학과를 졸업하고 출판 편집자로 일했다. '스티븐킹교'의 평신도를 자처하며 묵묵히 신앙 생활에 정진해 왔으나, 앞으로는 '스티븐킹교' 포교 활동에도 힘쓸 생각이다. 번역서로는 『아돌프에게 고한다』, 『다크타워 시리즈』, 『언더 더 돔』, 『워킹데드 시리즈』 등이 있다.

다크타워 5 [상]

1판 1쇄 찍음 2017년 4월 28일
1판 1쇄 펴냄 2017년 5월 10일

지은이 | 스티븐 킹
옮긴이 | 장성주
발행인 | 김세희
편집인 | 김준혁
펴낸곳 | 황금가지

출판등록 | 2009. 10. 8 (제2009-000273호)
주소 | 135-887 서울 강남구 신사동 506 강남출판문화센터 5층
전화 | **영업부** 515-2000 **편집부** 3446-8774 **팩시밀리** 515-2007
홈페이지 | www.goldenbough.co.kr

ISBN 979-11-5888-258-7 04840
ISBN 978-89-6017-210-4 04840 (세트)

㈜민음인은 민음사 출판 그룹의 자회사입니다.
황금가지는 ㈜민음인의 픽션 전문 출간 브랜드입니다.